रहस्यमय गिरनार

रहस्यमय गिरनार

अनंतराय जी. रावल

प्रकाशक
प्रभात प्रकाशन प्रा. लि.
4/19 आसफ अली रोड, नई दिल्ली-110002
फोन : 011-23289777 • हेल्पलाइन नं. : 7827007777
इ-मेल : prabhatbooks@gmail.com ❖ वेब ठिकाना : www.prabhatbooks.com

संस्करण
2025

अनुवाद
अमिता भट्ट 'क्षमा'

पेपरबैक मूल्य
पाँच सौ रुपए

मुद्रक
नरुला प्रिंटर्स, दिल्ली

RAHASYAMAYA GIRNAR
by Anantrai G. Rawal

Published by **PRABHAT PRAKASHAN PVT. LTD.**
4/19 Asaf Ali Road, New Delhi-110002

ISBN 978-93-5521-146-0

₹ 500.00 (PB)

अर्पण

पुत्र-पुत्री के लिए प्रेमपूर्ण माता...

पुत्रवधू के लिए आदर्श सास,

योगियों के लिए वात्सल्यमयी दादी-माँ

और जीवन में अनेक विडंबनाओं के समय

मुझे हिम्मत देकर साथ देनेवाली और समग्र जीवन काल को मंगल प्रभात बनकर जीवन को मंगलमय बनानेवाली तथा समग्र परिवार के लिए सदा 'वृंदावन' के समान बनी रहनेवाली मेरी धर्मपत्नी हर्षा को...

—अनंतराय जी. रावल

प्रस्तावना

आशा है कि यह पुस्तक आपको अच्छी लगेगी ही···इतना ही नहीं, यदि आप सच्चे साधक होंगे, तो यह आपके लिए अनेक रूप से प्रेरणादायी होगी, इसमें मुझे कोई संशय नहीं है···

फिर भी कई विषयों की ओर आपका ध्यान आकर्षित करना इष्ट समझता हूँ।

मुझे लगता है कि यह पुस्तक मैंने नहीं लिखी है; मेरे अंदर रहकर किसी ने लिखवाई है, कदाचित् वह मेरे अंदर स्थित आत्मा का प्रतिबिंब हो सकता है या मेरे अंदर के एक साधक की गूँज या प्रतिघोष भी हो सकता है। जो भी हो, परंतु एक विशेष बात—इस समग्र कथा को 'सत्य' मान लेना मूर्खता है और 'असत्य' मानना अपराध है। उपर्युक्त विधान विचित्र लगेगा, परंतु ऐसा कहना आवश्यक है, क्योंकि इस कथा के सभी पात्र जीवंत हैं। आप कदाचित् उनसे मिलने का प्रयत्न भी करेंगे, परंतु जिसमें योग्यता होगी वे ही और वे ही इन पात्रों को सच्चे स्वरूप में समझ सकेंगे, जिसमें योग्यता न हो, ऐसे लोगों के लिए स्थान, काल, पात्र सभी जीवंत और वास्तविक होते हुए भी उनके लिए सभी 'अगोचर' ही रहेंगे। इसलिए सत्यासत्य के पिष्ट-पेषण में न जाने की प्रार्थना है।

एक बात निश्चित है कि जो तत्त्वज्ञान के विद्यार्थी हैं या जो साधना मार्ग पर आगे बढ़ रहे हैं या आगे बढ़ना चाहते हैं, उनके लिए यह पुस्तक आदर्श मार्गदर्शक रूप में बनी रहेगी, इसमें कोई संशय का स्थान नहीं है। संक्षेप में, आपसे प्रार्थना है कि आध्यात्मिक दृष्टि से यह पुस्तक कितने महत्त्व की है, यही ध्यान में रखना, किसी तर्क में मत पड़ना और पड़े तो आपके हाथ में कुछ नहीं आएगा। इसलिए कहता हूँ कि हो सके, तो साधना के पथ पर पैर रखो और ईश्वर-प्राप्ति में लगे रहो···आपसे यही एक अपेक्षा है, प्रतिभाव बताइएगा!

इस अवसर पर विशेष रूप से कहना चाहता हूँ कि यह पुस्तक मैं आपके

हाथ में कभी नहीं रख पाता, यदि मेरे मित्र और लघु बंधु के समान इस पुस्तक के मूल प्रकाशक गोपालभाई का हृदयपूर्वक सहयोग न मिला होता तो...मैं उनका सच्चे अंत:करणपूर्वक आभार मानता हूँ।

इस कथा के एक जीवंत पात्र, जिन्होंने मेरे रफ और खराब अक्षर पढ़कर उनके प्रत्याघात द्वारा मुझे आनंद दिया, ऐसी मेरी छोटी बहन के समान साध्वी चंदा बहन बोरसरणिया का मैं आभार नहीं, उन्हें आशीर्वाद देता हूँ।

इसके साथ गोपालभाई तक पहुँचने में मेरे लिए राजमार्ग के समान बने, संघ के पूर्व प्रचारक एडवोकेट श्री शरद वोरा को भी याद करके धन्यवाद देता हूँ।

भवदीय

—अनंतराय जी. रावल

ॐ नमो नारायण

'स्पृहा'
रणछोड़ नगर, भोयवाड़ा के पीछे, केशोद
जिला जूनागढ़-362220
फोन : (02871) 237673 मो. : 9924173050

प्रार्थना

हे प्रभु
संजोग विकट हो तब,
सुंदर रीति से कैसे जीना, वह मुझे सिखा।

सभी मामले उलटे पड़ते हों तब,
हास्य और आनंद कैसे न खो दूँ, वह मुझे सिखा।

परिस्थिति गुस्से को प्रेरित करती हो तब
शांति कैसे बनाए रखें, वह मुझे सिखा।

कार्य अतिशय कठिन लगता हो तब
लगन से उसमें कैसे लगे रहना, वह मुझे सिखा।

कठोर टीका और निंदा की वर्षा हो, तब उसमें से
अपने उपयोग का ग्रहण कैसे करूँ, वह मुझे सिखा।

प्रलोभन, प्रशंसा, खुशामद के बीच
तटस्थ कैसे रहूँ, वह मुझे सिखा।

चारों ओर से कठिनाइयाँ घेर लें,
श्रद्धा डगमगाने लगे,
निराशा के गर्त में मन डूब जाए तब,
धैर्य और शांति से तेरी कृपा की प्रतीक्षा
कैसे करना, वह मुझे सिखा।

—परम के पास

अनुवादिका के दो शब्द

प्रभात प्रकाशन से श्री प्रभातजी ने बड़े विश्वास के साथ अनंतराय रावलजी की गुजराती पुस्तक 'रहस्यमय गिरनार' की एक प्रति मुझे हिंदी अनुवाद के लिए भेजी। मुझे इस योग्य उन्होंने समझा, इस हेतु उन्हें धन्यवाद और आभार।

मूल पुस्तक को आद्योपांत पढ़ने के बाद मैंने मूल लेखक के भाव-जगत् को समझा और एक प्रकार की तद्रूपता के साथ अनुवाद प्रारंभ किया।

मेरे बचपन के संस्कार और माता-पिता से प्राप्त आध्यात्मिक परिवेश तथा आशीर्वाद से अनुवाद सहजता से हो गया।

इसके उपरांत भी अनुवाद में कुछ ठीक नहीं हुआ हो तो वह मेरी अल्पज्ञता ही है। पाठक उसे क्षमा कर पुस्तक का आनंद उठाएँ।

इसी अपेक्षा के साथ आप सभी का धन्यवाद और आभार!

—अमिता भट्ट 'क्षमा'

विभाग-1

अगम-निगम

1

दिनांक 8/12/03 का दिन मुझे अभी भी याद है; बराबर याद है, जहाँ से मेरे आध्यात्मिक जीवन-यात्रा के पुनीत दिनों का प्रारंभ हुआ था। इस जीवन-यात्रा का काल बहुत लंबा भी नहीं, वैसे बहुत छोटा भी नहीं या यूँ कहें कि यह आध्यात्मिक जीवन-यात्रा अभी भी चल रही है।

यह जीवन-यात्रा कदाचित् अनेक जन्मों तक चलती रहेगी, ऐसी संभावना है; कदाचित् यह यात्रा अनंत समय तक चलती ही रहेगी। युगों-युगों से घूमते और अभी भी अनेक युगों तक घूमते रहनेवाले, इस समय के चक्र को कौन रोक सकता है?

अनंतकाल से बहते इस समय के प्रवाह में मैं कब से बहता रहा हूँ, इसका मुझे पता नहीं, परंतु इस प्रवाह में बहते हुए मुझे किनारा मिला है, यह मैं जान सका था और उसके बाद प्रारंभ हुआ मेरे अगम्य की दिशा की ओर मेरा प्रवास!

यह प्रवास जब प्रारंभ हुआ, वह दिन भी अद्‌भुत था। बस इस दिन से मैं जीवन को जानना चाहता था, जो कुछ जानने की मेरी तीव्र इच्छा थी, जो भी अनुभूति करना चाहता था, वह सभी मुझे धीरे-धीरे प्राप्त होने लगा और आज मैं इस ऊँचाई पर हूँ, जिसकी मुझे कल्पना भी नहीं थी।

इस ऊँचाई पर मुझे उठाकर चोटी पर बैठानेवाले प.पू. महंत माधवानंद ब्रह्मचारीजी, जो ऊर्ध्वरेतस् ब्रह्मचारी थे, उन महापुरुष का परिचय और उनकी महानता का दर्शन करवाने में मैं समर्थ नहीं हूँ, फिर भी प्रयत्न करता हूँ!

दिनांक 6/12/03 को प्रात:काल के ध्यान के समय मुझे माधवानंदजी का मानसिक संदेश मिला और दूसरे ही दिन मैं उनका सान्निध्य प्राप्त करने स्थान पर पहुँच गया था, उसे भी मैंने डायरी में लिख लिया।

दिनांक 8/12/03 आज भगवान् दत्तात्रेय का जन्मदिवस है। मैं उनका उपासक हूँ, इसलिए आज का दिन अद्‌भुत है; ऐसा नहीं है, क्योंकि किन कारणों से आज का दिन अद्‌भुत है, कहता हूँ, इस विषय में स्पष्ट नहीं हूँ। मैं इस विषय में सभी घटनाओं का यथार्थ रूप से विश्लेषण भी नहीं कर सकता, क्योंकि ये जो अनुभव हैं, वे आंतरिक अनुभव हैं अर्थात् 'आत्मानुभूति' है, जो कह भी नहीं सकते हैं। आज की अनुभूति से प्राप्त आनंद के लिए उपयुक्त शब्द है—'अद्‌भुत आनंद'। यह 'आत्मानंद' का पर्याय भी नहीं है। इस उक्ति में विरोधाभास लगता है और इसीलिए इस अनुभूति की अभिव्यक्ति करने में अर्थात् उसका वर्णन करने में बहुत बड़ी उलझन है।

'ईश्वर देह में आत्मा के स्वरूप में स्थित है।' ऐसी प्रतीति तो कई वर्षों से हो चुकी है। अब तो वह अगोचर भी गोचर लगने लगा है। अब मुझे लगता है कि मेरे आस-पास, चारों तरफ वह अविनाशी अद्‌भुत तत्त्व छाया हुआ है। ब्रह्मांड के अणु-अणु में बिजली के प्रवाह के समान, रोम-रोम में अहर्निश प्रवाहित है। मुझे लगता है, यह जो अहर्निश अनुभव होता है, यह महामाया कुंडलिनी की जागृति है, जो मेरी देह में अद्‌भुत स्पंदन जगा रही है।

आज का दिन असामान्य रूप से बीतेगा, इसकी मुझे कोई कल्पना नहीं थी। 'पुनीत आश्रम में आपको कल दोपहर के बाद कार्यक्रम में जाना है।' ऐसी सूचना माधवानंदजी ने दे दी थी। 'दत्त जन्म जयंती' के निमित्त संत-महंत, मंडलेश्वर, महामंडलेश्वरों को सम्मानित करने के लिए एक मंच पर एकत्रित होकर उनकी पूजा करने का भव्य कार्यक्रम वहाँ आयोजित किया गया था। माधवानंदजी के साथ एक साधु की तरह मुझे भी वहाँ उपस्थित रहना था।

आज दोपहर को नियमानुसार 3 बजे उठकर जप-ध्यान कर रहा था, तभी बापू के जाने की सूचना मिलने से तुरंत तैयार होकर भगवा वस्त्र धारण कर लिये। बापू द्वार पर मेरी प्रतीक्षा करते हुए स्वभाव के अनुसार अन्य के साथ विनोद कर रहे थे।

मैंने द्वारका में सिलवाई भगवा बंडी पहनी थी। मुझे देखकर बापू ने हँसते हुए कहा, ''यह बंडी देखकर तो कोई भी तुम्हें मथुरा का घुमक्कड़ चौबा मान लेगा, कोई साधु नहीं मानेगा।''

और माधवानंदजी जोर से हँस पड़े।

''तो फिर मैं बंडी निकालकर भगवा कुरता पहनकर आता हूँ!'' मैंने भी विचार बदला और तेजी से सीढ़ी चढ़कर, कपड़े बदलकर वापस आ गया।

इसी के साथ बापू के शब्द मेरे कान में पड़े, ''अभी भी ये कपड़े ठीक नहीं लग

रहे हैं, ऐसा कहूँ तो रावल साहब फिर से कपड़े बदले बिना नहीं रहेंगे।''

यह सुनकर सभी हँस पड़े।

मैंने कहा, ''पर कंधे पर डालनेवाला उत्तरीय तो ऊपर भूल गया, अब?''

बापू ने तुरंत अपने कमरे में से स्वयं का भगवा उत्तरीय मेरे लिए मँगवा दिया। ''अब बिलकुल साधु और सच्चे साधु लग रहे हो।''

माधवानंदजी उम्र में मुझसे बहुत छोटे हैं, फिर भी मुझे लगता है कि वे मुझसे बड़ी आयु के हैं। वृद्ध हैं अर्थात् ज्ञानवृद्ध! प्राय: मेरे विषय में कहते रहते हैं, ''रावल साहब का स्वभाव बिलकुल छोटे बालक जैसा है।'' उनका यह मंतव्य अच्छा लगता है, क्योंकि मुझे अभी भी लगता है कि मैं एकदम छोटा बालक हूँ। बालक जैसी निर्दोषता और सरलता मुझे बहुत अच्छी लगती है। मैंने रामकृष्ण परमहंस का साहित्य बहुत पढ़ा है, पचाया है। इस पर मुझे लगता है कि कदाचित् यह जीवन भर की थोड़ी-थोड़ी ही सही, सतत की गई ईश्वर साधना का प्रभाव है। ध्यान करके उठते ही मुझे लगता है कि मैं एकदम हलके फूल जैसा हो गया हूँ। मन कोरी स्लेट जैसा स्वच्छ और निर्मल हो जाता है, तब बालक के समान खाने की इच्छा होती है, कूदने-उछलने का मन होता है। अरे! कोई बालक कुछ खाता हो तो उससे माँगकर खाने की इच्छा तक हो जाती है। खैर! बापू मुझसे क्रीड़ा करवाते हैं। विनोद करके नन्हे बाल की तरह सँभालकर आनंदमय रखते हैं। साथ-साथ वयोवृद्ध का मान भी रखते हैं। यही उनकी विशिष्टता भी है; यह मन की विशालता है या एक सच्चे साधु के लक्षण हैं, यह मुझे समझ में नहीं आता था, खैर!

पुनीत आश्रम की ओर हम पैदल प्रयाण कर रहे थे। रास्ते में बातें होती रहती थीं। बापू ने कहा, ''धीरे-धीरे सब पता चल जाएगा। समय-समय पर सबकुछ अपने आप होता रहता है। सभी साधु सिद्ध नहीं होते हैं। ऐसे साधुओं से कदाचित् तुम्हारी साधना उच्च भी हो सकती है। समय आने पर सब पता चलता रहेगा!!'' कुछ देर रुककर बापू आगे बोले, ''यह तो गिरनार है, संतों और साधकों का आश्रय स्थान है। उस पर तैंतीस करोड़ देवता और 'नवनाथ' की बैठक। गिरनार तलहटी की धूल भी पवित्र है।'' कहकर बापू रुक गए।

मेरी दृष्टि तलहटी के चारों ओर घूम रही थी। हरे-हरे वनों से आच्छादित पहाड़ चित्ताकर्षक लग रहे थे। रास्ते के सामने ही कोई जोगिंदर सो रहा हो, ऐसा 'गिरनार पर्वत' मानो वेद की ऋचाएँ लिखते-लिखते रुककर आराम करते हुए ऋषि-मुनि जैसा लग रहा था। मेरा मन यह प्राकृतिक दृश्य देखकर अवर्णनीय आनंद से भर गया।

मुझे लगा कि इस स्थान के साथ मेरे अनेक जन्मों का संबंध है। उसके साथ ही मेरे हृदय से आनंद की भावना की एक छुपी हुई चीख निकल गई, साथ-ही-साथ अंदर से कुछ कमी हो, ऐसा भी लगा। मुझे क्या हो रहा है, यह समझने में न आने से मन 'शून्यमनस्क' हो गया। बापू ने मुझे रास्ते के वाहनों से बचाने के लिए, अपनी ओर खींच लिया। मैं सावधान होकर चलने लगा।

आश्रम अभी दूर था। तभी एक रिक्शावाले ने बापू को देखकर रिक्शा खड़ा किया और अंदर बैठा लिया। रास्ते में दो-तीन अन्य साधु मिलने पर उन्हें भी साथ में ले लिया, वे सब भी वहीं जा रहे थे।

वाहनों की भारी भीड़ के बीच हम पुनीत आश्रम के द्वार पर आ पहुँचे। उसके साथ ही अबूझ आनंद के स्पंदन पुनीत आश्रम के दरवाजे में प्रवेश करते ही मेरे हृदय में जागने लगे। कदाचित् इस आनंद का भाव एक साधु के रूप में सम्मान प्राप्त होने का जीवन में प्रथम अनुभव होने से हो सकता है। आज महंत, मंडलेश्वर और महामंडलेश्वरों का जहाँ सम्मान और 'भेंट-पूजा' होनी थी, उस समारंभ में मैं एक महान् स्थान पर आश्रम के प्रसिद्ध महंत पू. माधवानंद ब्रह्मचारीजी और अन्य साधुओं के साथ एक साधु के रूप में द्वार में प्रवेश कर रहा था। सामने जो रास्ता था, वह रंग-बिरंगे फूल-पौधों और विविध सुंदर वृक्षों से युक्त था, अत्यंत मनोहर लग रहा था और रास्ते के दोनों ओर सैकड़ों स्त्रियाँ और कुमारिकाएँ ठेठ मंडप तक हाथ में फूलों की टोकरियाँ लेकर, आनंदित और भक्तियुक्त मुख के साथ श्रद्धा से खड़ी हुई थीं। लगातार सौ फीट से भी अधिक अंतर तक जय-जयकार के साथ हमारे मस्तक और चरणों में फूलों की वर्षा होने लगी। हर्ष-पुलकित हृदय और चेहरे से युक्त मैं आगे पू. माधवानंदजी के साथ साधु वेश में, साधु हृदय से चल रहा था। अनन्य भाव और शांत मुखमुद्रा के साथ मैं माधवानंदजी के साथ कदम मिला रहा था, मानो मैं कोई बालक हूँ और निर्दोष आश्चर्यमिश्रित भावना को धारण करते हुए और अनुभव करते हुए चलता जा रहा था। किसी वयोवृद्ध के सहारे निर्भय होकर फूलों की वर्षा और जय-जयकार की ध्वनि के बीच चलता मैं मौन-मूक और अत्यंत शांत था, फिर भी मेरा हृदय, मेरे आंतरिक भाव इस नूतन अनुभव से स्पंदित होकर उछालें मार रहे थे।

चलते-चलते मैंने अपने आंतरिक हर्ष को दबाने का 'मन' से अनुरोध किया। 'गीता' का निरंतर अभ्यास मेरे लिए इस समय उपयोगी रहा। 'समता' बनाए रखने में मुझे सफलता मिल गई।

सुख-दुःख और हर्ष-उल्लास क्षणिक हैं। ऐसी क्षुद्र भावनाओं को दबाना साधक

के लिए आवश्यक है, क्योंकि 'इंद्रियजन्य' भावनाएँ 'ममता' उत्पन्न करती हैं, जो जीव के लिए 'बंधनकर्ता' है, बाह्य परिस्थिति और भौतिक पदार्थों द्वारा होनेवाला 'आवेग' ईश्वर के साथ तादात्म्य करने के प्रयत्नों में बाधक बनता है।

चलते-चलते मैंने ऐसे विचार किया और तत्काल उसका प्रभाव भी हुआ। मैं शांत हो गया। देहाभिमान नष्ट हो गया। मुझे लगने लगा कि इंद्रियों के वर्चस्ववाला यह शरीर चल रहा है और यह शरीर 'मैं' नहीं हूँ। शरीर से अलग 'मैं' तो सच्चिदानंद 'आत्मा' हूँ। आत्मा हर्ष और शोक से अलिप्त है।

सभामंडप के पास पहुँचते ही कार्यकर्ताओं और सेवकों ने वंदन करके हमारा स्वागत किया। कैमरे और वीडियो शूटिंग के प्रकाश को चीरते हुए सेवकों द्वारा आगे मार्ग दिखाए जाने पर हमने सभा-मंडप में प्रवेश किया। माधवानंदजी को स्टेज पर विराजित महंतों और मंडलेश्वरों के बीच सुशोभित आसन पर स्थान मिला। अन्य साधुओं के साथ स्टेज के नीचे की प्रथम पंक्ति में मुझे भी आदर के साथ बैठाया गया।

जब तक साधक की साधना परिपक्व नहीं होती, तब तक साधक को उसकी मानसिक ग्रंथियाँ अवरोध रूप हो जाती हैं! जन्म और जन्मांतर के संस्कार उसके मानस-पटल पर अंकित रहते हैं, उन्हें मिटने में कदाचित् अनेक जन्मों तक का विलंब होता है। इस संदर्भ में साधक के रूप में बहुत आगे बढ़ चुकने पर भी मुझे थोड़ी 'लघुता ग्रंथि' का अनुभव हुआ। उपस्थित बहुत धनाढ्य लोगों और संतों-महंतों के बीच आदर पाकर मैं सोच रहा था, 'सचमुच क्या मैं इस मान का पात्र हूँ? एक सामान्य मनुष्य की तरह पालित-पोषित और विशेष तो अकर्मक मैं किसी जन्म के अच्छे कर्म के फलस्वरूप इन सभी के बीच सुपात्र साधु के समान स्थान प्राप्त करके बैठा हूँ। जीवन में बहुत अनुभव प्राप्त हुए हैं, परंतु ऐसा अनुभव तो मेरे लिए एक अनोखे पर्व जैसा है। इतने साधु-संतों, महंतों के बीच एक साधु के समान सम्मान प्राप्त करने की मैंने कभी कल्पना भी नहीं की थी। खैर!'

सभी संतों की जिस प्रकार 'भेंट-पूजा' हुई, उसी प्रकार मेरी भी भेंट-पूजा की गई। गृहस्थ होते हुए भी मैं साधु की तरह जीता हूँ, फिर भी मुझे कचोट रही बात यह थी कि मैं दीक्षित साधु तो नहीं हूँ! मेरे ये भाव जानकर माधवानंदजी कहते, "साधु चाहे भगवा कपड़े पहने, दाढ़ी-मूँछ रखे, परंतु ये एकमात्र साधु के लक्षण नहीं हैं। प्रामाणिक, शुद्ध चरित्रवान और शास्त्राज्ञा के अनुसार पवित्र रहकर, जीवन जीनेवाला समाज का कोई भी व्यक्ति साधु ही माना जाता है।" फिर आगे कहते, "तुम भी साधु हो, कदाचित् साधु से भी कुछ विशेष, क्योंकि सुखी गृहस्थाश्रम छोड़कर तुम

वानप्रस्थाश्रम के साधु के समान जीवन जी रहे हो! कठिन सांसारिक उत्तरदायित्वों को निर्लिप्त भाव से वहन करते हुए तुम वैरागी हो!" माधवानंदजी के ये शब्द सुनकर मुझे शांति मिलती है।

चल रहे कार्यक्रम के बीच स्वस्थ होकर मैंने माधवानंदजी की ओर देखा। मेरे सामने उनकी दृष्टि पड़ते ही मेरी मनोभावना को समझकर, शांति से सब देखते हुए, जो हो रहा है, उसे स्वीकार लेने का उन्होंने आँखों से संकेत किया।

परंपरा के अनुसार कार्यक्रम आगे बढ़ रहा था। पूजा-विधि के बाद प्रवचनों का क्रम प्रारंभ हो गया था। मैं ध्यानपूर्वक सुन रहा था। तभी मुझे आभास हुआ कि कोई मुझे पीछे से बुला रहा है। मैंने पिछली पंक्ति की कुरसी पर बैठे साधुओं की ओर देखा, तो मेरे अपने पीछे की ही कुरसी पर बैठे साधु को देखकर चौंक गया। कुछ देर पहले यह साधु यहाँ नहीं था, कुरसी खाली थी। मैं उस साधु के सामने देखता रहा। अपनी खुली और मैली जटा को खुजलाते हुए वह मेरे सामने हँसने लगा, परंतु मैंने उसे कोई प्रतिभाव नहीं दिया। हृष्ट-पुष्ट देहधारी, काला कुरता पहने हुए, गंदी जटा खुजलाकर हँसते हुए उस साधु के पीले दाँत देखकर मुझे घृणा हो गई। फिर भी मंद-मंद हँसते साधु के सामने विवेक से नम्रतापूर्वक हँसकर मैंने पीठ फेरकर प्रवचन पर ध्यान केंद्रित किया, परंतु अधिक समय तक उसमें सफल नहीं हो सका। बार-बार उस साधु की ओर मेरी दृष्टि अनायास चली जाती थी। मुझे याद आया, चार महीने पहले जब मैं केशोद स्थित अपने घर से कुछ दिन साधना के लिए यहाँ आया था, तब इस साधु को बापू की धूनी के समीप चबूतरे पर बैठकर गंदी जटा खुजलाते हुए देखा था। मुझे लगा था कि कोई मनमौजी साधु आए हैं।

यूँ तो इस स्थान पर अनेक साधु आते रहते हैं, उनमें से कोई सिद्ध भी हो सकते हैं, परंतु सच्चे साधु को कैसे पहचानें, इसकी समझ उस समय मुझमें नहीं थी। फिर भी साधु तो साधु है, चाहे जिस संप्रदाय के हों, कैसे भी साधक या जटाधारी, अवधूत या मनमौजी साधु हों। इसलिए मैंने नियम के अनुसार नम्रता से हाथ जोड़कर उन साधु को 'ॐ नमो नारायण' किया था। उन्होंने भी पीले दाँत दिखाते हुए, सहज हँसकर 'ॐ नमो नारायण' कहकर प्रत्युत्तर दिया था। वह पीले दाँत और गंदी जटावाला सुंदर और तेजस्वी चेहरा मुझे याद आ गया। रसोईघर में बापू के साथ भोजन करता हुआ और मेरे सामने देखकर विचित्र ढंग से हँसता हुआ साधु, उस साधु की मूर्ति मैं कई दिन तक भूल नहीं सका था। बापू ने एक जिज्ञासु साधक के रूप में मेरा परिचय भी उस साधु को दिया था।

भोजन के बाद नियम के अनुसार मैं ऊपरी मंजिल में अपने कमरे में चला गया। दोपहर 3 बजे आराम करके उठा और उस साधु का पता किया, परंतु वह कहीं दिखाई ही नहीं दिया। माधवानंदजी से पूछने का कोई अर्थ नहीं था, क्योंकि पूछे बगैर कहने लायक बात वे स्वयं ही कह देते या सूचना दे देते थे, फिर भी जिज्ञासावश मैंने कोठारी दान बापू से पूछा, ''भोजन के समय जो साधु यहाँ थे, वे चले गए क्या ?'' सुनकर दान बापू हँसकर बोले, ''यहाँ सभी को भोजन करने की छूट है, परंतु सभी को ठहरने की छूट नहीं मिलती है।'' बोलकर वे चले गए। जाते-जाते कहा, ''यूँ भी भाग्य से ही कोई साधु यहाँ ठहरना पसंद करते हैं, भोजन करके चल देते हैं।''

''ऐसा क्यों ?'' मैंने पूछा, ''पूरे गिरनार परिसर में साधुओं के लिए रहने योग्य ऐसा कोई पवित्र स्थान नहीं है ?''

''हाँ, ठीक है।'' बीच में ही मेरी बात काटते हुए दान बापू हँसकर बोले, ''यह पवित्र स्थान साधुओं को अवश्य अच्छा लगता है, परंतु यहाँ गाँजा फूँकने की सख्त मनाही है। बीड़ी, तंबाकू या किसी भी प्रकार के व्यसन से बापू को सख्त नफरत है। अधिकांश साधु गँजेड़ी होते हैं, इसलिए भोजन करके तुरंत चल पड़ते हैं। इस नियम-पालन में बापू का व्यवहार बहुत कठोर है। इसलिए व्यसनी साधु यहाँ ठहरना पसंद नहीं करते हैं।'' बोलकर दान बापू गौशाला में चले गए।

मेरे पीछे बैठे हुए साधु वही साधु हैं, इसका मुझे विश्वास हो गया। मैंने पीछे घूमकर देखा तो कुरसी खाली थी, साधु नहीं थे। आश्चर्य का भाव दबाकर मैंने चलते हुए कार्यक्रम पर ध्यान केंद्रित किया।

कार्यक्रम के बाद सभी संतों को एक बड़े कमरे में फलाहार के लिए ले जाया गया। मैंने चारों ओर दृष्टि डाली, परंतु वह साधु कहीं दृष्टिगोचर नहीं हुआ। उस समय माधवानंदजी ने अनेक महंतों और साधुओं से मेरा परिचय करवाया। कार्यक्रम समाप्त होने पर सभी को प्रणाम करके हमने पैदल ही अपने स्थान के लिए प्रयाण किया। रास्ते में माधवानंदजी ने कहा, ''इन साधुओं में मात्र कुछ साधु ही सच्चे अर्थ में साधु हैं। इनमें से कितने ही अपने स्थान पर बैठकर दिन-रात गाँजा पीकर और पिलाकर नकद आय बटोरने में ही व्यस्त रहते हैं।''

फिर मेरे कंधे पर हाथ रखकर आगे बोले, ''समझे बगैर, जाने बगैर गहराई में जाने पर कभी-कभी इसके विपरीत अनुभव होने के कारण, कदाचित् लोगों को समग्र साधु समाज से नफरत हो जाती है।'' कुछ रुककर फिर बोले, ''ऐसा भी नहीं कि सभी साधु एक समान होते हैं। तुम जिनको जानना चाहते हो, ऐसे साधु भी बहुत हैं।''

फिर थोड़ा रुककर बोले, "यह तो गिरनार है, रावल साहब···गिरनार! जुग-जूना-जोगिंदर, इसकी उड़ती धूल से भी लोग पवित्र हो जाते हैं। इस पवित्र 'टेकरी' पर कुछ भी असंभव नहीं है। यहाँ सिद्ध योगियों और शुद्धात्माओं की कमी नहीं है। यहाँ सिद्ध हैं, तो तांत्रिक भी हैं। परिश्रमी साधकों के लिए यह भूमि सिद्धि देनेवाली है, क्योंकि वर्षों से अनेक साधकों और तपस्वियों के पुनीत और पावनकारी चरणों से यह भूमि पवित्र हो गई है।" फिर स्वगत बोल रहे हों, ऐसे कहा, 'गिरनार तो माँ की गोद है। यहाँ प्राप्ति करने के इच्छुक को सबकुछ मिल जाता है।' मेरी तरफ दृष्टि करके बोले, "मेरा स्वयं का यह अनुभव है। खैर···फिर कभी चर्चा करेंगे। धीरे-धीरे सबकुछ पता चल जाएगा, जल्दबाजी मत करना।" कहकर माधवानंदजी मौन हो गए और मुझे मार्ग दिखाते हुए तेजी से चलने लगे। मैं भी तेजी से उनके कदम-से-कदम मिलाकर आगे बढ़ रहा था।

संध्या का समय था। अंधकार का साम्राज्य धीरे-धीरे फैल रहा था। जटाशंकर के स्थान में तथा जोगणिया डुंगर पर हो रही मेलडी माता की आरती की मधुर ध्वनि सुनाई दे रही थी। गिरनार की सीढ़ियों पर स्ट्रीट लाइट का प्रकाश आकाश-गंगा के तारों जैसी जगमगाहट दे रहा था।

शांत चित्त से हम यमुनावाड़ी के पास से गुजर रहे थे। वहीं यमुनावाड़ी से कुछ दूर झाड़ी में धुँधले प्रकाश में मैंने एक साधु की आकृति देखी। उसके साथ ही मेरी आँखें आश्चर्य से विस्फारित हो गईं। मन से उद्गार निकल पड़ा, "ओह! यह तो वही पीले दाँत, गंदी, उलझी जटावाला, परंतु सौम्य चेहरे के साथ सिर खुजलाता, हँसता हुआ साधु है, जिसे कुछ देर पहले कार्यक्रम में देखा था। मुझे लगा कि वह मेरी ही प्रतीक्षा कर रहा है। एक क्षण भय से धीमी झनझनाहट मेरे शरीर में फैल गई। फिर भी हिम्मत करके मैं एक क्षण के लिए रुककर खड़ा हो गया। तभी आगे निकल गए माधवानंदजी की मुझे पुकारने की आवाज सुनकर, फिर मिलने का हाथ से संकेत करके क्षण भर में वह अदृश्य हो गया।

माधवानंदजी के साथ चलते हुए एक ही प्रश्न मन में घूम रहा था कि कौन है यह साधु, कैसा होगा? क्यों उसने मुझे फिर मिलने का संकेत किया, वह कोई तांत्रिक होगा या मैली विद्या करनेवाला होगा अथवा कोई सच्चा अवधूत-मनमौजी साधु होगा, सबसे बड़ा प्रश्न था कि उसे मुझमें क्या रुचि है?

किसी अज्ञात डर और आशंका से घिरा हुआ मैं माधवानंदजी के साथ कदम मिलाता चल रहा था, तभी माधवानंदजी ने मौन भंग करते हुए मुझसे पूछा, उनके

स्वर में विनोद भी था, ''क्यों रावल साहब! साधु बनने में कितना मजा है? देखा न''' !'' खिलखिलाकर हँसते हुए उन्होंने मेरे कंधे पर हाथ रखा। मैं सचेत हो गया। पता नहीं क्यों मुझे लगा कि माधवानंदजी के स्नेह-स्पर्श से मेरा सब डर और आशंका अदृश्य हो गए हैं। मैं पहले के समान हलका-फुलका होकर आनंद से उनके साथ चलने लगा। बापू मौन तोड़कर फिर बोले, ''तो, बात यह है बापू!'' माधवानंदजी कई बार मजाक में मुझे 'बापू' कहकर भी संबोधित करते हैं। उनकी यह निर्लेप और प्रेमपूर्ण विशिष्टता मुझे बहुत अच्छी लगती है। किसी भी व्यक्ति को आनंदमय करने की उनमें मानो ईश्वरीय शक्ति है। मुझे आनंदित देखकर, संसारियों के समान विनोद में बोले, ''देखा बापू! सिर मुँड़ाने के तीन गुण—लोक में बढ़े लाज, खाने को लड्डू मिलें और लोग कहें 'महाराज'!'' कहकर वे खिलखिलाकर हँस पड़े।

मैंने हँसते-हँसते कहा, ''सिर मुँड़ाने से तो नहीं, परंतु भगवा वस्त्रों ने तो मुझे अवश्य 'महाराज' बना दिया है।''

बातें करते हुए हमारा स्थान आ गया। दान बापू दरवाजे पर ही हमारी प्रतीक्षा में खड़े थे। दरवाजे के चबूतरे पर नित्यानंदजी और लँगड़ा बापू बैठे हुए थे। उन्होंने खड़े होकर बापू को प्रणाम किया। हमने भी नमस्कार का आदान-प्रदान किया और अंदर गए। फलाहारी व्यंजनों को खाने से पेट भर गया था, अतः वस्त्र बदलकर पलंग पर लेटकर आज की घटनाओं पर विचार करने लगा। मुझ आज का दिन अद्‌भुत लगा। मैं भगवान् दत्त का उपासक हूँ, परंतु जीवन में पहली बार ही 'दत्त जयंती' के दिन ऐसा अकल्पनीय अनुभव हुआ था। धन्यता के भाव के साथ आँखें बंद करके मैं कुछ देर शांत चित्त से बिस्तर पर लेटा रहा। नींद नहीं आ रही थी, परंतु थकान के कारण आँखें बोझिल हो रही थीं। हमेशा की आदत के अनुसार रात को सोते समय पूरे दिन की घटनाओं के विषय में सोच रहा था। तभी अचानक उस साधु का चेहरा मेरे मनःचक्षु पर उभर आया। सौम्य चेहरा और चमकती प्रेमपूर्ण आँखें होते हुए भी घृणित गंदी जटा और पीले दाँत देखकर मुझे बेचैनी होने लगी। वह गंदी जटा खुजलाता, पीले दाँतवाला चेहरा मेरे सामने हँस रहा था। भय की कँपकँपी के साथ मेरी आँखें खुल गईं, तो सामने दान बापू चाय की छोटी केतली लिये हुए खड़े थे।

''यह'''इस समय!'' मैं यूँ ही हकलाते हुए पूछ बैठा।

''हाँ, बापू ने भेजी है। मेहमान आए थे, उनके लिए बनाई थी।'' कहकर दान बापू चले गए।

चाय पी ली, स्वस्थ होकर नीचे बापू के पास जाने का सोचते हुए नीचे उतरा।

देखा तो मेहमान चले गए थे। धूनी के पास ऊँचे आसन पर बैठकर बापू किसी के साथ बातें कर रहे थे। मैंने धूनी की भस्म माथे पर लगाई और बापू के समीप आसन पर बैठ गया।

उस साधु के साथ जो अनुभव हुए थे, उसके विषय में बापू से पूछने में मैं दुविधा में था। तभी अन्य लोगों के जाने के बाद बापू बोले, "क्यों, रावल साहब! चाय पी ली, आप स्वस्थ हैं?"

मेरे स्वास्थ्य के विषय में बापू ने पूछा तो मुझे शंका हुई कि बापू कुछ जानते हैं, फिर भी दिखाते नहीं हैं। हिम्मत करके मैंने कहा—"बापू, आज के अनुभव के विषय में कुछ पूछना था!"

"अब, सवेरे बात होगी।" बापू ने बीच में ही मेरी बात रोककर कहा, "रात बहुत हो गई है, कुछ देर स्वाध्याय करके 'शुभरात्रि' करते हैं। कहकर बापू श्रीमद्भागवत् खोलकर पढ़ने लगे—

"श्री शुकदेवजी बोले—स्वयं के पुत्र शिक्षित होने, बुद्धिमान होते हुए भी लोगों को शिक्षा देने के उद्देश्य से, भगवान् ऋषभदेव ने पुत्रों को ही प्रथम उपदेश दिया।

"भगवान् ऋषभदेव उपशमन स्वभाववाले और सर्व कर्मों से विराम प्राप्त, उनकी इंद्रियजन्य कामनाएँ संपूर्ण रूप से छूट गई थीं। इस प्रकार 'जीवन्मुक्त' बनकर बड़े पुत्र भरत का राज्याभिषेक करके, शरीर के अलावा, सर्व राज्य आदि का परिग्रह छोड़ 'अग्निहोत्र' की अग्नि को स्वयं की आत्मा पर आरोपित करके राज्य का त्याग करके, विक्षिप्त-समान उन्मत्त बनकर, केवल आकाशरूपी वस्त्र धारण करके अर्थात् दिगंबर होकर, केश खोलकर, ब्रह्मावर्त नामक स्वयं को देश छोड़कर, परमहंस अवस्था में चल पड़े।

उस समय उन्होंने 'अवधूत' वेश धारण कर लिया था। उस अवस्था में कोई बुलाता, तो भी मौन रहते थे। लोगों के बीच वे जड़, अंधे, बहरे, पिशाच तथा विक्षिप्त के समान व्यवहार करते थे, मौन व्रत स्वीकार करके वे सर्वत्र चपुचाप विचरण करते थे।

ऋषभदेव की ऐसी विचित्र स्थिति देखकर लोग उनका तिरस्कार करते, मारते, उनके शरीर पर लघुशंका करके थूकते थे। फिर भी वे उनको अनदेखा करके, दुःखी हुए बिना, निर्लिप्त भाव से घूमते रहते थे।

'सत्य' और 'मिथ्या' जगत् के स्वरूप का अनुभव करके तथा ध्यांन प्राप्त करके वे स्वयं के 'आत्मस्वरूप' ही स्थिर रहते थे। 'मैं' और 'मेरा' का देहाभिमान उन्हें रहा ही नहीं था।

कुछ देर साँस लेकर, मेरी तरफ दृष्टि करके माधवानंदजी मुझे संबोधित करते हुए बोले, ''प्रत्येक व्यक्ति को अपनी उत्तरावस्था में सभी स्पृहाएँ, संकल्प और कामनाएँ छोड़कर 'वानप्रस्थाश्रम' अपना लेना चाहिए।''

फिर आगे पढ़ना प्रारंभ किया—ऋषभदेव अपने आंतरिक और आध्यात्मिक तेज से देदीप्यमान और तेजस्वी तो थे ही, इसलिए उनका आकर्षण लोगों में कामदेव से भी अधिक हो गया था, परंतु सुंदर दिखने के कारण, अपनी सुंदरता छिपाने के लिए भगवान् ऋषभदेव अवधूत जैसे, अपने मलिन शरीर से मानो कोई ग्रह से घिरे हुए हों, वैसे गंदे घृणित दिखाई देते थे।

'गंदे' शब्द पर भार देते हुए माधवानंद ने मुझे विशेष दृष्टि से देखा! ''भगवान् और वे भी गंदे, ऐसा क्यों?'' समझे बगैर मैंने अपना अज्ञान प्रकट किया। पता नहीं क्यों उस गंदी जटा और पीले दाँतवाले साधु का चित्र मेरे मानस-पटल पर आ गया। मुझे लगा कि क्या वह साधु भी ऐसा अवधूत होगा या इस आख्यान के अनुसंधान और मेरी मन:स्थिति के कारण अनायास ही मुझे ऐसे विचार आ रहे हैं? राम जाने, परंतु उस साधु ने मेरे समग्र मन को घेर लिया था, यह बात निश्चित है।

''देखो!'' माधवनांदजी तुरंत बोले, ''साधुओं को ऐसा व्यवहार करना ही पड़ता है। साधना में अज्ञानी लोग बाधा न बनें, इसके लिए लोगों से दूर रहना सिद्ध साधुओं के लिए आवश्यक है और इसीलिए ऐसे साधु जान-बूझकर अवधूत, गंदा वेश धारण करके विचरण करते हैं। इस कारण उन्हें गंदा और पागल मानकर सामान्य लोग उनसे दूर भागते हैं। यद्यपि धार्मिक जीवन जीनेवाले आध्यात्मिक लोगों को वे गुप्त रूप से आशीर्वाद देकर शक्ति प्रदान करते हैं और आवश्यकता होने पर सहायता भी करते हैं। विक्षिप्त, पागल और गंदे लगनेवाले ऐसे साधु कभी 'अवतारी' या अवधूत भी हो सकते हैं।'' फिर कुछ देर रुककर, कोई रहस्य बताने के भाव से आगे बोले, ''ऐसे गंदे और अवधूत जैसे दिखनेवाले साधु सच में पागल भी हो सकते हैं, अत: ऐसे सभी साधु को देखकर अवधूत मत मान लेना, नहीं तो कभी फँस जाओगे।'' कहकर माधवानंदजी जोर से हँसे।

मुझे लगा कि बापू कहीं मुझे उस साधु के विषय में सचेत तो नहीं कर रहे हैं अथवा वह साधु सचमुच अवतारी और सच्चा अवधूत है, ऐसा गर्भित रूप से सब जानते हैं तो फिर स्पष्ट रूप से मुझे क्यों नहीं कहते हैं? मुझे लगा भी कि कदाचित् इस विषय में माधवानंदजी जानते हैं, ऐसा मुझे भ्रम हो गया है।

झूठे भ्रम में पड़ जाऊँ, ऐसे दुर्बल मन का मनुष्य मैं नहीं हूँ, जबकि माधवानंदजी

के विषय में जहाँ तक मेरा अनुभव है, कोई विषय उनसे छुपा नहीं होता है, उनकी चकोर दृष्टि सभी स्थान पर घूमती रहती है! पल भर में सबकुछ जान जाते हैं और जब आवश्यक होता है, तब ही रहस्य के समान प्रकट करते हैं। स्पष्ट कहे बगैर भी वे सब समझा सकते हैं। उपर्युक्त कथा के विषय में कहने के पीछे कोई-न-कोई उद्देश्य होना चाहिए। फिर कभी यह समझ में आ ही जाएगा, ऐसा विश्वास होने से मन में उत्पन्न अनेक प्रश्न मैंने नहीं पूछे, मौन होकर बैठा रहा। बापू ने आगे पढ़ना प्रारंभ किया—फिर जब भगवान् ने देखा कि सभी लोग योग के साक्षात् शत्रु ही हैं, तो उन लोगों को दूर रखने के उपाय में वीभत्स कर्म अर्थात् निंद्य और घृणित व्यवहार ही ठीक रहेगा, ऐसा सोचकर उन्होंने अजगर जैसे व्रत का आचरण प्रारंभ कर दिया अर्थात् सोते-सोते खाना-पीना प्रारंभ कर दिया, खाते-खाते मल-मूत्र करने लगे और विष्ठा में लोटकर शरीर के सभी अंग गंदे कर लिये। इस प्रकार लोक-व्यवहार का त्याग करने के लिए योगियों को ऐसा व्यवहार करना चाहिए, यह बताने के लिए अनेक प्रकार की योगचर्या का आचरण करते थे; इस तरह ब्रह्म के साथ तादात्म्य साधते और अज्ञानी के समान 'मैं शरीर हूँ' ऐसा देहादि उपाधिवाला भाव न होने से, स्वयं अपने प्रयत्न से वे 'अष्ट सिद्धि' के स्वामी बन गए थे। आकाश मार्ग से जाना, मन की गति से आगे जाना, अदृश्य हो जाना, परकाया प्रवेश, दूरी के पदार्थ को पकड़ लेना, आदि योग की सिद्धियाँ उन्हें प्राप्त हो सकीं। फिर भी वे परमहंस इन सभी योग के ऐश्वर्यों से दूर रहते थे।

कथा सुनते हुए मेरा चंचल मन वर्तमान के इस कलियुग में ऐसे योगियों के होने की संभावना के विषय में शंका कर रहा था। इन्हीं सबके विषय में गहराई से जानने का ही मेरा प्रयत्न था, इसी के लिए मेरा यहाँ आगमन, एक साधु के समान जीवन जीना था। खैर! इस विषय में फिर कभी।

मुझे विचाराधीन देखकर बापू पढ़ना छोड़कर मेरे सामने देखकर हँसे और बोले, "रावल साहब! अपनी प्राचीन परंपरा शाश्वत है। यह परंपरा आज भी चल रही है।"

मुझे लगा कि मेरी शंका बापू जान गए हैं और इस शंका के अनुसंधान में वे आगे बोले भी, "आज भी ऐसे योगी हमारी भारतभूमि में हैं। हाँ, यह सही है कि कलियुग के प्रभाव के कारण ऐसे सिद्धयोगियों की संख्या कम है, फिर भी बहुत हैं। मैंने दर्शन किए हैं।"

"आपने दर्शन किए हैं?" बापू के शब्दों को सुनकर मेरा हृदय आनंद से स्पंदित हो गया। यही तो मेरे जीवन का ध्येय है और उसी के लिए यहाँ गिरनार के सान्निध्य में डेरा डालकर पड़ा हूँ। बापू को यह पता है, फिर भी!

''धीरज,'' मेरे विचारों को जानकर माधवानंदजी बोले, ''धीरज; धीरज का फल मीठा होता है, 'उतावला सा बावला, धीरा सो गंभीर'। अभी तुम्हें गंभीर होने की आवश्यकता है। इसके लिए पात्रता पाने की अभी थोड़ी देर है। धीरज रखो, समय आने पर सब हो जाएगा। पात्र तो तुम हो ही, परंतु इस पात्र की क्षमता धीरे-धीरे बढ़ती रहे, यह आवश्यक है। केवल क्षमता बढ़ाने की आवश्यकता है। बस जैसे-जैसे अनुभव बढ़ते रहेंगे, वैसे-वैसे क्षमता में भी वृद्धि होती रहेगी। तुम्हारे अंतःकरण को बाह्य भौतिक परिबलों के प्रभाव से अलिप्त करके अधिक-से-अधिक विशुद्ध बनाओ। तुम्हारी आत्मा ही तुम्हें मार्गदर्शन और सूचनाएँ देगी, उसी के अनुसार करते रहना, तुम जो इच्छा करोगे, वह तुम्हें सामने से मिलता रहेगा। याद रखो, ईश्वर सभी की इच्छा पूरी करते हैं। धैर्य से प्रतीक्षा करो, सभी प्रश्नों का समाधान होता रहेगा।''

फिर कुछ रुककर गंभीरता से बोले, ''परंतु एक बात ध्यान में रखना, कैसा भी संयोग आ पड़े, तो भी घबराना नहीं। विपरीत संयोग भी तुम्हारी आत्मा, तुम्हारी गुरु बनकर मार्गदर्शन देती रहेगी। आत्मविश्वासपूर्वक, भयभीत हुए बिना, डगमगाए बगैर शीघ्र निर्णय लेकर आगे बढ़ते रहना।''

फिर कुछ रुककर, जैसे रहस्योद्घाटन कर रहे हों, ऐसे बोले, ''और हाँ! तुम तो भाग्यशाली हो! तुम्हारे अंदर, जो जीवन भर की हुई 'गायत्री साधना' की प्रचंड शक्ति गुप्त रूप से है, उसे मैं देख सकता हूँ। इस शक्ति से, उसके प्रभाव से तुम्हारी रक्षा होती रहेगी, उपरांत अन्य शक्ति की सहायता! खैर, ये बातें बाद में, थोड़ा आगे पठन कर लेते हैं, जो महत्त्वपूर्ण है।'' कहकर बापू ने आगे पढ़ना प्रारंभ किया—''इसके बाद, स्वयं की देह-त्याग की विधि भी भगवान् ऋषभदेव ने केवल योगियों को उपदेश देने के लिए ही अपना पंचमहाभूत का बना हुआ नाशवान् शरीर छोड़ने की इच्छा व्यक्त की और अपने 'ऋषभदेव' नामक शरीर को, अपनी आत्मा को, आत्मा विषय में स्थापन करके मन, बुद्धि और अंतःकरण में विलीन कर दिया, फिर 'ब्रह्म' के साथ अभेद अर्थात् एकरूप होकर 'ध्याता-ध्येय' से रहित भाववाले बन गए। उसके बाद उन्होंने स्वयं ही अपनी आत्मा के दर्शन करके 'देहाभिमान छोड़ दिया।'

इस प्रकार उनका स्थूल शरीर पृथ्वी पर घूमता था, परंतु वे जीवन्मुक्त थे। ऐसे 'जीवन्मुक्त' बने हुए, उन महायोगी ने स्वयं की आत्मा में स्थिर होकर 'योगाग्नि' प्रकट करके, बाँस के उपवन में अपने शरीर को भस्म कर दिया।!''

भागवत् पठन पूर्ण करके, पोथी बाँधकर बापू ने मेरे सामने प्रश्न-सूचक दृष्टि से देखा!

"भीष्म के समान इच्छामृत्यु!" मैंने अपना ज्ञान प्रकट किया।

"हाँ, यह इच्छामृत्यु थी, परंतु भीष्म जैसी नहीं। भीष्म को वरदान था—उत्तरायण की प्रतीक्षा में छह माह तक वे बाण-शय्या पर मृत्यु विलंबित कर सके थे और इस प्रकार बाणशय्या का भीषण कष्ट सहन करके, किए गए कर्मों का प्रायश्चित्त करके देह छोड़ी थी।!" फिर कुछ रुककर बोले, "परंतु इसमें एक बात समझना महत्त्वपूर्ण है। योगी 'देहाभिमान' छोड़कर 'जीवन्मुक्त' बनने के बाद भी शरीर का अर्थात् भौतिक जड़-देह का जितना आयुष्य निर्माण हुआ हो, शेष रहा हो, तो वह पूरा करना ही पड़ता है। अपने भौतिक शरीर के साथ वह प्रत्येक स्थान पर पशु के समान विचरण करता है, उसका शरीर केवल इंद्रियों की सहायता से ही कार्यरत होता है, परंतु योगी को उसका भान नहीं होता है। मन सहित उसकी सभी इंदियाँ विराम प्राप्त करके, उसकी आत्मा अखंड सत्-चित्-आनंदस्वरूप विराट् और अगोचर परमात्मा में एकरूप होकर अद्वैत हो जाती है। जब उसका नियत आयुष्य पूर्ण हो जाता है, तब योगी के 'ब्रह्मरंध्र' में 'योगाग्नि प्रकट होकर उसके जड़ शरीर को भस्म कर देती है।" कुछ रुककर उपर्युक्त बात के अनुसंधान में बापू पुनः बोले, "परंतु, दूसरी बात—इस भयंकर कलियुग के प्रभाव के कारण कई साधु अर्थात् योगी इस प्रकार योगाग्नि प्रकट करके, देह नहीं छोड़ सकते, जीवित जमीन में समाधि लेकर देह-त्याग करते हैं और तीसरी बात—इस भ्रांतयुग में साधु-योगी भी कई बार अपनी नियत मृत्यु के समय, स्वयं 'जीवन्मुक्त' अवस्था में पहुँचकर भी नहीं जान सकने से तीव्र वैराग्य के प्रभाव में जीवित समाधि लेकर देह-त्याग करते हैं। फलस्वरूप ऐसे योगी या साधु को 'मोक्ष गति' पाए बिना अपने लिंग या सूक्ष्म शरीर से निर्मित आयुष्य पूर्ण हो, तब तक पृथ्वी पर ही विचरण करना पड़ता है।"

"तो क्या ऐसे साधु या योगी को भी अकाल देह-त्याग करने से 'प्रेत योनि' प्राप्त होती होगी?" मैंने जिज्ञासा में पूछा बापू आगे बोले, "प्रेत योनि तो ऐसे जीव को प्राप्त होती है, जिनमें सांसारिक भौतिक सुख प्राप्त करने की वासना रह गई हो। इसमें सूक्ष्म अंतर समझने की आवश्यकता है। जिनका आयुष्य पूर्ण हो गया हो, परंतु वासनाएँ रह गई हों तो उसी के अनुसार उसे पुनः जन्म लेकर संसार-चक्र में फँसना पड़ता है अर्थात् मृत्यु के बाद नूतन देह धारण करना पड़ता है, परंतु जिनका आयुष्य पूर्ण नहीं हुआ हो और अकाल, दुर्घटना, आत्महत्या या हत्या से देहत्याग करना पड़ा हो, ऐसा जीव उसकी अतृप्त वासनाओं के कारण निश्चित समय तक इंद्रिय वासनाओं से लिपटा प्रेत योनि में भटकता रहता है, परंतु 'जीवन्मुक्त' साधु या योगी अपनी प्राप्त

'योग शक्ति' के प्रभाव से सूक्ष्म शरीर से भी आनंदमग्न रहकर सर्वत्र यथेष्ट विचरण कर सकता है। उसका स्थूल शरीर न होने के बाद भी वासनारहित होने से वह योगी देह-त्याग करने के बाद भी आत्मानंद में स्थिर और मग्न रहकर चाहे जहाँ जा सकता है, प्रकट भी हो सकता है और भक्तों या शुद्ध अंत:करणवाले साधकों को मार्गदर्शन और शक्ति प्रदान कर सकता है, संकेत द्वारा सूचना दे सकता है। वार्त्तालाप भी कर सकता है, इच्छानुसार रूप धारण कर सकता है, परकाया प्रवेश कर सकता है!''

कुछ रुककर बापू फिर बोले, ''मैंने ऐसे योगी आत्माओं के दर्शन किए हैं, मिला भी हूँ, बातचीत भी की है।''

बापू की उपर्युक्त बात सुनकर मैं मनोमन हर्षित हो गया। सोचा, मुझे यही तो जानना है, बापू के इस अनुभव की बात से लगा, ग्रास मेरे मुँह आ रहा है। मैंने आश्चर्य से पूछा, ''आपने ऐसी योगी आत्मा के साथ बातचीत भी की है, सच में? मैं नहीं मानता हूँ।'' इस स्वर में बोला।

''हाँ, मैंने देखा है!'' बापू ने भी उसी उत्साह से उत्तर दिया, ''और बातचीत भी की है। तुम्हारा जिज्ञासु और शुद्ध अंत:करण होने से तुमने भी देखा है। कदाचित् देखा हो, परंतु पहचान न सके हो, क्योंकि ऐसी आत्माओं को पहचानना कठिन होता है। कभी-कभी तो वे प्रसन्न होकर अबूझ संकेत करके अदृश्य हो जाती हैं।''

बापू के इस संभाषण के साथ ही मुझे उस गंदी जटा और पीले दाँतवाले साधु की याद आ गई। मैं अपनी जिज्ञासा को शांत करने के लिए मुँह खोलूँ, उससे पहले ही बापू बोले, ''सब समझ में आ जाएगा, अनुभव भी होंगे, परंतु धी···र···ज··· !''

व्यंग्य में मेरे मुँह से निकल गया, ''हाँ। धीरज···धीरज···अवश्य धीरज रखूँगा!''

''बस तो! अब बहुत प्रतीक्षा नहीं करनी पड़ेगी।''

बात की समाप्तिसूचक मुद्रा करके बापू ने मुझे उठने का संकेत किया। माधवानंदजी की प्रत्येक बात और सूचनाओं पर मुझे विश्वास था। अनुभव की कसौटी पर कसे गए उनके सारे शब्द भविष्य में सत्य होते मैंने देखे हैं।

अभी स्वाध्याय द्वारा संपन्न चर्चा पर विचार करता हुआ सीढ़ी चढ़ रहा था। मुझे लगा कि ऋषभदेव की कथा और उसके बाद साधु-योगियों की समाधि द्वारा देह-विलय की बातों के साथ मेरे देखे साधु के साथ कुछ-न-कुछ संबंध होना चाहिए, अंत में बापू का संकेत भी ऐसा ही था, ऐसा मुझे लगा।

'धीरज और अब अधिक प्रतीक्षा नहीं करनी पड़ेगी।' ऐसे उनके गर्भित शब्द, अब तुरंत ही कुछ नवीन घटना होने का संकेत मुझे लगा।

"और हाँ, रावल साहब!" पीछे से माधवानंदजी के शब्द सुनाई दिए, "बाहर निकलना हो तो तुम अपने साथ टॉर्च लेकर निकलना और हाँ ठंड में शॉल भी ओढ़ लेना।"

मेरे आश्चर्य का पारावार न था। मौन उद्‌गार निकल पड़े मेरे मुख से, 'इन महापुरुष को मेरे पास टॉर्च है, इसका भी पता है, परंतु ठंड और आती हुई रात में किसके दिन फिरे हैं कि रात को बाहर निकले!' फिर भी मेरे लिए बापू की भावना और चिंता के कारण मेरे मन में मान पैदा हुआ।

परंतु बापू के भवितव्य के संकेत को मैं तत्क्षण समझ न सका। कमरे में आकर बिजली जलाकर मैंने चारों ओर देखा। तिपाई पर एक बड़े गिलास में दूध ढका हुआ रखा देखा, गिलास के नीचे एक पत्र पड़ा हुआ था; लिखा था, "बापू ने तुम्हारे लिए दूध भेजने की सूचना दी थी, पी लेना।" नीचे लिखा था—दान बापू।

ये दान बापू भी कमाल की 'गाड़ी' है। सुपरफास्ट ब्रॉडगेज ट्रेन के समान दिन भर दौड़ते हैं। बस काम, काम और काम। न थकान, न ऊब। सभी की सेवा स्वयं ही करते हैं, फिर भी सबका यश बापू को देते हैं।

दूध का गिलास पिए बगैर टेबल पर रख, ठंडी हवा होने पर भी ताजी हवा के लिए खिड़की खोल दी। ठंडी हवा के आने के साथ बाहर के नयनरम्य दृश्य को देखकर ताजगी आ गई। उत्तर दिशा की ओर स्थित जोगणिया पर्वत हाथी के समान अंधकार ओढ़कर सो रहा था। पर्वत पर स्थित मेलडी माताजी के मठ से अभी भी 'डिंग...डिंगाक्...डिंग...' डमरू बज रहे थे। यह दूर-दूर से आती डमरू की आवाज जुगुप्साप्रेरक और भयानक लग रही थी। बार-बार बदलते हुए लय-ताल के साथ यह वाद्य कोई मैली विद्या के साधक द्वारा तांत्रिक साधना या प्रयोग की सूचना दे रहा था। पश्चिम की खिड़की से योग साधना पूर्ण करके सोए हुए ऋषि जैसा गिरनार पर्वत पवित्र और नयनरम्य लग रहा था। भैरवजन्य शिला तथा चोटी तक बिजली की ट्यूब लाइट का प्रकाश उसे और अधिक आकर्षक बना रहा था। नयनरम्य दृश्य देख-देखकर मैं मुग्ध हो रहा था।

मैं प्रकृति के सौंदर्य का आनंद ले रहा था, तभी खुले दरवाजे से ठंडी हवा का झोंका आया। हवा से टकराते हुए दरवाजे को मैं बंद करने जा रहा था, तभी मेरी नजर अचानक नदी के दूसरे किनारे पर पर्वत के ढलान पर स्थित पत्थरों से बनी कोई साधु की शुभ्र डेरी (छोटा मंदिर) पर पड़ी। यूँ तो प्रतिदिन मैं इस समाधि को देखता था, परंतु न जाने क्यों, अभी उसका तीव्र आकर्षण होने लगा! आकाश में चमकते तेजस्वी

तारों के प्रकाश में लगभग स्पष्ट दिखाई दे रही समाधि की डेरी में कुछ हलचल लग रही थी और उसी समय डेरी के आले में दीपक जल उठा। इतनी रात में अचानक जलते दीपक को देखकर मेरे मन में उस घटना को जानने की उत्सुकता जाग उठी। जानने की जिज्ञासावृत्ति तो मुझमें प्रबल है ही, परंतु इसके साथ मुझे लगा कि वहाँ जाने के लिए मुझे कोई खींच रहा है। तत्काल यह खिंचाव इतना प्रबल हो गया कि मैं अपने आपको रोक नहीं सका।

हाथ में टॉर्च लेकर, शॉल ओढ़कर तेजी मैं नीचे उतरा। बगीचा पार करके ढलान पर उतर, जामुन के घने वृक्ष के नीचे से होता हुआ गहरे काले पत्थरोंवाली नदी पार करके मैं समाधिस्थल की ओर तेजी से चलने लगा। गहरे काले गोल और छोटे-बड़े पत्थरों को छलाँगता, घने झाड़-झंखाड़ को हाथ से हटाते हुए मैं लगभग दौड़ रहा था। शरीर पर होनेवाले बोरडी के काँटों की खरोंचों को सहन करता हुआ, तेजी से चलते-चलते, थकान लगने पर मैं कुछ देर साँस लेने को रुक गया।

अचानक मुझे आभास हुआ कि यहाँ अकेला नहीं हूँ, कोई और भी मेरे साथ है या मेरे पीछे आ रहा है। टॉर्च के प्रकाश में आस-पास, पीछे मैंने देखा, पर कोई दिखाई नहीं दिया। मेरा भ्रम होगा, ऐसा मानकर मैं शिलाओं और नुकीले पत्थरों को लाँघता टॉर्च के प्रकाश में आगे बढ़ता गया। समाधिवाली डेयरी अब निकट और स्पष्ट दिखाई दे रही थी। मैं और अधिक पास पहुँचा, ध्यानपूर्वक देखा तो उजाले में प्रज्वलित दीपक की ज्योति बड़ी होती हुई और अधिक प्रकाशवान् हो रही है, मुझे ऐसा लगा।

अचानक मेरे पैर थम गए। मनोमन मुझे लगा कि अब आगे नहीं जाने का कोई आदेश दे रहा है। प्रयत्न करने पर भी, मैं एक भी कदम आगे नहीं बढ़ा सका। इसलिए आगे बढ़ने का प्रयत्न छोड़कर मैं स्थिर खड़ा रह गया। यद्यपि मैं डेयरी के बहुत समीप आ गया था और दीपशिखा को स्पष्ट देख सकता था। स्थिर दृष्टि से देखते हुए मुझे लगा कि ज्योति अधिक बड़ी होती जा रही है और मेरे आश्चर्य के बीच वह प्रकाशित ज्योति और अधिक-से-अधिक बढ़ते हुए, डेयरी के आले से बाहर निकल रही थी। मेरे आश्चर्य की सीमा नहीं रही। मन में आया, अब जो होगा; देखा जाएगा।

क्षण भर में मैंने देखा कि ज्योति अब डेयरी के चबूतरे पर स्थिर होकर बढ़ रही थी, उत्तरोत्तर अधिक बढ़ रही थी, परंतु कुछ ही क्षणों में ज्योति ने शांत और शीतल अग्नि के भड़ाके जैसा रूप धारण किया और कुछ ही क्षणों में वह अग्नि विशाल ज योति के रूप में स्थिर हो गई और वह अग्नि के भड़ाके स्वरूप की ज्योति धीरे-धीरे प्रकाशित मानव आकृति का रूप धारण कर रही थी। आश्चर्य की चरम सीमा तो मुझे

तब लगी, जब वह ज्योतिस्वरूप प्रकाशित अग्नि धीरे-धीरे स्पष्ट होते-होते जटाधारी साधु की आकृति धारण कर रही थी।

आकृति के अधिक स्पष्ट होने पर मेरी आँखें विस्फारित हो गईं। अपलक आँखों से देखने पर मुझे स्पष्ट लगा कि ये वही साधु हैं, जिन्हें मैंने आज दो बार देखा था और उनकी प्रतिकृति बंद आँखों से अनायास अनेक बार देखी थी। वही जटा, वही पीले दाँत और हँसता प्रेममय, सौम्य चेहरा! जो उस समय भी अत्यंत सौम्य और प्रेमपूर्ण लगा था। देखकर अभी मेरा अंत:करण भय या घृणा के बदले भक्ति भाव से छलक रहा था। मेरे हृदय में आनंद के स्पंदन जाग उठे। मन में पूर्ण विश्वास हो गया। अंतर की गहराई से शब्दों की ध्वनि आई, 'ओह! यह मेरा देखा हुआ साधु। ये वे ही और वैसे ही योगी हैं, जिनका निदर्शन माधवानंदजी ने स्वाध्याय के समय गर्भित रीति से किया था और उसके साथ मुझे 'उन साधु को तुमने भी देखा है'। बापू के इन शब्दों की सार्थकता समझ में आई।'

अहोभाव से दोनों हाथ जोड़कर मैंने योगी को नमस्कार किया। योगी ने भी आशीर्वाद मुद्रा में दाहिना हाथ उठाकर आशीष दिया। साथ-ही-साथ योगी ने मेरी दाहिनी ओर की शिला की ओर देखा, उधर देखकर वैसे ही आशीर्वाद की मुद्रा में हाथ ऊँचा किया। मैंने शिला की ओर देखा, परंतु अंधकार में कुछ दिखाई नहीं दिया, परंतु मुझे ऐसा लगा कि मेरे अलावा अन्य कोई अवश्य उपस्थित है, जिसे योगी ने आशीर्वाद दिया है। मैंने पुन: हाथ ऊँचे करके, नीचे झुककर दंडवत् मुद्रा में प्रणाम किया। इसी के साथ कुछ ही क्षणों में योगी की स्पष्ट आकृति धीरे-धीरे तेज के रूप में परिवर्तित होकर, छोटी दीपज्योति में परिवर्तित होकर ऊपर जाने लगी। धीरे-धीरे ऊपर जाते हुए वह ज्योति एक तेजस्वी बिंदु जैसी होकर गिरनार के पीछे अदृश्य हो गई।

आश्चर्य और अहोभाव से स्तब्ध हो जाने से, उस अवस्था से निकलने में कुछ क्षण बीत गए और साथ ही आश्चर्य का एक और झटका लगा, पास की शिला के पास एक बड़े कद की मानव परछाईं खड़ी थी, भय से कँपकँपी छा गई मेरे शरीर में और इसके साथ ही मेरी मेरे मुख से, उँगली यंत्रवत् टॉर्च का बटन दबाने से प्रकाश में स्पष्ट चेहरा देखकर सानंदाश्चर्य से निकल पड़ा, ''ओह! आप माधवनंदजी, बापू आप?''

उत्तर में खिलखिलाते हुए पास आकर वे बोले, ''क्यों, तुम्हें अकेले ही योगीबाबा के दर्शन का लाभ लेना था? तुम्हें जाते हुए देखकर मैं भी तुम्हारे पीछे-पीछे आ गया था।''

मैंने हँसते हुए कहा, ''पीछे-पीछे आए या मुझे सब प्रत्यक्ष बताने के लिए आगे-आगे धकेला!''

''अब जो मानो, वही।'' मेरे दोनों कंधों पर हाथ रखकर मुझे आगे करके हँसते-हँसते बोले, ''क्यों, धीरज का फल मीठा लगा या नहीं?''

''जी हाँ, परंतु मैंने देखा था, ये वे ही साधु?'' विश्वास होने पर भी मैंने पूछा, ''उनके विषय में और अधिक जानने की मुझे इच्छा है।''

''हाँ, जिनके विषय में जानने के लिए आज पूरे दिन विचार करके भेजे का दही कर दिया, ये वे ही योगी-महात्मा थे। उनके दर्शन और आशीर्वाद, तुमको अब कठिनाइयों के समय उनका रक्षण मिलता रहेगा।''

ढलान उतरते हुए हम बातें कर रहे थे, तभी मेरा पैर पड़ते ही एक फुफकार की आवाज आई, तो मैं पैर उठाकर पीछे हट गया। टॉर्च के प्रकाश में काले नाग को तेजी से सरकते देखा और मेरा हृदय भय से धड़क उठा।

''घबराने की आवश्यकता नहीं है।'' मेरी पीठ पर हाथ फेरते हुए बापू बोले, ''मैंने कहा था न कि अब रक्षण मिल चुका है, नाग के दंश से तुम सुरक्षित बच गए हो।''

मेरी धड़कन सामान्य हो गई। धीरे-धीरे ढलान उतरकर हम नदी के किनारे पहुँच गए। माधवानंदजी ने बात प्रारंभ की—

''गुरु परंपरा से सुनी हुई और बाद में इन्हीं योगी द्वारा सुनाई गई बात है। पचास वर्ष पहले ये 'योगी' इसी स्थान की 'सूर्य गुफा' में रहकर साधना करते हुए समाधि अवस्था में ही रहते थे, 'शिवानंद सरस्वती' उनका नाम, आयु लगभग पचास वर्ष, देहाभिमान छूट गया था। तीव्र वैराग्य आने से उन्हें अब भौतिक और नाशवान देह में बँधे रहना योग्य नहीं लगता था। उनके गुरु 'ब्रह्मलीन' हो गए थे। गुरुजी की अनुपस्थिति में स्वयं के शिष्यों की अनिच्छा होते हुए भी, जीवित ही यहीं इस स्थान पर समाधि ले ली थी। परंतु उनकी भौतिक देह अर्थात् जड़ शरीर का आयुष्य अभी शेष था। आयुष्य पूर्ण होने से पहले ही समाधि लेकर देह-त्याग करने से उनका मोक्ष नहीं हुआ। इसलिए प्रकृति के नियमानुसार जड़ देह के बगैर आत्मा को सूक्ष्म अथवा लिंग देह के साथ नियत आयुष्य मर्यादा पूर्ण होने तक पृथ्वी पर विचरण करना पड़ता है। यद्यपि जीवन-मुक्त दशा तथा देहाभिमान न होने से ऐसे योगी भौतिक मृत्यु के बाद भी अपनी योग-शक्ति से ब्रह्मानंद में लीन रहकर इच्छानुसार विचरण कर सकते हैं, प्रत्यक्ष हो सकते हैं, मार्गदर्शन दे सकते हैं। अन्य के विचार जान सकते हैं। प्रथम,

भोजन के समय देखा था; तब तुम्हारी 'अगम-निगम' विषय में जानने की इच्छा उन्हें बताई थी। खैर, उसके बाद की बात तो स्पष्ट है। तुम पर उनकी कृपा होने से आज मुझे ध्यान में उनका संदेश मिला था। भगवान् गुरु दत्तात्रेय की जयंती के दिन प्रतिवर्ष समाधि से इसी प्रकार प्रकट होकर गुरु दत्तात्रेय के शिखर पर उनके दर्शन करने जाते हैं। इसलिए योगी के दर्शन का लाभ लेने के लिए ही मैंने तुम्हें प्रेरणा देकर यहाँ बुलाया है।''

बाह्य रूप से 'सामान्य साधु' जैसे दिखते बापू माधवानंदजी में इतनी शक्ति है, यह जानकर मैं मन-ही-मन उनका वंदन करने लगा।

दूसरे किनारे पर चढ़ाई चढ़कर हम अपने स्थान पर आ गए। ''चलो अब, शेष सब बाद में, अब शुभरात्रि कहो, तुम्हारे जैसे अंग्रेजी पढ़े हुए को 'गुडनाइट'।'' कहकर बापू को जाते हुए देख मैंने कहा, ''परंतु अब नींद आए, तब न!''

''आ जाएगी, तुम न चाहो तो भी।'' बोलकर बापू अपने कमरे में चले गए।

कमरे में आकर, दरवाजा बंद करके मैं पलंग पर बैठ गया। सर्वत्र शांति थी। झींगुर की त्रम'''त्रम'''त्रम'''की आवाज से रात्रि की नीरव शांति भंग हो रही थी। जोगणिया पर्वत पर आनेवाली डमरू की आवाज बंद हो गई थी। पूरे दिन के प्रसंगों के अनुभव से मेरा मन अनेक प्रश्नों और विचारों से उफन रहा था। नींद आने की कोई संभावना नहीं थी। अचानक मेरा ध्यान टेबल पर पड़े दूध पर गया, एक ही साँस में मैं सारा दूध गटगटा गया। पेट में दूध जाते ही आँखों में नींद घिरने लगी। विचार शांत हो गए और मैं पलंग पर सीधा सो गया, आँखें बंद हो गईं, मुझे लगा कि मैं चंद्रमा के दूधिया प्रकाश में नहा रहा हूँ। शीतल प्रकाश-पुंज से घिरे मेरे कान में शब्द गूँजे, 'नींद आ जाएगी, तुम न चाहो तो भी!' माधवानंदजी के कहे शब्द और थोड़ी देर में निद्रा देवी ने मुझे अपनी गोद में लपेट लिया।

2

रात को अच्छी गहरी नींद आ गई थी, उससे शरीर में ताजगी और स्फूर्ति आ गई थी। गत रात्रि को थोड़ा जागरण होने के बाद भी सवेरे समय पर नींद खुल गई। शय्या का त्याग करने से पहले दाहिना पैर पृथ्वी पर रखकर माँ दुर्गा के 36 नामों का स्मरण किया, माँ भगवती से शुभ दिन की प्रार्थना की। यद्यपि आज

श्वासोच्छ्वास में बायाँ स्वर चल रहा था, जो भाग-दौड़ और कठिनाइयों भरा दिन होने की सूचना दे रहा था।

यद्यपि स्वरों का मुझे पूरा ज्ञान नहीं है, परंतु मैं जानता हूँ कि यह भारतीय परंपरा निर्मित शुद्ध विज्ञान है, स्वर ज्ञान को समझकर कार्यारंभ किया जाए, तो निश्चित सफलता मिलती है। इस विषय में मैंने पर्याप्त ज्ञान प्राप्त करने का प्रयत्न नहीं किया, परंतु नैमित्तिक कर्म-ध्यान और समाधि में एकाग्रता लाने के लिए मैं बार-बार श्वासोच्छ्वास और कुछ प्राणायाम द्वारा दोनों स्वरों को समान कर सकता हूँ। यदि दोनों स्वर समान रूप से चल रहे हों, तो ध्यान तेजी से लगता है, ऐसा मेरा अनुभव है।

यदि स्वास्थ्य ठीक न हो, सर्दी-जुकाम के कारण नाक बंद हो, तो दोनों हाथ की हथेली माथे पर और कान के ऊपर के भाग के मस्तक पर थोड़ी देर घिसने से दोनों नाक या दोनों में से एक स्वर अवश्य खुल जाता है। यद्यपि अब इसके लिए प्रयत्न करने की आवश्यकता नहीं होती है। अब तो शीघ्र ध्यान लग जाने से समाधिवस्था तुरंत ही प्राप्त हो जाती है। यह मेरा व्यक्तिगत अनुभव है, स्वर शास्त्र के साथ कदाचित् इसका कोई संबंध न हो, मैं नित्य स्वर को जानकर, बिस्तर से उठकर जमीन पर दाहिना पैर टेककर, पृथ्वी माता से प्रार्थना कर, क्षमा माँगकर आगे बढ़ता हूँ।

स्वस्थ होकर मैं नीचे गया। उस स्थान पर समग्र वातावरण प्रवृत्तिमय था, चौगान तथा गौशाला में सफाई चल रही थी। रसोईघर से निकलते धुएँ से प्रतीत होता कि चूल्हा जल रहा है, इसका अर्थ है कि चाय बन रही है। मुझे लगा कि करंज वृक्ष की दातुन करने मैं ही देर से पहुँचा हूँ। प्रातःकालीन आरती कब की हो गई थी। आरती में आश्रमवासियों को स्नानादि करके उपस्थित होना नैतिक रूप से अपेक्षित होता है, परंतु विलंब होने से मैं आरती में उपस्थित नहीं हो सका, इसका मुझे थोड़ा दुःख हुआ।

मैंने गुफाओं की ओर जाने की इच्छा से पैर बढ़ाए। रामानंद स्वामी अपनी गुफा में दैनिक यज्ञ कर रहे थे। पास की बुध और गुरु की गुफा में साधना करते लँगड़ा बापू तथा नित्यानंदजी जप-ध्यान में लीन थे। वातावरण आह्लादक था। सर्दियों की ठंड को उगते सूर्य की किरणें हटाने का प्रयत्न कर रही थीं। गिरनार की चोटी पर सूर्योदय का दृश्य आनंद और स्फूर्ति भर रहा था।

माधवानंदजी से मिलने की इच्छा से मैं धूनी की ओर बढ़ा। बापू उनके आसन पर बैठकर आज का समाचार-पत्र पढ़ रहे थे। मुझे देखकर बोले, "आओ रावल साहब! मैं तुम्हारी ही प्रतीक्षा कर रहा था।" कहकर दान बापू को चाय के साथ तुलसी का उकाला लाने के लिए आवाज दी। मैं नीचे बैठा तो बापू ने समाचार-पत्र में

एक स्थान पर उँगली से स्पर्श करके कहा, ''यह...पढ़ो।'' मैंने देखकर पढ़ा, शीर्षक था—'बाबा के द्वारा बालक का अपहरण'। कई बार ऐसे समाचार पढ़ते हैं, तो इसमें मुझे कोई आश्चर्य नहीं हुआ, परंतु आगे विवरण पढ़कर मैं चौंक गया। जिस बालक के अपहरण का समाचार था, वह मेरे भूतकाल के पड़ोसी मेरे संबंधी और परम मित्र सुरेश भाई का बेटा है।

सुरेश भाई का पाँच या छः वर्ष का एकमात्र पुत्र है, जिसका बाबा द्वारा अपहरण हुआ है। उसके सहपाठी ने बताया कि विद्यालय से लौटते समय एक बाबा ने क्रिकेट की बैट देने का लालच दिया, चॉकलेट दी और फिर कोई मादक वस्तु सुँघाकर बेहोश कर दिया और अपने कंधे पर डालकर तेजी से भाग गया। प्रेस नोट में लिखा था, 'बालक के पिता सुरेश भाई ने पुलिस को खबर दे दी है। बालक का अभी तक पता नहीं चला है, गिरनार पर्वत की तलहटी में और संभावित स्थानों पर खोजने के बाद भी सफलता नहीं मिली है। कदाचित् बाबा उसे अन्यत्र बाहर गाँव ले जाने में सफल हो गया हो; उसकी संभावना भी दिखाई दे रही है।'

यह समाचार मेरे लिए आघातजनक था, सुरेशभाई मेरे परममित्र और स्नेही हैं, मुझे भी उस बालक से अत्यंत प्यार है। बापू के दर्शन करने कई बार हमारे साथ में आया है। बापू भी सुरेश भाई के परिवार से सुपरिचित हैं। इसीलिए बापू ने इस समाचार के प्रति मेरा ध्यान दिलाया, यह मैं समझ गया।

व्यक्तिगत संबंध के कारण यह समाचार मेरे लिए चिंताजनक था। दो किशोर पुत्रियों के बाद, सुरेशभाई का इकलौता पुत्र था। घनिष्ठ संबंध होने के कारण उस कुटुंब पर आए इस आघात और दारुण दुःख को मैं अच्छी तरह समझ सकता हूँ। अब क्या होगा? यह प्रश्न मेरे मन में घूमने लगा। अचानक आ पड़ी इस स्थिति से मैं मतिहीन हो गया।

''क्या सोच रहे हो, रावल साहब?''

बापू का यह प्रश्न मेरे कान से टकराया। शून्यमनस्क भाव से मैं बोला, ''कुछ भी विचार नहीं कर पा रहा हूँ कि वहाँ क्या करना चाहिए, क्या हो सकता है, सुरेश भाई के लिए मैं क्या कर सकता हूँ? मुझे समझ ही नहीं आ रहा है!''

''समझ आ जाएगा, धीरज! सभी समझ में आता जाएगा। तुम्हें शक्ति प्रदान हो चुकी है। अब तुम्हारे अंदर अनंत शक्ति है। विराट् आत्मा का तुम एक अंश हो। अब बाहर की शक्ति की तुम्हें आवश्यकता नहीं है। शक्ति का स्रोत तुम्हारे अंदर और बाहर बढ़ रहा है। आत्मविश्वास को दृढ़ करके कार्य करने का संकल्प करो।

सफलता तुम्हारे चरणों में है, 'उठो, जागो और ध्येय प्राप्ति तक जुटे रहो।' इस मंत्र को आत्मस्थ करके कार्य में लग जाओ। केवल संकल्प करो, संकल्प में बल है, संकल्प ही शक्ति जाग्रत् करने का महान् परिबल है। विराट् ईश्वर ने संकल्प द्वारा ही ब्रह्मांड का निर्माण किया है।''

''परंतु बापू! किसी भी प्रकार आगे-पीछे की भूमिका के बगैर संकल्प कैसे करना?'' परेशान होकर मैंने बीच में प्रश्न किया।

''कार्य करने की तत्परता ही संकल्प की भूमिका है, तुम्हारे अंदर की 'तड़प' तुम्हारे आगे बढ़ने की भूमिका बनेगी। एक बार निश्चित करके प्रवृत्त हो तो रास्ता अपने आप मिल जाएगा। प्रारंभ में विकट लगता हुआ रास्ता फिर अंत में राजमार्ग बन जाएगा!''

दान बापू चाय लेकर आए, तो बात रुक गई। सवेरे-सवेरे दूसरी बार चाय पीने से शरीर में स्फूर्ति आ गई। विचार-शक्ति को बल मिला, बापू के शब्दों ने आत्मविश्वास को दृढ किया। 'पत्थर की लकीर' के समान बापू के शब्दों को कहने के पीछे किसी हेतु के होने से मुझे पूरा विश्वास और श्रद्धा थी; तत्क्षण मन में होने लगा, 'बापू कहते हैं, तो सब पार उतर जाएगा।'

इस कार्य में प्रोत्साहित करने के पीछे कोई-न-कोई उद्देश्य अवश्य होना चाहिए, ऐसी श्रद्धा दृढ हो गई और इस बात की पुष्टि कर रहे हों, इस प्रकार बापू बोले, ''चिंता करने की आवश्यकता नहीं है, ईश्वर जो भी करता है, भले के लिए ही करता है। ईश्वर की इच्छा समझना कठिन होता है। एक परिस्थिति जो एक के लिए कठिन और दुःखदायी होती है, वही अन्य के लिए लाभप्रद भी हो सकती है। यह ध्यान में रखने जैसी बात है। सुरेश भाई के लिए आई दुःखदायक परिस्थिति, तुम्हें एक सुंदर अवसर दे रही है। तुम्हारी जानने की तीव्र इच्छा कुछ पूरी होगी और ईश्वर की इच्छा से सुरेश भाई को सहायता करने के लिए एक सफल 'साधन' बन सकोगे। शेष तुम्हारे प्रयत्न द्वारा 'साध्य' ही निष्पन्न होगा। दोनों हेतु साथ-साथ ही सिद्ध होंगे, ये निःशंक है।''

बापू के शब्दों में गर्भित संकेत था, परंतु उनके कथनानुसार सच में मेरे लिए एक सुंदर अवसर था। यह घटना ही मुझे तांत्रिक साधकों और उनके प्रयोगों का अनुभव करवा सकती है, परंतु यदि यह अपहरण किसी तांत्रिक बाबा-साधु द्वारा हुआ हो तो?

मुझे लगा कि कोई अगम्य शक्ति मुझे तेजी से निर्णय लेने को प्रेरित कर रही है। किसी भी प्रकार के आयोजन के बगैर मेरे कार्य के संकल्प बल के आधार पर,

किसी भी प्रकार कार्यारंभ करने का निर्णय मैंने ले लिया।

तेजी से स्नान करके, ऊपर अपने कमरे में जाकर भगवे वस्त्र निकालकर पैंट-शर्ट पहन लिये। सबसे पहले शहर में जाकर, सुरेश भाई से मिलकर आश्वासन देना चाहिए। बाद में जैसी प्रेरणा होगी, उसी के अनुसार कार्य करेंगे, ऐसा निर्णय लेकर मैं नीचे आया, साथ-साथ मेरा विचार प्रवाह चल ही रहा था।

मुझे लगा कि अपहरण करनेवाला कोई तांत्रिक साधु होगा या कोई अन्य ? मुझे तांत्रिक साधु होने की संभावना अधिक लग रही थी, क्योंकि इससे पहले भी दो-तीन घटनाएँ ऐसी हो चुकी हैं। समाचार-पत्रों में बहुत चर्चा हुई थी। मुझे दूसरा विचार भी आया कि यदि यह अपहरणकर्ता साधु ही होगा, तो उसके पीछे तीन हेतु हो सकते हैं, पहला तो बलिदान देकर किसी देवी-देवता को प्रसन्न करना, उससे मारण या उच्चाटन या वशीकरण जैसी सिद्धि प्राप्त करना, दूसरा ऐसे बालकों को अपंग बनाकर उनसे भीख मँगवाना और स्वयं आराम से रहना चाहते हों। बाबा-साधु विकृत मानस भी रखते हैं, जो छोटे बालकों का अपहरण करके अपनी विकृत मानसिकता को संतुष्ट करते हैं। जो हो सो, विचारों को झटककर मैं अपनी बाइक डेरे से निकालकर, बापू के विशेष कमरे में गया।

आसन पर आँख बंद करके बैठे हुए माधवानंदजी ने मेरे प्रवेश करते ही कहा, "वाह ! योग्य और तेजी से निर्णय किया है। तुम्हारा अनुमान उचित दिशा में है।"

व्यक्त किए बगैर मेरे विचार जान लेनेवाले बापू की प्रशंसा के लिए मेरे पास कोई शब्द नहीं है। केवल श्रद्धा है। कोई कहे, 'माधवानंदजी दौड़ते-दौड़ते नींद ले सकते हैं।' तो मैं यह भी मानने को तैयार हूँ।

"अब अपने आप ही सब निर्णय लेते जाना, जो सही दिशा में ही होंगे। कठिनाइयों के बगैर तुम्हारे विघ्न दूर हो जाएँगे। तुम्हें तुम्हारी चिंता नहीं करनी है।"

बापू के इन सारगर्भित शब्दों का अर्थ समझकर मैं निश्चिंत हो गया। गहरी साँस लेकर मैं बापू के आसन के समीप बैठ गया। बापू खड़े होकर कहीं जाने की तैयारी में, थैले में आवश्यक कपड़े आदि रखते हुए बोले, "दादा गुरु का स्वास्थ्य ठीक नहीं है। मैं वहाँ जा रहा हूँ, सायंकाल तक आ जाऊँगा। तुम शहर में आवश्यक काम निपटाकर मध्याह्न तक आ जाओगे। कोई मेहमान आए तो दान की मदद लेकर सँभाल लेना और हाँ, सायंकाल टहलने जाओ, तब शंभु अग्नि अखाड़े में जाना। यमुनावाड़ी में सरयूदासजी के साथ भी सत्संग करने जाना। वहाँ अन्य साधुओं से मिलना अच्छा है।" फिर कुछ सोचकर बोले, "शहर से सभी तैयारी करके आना।

अच्छे काम के लिए कोई भी वस्तु निस्संकोच साथ में रखना या उसका आवश्यकता के समय उपयोग करना, यदि वह वस्तु अच्छी न हो तो भी बंधनकर्ता नहीं होती है।''

बापू के अंतिम शब्द में गर्भित रूप संकेत था। मैं उन शब्दों को अनायास ही व्यवहार में लूँगा, उसमें विश्वास होने से मैंने उन शब्दों पर विचार नहीं किया।

माधवानंदजी रिक्शा से चले गए, मैंने भी बाद में बाइक से शहर की ओर प्रयाण किया। कालवा चौक पुलिस स्टेशन के पास गाड़ी खड़ी की। मेरे एक वकील मित्र का पुत्र मुकेश जोशी यहाँ पी.एस.आई. के पद पर काम करता है। सुरेश भाई ने यहीं शिकायत दर्ज की होगी, ऐसा मानकर मैंने मुकेश के कमरे में प्रवेश किया। मुझे देखकर मुकेश आदर से खड़ा हो गया, नमस्कार करके बोला, ''सुरेश काका की शिकायत मैंने ही दर्ज की है, काका! आपको देखकर ही मुझे समझ में आ गया कि आप इसी विषय में पूछने आए हो।''

सिर हिलाकर मैंने हाँ कहा। आँखों से ही आगे जानने की उत्सुकता बताई। मुकेश के द्वारा जो जानने को मिला, वह इस प्रकार था—शिकायत दर्ज करने के साथ ही मुकेश ने सुरेश भाई के घर और स्कूल के आस-पास 'खबरी' को काम से लगा दिया था। फोटो के आधार पर आस-पास पूछताछ करने पर मालूम पड़ा कि उस विस्तार में स्थित एक मंदिर में देवी-पूजक जैसा एक साधु दो दिन से ठहरा था। उस दिन एक पाँचेक वर्ष के लड़के के साथ उसे निकलते हुए कई लोगों ने देखा था। लड़के का नाम किसी को पता नहीं है। फोटो देखकर किसी ने कहा, 'यही लड़का था,' उसने निश्चित पहचान नहीं बताई, परंतु एक बात निश्चित थी, शंकास्पद रूप से लड़का डरते-डरते साधु के साथ जा रहा था।

खबरी द्वारा मिली सूचना के आधार पर मुकेश ने मंदिर में जाकर मुलाकात की। विशेष ढंग से थोड़ी पूछताछ करने पर पता चला कि वह देवीपूजक पक्का शराबी और चरस-गाँजे का धंधा करता था। पत्नी की मृत्यु के बाद साधु का वेश धारण करके मैली साधना करने के रास्ते चल पड़ा था। फिर उसने तंत्रविद्या को ही अपना व्यवसाय बना लिया था। अंध-श्रद्धालु लोगों के पास से मोटी रकम लेकर कई काम कर देता था। 'नरबलि' जैसा वीभत्स और कैसा भी भयानक कार्य करने में वह झिझकता नहीं था। जानकार लोग भी उसके डर के कारण कुछ बोल नहीं सकते थे।

गिरनार के किसी अगोचर स्थान पर वह रहता है, जिसकी जानकारी देने में पुजारी भी झिझक रहा था। फिर उसे जेल और बदनामी का डर बताकर अधिक जानकारी उगलवाने पर पता चला कि श्मशान की उत्तर दिशा में स्थित 'मेलडी माता' का एक

मंदिर है, जिसका एक अन्य साधु महान् उपासक है। यह साधु देवीपूजक साधु का सहयोगी और मददकर्ता है, जो अधिकतर छुपकर किसी अन्य स्थान पर रहता है। गाँजे-चरस और शराब का व्यसनी है। इससे अधिक जानकारी मुकेश को नहीं मिली थी। सबूत के बगैर पुलिस विभाग तेजी से आगे नहीं बढ़ सकता, यह भी स्वाभाविक है। विलंब करने में खतरा था और आगे बढ़ना मतलब हवा में लाठी भाँजने जैसा था।

सुरेश भाई से मिलकर समय गँवाने से अच्छा था कि मुकेश के साथ संदेश पहुँचा देना। सबसे पहले देवीपूजक साधु के साथी साधु से मिलकर आगे बढ़ने का निश्चय किया, उसे प्रसन्न करने के लिए गाँजा, दारू और चरस लेकर ही उसके पास पहुँचने का निर्णय लिया, मुकेश को इसकी व्यवस्था करने का उत्तरदायित्व बतौर वकील मैंने उसे दिया। मुकेश को मैंने अपनी योजना और ऐसे पदार्थ साथ रखने के कारण को विस्तार से समझा दिया। सुनकर सहमत होते हुए मुकेश ने भी कहा, ''हमारे पुलिस विभाग को भी अपराधी को पकड़ने के लिए ऐसे लालच देने पड़ते हैं। आप पुलिस विभाग को सहायता करनेवाले हो तो मुझे भी इतनी मदद करनी चाहिए, जो मेरे कर्तव्य का ही अंग मानी जाएगी।''

सायंकाल से पहले सभी वस्तुएँ स्थान पर पहुँच जाएँगी, ऐसा मुकेश के उत्तरदायित्व लेने पर, मैं दोपहर 1 बजे डेरे पर वापस आ गया। सभी भोजन करके अपने स्थान पर विश्राम कर रहे थे। दान बापू काम से निवृत्त होकर मेरी प्रतीक्षा कर रहे थे। सादी दाल-रोटी का भोजन करके मैं अपने कमरे में गया। आगे बढ़ने की कोई निश्चित भूमिका न होने के कारण दुविधायुक्त मनोदशा के साथ बिस्तर पर लेटकर, आगे की कारवाई के विषय में सोचता रहा। यद्यपि मेरे विचार करने की आवश्यकता नहीं थी, क्योंकि मुझे पूरी श्रद्धा थी कि मैं जो भी निर्णय लूँगा, वह माधवानंदजी की प्रेरणा से ही लूँगा।

आज तक के मेरे अनुभव से मुझे विश्वास हो गया था कि माधवानंदजी से कुछ भी अगोचर अर्थात् गुप्त नहीं रह सकता। उनकी दृष्टि वर्तमान या भूतकाल तो ठीक, भविष्य को भेद सकती है। मेरे भविष्य के काम में गाँजा, चरस और दारू की भी आवश्यकता पड़ेगी, इसका उन्हें पता था और इसीलिए उन्होंने इन वस्तुओं का उपयोग करने की मुझे गर्भित रूप से अनुमति दे दी थी। 'शहर से सभी तैयारी करके आना। अच्छे कार्य के लिए कोई भी वस्तु रखना या उसका उपयोग करना, वह वस्तु अच्छी न होने के बाद भी बंधनकर्ता नहीं होती है।' माधवानंदजी की व्यावहारिक दृष्टि अब समझ में आ गई थी। अब आगे की प्रवृत्ति दोपहर के बाद ही हो सकती

है, मानकर निश्चिंत होकर सो गया।

नींद खुली तो तीसरे प्रहर के चार बज रहे थे। नियम के अनुसार स्नान करके एक घंटा ध्यान के साथ गायत्री मंत्र का जाप किया। सामान्यत: जप के साथ ध्यान करते समय मुझे, सौम्य चंद्र के धवल प्रकाश के शीतल सरोवर में स्नान कर रहा हूँ, ऐसा आह्लादक अनुभव होता है, परंतु आज ध्यान के समय मुझे लगा कि मेरे इस अनुभव में विक्षेप हो रहा है। धीरे-धीरे प्रकाश-पुंज कम होते-होते मुझे पर्वतीय जंगल विस्तार दृष्टिगोचर होने लगा। पर्वतीय विस्तार के मध्य में सूखती जा रही नदी और उसके किनारे देसी कवेलूवाली झोंपड़ी भी नजर आने लगी। फिर मुझे लगा कि मानो मैं हवा में तैरते हुए आकाश मार्ग से आगे बढ़ रहा हूँ। जो दृश्य दिख रहे थे, वे स्पष्ट रूप से मेरे मन में अंकित हो रहे थे। एक घंटे में मुझे बहुत दृश्य देखने को मिले। दुर्लभ रास्ता, थोड़ी दूर पर्वत और उसके पीछे का भाग, सभी दृश्य मेरे मानस में स्मृति रूप में अंकित हो रहे थे।

मन सहित सभी इंद्रियाँ अर्थात् शरीर एक प्रकृतिप्रदत्त घड़ी जैसा है। वह योग्य समय पर, उचित रूप से नियमित कार्य अपने आप स्वयं पूर्ण करता है। ध्यान पूर्ण होने पर मैंने घड़ी देखी, ठीक 5 बजे थे, जो ध्यान पूर्ण करने का समय मेरा सदा रहा है।

ध्यान में प्रकाश-पुंज के स्थान पर ऐसे दृश्य दृष्टिगोचर होना, एक संकेत था, गर्भित मार्गदर्शन था। उसका अनुभव मुझे बाद में हुआ, परंतु उस समय मैंने यह अनुभव चित्तसंक्षोभ की वृत्ति का मान लिया। ध्यान के समय थोड़ा भी मन विचलित हो, तो ऐसे दृश्य दिखने लगते हैं। वर्तमान परिस्थिति के कारण मुझे वे दृश्य स्वाभाविक लगे थे।

अभी घूमने जाने के समय में घंटे भर की देर थी। मुकेश जो सूचनाएँ और सामान भेजनेवाला था, उसकी भी प्रतीक्षा करनी थी।

नीचे जाकर दान बापू के हाथ की गरमागरम चाय पी। आँगन में रखा सामान से भरा थैला बताकर दान बापू ने कहा, "अशोक भाई से मँगवाई गई वस्तुएँ आ गई हैं।" दो दिन पहले ही मैंने एक छात्र से अपने लिए नए जूते-मोजे, आवश्यक दवाइयाँ, चिक्की-बिस्किट आदि वस्तुएँ मँगवाई थीं, जो आज आ गई थीं। इन सभी वस्तुओं की मुझे विशेष आवश्यकता पड़ने वाली थी, ऐसा मुझे अब प्रतीत हो रहा था। कुछ समय बाद मुकेश ने एक रिक्शावाले के साथ सभी वस्तुएँ एक संदेश के साथ भेजी थीं, वे भी मिल गईं। योग्य समय पर, योग्य वस्तु मिल जाए, तो कार्य की सफलता के लिए शुभ संकेत माना जाता है। आगे भी कोई कठिनाइयों के बगैर कार्य पूरा होगा ही, ऐसा सकारात्मक मनोबल मुझे मिल रहा था।

'पंच अग्नि अखाड़ा' और 'यमुनावाड़ी' की मुलाकात होने की माधवानंदजी की दी हुई सूचना याद आने पर मैं दान बापू से सभी वस्तुएँ योग्य स्थान में रखवाने का अनुरोध करके घूमने के लिए निकल गया।

यमुनावाड़ी में मुझे सरयूदासजी से मिलना था। रास्ते के दाहिनी ओर जंगल से घिरी हुई 'यमुनावाड़ी' स्थित है। कुछ महीने पहले ही अयोध्या से आए हुए 'साधु सरयूदासजी' के साथ मेरा अनौपचारिक रूप से परिचय हुआ था, बस। उनके विषय में विशेष अधिक नहीं जान सका था। उनके ज्ञान और अनुभवों की बातें मैंने सुनी थीं। अनेक प्रकार के साधु-संतों के समागम में आए सरयूदासजी वर्ष में आठ महीने प्रवास करके, गिरनार के पास किसी भी स्थान पर चातुर्मास व्यतीत करते हैं। यूँ तो जूनागढ़ आना-जाना उनका होता रहता है। वर्तमान में उनका निवास यमुनावाड़ी में था। माधवानंदजी की सूचना से ही आज मैं उनसे मिलने जा रहा था।

बगीचे के दरवाजे में प्रवेश करते ही मैंने देखा, तो दरवाजे के सामने बरामदे में सरयूदासजी किसी अन्य जटाधारी साधु के साथ वृक्ष के नीचे बैठकर वार्त्तालाप कर रहे थे। समीप जाकर मैंने 'ॐ नमो नारायण' बोलकर विधिपूर्वक चरण-स्पर्श किए। आशीर्वचन बोलकर उन्होंने मुझे बैठने का संकेत किया। पास के आसन पर मैं बैठ गया। तभी वे जटाधारी साधु तेजी से उठकर चले गए। देखकर मुझे आश्चर्य हुआ, इस प्रकार अचानक चले जाने का कारण मैं समझ नहीं सका। क्षोभ के साथ मैंने सरयूदासजी के सामने देखकर पूछा, "मेरा आना आपके वार्तालाप में विक्षेप रूप तो नहीं हुआ न? मेरे आते ही वे महात्मा अचानक चले गए!"

"नहीं, ऐसा नहीं है।" सरयूदासजी हँसकर बोले, "तुम्हें क्षोभ होना स्वाभाविक है। उन्हें मेरे पास बैठे देखकर तुम्हें मानसिक रूप से जो झिझक हुई, वे वह समझ गए थे। इसलिए उनकी अनुपस्थिति में निस्संकोच तुम मेरे साथ बातचीत करके, आवश्यक जानकारी ले सको, तुम्हारा मार्ग खुला रखने के उद्देश्य से वे चले गए हैं।"

मेरी मानसिक स्थिति उन्हें कैसे पता चल गई, मैं उनसे पूछने ही लगा था कि सरयूदासजी ने कहा, "विचारों को जान लेने की उनके पास सिद्धि है।"

"ओह! तो यह बात है!" मेरे मुख से उद्गार निकल पड़े।

वास्तव में यहाँ आते समय देवीपूजक साधु के विषय में कुछ जानने की इच्छा मन में आई थी, परंतु यहाँ आने के पीछे मेरा उद्देश्य यही था, ऐसा भी नहीं कह सकता हूँ, परंतु मुझे सरयूदासजी से मिलने की सूचना देनेवाले माधवानंदजी का उद्देश्य यही था, यह बाद में मुझे समझ में आया, साथ ही यह भी समझ आया कि

सरयूदासजी भी मेरे आगमन का अनुमान लगा चुके थे। उनके साथ मैं किसी घटना के विषय में जानने या चर्चा करने आया हूँ, यह अप्रत्यक्ष रूप से बताकर मेरी बात की पूर्वभूमिका बना दी थी।

संक्षेप में कहूँ तो वे सबकुछ जानते हैं, ऐसा मुझे उनके मुख के भावों से स्पष्ट समझ आ गया। अत: मैंने तुरंत बात प्रारंभ कर दी। मौन धारण करके 'अथ: से इति' तक मेरी पूरी बात वे शांति से सुनकर बोले, "तुम्हारे विषय का मानसिक संदेश मुझे माधवानंदजी द्वारा ध्यान के समय प्रात:काल ही मिल चुका है।"

सिद्ध साधुओं की दुनिया में प्रवेश करने के बाद मेरे लिए इसमें नया कुछ नहीं था। सिद्ध पुरुष इस प्रकार संदेश का आदान-प्रदान कर सकते हैं। यह अब मुझे अच्छी तरह समझ में आ गया है। इसलिए आश्चर्य भाव दिखाए बगैर मैंने सरयूदासजी की बात पर ध्यान केंद्रित किया।

"तुम जिस देवीपूजक तांत्रिक की खोज में हो, उसका सहयोगी साधु, जो वास्तव में उसका गुरु है और वह मेरा गुरुभाई है।"

सुनकर एक भयंकर भूकंप जैसा झटका लगा। मुझे लगा सरयूदासजी जैसे महान् सिद्ध-महात्मा का ऐसा भयंकर गुरुभाई और एक आवारा देवीपूजक का गुरु? तो फिर इन सरयूदासजी के विषय में क्या धारणा बनेगी? एक चिंता की लहर दौड़ गई मेरे दिल-दिमाग में। उसी समय मानो मेरे विचारों की प्रतिध्वनि हुई, सरयूदासजी के शब्दों में, प्रत्युत्तर रूप में—"चिंता या शंका करने की आवश्यकता नहीं है। यदि मैं भी वैसा भयंकर तांत्रिक साधु होता, तो तुमको माधवानंदजी मेरे पास भेजते क्या? बोलो!" कहकर वे मंद-मधुर स्मिति के साथ मेरे सामने देखते रहे। तत्काल मेरे मन की बात जान लेनेवाले सरयूदासजी के समक्ष मेरा मस्तक शर्म से झुक गया।

"आपके जैसे पवित्र महात्मा का गुरुभाई ऐसा कैसे हो सकता है! यह सोचकर मुझे ऐसा विचार आ गया, उसके लिए मैं क्षमा माँगता हूँ।" मैंने झिझकते हुए प्रत्युत्तर दिया।

"स्वाभाविक है, इसमें तुम्हारा कोई दोष नहीं है। कोई भी व्यक्ति ऐसे ही सोचता।" सरयूदासजी प्रसन्न और शांत मुख से बोले, "ऐसा विचार आना स्वाभाविक है और वास्तविक भी है, क्योंकि 'जैसा संग वैसा रंग' लगे बगैर रहता नहीं है। ऐसा संग मनुष्य का हो या इंद्रियों को उत्तेजित करनेवाले किसी पदार्थ का भी हो सकता है। जड़ या चेतन पदार्थों की ऊर्जा मनुष्य के शरीर व मन पर निरंतर प्रभाव डालती रहती है और इसीलिए सत्संग और योग्य स्थान पर रहने का विधान शास्त्रों में किया गया है।"

कहकर कुछ देर के लिए सरयूदास बोलते हुए रुक गए।

मुझे समझ में आ गया कि अब मुझे बोलने की कोई आवश्यकता नहीं है। अत: बगैर बोले या पूछे मैं सरयूदासजी को उत्सुकतापूर्वक सुनता रहा।

''जिसे तुम देवीपूजक तांत्रिक का साथी समझ रहे हो, वह मेरा गुरुभाई 'अद्‌भुतानंद' आजकल धर्मभ्रष्ट और कर्मभ्रष्ट योगी जैसा जीवन जी रहा है।'' फिर कुछ रुककर, मानो अतीत की गहराई में डूब गए हों, वैसे स्वर में बोले, ''एक समय ऐसा भी था, जब हम दोनों हिमालय में गुरु महाराज के सान्निध्य में रहकर योग-साधना द्वारा सिद्धियाँ प्राप्त कर रहे थे। बहुत सिद्धियाँ प्राप्त कीं।'' कहकर होंठ बंद कर सरयूदासजी मौन हो गए।

मुझसे मौन सहन नहीं हुआ, उत्सुकता से पूछ बैठा, ''फिर?''

''फिर?'' मौन तोड़ते हुए सरयूदासजी बोले, ''फिर! मैंने पहले कहा था कि जैसा संग, वैसा रंग। फिर यह संग ललचानेवाले किसी पदार्थ का भी हो सकता है, परंतु उसका प्रभाव भयानक होता है।'' फिर मूल बात पर आते हुए सरयूदासजी बोले, ''परंतु आजकल वे सब सिद्धियाँ अद्‌भुतानंद के पास से धीरे-धीरे चली गई हैं।''

''परंतु ऐसे पवित्र और सिद्ध योगी का ऐसा अध:पतन कैसे हो गया?'' पूछने की आवश्यकता नहीं थी, फिर भी पूछ बैठा। सरयूदासजी भी माधवानंदजी के शब्दों की प्रतिध्वनि जैसे हँसकर बोले, ''धीरज···! माधवानंदजी की अहेतुक कृपा तुम्हारे ऊपर है। उसी ने तुम्हें ज्ञान के साथ जानकारी और मार्गदर्शन देने के लिए, मुझे ध्यान द्वारा सूचना भेजी है।''

कुछ देर रुककर सरयूदासजी आगे बोले, ''योगी किसी भी स्तर तक पहुँचा हो, फिर भी थोड़ी सूक्ष्म वासना भी रखता हो और सिद्धियाँ प्राप्त की हों, तो भी 'ब्रह्म' को प्राप्त नहीं कर सकता है। प्राप्त सिद्धियाँ ही उसे ललचाकर पतन के मार्ग पर ले जाती हैं। इसीलिए योगी प्राप्त सिद्धियों की ओर दुर्लक्ष्य रखकर ब्रह्मानंद में लीन रहकर, निर्लिप्त भाव से···भौतिक शरीर का नाश हो, तब तक अवधूत के समान आयुष्य पूर्ण करते हैं। पूर्वजन्म के शेष संस्कारों के कारण या थोड़े-बहुत निर्बल मन के कारण अद्‌भुतानंद प्राप्त सिद्धियों को पचा नहीं सका।'' फिर आगे बढ़ते हुए बोले, ''सिद्ध योगी प्राप्त सिद्धियों की ओर जरा भी लक्ष्य नहीं देते हैं अथवा प्राप्त सिद्धियों से वे सजगता से अनजान रहने का सतत मानसिक व्यायाम करके निर्लिप्त रहते हैं, क्योंकि वे 'गीता' के आदर्श के अनुसार मन का कभी विश्वास नहीं करते हैं। मन को अपना शत्रु मानते हैं। वे जानते हैं कि कितना भी दृढ मन हो, परंतु विशेष परिस्थिति में धोखा

दे बैठता है। जगत् में अविश्वास का कोई पात्र है, तो वह मनुष्य का स्वयं का मन ही है।'' फिर कुछ रुककर मूल बात पर आते हुए सरयूदासजी आगे बोले, ''अद्‌भुतानंद प्राप्त सिद्धियों के उपयोग और उपभोग का लालच रोक नहीं सके। सच्चे-झूठे अनेक शिष्य बनाकर, अभिमानपूर्वक इंद्रियजन्य सुखों में मौज करने लगा। तांत्रिक साधना के लालच में देवीपुत्र जैसे अनेक शिष्यों के साथ मिलकर उसका लाभ उठाने लगा। फलस्वरूप आत्मानंद में मग्न रहने के बदले अद्‌भुतानंद पतन के गर्त में तेजी से लुढ़कता गया। इस कारण क्रमशः सिद्धियाँ के जाने से क्षणिक और नाशवान इंद्रिय सुखों में आनंद प्राप्त करने के लिए गाँजा, दारू और अफीम जैसे मादक पदार्थों का सेवन करते हुए व्यसन का गुलाम हो गया है।

''सभी दैवी-शक्तियाँ क्षीण हो जाने से उसका कोई मूल्य नहीं रहा। आज व्यसन के कारण उस देवीपूजक जैसे अधम तांत्रिक को भी अनिच्छा से सहयोग देना पड़ता है। आज देवीपूजक उसके नराधम कार्यों को पूरा करने के लिए अद्‌भुतानंदजी को बलात् जोत रहा है। खैर, जो भी हुआ। कदाचित् उसे अभी भी उसके कर्मों के अनुसार, अनेक जन्मों द्वारा अनेक शरीर धारण करना होगा, क्योंकि ईश्वर की अहेतुक कृपा उस पर नहीं हुई होगी!''

रुककर वे गहरा विचार कर रहे हों मौन में जैसे, फिर पुनः बोले, ''परंतु इसके बाद भी उनके पास एक अवसर है, क्योंकि वह उसके कृत्यों के लिए पश्चात्ताप की अग्नि में जल रहा है और यही बात उसे वापस लौटने का अवसर निर्माण करा रही है, उसका आयुष्य भी अभी बहुत है। वह पुनः साधना करके ऊँचाई प्राप्त कर सकता है। खैर...!'' कहकर वे मौन हो गए। थोड़ी देर बाद एक गहरी साँस लेकर सरयूदासजी के पास जो कमंडल पड़ा था, उसमें से आचमन लेकर बोले, ''तुम श्मशान की तरफ से पीछे के भाग में थोड़ा आगे बढ़ोगे, तो ध्यान के समय प्राप्त मार्गदर्शन के अनुसार आसानी से अद्‌भुतानंद तक पहुँच सकोगे। मैं अद्‌भुतानंद को ध्यान द्वारा तुम्हारे विषय में संदेश भेज दूँगा, तो वह तुम्हें आवश्यक सब सहयोग देगा। यद्यपि ध्यान द्वारा बातचीत करने की उसकी शक्ति क्षीण हो गई है, परंतु मैं अपनी शक्ति से उसे मानसिक संदेश पहुँचा दूँगा, जिसे ग्रहण करने की शक्ति मेरे द्वारा उसे प्राप्त होगी।''

इतना कहकर कमंडल लेकर खड़े होते हुए सरयूदासजी जाते-जाते बोले, ''हमें भी 'नित्यकर्म' द्वारा आत्मारूपी कलश को माँजना पड़ता है। भले वह लोटा स्वर्ण का हो, तो भी प्रमाद नहीं करना चाहिए। निरंतर सावधान रहना चाहिए।'' इतना कहकर सरयूदासजी डेरे के उस पार घने जंगल में अदृश्य हो गए। मैं बहुत देर तक

उस दिशा में ताकता रहा।

धरती पर धीरे-धीरे अंधकार की परछाईं उतरना प्रारंभ हो गई। स्वच्छ आकाश में, वृक्षों के झुंड के बीच से कोई-कोई तेजस्वी तारा चमकता दिखाई दे रहा था, मानो असंख्य अन्य साधुओं के बीच माधवानंद और सरयूदासजी जैसे।

धुँधले प्रकाश में आगे बढ़ते हुए मुझे लगा कि अभी भी कुछ कमी है। मेरे मन में हुआ कि जिनके अस्पष्ट दर्शन हुए थे, वे महात्मा फिर से मिलें तो अच्छा और तत्काल मेरी ये इच्छा पूरी हो रही हो, वैसे थोड़ी दूर एक विशाल वटवृक्ष के नीचे ध्यानस्थ अवस्था में बैठे, वे महात्मा मेरी दृष्टि में आए। तुरंत ही उनके पास जाकर वंदन करके मैं खड़ा रहा और मेरे कान में आश्चर्यजनक रूप से उनके धीर-गंभीर शब्द पड़े—

"आओ अनंतानंदजी! भविष्य के 'गृहस्थी साधु'"।" सानंदाश्चर्य के साथ कान में पड़े इन शब्दों को सुनकर पल भर के लिए मैं स्थिर हो गया। मेरा वर्तमान का नाम और भविष्य में मैं दीक्षा ग्रहण करके साधुत्व स्वीकार करके प्रस्तुत नाम ग्रहण करनेवाला हूँ, उसकी जानकारी आदि का अर्थ यह हुआ कि मेरे विषय में ये महात्मा संपूर्ण जानकारी रखते हैं, साथ ही मेरी जिज्ञासावृत्ति ने जानने के लिए जोर पकड़ा या मेरे उठते विचारों को तथा भविष्य में होनेवाली घटनाओं के विषय पहले से कैसे जान सकते हैं, ऐसी सिद्धि किस प्रकार प्राप्त हो सकती है ? ऐसे क्षणिक विचार में डूबा हुआ था कि मेरे कान में खिलखिलाकर हँसने की आवाज आई। वह मधुर हास्य और चमकती श्वेत दंत पंक्तिवाले महात्मा के मुख से शब्द निकले—"भूत, भविष्य और वर्तमान में होनेवाली सभी घटनाओं को केवल वर्तमान में ही जान सकते हैं, केवल वर्तमान।" कहकर वे मेरे सामने प्रेममयी दृष्टि से देखते रहे।

उनके कहने का तात्पर्य मैं समझ नहीं सका, दोनों हाथ जोड़कर नम्रता से कहा, "मैं आपके कथन का भावार्थ नहीं समझ सका, कृपा करके आप समझाओ।"

"बहुत कठिन बात।" महात्मा ने मुझे समझाते हुए कहा, "फिर भी" दृढतापूर्वक प्रयत्न किया जाए तो सरल। तुम्हारे समक्ष हर पल वर्तमान ही खड़ा है। एकाग्र होकर, भूत-भविष्य को भूलकर, वर्तमान में गुजर रहे क्षण-क्षण को आत्मसात् करो। मन को केवल 'पूर्ण वर्तमान' क्षणों पर ही सतत लगाए रखो, वर्तमान पर ही ध्यान केंद्रित करो, इससे तुम निर्विकल्प समाधिवस्था में सदा स्थिर रहकर समग्र ब्रह्मांड के साथ एकरूपता साध सकोगे। ब्रह्मांड के साथ सतत सध रही यह 'एकरूपता' तुम्हें समग्र ब्रह्मांड का ज्ञान अपने आप करवाएगी।

''मन के अंदर ही सभी शक्तियाँ स्थित हैं। विक्षुब्ध और चंचल मन के कारण बिखर गई शक्ति, मन की एकाग्रता से केंद्रित होकर, महाशक्ति का रूप धारण कर लेती है और यह महाशक्ति ही विश्व का चालक बल और कारण का भी कारण है। समग्र ब्रह्मांड की उत्पत्ति, रक्षा और नाश करनेवाला अविनाशी परिबल है। जो ब्रह्मांड में व्याप्त है, वही तुम्हारे अंदर भी है। उस शक्ति को जाग्रत् करने के लिए मन को दृढ करके, बलात् जकड़े रखकर, मात्र वर्तमान में ही केंद्रित करने की आवश्यकता है। फिर सबकुछ ब्रह्ममय हो जाने से मन से कुछ भी अगोचर नहीं रहेगा, प्रत्येक आत्मा के साथ एकरूपता सध जाने से तुम सबकुछ जान सकोगे। मन को दृढ करके मात्र वर्तमान के प्रत्येक क्षण पर निरंतर ध्यान केंद्रित करो।''

फिर थोड़ा मौन रहकर आगे बोले, ''ब्रह्म-साक्षात्कार करने का यह सरलतम रास्ता है। कठिन है, परंतु साध्य है, सरल है, फिर भी दु:साध्य, दृढ मनोबल, सतत अभ्यास और तीव्र वैराग्य के बगैर संभव भी नहीं है। सभी विषयों की आसक्ति में से इंद्रियों को अलग करना पड़ता है। उसके बाद ही 'स्थितप्रज्ञा' प्राप्त होती है, उसके बाद ही सबकुछ स्वाभाविक रूप से संभव होता जाता है।'' कुछ देर रुककर फिर बोले, ''धीरे-धीरे तुम भी सब प्राप्त कर सकते हो। अपने दृढ संकल्प द्वारा पतंजलि के अष्टांग योग के अनुसार साधना करके, ऐसी सिद्धियाँ प्राप्त कर सकते हो।''

मैं महात्मा का वक्तव्य ध्यानपूर्वक सुन रहा था, परंतु मन-ही-मन घबरा रहा था। अटपटे अष्टांग योग की साधना मैं कहाँ और किसके आधार पर कर सकता था?

मेरी घबराहट समझकर महात्मा तत्क्षण बोले, ''घबराने की आवश्यकता नहीं है। तुम्हारे दृढ-संकल्प से योग्य गुरु, योग्य समय पर अपने आप सामने से मिल जाएँगे।'' कहकर अपनी बात पूर्ण करके, खड़े होते-होते बोले, ''संध्या के बाद की मेरी उपासना का समय हो गया है, 'नैमित्तिक कर्म' अब आवश्यक नहीं है, परंतु चलाए रखना हितावह है। नैमित्तिक कर्म मन को निर्बल होने से रोकता है और ईश्वर सान्निध्य की डोर को अटूट रखता है।'' कहकर वे कुटीर के अंदर चले गए।

मुझे जो प्राप्त करना है, वह मुझे मिलता जा रहा है, ऐसे संतोष के साथ मैं 'अखाड़ा' की ओर चल पड़ा। दरवाजे में प्रवेश करते ही दयारामजी मिल गए। प्रणाम का आदान-प्रदान करके अंदर प्रवेश किया। अन्नक्षेत्र में भोज परोस रहे थे, एक तरफ टी.वी. के परदे पर अभी-अभी अवसान (ब्रह्मलीन) महंतरी श्री को समाधि देने का दृश्य चल रहा था, उसमें उस समय माधवानंदजी के साथ मेरी भी उपस्थिति थी।

आद्यगुरु शंकराचार्यजी ने दस अखाड़ों की स्थापना, अलग-अलग उद्देश्य के

लिए साधुओं का विभाजन किया, उसमें अलग-अलग रीति-रिवाज और विधि-विधान के अनुसार मरणोत्तर क्रियाएँ की जाती हैं, जिनके नाम के पीछे 'गिरि', 'पुरी' लगाया जाता है, उनको तथा अन्य साधुओं को जमीन में 'समाधि' दी जाती है, परंतु 'अग्नि अखाड़ा' के साधुओं का 'अग्नि संस्कार' किया जाता है। जनेऊ धारण करनेवाले इन साधु 'ब्रह्मचारी' और 'संन्यासी' के दो विभाग हैं। दीक्षा ग्रहण करनेवाले व्यक्ति का जब मुंडन करवाया जाता है, तब वह 'ऊर्ध्वरेतस् ब्रह्मचारी' ही होना चाहिए अर्थात् विवाह करके समागम या असंयम के कारण वीर्य स्खलन हुआ हो, ऐसा नहीं होना चाहिए।

गुरु के द्वारा परीक्षण के बाद ही व्यक्ति को दीक्षा के लायक माना जाता है। परीक्षा से गुजरने के बाद ही उसे दीक्षा या मुंडनविधि करके ब्रह्मचारी साधु बनाया जाता है। गृहस्थी भी संन्यासी बन सकते हैं, परंतु संन्यासी को वानप्रस्थी के समान जंगल में रहकर संयमित जीवन जीते हुए और भिक्षा माँगकर जीवन-निर्वाह करके साधना द्वारा ईश्वर प्राप्त करने का प्रयत्न करना होता है। संन्यासी को एक स्थान पर स्थायी न होकर देशाटन करते हुए, समाज-सेवा और उपदेश देते हुए भ्रमण करना होता है। इस प्रकार पूर्णत्व प्राप्त करने के बाद गुरु के सान्निध्य में फिर से आना पड़ता है, तब वह स्थायी होकर किसी भी स्थान पर रहकर मोक्ष के लिए प्रयत्न करता है, जबकि ब्रह्मचारी निश्चित स्थान या मंदिर में रहकर लोक-कल्याण करते हुए मोक्ष मार्ग पर अग्रसर होता है। नागा बाबा या अन्य साधुओं को भोजन करवाने का उनका कर्तव्य होता है। खैर!

अंदर आकर दयानंदजी के समीप आसन पर मैं बैठ गया, "क्या कर रहा है मेरा भतीजा माधवानंद! ध्यान रखना! तुम्हें बखेड़ा करके पक्का साधु न बना दे!" कहकर दयानंदजी ने मेरी पीठ पर प्रेम से धौल मारी। हलके-फुलके पलों में सिद्ध साधु भी आपस में हँसी-मजाक करके आनंद लेते हैं। माधवानंदजी, दयानंदजी के गुरुभाई के शिष्य होने से, लोक संबंधों के अनुसार वे इनके भतीजे होते हैं। इन दोनों साधु काका-भतीजे के बीच ऐसी हँसी-मजाक मैंने कई बार देखी है। माधवानंदजी के मजाक के अनुसार 10 रुपए की दक्षिणा में पूरे गिरनार पर्वत को प्रसाद के रूप में दे देने में झिझकेंगे नहीं, ऐसे हैं ये दयानंदजी।

"गुरु महाराज की कृपा से माधवानंदजी सदा कर्म में व्यस्त रहते हैं।"

"जैसा संग, वैसा रंग। तुम अवश्य सफल होगे।" कहकर मुझे बादाम-पिस्ता का प्रसाद दिया।

विधिवत् प्रणाम करके 10 रुपए उनके चरणों में रखकर मैं वहाँ से चल पड़ा। स्थान पर आने से पता चला कि माधवानंद भी वापस आ गए हैं। धूनी के पास ऊँचे आसन पर बैठकर वे एक सेवक-परिवार के सदस्यों के साथ बात कर रहे थे, इसलिए सीधे मैं अपने कमरे में जाकर, तरो ताजा होकर नीचे बापू के पास आया।

माधवानंदजी अकेले बैठे हुए थे। मुझे देखकर सहास्य बोले, "आओ रावल साहब! गुप्तचर (जासूस) के समान आज बहुत अनुसंधान करके आए हो, ऐसा लगता है! आज सत्संग बंद! रात्रि भोजन लेकर आराम करना। कल के अनुसंधान में स्फूर्ति रहेगी।"

माधवानंदजी मेरी मर्यादाओं पर कटाक्ष कर रहे थे या मुझे प्रोत्साहन दे रहे थे, मैं समझ नहीं सका। यथार्थ में मेरी प्रवृत्ति के मुख्य चालक बल या स्रोत तो वे स्वयं थे।

"हाँ, ठीक है। आज बहुत जानने को मिला। बगैर परिश्रम के बहुत अनुसंधान हो गया।" मैंने भी वैसा ही प्रत्युत्तर दिया। तभी सामने रसोईघर में से दान बापू ने जोर से पुकारा, "चलो, हरिहर"!"

भोजन की विशेष रुचि न होने पर भी बापू के आग्रह से मैं भी रात्रि भोजन के लिए खड़ा हो गया। रसोई में छात्र और सेवक आसन पर बैठ गए थे। भोजन में खिचड़ी-कढ़ी, बाजरे की रोटी और छाछ के साथ 'गरमर' का अचार था। सामान्यत: माधवानंदजी रात्रि भोजन नहीं लेते थे, परंतु आज मूँगफली के कच्चे दाने और गाय का दूध उनके भोजन में परोसा गया था। यहाँ संध्या-आरती होने के बाद 9 बजे के पहले भोजन हो जाता है। माधवानंदजी कई बार कहते हैं कि नौ बजे के पहले भोजन कर लेना चाहिए। देर रात को भोजन हो तो वह 'प्रेत भोजन' या 'पिशाच भोजन' माना जाता है।

भोजन के बाद थोड़ी देर धूनी के पास बैठे, देश-विदेश की कुछ बातों के बाद माधवानंदजी मुझे संबोधित करके बोले, "चलो, आज का दिन पूरा हुआ। कल के समान आनेवाला कल भी पूरा हो जाएगा। इस प्रकार वर्षों गुजरते निर्धारित आयुष्य भी पूर्ण हो जाएगी। क्षण-भंगुर यह देह भी नष्ट हो जाएगी।" कहकर अपने हाथ से हृदय पर स्पर्श करके आगे बोले, "सभी क्षणिक है, सबकुछ।"

मानो आत्मा की गहराई से बोल रहे हों, ऐसे आगे बोले, "स्वप्नवत्, नाशवंत है यह संसार! अरे! सूर्य-चंद्र, तारे-ग्रह, लोकपाल सहित समग्र ब्रह्मांड स्वप्नवत् है, अर्थात् अंत वाला है। एकमात्र ईश्वर ही शाश्वत है। ब्रह्मा, विष्णु और महेश भी अनेक युगों के अंत में ब्रह्म में विलीन हो जाएँगे। फिर एकमात्र वह 'सत् तत्त्व' ही

शेष रह जाता है और फिर 'उसके' ही संकल्प में से ही पुनः सर्जन, पुनः विनाश! बार-बार यह प्रक्रिया अनंतकाल से चल रही है। इस चालक शक्ति को योगी भी जान या समझ नहीं सकते हैं।''

एक दीर्घ श्वास लेकर अगम में देख रहे हों, वैसे दूर नजर करके बोले, ''दिखता है वह सभी असत्य! स्वप्नवत् और नाशवंत! नाशवंत सबकुछ नाशवंत!''

बोलकर माधवानंदजी कुछ देर आँखें बंद करके बैठे रहे, मानो किसी अतल गहराई में उतर गए हों।

उनके ये शब्द मुझमें वैराग्य उत्पन्न करने के लिए मानो प्रेरक परिबल के समान थे। माया से परिप्लावित इस क्षण-भंगुर संसार से मन को पीछे खींचकर, शाश्वत सत् तत्त्व, सच्चिदानंद-परब्रह्म में मन को लगाए बगैर सच्ची शांति कभी नहीं मिल सकती है। वह सत्य मुझे आत्मसात् होने लगा। यमुनावाड़ी में उन महात्मा द्वारा मेरे विषय में की गई भविष्यवाणी क्या सत्य होगी? ईश्वर इच्छा ही बलवान!

आगे का सोचना बंद करके मैंने वर्तमान के क्षणों में मन केंद्रित करने का प्रयत्न किया। शीघ्र मुझे प्रतीति हुई कि मौन में भी माधवानंदजी मेरे ही विषय में ही विचार कर रहे हैं और तत्क्षण बोले भी, ''बस, ऐसे ही! धीरे-धीरे सब स्पष्ट होता रहेगा, समय समय का काम करेगा। आवश्यकता है केवल दृढसंकल्प की, संकल्प द्वारा ही सृष्टि का निर्माण होता है।'' कहकर रुकने के बाद बात पूर्ण करते हुए बोले, ''ठीक, चलो तो 'शुभरात्रि'।'' हँसकर वे बोले, ''अब बाकी का सब सवेरे, हाँ, सवेरे जरा जल्दी उठ जाना। 'कार्येषु त्वरितम्' कार्य में अधिक विलंब करना ठीक नहीं है। निश्चिंत होकर काम करते रहो।'' कहकर माधवानंदजी अपने कमरे में चले गए।

माधवानंदजी के शब्दों में दो बातें सूचित थीं, 'कार्य में विलंब नहीं और चिंता नहीं करना।' मुझे भी लगा कि विलंब हो तो देवीपुत्र उसके प्रयोग में सफल हो जाए तो, यह सचमुच चिंता की बात थी, परंतु साथ ही माधवानंदजी के शब्द 'चिंता करने की आवश्यकता नहीं।' तो सच में चिंता करने की आवश्यकता नहीं। नहीं, तो नहीं! ऐसे विश्वास के साथ मैं ऊपर अपने कमरे में पहुँचा। कमरे में प्रकाश किया तो देखा, टेबल पर दूध के गिलास के नीचे चिट्ठी पड़ी थी, लिखा था, ''तुम्हारे बूट-मोजे तथा अन्य सामान का थैला पलंग के नीचे पड़ा है। शेष शहर से लाया गया सामान बाहर उचित स्थान पर रखा हुआ है। तुम कल सवेरे बाहर जाने के लिए निकलोगे, तब तुम्हें बाहर सब सामान मिल जाएगा। 'दान बापू' कोष्ठक में लिखा था—''बापू के कहने से!''

बाकी का सामान गाँजा आदि स्थान से बाहर। ऐसा क्यों? उठते हुए प्रश्न को

मन में दबाकर मैं बड़बड़ाया, 'ठीक है, समझ गया। सब समझ गया।'

दरवाजा बंद कर, खिड़कियाँ खोलकर देखा, गिरनार पर्वत की सीढ़ियों की बिजली का प्रकाश फैला हुआ था। जोगणिया पर्वत पर आज डमरू का संगीत बंद था। अन्य टेकरियाँ मानो अंधकार ओढ़कर सो रही थीं, दूध गटगटाकर मैं भी निद्रा देवी की शरण में चला गया।

3

दूसरे दिन बहुत जल्दी नींद खुल गई। कलाई की घड़ी में देखा तो 3 बजे थे। जल्दी तो उठना था, परंतु नींद कुछ जल्दी ही उड़ गई थी। अत: ओढ़कर फिर थोड़ी नींद निकालने का प्रयत्न किया, परंतु नींद आई ही नहीं।

सामान्यत: साधक को ब्रह्ममुहूर्त में 4 बजे साधना में बैठ जाना चाहिए, ऐसा नियम है बहुत पहले से। फिर भी आजकल यह नियम भंग होता रहता है। मुझे लगा कि प्रकृति जो करती है, अच्छे के लिए ही करती है। आज प्रकृति से ही साधना में अधिक समय बैठकर बेटरी चार्ज कर लेने का अच्छा अवसर मिल गया, यह कितना अधिक आवश्यक है वह समझ में आ गया। कार्य में विलंब न हो जाए, यह कितना आवश्यक था!

आलस झटककर खड़े होकर मैंने लाइट चालू की। कमरे में प्रकाश होते ही पलंग के नीचे पड़े सामान को देखने के लिए बाहर खींचकर निकाला। बूट-मोजे आदि आवश्यक वस्तुओं के साथ तिल और मूँगफली की चिक्की के चार पैकेट पर मेरी नजर पड़ी, जो शायद बापू के कहने से दान बापू ने रखे होंगे, ऐसा अनुमान करके फिर से सारा सामान थैले में रख दिया। चिक्की के पैकेट रखवाकर माधवानंदजी ने मेरे प्रति देखभाल की भावना ही रखी होगी और आवश्यक होगी, इसीलिए ली होगी, यह समझने में मुझे देर नहीं लगी।

नीचे जाकर ब्रश करके स्नानादि नित्यकर्म निपटाकर रसोईघर की ओर चाय के लिए बढ़ा। दान बापू ने चाय तैयार ही रखी थी। चाय पी, ताजगी आ गई।

सर्वत्र शांति थी। शांत वातावरण में सभी मौनपूर्वक शांति से स्नान आदि नित्यकर्म करके प्रवृत्त हो रहे थे। दूर से सभी को 'ॐ नमो नारायण' कहकर मैं फिर कमरे में आ गया।

शय्या आदि व्यवस्थित करके, पूर्वाभिमुख आसन तैयार करके मैंने उपासना का प्रारंभ किया। संध्यावंदन के बाद 'देवी कवच', 'नारायण कवच' का शांतिपूर्वक पाठ किया, बाद में इष्टदेव की एक माला तथा पाँच गायत्री की, पाँच रुद्रगामी की माला जप 'ध्यान' के साथ की। अंत में मेरे विशेष आराध्य देव भगवान् गुरुदत्त के मंत्र का जाप ध्यान के साथ किया। 'हरि ॐ तत्सत् जय गुरुदत्त' के मंत्र जाप से मैं किसी अलौकिक अवस्था में पहुँच जाता हूँ। बस सर्वत्र सौम्य चंद्र का प्रकाश… प्रकाश और प्रकाश! भूत और भविष्य के क्षण चले जाते हैं, केवल वर्तमान के क्षण ही रह जाते हैं। मन की मृत्यु हो जाती है, शून्य में शून्य मिल जाता है, अहंभाव का अस्तित्व 'मैं' से 'तू' में मिलकर 'मैं' ही बन जाता है।

प्रकाश के साथ की 'आत्मानुभूति' के परम आनंद की प्रतीक्षा का वर्णन नहीं हो सकता है, परंतु दुर्भाग्य से ऐसे क्षण लंबे समय तक टिकते नहीं हैं। रजस् के साथ कभी-कभी तमस् की एक जोरदार लहर आ जाती है, जो 'सत्त्व' को ढक देती है और शून्य में पिघलता मन फिर सतह पर उभर आता है। साधना में अभी अपरिपक्वता है या पूर्वजन्म के संस्कार अभी भी टाँग अड़ाकर पछाड़ देते हैं।

आज भी ध्यान करते हुए 'मैं' जाग्रत् हुआ, परंतु आज 'सत्त्व गुण' बना रहा। सत्त्व गुण की प्रधानता से सात्त्विक विचार प्रारंभ हो गए। मुझमें प्रश्न पैदा हुआ, केवल प्रकाश स्वरूप 'ब्रह्म ही' सत्य और शाश्वत है, शेष सब असत्य और क्षणिक होता है, नाशवान है? कर्म ईश्वराधीन है। उसकी इच्छा के अनुसार ही मनुष्य कर्म करने के लिए शक्तिमान बन सकता है। सूर्य, चंद्र, तारे उसी के ही तेज से प्रकाशित होते हैं। वायु उसी की आज्ञा से भयभीत होकर बहती है, उसकी शक्ति से ही अग्नि में ज्वलनशक्ति प्रकट होती है। इसीलिए मेरे मन में तत्काल शंका हुई कि कार्य केवल वही है तो सब कर्म भी वही है और मनुष्य के लिए कर्म ही बंधनकर्ता है, तो कर्म क्यों करना?

तत्क्षण कदाचित् मेरे अल्पज्ञान के कारण यह भारी प्रश्न उठने से मैं थोड़ा विचलित होकर सोचने लगा। अभी मैं जिस कार्य के लिए जाने को तैयार हो रहा हूँ, उसका क्या अर्थ है? यह भी ईश्वर की इच्छा के अनुसार ही हो रहा होगा। तो प्राकृतिक रूप से घटित घटनाओं को मिटाने का मेरा क्या सामर्थ्य है?

इसी के साथ ही मन के ऊँचे स्तर आते ही मेरे विचार को ब्रेक लग गया। मैं विचार करते हुए रुक गया, सत्संग के समय माधवानंदजी का कथन मुझे याद आया, 'मनुष्य कर्म किए बगैर एक क्षण भी नहीं रह सकता, क्योंकि प्राणिमात्र प्रकृति के

अधीन है। प्रकृति का काम सतत कर्म करवाकर मनुष्य को बंधन में जकड़े रखना है। प्रकृति का प्रच्छन्न स्वरूप माया है। माया के द्वारा बँधा मनुष्य सब कर्मों को करने के लिए प्रेरित होता है और संसाररूपी वन में जन्म-मृत्यु द्वारा निरंतर भटकता रहता है।' कुछ देर रुककर माधवानंदजी ने कहा था, 'फिर भी एक बात है, निष्काम भाव से किया हुआ कर्म बंधनकर्ता नहीं है। शुभकर्म यज्ञ है और उससे उत्पन्न फल निश्चित बंधनकर्ता है, परंतु निष्काम भाव से किया गया कर्म कैसा भी हो, तो भी बंधनकर्ता नहीं है। कर्ता के भावरहित किया हुआ कर्म और कर्मरूपी यज्ञ द्वारा उत्पन्न फल आहुति रूप में ईश्वर को अर्पण कर दिया जाता है अर्थात् फल की अपेक्षा किए बगैर निष्काम भाव से किया गया कर्म ईश्वरार्पण हो जाने के कारण मनुष्य को, 'कर्ता' को बंधनकर्ता नहीं होता है। इस प्रकार कर्मफल को ईश्वर को अर्पण कर देने से मनुष्य कर्म करने के बाद भी कर्मबंधन से सदा मुक्त रहता है। केवल कामना के साथ किया हुआ कर्म ही मनुष्य को बंधन में जकड़े रखता है।'

इसी के साथ मंदिर के घंटनाद से मेरी विचारधारा रुक गई। फिर भी मुझे नीचे जाते हुए लगा कि अभी भी समाधान प्राप्त नहीं हुआ है। जड़भरत ने सभी कर्मों का त्याग क्यों किया और अवधूत की अवस्था में रहने लगा, संकल्प से ही कर्म करने की इच्छा होती है या इच्छाओं के कारण संकल्प हो जाते हैं? संकल्प से ही कर्म करने की इच्छा होती है, चाहे वे निष्काम हों। यदि इच्छाओं का ही त्याग किया जाए तो! प्रह्लाद ने भगवान् से वरदान माँगा था, 'प्रभु! मुझे किसी भी प्रकार की इच्छा न हो, ऐसा वरदान दो। केवल आपके चरण-कमलों में ही मेरा मन निरंतर स्थिर रहे।'

पुनः प्रारंभ हो गई विचारधारा के साथ मैं दान बापू के कमरे के पास से गुजरा, दान बापू गीता के तीसरे अध्याय का पाठ कर रहे थे। शब्द कान में पड़े—

अर्जुन बोला, ''हे जनार्दन! यदि तुम कर्म से बुद्धि को श्रेष्ठ मानते हो, तो हे केशव! तुम मुझे घोर कर्म के विषय में क्यों प्रेरित कर रहे हो?''

भगवान् बोले, ''हे अर्जुन! कर्म का प्रारंभ न करने से मनुष्य नैष्कर्म्य को प्राप्त नहीं होता है और कर्म के केवल बाह्य त्याग से वह मोक्ष भी प्राप्त नहीं कर सकता है। कर्म मुझे बंधनकर्ता न होने के बाद भी लोकोपकार अर्थात् लोक-संग्रह के लिए मैं कर्म करता हूँ। इसलिए हे अर्जुन, जो पुरुष मन से इंद्रियों को वश में करके अनासक्त हुआ समस्त इंद्रियों द्वारा कर्मयोग का आचरण करता है, वही श्रेष्ठ है। तू शास्त्रविहित कर्तव्य कर्म कर, क्योंकि कर्म न करने की अपेक्षा कर्म करना श्रेष्ठ है। इसलिए कर्म न करने में भी तेरी आसक्ति नहीं होना चाहिए।''

मैं आगे बढ़ गया, शब्द पीछे से गूँज रहे थे, 'कर्म न करने में भी तेरी आसक्ति नहीं होनी चाहिए।'

समाधान मिलने के संतोष के साथ प्रातः आरती का लाभ लेने के लिए मैंने मंदिर में प्रवेश किया। आरती पूर्ण होने पर, आरती लेकर मैंने प्रदक्षिणा की। ब्रह्मानंद महाराज की समाधि पर स्थापित शिवलिंग पर 'महामृत्युंजय' के साथ अभिषेक करके, प्रार्थनापूर्वक नमस्कार करके, धूनी के पास आसन पर ध्यानस्थ अवस्था में बैठे हुए माधवानंदजी के पास जाकर 'ॐ नमो नारायण' बोलकर प्रणाम किया, परंतु माधवानंदजी ध्यानमग्न हैं, उसमें भंग न पड़े, इस प्रकार निःशब्द वहाँ से निकलकर कमरे में आकर जाने की तैयारी करने लगा।

एक बड़े बगलथैले में मैंने आवश्यक सामान गरम शॉल, कानटोपी आदि याद करके भर लिया। एक छोटे पैकेट में टॉर्च, चाकू, लाइटर आदि, जो सदा मेरे साथ रहता है, रख लिये। चिक्की के पैकेट और पानी की बोतल भी खाली स्थान में रख दी। स्वच्छ भगवा वस्त्र धारण करके बूट-मोजे पहनने का विचार किया, परंतु बूट माप से छोटे होने पर सैंडल से ही काम चलाना योग्य लगा। बूट का माप बराबर लिखवाया था, फिर भी छोटे निकले, उसमें भी विधि का कोई विधान होगा, ऐसा मानकर दरवाजे पर ताला लगाकर, सामान का थैला बगल में टाँगकर नीचे उतरा। तभी रसोईघर से दान बापू ने पुकारा—

"रावल साहब! गरमागरम चाय और उकाला पीकर जाओ।"

"वाह!" मेरे मुँह से खुशी के उद्‍गार निकल गए। योग्य समय पर और योग्य स्थान पर खड़ी रहनेवाली गाड़ी के नाम का अर्थ—'दान बापू की गाड़ी'। सच में अभी मुझे चाय पीने की बहुत इच्छा हुई थी, परंतु साथ में 'उकाला' भी पीने की बात मुझे विचित्र लगी। चाय पी लेने के बाद दान बापू बोले, "और यह उकाला! बापू का कहना है कि आज रावल साहब को उकाला भी पिलाना!"

मुझे आश्चर्यचकित देखकर दान बापू हँसकर बोले, "यह सामान्य उकाला नहीं है, इसमें हिमालय की विशिष्ट औषधियाँ डाली हैं। यह उकाला पीने से अड़तालीस घंटे तक स्फूर्ति के साथ शक्ति बनी रहती है। चाहे जितना परिश्रम करो, तो भी थकान नहीं लगती है, निर्भयता और आत्मविश्वास बढ़ानेवाला प्राचीन सोमरस जैसी अमूल्य औषधि है यह। किसी जानकार साधु को ही यह औषधि प्राप्त होती है। इसका उपयोग और उपभोग गुप्त रखा जाता है।"

बात खतम करके दान बापू बर्तन लेकर चले गए। कटोरे का सादा उकाला

मैं पी गया। मुझे लगा कि मेरा शरीर स्फूर्ति से छलक रहा है, तेजी से खड़ा होकर दौड़ने का मन हो रहा है।

सामान का थैला कंधे पर टाँगकर जाने की तैयारी के साथ, धूनी के पास माधवानंदजी के समीप गया। मुझे देखते ही माधवानंदजी हँसकर बोल उठे, "वाह! रावल साहब, सशस्त्र योद्धा के समान सज्ज होकर निकल पड़े क्या?"

वंदन करके मैंने भी हँसकर उत्तर दिया, "जी हाँ, आपके ही शब्द 'कृपा कहो गुरु महाराज की'!"

"हाँ अवश्य! तुम्हारे पर स्वयं कृपा ही खड़ी-खड़ी कान हिलाएगी, परंतु इतना याद रखना।" गंभीरतापूर्वक बापू आगे बोले, "तुम ब्राह्मण हो और ब्राह्मण अर्थात् ऋषि-मुनियों की आततायियों और भटके अज्ञानियों के सामने लड़ने की पद्धति क्षत्रियों से भिन्न प्रकार की होती है। ब्राह्मण और क्षत्रियों के नियमानुसार धर्मयुक्त कर्मों में बहुत अंतर है। क्षत्रिय शस्त्रों द्वारा क्रोध करके आततायियों को मारते हैं, कर्तव्य और सत्य के साथ उसमें विजयी होने का स्वार्थ और अभिमान भी मिला होता है।" कहकर मेरी आँखों में आँखें डालकर, प्रेमपूर्वक आगे बोले, "जबकि ब्राह्मणों का धर्म अर्थात् उनकी प्रकृति अनुसार शास्त्रनिहित कर्म सत्य, अहिंसा, दया, क्षमा, तप और तितिक्षा के आधार पर स्थापित है। अधर्म के सामने धर्म, हिंसा के सामने अहिंसा, क्रूरता के सामने दया, बैर-प्रतिशोध के सामने क्षमा—इतने ब्राह्मणों के आततायियों का सामना करने के शस्त्र हैं। यूँ भी संयम-संतोष और स्वाध्याय उनका प्रकृतिदत्त जन्मजात स्वभाव होता है। पठन, पाठन, स्वाध्याय और सत्संग और लोकसेवार्थ में कर्मयज्ञ आदि के लिए सतत प्रवृत्ति, ये उनके धर्म के अंतर्गत आनेवाले विषय हैं।

इन सब गुणों से युक्त होकर किया हुआ कर्म तुम्हें शक्ति देगा। तुम्हें समझ में आएगा कि तुम्हारी सफलता का रहस्य तुम्हारे गुणों के कारण है। मनुष्य के अंदर स्थित सात्त्विक गुण ही उसके व्यक्तित्व को प्रकाशित करते हैं। 'आकृतिगुणान कथयति' मनुष्य के मुख की आकृति, मुख की प्रत्येक रेखा उसके गुणों का ही निर्देशन करती है।" फिर हँसकर प्रसन्न मुख से आगे बोले, "तुम्हारा शुभ कार्य इसी विचारधारानुसार पूर्ण होगा, ऐसी मेरी शुभेच्छा है! शुभम् भव, प्रस्थान!" कहकर मुझे जाने का संकेत रूप मौन धारण करके नेत्र बंद कर ध्यानमग्न हो गए।

गंभीर, शांत और प्रफुल्लता से छलकते हृदय के साथ मोटरबाइक पर सवार होकर मैं निकला ही था, तभी थोड़ी दूर खड़े छात्र अशोक ने मुझे हाथ के संकेत से रोका और धीरे से कहा, "यह बाकी का सामान। मैं कॉलेज जा रहा था, तो दान बापू ने

आपको सामान देने का काम मुझे सुपुर्द कर दिया।'' कहकर अशोक आगे बढ़ गया।

मैं समझ रहा था, गाँजे जैसी वस्तु पवित्र स्थान पर नहीं रखनी चाहिए, इसलिए उसके लेन-देन की व्यवस्था बाहर ही हुई। यही उचित था। दान बापू की व्यावहारिक बुद्धि पर मुझे मान हुआ।

गाड़ी स्टार्ट करते हुए अशोक की लँगड़ाती चाल पर मेरा ध्यान गया। मैंने देखा उसकी चप्पल की एक पट्टी टूट गई है, तला घिस जाने से पैर में लोहे की कील भी चुभती होगी, ऐसा मुझे लगा। तभी मुझे याद आया कि मेरे मँगवाए जूते छोटे होने से मेरे लिए बेकार हैं, शायद अशोक को बराबर हो सकते हैं। यह सोचकर उसके पास जाकर गाड़ी खड़ी की और कहा, ''अशोक, तेरी चप्पल बेकार हो गई है, मेरे नए जूते छोटे होने से तुम्हारे पैर में बराबर होंगे। कमरे में पड़े हैं, दान बापू के पास दूसरी चाबी है, उनसे माँगकर जूते ले लेना।''

यह सुनकर वह खुश हो गया, ''बापू ने रात को मुझे कहा था, तुम्हारी चप्पल टूट गई है, तो रावल साहब के पास तेरे नाप के बूट आए हैं, तू उनसे माँग लेना। मुझे ही देनेवाले हैं, परंतु संकोच के कारण मैं बोल नहीं सका था।''

''इसमें संकोच मत करो, आराम से पहनना!'' उसका संकोच दूर करने के लिए मैंने कहा। अशोक की पीठ पीछे मैं सोच रहा था, तो इस प्रकार मेरे पास से पुण्य कार्य करवा लिया माधवानंदजी ने! वास्तव में मुझे नए बूट की आवश्यकता नहीं थी, फिर भी अहेतुक मँगवा लिये थे, यह कितना सूचक था?

श्मशान के दरवाजे के बाहर रोड पर मैंने गाड़ी खड़ी की। वाहनों की आवाज के बीच चाय-पान के केबिनों पर हो रही चर्चा पर मेरा ध्यान गया। विषय बालकों के अपहरण की बढ़ती घटनाओं का था, उसके अनुसार पुलिस को शिकायत करने का कोई अर्थ नहीं होता है। पुलिस के हाथ में अपहृतों की लाश ही आती है, पुलिस के हिस्से में केवल पोस्टमार्टम रिपोर्ट रखने की ही जवाबदारी आती है। खैर! जो है, सो है।

अब इससे आगे गाड़ी नहीं जा सकती थी, तो एक परिचित दुकानदार को गाड़ी सौंपकर, चाबी जेब में रख ली। यह दुकान चौबीस घंटे खुली रहती है, इसलिए गाड़ी की कोई चिंता नहीं थी।

सामान के साथ पैदल चलते-चलते मैंने श्मशान की सीमा पार कर ली। सामने काले मोटे पत्थरोंवाली 'कालवा नदी' बह रही थी। सामने के तट से ऊँचे टेकरों की हार माला प्रारंभ होती थी। घने जंगलवाले इस पहाड़ी स्थान से कौन से नियत

स्थान पर पहुँचना है, यह तत्काल निश्चित न होने से, नदी के प्रवाह में पानी में पाँव भिगोता थोड़ी देर खड़ा रहा। तभी सामने के तट पर थोड़ी दूर एक विशाल शिला पर मेरी नजर पड़ी, शिला पर सिंदूर से बना एक त्रिशूल था और उसके नीचे लिखा था, 'जय खोडियार माँ'। बगल में ही एक मोटे बाँस पर फटा हुआ भगवा ध्वजा फहरा रहा था। दृश्य देखकर मुझे लगा कि यह स्थान मैंने कभी देखा है। अचानक याद आया, हाँ! यह स्थान मैंने देखा है, कल ध्यान के समय प्रकाश के बदले यही दृश्य मैंने देखा था, यह मेरे लिए आगे जाने का मार्गदर्शन रूप था। अब कोई चिंता नहीं, संपूर्ण दृश्य मेरे दिमाग में नक्शे की तरह अंकित हो गया था।

नदी पार करके शिला के पास जाकर मैंने त्रिशूल को प्रणाम किया। शिला के पीछे दो टेकरियों के बीच की खाई में एक पतली पगडंडी नजर आई। यही मेरे जाने का रास्ता था, उसकी प्रतीति होते ही मैं झाड़-झंखाड़ हटाकर पगडंडी से आगे बढ़ने लगा। टेकरी की सीधी चढ़ाई बहुत कठिन थी। ऊबड़-खाबड़ सँकरी पगडंडी, दोनों ओर छोटी-बड़ी काली शिलाएँ, छोटे-बड़े गोल और नुकीले पत्थर, आस-पास घनी कँटीली झाड़ियाँ और नीचे गहरी खाई, सावधान रहने का संकेत कर रही थी, पैर न फिसल जाए, उसका ध्यान रखकर चलना था। रास्ता कठिन था, फिर भी, अबूझ अनेक औषधियों के पौधे, बाँस की हरी-हरी डंडियों के साथ उगी हुई 'अघेड़ा' जैसी कँटीली बेल, पवित्र काम में उपयोगी वनस्पति, लाल चटक; अग्नि की चिनगारी जैसी चणोठी के पत्ते और खिरनी पक्के फलों की सुगंधयुक्त हवा के झोंकों के बहते पवन की मीठी आह्लादकता का आनंद लेते हुए रास्ता काटना सरल हो गया था।

धीरे-धीरे रास्ते पर चलते हुए मन में माधवानंदजी के शब्द गूँज रहे थे, 'तुम ब्राह्मण हो! हिंसा के सामने अहिंसा, क्रूरता के सामने दया।' शब्दों के साथ-साथ मेरी आगे के कार्य की भूमिका बनती जा रही थी : किसी भी संयोग में मुझे प्रेम और अहिंसा का शस्त्र उपयोग करना है।

मन में आया कि काश! मैं साधु अद्‌भुतानंद का हृदय परिवर्तन करके पुनः योग-साधना में जोड़ सकूँ। देवीपुत्र को तांत्रिक मार्ग से रोककर उचित मार्ग पर मोड़ सकूँ तो...तो प्रतिध्वनि बनकर घूमते मेरे ही शब्दों ने मुझे उत्साह से भर दिया और कठिन मार्ग की परवाह किए बगैर मैं तेजी से आगे और आगे बढ़ता रहा। कुछ आगे जाते थोड़ा सपाट मैदान जैसा आ गया। कठोर काले पत्थरयुक्त मैदान सूर्य के प्रकाश से चमक रहा था। ऊँची टेकरियों की चोटी का यह मैदान जैसा खुला भाग था।

मैदान में आकर चारों तरफ दृष्टि डालने पर लगा कि मैं खासी ऊँचाई पर था।

चारों ओर वृक्षों से आच्छादित छोटी–छोटी टेकरियाँ, खाई और उसके बाद पंक्तिबद्ध ऊँचे पर्वतों की रमणीयता मनभावन लग रही थी। उसी के साथ मुझे याद आया, 'हाँ''हाँ''! यही दृश्य मैंने कल ध्यानावस्था में देखा था, हवा में उड़ते–उड़ते। बस इस मैदान के दूसरे सिरे पर छितरे वृक्षों से घिरा हुआ देशी कवेलूवाला लकड़ी और घास से बना हुआ झोंपड़ी जैसा बड़ा मकान होना चाहिए और उस मकान के पीछे शुरू होती ढलान और खाई में से बहता झरना! बस, दृश्य स्पष्ट हो गया, शंका का कोई स्थान न रहा!

अदम्य आत्मविश्वासपूर्वक मैं आगे बढ़ा और कुछ ही क्षणों में कँटीली बाड़ से घिरा हुआ निर्दिष्ट मकान नजर आया, "बस, यही।" मेरे मुख से शब्द निकल पड़े। एक समय के सिद्धयोगी अद्‌भुतानंद का यह स्थान है। एक समय के महान् सिद्धयोगी और महात्मा सरयूदासजी के गुरुभाई अद्‌भुतानंद, जो आज एक सामान्य और नीच तांत्रिक देवीपुत्र के हाथ खिलौना बनकर जी रहे हैं और वह भी केवल गाँजे, अफीम आदि नशीले पदार्थों की प्यास मिटाने के लिए, एक महायोगी, मन की चिकनी भूमि पर फिसल गया। जब पतन का प्रारंभ होता है, तब शतोमुख पतन होता है, जिसकी जीती–जागती मिसाल यह अद्‌भुतानंद है।

मैं सोच रहा था, आज यह सिद्धयोगी नहीं, परंतु एक व्यक्ति है, नितांत सामान्य व्यक्ति, पतित व्यक्ति, निर्माल्य व्यक्ति! न जाने शुद्ध आत्मा पर अशुद्धता की कितनी परतें चढ़ाकर जी रहा होगा यह आदमी? कैसा स्वभाव होगा उसका, आज यह आदमी मेरे साथ कैसा व्यवहार करेगा, उसके साथ कैसे काम पूरा करूँगा, एक समय के शुद्धात्मा योगी की आत्मा पर चढ़े अशुद्धता के मैल को मैं कैसे दूर कर सकूँगा, किस प्रकार?

विचारों की भँवर में घूमते हुए मुझे चलते–चलते कँटीली बाड़ कब आ गई, पता ही नहीं चला, एकदम पास आने पर ही पता चला। इसके साथ ही मेरा नकारात्मक मनोभाव भी बदल गया। बिगड़ गया कोई मनुष्य, हमेशा बुरा नहीं हो सकता। शुद्ध सुवर्ण सभी स्थिति में चमकता ही रहता है और अग्नि में तपा हुआ सोना मैल को छोड़कर पुनः चमकने लगता है, तो फिर अद्‌भुतानंदजी के परिवर्तन का क्या परिबल नहीं होगा? हाँ! सरयूदासजी के मानसिक संदेश अब तक अद्‌भुतानंदजी को मिल गया होगा! तो उसका प्रभाव होने की संभावना है। सत्य का थोड़ा भी स्पर्श, चिनगारी के समान आग का स्वरूप धारण कर सकता है। सरयूदासजी के मानसिक संपर्क से उसे उसके पूर्व भव्य जीवन की याद आई ही होगी और उसी के साथ उसके अंतःकरण

में कुछ तो हलचल मची ही होगी और साथ-साथ पश्चात्ताप के अंकुर अवश्य फूटे ही होंगे। इन विचारों के साथ ही मेरे मन में आशा पैदा हुई। बस, यह इस पश्चात्ताप की चिनगारी को जलाकर उसके अंत:करण को पुनः शुद्ध करके अवश्य परिवर्तन ला सकते हैं, ऐसा मुझमें आत्मविश्वास जाग उठा।

अपने विचार प्रवाह को रोककर मैंने वर्तमान के क्षणों पर मन केंद्रित किया। इसी के साथ बाड़ के अंदर के वातावरण की हवा ने स्पर्श किया। तुरंत समझ आया कि मानो अंदर का संपूर्ण हवामान गंभीर, नीरव और तीव्र निराशापूर्ण है। कदाचित् यह वातावरण अद्भुतानंद की वर्तमान स्थिति का द्योतक हो सकता है, प्रत्येक व्यक्ति के विचार उसके आस-पास के वातावरण पर निश्चित ही प्रभाव डालते हैं।

मैंने हलके हाथ से दरवाजे को स्पर्श किया, वह खुला हुआ था। अंदर प्रवेश किया, तो सामने के दृश्य पर मेरी नजर स्थिर हो गई। मकान के खुले दरवाजे के सामने वटवृक्ष के तने के आस-पास गोल ओटले पर नतमस्तक, गोरे रंग और ऊँचे-पूरे, उलझी, लंबी जटावाले साधु को मैंने देखा। यही साधु अद्भुतानंद है, ऐसा निश्चित रूप से मानकर, निःशब्द शांति से मैं नतमस्तक खड़े साधु के समीप गया।

हृष्ट-पुष्ट, गोरे, खुली-उलझी-घुटने तक लंबी भूरी जटावाले अद्भुतानंद सच में अद्भुत लग रहे थे। मुझे लगा कि किसी समय उनका विशाल मस्तक तेज से जगमगाता होगा, परंतु आज उस कपाल पर मानो कोई कालिमा लग गई हो, ऐसा निस्तेज लग रहा था। कोरे और स्वच्छ कागज पर पेन से उलटी-सीधी रेखाएँ कर दी हों, इस प्रकार उनके सौम्य चेहरे पर विकृति के कारण पड़ गई सूक्ष्म रेखाओं ने उनका चेहरा विकृत और बेडौल कर दिया हो, ऐसा लग रहा था। परिवर्तित विचारों और परिवर्तित कर्मों का प्रभाव स्पष्ट रूप से उनके पूरे शरीर पर लग रहा था। किसी निश्चित स्थान पर उनकी दृष्टि स्थिर नहीं थी। धरती और शरीर के बीच के अवकाश में स्थिर उनकी दृष्टि पर से लगता था कि वे किसी विषाद के कारण गहन विचार में डूबे हुए हैं।

खिन्न चेहरे और नतमस्तक खड़े अद्भुतानंद के एकदम पास जाकर मैंने दोनों हाथ जोड़कर, झुककर प्रणाम करते हुए 'ॐ नमो नारायण' का जोर से उच्चार किया। सुनकर मस्तक ऊँचा करके अद्भुतानंद मेरे सामने स्थिर दृष्टि से देखते रहे। उनकी बड़ी-बड़ी आँखें निर्मल होते हुए भी पीलापन लिये लाल लग रही थीं, जो गाँजे के सतत सेवन के कारण हो सकती हैं। फिर भी आँखों की बड़ी-बड़ी पुतलियों में बुद्धिशक्ति तथा गहन प्रेम का प्रभाव स्पष्ट नजर आ रहा था।

मैं उनका चरण-स्पर्श करने नीचे झुका, वे दो कदम पीछे हटकर धीरे और विषादपूर्ण स्वर में बोले, "बस, रहने दो यह औपचारिकता! ऐसा करने से तुम्हें कुछ मिलनेवाला नहीं है।"

"कुछ पाने की मुझे इच्छा भी नहीं है।" मैंने नम्रता से कहा, "आपके हृदय में स्थित गर्भित शुभ भावना और प्रेम तो मुझे मिलेगा न? बस, मुझे उसी की आवश्यकता है।"

"कदाचित्, यदि हुआ तो!" सुनकर खिन्नतापूर्वक हँसकर वे बोले।

"क्यों नहीं होगा? प्रेम, दया, तप और तितिक्षा द्वारा प्राप्त सिद्धयोगी का खजाना खतम हो जाए, ऐसा तो हो ही नहीं सकता!" सुनकर उनकी आँखों में कुछ चमक आने से मैंने आगे कहा, "हिमालय जैसी पवित्र तपोभूमि में श्रेष्ठ गुरु के सान्निध्य में रहकर, कठिन तप करके आपने महान् सिद्धियाँ प्राप्त की थीं। उस पर सरयूदासजी जैसे सिद्ध महात्मा आपके गुरुभाई हैं! आपके अंदर कोई अधूरापन या कमजोरी सदा की कमी स्वरूप हो ही नहीं सकती है, ऐसा मेरा दृढ विश्वास है और इसी विश्वास के आधार पर मैं आपके चरण-स्पर्श करना चाहता हूँ।" कहकर मैंने नीचे झुककर दोनों हाथों से उनके चरणों का स्पर्श करके अभिवादन किया।

मेरे हाथ के स्पर्श के साथ ही अद्‌भुतानंद तेजी से नीचे उतर आए और अपने दोनों हाथों से मेरे कंधों को मजबूती से पकड़ लिया। इससे मुझे भय नहीं हुआ, परंतु उनके ऐसे व्यवहार को तत्काल मैं समझ नहीं सका, इसीलिए उनकी नजरों से नजर मिलाते हुए स्वस्थता से खड़ा रहा। आश्चर्य से मैंने उनकी आँखों में क्रूरता के स्थान पर स्निग्ध प्रेम का दर्शन किया। विकृति के स्थान पर संपूर्ण सौम्यता के दर्शन हुए और उसके साथ उनके विषय में मेरे सभी पूर्वग्रह बदल गए और मैंने प्रेम से उनके हाथों को आवेश के साथ चूम लिया। मेरे व्यवहार के प्रतिभाव में उनकी आँखों से आँसू की दो बूँदें टपक पड़ीं। रुँधे गले से उनके मुख से शब्द निकल पड़े, "बस! बोलते रहो, बोलते रहो! तुम्हारे शब्दों से मेरे अशांत हृदय को शांति मिल रही है। बस! बोलते रहो, बोलते रहो! वर्षों से ऐसे शब्द मैंने नहीं सुने हैं। भयानक पापी को नरक की जो वेदना सताती है, वैसी वेदना मैंने अनुभव की है। इन दिनों में रास्ता भूल जाने की भयंकर भूल मैंने की है, उसका परिणाम मैं आज भोग रहा हूँ। चाहूँ तो भी पैर पीछे लौटा सकूँ, इसकी कोई आशा मुझे नहीं नजर आती है। अपने व्यक्तित्व को मैं बिलकुल भूल गया हूँ। आज तुमने मेरे पूर्वाश्रम जीवन की स्मृति का उद्‌दीपन कर दिया है। मुझे तुम्हारे शब्दों से प्रेरणा मिल रही है। हृदय में आशा का संचार हो रहा है। इसलिए तुम बोलो, बस बोलते जाओ।"

अद्‌भुतानंद के ऐसे शब्द सुनकर मैं स्तब्ध हो गया। इतनी शीघ्रता से परिवर्तन अद्‌भुतानंदजी मैं कैसे आ गया? मेरी धारणा के विपरीत यह बात थी। असंभव सी लगनेवाली बात कैसे संभव हो रही है!

असमंजस भाव से मैं आगे बोला, "अद्‌भुतानंदजी! मैं आप जैसे महात्मा के आगे क्या बोल सकता हूँ। एक समय के आप महान् सिद्धयोगी हैं। आपमें गर्भित रूप में स्थित महानता के दर्शन मुझे अब भी हो रहे हैं। आप तो महान् हैं।" फिर हँसकर उनके सामने प्रेमपूर्वक देखकर मैं पुनः बोला, "आप महान् थे ऐसा नहीं, आप महान् हो ही, क्योंकि सत् की उपासना कभी नष्ट नहीं हो सकती। इसलिए आप अब भी पूर्ण और महान् हो! मैं तो आपके समक्ष एक सामान्य साधक हूँ।"

"नहीं!" अद्‌भुतानंदजी उच्च और गंभीर स्वर में बोल उठे, "तुम सामान्य साधक नहीं हो अनंतानंद! तुम प्रच्छन्न योगी हो।"

सुनकर मेरे आश्चर्य की सीमा नहीं रही, "मैं प्रच्छन्न योगी!" मैं बोल उठा। "हाँ, प्रच्छन्न योगी!" प्रतिध्वनि के समान अद्‌भुतानंदजी बोले, "मेरे गुरुभाई सरयूदास की ओर से कल रात निद्रावस्था में मुझे परोक्ष रूप से संदेश मिला है। तुम्हारे कार्य में सहायता और आवश्यक मार्गदर्शन करने के लिए मुझसे अनुरोध किया है। मेरी निद्रावस्था में मुझे प्रत्यक्ष दर्शन देकर और तुम्हारे द्वारा मेरे चरण स्पर्श करवाकर मुझमें शक्ति संचार करवाकर, मुझे अधःपतन के मार्ग से वापस लौटने के लिए तुमने मुझ पर कृपा की है।" कहकर वे कुछ देर रुके।

मेरे स्पर्श द्वारा उनमें शक्ति संचार! आज तक न सुनी, न देखी बात जानकर मेरे आश्चर्य और मेरे सरयूदासजी के प्रति अहोभाव की कोई सीमा नहीं रही, फिर भी मैं भाव दबाकर बोला, "वाह! मुझ पर कृपा करने के लिए सरयूदासजी ने आपको इस प्रकार संदेश पहुँचा दिया!"

"हाँ!" वैसी ही गंभीर आवाज में अद्‌भुतानंदजी बोले, "हाँ! तुम पर उनकी कृपा तो है ही।" फिर कुछ रुककर बोले, "परंतु वास्तविकता भिन्न है। तुम तो इन सब परिस्थिति में प्रेरक परिबल के रूप में उत्तम माध्यम मात्र हो। वास्तव में तो हिमालय स्थित मेरे पूज्य गुरु महाराज के आदेश के अनुसार, गुरुभाई सरयूदास तथा माधवानंदजी ने तुम्हें मुझ तक पहुँचाकर मेरा उद्धार करने की योजना बनाई है!"

आश्चर्य के अतिरेक में मैं बीच में बोल पड़ा, "योजना और वह भी मुझे माध्यम बनाकर? मैं आपकी बात ठीक से समझ नहीं सका, कृपा करके मुझे विस्तार से सब समझाओ।"

"बात समझना सरल है।" कुछ रुककर अद्‌भुतानंदजी आगे बोले, "प्रत्येक क्रिया उसके समय के अनुसार होती ही रहती है। सबकुछ विधि की विचित्रता है; धीरज से समझा जाए, तो समझ में आती है, परंतु यह सब बाद में।" बात को वहीं रोककर अद्‌भुतानंदजी ने मुझे संकेत करके कहा, "तुम अंदर आओ, थोड़ा आराम करके स्वस्थ हो जाओ।" कहकर अद्‌भुतानंदजी मुझे मकान के अंदर ले गए।

अद्‌भुतानंदजी के विषय में मेरा जो भयंकर कल्पना चित्र था, वह अब मिट गया था। मेरी जो धारणा थी, उससे सब विपरीत हो रहा था। अद्‌भुतानंद में नजर आया परिवर्तन और उसके अनुसार उनका मेरे साथ व्यवहार, मेरे लिए कल्पनातीत था। इसलिए हृदय में छलकते आनंद के साथ मैंने अद्‌भुतानंद के साथ उनके आवास में प्रवेश किया, परंतु अंदर के दृश्य को मैंने देखा तो मेरे नेत्र वहाँ रखी हुई वस्तुओं पर स्थिर हो गए। ऐसा कुछ देखने की धारणा और पूर्व तैयारी तो थी ही, परंतु बीच में अलग ही सात्त्विक दृश्य हो गया, जो मेरी धारणा के विपरीत था, इस कारण अंदर का दृश्य देखकर मैं पुन: विचलित हो गया।

अंदर आते ही मेरी नजर अति भयंकर तामस दृश्य पर पड़ी, सामने एक कोने में बाजोठ पर मानव खोपड़ी पड़ी थी, उस पर अबीर, गुलाल, कंकु के छींटे थे। इसके कारण खोपड़ी रक्तरंजित लगने से भयंकर रूप से डरावनी लग रही थी। उसके पास में थोड़ी दूर गाय की खोपड़ी उस भयंकर दृश्य में वृद्धि करते हुए जमीन पर पड़ी थी, पास में ताजा चंदनगोह का कंकाल भयंकर वीभत्स रूप में दुर्गंध मारता पड़ा हुआ था। ताजा होने के कारण उसमें मांस भी चिपका हुआ था, उससे दुर्गंध सब ओर फैली हुई थी।

एक ओर लकड़ी की दो बंद पेटियाँ पड़ी हुई थीं। एक पेटी पर ओढ़ने-बिछाने का सामान अस्त-व्यस्त पड़ा हुआ था। सामने नदी की ओर के दरवाजे के बाहर भट्ठी जैसे आकार की धूनी में से धुआँ निकल रहा था। धूनी के सामने की दीवार के पास अद्‌भुतानंदजी की सोने-बैठने की व्यवस्था होगी, ऐसा लग रहा था। वातावरण में अनजानी बेचैनी फैली हुई थी।

न जाने क्यों मेरा मन विषाद से भर गया, विशेषकर इस विचार से कि एक समय के सिद्धयोगी अद्‌भुतानंदजी ऐसी बेहूदी जिंदगी जी रहे थे। इतना भयंकर अध:पतन और वह भी चंचल मन के आगे डिगकर इंद्रियजन्य सुख प्राप्त करने के लिए। गाँजा, अफीम, चरस जैसे नशीले पदार्थों का सेवन का आधार लेकर? मुझे लगा कि अद्‌भुतानंदजी जैसे योगी के जीवन में ऐसा विचित्र परिणाम लाने के लिए मात्र विधि ही बलवान है।

मैं सोच रहा था, तभी अद्‌भुतानंदजी के शब्दों से मेरी विचारधारा टूट गई। शांत, पर विषादपूर्ण स्वर में वे बोले, "पूर्वजन्म के संचित संस्कार इस जन्म में भी प्रबल होकर, बलात् ललचाकर इच्छित पदार्थों का भोग करवाकर ही चैन लेते हैं।" कहकर कुछ देर वे रुके।

मुझे लगा कि वे मेरे विचार जानकर उत्तर दे रहे हैं। मैं उनके सामने आदर से देखता रहा। कुछ देर मुझे पास बैठाकर, सामने की बैठक पर स्वयं आसनस्थ होकर अद्‌भुतानंदजी पुनः बोले, "वर्षों तक तप और तितिक्षा करके कठिनतम साधना की और उसके परिपाक रूप अनेक सिद्धियाँ प्राप्त कीं।" थोड़ी देर रुककर एक दीर्घ श्वास छोड़कर वे पुनः बोले, "सिद्धियाँ प्राप्त कीं, ऐसा नहीं, अपितु सिद्धियाँ अपने आप प्रकट हुईं!" कहकर अद्‌भुतानंदजी कुछ देर रुके।

मुझे लगा कि धीर-गंभीर और धीमे स्वर में बोल रहे अद्‌भुतानंदजी के मुख पर दुःख और विषाद के भाव स्पष्ट उभर आए हैं। विषादयुक्त चेहरे से वे फिर बोले, "ये सिद्धियाँ ही मेरे लिए लुभावनी बन गईं और मेरे तथा 'परब्रह्म' के बीच मायारूपी दीवार बनकर खड़ी हो गईं। इन सिद्धियों से अहंकारी बनकर मैं असावधान हो, उनका उपयोग करने लगा। यदि उन सिद्धियों की ओर दुर्लक्ष्य किया होता तो···, तो आज मैं 'परमहंस' के स्तर पर पहुँच गया होता।" कहकर अद्‌भुतानंदजी ने एक दीर्घ निःश्वास छोड़ी।

मुझे लगा कि वे पश्चात्ताप की अग्नि में जल रहे हैं। मैं शांतचित्त उनको सुनता रहा। कुछ देर बाद अद्‌भुतानंदजी ने अपनी खुली जटाओं को दोनों हाथ से बलपूर्वक जोश से खींचकर, सिर धुनते हुए कहा, "अफसोस! देहाभिमान छोड़, जीवन्मुक्त होकर 'परब्रह्म' को प्राप्त करके 'परमतत्त्व' में लीन होने के बदले, मैं गाँजा और चरस के सहारे जीनेवाला एक घुमक्कड़ सामान्य साधु बनकर रह गया!"

इतना कहकर आवेश में क्रोध से अपने हाथों को कपाल पर मारकर अद्‌भुतानंदजी आसन से खड़े हो गए। मैंने उनके दोनों हाथ पकड़कर फिर आसन पर बैठाया और कहा, "अद्‌भुतानंदजी! आप एक समय के सिद्धयोगी हो, भले आपकी सिद्धियाँ क्षीण हो गई हों, फिर भी योगविद्या का ब्रह्मज्ञान तो अब भी आपमें स्थित है। जिसमें एक बार ज्ञान प्रकट हो जाता है, वह कभी भी संपूर्ण रूप से नष्ट नहीं होता है और फिर आपने स्वयं कोई पाप नहीं किया है। आप केवल पाप के साक्षी बने हो और कैसा भी पाप हो, वह पश्चात्ताप रूप अग्नि में जलकर भस्म हो जाता है।

"पश्चात्ताप से आपके पाप दूर हो गए हैं, क्योंकि पश्चात्ताप स्वर्ग से उतरा

ऐसा झरना है, जिसमें महापापी भी स्नान करके पुनः पुण्यशाली बन सकता है।'' कहकर उनके दोनों हाथ मैंने अपने हाथों में प्रेमपूर्वक लेकर विनती के स्वर में कहा, ''अद्‌भुतानंदजी! आप पुनः जाग्रत् हो चुके हो, तो अब नए सिरे से साधना पुनः प्रारंभ करो। आप अभी भी महान् योगी 'परमहंस' बन सकते हो और फिर आप पर गुरु महाराज की कृपा भी है, तो मोक्षमार्ग पर जीवन्मुक्त बनने का रास्ता आपके लिए सरल हो सकता है। आप ज्ञानी हो, उपनिषद् के उस मंत्र को याद करो 'उत्तिष्ठत जाग्रत् प्राप्य वरान्निबोधत' उठो, जागो और ध्येय प्राप्ति तक प्रयत्न में लगे रहो। कहकर मैंने प्रेम और दयार्द्र भाव के साथ उनकी आँखों में आँखें डालकर देखा, इसके साथ ही मैंने एक अजीब प्रकार की चमक, कोई अनोखी संवेदना प्रकट होती हुई उनकी आँखों में देखी। मुझे लगा कि तीर निशाने पर लग चुका है, छोटी-सी चिनगारी अग्नि का स्वरूप ले चुकी है। बस अब जरा सी फूँक और प्रज्वलित आग के दर्शन होंगे!

मैंने पुनः उनके दोनों हाथों को चूमकर चरण स्पर्श किया और जो सोचा था, वही हुआ, अद्‌भुतानंद ने खड़े होकर मुझे आलिंगन में जकड़ लिया। मुझे लगा कि इस आलिंगन में प्रेम, माया, ममता, न जाने कितनी भावनाएँ प्रस्फुटित हो रही थीं। परस्पर प्रकट हो रहे इस पवित्र भावना के स्पंदन का अनुभव करता हुआ मैं आलिंगनबद्ध खड़ा रहा।

थोड़ी देर बाद अद्‌भुतानंदजी स्वस्थ हो गए, मैंने पुनः आसन पर बैठा दिया। उनका गला रुँध रहा था, ऐसा मुझे लगा। पानी के लिए मैंने आस-पास नजर डाली, थोड़ी दूर कोने में पानी की मटकी दिखाई दी, गिलास भरकर मैंने उन्हें पानी पिलाया। पानी पीते हुए अद्‌भुतानंद को देखकर लगा कि अब वे स्वस्थ और शांत हो रहे थे।

थोड़ी देर बाद दीर्घ श्वास लेकर, जैसे बहुत गहराई से बोल रहे हों, वैसे धीमे स्वर में बोले, ''तुम्हारी बात मुझे अच्छी लग रही है, वह सत्य पर आधारित है।'' फिर कुछ रुककर उँगली से संकेत करके बोले, ''यह सब देखकर अनुमान कर लो, कैसे भयंकर कर्मों का निर्देशन मैंने किया है। गाँजे और चरस की मेरी आवश्यकता को संतुष्ट करने के लिए, कितने पापियों की उनके नीच कामों में मैंने सहायता की है। तांत्रिक प्रयोग के लिए कितने जीवंत प्राणियों के बलिदान मेरे मार्गदर्शन में दिए गए। कितने धूर्त-पापियों का मैं सहायक बना।'' इतना कहकर खिन्न होकर रुक गए, दारुण दुःख के भाव उनके मुख पर उभर आए। असहाय के समान स्वर में वे पुनः बोले, ''किस प्रकार पीछा छुड़ाऊँ इन सबसे, पीछे लौटूँ भी तो कैसे?'' निराश होकर वे अपने होंठ चबा रहे थे।

मैं उनके एकदम समीप बैठ गया, उनके हाथ अपने हाथ में लेकर धीरे-धीरे सहलाते हुए बोला, "सबकुछ छोड़ दो न अद्‌भुतानंदजी! अपने पाप के विचारों को, अपने साथ घट चुकी घटनाओं के भूतकाल को भूल जाओ, भूल जाओ, सबकुछ भूल जाओ। मन में इस विचार को धारण कर लो कि आप वही अद्‌भुतानंद योगी हो, जो पूर्व में हिमालय की पवित्र भूमि में तपस्वी का जीवन जी रहा था। छोड़ दो इन सब पाप के विचारों को, गुरु महाराज की पावनकारी शरण आपको पवित्र बना देगी।"

"हाँ! अब एकमात्र यही उपाय बचा है।" असमंजस के भाव से अद्‌भुतानंदजी बोले, "बाकी इस विनाशक व्यसन के सिवाय मेरे पास बचा ही क्या है? बचा है केवल भक्तिहीन, सर्वसिद्धिहीन यह शरीर मात्र! पापों का साक्षी मात्र यह नाशवान् शरीर।" सिर हिलाकर पुनः वे बोले, "मैं पापी हूँ, पाप का भागीदार हूँ। क्या बचा है अब मेरे पास?" कहकर एक दीर्घ निःश्वास छोड़ा अद्‌भुतानंदजी ने।

मैंने और पास जाकर कहा, "है! अभी भी है आपके पास!" उनसे नजर मिलाकर मैं दृढ स्वर में बोला, "अभी भी आपके पास एक अति मूल्यवान् वस्तु पड़ी है। अति मूल्यवान् वस्तु अद्‌भुतानंदजी, आपका अखंड ब्रह्मचर्य।" ब्रह्मचर्य पर भारपूर्वक कुछ ऊँची आवाज में मैंने कहा, "आपने सबकुछ करने के बाद भी अपना ब्रह्मचर्य नहीं खोया है। आप अभी भी 'ऊर्ध्वरेतस्' ब्रह्मचारी हो। अद्‌भुतानंदजी आपके इस ब्रह्मचर्य की ताकत ब्रह्मांड को भी हिला सकती है, आपकी समस्त प्रच्छन्न सिद्धियाँ इस ब्रह्मचर्य की ताकत से पुनः साधना द्वारा जाग्रत् हो सकती हैं।"

उनकी आँखों पर स्थिर मेरी दृष्टि ने देखा कि एक प्रबल तेजस्वी चमक उनकी आँखों में आ गई। एक नए स्वरूप में उनके अंदर आत्मविश्वास जाग उठा, उत्साह के स्वर में बोल पड़े, "हाँ! सच है, मैं पापी हूँ, मैंने बहुत पाप किए हैं, परंतु इस एक विषय में गुरु महाराज की कृपा से मैं शुद्ध रहा हूँ। कदाचित् इसी पुण्य प्रताप से तुम मेरे लिए मसीहा बनकर आए हो। तुमने बंद पड़े, मूर्च्छित हृदय के द्वारों को खोल दिया है। मेरे अंदर तुमने आत्मविश्वास जाग्रत् कर दिया है। तपोभंग विश्वामित्र पुनः तप द्वारा नई सृष्टि का निर्माण करने में समर्थ हो सके थे और उन्होंने जगत् को महान् गायत्री मंत्र प्रदान किया था। तुम्हारी प्रेरणा से अब मैं अवश्य समर्थ बनूँगा, यह निश्चित समझना। मेरा यह दृढ संकल्प है।"

"मेरी प्रेरणा से नहीं," मैं नम्र स्वर में बोला, "सरयूदासजी के पवित्र मानसिक संपर्क और आपके महान् गुरु महाराज की कृपा से आपको पुनः सत्य ज्ञान प्राप्त हुआ है।"

''शाबाश! तुम्हारी नम्रता में साधुता के दर्शन हो रहे हैं।'' ऐसा कहकर अद्भुतानंदजी ने मेरी पीठ थपथपाई।

बातों-बातों में बहुत समय बीत गया था। अब आगे के कार्य के विषय पर आने की आवश्यकता से मैं नम्र स्वर से बोला, ''मुझे भी आपको थोड़ा कष्ट देना है। अब मुझे आगे की कार्यसिद्धि के लिए आपकी सहायता की आवश्यकता है।''

''हाँ, हाँ! मैं जानता हूँ।'' मुझे बीच में रोकते हुए अद्भुतानंदजी बोले, ''इसी के लिए तो सरयूदासजी ने मुझे मानसिक संदेशा भेजकर सभी बातों से अवगत किया है। मुझे तुम्हारे विषय में और तुम्हारे कार्य के विषय में जानकारी देकर सहायता करने का विशेष अनुरोध किया है, परंतु यह सब तो हो जाएगा, पहले तुम मेरे लिए एक काम पूरा कर दो।'' कहकर लकड़ी की पेटी में से बॉक्स खींच निकालने को कहा मुझे और आगे सूचना दी, ''इस बॉक्स को अपने हाथ से ले जाकर पीछे के झरने के पानी में डाल आओ।''

आश्चर्य के साथ कोई भी प्रश्न किए बगैर बॉक्स हाथ में लेकर पीछे बहते झरने के किनारे पहुँचा। कौतूहलवश मैंने बॉक्स का ढक्कन जरा सा खोला, तो अंदर से गाँजे और चरस की तीव्र गंध आई। ढक्कन बंद करके तेजी से मैंने झरने में बॉक्स को फेंक दिया। अद्भुतानंद के व्यसन त्याग के समान!

वापस लौटते समय मुझे विचार आया, अद्भुतानंदजी ने मुझे ही यह काम क्यों सौंपा, स्वयं भी फेंक सकते थे। कदाचित् ऐसा भी हो सकता है कि गाँजे और चरस को देखकर व्यसनी मन ललचा जाए, ऐसा भय मन में होगा!

दरवाजे में प्रवेश करते ही अद्भुतानंदजी हँसकर बोले, ''तुम्हें लगा होगा कि पुराने व्यसन की लत के कारण ललचा जाने के डर से मैंने तुम्हें यह काम सौंपा होगा। सच बात है न?

''वाह! सुंदर! अद्भुतानंदजी विचारों को जान लेने की सिद्धि तो अब भी आपमें विद्यमान है!'' मैंने कहा।

सुनकर वे खिलखिलाकर हँस पड़े। बोले, ''इसमें सिद्धि जैसा कुछ भी नहीं है, यह ज्ञान की नीचे की सीढ़ी 'मनोविज्ञान' है। तुम्हारे जैसा समझदार अवश्य ऐसे ही विचार करेगा।'' फिर मुक्त रूप से हँसकर बोले, '''सायकोलॉजी' के साथ मैंने एम.ए. की डिग्री ली है। इसी 'मनोभौतिक' विज्ञान के आधार पर मैंने अनुमान करके कहा था।'' कहकर वे प्रफुल्लित चेहरे से मेरे सामने देखकर हँसते रहे।

मुक्त मन से उन्हें हँसते देखकर मुझे लगा कि अब वे एकदम हलके फूल हो

गए हैं। कुछ देर बाद वे बोले, ''हकीकत में साधुओं द्वारा सेवित इन अपवित्र और भयंकर पदार्थों का स्पर्श करके पुन: मैं दूषित नहीं होना चाहता था!'' अद्‍भुतानंदजी की ऐसी स्पष्टता से मेरी शंका का समाधान हो गया।

''अब तुम्हारी इच्छानुसार विशेष बात,'' मूल बात पर आकर अद्‍भुतानंदजी ने कहा, ''जिसे तुम तांत्रिक देवीपूजक कहते हो, उसका असली नाम 'सकुरियो' है। मेरे पास से तांत्रिक विद्या का मार्गदर्शन लेकर, साधु रूप धारण कर स्वयं को 'सकुरानंद' बताने लगा है। बालक का अपहरण उसने किया है,यह सत्य है। काल भैरव को नरबलि चढ़ाकर वह भयंकर 'मारण' और 'वशीकरण' की विद्या सिद्ध करना चाहता है। इसके लिए उसने सभी पूर्व तैयारी करके रखी है। मात्र अभिमंत्रित गाय की खोपड़ी की उसे आवश्यकता है, जो मेरे पास से ही उसे मिल सकती है। ऐसी बहुत संगृहीत वस्तुएँ मैं बहुत सारे तांत्रिकों को गाँजे-चरस के बदले में या कुछ नकद रूप में लेकर पूर्ति करता रहा हूँ, पूर्ति करता था।'' वाक्य सुधारते हुए हँसकर अद्‍भुतानंदजी ने कहा, ''कल ही सकुरानंद खोपड़ी लेने मेरे पास आया था, परंतु योगानुयोग तब देने को मैंने मना कर दिया और आज स्वयं वहाँ पहुँचाने का मैंने वचन दिया है। अब यह काम मेरे बदले में तुम करोगे।''

''ईश्वर जो करता है, अच्छे के लिए ही करता है। यदि खोपड़ी कल उसे मिल गई होती तो आज निश्‍चित ही बालक की बलि दे दी जाती।'' सुनकर कँपकँपी मेरे सारे शरीर में आ गई। माधवानंदजी ने कहा भी था, 'कार्येषु त्वरितम्' कार्य में विलंब नहीं करना, फिर भी चिंता करने की आवश्यकता नहीं है और योगानुयोग हो या आत्मस्फुरणा होने से हो या जो भी हो, अद्‍भुतानंदजी ने ऐसा वादा किया है, तो मेरे हाथों से ही खोपड़ी पहुँचाने का निमित्त बन गया। यह कितना अधिक सांकेतिक है।

सच है अब बालक के विषय में चिंता करने की आवश्यकता नहीं है, भविष्य में भी चिंता करने जैसा नहीं होगा, इसका विश्वास मेरे मन में बैठ गया।

''अब तुम्हें विशेष ध्यान रखना है कि सकुरानंद को विद्या तो सिद्ध है। सबसे पहले उसका प्रयोग वह तुम पर करेगा, परंतु तुम्हारे अंतर्गत स्थित शक्ति और तुम्हारे दृढ मनोबल के कारण तुम्हें विचलित नहीं कर सकेगा। जल्दी में कोई कदम मत उठाना, नहीं तो अचानक आक्रामक होकर बालक का वध करने में रुकेगा नहीं। धीरज धारण करके परिस्थिति के अनुसार कार्य करना।''

थोड़ी देर रुककर अद्‍भुतानंदजी ने आगे कहा, ''बहुत सिफारिश की तुम्हें आवश्यकता नहीं है, क्योंकि गर्भित रूप में तुम्हारे अंदर बहुत शक्तियाँ पड़ी हैं, मैं

देख रहा हूँ। मैं देख रहा हूँ कि कल्पनाशक्ति को योग्य रूप से विकसित कर सके हो, यथायोग्य समय पर योग्य निर्णय लेने की शक्ति तुम्हारे अंदर है।'' फिर ऊपर मानो अंतरिक्ष में देखकर बोले, ''मेरा हृदय परिशुद्ध हो जाने से आत्म-जागृति से अब मैं देख रहा हूँ कि कोई संत या महात्मा की छाया तेरी रक्षा कर रही है और प्रेरणा दे रही है। अब तुम्हारे पास समय कम है, इसलिए तुम्हें तेजी से स्वस्थ चित्त से वहाँ पहुँचना है।''

फिर नरबलि की विधि के समय कैसे बालक की रक्षा करके सकुरानंद के प्रयोग को निष्फल बनाना, उसके विषय में मुझे विस्तार से सब समझा दिया। फिर उपसंहार करते हुए अद्‌भुतानंदजी ने कहा, ''तुम कहे अनुसार सब शांति से करना, बस फिर 'भक्ष्यबलि' न मिलने से भैरव क्रोध करके सकुरानंद का भोग लेने की कोशिश करेगा या चोट पहुँचाएगा, जो भी हो, परंतु बालक को बचाने का तुम्हारा कार्य पूर्ण होगा। रात को 12 बजे के बाद यह प्रयोग होगा, इसलिए कोई चिंता नहीं। वहाँ पहुँचने का स्थान भी अधिक दूर नहीं है। मैं दिशासूचक नक्शा बना देता हूँ, तुम सरलता से वहाँ पहुँच सकोगे।'' कहकर एक कागज पर अद्‌भुतानंदजी ने व्यवस्थित नक्शा बनाकर मेरे हाथ में देकर कहा, ''मध्याह्न का समय होने आया है। तुम्हारे लिए भोजन की कोई व्यवस्था करता हूँ।''

उन्हें रोकते हुए मैंने कहा, ''नहीं, आपको चिंता करने की आवश्यकता नहीं है। भोजन के लिए सामग्री मेरे पास है। हम साथ-साथ अल्पाहार करते हैं।''

एक पात्र में मैंने मूँगफली और तिल की चिक्की रखकर अद्‌भुतानंदजी को दी, तो तुरंत अद्‌भुतानंदजी बोले, ''दूसरा पात्र नहीं, तो साथ में ही भोजन ग्रहण करते हैं।'' कहकर हँसकर उन्होंने पहले खाना प्रारंभ कर दिया।

भोजन के समय अद्‌भुतानंदजी ने अपने अभी तक के जीवन के विषय में बहुत बातें कीं, जो कई प्रकार से प्रेरक और साथ ही भयंकर भी थीं, परंतु वे सब बातें अभी कहना अप्रासंगिक है, योग्य समय पर और योग्य स्थान पर आती रहेंगी।

भोजन के बाद जलपान करके; हस्त प्रक्षालन करके अद्‌भुतानंदजी बोले, ''तुम्हारे अंदर गर्भित रूप से पूर्वजन्मोपार्जित सिद्धियाँ हैं। सरयूदासजी ने मुझे भी बताया है। योग्य गुरु के अपने आप प्राप्त होते ही तथा अन्य संतों की कृपा से योग्य समय पर उनका प्रकटीकरण होगा।'' कहकर खड़े होकर खूँटी से लटकती झोली में से माला निकालकर मुझे देते हुए कहा, ''यह अकीक और रुद्राक्ष के मनकों की माला है, मैं तुम्हें प्रसादी के रूप में देता हूँ, जिससे तुम्हें अपने आप गुरु मिल जाए, ऐसी योग्यता

प्राप्त होती रहेगी।'' कहकर दूसरे हाथ से झोली में से वृक्ष की मोटी जड़ जैसी ककड़ी का टुकड़ा निकालकर मुझे देते हुए कहा, ''यह हिमालय की उत्तम जड़ी-बूटी है, जिसे मैंने पूर्व में अभिमंत्रित करके सिद्ध किया हुआ है, यह भी तुम्हें दे रहा हूँ। इसके स्पर्श से किसी भी जाति के सर्प का जहर क्षण भर में उतर जाता है, रोगी को इसका स्पर्श कराने से उसकी रोग प्रतिकारक शक्ति बढ़ जाने से पुनः आरोग्य प्राप्त होता है। विवेक बुद्धि से इसका उपयोग करना!'' कहकर वे मौन हो गए।

मस्तक को स्पर्श करवाकर दोनों वस्तुएँ मैंने थैले में रख लीं, परंतु उस समय पता नहीं था कि आगे जाकर इन्हीं वस्तुओं के कारण मेरे आध्यात्मिक विचारों और व्यवहार को ठेस पहुँचेगी।

मुझे लगा कि अब मुझे आगे प्रस्थान करना चाहिए। मैंने उनकी आज्ञा लेते हुए दोनों हाथों से उनके चरण-स्पर्श करके वंदन किया। प्रेम से मेरे मस्तक पर हाथ रखकर मौन रूप से आशीर्वाद देते हुए बोले, ''मेरी शुभेच्छा तुम्हारे साथ ही है। मैं भी इन सब अपवित्र वस्तुओं को आग में जला दूँगा। तुम इधर से पुनः गुजरोगे, तब मेरे विषय में जानकारी का संदेश तुम्हारे लिए लिखकर रखकर जाऊँगा।'' कहकर उन्होंने मुझे आलिंगनबद्ध किया, मैंने भी उनके दोनों हाथ चूम लिये और भारी हृदय से विलग होकर प्रस्थान किया।

4

अद्भुतानंदजी से विदा लेकर मैं टेकरी से उतरने लगा। रास्ता ढलानवाला, ऊबड़-खाबड़ और सँकरा था। दोनों ओर बेरी और अन्य काँटेवाले झाड़-झंखाड़ और ऊँचे वृक्ष थे। हवा के झोंकों के साथ अरीठे और पकी खिरनी तथा दींबरू के फलों की मीठी-मिश्र सुगंध आ रही थी। इसी के साथ धरती में से भी आह्लादक सुगंध आ रही थी, जो मेरे उत्साह को बढ़ा रही थी।

धरती में भी स्थान के अनुसार उसका विशिष्ट प्रभाव होता है, पैर रखते ही धरती का प्रभाव पता चल जाता है। जिस स्थान पर पैर रखते ही शांति का अनुभव होता हो, उसे 'उकालवी' स्थान कहा जाता है। किसी स्थान पर पैर रखते ही सत्त्वगुण की वृद्धि होकर आध्यात्मिक विचार आते हैं। तो किसी स्थान पर प्रवेश करते ही ग्लानि, विषाद और निराशा के भाव जागते हैं। इसके साथ ही मुझे माधवानंदजी के शब्द याद

आ गए— 'गिरनार भूमि तो परम पवित्र है, जहाँ सिद्धों और नाथों की स्थायी बैठकें हैं। हजारों संतों, यात्रियों के लिए यह पावनकारी आध्यात्मिक प्याऊ है। यह तो गरवा गिरनार की पवित्र भूमि है, यहाँ संत और सिद्ध हैं, तो भयंकर तांत्रिक भी हैं। गिरनार मानो माँ की गोद है, वह समानतापूर्वक सबको फल देती है।'

चढ़ाव-उतार, गड्ढे-टेकरे को लाँघता हुआ मैं चलते-चलते सोच रहा था—विधि की यह कैसी विचित्रता! इन सबके साथ मेरा सहज मिलन, मेरे साथ उनका प्रेमपूर्ण सहवास और व्यवहार, यह सब पूर्वजन्म के कर्मों का परिणाम ही होगा न? माधवानंदजी ने एक बार कहा था, 'तुम जैसी परिस्थिति की कामना करते हो, वैसी ही परिस्थिति का निर्माण ईश्वर तुम्हारे लिए कर देता है। ईश्वर सबकी इच्छा पूर्ण करता ही है। अच्छी या बुरी सभी, परंतु उसका फल तुम्हें भोगना पड़ता है। मनुष्य जन्म के साथ ही, स्वयं जीवनकाल के कार्य की भूमिका निर्धारित करके ही, माता के गर्भ से अवतरित होता है। जन्म से जीवनपर्यंत मनुष्य को उसकी यह भूमिका करनी पड़ती है। सुख-दुःख, मान-अपमान, व्यक्ति-व्यक्ति के साथ का मिलन और वियोग का दुःख-सुख और जन्म के साथ प्राप्त प्रकृति भी पूर्वजन्मों के कर्मानुसार विधि निर्मित होती है।'

माधवानंदजी, सरयूदासजी, अद्‌भुतानंदजी के साथ मेरा इस प्रकार संबंध-मिलन, पूर्वजन्म के कारण योगानुयोग ही होगा।

विचार करते-करते मैं आगे बढ़ रहा था, मन में सात्त्विक विचार उठ रहे थे। मुझे लगा कि प्रस्तुत विचार इस पवित्र भूमि के कारण हैं।

टेकरी का ढलान उतरकर, मैं सामने की टेकरी की चढ़ाई चढ़ रहा था। मैंने अवलोकन करने के लिए पीछे घूमकर देखा तो दूर अद्‌भुतानंदजी के स्थान की झोंपड़ी से धुएँ के बादल उठ रहे थे और उसके पास में बह रहे झरने के दूसरे किनारे पर सँकरी-सी पगडंडी पर ऊँचे मस्तक और दृढ कदमों से एक वस्त्रधारी अद्‌भुतानंदजी हाथ में मात्र कमंडल लेकर जा रहे थे। पूर्ण संतोष के साथ मैं यह उत्तम दृश्य देख रहा था। मुझे लगा कि एक अत्यंत सार्थक कार्य करने में मैं माध्यम बनने में भाग्यशाली रहा हूँ··!

परंतु अब? अब आगे का मेरा कार्य कितना कठिन, कितना सरल होगा? आगे रास्ता काटते हुए मैं सोच रहा था, सकुरानंद एक शूद्र जाति का जंगली, अधम संस्कारों और कर्मों से दूषित, क्रूर और मूर्ख है। ज्ञान-विज्ञान की बातें उसके सामने निरर्थक होंगी, इसीलिए माधवानंदजी के उपदेशानुसार उसके सामने प्रेम, दया, अहिंसा के शस्त्र ही काम आएँगे।

'पडशे एवा देवाशे' (जो होगा, देखा जाएगा) की उक्ति के अनुसार मैं विचार करना बंद करके आगे चलने लगा। नक्शे के अनुसार नियत स्थल पास ही था, हृदय में उत्तम भावों के प्रादुर्भावों की जागृति के लिए ईश्वर से प्रार्थना करता हुआ मैं चल रहा था, तभी एक स्थल पर मेरी नजर स्थिर हो गई। मेरे बाईं ओर कुछ ऊँचाई की एक शिला पर सिंदूर से लिखा था—'नाग बापा का स्थानक'। भोजन के समय अद्भुतानंदजी ने रास्ते में आनेवाले स्थानों का निर्देश करते हुए कहा था, ''प्रत्येक धर्म स्थान में उसका विशिष्ट दैवत्व प्रकाशित होता है, श्रद्धा और शुद्ध अंतःकरण हो, तो उसकी अनुभूति अवश्य होती है। अप्रकट रूप से देव आशीर्वाद देते हैं, कभी-कभी प्रकट रूप से दर्शन देकर भेंट-प्रसादी भी देते हैं, सबकुछ व्यक्ति की योग्यता पर आधारित है।''

मैंने स्थानक के पास जाकर भावपूर्वक प्रणाम करके निरीक्षण किया, तो सिंदूर लगे हुए आयताकार पत्थर पर अबूझ अक्षरों में कुछ लिखा हुआ था, मुझे लगा कि यह स्थान प्राचीन होना चाहिए। स्मृति-स्तंभ के नीचे जमीन पर छोटा, परंतु नजर आए, ऐसा छेद दिखाई दिया, कदाचित् नाग दादा का बिल होना चाहिए। मैंने मस्तक झुकाकर दोनों हाथ जोड़कर शुभेच्छा और कुशलक्षेम के लिए हृदयपूर्वक प्रार्थना की। आँखें खोलीं तो मैं आश्चर्य से स्तब्ध हो गया। बिल के पास एक बड़ा, सफेद मूँछवाला काला नाग फन फैलाकर डोल रहा था। नाग देवता के प्रत्यक्ष दर्शन से मैं कृतकृत्य हो गया। मैंने हाथ जोड़कर, आँखें बंद करके नाग-देवता की मानस पूजा की, मस्तक झुकाकर, प्रणाम करके आँखें खोलीं तो, मुझे आशीर्वाद दे रहे हों, ऐसे नागदेवता ने फन झुकाया, दूसरे ही क्षण नागदेवता ने फन अधिक फैलाकर, फुफकार करके, मुँह से एक चमकती वस्तु मेरे पैरों के पास फेंकी। वह आधे अँगूठे जितना शिवलिंग के आकार का पत्थर था, जिसकी चमक लाल अकीक के पत्थर जैसी थी। मैंने असमंजस से नागदेवता की ओर दृष्टि की तो, मेरे सामने चमकती आँखों से दो बार फन झुकाकर मानो यह वस्तु ग्रहण कर लेने का संकेत किया अथवा मुझे वह वस्तु ले लेने का अंतःकरण में भाव जागा। कदाचित् देव ने यह वस्तु मुझे प्रसादी रूप में भी दी हो, ऐसा मुझे लगा। प्रणाम करके, नीचे झुककर वह पत्थर मैंने ले लिया और आँखें बंद करके पुनः प्रणाम किया। आँखें खोलीं, मैं दंग रह गया। नागदेवता अदृश्य हो गए थे।

अब इस प्रसाद का क्या करूँ, इसका निर्णय नहीं ले पाने पर माधवानंदजी की सलाह के अनुसार सब करना है, ऐसा निश्चय करके वह पत्थर मैंने जेब में रख लिया और आगे प्रस्थान किया।

नक्शे के अनुसार नियत स्थल अब बहुत निकट था। कुछ देर चलने पर पास की ढलान के नीचे झरने के उस पार दो झोंपड़ी जैसे मकान और उसके पीछे के भाग में ध्वजा फहराती हुई मैंने देखी। बस! यही सकुरानंद का स्थान है। अद्‌भुतानंदजी की दी गई जानकारी के अनुसार जहाँ ध्वजा है, उसी स्थान पर मेलडी माता का स्थानक है। ऐसा निर्देश हुआ था।

किसी भी देव को हृदयपूर्वक प्रणाम करने से उनके आशीर्वाद प्राप्त होते हैं। मैंने ध्वजा को दूर से प्रणाम किया। कुछ और आगे जाकर मैं बिलकुल झोंपड़ी के पास पहुँच गया। अब वहाँ का दृश्य मैं स्पष्ट देख सकता था। सावधानीपूर्वक आगे बढ़ने पर मेरी नजर झोंपड़ी की बगल में छोटे चौगान में एक शिला पर बैठे हुए ढिंगने और चौकोर चेहरेवाले एक साधु पर पड़ी। बस! यही सकुरानंद! ऐसी धारणा करके प्रथम उसकी गतिविधि देखने की इच्छा से मैं वृक्षों और शिलाओं की आड़ में निःशब्द छिपते हुए आगे बढ़कर उसके बिलकुल पास पहुँच गया। पहुँचने पर जो दृश्य मेरी नजर में आया, उसे देखकर मैं काँप गया। सकुरानंद ने अचानक झपटकर एक झाड़ी में से एक लंबी चंदनगोह को पकड़ लिया था। आश्चर्य और जुगुप्सा के साथ मैं यह दृश्य देख रहा था, साधु सकुरानंद के लिए ऐसा काम तो स्वाभाविक होगा, यह समझ सकते हैं, परंतु इस प्रकार शिकार करते मैंने कभी देखा नहीं था। अब वह चंदनगोह के मुँह को डोरी से बाँधकर पट्टे के समान अपनी कमर पर बाँधकर आराम से आगे चल पड़ा। कमर पर बँधी चंदनगोह जिंदा थी और तड़फड़ाकर छूटने की कोशिश कर रही थी। तुरंत सकुरानंद ने एक हाथ से जोर देकर उसका सिर मसल दिया, घो तड़पकर शांत हो गई, उसके मुँह से खून नीचे टपकता जा रहा था।

मुझे धीरे-धीरे छुपते हुए चलना था, इससे सकुरानंद से मेरा अंतर ज्यादा हो गया और वह दिखना बंद हो गया। इसलिए मैं चंदनगोह के टपकते खून के निशान के आधार पर पीछे-पीछे चलता रहा। खून के लाल धब्बे मुझे मकान के पीछे से होकर मेलडी माता के मंदिर की ओर ले गए। मंदिर के चारों ओर सन्नाटा था। सकुरानंद कहीं दिखाई नहीं दिया, कदाचित् मंदिर के अंदर गया होगा, ऐसा अनुमान करके मैं धीरे से मंदिर के दरवाजे के पास पहुँचा। पास पहुँचने के बाद थोड़ी दूर से अंदर नजर डाली। अंदर का दृश्य देखकर मैं आश्चर्य से स्तब्ध हो गया।

मूर्ति के सामने एक ओर सकुरानंद उकड़ूँ बैठा था और उसके सामने अर्धमूर्च्छित अवस्था में नशीली आँखों के साथ सुरेश भाई का पुत्र अश्विन निर्जीव पुतले के समान बैठा हुआ था। मिट्टी के एक बड़े पात्र में चंदनगोह के टुकड़े, बिल्ली या गाय की

खाल थी। पास में ताजा कटा हुआ बकरे का सिर खून टपकती स्थिति में पड़ा था। जमीन पर बकरे के खून के रेले चारों ओर बहकर जम गए थे। ऐसी प्रसाद की सामग्री को देखकर मुझे कँपकँपी आ गई। मुझे लगा, ऐसा प्रसाद मेलडी ही स्वीकार कर सकती है, दूसरे किसी देव का काम नहीं है।

प्रसाद को माता के सम्मुख रखकर सकुरानंद जोर-जोर से बोलने लगा—

''मेलडी

माँ...

बोलते हुए सकुरानंद की आवाज ऊँची होने पर गूँजने लगी।

मेलडी चली श्मशान की राह, दस दरवाजे तोड़,

घड़ी में घाट, घड़ी में पाट, ले चली श्मशान की राह।

साढ़े तीन घड़ी, साढ़े तीन दिन, इतने वाना मेलडी करे,

हमारे भेजने से ना जाए तो महादेव पार्वती की दुहाई करे।

हमारा बैरी, तेरा भरम, मारे बाण और छीने प्राण

इतने वाना मेलडी करे चाँद-सूरज की शाख पर!

महादेव पार्वती की दुहाई!''

फिर 'ॐ... ह्रीं क्लीं महाबली किले किले हुं... फट् स्वाहा' मंत्र बोलकर अंत में सकुरानंद ने बकरे का सिर उठाकर उसका रक्त माताजी के मस्तक पर छींटा। खून से माताजी का सौम्य चेहरा भी भयंकर बन गया। इसके बाद मधु, घी और कमलककड़ी माताजी के समक्ष रखकर फिर से मंत्र बोलकर, बाजोठ (चौकी) पर एक लाल कपड़ा बिछाकर, उसके ऊपर ज्वार के कुछ दाने रखे। फिर मंत्र बोलकर ज्वार के दाने हाथ में लिये।

अद्भुतानंद की दी हुई जानकारी के अनुसार इसे 'पाट पाथरी' कहा जाता है। साधक भूवा ज्वार के दाने गिनकर माताजी से प्रश्नों के उत्तर इस प्रकार प्राप्त करते हैं।

गोंडल के पास दामापार नामक गाँव है। वहाँ के भूवा-भगत के कहे अनुसार, ''दाने देखना भी एक प्रकार का वेद है।'' निष्णात साधक या भूवा दाने देखकर किसी भी प्रकार के प्रश्नों के सटीक उत्तर दे सकते हैं; साथ-ही-साथ प्रश्न या विघ्न निवारण के लिए विधि भी बता सकते हैं।

सकुरानंद दाने देखकर कुछ गुनगुनाते हुए सिर धुन रहा था, ''नहीं माँ नहीं। हाँ, माँ! जवाब दे। तुझे महादेव-पार्वती की सौगंध!''

मुझे स्पष्ट समझ में आ गया कि सकुरानंद माताजी से आज की साधना की

सफलता के लिए आशीष माँग रहा है, परंतु कदाचित् माँ की ओर से योग्य उत्तर नहीं मिल रहा है, फिर भी उत्तर 'हाँ' में प्राप्त करने के लिए बार-बार दाने देख रहा है, परंतु 'हाँ' प्राप्त करने में सफलता नहीं मिल रही थी।

दाने देखकर सकुरानंद बड़बड़ा रहा था, "माँ! आज तेरे जप नहीं हो सके, इसलिए तू मुझ पर गुस्सा हो गई है, ऐसा लगता है। मैं अभी एक हजार जप करके तुझे मनाकर ही रहूँगा।" कहकर एक हाथ को जोर से जमीन पर पछाड़कर सकुरानंद ने जोर-जोर से मंत्र जाप शुरू किया। एकचित्त से जप करते हुए देखकर मुझे लगा कि एकाध घंटा जप में निकल जाएगा। समय गुजारने के लिए मंदिर की धीरे-धीरे प्रदक्षिणा करता हुआ मैं अद्भुतानंदजी की दी हुई जानकारी के विषय में सोचता रहा।

अद्भुतानंदजी ने कहा था, 'ये मेलडी माता की उत्पत्ति के विषय में भी जानने जैसा है। महिषासुर नाम के राक्षस का वध करने के लिए जाते समय महाकाली ने मेला में प्रवेश कर गए महिषासुर को मारने के लिए अपने शरीर में से शक्ति उत्पन्न की थी। स्त्रीस्वरूपा वह शक्ति है यह मेलडी। मेलडी माता ने महिषासुर को मारने के लिए मेला में प्रवेश कर गए उसे मेला में से बाहर निकालने के लिए स्वयं भी मेला में प्रवेश किया, इसलिए उनका नाम 'मेलडी' पड़ा।'

मेलडी माता के शरीर का रंग काले तवे जैसा काला, मोटे-मोटे होंठ, कसा हुआ शरीर, जीभ लंबी बित्ते भर की दंतपंक्ति से बाहर और खून से लाल, जीभ से टपकता खून, एक हाथ में खड्ग और दूसरे हाथ में खून से भरा खप्पर, शरीर पर मानव चर्म का आच्छादन, सूर्य के तेज जैसी कांति। अर्धढका मेलडी माता का रूप भयानक, डरावना लगता है। माता का वाहन बकरा है। मेलडी माता मेला देवी मानी जाती हैं। इसलिए मेलीविद्या के साधक 'मसाणी' मेलडी को भजकर अनेक सिद्धियाँ प्राप्त करते हैं। भूत-प्रेत का लगना, पितृ-दोष, मूठ-चोट, मारण से पीड़ित लोगों को उनके प्रत्येक दु:ख-दर्द में मेलडी माता सहायता करती है।

मंदिरों में और कई घरों में निवास के नुक्कड़ पर, मोहल्लों में या घर में माँ की स्थापना होती है, वैसे ही दूसरी ओर 'काल भैरव' की स्थापना की जाती है, खेतों की सीमा पर 'क्षेत्रपाल' के रूप में माँ की स्थापना की जाती है। माताजी को प्रसन्न करने के लिए 'डाक' नाम का वाद्य, झाँझ और मँजीरे बजाकर 'सावल' नाम की माताजी की स्तुति गाई जाती है। 'ॐ क्लीं मेलडीऐ विच्चे क्लीं ॐ' का संपुट 'बीजमंत्र' है। भूवा डाक बजाता है या रावलदेव डाक बजाकर माँ की 'सावल' गाय और माँ के भूवा के शरीर में प्रवेश होता है। कोई बीमारी, कोई पागल हो गया हो, भूत-प्रेत लगा

हो, कोई प्रेत की छाया में आ गया हो, किसी को प्रेत विघ्न करके उसके शरीर में प्रवेश करके भिन्न-भिन्न रूप से परेशान करता हो, पितृ-दोष हो तो भूवा धुन करके उत्तर देता है और उसके कहे अनुसार विधि करवाने से कार्य सिद्ध होता है। बहुत सारे लोग ऐसी साधना करके विद्या को आजीविका का साधन बनाते हैं, लोगों की अंधश्रद्धा का लाभ उठाकर पैसे झटक लेते हैं। ऐसे अनेक लोग फूट निकलते हैं। वे अपनी बड़ाई बताकर कमजोर मन के लोगों को भयभीत करके लूटते हैं।

जूनागढ़ में हेल्पर की नौकरी करनेवाले एक कर्मचारी को मैं पहचानता हूँ। वह ऐसे कामों के लिए सिद्ध है। गाँवों से लोग इलाज के लिए बुलाते हैं। केशोद के पास एक गाँव में मेरी उससे मुलाकात हो गई। उसकी यजमान किसी भूत-प्रेत लगने के वहम के कारण, किसी कारण से कष्ट पा रही थी। उसके इलाज के लिए वह कभी-कभी यहाँ आता था, बड़ाई मारते हुए उसने मुझसे कहा, "तुम ब्राह्मण शंकरादय (शक्रादय स्तुति) बोलकर पितरों को बुलाते हो, तो हम मंत्र बोलकर उड़द के दाने छींटकर पितरों को तत्काल हाजिर कर देते हैं।" केशोद में एक परिवार 'शूरा पूरा' का बन बैठा पुजारी, स्वयं मेलडी माता के साथ रूबरू-प्रत्यक्ष बात करने का दावा करता है।

अद्‌भुतानंदजी की दी गई जानकारी के उपरांत मेलडी माता के विषय में मैंने भी थोड़ा साहित्य पढ़ा है। मेलडी माता के प्रसाद की ओर 'घृणा' नहीं कर सकते। माँ को जो भी चढ़ाओ, उसे माँ स्वीकार लेती है, ऐसा विधान है। भिन्न-भिन्न कार्य के लिए भिन्न-भिन्न मंत्र विधिवत् सिद्ध कर सकते हैं। गोंडल में एक एस.आर.पी. ऑफिसर को इस मंत्र से क्षणमात्र में बिच्छू का जहर उतारते मैंने प्रत्यक्ष देखा है—

"ॐ काली बीछी, कर मतवाली, हरी ओम की नारी
सर्प डसे तो सोवे, बीछी डसे तो होवे
शब्द साचा, स्फुरो वाचा।"

मेरे अनुभव की बात है, ऊपर का मंत्र सिद्ध करने के बाद इस मंत्र को सात बार बोलकर, हाथ में नीम के पत्ते दबाने से बिच्छू का जहर क्षण भर में उतर जाता है। ऐसे बहुत मंत्र हैं, जो गुरु के मार्ग-दर्शन में विधिवत् सिद्ध करने से परिणाम मिलते हैं। मैंने जो अद्‌भुतानंदजी से सुना है और जो पढ़ा था, वह आज सकुरानंदजी द्वारा प्रत्यक्ष देखने को मिल रहा था।

घूमकर आने के बाद चुपचाप वहाँ देखा, तो सकुरानंद अब विकराल हो गया था, लंबे वालों का जूड़ा बनाकर, तीन बार जमीन पर हाथ पछाड़कर वह बोला,

"माँ! अब तू प्रसन्न होकर मुझे मारण प्रयोग करने की आज्ञा दे। तुझे मेरी हठ पूरी करनी ही पड़ेगी। तुझे शंकर-पार्वती की दुहाई! माँ मुझ पर दया कर!" कहकर उसने पुनः दाने गिनना शुरू किया, इस बार दानों की संख्या का जोड़ देखकर वह आनंद में जोर से बोल उठा, "वाह! घणीखम्मा, मेरी मावड़ी, अंत में तूने आज्ञा दे ही दी। माँ! मैं तुझे बकरी की बलि दूँगा, हवन करके तृप्त करूँगा, फिर तेरा सवा सेर आटे का 'तावो' करूँगा। यह मेरी मनौती मानना।" ऐसा कहकर सकुरानंद मूर्ति के सामने नजर गड़ाकर आर्द्र स्वर में बोला, "माँ! तूने आज्ञा दी है, पर काम पूरा करने की जवाबदारी नहीं ली है, परंतु माँ, तू दयालु है। मेरी काल-भैरव से रक्षा करना! खम्मा…खम्मा…घणीखम्मा माँ!"

इतना बोलकर सकुरानंद थोड़ी देर स्थिर हो गया, उसके शब्दों से मुझे अनुमान हो गया कि वह काल भैरव को प्रसन्न करने के लिए अश्विन की बलि देना चाहता है और उसके लिए विधि करने के लिए अभिमंत्रित की गई गाय की खोपड़ी की आवश्यकता है! जो अद्भुतानंदजी ने मुझे सौंपी है उसे देने के लिए। जो मेरे कब्जे में है। यह खोपड़ी ही उसका विश्वास संपादन करने के लिए अत्यंत उपयोगी है।

अब मुझे लगा कि सकुरानंद के सामने प्रत्यक्ष होने की आवश्यकता है। समयानुसार और सामनेवाले व्यक्ति के मानस और संस्कार के अनुसार किस प्रकार व्यवहार करके उस पर प्रभाव डालना चाहिए, इसी के विषय में मैं सोच रहा था। सकुरानंद अनपढ़, शास्त्रज्ञान रहित, विवेक-विनय से हीन, क्रूर और क्रोधी है। हाँ, एक दूसरा पक्ष भी है, माता की भक्ति! तांत्रिक प्रयोगों में श्रद्धा के साथ-साथ गाँजा, दारू और मांसाहार। यह उसकी कमजोरी है। मैंने सोचा क्रोध और काम-वासना से भरपूर व्यक्ति में आत्मविश्वास का अभाव निश्चित होता है। काम, क्रोध और व्यसन से व्यक्ति शिथिल हो जाता है, उसका मनोबल टिक नहीं सकता, ऐसा निर्माल्य होता है। इन सब बातों का विचार करके मैंने उसके सामने उपस्थित होने के लिए उसके बिल्कुल पास जाकर मैं जोर से बोला, "जय माताजी, सकुरानंदजी!"

मेरी धारणा के अनुसार, मेरे अचानक प्रवेश करने से सकुरानंद भड़क गया। फिर भयमिश्रित क्रोध दृष्टि से मेरे सामने लाल आँखों से देखते हुए जोर से बोला, "कौन, कौन है तू, यहाँ तक कैसे आ गया, कैसे आ सका तू?"

क्रोध और भय से हकलाते देखकर मेरी उस पर आधिपत्य जमाने की आशा बन गई, क्योंकि बाह्य रूप से डरावने, क्रोधी और लंपट मनुष्य की कमजोरी ऐसे दुर्गुणों के कारण ही होती है, जो मुझे सकुरानंद के मुख पर स्पष्ट दिख रही थी।

"मैं एक साधु हूँ और तुम्हारे कार्य के लिए आया हूँ!" मैंने शांतिपूर्वक उत्तर देते हुए कहा, "तुम्हारे प्रयोग की सिद्धि के लिए अभिमंत्रित खोपड़ी देने के लिए मुझे अद्‌भुतानंद ने तुम्हारे पास भेजा है।"

सुनकर उसके चेहरे पर खुशी की एक झलक आते मैंने देखा, खुशी के आवेश में वह बोला,

"वाह...वाह, सुंदर! मुझे इसी की चिंता थी, अब मैं आज ही भैरव साधना पूर्ण करके, अपने जीवन की सबसे बड़ी इच्छा पूरी कर सकूँगा। मारण, मोहन और उच्चाटन, ये तीनों सिद्धियाँ अब मुझे मिल जाएँगी।" कहकर उत्साह के अतिरेक में वह आगे बोला, "और हाँ! मुझे एक विश्वासपात्र सहयोगी की भी सहायक के रूप में आवश्यकता थी। तुम आ गए, तुम मेरी अब सहायता कर सकोगे; मैं तुम्हें निहाल कर दूँगा। कहाँ है खोपड़ी? लाओ!"

"खोपड़ी मैं तुम्हें अवश्य दूँगा, परंतु!" दृढ स्वर में मैंने कहा, "सकुरानंद, सुन ले। मैं तुम्हें ऐसे हिंसक और मानवताहीन कार्य में सहायता नहीं करूँगा।"

"ऐसा! तो तू मुझे सहायता नहीं करेगा! ऐ...सा...! अद्‌भुतानंद का आदमी होने के बाद भी?" सकुरानंद विकृत रूप से जबड़ा टेढ़ा करके बोला। उसके स्वर में व्यंग्य और शब्दों में तीखापन था।

"हाँ! मैं अद्‌भुतानंदजी का आदमी हूँ, इसीलिए तुझे मैं सहायता नहीं करूँगा। अद्‌भुतानंद एक योगी हैं और अब वे अहिंसक और पवित्र साधु बन गए हैं, उन्होंने यह सब छोड़कर तप और भक्ति का मार्ग पुनः स्वीकार कर लिया है। अब तू उनको कभी नहीं देख सकेगा। तुझे खोपड़ी भेजना, यह उनका अंतिम काम है!" बात सुनकर उसके मुख पर निराशा आते हुए देखी मैंने। कदाचित् अब अद्‌भुतानंदजी की सहायता बंद हो जाने की दहशत के कारण हो। फिर तंग चेहरे से भाव छिपाने का प्रयत्न करते हुए बोला, "कोई बात नहीं, अब मुझे उनकी आवश्यकता भी नहीं है। मेरे पास सभी इंतजाम है। मैं जो चाहे कर सकता हूँ।"

मैं उसकी मगरूरी सुनता रहा। मुझे लगा कि धीरज और चतुराई से अब काम लेना पड़ेगा। अश्विन को बचाने के साथ-साथ सकुरानंद का भैरव प्रयोग देखने की जिज्ञासा भी मुझमें जोर मार रही थी। फिर भी सकुरानंद की शक्ति को मापने के लिए मैंने कहा, "सकुरानंद! भले अब अद्‌भुतानंद नहीं हैं, परंतु मैं उनके आदमी की तरह तुम्हारा मित्र बन सकता हूँ, पर तुम्हारे काम में मदद करना मेरे लिए संभव नहीं है।"

"अच्छा! तू मेरी अनदेखी कर रहा है? तेरी मौत ही तुझे यहाँ तक ले आई है।

अब तू यहाँ से जीवित नहीं जाएगा।'' ऐसा कहकर पात्र में पड़े हुए उड़द के दाने मुट्ठी में लेकर, मंत्र पढ़कर और फूँक मारकर मेरी तरफ फेंके! घड़ी भर को तो मुझे लगा कि मौत में और मुझमें ज्यादा दूरी नहीं है। 'मूठ' की ताकत को मैं जानता था, बस अर्धक्षण और दाने मेरे पर पड़ते ही···, बस, भय का एक क्षण और मैं सांगोपाँग बच गया। मुझे लगा कि दाने मेरे साथ टकराने के बदले, बीच में ही किसी के साथ टकराकर जमीन पर बिखर गए थे। मुझे मात्र किसी का स्पर्श हुआ हो, ऐसा लगा! साथ ही मैंने आश्चर्य से देखा कि नीचे जमीन में पड़े हुए उड़द के दाने तड़···तड़··· की आवाज के साथ अग्नि में सिंकते हुए राख हो रहे थे। यदि ये दाने मुझ पर पड़ते तो···आगे मैं सोच नहीं सका। तत्काल मुझे अद्‌भुतानंदजी के शब्द याद आ गए, 'अब मेरा विशुद्ध अंत:करण होने से देख सकता हूँ कि कोई दैवी शक्ति तुम्हारा रक्षण कर रही है।' उनके शब्दों की यथार्थता के विषय में अब मुझे लेशमात्र भी शंका नहीं रही। कोई अद्‌भुत दैवी शक्ति से ही मैं आज बच गया हूँ।'

उड़द के दाने का मुझ पर कोई प्रभाव नहीं हाने से सकुरानंद हतप्रभ होकर तीक्ष्ण नजरों से मेरे सामने देख रहा था। मैंने उसकी नजर से नजर मिलाई। उसकी बेधक आँखों से मानो अग्नि की चिनगारियाँ झर रही थीं।

एक क्षण, दो क्षण वह मेरे सामने एकटक नजर से देख रहा था। मैं समझ गया कि अब वह मेरे सामने सिद्धत्राटक विद्या आजमा रहा है। थोड़ी देर के लिए मुझे लगा कि सकुरानंद के सामने दृष्टि मिलाए रखना बहुत कठिन है, फिर भी उसके वशीभूत हो जाने के डर को भगाकर, दृढ मनोबल धारण करके, समस्त शुभ भावनाएँ हृदय और आँखों में भरकर मैं उसकी आँखों से आँखें मिलाए रहा। क्षण, दो क्षण, पाँच क्षण गुजर जाने के बाद मुझे लगा कि सकुरानंद की आँखों में पानी आ जाने से वह धुँधलापन महसूस कर रहा है, उसकी आँखों की तीव्रता और क्रोध घट रहा है। क्रोध कम होने से उसके मुख पर से विकृत रेखाएँ धीमे-धीमे अदृश्य हो गईं और कुछ अंश में सौम्य और नरम चेहरे से उसने आँखें फेर लीं।

मुझे सकुरानंद की शक्ति का अंदाज मिल गया। वह मेरे सामने टिक नहीं सका। यह हिंसा के सामने अहिंसा, क्रोध के सामने अक्रोध, बैर के सामने नितांत प्रेम और सत्य की विजय थी। माधावनंदजी की प्रेरक वाणी के अनुसार मुझे इन्हीं शस्त्रों का उपयोग करना था। उनका उपदेश सार्थक हो गया। सकुरानंद का हीन मनोबल आधा टूट गया था। मेरे सामने अब वह अधिक प्रयोग नहीं कर सकेगा, इस विश्वास से मैं निश्चिंत हो गया।

सकुरानंद अब शांत हो गया है, ऐसा लगने के बाद मुझे अश्विन की लाचार

स्थिति का ध्यान आया। उसे बचाने के लिए सकुरानंद के साथ धैर्य से काम लेना था, इसलिए स्वर में विनम्रता भरकर मैंने उसे कहा, ''सकुरानंद! मैं तेरा मित्र बनकर यहाँ तेरे साथ रहने आया हूँ। भले ही मैं तेरी सहायता नहीं करूँ, पर तुझसे मित्रता करना चाहता हूँ, क्योंकि तेरी शक्ति के विषय में अद्‌भुतानंदजी से बहुत सुना है। मुझे तुम्हारी वे शक्तियाँ विशेष देखनी हैं। उन शक्तियों के प्रयोग तुम मुझे बताओ, ऐसी मेरी इच्छा है। मैं तुम्हारा दुश्मन नहीं, दोस्त हूँ।''

मूर्ख लोगों को खुशामद प्रिय होती है। सकुरानंद पर इसका अपेक्षित प्रभाव पड़ा। उसकी आँखों में अपने प्रति रोष को आंशिक रूप से कम होते मैंने देखा। ''ठीक है।'' अंत में सकुरानंद ने हलके होकर होंठ खोले, ''परंतु तुम मेरे साथ रह सकोगे? मेरे सब काम इसी प्रकार के हैं।''

''मुझे तुम्हारे किसी काम से कुछ लेना-देना नहीं है। मैं तो तुम्हारे काम और तुम्हारी शक्ति देखना चाहता हूँ। मुझे दुश्मन समझे बगैर, तुम अपने काम अपने ढंग से करते रहना!''

अश्विन की मदद करने के लिए युक्तिपूर्वक शब्दों का उपयोग करके मैंने कहा, ''परंतु एक बात का तुझे पता होगा ही कि देव निर्बल बलि को स्वीकार नहीं करते हैं। तुम इस लड़के को इसी प्रकार रखोगे तो यह कमजोर हो जाएगा। हृष्ट-पुष्ट बलि ही देव को प्रिय होती है, इसलिए इस लड़के को उचित स्थान पर आराम से रखना आवश्यक है। एक मित्र के रूप में मेरी तुम्हें सलाह है। यह मुनष्य बलि है और मनुष्य बलि संपूर्ण स्वस्थ और निरोगी होनी चाहिए।''

इतना कहकर सकुरानंद की प्रतीक्षा किए बगैर अश्विन को मैंने दोनों हाथों से उठाकर झोंपड़ी जैसे मकान की ओर चलना शुरू किया। सकुरानंद को कदाचित् मेरी बातों में सत्य नजर आया होगा, तो कोई विरोध किए बगैर वह भी मेरे पीछे-पीछे अंदर आ गया।

अंदर अच्छी-खासी चौड़ी जगह थी। सामने दीवार के पास खाट पर बिस्तर बिछा हुआ था। मैंने अश्विन को उस पर सुला दिया। मैंने अपने पास से पानी की बोतल निकालकर उसके मुँह को खोलकर धीरे-धीरे पानी डाला। पानी पेट में जाने से अश्विन पर अच्छा प्रभाव मैंने देखा। अब यदि उसे कुछ खिलाया जाए, तो वह पुनः स्वस्थ हो सकता है, ऐसा मुझे लगा।

सकुरानंद मेरे पीछे-पीछे आकर मेरी क्रिया को देख रहा था। मुझे उसके मुख के भावों को देखकर शंका हुई। अद्‌भुतानंदजी ने मुझे चेतावनी दी थी कि सकुरानंद

क्रूर और आक्रामक है, उससे सावधान रहना और हुआ भी वैसा ही। दरवाजे पर खड़े सकुरानंद पर मेरी नजर पड़ी, वह कोने में पड़ी मदारी की गोल टोकरी, जो साँप रखने के लिए रखी जाती है, वैसी टोकरी की तरफ सरक रहा था।

मैं सावधान होऊँ, उससे पहले ही उसने टोकरी में से एक जबरदस्त लंबा साँप निकालकर जोर से मुझ पर फेंका। एक क्षण के लिए मैं चौंक गया, दूसरे ही क्षण भय को झटककर मैंने वर्तमान में मन को स्थिर करके एकाग्र किया। मुझ पर फेंका गया साँप मेरी छाती और पीठ पर लिपटकर, फन फैलाकर जीभ लपलपा रहा था! क्षण में ही साँप मुँह खोलकर डंक मारेगा, इस दहशत में विपत्ति भरा एक क्षण गुजर गया। हिम्मत करके मैंने साँप से दृष्टि मिलाई, तो वह स्थिर हो गया। तभी मेरे अनहद आश्चर्य के बीच साँप मेरे शरीर से खींचकर झटके से दूर फेंक दिया गया और जमीन पर पछाड़ के साथ पेंच खा गया और तेजी से दरवाजे के बाहर सरक गया।

रुकी हुई साँस से, आँखें बंद करके ईश्वर से प्रार्थना करके मैंने सकुरानंद के सामने देखकर कहा, "सकुरानंद, मुझे मार डालने का तेरा यह प्रयत्न भी निष्फल रहा, इसलिए मुझे मार डालने के प्रयत्न छोड़ दे। निर्भय को कोई मार नहीं सकता। इसलिए ऐसे सब प्रयत्न छोड़ दे, इसी में तेरी भलाई है। बेकार तेरी शक्ति व्यर्थ जा रही है!"

फिर मैंने उसके पास जाकर, कंधे पर प्रेम से हाथ रखकर कहा, "मुझे दुश्मन मत मान। मैं तेरा मित्र हूँ। यह बात अपने मन में बराबर घोंटकर, अपने कार्य में आगे बढ़।" फिर उसके सामने स्थिर नजरों से देखकर, हृदय में सच्ची मित्रता का भाव भरकर मैंने कहा, "ले...यह अभिमंत्रित खोपड़ी, जो तेरे कार्य को सिद्ध करने के लिए आवश्यक है।" फिर कुछ रुककर आगे कहा, "सच में तुझे तो इसी की आवश्यकता है न?" कहकर मैंने थैले में से खोपड़ी बाहर निकालकर उसके हाथ में रखते हुए कहा, "भैरव साधना का अपना काम शुरू कर, माँ मेलडी तेरी रक्षा करेगी।"

मेरे इन शब्दों का सकुरानंद पर अपेक्षित प्रभाव हुआ। उसका क्रोध दूर हो गया। निर्बल मन का सकुरानंद कृतज्ञतापूर्वक मेरे सामने देखता रहा। ऐसे लोगों की भावना तेजी से परिवर्तित हो जाती है। मुझे लगा कि उसका मुझ पर विश्वास हो गया है, उसकी प्रतीति रूप में उसने मेरी ओर हाथ बढ़ाया। मैंने भी उसका हाथ पकड़कर हँसते हुए हाथ मिलाया। उसके ठंडे हाथ के स्पर्श से मुझे लगा कि वह अब नरम पड़ गया है, परंतु अभी भी उसकी कमजोरी का लाभ लेकर और अधिक शिथिल करने की आवश्यकता है।

दारू और गाँजा उसकी विशेष कमजोरी है, इसलिए उनको साथ लाया था। थैले

में से दारू की बोतल निकालकर उसके सामने रखते हुए मैंने कहा, "मित्र सकुरानंद! ले तेरी प्रिय वस्तु! दारू पी और अपनी हताशा को दूर कर दे। क्रोध से तू अशांत हो गया है, नशा कर, तुझे हिम्मत आ जाएगी और तेरी पसंद की दूसरी वस्तु गाँजा!" कहकर गाँजे का एक पैकेट मैंने उसके हाथ में थमा दिया। खुश हो गया सकुरानंद।

आनंद के उद्‌गार में उसने कहा, "वाह! ब्रांडी! शाबाश तुझे! मेरी प्रिय ब्रांडी… बहुत दिनों से नहीं मिली थी, वाह दोस्त!"

खुश होकर, ढक्कन खोलकर सकुरानंद भुक्खड़ के समान दारू गटगटाने लगा। आधी बोतल गटकने के बाद वह रुका। कुछ ही देर में दारू के असर से तरंग में आ गया और बोला, "वाह! दोस्त, अब तू सच्चा दोस्त है। तेरा भी जवाब नहीं, आज तूने मुझे खुश कर दिया।" बोलकर बोतल के साथ वह मेरे पास ही बैठ गया।

सकुरानंद की ऐसी मानसिक स्थिति का लाभ लेने के विचार से मैंने उसका एक हाथ अपने हाथ में लेकर प्रेम से थपथपाया। स्पर्श में भी एक प्रकार की शक्ति होती है। प्रत्येक मनुष्य में उसकी प्रकृति के प्रधान गुणों के अनुसार शक्ति का प्रवाह बहता है, इसीलिए, अयोग्य अर्थात् दुर्जन मनुष्य का संग न करने का संत सदा आग्रह करते हैं। सत्संग से ज्ञान के साथ सात्त्विकता बढ़ती है।

मेरे प्रेमपूर्ण हाथ के स्पर्श का सकुरानंद पर अपेक्षित प्रभाव देखकर मैंने कहा, "दोस्त सकुरानंद! तुझे सच में ऐसा जीवन अच्छा लगता है! जंगल में ऐसे एकाकी रहकर, जंगली जानवरों जैसा जीवन तुझे कैसे अच्छा लगता है?"

"अच्छा लगे या न लगे। जाएँ तो कहाँ जाएँ? अच्छा लगाना पड़ता है।" निराशा के स्वर में उसने उत्तर दिया।

उसके शब्दों से मैंने अनुमान किया कि ऐसे जीवन से वह अवश्य ऊब गया है, इसलिए मैंने उसे झकझोरने के लिए कहा, "बलात् पसंद करना पड़े, ऐसा जीवन क्यों जीना चाहिए? विचार करके देखो सकुरानंद! तू अभी युवा है, तुझमें अभी शक्ति है, बाहर निकल, छोड़ दे यह सब। समाज में रहकर एक अच्छे मनुष्य की तरह फिर जीवन शुरू कर दे।"

सुनकर सकुरानंद के अंदर दबा गुस्सा उभर आया, बोला, "छोड़ दूँ ऐसा? अब नहीं, कदापि नहीं! समाज ने ही तो मेरी ऐसी दशा की है! क्या मिला, तुझसे और तेरे समाज से? तिरस्कार, अपमान, बेकारी और भुखमरी! बस, यही! बचपन में बाप की असह्य मार!" सकुरानंद लाल लाल चेहरे से बोल रहा था, "दातुन बेचकर गुजारा किया! बाप मर गया और मेरी माँ मुझे भटकता छोड़कर जाति के मुखिया के घर में

बैठ गई।'' फिर अपने पेट पर हाथ मारकर सकुरानंद आवेश, क्रोध और निराशा के साथ बोला, ''पेट के लिए भीख माँगी, चोरी की, पुलिस की बहुत मार खाई! बस यही सब मिला मुझे तुम्हारे समाज से!'' सकुरानंद का आक्रोश अब विषाद में बदल रहा था। दीर्घ निःश्वास छोड़कर वह बोला, ''भटकते-भटकते अंत में यह धंधा हाथ लग गया। आनंद है मुझे इस धंधे में। मेरे पास बहुत विद्या है, भले वह मेली-विद्या हो, परंतु उससे मैं सब प्राप्त कर सकता हूँ, पैसा, मांस, दारू, गाँजा सबकुछ प्राप्त कर सकता हूँ, सुख उठा सकता हूँ।''

''तेरा यह सुख क्षणिक है, सकुरानंद! ऐसा सुख लंबे समय तक टिकता नहीं है...तू बीमार हो सकता है। तेरा शरीर हमेशा साथ नहीं देगा। तेरा शरीर व्यसन से छीजता जाएगा, तेरी उम्र बढ़ती जाएगी, वृद्धावस्था में शक्तिहीन और निःसहाय होकर तड़प-तड़पकर मृत्यु को पाएगा। तब तेरे पास सहायता करनेवाला कोई नहीं होगा। इसलिए लौट जा, इस नारकीय जिंदगी से और फिर से नई शुरुआत कर!''

''बस! बंद कर अपनी यह बकवास!'' सकुरानंद मेरे शब्दों से पीड़ा अनुभव कर रहा हो, इस तरह बोला, ''तेरी बात सच्ची है, फिर भी मेरे गले नहीं उतरती है, मुझे उपदेश देना बंद करके तू अपना धंधा कर! मुझे मेरे ढंग से जीना अच्छा लगता है, अब मेरे लिए समाज में रहकर जीना संभव नहीं है। मैं इस जीवन से सुखी हूँ और इससे भी अधिक सुख मैं प्राप्त करनेवाला हूँ।'' कहकर दारू की बोतल पूरी गटगटा गया। दारू के नशे में लाल चटक आँखों को मेरी तरफ स्थिर करके बोला, ''मैं रोगी या बूढ़ा होनेवाला ही नहीं। मैंने 'बगलामुखी' और 'पद्मावती' सिद्ध कर ली है। अब 'काल भैरव' को इस लड़के की बलि देकर इसका मांस मैं खाऊँगा। भैरव की इस प्रसादी से मेरे में सदा के लिए शक्ति टिकी रहेगी! समझा?''

मुझे लगा मूर्ख को बोध देना बेकार, फिर भी मूर्ख और दुश्मन को साम, दाम और भेद से समझाना चाहिए। यह चाणक्य नीति है और इसे अधिक बहकाने की आवश्यकता है। ऐसा सोचकर उसको दिया हुआ गाँजे का पैकेट लाकर उसके सामने धर दिया और कहा, ''कोई बात नहीं सकुरानंद! यह ले गाँजा, ये भी तेरे लिए ही लाया हूँ। नशा करके अपने ढंग से मजा कर!''

मेरे हाथ से झपटकर सकुरानंद ने गाँजे का पैकेट ले लिया। अपनी जेब से चिलम निकालकर बाहर आँगन में जलती धूनी के पास जाकर, आसन पर बैठकर चिलम जलाई।

मेरे लिए यह एक श्रेष्ठ अवसर था, अश्विन पर ध्यान करने का। बोतल से मैंने

उसके मुँह में पुनः पानी डाला। कुछ देर में उसने आँखें झपकाईं। कुछ देर बाद उसने आँखें खोलकर सामने देखा। वह थोड़ा स्वस्थ हुआ, पर थोड़ा नशे के प्रभाव में लगा, क्योंकि वह मुझे पहचान नहीं सका। मैंने चिक्की का एक टुकड़ा उसके मुँह में रखा, उसने पूरा मुँह खोला और चिक्की का टुकड़ा चबाकर खा लिया। इस प्रकार मैंने उसे चिक्की के चार-पाँच टुकड़े खिला दिए। फिर से पानी पिलाया, वह नशे में ही था, जो अभी आवश्यक भी था। मैंने उसे चादर ओढ़ाकर सुला दिया।

अश्विन को सुलाकर मैं बाहर आँगन में आ गया। वहाँ सकुरानंद नहीं था, कदाचित् भैरव प्रयोग की तैयारी में लगा होगा, ऐसा मानकर मैं वहाँ उसकी प्रतीक्षा करने लगा और अद्‌भुतानंदजी की भैरव के विषय में कहीं बात्तों को याद करने लगा। अद्‌भुतानंदजी ने कहा था, 'यह भैरव उपासना शीघ्र कार्य करनेवाली और भयंकर कठिन होती है, ऐसा शास्त्रों में निर्देश हुआ है। जरा सी भूल भयंकर परिणाम देनेवाली है, देव उस कर्ता को कभी माफ नहीं करते हैं, परंतु 'बटुक भैरव' सौम्य है। भैरव दादा के अनेक स्वरूप हैं, जैसे—(1) असितांग भैरव, (2) रुद्र भैरव, (3) चंद्र भैरव, (4) क्रोध भैरव, (5) कपाली भैरव, (6) भीषण भैरव, (7) संहार भैरव, (8) सौम्य रूप बटुक भैरव। अधिकांश उपासक बटुक भैरव की उपासना करते हैं।

पूजन में लाल फूल और लाल चंदन को विशेष महत्त्व दिया जाता है, परंतु कापालिकों की उपासना भयंकर और हिंसक होती है, नरबलि चढ़ाकर की जाती है। उसका प्रारंभ ध्यान करके विशिष्ट मंत्र द्वारा किया जाता है, मंत्रों की अग्नि में आहुति देनी चाहिए। काल भैरव की उपासना करनेवाले पर शत्रु के द्वारा मारी गई 'मूठ' भी निष्फल जाती है। भैरव कवच का पाठ करने से सब प्रकार रक्षण होता है। विधि के अनुसार पाठ करने से दुर्लभ सिद्धियाँ प्राप्त होती हैं। कुपात्र-अयोग्य व्यक्ति को ये स्रोत बताने का शास्त्रों में निषेध है, सकुरानंद जैसे स्वार्थी लोग इनका दुरुपयोग करते हैं।

अद्‌भुतानंदजी से संक्षिप्त में सुनी और पढ़ी बातों का विचार करते हुए मैं सकुरानंद के आने की प्रतीक्षा कर रहा था। समय बहुत बीत गया था। सूर्यास्त होने में कुछ देर थी। चक्कर लगाने मैं बाहर निकला। जंगल और छोटी-बड़ी टेकरियों से घिरा हुआ यह स्थान अति मनोहर था, थोड़ी दूर झरना कलकल करता बह रहा था। झरने के किनारे ऊँचे वृक्षों की डालियाँ बहते पानी पर झुक रही थीं। थोड़ी देर नदी में नहाने की इच्छा हो जाए, ऐसी गहरे पानी की झील थी दूर...दूर...गिरनार की ऊँची चोटी दिखाई दे रही थी, उसकी बगल में ही भगवान गुरुदत्त का शिखर सूर्य की किरणों से चमक रहा था।

मैं अभी किस निश्चित स्थान पर हूँ, पता नहीं चल रहा था। जोगणिया पर्वत के पीछे के दूरस्थ स्थान पर हूँ या नहीं, यह मुझे पता नहीं चल रहा था। जोगणिया पर्वत के पीछे कोई दूर का स्थान होना चाहिए, ऐसा अनुमान से लगता था। दूर-दूर से डमरू की आवाज आ रही थी, इससे लगता था कि कदाचित् जटाशंकर महादेव के स्थान के पीछे या निकट का विस्तार होना चाहिए। मैं कोई निश्चित स्थान का अनुमान नहीं कर सका।

अश्विन अकेला था, उसका विचार आने पर मैं अंदर गया। खोपड़ी और अन्य पूजा के लिए सामग्री सकुरानंद ने तैयार करके रखी हो, ऐसे सब व्यवस्थित रूप से पड़ा था। आँगन में धूनी के पास का एक भाग खुला था और उसके पास बिलकुल नजदीक बेर का वृक्ष उगा हुआ था, जो पानी के अभाव से सूखे ठूँठ जैसा था। धूनी के सामने काले पत्थर से बनाया गया ऊँचा आसन था। सकुरानंद भैरव-साधना की सब विधि कदाचित् यहीं करेगा, ऐसा लगा।

अंदर जाकर अश्विन को उठाकर पानी पिलाया और थोड़ी चिक्की भी खिलाई, इससे उसमें ताजगी आ गई। फिर भी उसे सुलाए रखना आवश्यक था। शॉल ओढ़ाकर उसे सुलाकर पुन: बाहर आया, तो सामने की झाड़ी में से सकुरानंद आ रहा था। उसके एक हाथ में ताजा मरा हुआ खरगोश था। उसके पास आते ही मैंने उसे 'जय माताजी' कहा, उत्तर में 'जय माताजी' बोलकर वह थोड़ा हँसा भी। मुझ पर उसे विश्वास हो गया था; उसकी तरफ से अब कोई हरकत नहीं होगी, इसका मुझे भी विश्वास हो गया था।

मैं चाहता तो अश्विन को लेकर यहाँ से निकल सकता था, परंतु 'काल भैरव प्रयोग' देखने की तीव्र इच्छा को मैं रोक नहीं सका। रात्रि के अंधकार में अश्विन को ले जाना भी कठिन था, उसे सांगोपांग बचा लेंगे, उसमें अब मुझे कोई चिंता या शंका नहीं थी। उसे मैं अवश्य बचा सकूँगा, ऐसा संपूर्ण आत्मविश्वास मुझमें आ गया था। अद्भुतानंदजी की सूचनानुसार मुझे काम करना था, जो मूर्ख सकुरानंद की नजर बचाकर आसानी से हो सकता था। इस विश्वास के आधार पर मैं धैर्य के साथ सकुरानंद की गतिविधि को देखते हुए उचित समय की राह देख रहा था। दिन अस्त होनेवाला था। अंधकार छाने लगा था। भैरव प्रयोग विधि होने में अभी बहुत देर थी।

सकुरानंद को थोड़ा खेल खिलाने का मन हुआ, तो मैंने दारू की दूसरी बोतल निकाली और उसके सम्मुख रखते हुए हँसकर कहा, "ले सकुरानंद, दारू पी और आज पूरा मजा ले ले…"

बोतल देखकर सकुरानंद पुनः रंगत में आ गया। खुश होकर काठियावाड़ी ग्रामीण भाषा में बोला, "वाह दोस्त, वाह! भैरू हो तो···तेरे जैसा, अब तेरे सभी गुनाह माफ! जा।"

"सकुरानंद!" जवाब में मैंने कहा, "तूने मेरे गुनाह तो माफ कर दिए, पर क्या तेरे गुनाह सरकार या भगवान् माफ करेंगे?"

"भगवान् का तो मुझे पता नहीं और सरकारी पुलिस की तो अभी ऐसी की तैसी करता हूँ।" ऐसा कहकर सकुरानंद दो-चार गंदी गाली बोल गया, जो उसके संस्कार के अनुसार स्वाभाविक था।

"वाह! तू बहादुर है सकुरानंद! परंतु तेरी मृत्यु के बाद तेरे पापों का जवाब चित्रगुप्त माँगेंगे, देखना।" मैंने उसे डराने के आशय से कहा।

"अब, वहाँ जाने के बाद भले भगवान् मेरा···" अपशब्द और गंदी गाली देकर वह बोला, "मरने के बाद क्या होगा, किसे पता है? अ···भी तो जितना मजा करना हो, कर लो।"

पशुतुल्य सकुरानंद की जड़बुद्धि में कोई अच्छी बात नहीं उतर सकती थी, इसलिए समय बिताने के लिए मैंने बातों का विषय बदला, "सकुरानंद! इस मरी हुई गोह और खरगोश का क्या करोगे?"

"इनके मांस का कल सवेरे मेलडी माता को भोग लगाएँगे, फिर उस प्रसादी का मांस और इस लड़के का मांस हम खाएँगे।"

सकुरानंद ने 'हम' शब्द कहकर मुझे भी अपने जैसा मान लिया है। गुस्सा दबाकर, हँसते हुए मैंने कहा, "मैं तो मांस खाता नहीं··· मैं सात्त्विक भोजन करता हूँ।"

"वह···यहाँ नहीं मिलेगा बामण···तुझे यहाँ रहना हो, तो यह सब खाना पड़ेगा। बोल क्या विचार है तेरा?" दारू के नशे में चूर होकर वह बोल रहा था।

मैंने प्रत्युत्तर में हँसते हुए कहा, "मेरा तो विचार है सकुरानंद···कि इस लड़के को लेकर उसके माता-पिता को सौंप दूँ और तू जीवित होगा, तो तुझे भी साथ ले जाकर पुलिस के हवाले कर दूँ!" यह सुनकर सकुरानंद का गुस्सा आसमान पर पहुँच गया।

"अरे···तेरी तो···!" गंदी गाली देकर उसने धूनी में जलती लकड़ी निकालकर मेरी ओर फेंकी, परंतु वह लकड़ी फटाक् की आवाज के साथ रुकी और बीच रास्ते में गिर गई। आश्चर्य जैसा कोई भाव मुझे नहीं आया, इसलिए मुझे मेरे हो रहे दैवरक्षण का संपूर्ण प्रमाण मिल गया। मैं निर्भय हो गया था।

मूर्ख और जड़ मनुष्य के साथ वाद-विवाद नहीं करना चाहिए। ऐसा सोचकर

मैं बोला, "गुस्सा मत कर सकुरानंद! मैं तो केवल तेरा मजाक कर रहा था। हम मित्र हैं, दुश्मन नहीं।"

बात बदलने की दृष्टि से मैंने कहा, "अब, भैरव-साधना की विधि कब करनी है, वह बता। तुझमें बहुत शक्ति है, यह मैं जानता हूँ। मुझे तुम्हारी शक्ति अपनी आँखों से देखनी है।" मेरे शब्दों का उस पर अपेक्षित प्रभाव पड़ा, फूलकर उसने अपने कान पकड़े और बोला, "वाह! मेरे बाप! वाह! अब तू समझा, मेरे पास अनेक सिद्धियाँ पड़ी हैं। तू देखना, तुझे बताऊँगा, तुझे भी 'पावरफुल' बना दूँगा, फिर क्या!" कुछ रुककर मूँछों पर हाथ फेरते हुए पुनः बोला, "बस, अब गाँजे की एक चिलम मार लेने दे, फिर अभी शुरू कर देता हूँ।" ऐसा कहकर चुटकी बजाकर आगे बोला, "पर··· तू दूर रहना बामण··· नहीं तो भैरव की चपेट में आ गया तो तेरी···!" गंदे शब्द बोले सकुरानंद ने, जो न सहे, न बोले जाएँ, ऐसे। फिर भी शांति धारण करना आवश्यक है, क्योंकि उसका प्रयोग निष्फल होना था, काल भैरव का क्रोध उसका ही भोग लेनेवाला था।

अद्‌भुतानंदजी के कहे अनुसार रात के 12 बजे के बाद ही यह प्रयोग होना था। भूत, प्रेत, पिशाच, भैरव रात को 12 बजे के बाद प्रकट होते हैं। सकुरानंद इस प्रयोग को नियत समय से पहले प्रारंभ कर रहा था। सकुरानंद की विधि और श्रद्धा से वह प्रकट अवश्य होगा, परंतु ऐसे तामसी देव अपने स्वभाव के अनुसार भूल का दंड भी देते हैं, इसमें मुझे कोई शंका नहीं थी! फिर भी सकुरानंद को जानने की दृष्टि से मैंने पूछा, "परंतु सकुरानंद! अद्‌भुतानंद के मत के अनुसार तो भैरव-साधना का प्रयोग रात को बारह बजे के बाद हो सकता है। ऐसा क्यों?"

"अरे! वह तेरे अद्‌भुतानंद को क्या पता है? यह सकुरानंद बुलाए और देव हाजिर न हो, ऐसा हो नहीं सकता।" छाती ठोककर उसने आगे कहा, "तू देख तो सही, इस मर्द की मर्दानगी!"

गाँजे की चिलम में दम-पर-दम मारकर वह बके जा रहा था, यद्यपि उसकी बकवास उसके प्रयोग को निष्फल करने के लिए आवश्यक थी! दारू और गाँजे के नशे में वह अवश्य अशुद्ध उच्चारण से देव को क्रोधित करके विपरीत परिणाम देने को मजबूर करेगा।

अद्‌भुतानंद की बताई जानकारी के अनुसार, 'सकुरानंद चाहे अपढ़ है, फिर भी विधि-विधान में निपुण है, श्रद्धा और मंत्रोच्चार में आवश्यक लय के साथ उच्चारण कर सके, ऐसी योग्यता उसमें है।' इसलिए मैं सोच रहा था कि वह अवश्य काल भैरव

को उपस्थित कर सकता है, यह बात नि:संदेह होने के बाद भी, उसकी नशा करके विधि में बैठने की कमजोरी घातक शस्त्र साबित हो सकती थी। यह बात निश्चित है और वह अंत तक नशे में रहे, यह आवश्यक था, इसलिए मैं उसे आग्रहपूर्वक दारू और गाँजा पिला रहा था।

समय बहुत गुजर गया था, अंधकार छा गया था, फिर भी शुक्ल पक्ष चौदस का चंद्रमा शुभ्र चाँदनी चारों ओर फैला रहा था। अंदर धूनी की अग्नि के प्रकाश में सब दिखाई दे रहा था, फिर भी साथ लाई गई मोमबत्ती जलाकर प्रकाश बढ़ाया। अब अधिक समय गुजारना उचित नहीं था। सकुरानंद शीघ्र प्रयोग प्रारंभ करे, ऐसा आवश्यक लगने पर मैंने उसे उत्तेजित करते हुए कहा, "सकुरानंद! शुभस्य शीघ्रम्; समझा? काम में ढ़ील करना अच्छा नहीं। तेरी योग्यता देखने की मुझे बहुत इच्छा है तो प्रारंभ कर दो, तो अच्छा।"

तुरंत चुटकी बजाकर वह बोला, "अरे, अभी प्रारंभ करके बताता हूँ तुझे! समझा? बस यह आखिरी···खतम!" कहकर सकुरानंद जोर से चिलम का दम मारकर मुँह से धुएँ के छल्ले उड़ाने लगा।

"परंतु पहले कुछ खा लेते हैं, सकुरानंद!" कहकर मैंने चिक्की निकालकर सकुरानंद को दी। दारू के घूँट के साथ उसने खुशी-खुशी चिक्की खा ली, मैंने भी थोड़ी चिक्की खाई। जलपान करके सकुरानंद की गतिविधि देखता रहा।

सकुरानंद एकचित्त से तैयारी कर रहा था। चबूतरा साफ करके उस पर लाल आसन बिछाया, ऊपर चावल, सुपारी आदि रखकर विधिवत् स्थापना की। उड़द की दाल के आटे का बना हुआ भैरव का पुतला तैयार ही था, उसे आसन पर रखकर, धूप-दीप आदि सभी विधियों की तैयारी की। फिर भट्ठे पर अलग-अलग बर्तनों में भात और उड़द पकने को रख दिया। उबले हुए उड़द को 'बोकड़ा' भी कहा जाता है और यह बोकड़ा सात्त्विक साधना या पूजा-विधि में जीवित बकरे के स्थान पर भोग के रूप में चढ़ाया जाता है। तामसी प्रयोग में तो जीवित बकरा या मानव बलि की आवश्यकता रहती है, जिसका आजकल संपूर्ण निषेध किया गया है। बकरे के बदले में अब यज्ञों में 'पदकाला' का उपयोग किया जाता है, जो एक प्रकार का वनस्पति फल है।

सकुरानंद को यह सब तैयारी करने में एक-दो घंटे का समय लग गया। सब तैयार होने के बाद धूनी के समीप आसन बिछाया, उसके पास कुछ दूरी पर दूसरे बाजोठ पर आसन बिछाकर, वह एक लगभग चार फीट काली डोरी लेकर अंदर

गया। थोड़ी देर में वह वापस आया, तो वह दृश्य देखकर मैं स्तब्ध हो गया। अश्विन के गले में काली डोरी का फंदा डालकर, दूसरा सिरा अपने हाथ में रखकर, पशु के समान खींचते हुए अंदर आया। पास के बाजोठवाले आसन पर अश्विन को बैठाकर, कमंडल में से पानी लेकर मंत्रोच्चार करके छींटने लगा। वह अस्पष्ट शब्दों में मंत्रोच्चार कर रहा था, उसके बाद उस पर अबीर-गुलाल-कंकु छींटकर सिर पर चावल बिखेरे, फिर मेरी ओर देखकर बोला, ''इसे कहते हैं बलि-पूजा, बलि को पहले शुद्ध करके, फिर पूजा करके देव को भोग लगाना चाहिए।''

अश्विन शांत और भावहीन चेहरे से खुली आँखों से देखता हुआ, पुतले के समान बैठा हुआ था। उसकी इस स्थिति के विषय में कौतूहलवश मैंने सकुरानंद से उसका कारण पूछा, तो अश्विन के गले में पड़ी डोरी (नाड़ा छड़ी) से बँधे ताबीज को बताकर कहा, ''इस ताबीज में वशीकरण मंत्र है, उसके प्रभाव से ऐसी स्थिति है, नहीं तो इसे बाँधकर रखना पड़ता। वशीकरण करने से यह भागेगा या उछल-कूद नहीं करेगा। इसलिए जब तक इसके गले में यह ताबीज है, तब तक यह ऐसा ही रहेगा।''

ऐसा स्पष्ट खुलासा सुनकर मुझे विश्वास हो गया कि सकुरानंद केवल मूर्ख ही नहीं, भोला भी है या नशे में होश खोकर रहस्य बता दिया है। जो भी हो, उसे यह रहस्य मुझे नहीं बताना था।

''अच्छा··· अब समझ में आई तेरी बुद्धि शक्ति। तुमने यह ठीक किया है, पर अब क्या करना?'' मैंने बात निकलवाने के लिए पूछा, ''बस···अब विधि प्रारंभ! अब हजार मंत्र से यह तैयार रखा है, उसकी आहुति! अंतिम आहुति जोश से लंबा करके मंत्र बोलने के बाद, देव को बुलाना है, तुरंत ही काल भैरव हाजिर होकर इस लड़के का खून खींचकर पीने लगेंगे। बस! यह विधि का अंतिम पड़ाव है।'' कहकर वह शेष काम एकाग्रतापूर्वक करने में व्यस्त हो गया। इस समय का लाभ लेकर मैंने अश्विन के गले में से काली डोरी की गाँठ इस प्रकार ढीली कर दी कि सकुरानंद को पता न चले और उचित समय पर फंदा निकालना सरल हो जाए।

काम में व्यस्त सकुरानंद में मैंने एक गुण देखा—एकाग्रता का। एकाग्रता से किया गया कोई भी कर्म सिद्ध होता है। यह सकुरानंद के लिए जितना लाभप्रद था, मेरे लिए उतना ही फायदेमंद था। एकाग्रचित्त सकुरानंद का ध्यान मेरी क्रिया की तरफ जाएगा नहीं और उसका लाभ मैं अश्विन को सही समय पर बचाने के लिए कर सकूँगा, इसका मुझे पूरा विश्वास था।

सकुरानंद ने मेरी दी हुई अभिमंत्रित खोपड़ी को अपने आसन से थोड़ी दूर एक

लकड़ी के आसन पर रख दिया। खोपड़ी के मुख में नैवेद्य रूप में उबले हुए उड़द और भात रखकर, उस पर कंकु-गुलाल-अबीर, अक्षत छींटकर जासूद के फूल चढ़ाकर खोपड़ी को सुशोभित किया। खोपड़ी के पीछे भैरव का उड़द की दाल के आटे का बना हुआ पुतला रखकर, उसकी भी विधिवत् मंत्रोच्चार के साथ पूजा की।

अश्विन को अपने से दूर, थोड़ा पीछे आसन पर बैठाकर, उसको बँधी हुई काली मोटी डोरी का दूसरा सिरा स्वयं के पैर के अँगूठे में बाँधकर, 'सुखासन' में बैठकर प्रयोग विधि प्रारंभ की। प्रारंभ में मुझे समझ में आ गया कि सकुरानंद थोड़ा पढ़ा-लिखा होना चाहिए, क्योंकि उसके शब्दोच्चार एकदम शुद्ध थे, विधि के सभी मंत्र भी उसे कंठस्थ थे, एकाग्रता के कारण कोई भूल कर दे, ऐसी भी कोई संभावना लगती नहीं थी! वैसे भी एक समय वह सिद्धयोगी अद्भुतानंदजी का शिष्य था, इसलिए कमी हो ही नहीं सकती। फिर भी मुझे विश्वास था कि दारू और गाँजे का प्रभाव उस पर कभी तो होगा ही।

प्रारंभ उसने शास्त्रोक्त विधि के अनुसार 'विनियोग' से किया, उसके बाद कुशलतापूर्वक 'ऋष्यादिन्यास' का प्रारंभ किया। 'बृहदारण्ये ऋष्ये नमः शिरसि…' आदि मंत्रों द्वारा सभी अंगों पर रक्षणार्थ स्पर्श करके न्यास पूर्ण किया। बाद में एकाग्रचित्त से ध्यान करके पुनः पूजन किया। खोपड़ी के बीच में दीप जलाकर अग्निकुंड में अग्नि प्रज्वलित की और पूर्वकथानुसार भैरव का आह्वान करके एक हजार मंत्रों से आहुति देना शुरू किया। 'ॐ नमो भैरवरूपाय नमो नमः स्वाहा!' वह प्रत्येक मंत्र की तीन-तीन आहुति दे रहा था अर्थात् कुल तीन हजार मंत्रों की आहुति देने में उसे बहुत समय लगनेवाला था।

मंत्रोच्चार के साथ आहुति देते हुए सकुरानंद का स्वर तेज और तेज होता जा रहा था। दृढता, जोश और ताल में था। मंत्रशास्त्रों के अनुसार सिद्धि के लिए यह अत्यंत आवश्यक था, इसी पर प्रयोग की सफलता का आधार होता है और थोड़ी देर में ही परिणाम दिख गया, सामने रखी खोपड़ी सजीवन हो रही हो, ऐसे हिलने लगी, दीपक अधिक प्रज्वलित हो गया। देव के अप्रकट प्रवेश का यह संकेत था। सकुरानंद के कहे अनुसार, 'मैं बुलाऊँ और देव हाजिर न हो, ऐसा हो ही नहीं सकता है।' उसके इस बड़बोलेपन में तथ्य था, यह मुझे स्वीकार करना पड़ा।

मंत्रोच्चार करते हुए सकुरानंद का स्वर अधिक-से-अधिक तेज होता जा रहा था, एकाग्रचित्त सकुरानंद मानो स्वयं का अस्तित्व भी भूल गया था। यही क्षण मेरे लिए अश्विन को बचाने के लिए उत्तम था। मैं दबे पाँव आगे बढ़ा, अश्विन का

आसन सकुरानंद के पीछे थोड़ा दूर था। एकाग्रचित्त सकुरानंद की दृष्टि पड़ने की कोई संभावना नहीं थी। मैं किसी प्रकार की हरकत करूँगा, ऐसा अविश्वास भी मैंने उसमें नहीं रहने दिया था। ऐसे सानुकूल अवसर का लाभ लेने को मैं अश्विन के पास जाकर तेजी से और सावधानीपूर्वक गले का फंदा निकालकर बगल में स्थित बेरी के आधे सूखे ठूँठ के साथ बाँध दिया और सावधानीपूर्वक अश्विन को धीरे से उठाकर दूर पीछे बैठा दिया। इसमें कोई कठिनाई नहीं हुई। सकुरानंद और अधिक तेज स्वर में एकाग्रचित्तता से मंत्रों के साथ आहुतियाँ देता जा रहा था।

अब क्या होता है, यह देखने के लिए शांति से प्रतीक्षा करनी थी।

अद्‌भुतानंदजी के कथनानुसार, 'देव साधक के समक्ष प्रकट होकर तुरंत बलि की अपेक्षा रखते हैं। साधक के नियत स्थान पर रखी बलि पर दृष्टि पड़ते ही वह शीघ्र उसका रक्त खींचकर पी जाता है। रक्त से तृप्त होने के बाद ही वह प्रसन्न होकर मनोकामना पूर्ण करने का वरदान देते हैं, परंतु आगे बोलते हुए रुककर अद्‌भुतानंदजी ने विशेष बात जोड़ते हुए कहा था, 'यदि बलि विधिपूर्वक नियत स्थान पर रखी न जाए तो देव कुपित होकर साधक का ही रक्त चूस लेता है।' अब मैंने आगे के परिणाम का विचार किया, अश्विन को मैंने समय से पहले ही हटा दिया है। देव जब प्रकट होगा, तब बलि के स्थान पर बेरी का ठूँठ देखकर क्रोधित हो जाएगा। परिणाम होगा सकुरानंद का सदा के लिए अंत, एक शैतान का सदा के लिए अंत!'

सकुरानंद के अंत के साथ मेरा कार्य पूर्ण हो जाएगा, उस आनंद का अनुभव करते मुझे लगा कि मेरे अंत:करण की गहराई में कुछ चुभकर दर्द कर रहा है, क्योंकि एक तरह से मैंने सकुरानंद के साथ विश्वासघात किया है, चाहे शुभ के लिए किया हो, परंतु उसकी मृत्यु के लिए तो मैं ही उत्तरदायी रहूँगा! प्रायश्चित्तस्वरूप मैंने महामाया भुवनेश्वरी का स्मरण करके शुद्ध हृदय से प्रार्थना की, "हे माँ! मंगलमयी! तुमसे कुछ भी अगोचर नहीं है। तुम तो दुष्टों का भी कल्याण करनेवाली हो! हे दयालु माँ! यदि मेरा अंत:करण शुद्ध हो, हृदयपूर्वक मैं अहिंसक होऊँ और मेरे हृदय में प्रेम, श्रद्धा और करुणा का आविर्भाव हो तो, इस दुष्ट सकुरानंद की तू भैरव से रक्षा करना, उसे तू योग्य मार्ग पर जाने के लिए सद्‌बुद्धि देना माँ!"

मैं आँखें बंद करके प्रार्थना कर रहा था, तभी अचानक कोई भयंकर रहस्यमयी हास्य की आवाज से चौंककर मैंने आँखें खोलीं! अंतरिक्ष में हा¨¨हा¨¨हा¨¨हा¨¨ही¨¨ हू¨¨हू भयंकर मेघ गर्जना जैसी हास्य की प्रतिध्वनि आ रही थी। बस! अब काल भैरव का आगमन कदाचित् हो रहा था, ऐसा अनुमान करके मैंने सकुरानंद की ओर

देखा। हास्य की ध्वनि से जरा भी विचलित हुए बगैर अब सकुरानंद घुटने मोड़कर उकड़ूँ बैठकर ऊँचे हाथ करके देव का स्वागत कर रहा था! फिर एक हाथ अपने मुख पर रखकर मंत्र बोलते हुए, दूसरे हाथ से आहुति दे रहा था। मेरी समझ से वह देव को भोजन करवाने की मुद्रा में था और अब कदाचित् यह उसकी अंतिम आहुति होगी, ऐसा मैं अनुमान कर रहा था!

हास्य की गूँज अभी चल रही थी और वातावरण को भयंकर बनाते हुए चारों ओर से प्रतिध्वनि हो रही थी। सकुरानंद जोर-जोर से मंत्रोच्चार कर रहा था। अचानक उसकी भारी आवाज और अधिक फट गई, उसके मुख से मंत्र निकले, 'ॐ कालाय नमः आगच्छ आगच्छ, माम रक्ष, बलिम् भक्ष ॐ स्वाहा' कहकर उसने अग्नि में आहुति डाली। अब इस मंत्र से वह दूसरी दो आहुति डालनेवाला था, दूसरी आहुति डालते हुए उसने पुनः तेज मंत्रों का उच्चारण किया, परंतु तीसरी आहुति के समय जैसे अच्छा क्रिकेटर भी अंतिम समय में धक्का मारते समय भूल करके आउट हो जाता है, वैसे ही सकुरानंद ने मेरी धारणा के अनुसार आवेश में या आवेग में या दारू के नशे के प्रभाव से, जैसे भी मंत्र उच्चारण में भयंकर भूल कर बैठा।

'माम रक्ष बलिम् भक्ष' जैसे शुद्ध उच्चारण के बदले उससे उलटा अशुद्ध उच्चारण 'माम भक्ष बलिम् रक्ष' कर बैठा।

और इसी के साथ कई बातें एक साथ हो गईं। भयंकर धड़ाके के साथ गाय की खोपड़ी में विस्फोट हुआ और उसमें से एक अग्नि ज्वाला उत्पन्न हो गई! बेरी के ठूँठ में अचानक अग्नि की लपट निकली और बेरी अग्नि में भस्मीभूत होने लगी।

क्या हो रहा है ? समझे बगैर मैं विस्फारित नेत्र से घट रही घटनाओं को देखता रहा। अचानक खोपड़ी में प्रज्वलित अग्नि ज्वाला ऊँची उठी और विशाल प्रकाश-पुंज में बदल गई और प्रकाश-पुंज में से धीरे-धीरे प्रकट होता हुआ एक हाथ का पंजा दिखाई दिया। विकराल पंजा बढ़ते-बढ़ते सकुरानंद की ओर गया। उसे देखकर सकुरानंद की भय से चीख निकल गई। उसके गले से निकलती भयंकर चीख की प्रतिध्वनि हुई। धीरे-धीरे आगे बढ़ते हुए वह काल पंजा सकुरानंद से अब कुछ ही दूर था। लग रहा था कि मानो अभी यह काला पंजा सकुरानंद को⋯! परंतु आगे मैं विचारूँ, उससे पहले तुरंत मेरी दृष्टि दूसरी घटना की ओर गई। सुलग रही खोपड़ी के पास अग्नि ज्वाला की एक दूसरी महान् ज्योति प्रकट हो गई। धीरे-धीरे उस विशाल ज्योति में से किसी सुंदर स्त्री के दो हाथ प्रकट हुए। तत्काल उन आभूषणयुक्त सुंदर हाथों में तेजस्वी त्रिशूल उत्पन्न हुआ। त्रिशूल तेजी से आगे बढ़ा और चिनगारी छोड़ते

त्रिशूल ने प्रहार करके आगे बढ़ रहे भैरव के पंजे को रोककर अदृश्य कर दिया। पुन: आकाश में अदृश्य भयंकर हास्य ध्वनि प्रकट हुई, हा···हा···हा···हू···हू··· इसके साथ ही खोपड़ी पर प्रकट ज्वाला शांत और उसके साथ-साथ दिव्य ज्योति के स्वरूप में प्रकट सुंदर स्त्री के दोनों हाथ भी ज्योति सहित विलीन हो गए।

क्षण भर में यह सब सिमट गया। दिग्मूढ़ बना दृश्य देखता हुआ मैं हतप्रभ हो गया! क्षणार्द्ध में स्वस्थ होने पर मेरी दृष्टि सकुरानंद पर गई और मुझे उसकी दारुण दशा का विचार आया। जल गया···जल गया···पानी-पानी के लिए चीखता भयंकर वेदना से भूमि पर लोट रहा था। उसकी ऐसी स्थिति देखकर मैं काँप उठा। कुछ नहीं समझ में आया तो मैंने बगल में पड़े कमंडल से पानी लेकर उसका मुख छींटा, परंतु उसकी वेदना में कोई फर्क नहीं पड़ा। वह अत्यधिक वेदना से चीखता, हाथ पछाड़कर तड़प रहा था। दयावश मैंने उसे शांत करने के लिए उसके शरीर पर प्रेम से हाथ फेरते हुए कहा, "तुझे कुछ नहीं होगा सकुरानंद! माँ भगवती भुवनेश्वरी ने भैरव के कोप से तुम्हारी रक्षा की है, अब तुझे मृत्यु का भय नहीं है, तू बच गया है, शांत हो जा। तेरे लिए यह सामान्य दंड है, ठीक हो जाएगा।"

"नहीं···!" उसने चीखते हुए कहा, "मैं मर जाऊँगा! यह भयानक जलन मुझसे नहीं सही जाती। मुझे पानी चाहिए, पानी!" वेदना से बड़बड़ाता खड़े होते-होते लुढ़क गया। सिर में यज्ञवेदी का कोना लगने से दर्द से तड़प गया, उसके सिर से खून निकलने लगा। तुरंत उपवस्त्र फाड़कर मैं उसके सिर पर पट्टा बाँधने के लिए आगे बढ़ा, तभी वह खड़ा होकर पानी···पानी चिल्लाता हुआ झरने की ओर दौड़ पड़ा। उसके साथ मैं भी हाथ में टॉर्च लेकर दौड़ने लगा।

झोंपड़ी से झरने तक लंबी दूरी थी। टॉर्च के प्रकाश में अंधकार में अनजाने स्थान की ओर जाना बहुत कठिन लगता था, फिर भी उससे थोड़ी दूरी बनाकर पीछे-पीछे दौड़ रहा था। तेजी से आगे दौड़ता हुआ सकुरानंद अब अंधकार में दिखाई नहीं दे रहा था, परंतु झरने के पास पहुँचते ही थोड़ी दूर पर मैंने पानी में कूदने की छपाक आवाज सुनी। जलन से पीड़ित सकुरानंद ने पानी में छलाँग लगा दी है, ऐसा लगा।

झरने के किनारे पास पहुँचने पर पानी में छप-छप की आवाज मेरे कान में पड़ी। घने वृक्षों की आड़ के कारण अंधकार में टॉर्च के प्रकाश में भी कुछ नहीं दिख रहा था, इसलिए बिलकुल पास जाकर वृक्षों की डाली हाथ से हटाकर मैंने पानी पर प्रकाश डाला, परंतु केवल पानी में थोड़ी हलचल के अतिरिक्त कुछ भी नजर नहीं आया। सामने के किनारे पर प्रकाश फेंका तो एक शिला पर पानी के साथ खून चमकता मैंने

देखा। यह खून सकुरानंद का ही होना चाहिए, ऐसा मैंने अनुमान किया। तैरकर उस पार जाकर, शिला पर चढ़कर कहीं चला गया होगा, ऐसा विचार मेरे मन में आया।

सकुरानंद जीवित है और कदाचित् स्वस्थ भी हो गया हो, इस धारणा के साथ अचानक दिमाग में बिजली कौंधी। जीवित सकुरानंद कदाचित् अब अधिक भयंकर हो सकता है! स्वभाव से क्रूर और क्रोधी सकुरानंद शायद झोंपड़ी में लौटकर अश्विन को हानि पहुँचा सकता है। यह विचार दिमाग में आते ही मैं लगभग दौड़ते हुए झोंपड़ी की ओर चला।

टॉर्च का प्रकाश विशेष उपयोग में नहीं आ रहा था, फिर भी झाड़-झंखाड़ की परवाह किए बगैर मैं दौड़ रहा था, तभी अचानक मैंने पैर के नीचे साँप की फुफकार की आवाज से काँपकर आगे छलाँग मारी। टॉर्च के प्रकाश में एक काला-मोटा सर्प तेजी से रेंगते हुए देखा। बच गए, के संतोष के साथ दौड़ते हुए धौंकनी की तरह श्वासोच्छ्वास के साथ मैं झोंपड़ी में पहुँचा। देखा तो अश्विन स्वस्थ, निश्चिंत बैठा हुआ था। मैंने संतोष से गहरी साँस लेकर आस-पास नजर दौड़ाई, सर्वत्र नीरव शांति थी, झोंपड़ी में कोई हलचल नहीं लग रही थी। सकुरानंद के आने के भी कोई चिह्न नहीं थे।

सावधानी के लिए मैंने झोंपड़ी के बाहर जाकर चारों ओर टॉर्च से प्रकाश फेंककर निरीक्षण किया। सर्वत्र नीरव शांति थी, केवल हवा से हिलते वृक्षों के पत्तों की खड़खड़ की आवाज से शांति भंग हो रही थी। उल्लू और चीकरी के बोलने की आवाज रात्रि की नीरव शांति में भयंकरता की वृद्धि कर रही थी। झींगुरों की आवाज लगातार आ रही थी। अचानक झाड़ी में से खड़खड़ाहट की आवाज से मैं चौंक गया। टॉर्च के प्रकाश में एक खरगोश को डरकर भागते देखा। भयरहित स्थिति का विश्वास करके मैं झोंपड़ी में वापस आया।

अश्विन को देखकर उसकी दयनीय स्थिति का ध्यान आया। सकुरानंद के कहे अनुसार, उसकी ऐसी स्थिति का कारण उसके गले में पहनाया गया ताबीज है, यह याद आते ही मैंने उसके गले से अभिमंत्रित ताबीज निकालकर जलती हुई धूनी में फेंक दिया। ताबीज निकल जाने से उसका अच्छा प्रभाव अश्विन पर नजर आने लगा। नींद में से जागा हो, ऐसे उसने तुरंत आँखें खोलीं और मुझे सामने बैठा देखकर वह थोड़ी देर टुकुर-टुकुर ताकता रहा। मैंने उसके मस्तक पर हाथ फेरा और पूछा, "अश्विन, ठीक हो न? अब चिंता करने का कोई कारण नहीं है।" उसके मुख को ऊँचा करके अपनी ओर घुमाते हुए पुनः पूछा, "अश्विन, इधर देखो, मुझे पहचानते हो?" अब वह मेरे सामने ध्यान से देखता रहा, उसकी आँखों में खुशी की लहर

दौड़ गई, बोल उठा, "ओह! काका, आप हो? कब आए? परंतु आप यहाँ कैसे?" भय से चारों ओर आँखें घुमाकर बोला।

"वह सब बाद में बताऊँगा तुझे! अब चिंता मत करो, डरने का कोई कारण नहीं है। मैं तुम्हारे पास हूँ! बाद में बात करेंगे, तुम्हें भूख लगी होगी! पहले थोड़ा खा लो।" कहकर मैंने चिक्की निकालकर उसके हाथ में रखी, वह खाने लगा। उसके मुख के भाव देखकर लगा कि वह बहुत भूखा होगा। मैंने आग्रह करके उसे और एक चिक्की खिलाई, थोड़ी मैंने भी खाई। अब अश्विन संपूर्ण स्वस्थ हो गया था। समय बहुत हो गया था। घड़ी देखी तो सवेरे के 4 बजे थे। ब्रह्ममुहूर्त का समय होने से हवामान खुशनुमा हो गया था। शरीर में ताजगी और आनंद का अनुभव हो रहा था। मुझे लगा कि अब अधिक समय यहाँ रुकना ठीक नहीं है। शीघ्र निकल जाना चाहिए।

अंतिम बार झोंपड़ी में मैंने चारों ओर नजर डाली, चारों ओर सकुरानंद की छाप दिखाती हुई अनेक वस्तुएँ पड़ी थीं। एक ओर दो मानव खोपड़ियाँ पड़ी थीं, एक लकड़ी की टूटी हुई पेटी पड़ी थी। उसकी बगल में मरी हुई चंदनगोह और खरगोश पड़ा था। यह सब देखकर भयंकर घृणा भाव मेरे मन में पैदा हुआ और एक के बाद एक वस्तुएँ उठा-उठाकर मैंने जलती हुई धूनी में फेंकने शुरू किया। उसके बाद भी जिस-जिस वस्तु पर नजर पड़ी, सबको मैंने आग में होम किया। क्षण भर में सभी वस्तुएँ आग की लपेट में आ गईं। आग की बड़ी लपटें उठकर छप्पर को जलाने लगीं। अश्विन को थोड़ी देर झोंपड़ी के बाहर, अपने सामान के साथ खड़ा करके पुनः अंदर आया। सकुरानंद को मेरी दी गई दारू की आधी बोतल पर मेरी नजर पड़ी, ढक्कन खोलकर झोंपड़ी के चारों ओर दारू का छिड़काव करके, धूनी में से सुलगती हुई लकड़ी से पूरी झोंपड़ी में आग लगाकर मैं तेजी से बाहर निकल गया।

कंधे पर थैला टाँगकर, अश्विन को उठाकर मैं पुनः उसी रास्ते पर चल पड़ा। रास्ता चढ़ाईवाला और ऊबड़-खाबड़ था। अश्विन को उठाए सँभालकर अँधेरे में चलना कठिन था। थोड़ी दूर जाकर मैंने अश्विन को एक शिला पर बैठा दिया। कुछ उजाला हो जाए, तब तक रुकना मुझे उचित लगा। खड़े होकर मैंने पीछे देखा। सकुरानंद की झोंपड़ी धू-धू करके जल रही थी, संपूर्ण रूप से आग की लपेट में थी। मुझे लगा कि कुछ ही देर में सब जलकर राख हो जाएगा। एक नर-पिशाच का निवास स्थान सदा के लिए नष्ट हो जाएगा। नाशवंत संसार में रहकर, क्षणिक सुख प्राप्त करने के लिए मनुष्य कितना अधम हो जाता है? अंत में क्षणिक सुख के लिए हाथ-पैर मारनेवाला भी मृत्यु के बाद राख बनकर मिट्टी में मिल जाता है।

थोड़ी देर में पौ फटते ही सूर्य का प्रकाश धरती पर फैल रहा था। उषा:काल के खुशनुमा वातावरण में आगे बढ़ना मेरे लिए सुगम होने पर, चलने के निर्णय से मैंने अश्विन को उठाया, तो उसने मना करते हुए कहा, ‘‘नहीं, अब मैं ठीक हूँ, आपके साथ पैदल चलने में मजा आएगा।''

‘‘वाह ! शाबाश, अब तू सच्चा बहादुर बच्चा हो गया है !'' कहकर उसकी पीठ थपथपाकर चलने के लिए प्रोत्साहित किया।

हमने ऊबड़-खाबड़ रास्ते की चढ़ाई पर धीरे-धीरे चढ़ना शुरू किया। रास्ते में अश्विन से उसकी पिछली घटनाओं के बारे में पूछा, तो वह कहने लगा, ‘‘मैं स्कूल से आते हुए मित्रों से पीछे रह गया था, तब एक बाबा ने मुझे रोककर पूछा, ‘ले बच्चा प्रसाद खा, तुझे खूब विद्या आएगी।' प्रसाद और विद्या प्राप्त करने के लालच में मैंने प्रसाद मुँह में रख लिया, खाते ही सब भूलकर मैं न चाहते हुए भी उसके साथ चलने लगा। वह रिक्शा करके मुझे दूर जंगल में ले आया। जंगल में उसने मुझे बहुत पैदल चलाया, थककर मैं बैठने लगा तो हाथ से घसीटकर और मारते हुए मुझे झोंपड़ी तक ले आया। मैं बहुत चिल्लाया, धमा-चौकड़ी की, तो उसने जेब से एक ताबीज निकालकर मुझे पहना दिया। बस ! उसके बाद क्या हुआ, मुझे पता नहीं है।'' कहकर उसने वृत्तांत पूरा किया। सुनकर मैं निश्‍चिंत हो गया। कोई विकृत हरकत सकुरानंद ने नहीं की थी ! बातें करते-करते हम नागदेवता के स्थानक के पास पहुँच गए। कुछ देर खड़े रहकर, प्रणाम करके पुनः चलना शुरू किया। कुछ ही देर में अद्‌भुतानंदजी के आश्रम के पास पहुँच गए।

दूर से अद्‌भुतानंदजी का अधजला झोंपड़ी जैसा मकान दिखाई दिया। तेजी से चलते हुए वहाँ पहुँचकर बाड़ के खुले दरवाजे में प्रवेश किया। देखा तो अधजला झोंपड़ा खाली था। बीच में एक राख का ढेर पड़ा था और दूर कोने में पड़े मिट्टी के मटके पर एक कागज के पुट्‌ठे पर, जो प्लेट की तरह उपयोग में आता था, लिखे हुए शब्द स्पष्ट पढ़े जा सकते थे, ‘‘हिमालय की गोद में पुनः जा रहा हूँ, अद्‌भुतानंद !''

बस, यही संदेशा देना था अद्‌भुतानंदजी को ? उसी क्षण में उन्होंने निर्णय कर लिया होगा। यहीं उनका दृढ मनोबल दिखाई देता है और ऐसा दृढ मनोबल ही सिद्धि दिलवाता है, यह निश्‍चित बात है। अब वे पुनः ऊर्ध्वगति प्राप्त कर लेंगे, इसमें मुझे कोई शंका नहीं है, परंतु सकुरानंद ! वह अभी भी समस्या ही रहा। उसे भयंकर ठोकर लग चुकी है। काश ! उसका जीवन जीने का अभिगम अब सदा के लिए बदल जाए !

मैदान में उतरकर धीरे-धीरे खोड़ीयार माता की शिला तक पहुँचकर अश्विन को थोड़ी विश्रांति दी। बस अब तो मंजिल तक आराम से पहुँच गए थे। शिला पर

शांतचित्त होकर कुछ क्षण ध्यानस्थ हुआ। कुछ ही देर में मन शून्य हो गया। अचानक इस शून्यता को बेधकर आनेवाली आवाज से मैं विस्मित हो गया। कान में शब्द गूँज रहे थे, 'तुम्हारा कार्य अच्छी प्रकार पूर्ण हो गया है, शीघ्र स्थान पर आ जाओ, तुम्हारी प्रतीक्षा हो रही है।' माधवानंदजी का मानसिक संदेश सुनकर ध्यान टूट गया। अवश्य कोई विशेष बात होनी चाहिए। श्मशान पार करके, रोड की दुकान के पास रखी गाड़ी में सामान रखकर, अश्विन को पीछे बैठाकर, मैंने भवनाथ की ओर गाड़ी बढ़ाई।

स्थान के दरवाजे पर पहुँचकर मैं स्तब्ध रह गया। सामने ही धूनी के पास की बैठक के पास सुरेश भाई तथा उनकी पत्नी खड़े थे। उन दोनों को देखकर अश्विन दौड़कर उनसे लिपट गया। माता-पिता का पुत्र के साथ पुनः मिलन सभी देख रहे थे सानंद आश्चर्य से स्तब्ध। मैं उनकी ठीक समय पर उपस्थिति के विषय में तर्क नहीं कर सका, तभी सुरेश भाई ने स्पष्ट किया, "सवेरे 8 बजे बापू का मेरे पास फोन आया कि तुम अश्विन को बचाकर कुशलपूर्वक स्थान पर आ रहे हो और कुछ ही देर में स्थान पर पहुँच जाओगे, इसलिए तुम आ जाओ।"

बस! अब पूछने को कुछ था ही नहीं। माधवानंदजी की संजय-दृष्टि काम कर गई थी। मैं अहोभावपूर्वक माधवानंदजी को वंदन करने को झुका, तभी मेरे हाथ पकड़कर उन्होंने मुझे अपने आलिंगन में ले लिया और भाव-विभोर मेरे दोनों नेत्रों से टपकते आनंदाश्रुओं से माधवानंदजी की पीठ भीग गई।

अलग होकर मेरी पीठ पर हाथ से थपथपाते हुए माधवानंदजी बोले, "तुम्हारी सफलता और कार्यसिद्धि का दूसरा शुभ समाचार है, तुम्हारे मित्र के पुत्र पी.एस.आई. मुकेश का फोन आया था कि सकुरानंद ने सवेरे-सवेरे पुलिस के समक्ष स्वयं ही आकर आत्मसमर्पण कर दिया है और लिखित में गुनाह कबूल करके सजा की माँग की है।"

"ओह! मैं बोल पड़ा। खुशी व्यक्त करने के लिए मेरे पास शब्द नहीं थे। आनंदित स्वर में मैंने माधवानंदजी से कहा, "पथभ्रष्ट योगी अद्‌भुतानंद और दुष्ट प्रकृति सकुरानंद का हृदय परिवर्तन आपकी यौगिक प्रेरणा का ही परिणाम है! मैं तो केवल माध्यम बनकर भाग्यशाली हो गया हूँ!"

"नहीं।" माधवानंदजी बोले, "मैंने तुमसे कहा था न कि तुम ब्राह्मण हो और तुमने सिद्ध करके बता दिया, ब्रह्मतेज की यह सिद्धि है।" और उनके ये शब्द मेरे मन में गूँजते रहे।

❧ ❖ ❧

5

मेरा एक स्वभाव है, अतीत की घटनाओं का मंथन करते रहना। पिछले दिनों में जो-जो घटनाएँ हो गईं, उन्हीं के विषय में क्रमशः अपने कमरे में जाकर रात को शांति से विचार करता रहा।

जीवन ऐसा कभी नहीं हुआ था। ऐसा होगा, इसकी कल्पना भी नहीं की थी। जीवन में कई घटनाएँ बिलकुल अकल्पनीय बन जाती हैं। सोचा भी न हो, वैसे अनुभव होते रहते हैं।

रात को यह सब सोचते हुए, सत्संग के समय माधवानंदजी के शब्दों का अनुसंधान करता रहता था। माधवानंदजी ने कहा था, 'कोई भी घटना तुम्हारे लिए अचानक नहीं होती है। तुम्हें जो-जो अनुभव होते हैं, वे तुम्हारे अंदर स्थित इच्छाओं का प्रतिबिंब हैं, परिणाम हैं। जाने-अनजाने हृदय में संगृहीत इच्छाएँ भविष्य में किसी भी स्वरूप में मूर्तिमंत हो जाती हैं और कई बार हमें पता भी नहीं चलता है कि यह अनुभव, यह प्राप्ति तुम्हारी इच्छा का ही परिणाम है। तुम्हारे मन अर्थात् अंतःकरण में इतनी अधिक शक्ति हैं कि वह तुम्हें इच्छित परिणाम लाकर देती है। इस विषय में तुम अनभिज्ञ भी हो और उस कारण तुमको 'योगानुयोग' हुआ है, ऐसा मान लेते हो। वास्तव में तुम्हारी गर्भित इच्छापूर्ति का ईश्वरदत्त 'योग' ही है। ईश्वर तुम्हारी इच्छा के अनुसार, तुम्हारी आवश्यकता के अनुसार तुम्हें सब देता ही है।' इसी के अनुसार मेरे विषय में सब घटनाएँ हो गईं, हो रही हैं। आध्यात्मिक दृष्टि से जो देखने और अनुभव करने की मेरी जिज्ञासा वर्षों से चली आ रही थी, उन्हीं का मैं वर्तमान में अनुभव कर रहा था, माधवानंदजी का संपर्क, सरयूदासजी, अद्‌भुतानंदजी अरे···सकुरानंद जैसे का संपर्क और सहवास, उनका प्रत्यक्ष अनुभव सबकुछ क्या योगानुयोग था? नहीं, यह सब निश्चित ही था। मेरी सुषुप्त इच्छाओं का ही परिणाम था कदाचित्।

मुझे लगता है कि मन एक सरोवर जैसा है, उसमें इच्छारूपी डाला हुआ पत्थर तरंगें उत्पन्न करता है। ये तरंगें हम क्या कर रहे हैं, उसे स्पष्ट नहीं होने देती हैं। सरोवर के जल में पूर्णचंद्र का प्रतिबिंब पड़ता है, परंतु जल की सतह इतनी अस्थिर होती है कि हम प्रतिबिंब स्पष्ट रूप से नहीं देख सकते हैं।

सकुरानंद और अद्‌भुतानंद के हृदय परिवर्तन के विषय में मुझे स्पष्ट रूप से लगता है कि यह इसी सिद्धांत के अनुसार ही हुआ है, क्योंकि प्रत्येक गति वर्तुल में ही परिभाषित होती है। एक पत्थर यदि आकाश में फेंका जाए और कोई अवरोध न

मिले, यदि जितना समय जीवन टिका रहा हो, तो वह पत्थर अंत में ठीक उसी प्रकार हाथ में वापस आएगा। विद्युत् शक्ति डायनमो में से उत्पन्न होकर वर्तुल में घूमकर पुनः डायनमो में ही वापस आती है।

गति के कारण ही शक्ति शक्ति में रूपांतरित होती है। धिक्कार और प्रेम के विषय में भी ऐसा ही है। वे जहाँ से निकलते हैं, उसे वापस आना ही है। यदि धिक्कार या प्रेम मन में से निकला तो देर से या तुरंत ही वापस आता ही है अर्थात् प्रेम प्रकट किया जाए, तो प्रेम का वर्तुल पूर्ण करके उसी व्यक्ति के पास वापस आना ही है। प्रेम के बदले में प्रेम और धिक्कार या द्वेष के बदले में द्वेष और धिक्कार ही मिलता है।

अपने इन विचारों के आधार पर कह सकता हूँ कि मेरा यह समग्र अनुभव इस सनातन सत्य का ही निर्देशन है। मन के जैसे विचार, मन की जैसी इच्छा या आकांक्षाएँ हों, वैसी ही परिस्थितियाँ निर्मित होती रहती हैं। इस संदर्भ में माधवानंदजी अनेक बार कहते हैं, 'ईश्वर सबकी इच्छाएँ पूरी करते ही हैं, निःसंदेह ये इच्छाएँ अन्य के लिए हानिकारक नहीं होनी चाहिए, क्योंकि प्रत्येक इच्छा वर्तुलाकार में वापस उस व्यक्ति की ओर ही आती है। आपकी हानिकारक इच्छा व्यक्ति को, स्वयं को ही हानि पहुँचाती है।'

इसके अतिरिक्त मेरे कार्य में मुझे सहायता और रक्षण मिलता रहता है, यह भी मेरे दृढ मन की ही सहायता थी। अन्य द्वारा प्राप्त भौतिक मदद ही एकमात्र सहायता नहीं है। शरीर से कोई प्रवृत्ति या क्रिया किए बगैर भी एक दृढ मन दूसरे मन की मदद भी कर सकता है। ऐसी ही मदद मुझे योगियों द्वारा ही मिली थी। सकुरानंद के प्रसंग में विशेष करके शिवानंद सरस्वती, जिनके दर्शन मुझे माधवानंदजी ने नदी के किनारे स्थित उनकी समाधि के पास कराए थे, रात को रक्षण से मिला!

रात को और फुरसत के समय में मैं सोते-सोते चिंतन या आध्यात्मिक विचार करता रहता हूँ।

शिवानंद सरस्वतीजी को आज भी धन्य जीवन की आह्लादकता को मैं अनुभव कर रहा था, तभी उस आनंद में विक्षेप हुआ। दरवाजा खोलकर दान बापू अंदर प्रवेश करते हुए बोले, ''नीचे बापू तुम्हें याद कर रहे हैं।'' कहकर वे चले गए।

कोई आवश्यक कार्य या प्रसंग होता तो ही बापू याद करते हैं, समझकर मैं नीचे आया। धूनी के पास माधवानंदजी के पास विद्युत् बोर्ड के डिप्टी इंजीनियर के पद पर नौकरी करनेवाले राठौड़ साहब बैठे थे। मैं भी उनके पास आसन पर बैठ गया, तुरंत माधवानंदजी ने मुझे संबोधित करते हुए कहा, ''इन साहब को तो तुम पहचानते ही

हो। इनके पुत्र रोहित के शरीर पर गाँठें उभर आई हैं। कई डॉक्टर्स बदले, फिर भी दर्द में फर्क नहीं पड़ रहा है। मैंने उन्हें आश्वासन देते हुए कहा है कि रावल साहब इलाज कर सकते हैं। इसलिए तुम्हें बुलाया है।''

सुनकर मैं आश्चर्य में पड़ गया, मैं कैसे इनकी मदद कर सकता हूँ? मैं कोई डॉक्टर, वैद्य, हकीम तो नहीं हूँ। मैं मन में विचार कर रहा था, तभी माधवानंदजी बोले, ''क्यों, इतने दिन में तुम्हारी यादशक्ति कमजोर हो गई है? तुम्हारे पास तो प्रत्येक दर्द की अद्‌भुत दवाई है, भूल गए?''

'अद्‌भुत' शब्द सुनते ही मुझे अद्‌भुतानंदजी की दी हुई जड़ी-बूटी की याद आई, जिसके विषय में मुझे आज तक विचार ही नहीं आया था! सकुरानंद के आवास की तरफ प्रयाण करते समय अद्‌भुतानंदजी ने जड़ी-बूटी देते हुए मुझे कहा था, 'प्रत्येक दर्द के लिए यह औषधि रामबाण है। पत्थर पर थोड़ा घिसकर उसका लेप रोगी के शरीर पर लगाने से अथवा खिलाने से दर्द मिट जाता है, परंतु विवेक-बुद्धि से उपयोग करना!'

माधवानंदजी की संजय-दृष्टि में यह सब है, यह बात समझ में आने पर मैंने कहा, ''ठीक है, आपकी आज्ञा है, तो उपचार करके देखते हैं।''

''मेरी आज्ञा नहीं, तुम्हारी इच्छा है। तुम्हें प्राप्त अमूल्य वस्तु का शुभ कार्य के लिए उपयोग करना प्रारंभ होना चाहिए!'' उत्तर में मैं मौन रहा, माधवानंदजी ने राठौड़ साहब को आश्वासन देते हुए कहा, ''बस! तो कल से तुम्हारे घर औषधि देकर उपचार होगा, दर्द तो मिट जाएगा। बाकी 'हरि इच्छा बलवान्' अभी चिंता मत करना।''

कुछ देर बैठकर, खुश होकर साहब ने विदा ली। उनके जाने के बाद माधवानंदजी ने उनका पूरा परिचय देते हुए कहा, ''राठौड़ साहब बहुत दयालु और दानेश्वरी हैं। स्थान में शिवरात्रि के मेले के समय जो अन्न क्षेत्र शुरू होते हैं, वह इनकी प्रेरणा और पैसे से होते हैं, इसलिए मैंने तुम्हें कहा है।''

''आप जो करते हो या कहते हो, वह सर्वदा मेरे भले के लिए ही होता है। उचित मार्ग पर जाने की उसमें गर्भित सूचना होती है। इसलिए मुझे पूर्ण श्रद्धा है, इसमें भी मेरे लिए कोई आदेश होगा, तो कल कब जाना है, यह भी बताइए!'' मैंने कहा।

''कल मध्याह्न के पहले कभी भी।'' थोड़ी देर में मौन तोड़ते हुए उन्होंने पुनः कहा, ''सरल हृदय के संत-साधु को दैवसिद्धि अथवा परोपकार के साधन उनके तप तथा साधना के प्रभाव से प्राप्त होते ही हैं। विवेक-बुद्धि और निष्काम भाव से, अभिमानरहित किया जाए, तो ऐसा कर्म बंधनकर्ता नहीं होता है, ऐसा कर्म जन्म-मरण

के चक्र में नहीं फँसता है। निष्कामयुक्त कर्म-श्रद्धा और अविरत भक्ति साधक के लिए आवश्यक है। इस प्रकार कर्म करने से साधक को सतत बल प्राप्त होता रहता है। जीवन के प्रति ऐसा अभिगम और सतत जागृति तथा समभाव तुममें बना रहे, इसलिए तुमसे कहता हूँ। यद्यपि तुम्हें अधिक कहना नहीं है, फिर भी 'कर्ताभाव' का 'अहंभाव' तुम्हारे अंदर भूल से भी प्रवेश न कर जाए, यह आवश्यक है, इसलिए मैंने तुम्हें कहा है।'' प्रत्येक शब्द पर भारपूर्वक बोलकर वे आँखें बंद कर तपोघोड़ी के आधार से स्थिर होकर ध्यानस्थ हो गए।

धूनी में अग्नि प्रज्वलित थी, मंद-मंद हवा बह रही थी, जो वातावरण में कोई अनोखी सुगंध फैला रही थी। सर्वत्र मानो आनंद और उल्लास के प्रकाशित बादल छा गए थे। जीव और जगत् मानो एकरूप हो गए थे, जड़ और चेतन पदार्थ, अरे, जो कुछ भी दृष्टिगोचर हो रहा था, अंग रूप हो, ऐसी अनुभूति हो रही थी। सर्वत्र मानो 'मैं' छा गया था। स्थान का यह प्रभाव था या माधवानंदजी की समाधि द्वारा प्रवाहित संवेदना का यह स्पंदन था।

आनंद और मस्ती में मैं नहा रहा था, तभी मानो मुझे कोई कुछ कह रहा हो, ऐसा आभास होने लगा। कुछ देर में स्पष्ट हुआ। माधवानंदजी समाधि द्वारा मुझे मानसिक संदेश दे रहे थे—'अब अधिक समय यहाँ मत बैठो। हाथ-पैर धोकर कमरे में जाकर थोड़ा ध्यान करो। एक घंटे के बाद आना। उठो, 'जय ब्रह्मेश्वर'!'

कैसा अद्भुत अनुभव, मैं धन्यता का अनुभव कर रहा था।

सुझाव के अनुसार हाथ-पैर अच्छी तरह धोकर, कमरे में जाकर पीतांबरी तथा उपवस्त्र धारण करके, दर्भासन पर संध्या-वंदन करके मैं ध्यान में बैठ गया। हृदय में बटुक भैरव के स्वरूव को प्रस्थापित किया। ध्यान में मेरे चारों ओर शीतल और तेजस्वी चाँदी जैसा प्रकाश फैल रहा था।

ध्यान में लगभग एक घंटा गुजर गया। धीरे-धीरे प्रकाश कम होते-होते मात्र स्वच्छ हृदयाकाश चमक रहा था। ध्यान पूर्ण होने का यह निर्देश था। ध्यानावस्था पूरी होने पर मैं स्वाभाविक मानसिक अवस्था में आ गया। कुछ देर शांत बैठकर सत्त्वगुण का अनुभव करता रहा। तभी दान बापू के शब्द कान में पड़े, ''मध्याह्न भोजन का समय हो गया है। अन्य सेवक और मेहमान के साथ बापू रसोईघर के बरामदे में बैठकर आपकी प्रतीक्षा कर रहे हैं।''

''ठीक है, आता हूँ।'' कहकर दान बापू के जाने के बाद मैंने वस्त्र बदलकर जाने की तैयारी की। आचमन लेकर, पूजा के वस्त्र यथास्थान रखकर, जोगणिया तथा

रेवताचल पर्वत के खिड़की में से दर्शन करके मैं भोजन के लिए नीचे आया। रसोईघर के बरामदे में आठ-दस सेवक और अतिथि साधुओं के साथ हँसते हुए माधवानंदजी बातें कर रहे थे। मुझे देखकर अपनी बगल के खाली आसन पर बैठने का संकेत किया। भोजन परोसा गया अर्थात् उपस्थित साधुओं ने भोजन के सभी व्यंजन एक ही पात्र में—थाली में—एकत्रित करके, खाने से पहले मंत्रोच्चार किया—

"ब्रह्मार्पण ब्रह्महवि ब्रह्माग्नो ब्रह्मणाहुतम्
ब्रह्ममेव तेन गन्तव्यं ब्रह्मकर्म समाधिना
ॐ तत् सत् ब्रह्मर्पणम् ॐ शान्ति, शान्ति शान्ति"

भोजन समाप्त करके मैं बरामदे के बाहर मैदान में टहल रहा था; तभी माधवानंदजी ने मेरे पास आकर कहा, "वामकुक्षी कर लो, संध्याकाल घूमने निकलो, तब कश्मीरी बापू के आश्रम में होते आना। कश्मीरी बापू दर्शनीय, पवित्र और सिद्ध महात्मा हैं, साथ ही वहाँ रास्ते में तुम्हें नए-नए अनुभवों का लाभ मिलेगा।" कहकर कदम बढ़ाते हुए बोले, "अब देर रात मिलेंगे, जय ब्रह्मेश्वर!" और चल पड़े।

"क्या आप बाहर जानेवाले हैं?" जिज्ञासावश मैंने पूछा।

"नहीं, मैं अपने कमरे में ही होऊँगा, परंतु संभव हो तो मुझसे मिलना मत।" कहकर माधवानंदजी तेजी से अपने कमरे में चले गए।

यदि मुझे पूर्व अनुभव नहीं होता, तो माधवानंदजी का व्यवहार मुझे अवश्य विचित्र लगता। अब समझ सकता हूँ कि अनपढ़ और विचित्र लगते सच्चे साधु के व्यवहार के पीछे कोई निश्चित हेतु होता है। एकांत सेवन साधुओं के लिए आवश्यक होता है। सामान्य और अज्ञानी लोग उन्हें खलल न पहुँचाएँ, इसलिए कृत्रिम क्रोध भी करते हैं, कभी-कभी वीभत्स गालियाँ देकर भी लोगों को भगाते हैं, परंतु सात्त्विक लोगों के साथ उनका व्यवहार सौम्य होता है।

भोजन से निपटकर साधुओं को दान बापू ने भेंट-पूजा के रूप में दक्षिणा दी, विदाई दी। स्थानीय साधुओं को, अतिथिरूप में आए साधुओं को भोजन करवाकर यथाशक्ति और साधुओं के स्तर के अनुसार दक्षिणा देनी होती है। ऐसा साधु-समाज का नियम है।

मैं अपने कमरे में आकर लेट गया। दाएँ-बाएँ की खिड़कियों से नजर आते जोगणिया और रेवताचल पर्वत के वृक्ष हवा में डोल रहे थे। करौंदे की मीठी सुगंध आ रही थी। नयनरम्य सौंदर्य का आनंद लेते हुए मेरी आँखें उनींदी होने लगीं। मैं आँखें बंद करके सो गया।

एकाध घंटा मैं सोया होऊँगा, परंतु मुझे लगा कि मानो किसी ने मुझे नींद से जगाया है। जगकर देखा तो आस-पास कोई नहीं था। मुझे आश्चर्य हुआ, क्योंकि यहाँ होती सभी घटनाओं के पीछे उद्देश्य सदा अच्छे और सुखद होते हैं, जिनका रहस्य कभी-न-कभी अपने आप समझ में आ जाता है। इसलिए अब मैं अधिक विचार किए बगैर प्रत्येक विषय को स्वाभाविक घटना के रूप में स्वीकार कर लेता हूँ और अब मुझे पता चल गया है कि यहाँ मैं संपूर्ण स्वतंत्र होने के बाद भी किसी गूढ़ शक्ति की प्रेरणा के अनुसार कार्य कर रहा हूँ। पवित्र गिरनार को जानने और समझने की मेरी तीव्र इच्छा है और वह मैं माधवानंदजी की कृपा से पूरी कर रहा हूँ। इसके लिए माधवानंदजी के शब्दों में मुझे अत्यंत 'धीरज' धारण करके रखना था। 'समय से पहले और भाग्य से अधिक कभी कुछ नहीं मिलता है।' उनके ये शब्द मैंने बराबर याद रखे हैं।

नीचे उतरते ही दान बापू सामने मिल गए, वे बोले, "अच्छा हुआ आप जल्दी उठ गए। इन गायों को खूँटे से बाँधकर थोड़ी देर में मैं बापू का संदेश देने ऊपर आने ही वाला था। चाय-पानी पीकर तैयार हो जाओ, हमें 4 बजे से पहले निकल जाना है।"

"मतलब! क्या आप भी मेरे साथ आनेवाले हो?" खुश होकर मैंने पूछा।

"हाँ, बापू की आज्ञा है। आश्रम दूर है और रास्ते से आप अनजान हैं, वापस लौटते में कदाचित् अँधेरा भी हो जाएगा, इसलिए।"

"अर्थात् हमें समय पर निकल जाना है, ऐसा है न!" उनकी बात की मैंने हँसकर पुष्टि करते हुए कहा।

"हाँ, परंतु केवल यह एक ही कारण नहीं है। बापू ने कहा कि कश्मीरी बापू साढ़े पाँच बजे बाहर जाने के लिए निकलनेवाले हैं, उनके दर्शन के लिए उनके जाने से पहले पहुँचना आवश्यक है।" कहकर वे गायों को खूँटे से बाँधने चले गए।

मैं मन में विचार करने लगा। कश्मीरी बापू के मात्र दर्शन ही हो सकेंगे, तो फिर वापस आने में विलंब होने का प्रश्न ही नहीं है। अँधेरा होने से पहले ही लौट सकेंगे, परंतु माधवानंदजी की सूचना है, तो अवश्य विलंब होगा ही! कारण कुछ भी हो, परंतु वहाँ रुकना तो पड़ेगा ही! खैर, दान बापू सामने से आ रहे थे। मुझसे अनायास प्रश्न हो गया, "आप मेरे साथ आ रहे हो, मेरे लिए अच्छी बात है, परंतु यहाँ के काम का क्या?"

"इसकी चिंता नहीं है, बापू रात को भोजन नहीं लेते, बाकी जो साधु हैं, उनका आज अंधारी चौदस-शिवरात्रि का उपवास है। फलाहार तैयार करके ढक रखा है,

अशोक को सब समझा दिया है। आप जल्दी से तैयार हो जाओ, फिर हम निकलें। आपको कुछ साथ लेने की आवश्यकता नहीं है, आवश्यक वस्तुएँ भरकर मैंने छोटा थैला तैयार रखा है।''

तैयार होकर मैं दरवाजे पर आया, दान बापू प्रतीक्षा में खड़े थे। हमने प्रयाण किया, तब 4 बजनेवाले थे।

रास्ता कँटीला और चढ़ाईवाला था, चलना कठिन हो रहा था, छोटे-बड़े काले पत्थरों को लाँघ-लाँघकर चलना पड़ रहा था। दोनों ओर घना जंगल था, खिरनी, टिंबरू, करौंदे जैसे फल और विभिन्न वृक्षों के फूलों की सुगंध मन को तरबतर कर रही थी। कठिन चढ़ाई के परिश्रम से गरमी और पसीने के अनुभव से उकताहट हो रही थी, परंतु कहीं-कहीं खुले स्थान से आनेवाली हवा की शीतल लहर शरीर को प्रफुल्लित कर देती थी। कहीं-कहीं किसी साधु ने रात रुककर धूनी जलाई हो, ऐसा लग रहा था, मन प्रफुल्लित हो गया था।

मुझे लग रहा था कि मानो मैं इस स्थान पर पहले कभी आया हूँ, कभी रहा हूँ! यह सब मुझे जाना-पहचाना लग रहा था। इन पर्वत, वृक्ष के साथ मानो मेरा जन्म-जन्मांतर का संबंध हो, ऐसा महसूस हो रहा था। दूर-दूर पर्वत और टेकरी की चोटी देखकर हृदय से अबूझ चीख निकल जाती थी। दौड़कर चोटी तक चढ़ने का मन होता था। लगता था कि इस समग्र दृश्य को अपनी बाँहों में समेट लूँ। इस गिरनार की धरती पर लोट लगाऊँ, सर्प के समान घनी झाड़ियों में घुस जाऊँ!

बस आनंद···आनंद और आनंद का मैं अनुभव कर रहा था। मैं सोच रहा था, इतना आनंद मुझे क्यों हो रहा है? क्या यह प्रकृति की देन है या फिर स्थावर-जंगम पदार्थों में स्थित परम आत्मा के साथ मेरी आत्मा का अनुसंधान है। लगता था कि मेरे सहित सर्वत्र में एक ही चैतन्य विलास कर रहा है, जो मैं हूँ, वही यह सब है। मानो मेरा ही स्वरूप है। आकाश, पृथ्वी, पर्वत, घास, पुष्प, गुंजन करते भ्रमर, मधुमक्खी, जीव-जंतुओं के साथ मैं ऐक्य अनुभव कर रहा था, तदाकार हो रहा था···चलते-चलते मैं समाधि में जा रहा था। तभी दान बापू के शब्दों ने विक्षेप करके मुझे जाग्रत् किया, ''सावधान···नारायण! अभी तुम्हारे पैरों के पास से क्या गुजर गया, तुम्हें पता चला?'' फिर हाथ फैलाकर, हँसकर बोले, ''काला बड़ा नाग!'' नारायण···नारायण··· ।

मैं हँसकर बोला, ''नारायण मैं, सर्प भी नारायण, तुम भी नारायण···फिर डरने की क्या आवश्यकता?''

सुनकर दान बापू जोर से खिलखिलाकर हँसकर बोले, ''सबकुछ नारायण···यह

सच है, परंतु ईश्वर ने प्रत्येक जीवन को अपना-अपना धर्म, स्वभाव अर्थात् प्रकृति दी है, इसके अनुसार ईश्वर स्वयं ही जीव में प्रवेश करके जीव के पास उसके धर्म और प्रकृति द्वारा कर्म और व्यवहार करवाता है। नारायण, सर्प का स्वभाव काटने का है, तो तुम्हारे अंदर स्थित 'नारायण' को उससे बचना है। सावधान रहना तुम्हारा धर्म है। बाकी तो सभी में नारायण विद्यमान है ही, सब उसकी माया है। ईश्वर कहते हैं, 'सर्प में रहकर मैं ही काटता हूँ और वैद्य बनकर मैं ही उसका जहर उतारता हूँ। सर्प की धर्म-प्रकृति काटने की है और वैद्य का धर्म जहर उतारना है।'

दान बापू को इतना ज्ञान है, यह जानकर मुझे आश्चर्य हुआ। पुनः हमारे बीच मौन पसर गया। सावधान होकर चलना ही मुझे उचित लगा, दान बापू के साथ धीरे-धीरे आगे बढ़ने लगा। तभी मौन तोड़ते हुए दान बापू हाथ से एक ओर संकेत करके मुझसे बोले, ''यह दाहिनी तरफ जो पगडंडी जाती है, उस रास्ते पर थोड़ी दूर के बाद 'बकरी बापू' का स्थान आता है।''

''बकरी बापू'' आश्चर्य से मैं बोला, ''क्या बकरी भी साधु है?'' दान बापू जोर से हँस पड़े। उत्तर सुनने की आतुरता के साथ मैं उनके निर्दोष और मुक्त हास्य का प्रसन्नता से वंदन कर रहा था। ऐसा सुंदर हास्य शुद्ध हृदय के साधु में ही संभव है! हँसते-हँसते दान बापू ने स्पष्ट किया, ''नारायण! ये बापू कोई बकरी नहीं है, मनुष्य है, परंतु भोजन में केवल वनस्पति के पत्तों का ही आहार करते हैं, परंतु वह हाथ से तोड़कर नहीं, डाली पर से कोमल पत्ते सीधे मुँह में लेकर। मुँह से ही तोड़कर, बकरी के समान! इसलिए सब उन्हें बकरी बापू कहते हैं।

''दर्शनीय महात्मा हैं। किसी से वार्त्तालाप नहीं करते हैं। उनकी आयु कितनी है, कोई नहीं जानता है। वर्षों से यहीं रहते हैं। दो बड़े पत्थरों पर घास से ढँककर रहने योग्य स्थान बना दिया है किसी ने! वे मौन बैठे रहते हैं, वहाँ जानेवाले पथिक को भाग्य से ही दर्शन देते हैं। प्रयत्न करने के बाद भी उनके विषय में कोई जानकारी नहीं मिलती है। किसी सच्चे साधक या संत को ही वे मिलते हैं, ऐसे संतों द्वारा सुना है कि उनकी आयु पचहत्तर (75) वर्ष है। हम भी कभी जाएँगे, उनकी कृपा होगी, तो दर्शन भी हो जाएँगे।''

''लौटते हुए जाएँ तो?'' मैंने आग्रहपूर्वक कहा।

''संभव नहीं है। समय नहीं रहेगा, देर होने से अँधेरा हो जाएगा, परंतु तुम्हें बिलकुल निराश होने की आवश्यकता नहीं है। कुछ ही देर में हमें एक 'हठयोगी' के दर्शन हो सकते हैं। वे कुछ बोलते नहीं हैं, अवधूत अवस्था में रहते हैं। ऐसे अवधूत

अर्थात् शरीर की स्वच्छता के प्रति लापरवाही रखते हुए 'अघोरी' जो हठपूर्वक शरीर को कष्ट देकर अर्थात् तप द्वारा ज्ञान और ईश्वर-प्राप्ति के प्रयत्न करते हैं।''

कुछ देर चलने के बाद सपाट मैदान आया। चारों ओर काले पत्थर की विशाल शिलाएँ फैली हुई थीं। एक बड़ी शिला से कुछ दूर काले पत्थर के नीचे से पानी का झरना निकल रहा था और उसका प्रवाह कुछ अंतर पर जाकर बड़ी झील के स्वरूप में स्थिर हो गया था। झील बहुत गहरी होगी, ऐसा लगता था। आश्चर्य की बात तो यह थी कि झील में पानी आते रहने के बाद भी झील के बाहर पानी का प्रवाह आगे कहीं नहीं जाता था। सारा पानी झील में ही समा जाता था।

''इसमें दो बड़े मगरमच्छ वर्षों से निवास करते हैं। कभी-कभी किनारे पर खुली हवा में आते हैं, परंतु आज तक किसी मनुष्य को हानि नहीं पहुँचाई है।'' दान बापू ने जानकारी देते हुए कहा, ''देवता भी मगर हैं।''

पानी की झील का चक्कर लगाकर हम सामने के किनारे से पथरीले टीले की ओर आगे बढ़े। टीले पर आड़ी-तिरछी, बड़ी, गोल और ऊँची-ऊँची शिलाएँ तपस्वी-योगियों के समान अलग-अलग स्थान और अंतर में पड़ी हुई थीं। हम उन ऊँची शिलाओं के बीच में से आगे बढ़ रहे थे। प्रकृति की इस अलौकिक रचना को मैं मुग्ध होकर निहार रहा था, तभी दान बापू ने मेरा हाथ पकड़ रोका और सामने की ओर मेरा ध्यान आकर्षित किया। मैंने उनके निर्देशित स्थान की ओर नजर डाली तो पहले तो कुछ भी नजर नहीं आया, परंतु दृश्य जब स्पष्ट हुआ, तो जैसे जिस वस्तु देखने और जानने की तीव्रतम इच्छा हो और वही वस्तु अचानक सामने आ जाए, तो जैसा आनंद होता है, वैसे आनंद से मैं रोमांचित हो गया।

सामने ऊँचे स्थान पर तीन शिलाओं के बीच एक नग्न मानव आकृति पद्मासन में बैठी हुई थी। शरीर मानो अस्थिपंजर! मानो चिपकी हुई हो, ऐसी चमड़ी के नीचे हड्डियाँ गिन सकते हो और पसलियाँ स्पष्ट दिख रही थीं। माथे पर बिखरे भूरे बाल, काला शरीर, ऊँचा विशाल कपाल, अपलक चमकती बड़ी-बड़ी आँखें, संपूर्ण चेहरा स्थिर, सपाट, गंभीर और निःस्पृह, घुटने पर टिका उनका एक हाथ 'ज्ञानमुद्रा' में और दूसरे हाथ की मुट्ठी बंद थी। पलक झपकाए बिना स्थिर नजर से बैठे उन योगी को मैं देखता ही रह गया। उनके समग्र शरीर पर घूमती हुई मेरी दृष्टि उनकी मुट्ठी पर स्थिर हो गई, तो मैं आश्चर्यचकित हो गया। बंद मुट्ठी के हाथ की उँगलियों के नाखून हथेली भेदकर लगभग एक इंच जितने बाहर निकल गए थे। वर्षों से मानो मुट्ठी बंद हो और नाखून बढ़ते-बढ़ते हथेली भेदकर बाहर निकल गए हों, ऐसा

स्पष्ट अनुमान मैं कर सकता था।

मैं चकित होकर शांतचित्त से उन हठयोगी का दर्शन कर रहा था। दान बापू ने मेरा हाथ पकड़कर मुझे आगे चलाया। मुँह पर उँगली रखकर मुझे मौन रहने का संकेत किया। पगडंडी पर चलते हुए हम आसन के निकट पहुँचे। एकदम पास पहुँचने के बाद हम दोनों ने हाथ जोड़कर एक साथ जोर से 'ॐ नमो नारायण' किया। सामने से कोई प्रतिभाव नहीं मिला। बस उसी स्थिति में अपलक, स्थिर नेत्रों से मानो योगी अगोचर में कुछ देख रहे हों, चेहरे और आँखों में कोई भी भाव नजर नहीं आया था। यदि आँखें चमक न रही हों, तो देह निर्जीव ही लगती है।

हमने दूर से जमीन पर मस्तक टेककर प्रणाम किया, तो योगी ने दाहिना हाथ थोड़ा-सा ऊँचा करके हमें आशीर्वाद दिया, ऐसा लगा। दान बापू ने थैले में से दो सेब, चीकू और केले निकालकर योगी के चरणों में रख दिए। फिर प्रणाम करके स्वीकार करने की विनती की। मैंने भी वैसे ही किया, तुरंत योगी की ओर से, जैसे प्रतिभाव दे रहे हों, ऐसे उनका शरीर हिला। आँखें हमारी ओर घूमीं। फलों में से एक चीकू लेकर एक ओर रख दिया। बाकी के फलों को हाथ से सरकाकर दूर कर दिया, हाथ के संकेत से वापस ले जाने की सूचना दी। बस इतना ही प्रतिभाव, योगी पुनः उसी प्रकार स्थिर दृष्टि करके, वैसी ही स्थिति में बैठ गए। बाकी के फलों को प्रसादी रूप में दान बापू ने वापस ले लिया। तुरंत योगी ने एक हाथ के संकेत से हमें चले जाने को कहा।

रास्ते में चलते हुए दान बापू ने कहा, ''महात्मा ने हम पर कृपा करने के लिए ही एक फल को स्वीकार किया है। साधु अपरिग्रही होते हैं। आवश्यकता से अधिक संग्रह नहीं करते हैं। कदाचित् वह फल भी पक्षियों को खिला देंगे।''

''परंतु उनके नाखून हथेली भेदकर बाहर निकल गए, तब भी मुट्ठी खोली ही नहीं होगी?'' मैंने जानने की उत्सुकता से पूछा नहीं।

दान बापू ने उत्तर देते हुए कहा, ''इसी का नाम हठयोग है! हठयोगी शरीर को भयंकर कष्ट देकर तप करते हैं। इस तप के द्वारा ही वे सिद्ध हो सकते हैं, परंतु महात्मा के विषय में एक बात सुनी जाती है कि उनकी मुट्ठी में एक छोटा-सा शिवलिंग है, जो उनके गुरु ने उन्हें प्रसादी के रूप में दिया था। लिंग सँभालने या सुरक्षित रखने के लिए उनके पास वस्त्र जैसा कोई साधन नहीं रहा होगा, वर्षों से मुट्ठी में दबाकर रखा है। मुट्ठी भींचकर रखने से उनके नाखून बढ़ते-बढ़ते हथेली के बाहर निकल आए हैं।

"इन महात्मा का नाम और आयु किसी को पता नहीं है। उनके दर्शन करने के लिए इसी स्थान पर कितना ही भटको, तो भी उनके चिह्न भी देखने को नहीं मिलते।" कुछ देर रुककर, मेरे कंधे पर हाथ रखकर रहस्य खोल रहे हों, ऐसे स्वर में पुनः बोले, "'यह गिरनार है। नारायण''। तपस्वियों की यह प्रिय भूमि है। अभी तो 'गिरनारी बापू' के दर्शन तो तुमने किए ही नहीं है, बाकी''' " अधूरा वाक्य बोलकर दान बापू रुक गए।

"गिरनारी बापू! अरे, उनके दर्शन करने तो मैं यहाँ आया हूँ। आपने उनके दर्शन किए हैं? उनके विषय में बहुत सुना है! उनके एक विशेष गृहस्थ शिष्य भी केवद्रा गाँव में हैं। उनसे मेरा व्यक्तिगत परिचय है। उनसे सुनी हुई चामत्कारिक बातों ने मुझे उनके दर्शन के लिए उत्सुक किया है।" मैं एक ही साँस में बोल गया।

"मैंने भी सुना है, उनके दर्शन के लिए मैं भी उत्सुक हूँ, परंतु उनका दर्शन करने जाना सरल नहीं है। लगभग असंभव ही है। 'ॐ गिरनारी बापू' की कृपा और पू. माधवानंदजी का आशीर्वाद और सहयोग हो तो ही संभव है, कदाचित्''' " 'कदाचित्' पर भार देकर उन्होंने कहा था।

"क''दा''चि''त् क्यों?" मैंने पूछ लिया।

"क्योंकि वे किसी से लगभग मिलते ही नहीं, इसके अतिरिक्त वह स्थान अगोचर है। उनके निकटतम शिष्य, योगी और सिद्ध संतों को ही उनका पता होता है। उनके सामने प्रत्यक्ष जाने की आवश्यकता नहीं है। वे किसी के भी साथ दूर-दूर तक बातें कर सकते हैं, दूर के पदार्थों को देख सकते हैं, सुन सकते हैं। आवश्यक हो तो उनकी सिद्धि शक्ति का उपयोग करके सभी को आवश्यक व्यवहार में मार्गदर्शन भी दे सकते हैं। उनके शिष्य गुरु के प्रभाव के बल से समाज उपयोगी कार्य भी कर सकते हैं।"

"उनके शिष्यों द्वारा इस प्रकार लोगों के दुःख-दर्द, समस्याओं के हल भी निकाल दिए जाते हैं। उनसे मिलने से ऐसे कार्यों में अवरोध खड़े होते हैं। इसलिए अनावश्यक रूप से उनसे मिलना समझदार मनुष्यों के लिए इष्ट नहीं है। 'जय गिरनारी' के स्मरण मात्र से ही ईष्ट और योग्य कार्य की सिद्धि हो सकती है।" फिर दान बापू कुछ रुककर बोले, "परंतु ये सब कार्य गिरनारी बाबा उनके अंशावतार के द्वारा करते हैं, अपने दिव्य शरीर से वे गिरनार के अंदर के भाग में ही रहते हैं। गिरनार का ही वे दैवीस्वरूप हैं, परंतु अंशरूप में वे पार्थिव स्वरूप में शिष्यों के बीच भी रहते हैं, जो स्थान थोड़ा गोचर होता है, परंतु वह बाबा भी मिलना लगभग टालते हैं।" कहकर दान बापू रुक गए।

तब मैंने बात को बढ़ाते हुए पुनः पूछा, ''यह बात ठीक है, सामान्य लोग कौतूहलवश भीड़ करते हैं।'' मैंने सहमति दिखाते हुए आगे कहा, ''मैंने सुना है कि उनका आयुष्य साढ़े तीन सौ साल है। उम्र के कारण उनके सिर के बाल चले गए हैं। किसी निश्चित स्थान पर गुफाओं में उनके 'नागा बाबा' शिष्यों के साथ नग्नावस्था में रहते हैं।''

''उनके अंशस्वरूप गिरनारी बाबा के लिए यह सब सच है, परंतु उनका जो दैवीस्वरूप है, वह तो अनादि है। उनका भौतिकस्वरूप यही गिरनार पर्वत है। दैवीस्वरूप में वे गिरनार के अंदर विराजमान हैं।'' फिर थोड़ा रुककर बोले, ''माधवानंद बापू और उनके बीच दिव्य और अंशस्वरूप घनिष्ठ संबंध है, वे यदा-कदा वहाँ जाते रहते हैं।''

''तो माधवानंदजी मुझे उनके दर्शन करवाने की कृपा नहीं करेंगे? मुझे अब उनके दिव्यस्वरूप का ही दर्शन करना है।'' मैंने कहा।

''तुम्हारे लिए माधवानंदजी ऐसी व्यवस्था करेंगे ही। तुम निवेदन करना, तुम पर उनकी बहुत कृपा है। वे व्यवस्था करेंगे ही, परंतु धीरज।'' कहकर दान बापू मेरी तरफ देखकर मर्म से हँसे। फिर तेजी से चलते हुए, बात को घुमाते हुए बोले, ''बस, अब कश्मीरी बापू का आश्रम निकट ही है। बीच में एक गुफा जैसा आएगा, वहाँ एक नागा बाबा साधना कर रहे हैं। उनके दर्शन करके निकल जाएँगे। समय बहुत हो गया है। कश्मीरी बापू के दर्शन तो होंगे ही, परंतु थोड़ी देर के लिए ही। कदाचित् थोड़ी बातचीत हो सकती है या न भी हो!''

अब ऊबड़-खाबड़ रास्ते पर बातें करते हुए हम आगे बढ़ रहे थे। सवा पाँच बज गए थे, गरमियों के जाने के दिन थे, सूर्य के ताप से गरम वातावरण में अब थोड़ी-थोड़ी ठंडक आ गई थी। वनश्री की छाया के कारण पवन में थोड़ी आर्द्रता होगी, शीतल लग रहा था।

हम थोड़ा आगे बढ़े। वहाँ वृक्षों के झुंड के बीच छुपी हुई एक शिला के पास गुफा जैसा नजर आया! दान बापू ने हाथ के संकेत से मुझे उस दिशा में आगे बढ़ने को कहा। पास में पहुँचते ही मेरी नजर गुफा पर पड़ी। गुफा बाहर से सँकरी, परंतु अंदर से चौड़ी और ऊँची लग रही थी। अंदर थोड़ा अँधेरा था, फिर भी पीछे की दीवार में छोटे-छोटे छेदों के द्वारा थोड़ा प्रकाश चाँदनी जैसा आ रहा था। ध्यान से देखे बगैर स्पष्ट नहीं देख सकते थे, इसलिए मैं थोड़ा निकट गया, तो मधुर सुगंध नाक में आई। इस सुगंध का अनुभव होते ही मुझे लगा कि मेरे प्रवास की सारी

थकान संपूर्ण रूप से चली गई और मैं छोटे बालक जैसी स्फूर्ति का आनंद अनुभव कर रहा हूँ और बालक जैसे आनंदपूर्वक निर्भयता से कहीं भी घुस जाता है, वैसे ही मैं गुफा में प्रवेश कर गया।

गुफा में प्रवेश करके मैंने चारों ओर दृष्टि दौड़ाई। धुँधले प्रकाश में कुछ भी स्पष्ट नहीं दिखाई दे रहा था। लग रहा था कि गुफा बिलकुल खाली है और अंदर कोई है तो दिखता नहीं है। मुझे इसी विषय में आश्चर्य हो रहा था कि एक छोटे बालक में जो सहज आनंद होता है, स्फूर्ति होती है, वैसा आनंद और स्फूर्ति मुझमें अचानक कैसे उमड़ रही है? अचानक मुझे बालक के समान चौकड़ी मारकर चीख-पुकार करने का मन कर रहा है। मैंने जोर से पुकारा, 'बापू...बापू...बापू... !' गुफा में चारों ओर से मेरी पुकार की प्रतिध्वनि हुई—'बापू...बापू...बापू... ।' मानो उस गूँज में कोई अनोखी आत्मीयता घुल गई हो, ऐसे मेरे कानों में प्रतिध्वनि आरती की झनकार कर रही थी।

आह्लादकता का यह अद्‌भुत अनुभव मैं मुग्धता से ले रहा था, तभी दान बापू ने अंदर प्रवेश किया, मेरे पास में खड़े होकर कंधे पर स्पर्श किया। विस्मय के भाव से मैं निकला तो मुझे लगा कि गुफा में धीरे-धीरे चाँदनी जैसा शीतल प्रकाश फैल रहा है। अब धीरे-धीरे बढ़ते इस प्रकाश में स्पष्ट देख सकते थे। प्रकाश में मैंने दखा तो गुफा के सामने की दीवार के पास आसन जैसे पत्थर पर मानव आकृति रूप में प्रकाश-पुंज चमक रहा था। यह प्रकाश वहीं से आ रहा था, मुझे अब समझ में आया! आकृति स्पष्ट होने पर मैंने हाथ जोड़कर योगी पर दृष्टि स्थिर की। ऐसे अद्‌भुत योगी के पहली बार दर्शन करके मैं कृतकृत्यता का अनुभव कर रहा था। ताम्रवर्ण और तेजस्वी चेहरेवाले इन महात्मा का शरीर सुदृढ था, श्वेत दाढ़ी और श्वेत जटायुक्त चेहरे पर कोमल और प्रेमभाव प्रसरित हो रहा था, उनकी विशाल और प्रेमपूर्ण दो आँखें उनकी भव्यता के दर्शन करवा रही थीं।

मंद-मंद हँसते उनके लाल होंठ मानो हमारा स्वागत कर रहे थे।

दिगंबर स्वरूप में स्थित उन योगी की देह को मैं अहोभाव और भक्ति से देख रहा था। दिगंबर योगी का लिंग लगभग दो-ढाई फीट लंबा था। इस लिंग में भी योगी का पूर्ण पौरुष दृष्टिगोचर हो रहा था। जिसने कभी भी नागा बाबा के दर्शन न किए हों तो अवश्य आश्चर्यचकित होगा, परंतु जिसने जूनागढ़ ठीक से देखा हो और विशेषकर भवनाथ में होनेवाला 'शिवरात्रि का मेला' जिसने देखा हो, उसने सैकड़ों नागा बाबा के दर्शन शोभायात्रा में और अद्‌भुत शारीरिक कौशल अवश्य देखा होगा।

मैंने कई बार शिवरात्रि के मेले में 'मृगी कुंड' में शाही स्नान करके जुलूस में

निकलकर दर्शन देते नागा बाबाओं को देखा है। इतना ही नहीं, अपने लिंग में रस्सी बाँधकर बड़े-बड़े ट्रक को खींचते हुए भी देखा है। इसलिए मुझे इसमें कोई विशेष आश्चर्य नहीं हुआ, परंतु यह देखकर मेरे मन में इनके प्रयोग और उनसे मिलती सिद्धियों को विशेषकर जानने की उत्कंठा तीव्रता से जाग उठी थी, परंतु योगी के दर्शन से उनके प्रभाव में मैं इतना अधिक स्तब्ध हो गया था कि पूछने या कुछ बोलने की स्थिति में ही नहीं था। दान बापू तुरंत मुझसे सटकर खड़े हुए, तब मैं थोड़ा होश में आया। मैंने और दान बापू ने योगी को दूर से दोनों हाथ ऊँचे करके दंडवत् की मुद्रा में प्रणाम किया। सामने से हमने आशीर्वादस्वरूप दाहिना हाथ ऊँचा होते देखा। उसी के साथ मानो मेरी इच्छा का प्रतिबिंब रूप। धीर-गंभीर शब्द योगी के मुख से निकले, ''माधवानंद के शिष्य दान! अपना भौतिक कर्म कम करो, ठीक है''' सेवा परमार्थ का रास्ता है, फिर भी परम लक्ष्य मोक्ष के लिए वह बाधक है। अस्तु'''तेरा गुरु समर्थ है, चिंता की कोई बात नहीं है, आगे बढ़ते रहो!

''जी''' ! आपका आदेश शिरोधार्य करता हूँ!'' कहकर दान बापू ने पुनः कंधे झुकाकर, दोनों हाथ जोड़कर प्रणाम किया। मुझे लगा कि योगी द्वारा कदाचित् मेरी उपेक्षा होगी या हो रही है, परंतु मेरी शंका तुरंत दूर हो गई, योगी मेरे सामने मुसकराकर बोले, ''तुम्हारी प्रगति बहुत आगे बढ़ी ही है। इस योग्यता के आधार पर ही तुम्हें यह सब प्राप्त हो सका है। तुम्हारी आध्यात्मिक इच्छाएँ पूर्ण होती रहेंगी, परंतु अभी तुम्हें बहुत लंबी यात्रा करनी है। मिलेगा, किंतु धैर्य रखना पड़ेगा। एक ही जन्म में समय से पहले और प्रारब्ध से अधिक नहीं मिल सकता है। इस गिरनार की धरती पर तुम्हारे कई जन्म हो चुके हैं, ये ऋणानुबंधन के आधार पर तुम्हें यह सब मिलता जा रहा है और मिलता रहेगा। थोड़ा समय लगेगा, प्रयत्न जारी रखो, मदद मिलती रहेगी!''

''परंतु, हे महात्मन्!'' मैंने दोनों हाथ जोड़कर विनती के स्वर में कहा, ''मेरी शक्ति अल्प है, आप मुझ पर शक्तिपात करने की कृपा करें।''

''शक्तिपात करना आवश्यक नहीं है। शक्ति तुम्हें तुम्हारे गुरु से मिलती रहेगी। कुछ समय के बाद हिमालय से वापस आकर सरयूदासजी तुम्हें दीक्षा देकर पूर्णता की ओर ले जाएँगे।'' कहकर वे मौन हो गए।

आश्चर्य में डूबा हुआ मैं महात्मा को प्रणाम कर रहा था, आगे बोलने का कोई अर्थ नहीं था। मेरे विचारों को, मेरे आस-पास के समग्र सज्जनों को, माधवानंद जैसे हमदर्द साधु को, अरे! मेरे पूर्वजन्मों को भी जानते हैं, उनके आगे विचार या इच्छाएँ प्रकट करने की आवश्यकता कहाँ रही, यह कैसा संयोग है, कैसा भाग्य, यह

कैसा योग? कैसा संयोग मुझे प्राप्त हुआ था। विचार करके धन्यता के भाव से मेरा अंत:करण गद्गद हो गया।

मुझे लगा कि यह धन्य पल, यह योग-संयोग पुन: प्राप्त हो या न हो। इस धन्य क्षणों को ऐसे कैसे जाने दें, परतु मैं कहूँ क्या? क्या पूछूँ? उसका निर्णय मुझसे नहीं हो रहा था, यूँ ही हाथ जोड़कर बोल पड़ा, "मुझे आपके आशीर्वाद से गुरु द्वारा अवश्य शक्ति प्राप्त होगी, फिर भी आप कुछ उपदेश देने की कृपा करें। मैं गृहस्थ साधु हूँ।"

तुरंत योगी शांत और गंभीर स्वर में बोले, "त्याग और ग्रहण करने की बात रहेगी, तभी तक तुम्हारा संसार है। ग्रहण करने की समझ को ही छोड़ दें, तो संसार से तर जाएँ। त्याग और ग्रहण का न तो त्याग करके, न ग्रहण करके! केवल स्वस्वरूप में रमण करके, संसार को महामाया कुंडली का विलास समझकर अक्षुण्ण शांति प्राप्त करते रहो। जाग्रत् या सुषुप्त अवस्था में जो सदा चित्तिबुद्धि रखो, तो कभी मन खिन्न नहीं होता है। वह आकाश के समान सदैव निर्लिप्त रहता है। मन को कभी विक्षिप्त मत होने दो। ऐसा करोगे तो तुम्हारा ध्यान पूर्णता को प्राप्त होगा। समस्त जगत् को भ्रम मात्र समझना, उसके बाद ही तुम्हारा अभ्यास पूर्ण होगा। शत्रु में, मित्र में, प्रत्येक दृश्य पदार्थ में चित्तिशक्ति का ही दर्शन करो। तुम शरीर नहीं, तुम आत्मा हो, इसका सदैव चिंतन करते रहो। प्रत्येक भिन्न लग रही आत्मा भी एक ही महाशक्ति का स्वरूप है। तुम अपनी आत्मा को किसी से भी भिन्न मत समझो।

"समग्र विश्व की जो भक्ति करता है, समग्र विश्व जिसके लिए परमेश्वर हो, वह संसार में रहते हुए भी शुद्ध और सच्चा जीवन्मुक्त है। तुम गृहस्थ होकर भी जीवन्मुक्त बन सकते हो, परंतु जीवनपर्यंत तुम्हें धैर्यपूर्वक ऊर्ध्वगामी प्रयत्न में सदैव रत रहना पड़ेगा। तुम्हें अब भविष्य के कार्य की भूमिका का ज्ञान तथा मार्गदर्शन मिलता रहेगा। उसके लिए तुम योग्य हो, यह हमारे मंडल द्वारा सिद्ध हो गया है। इस विषय में अधिक विचार करने की अभी आवश्यकता नहीं है। सभी अपने आप होता रहेगा, केवल वर्तमान के क्षणों में ही ध्यान केंद्रित रखो, भूत-भविष्य सबका विचार समेटकर वर्तमान के बहते क्षणों में डूब जाओ। आत्मदर्शन का यही मार्ग है।

"आत्मदर्शन और उसके बाद ब्रह्म साक्षात्कार और उसके साथ ही तुम्हारी आत्मा के साथ विश्व-ऐक्यरूपता स्वत: सध जाएगी। तुम्हारी आत्मा का ज्ञान विज्ञान बन जाने से तुम्हारे अंदर चित्तिशक्ति स्वत: जाग्रत् हो जाएगी। बस, अब मेरा समय हो गया है। तुम्हारी दोनों की प्रतीक्षा हो रही है। प्रयाण करो।"

और इसके साथ ही मौन योगी का परिवर्तन प्रथम मानव ज्योति के आकार में

और फिर धीरे-धीरे हवा में अदृश्य हो गया। गुफा में केवल पूर्ववत् धुँधला प्रकाश रह गया।

योगी के समग्र कथन को याद करके मैं दिशाशून्य हो गया। मुझे तो चारों ओर वे शब्द गूँजते प्रतीत हो रहे थे। तभी दान बापू ने मेरा हाथ पकड़कर गुफा के बाहर निकलने के विवर की ओर ले गए। बाहर आकर पुनः एक बार मैंने गुफा में देखा, अंधकार के सिवा कुछ नहीं दिखा।

निर्जन, ऊँची-नीची, ऊबड़-खाबड़ और पथरीली पगडंडी पर हम धीरे-धीरे मौन चलने लगे। प्राप्त अनुभवों से मेरी जिज्ञासावृत्ति सतेज हो उठी थी। योगी और उनके मेरे विषय में कथन का मर्म कदाचित् दान बापू मुझे समझा सकते थे, परंतु उनका मौन मुझे बेचैन कर रहा था। उनका मौन तोड़ने के लिए अंत में मैंने ही बात प्रारंभ करते हुए कहा, "दान बापू! कुछ बात करो तो यह रास्ता जल्दी कटे!"

"मुझे पता था, अपने स्वभाव के अनुसार तुम बहुत अधिक जानना चाहते हो।" मौन तोड़कर दान बापू हँसकर बोले, "तुम्हें कहा गया है कि धीरे-धीरे सभी रहस्य तुम्हारे सामने आते जाएँगे। फिर भी तुम्हारी थोड़ी जिज्ञासा संतुष्ट करने के लिए कहता हूँ! जितना मैं जानता हूँ, उसमें से कुछ अध्ययन करके, कुछ माधवानंदजी के सत्संग और उपदेश द्वारा जाना है, वही कहता हूँ। कहा जाता है कि भगवान् श्रीकृष्ण ने यहाँ छह महीने रहकर तप करके नागा बाबाओं से परंपरागत शिक्षा लेकर 'अखंड ब्रह्मचर्य' पाल सकने की शक्ति प्राप्त की थी। इसीलिए हजारों स्त्रियों के साथ रमण करने पर भी वे काम को जीत सके थे। अनेक स्त्रियों के साथ अनेक प्रकार की क्रीड़ा करने के बाद भी कभी भी उनका वीर्यस्खलन नहीं हुआ था और इस प्रकार श्रीकृष्ण सदैव ब्रह्मचारी थे। ब्रह्मचर्य के प्रताप से ही वे अनेक सिद्धियाँ प्राप्त करके, पराक्रम करके लीलाएँ कर सके थे।

"नागा बाबा ऐसी सिद्धि प्राप्त करने के लिए अपने लिंग को कष्टपूर्वक अनेक प्रकार से साधते हैं, जो स्वानुभव के बगैर समझ नहीं सकते हैं।" कुछ देर रुककर चलते-चलते दान बापू ने आगे कहा, "हमने जिस महात्मा के प्रत्यक्ष दर्शन किए हैं, उन्होंने तिब्बत में वर्षों तक साधना करके अनेक सिद्धियाँ प्राप्त की हैं, उनका नाम 'श्वेतानंद' है। वे मूलतः तिब्बत के हैं। तिब्बत अर्थात् रहस्यभूमि, वहाँ अनेक प्रकार के अलौकिक शक्ति-संपन्न सिद्ध साधु निवास करते हैं, विशेष करके ऐसे सिद्ध 'शंग्रिला' और 'संभाला' नामक अगोचर प्रदेश में रहकर तप द्वारा सिद्धियाँ प्राप्त करते हैं। यह प्रदेश अगोचर है। सामान्य मनुष्यों को पता भी नहीं चलता है, जिन्होंने विशेष

प्रकार की विशेष साधना की हो, वे ही इन रहस्यमयी प्रदेशों को पहचान सकते हैं अन्यथा उसके अस्तित्व का भी किसी को पता नहीं चलता है, ऐसी भूमि है। इस भूमि में रहकर सिद्धि प्राप्त करनेवाले योगी हवा में भी उड़ सकते हैं, अदृश्य हो सकते हैं, विशिष्ट साधना द्वारा योगी अपने शरीर का तापमान बहुत अधिक करके भयंकर ठंड को भी सहन कर सकते हैं। हिमालय की बर्फ से आच्छादित गुफा में वस्त्र के बगैर भी रह सकते हैं। इसके लिए गुरु द्वारा उनकी अनेक प्रकार से कसौटी की जाती है। कुछ निश्चित कसौटी से गुजरने के बाद साधु अपना वजन अत्यंत हलका या वजनदार बना सकते हैं, पानी पर चल सकते हैं, प्रकाश के समान तेजस्वी बनकर पुनः हवा में विलीन हो सकते हैं, दूर का सुन सकते हैं, सामनेवाले के मन की बात दूर बैठे जान सकते हैं। पशु-पक्षी की भाषा समझ सकते हैं। भूतकाल के विषय में और भविष्य की घटनाओं को बता सकते हैं।''

कुछ विश्रांति के बाद गहरी साँस लेकर, समापन कर रहे हों, इस तरह दान बापू आगे बोले, ''ये तो मैंने तुमसे सामान्य सिद्धियों की बात की है, इसके उपरांत वे असंख्य सिद्धियों के साथ विज्ञान और भक्ति का समन्वय साधकर ईश्वरतुल्य परमहंस के पद को प्राप्त करके चिरंजीवी बनकर मृत्यु को भी रोक सकते हैं। जब उनकी इच्छा हो, तब योगाग्नि द्वारा स्वयं अपने शरीर को भस्म करके, शरीर का त्याग कर सकते हैं। यद्यपि ईश्वर ने उन्हें यथार्थ में इतना आयुष्य दिया ही होता है! 'श्वेतानंद' ऐसे ही महान् योगी हैं। इस रहस्य को गुप्त रखना। इस स्थान पर आना और योगीजी का दर्शन करना सामान्य लोगों के लिए दुर्लभ है। इस स्थान की तरह गिरनार की कितनी ही भूमि सामान्य लोगों के लिए अगोचर है। योग्य साधक की कक्षा तुमने प्राप्त कर ली है, इसलिए उनके दर्शन की अनुभूति देने की कृपा आपके ऊपर हुई है! बस! इससे अधिक जानने की उत्सुकता को अभी दबाकर रखो।'' कहकर वे मौन हो गए। उनके विशुद्ध भावों को देखकर मुझे लगा कि दान बापू के इस स्वरूप को मैं पहली बार देख रहा हूँ। दान बापू भी कोई सामान्य साधु नहीं हैं, इसकी मुझे प्रथम बार प्रतीति हुई।

अब रास्ता सपाट आ गया था, कुछ-कुछ दूरी पर काले पत्थरों के बीच बाँस के झुंड तथा छुटपुट वृक्ष नजर आ रहे थे। खुला स्थान होने से तेज हवा से आह्लादक शीतलता का अनुभव हो रहा था। सूर्यास्त होने में अभी बहुत देर थी, लगभग साढ़े छह बजे थे। तेज चलते हुए दान बापू बोले, ''अब रास्ता सरल है, कुछ ही देर में हम पहुँच जाएँगे, तेज चलना आवश्यक है, नहीं तो कदाचित् बापू के दर्शन भी न हो सकेंगे।''

और हुआ भी ऐसा ही! आश्रम के दरवाजे में प्रवेश करते ही, सामने से भव्यमूर्ति साधु अन्य तीन साधुओं के साथ दृढ कदमों से आ रहे थे।

''कश्मीरी बापू,'' मेरा हाथ दबाकर धीरे से दान बापू ने कहा। मैं भक्तिभाव से उन्हें आते हुए देखता रहा। उनका गौर वर्ण, माथे पर श्वेत जटा और श्वेत दाढ़ीयुक्त, ऊँची कद्दावर देह प्राचीन ऋषि के समान तेजस्वी श्वेत वस्त्रों में शोभायमान थी। लाल होंठ मंद-मंद मुसकान वात्सल्य भाव बिखेर रहे थे, उनका विशाल कपाल सूर्य-प्रकाश में चमक रहा था। उनकी दृष्टि मेरी ओर से स्थिर हो गई है, ऐसा मुझे लग रहा था। मानो जन्म-जन्मांतर की पहचान हो। दो आँखें मानो हँसकर कह रही थीं, 'क्यों···देर हो गई न?'

मानो स्वीकार करते हुए दोनों हाथ जोड़कर, मस्तक झुकाकर, उनके पास आने पर मैंने प्रणाम किया। उन्होंने भी दाहिना हाथ उठाकर मुझे आशीर्वाद दिया। एकदम पास पहुँचकर मैंने नीचे झुककर दाहिने हाथ से दाहिना पैर और बाएँ हाथ से बाएँ पैर के अँगूठों का स्पर्श करके प्रणाम किया। उन्होंने मेरी पीठ थपथपाई और हाथ पकड़कर खड़ा किया।

''वाह, बहुत सुंदर! तुम्हारे अंदर योग्यता बढ़ती रहेगी। देर हो रही है। आश्रम में जाकर चाय-पानी पिओ। आराम से बैठकर जाना, फिर मिलेंगे।''

केवल इतना कहकर वे एक साधु के साथ ढलान उतर गए। बस! इतना ही, इतना ही मिलन, इन महापुरुष के साथ? मैं कुछ निराश हो गया! क्या इतने ही मिलाप तक सीमित था मेरा प्रवास। मैं निराशा में से बाहर आऊँ, तब तक दान बापू ने मेरा हाथ पकड़कर काले चोगे में एक साधु की ओर मेरा ध्यान आकर्षित किया और···उसके साथ ही आश्चर्य और आनंद से मेरे मुख से उद्‌गार निकल पड़े, ''अरे आप! पूरणपुरी बापू! आप यहाँ?'' कहकर मैंने नीचे झुककर पूरणपुरी बापू को प्रणाम किया। बापू भी मेरा हाथ पकड़कर, मुझे छाती से लगाकर आनंदित हो गए।

''बापू आप यहाँ हो, कितने वर्षों बाद मिले? आप इस प्रकार यहाँ मिलोगे, इसकी कल्पना भी नहीं थी मुझे!''

''इसी का नाम विधि!'' हँसकर बापू बोले, ''जिस समय जो निर्मित हुआ हो, वैसा ही होता है! चलो अंदर! आराम से बैठकर बातें करेंगे।''

बहुत वर्षों पहले मैं अमरेली जिले में नौकरी करता था, तब बापू से प्रगाढ़ परिचय हुआ था। तब कभी-कभी बापू से मिलना होता था। बापू कई बार भोज ग्रहण करने मेरे घर आते थे। पूरणपुरी बापू आस-पास के गाँवों में बहुत लोकप्रिय थे। उनके

चमत्कार की बातें बहुत होती थीं। परंतु उस समय मैं ऐसी बातों में विशेष श्रद्धा नहीं रखता था। साधुओं के प्रति मेरे मन में आदर था, परंतु 'ब्राह्मण' के रूप में 'अहम्' विशेष था अपने अंदर। आज वह अहम् कहीं पिघल गया है। उस समय का 'मैं' अब मैं नहीं था। बस! उस समय की मेरी स्थिति और बातें भूल जाने जैसी हैं। यदि ईश्वर की कृपा मुझ पर न होती तो, आज मैं इस स्थिति में नहीं पहुँच सकता था। उस समय भी पूरणपुरी बापू का मुझ पर बहुत स्नेह था, आज उस स्नेह में अपार वृद्धि देख रहा था। इतना स्नेह और वह भी अकारण। माधवानंदजी ने एक बार कहा था, 'तुम भाग्यशाली हो, तुम्हें सभी अनुकूल मिला है, मिल रहा है और मिलता ही रहेगा।'

और सच है! कई वर्षों के बाद अचानक पूरणपुरी बापू से मुलाकात मेरे लिए कितना अधिक अमूल्य अवसर प्रामाणित हुई है, इसका पता तो मुझे बाद में पड़ना था, परंतु आज वर्तमान समय में ऐसा ही लग रहा था कि मैं किसी पवित्र साधु से नहीं, अपने किसी आत्मीय संबंधी से मिल रहा हूँ, जिसका मुझ पर अपार स्नेह है। इन्हीं पूरणपुरी बापू के पास वर्षों पहले मैं आध्यात्मिक दृष्टि से मूर्ख और अज्ञानी था, फिर भी उनकी उपासना करता था। मन की गहराई से मैं उनके पास से किसी अलौकिक वस्तु की अपेक्षा रखा करता था। कोई अप्रकट जिज्ञासा मुझे उनके पास बार-बार खींच ले जाती थी, परंतु मेरा अंदर का 'अहंभाव' उसे प्रकट नहीं होने देता था।

परंतु आज उपरोक्त परिस्थिति के विपरीत मेरी मानसिक और आध्यात्मिक स्थिति है। लग रहा था कि मैं कितना भाग्यशाली हूँ! आज मेरा अंतःकरण एक निर्दोष बालक जैसा शुद्ध हो गया है, तब मुझे सामने से सुंदर अवसर प्राप्त हुआ है। बातें करते हुए हम आश्रम से थोड़ी दूर बनाई हुई कुटीर में आ गए। कुटीर के सुगंधित और सात्त्विक वातावरण ने मुझे अकल्पनीय अलौकिकता का अनुभव करवाया। ऐसी सुगंध मुझे अनेक बार अचानक आती रहती है। इसका कारण मैंने एक बार माधवानंदजी से पूछा, तब उन्होंने कहा था, 'हमारे शरीर में अनेक प्रकार के पदार्थ हैं। मनुष्य यदि ध्यान द्वारा शरीर का संशोधन करे तो आश्चर्यजनक परिणाम प्राप्त कर सकता है। इस मस्तक में क्या नहीं भरा हुआ है। मस्तक में अनेक चक्र हैं। अमृत से भरा कुंड है। ज्ञान-तंतुओं के असंख्य पुंज हैं, विविध प्रकार के संगीतनाद हैं। कई प्रकार के सूर्य-चंद्र की किरणें हैं, देवताओं का निवास स्थान है। बाह्य जगत् से अंतर्जगत् निस्संशय श्रेष्ठ है, कान में दूर श्रवण की अद्‍भुत क्षमता है, कंठ स्थान में भी एक ऐसा महत्त्वपूर्ण निद्रा स्थान है, जो जाग्रत् अवस्था के सभी भ्रम को सहजता से दूर कर देता है, अस्तु!'

पूरणपुरी बापू के सान्निध्य में आते ही मैं ऐसे विचारों में मन-ही-मन उलझ गया हूँ। कदाचित्, यह जानकर ही पूरणपुरी बापू ने बात को आगे बढ़ाते हुए कहा, ''विधि की विचित्रता ही इसका नाम है। कोई भी घटना अचानक नहीं बनती, वह घटना घटित हो चुकी है, 'वर्तमान से भविष्य' तक का अंतर तय करती है, इतनी ही देर होती है। हम उसे अचानक घटी घटना समझकर आश्चर्यचकित होते हैं। वास्तव में वह होना ही होता है। वह नियत समय पर ही होता है। उसमें आश्चर्य करने जैसा कुछ नहीं है। इसलिए प्रत्येक घटना को उसके स्वाभाविक रूप में स्वीकार कर लेने की मनोवृत्ति बनानी चाहिए।'' पूरणपुरी बापू के व्यक्तित्व को मैं एकाग्रता से सुन रहा था, उसे समझने का प्रयास कर रहा था। उन्होंने कुछ रुककर कहा, ''मेरा तुमसे मिलना इस तरह अचानक, यह तो वर्षों पूर्व निर्मित हो चुका था। केवल तुम नहीं जानते थे। उपरांत माधवानंदजी के साथ तुम्हारा परिचय, उनके वर्तमान स्वरूप में भी क्रमश: ऋणानुबंधन से आनेवाले प्रसंग या घटनाएँ प्रच्छन्न निर्देशन हैं। प्रच्छन्न इसलिए कि तुम्हारे और माधवानंदजी के पूर्वजन्म के संबंधों के विषय में अब बाद में, समय आने पर, कुछ ही दिनों में जान सकोगे।'' कहकर थोड़ी देर रुककर मेरे कंधे पर हाथ रखकर कोई रहस्योद्घाटन कर रहे हों, उस भाव से कहा, ''माधवानंदजी की तुम्हारे ऊपर कृपा और सहायता, ये सब उनके पूर्वजन्म में तुम्हारे उन पर किए गए उपकार के द्योतक हैं। पूर्वजन्म को माधवानंदजी का पूर्वाश्रम समझो, क्योंकि अभी वर्तमान में उसका प्रतिबिंब देख सकते हैं।''

पूरणपुरी बापू का विधान सुनकर आश्चर्य से मानो मुझ पर बिजली गिर पड़ी। माधवानंदजी के पूर्वजन्म या पूर्वाश्रम में उपकार और वे भी मैंने किए? असंभव! कहाँ सिद्ध तपस्वी माधवानंदजी और कहाँ मैं एक सामान्य साधक! और मुझे उलझन में डालनेवाली बात तो यह थी कि पहले के वर्षों में कभी भी माधवानंदजी के साथ में मेरा परिचय नहीं हुआ था। यद्यपि माधवानंदजी की आयु मुझसे बहुत कम है, जबकि साधुओं की आयु का अनुमान नहीं कर सकते हैं। फिर भी बीस-पचीस वर्ष पूर्व अमरेली जिले की एक तहसील के गाँव में नौकरी करते हुए मुझे जरा भी याद नहीं है कि मैंने कभी माधवानंदजी को देखा हो।

''आश्चर्य होता है न?'' मेरे विचारों को जानकर, मेरी पीठ पर हलके से हाथ रखकर पूरणपुरी बापू बोले, ''स्वाभाविक है कि तुम्हें आश्चर्य हो, परंतु विधि की विचित्रता को देखते हुए कुछ भी अस्वाभाविक नहीं होता है, परंतु यह सब समझने में कुछ समय गुजरे, यह आवश्यक है। केवल इतना ही समझ लो कि तुम्हारा माधवानंदजी

का कई जन्म पूर्व का संबंध है। 'योगभ्रष्ट' होने के कारण खड़े हो गए 'ऋणानुबंध' के नियमों के अनुसार वर्तमान में तुम अपने आपको पहचान नहीं सके। वैसे तो तुम भी हमारे समान सिद्धियों में समकक्ष हो! तुम्हारे इस जन्म के नियत कार्य पूर्ण होने के बाद तुम इसी शरीर से 'जीवन्मुक्त' आत्मा हो सकते हो, परंतु इससे पहले…!"

इतना कहकर आधा वाक्य बोलते हुए रुक गए पूरणपुरी बापू का हाथ पकड़कर मैं पूछ बैठा, "इसके पहले क्या?"

कुछ गंभीर होकर शांत स्वर में बोले, "इसके पहले तुम्हें एक कार्य करना है। उस कार्य के लिए तुम्हें पसंद किया गया है, उससे अवगत करवाने के लिए ही तुम्हें यहाँ तक कश्मीरी बापू के दर्शन के बहाने लाया गया है।"

"क्या, किसी उद्‌देश्य से मुझे यहाँ लाया गया है?" न जाने क्यों मैं कुछ भयमिश्रित सशंक स्वर पूछ बैठा। कदाचित् कोई तांत्रिक प्रयोग तो मेरे ऊपर नहीं करनेवाले! ऐसी क्षणिक शंका से मैं अंदर-ही-अंदर डर गया था। यद्यपि मेरा डर अप्रासंगिक था! मैं स्वस्थ होने के अभिनय के साथ सुन रहा था, परंतु मेरा यह अभिनय पूरणपुरी के शब्दों में खुल गया। बापू बोले, "इसका कोई तांत्रिक या अघोरी क्रिया या साधना के साथ संबंध नहीं है, तुमको इस प्रकार घबराने की आवश्यकता नहीं है या चिंता करने का कोई कारण नहीं है!" मेरे मस्तक पर हाथ रखकर, मेरे सामने प्रेममयी दृष्टि डाल मंद हास्य करके आगे बोले, "इस कार्य की सिद्धि के पूर्व और उसके पूर्ण होने के बाद तुम्हारी चित्तिशक्ति में अनोखी वृद्धि हो सकती है। यह कार्य, जो तुम्हारे माध्यम से होनेवाला है, वह कोई तांत्रिक या अघोरी क्रियाकलाप द्वारा नहीं, अपितु पूर्ण आध्यात्मिक विज्ञान-योग द्वारा किया जाएगा। यह कार्य सिद्धि के किनारे पर आकर अटक गए योगी की मुक्ति के लिए होता है, तुम्हारे लिए परमार्थ रूप बन जाएगा। योगी की मुक्ति के लिए तुम निमित्त बनोगे। तुम्हें अनुष्ठान शुरू कर देना है। आवश्यक शक्ति प्राप्त करने के लिए यह अनिवार्य है। योग्य समय पर, योग्य मार्गदर्शन तुमको मैं ही दूँगा। उपरांत अन्य सिद्ध महात्माओं से भी विशेष मार्गदर्शन तुम्हें सदा मिलता रहेगा। इसके लिए तुम्हें मानसिक तैयारी अभी से ही रखनी है।"

"परंतु यह सब कब करना है?" मैंने आतुरता से पूछा, "कुछ समय लगेगा। लगभग तीन महीने जितना! इसी बीच तुम्हारे अंदर शक्ति-संचार करने के लिए कई साधना और क्रियाएँ करवानी पड़ेंगी, जो तुम सहजता से कर सकोगे। इसके लिए तुम्हारी योग्यता को लक्ष्य में रखकर तुम्हारा चुनाव किया गया है।"

"ठीक है," मैंने सहमत होते हुए कहा, "आपकी आज्ञा मैं शिरोधार्य करता हूँ।

मेरे चुनाव को मैं अपना सद्भाग्य समझता हूँ।'' मैंने विनम्रता से कहा।

सब बात जानने के बाद मैं मानसिक रूप से हलका हो गया। मेरी जिज्ञासा तथा ध्येय के अनुरूप ही सब मुझे मिल रहा था।

''अब तुमको जाने में देर हो रही होगी! पुनः एक-दो दिन में वहीं मिलेंगे या कदाचित् कल ही मिलना हो जाए।'' कहकर वे मौन हो गए।

अब मुझे होश आया। अँधेरा हो गया था। मैंने घड़ी देखी, साढ़े सात बज चुके थे। माधवानंदजी के कथनानुसार, सचमुच देर हो गई थी। दान बापू को हाथ से उठने का संकेत करके मैं खड़ा होने लगा था कि मेरा हाथ पकड़कर पुनः बैठाते हुए बापू बोले, ''अब जल्दी करने की आवश्यकता नहीं है, तुम्हें जो चीज अच्छी लगती है, वह लेने जाता हूँ, थोड़ा भोजन करके जाओ!'' कहकर वे बाहर गए और कुछ ही देर में हाथ में बाँस की टोकरी लेकर आए। टोकरी पर मेरी दृष्टि पड़ते ही मैं आनंद से बोल उठा, ''अरे वाह! मालपुए?''

''हाँ।'' बापू ने उत्तर दिया, ''तुम्हारा प्रिय व्यंजन है न?''

''हाँ, अत्यंत प्रिय! आपने इतने वर्षों बाद भी मेरे लिए याद रखा!'' मैं कृतकृत्य होकर बोला।

''मालपुए! और वह भी गरमागरम! खाने का मजा ही कुछ और होता है, विशेषकर कुछ साधु ही ऐसे स्वादिष्ट मालपुए बना सकते हैं।'' वर्षों पहले की बात मुझे अब याद आई। बापू के भक्त कई बार बाड़ी में ऐसे कार्यक्रम बनाते थे, मुझे भी निमंत्रण मिलता था। बापू अपने हाथों से मालपुए बनाकर सबको प्रेम से खिलाते थे। बापू के अंतरंग भक्तों में मैं भी था। मुझे मालपुए बहुत अच्छे लगते थे। बापू बहुत आग्रह करके खिलाते थे, अब मुझे याद आ गया।

गरमागरम मालपुए खाते हुए मैं सोच रहा था कि बापू कुटीर में ही हमारे साथ बहुत समय से बैठे थे। कुटीर के बाहर कोई नहीं था। बाहर केवल साग के वृक्षों का जंगल है। मालपुए इतनी जल्दी और वे भी गरमागरम! ये बापू कहाँ से लाए? एक क्षण मुझे आश्चर्य हुआ, परंतु तत्काल मुझे लगा कि इतने अनुभव के बाद मुझे समझ जाना चाहिए कि मैं जिस स्थान पर हूँ, वहाँ पर आश्चर्यजनक घटनाएँ ही देखने को मिलेंगी, इनका तर्क-विचार से मूल्यांकन करना छोड़ देना चाहिए। मैंने दान बापू की ओर देखा, वे स्थितप्रज्ञ के समान भोजन ले रहे थे। उनका शांत-स्थिर मनोभावोंवाला मुख देखकर मुझे लगा कि ऐसी चमत्कारिक घटनाओं से वे बहुत परिचित हैं और इसलिए उन्हें सब स्वाभाविक लगता होगा, मुझे लगा कि अब मुझे भी अभ्यस्त हो जाना चाहिए।

बाहर अंधकार हो गया था। कुटीर में एक साधु सुखानंद के द्वारा जलाए गए एक दीपक से प्रकाश फैल रहा था। भोजन पूर्ण करके, जलपान करके हम उठे। पूरणपुरी बापू भी कुटीर से बाहर निकलकर कुछ दूर हमारे साथ चलते-चलते बोले, "धीरज से नैतिक कर्म अधिक दृढ हो जाते हैं, तुम्हारा अनुष्ठान एक सप्ताह में पूर्ण होने के बाद और साधना द्वारा साक्षात्कार तथा सिद्धि मिल जाने पर मेरा तुमसे संपर्क होता रहेगा, अब आगे क्या करना है, इसके मार्गदर्शन के लिए व्यवस्था हो ही चुकी है। अभी बहुत समय है, तब तक तुम अन्योन्य अनुभव प्राप्त कर सकते हो और सिद्धों के दर्शन करके उनसे प्रेरणा और आशीर्वाद प्राप्त कर सकोगे।" और पीठ फेरकर वे चले गए। मैं देख रहा था, कुटीर के पीछे के वृक्षों की झाड़ी में, अंधकार में घुल-मिल जाती उनकी श्याम कद्दावर देह दृढ कदमों से जा रही थी। मुझे पता है, ये जंगल के तपस्वी जीव जंगल में ही समय व्यतीत करते हैं। सदैव निजानंद में मस्त रहकर सभी कर्म यंत्रवत् शरीर द्वारा करते रहते हैं। आत्मा सदैव अतल की गहराई में रहती है। मैंने अदृश्य होते हुए उस शरीरधारी आत्मा को दो हाथ जोड़कर प्रणाम किया और दान बापू के साथ चलने लगा।

चलते-चलते मैं सोच रहा था, "माधवानंदजी जो कहते हैं, उसी के अनुसार होता है। वापसी में देर होगी, ऐसा कहा था, इसका अर्थ है कि पूरणपुरी बापू के साथ मेरी मुलाकात योजना पूर्व निर्धारित थी। पूरणपुरी बापू को भी इसका पता था। अरे! श्वेतानंदजी भी यह जानते थे। इतना ही नहीं, कश्मीरी बापू को भी मेरे विषय में, मेरी भविष्य की भूमिका के विषय में अच्छी तरह पता था, ऐसा लगता है। इन सभी के बीच प्रस्तुत जानकारी का संकलन कैसे हुआ होगा?' ऐसे कई प्रश्न मेरे मन में घूम रहे थे। मौन धारण करके साथ चल रहे दान बापू से अंत में मैंने पूछ ही लिया, "दान बापू, एक प्रश्न पूछूँ?"

"हाँ-हाँ, पूछो!"

"ये सब माधवानंदजी, पूरणपुरी बापू, श्वेतानंदजी एक-दूसरे से मिलते रहते हैं, संपर्क करते होंगे, कब और कहाँ मिलते होंगे?"

सुनकर खिलखिलाकर हँस पड़े दान बापू। "अरे बाप रे! उनको विचार-विमर्श करने के लिए सामान्य मनुष्यों के समान मिलने या संपर्क करने की आवश्यकता नहीं होती है। सभी के विचारों में साम्य होता है अर्थात् एक समानता। चर्चा की आवश्यकता ही नहीं।"

ऐसा कैसे हो सकता है, संपूर्ण समानता समझ में न आने पर उलझन में पूछा,

"परंतु यह क्या संभव है? ऐसा कैसे हो सकता है?"

"हो सकता है।" उत्तर में दान बापू ने विस्तृत जानकारी देते हुए कहा, "आत्माओं की ऐक्यता! प्रत्येक आत्मा सच्चिदानंद परमात्मा का ही स्वरूप है, जिसने अपनी आत्मा के स्वरूप को जान लिया हो, जिस साधक ने अपनी आत्मा का परमात्मा के साथ अनुसंधान करके मन, बुद्धि, चित्त सहित उसमें विलीनीकरण कर दिया हो, उसके लिए फिर स्वयं से अभिन्न कुछ नहीं रहता है। समस्त विराट का वह अंग बनकर स्वयं विराट स्वरूप बन जाता है। शरीर धारण करते हुए भी, आत्मा अतल की गहराई में जब चाहे, जहाँ रमण कर सकती हैं। अष्ट सिद्धि, नव निधि उनके चरणों में, उनके अधीन हो जाती है, फिर उन्हें कुछ भी प्राप्त करना शेष नहीं होता है। ऐसी जीवन्मुक्त आत्मा के लिए कुछ भी अगोचर नहीं रहता है, उनके लिए कुछ भी असंभव नहीं होता है।" कहकर साँस लेने को कुछ रुककर आगे बोले, "परंतु यह सब समझना और समझकर आत्मसात् करना सरल नहीं है। केवल अनुभव से ही समझ सकते हैं। यहाँ तर्क नहीं चलता है, केवल श्रद्धा और विश्वास होना चाहिए।" कहकर वे मौन हो गए।

"परंतु दान बापू! इन सभी आत्माओं ने इतनी ऊर्ध्वगति को प्राप्त किया होगा, इसीलिए ऐसा है।" असंदिग्ध भाव से मैंने पूछा, परंतु मुझे कहना चाहिए कि मेरे प्रश्न में थोड़ी शंका का पुट था।

"तुम्हारे प्रश्न का उत्तर!" दान बापू ने कुछ रुककर गंभीर भाव से कहा, "इस प्रश्न का सच्चा उत्तर तो तुम 'श्रद्धा' और 'विश्वास' द्वारा ही प्राप्त कर सकते हो। मेरी श्रद्धा और विश्वास इस विषय में नहीं चलेगा, क्योंकि प्रत्येक के सामान्यत: अपने-अपने ईश्वरदत्त अभिगम होते हैं और उसी प्रकार से उनका मनोव्यापार चलता है। इसलिए व्यक्तिगत अभिप्राय कदाचित् भिन्न-भिन्न मनोव्यापार के कारण दूषित भी हो सकते हैं। इसीलिए तुम्हारी श्रद्धा, विश्वास और प्राप्त अनुभव के आधार पर ही अभिप्राय बनाकर मनोवृत्ति को साधना चाहिए।"

मुझे अपने पूर्व अनुभवों को याद रखना चाहिए था और उसके बाद ही ऐसे प्रश्न करना चाहिए था। इस विषय का गर्भित संकेत दान बापू के उत्तर में था। वह मैं समझ गया और लज्जित भी हुआ। माधवानंदजी, सरयूदासजी और पूरणपुरी बापू के इतने सहवास और उनकी शक्ति-सिद्धियों के प्रत्यक्ष दर्शन के अनुभव होने के बाद भी, गहराई में मैं अपने अंदर श्रद्धा और विश्वास की कमी का अनुभव कर रहा था। मैं चुपचाप उनके साथ चलता जा रहा था।

चारों ओर फैले अंधकार में दूर-दूर तक कुछ दिखाई नहीं दे रहा था। दान बापू ने अपने थैले में साथ रखी टॉर्च निकाली। उसके प्रकाश में पगडंडी पर हम आगे बढ़ रहे थे। सर्वत्र शांति थी, केवल हमारे पैरों की आवाज सुनाई दे रही थी। ऊपर आकाश में वृक्षों की शाखाओं के बीच-बीच से तारे टिमटिमाते दिखाई दे रहे थे।

टेढ़ी-मेढ़ी पगडंडी के दोनों ओर मूक वृक्ष अंधकार की चादर ओढ़कर सो रहे थे। अचानक पास में खड़खड़ाहट हुई, दान बापू ने उस ओर टॉर्च से प्रकाश फेंका, कोई चार पैरवाला, आकार में लंबा और पुष्ट जानवर भड़ककर भागता नजर आया। दान बाबू ने उस जानवर को पहचानकर कहा, ''गोरकन'! यह गोरकन छोटे बच्चों की श्मशान भूमि और कब्रिस्तान के आस-पास रहता है अधिकतर। यह जमीन खोदकर दबाए हुए मुर्दे का मांस खाता है, उसी पर जीता है। तांत्रिक घोरखोदिया (गोरकन) के चमड़े के आसन पर बैठकर और गधों के दाँत की माला से विशेष जप और विधि द्वारा वशीकरण और आकर्षण जैसी सिद्धियाँ प्राप्त करते हैं, परंतु इसका अंजाम उस साधक के लिए अंत समय भयंकर होता है। ये ही सिद्धियाँ बाद में उसे पीड़ा देती हैं और अंत में सड़े हुए कुत्ते के समान तड़प-तड़पकर कर मरता है।''

केवल 'हुँ' उच्चार करके सहमति देकर मैं विचारमग्न अवस्था में चल रहा था। मेरे मन में पूरणपुरी बापू के विचार घूम रहे थे, 'माधवानंदजी की तुम्हारे ऊपर कृपा है, क्योंकि तुमने उन पर उपकार किया है।' परंतु मैं माधवानदंजी से कभी मिला था या नहीं, मुझे याद नहीं है! पिछले बीस-पचीस वर्ष के भूतकाल को मैंने टटोला, परंतु कहीं भी माधवानंदजी का चिह्न तक नहीं मिला। इसलिए बार-बार मेरे मन में प्रश्न घूम रहा था, 'ये माधवानंदजी हैं कौन, मेरा उनके साथ पहले भी कभी संबंध था? था तो कैसा था, और कब, कहाँ?' लाख प्रयत्न करने के बाद भी विस्मृति की परत को उखाड़ नहीं सका। दान बापू से पूछने का विचार मन में आया, परंतु पिछले प्रश्न की अनुचितता ने मुझे रोक दिया।

जो हो, सो हो, ईश्वर की इच्छा होगी, तो सब जान सकेंगे, ऐसा सोचकर चित्त को शांत किया। फिर भी विचारों ने मेरा पीछा नहीं छोड़ा। मैं सोच रहा था कि 'उपकार' शब्द कुछ अधिक और अजीब लग रहा था। कहाँ माधवानंदजी जैसे समर्थ सिद्ध साधु और कहाँ मैं एक सामान्य साधक? उन पर उपकार करने की मेरी क्या हैसियत! कुछ समझ में नहीं आ रहा था। एक ही प्रश्न मेरे मन में घूम रहा था, 'आखिर, माधवानंदजी हैं कौन? मेरा-उनका भूतकाल में क्या संबंध था, कुछ भी याद नहीं आता है।' अंत में मुझे लगा कि इस प्रश्न को सदा के लिए भूल जाना चाहिए,

कदाचित् यही ईश्वर की इच्छा है।

हो सकता है कि जानने के बाद मेरा वर्तमान का अभिगम बदल जाए तो, तो एक श्रद्धा और विश्वास समाप्त हो जाए, जो नहीं होना चाहिए। इसलिए मुझे इस प्रश्न को सदा के लिए भूल जाना ही ठीक है। भूतकाल की इस विस्मृति को हृदय की अतल गहराई में दबा देने के निश्चय के साथ ही मैं स्वस्थता के साथ चलने लगा।

ऊबड़-खाबड़ पगडंडी पर चलते हुए हम आधा रास्ता काट चुके थे। दोनों मौन थे। मुझे लगा कि दान बापू कुछ बोलें तो कितना अच्छा! तभी वे टॉर्च के प्रकाश को एक ओर डालकर बोले, "यह कौन सा स्थान है, जानते हो?"

"नहीं।" मैंने नकार में उत्तर दिया।

"देखो, सामने क्या दिखाई देता है?" प्रकाश डालकर दान बापू ने पूछा।

मैंने उस तरफ दृष्टि करके कहा, "चट्टान के आगे एक बड़ी शिला है।"

"वहाँ वही गुफा है, जहाँ हमने श्वेतानंदजी के दर्शन किए थे।"

"परंतु गुफा जैसा तो कुछ दिखता नहीं है, चिह्न भी ऐसे नहीं लगते हैं?" साश्चर्य मैंने कहा।

"फिर भी वहाँ गुफा है, यह सत्य है। गिरनार में ऐसे बहुत स्थान हैं, जो सामान्य लोगों के लिए अगोचर हैं। प्रतिदिन अनेक लोग यहाँ से गुजरते होंगे, लकड़हारे प्राय: यहाँ आते ही होंगे, परंतु किसी को भी इस गुफा का पता नहीं है, किसी को भी इन योगी ने दर्शन दिए हों, ऐसा सुना नहीं है। केवल योग्य साधु या साधक को ही उनकी कृपा प्राप्त होती है और वे ही दर्शन प्राप्त कर सकते हैं।" कहकर गुफा की ओर दोनों हाथ जोड़कर नमस्कार करके दान बापू मुझे लेकर आगे आगे बढ़े। थोड़ी दूरी चलने पर मुझे याद आ गया कि वह हठयोगी का स्थान आ गया है। उनके दर्शन करने की इच्छा मेरे मन में जागी, परंतु दान बापू के सामने मैं इच्छा प्रकट नहीं कर सका, क्योंकि विलंब हो गया था, उस पर अँधेरा। ऐसी परिस्थिति में इच्छा प्रकट करना अनुचित होगा।

कुछ आगे चलने पर पानी की झील भी टॉर्च के प्रकाश में दृष्टिगोचर हुई। आगे चलते हुए मैं चौंक गया। चौंकना ही था, क्योंकि झील के किनारे एक चट्टान पर एक स्थिर, निश्चल, विशाल मगरमच्छ बैठा हुआ था। दान बापू ने मगर को हाथ जोड़कर प्रणाम किया। मुझे कुछ आश्चर्य हुआ। लगा कि भूत मात्र में ईश्वर के दर्शन करनेवाले साधु मगर में भी स्थित चित्तिशक्ति को प्रणाम करें, यह स्वाभाविक ही है।

तभी मेरे आश्चर्य को द्विगुणित करते हुए शब्द दान बापू ने बोले, "तुम भी

प्रणाम करो। ये तो मगर का स्वरूप धारण करके बैठे हुए हठयोगी हैं, तुम्हारी इच्छा उन्होंने पूर्ण की है!''

झिझक को दबाकर मैंने दान बापू के कहे अनुसार 'मगर हठयोगी' को प्रणाम किया और तुरंत वह मगर छलाँग मारकर झील की गहराई में जाकर अदृश्य हो गया। मगर की छलाँग से पानी में उठती तरंगों को मैं देखता ही रह गया, तभी दान बापू बोले, ''अपने आपको सामान्य लोगों से छिपाने के लिए हठयोगी मगर का स्वरूप धारण करके रहते हैं। मगर के डर से लोग इस स्थान से दूर ही रहना पसंद करते हैं। उनकी कृपा के बगैर दर्शन दुर्लभ हैं।''

''आपने दान बापू, यह सब कैसे जाना?'' मैंने जिज्ञासावश पूछा।

एक क्षण दान बापू चलते-चलते रुक गए, मेरे सामने देखकर केवल इतना ही बोले, ''वर्षों से इस भूमि पर माधवानंदजी जैसे समर्थ गुरु के पास रहकर साधना कर रहा हूँ।'' और चल पड़े।

''बस! समझ गया।'' इतना कहकर मैं भी उनके साथ चल दिया।

तलहटी के पास आने पर बिजली का प्रकाश दृष्टिगोचर होने लगा। कुछ ही देर में तलहटी में पहुँच गए। बिजली के खंभों के प्रकाश में अब टॉर्च के प्रकाश की आवश्यकता नहीं थी। भवनाथ मंदिर में अभी आरती के बाद की चहल-पहल चल रही थी। जमनावाड़ी में अंधकार के कारण स्पष्ट नहीं देख सकते थे। सरयूदासजी के दर्शन की इच्छा होने से मैंने दान बापू से इच्छा प्रकट की।

''समय तो अधिक नहीं हुआ,'' दान बापू ने कहा, ''यदि सरयूदासजी हों तो, भोजन पूर्ण करके आराम में होंगे या ध्यान में विराजित होंगे, फिर भी प्रयत्न करते हैं।''

उन्होंने दरवाजे पर खड़े एक साधु से सरयूदासजी के विषय में पूछा तो प्रत्युत्तर मिला, ''अद्‌भुतानंदजी लंबे समय तक गरम प्रदेश में रहे थे, इसलिए हिमालय का शीत वातावरण अनुकूल न होने से कुछ अस्वस्थ हो गए हैं, अतः उनके समाचार लेने गए हैं। अद्‌भुतानंदजी के पुनः स्वस्थ होने के बाद ही वे लौटेंगे।''

लगभग 9 बजे हम स्थान पर पहुँचे, वहाँ चहल-पहल थी, परंतु माधवानंदजी नित्य नियम के अनुसार 'धूनी' पर नहीं थे। वातावरण कुछ गंभीर लग रहा था। पूछने पर अशोक ने बताया कि बापू का स्वास्थ्य खराब हो गया है, इसलिए अपने कमरे में आराम कर रहे हैं। तुरंत उनके हालचाल पूछने के उद्‌देश्य से मैं उनके कमरे की ओर जाने को तत्पर हुआ, तो दान बापू ने मुझे रोककर कहा, ''तुम हाथ-पैर धोकर ऊपर जाकर स्वस्थ हो, मैं वहाँ जाकर पता करता हूँ, यदि वे जाग रहे होंगे, तो तुम्हें बुलाऊँगा।''

ऊपर जाकर खिड़कियों के किवाड़ खोलकर मैं थोड़ी देर बैठा ही था कि अशोक ने आकर कहा, ''बापू के कमरे में दान बापू आपको याद कर रहे हैं।''

बापू के कमरे में प्रवेश करके मैंने देखा वे आँखें बंद करके तंद्रावस्था में सो रहे हैं, ऐसा लग रहा था! उनके होंठ हिल रहे थे। शरीर में बेचैनी होने से थोड़ी-थोड़ी देर में हाथ-पैर हिला रहे थे। उनका एक हाथ बिस्तर से बाहर होने से उसे ठीक से व्यवस्थित करने के लिए उनका हाथ पकड़ा तो, गरम तपेली या तवे पर हाथ पड़ जाए और चीख निकल जाए, इतनी अधिक वेदना का अनुभव हुआ, झटके से मैंने अपना हाथ खींच लिया और मुख से शब्द निकल गए, ''भयंकर बुखार है! एक सौ बीस डिग्री से भी बहुत अधिक।'' मैं चिंता के स्वर में जोर से बोला!

''बापू को कई बार ऐसा बुखार आ जाता है।'' दान बापू ने मुझे धीरज बँधाते हुए कहा, ''आता है, तब ऐसा ही बुखार होता है, फिर उतर जाएगा, चिंता का कोई कारण नहीं है।''

मुझे लगा कि इतने अधिक बुखार में लापरवाही उचित नहीं है। शीघ्र उपचार करना चाहिए। मैं ऐसा विचार करते समय भूल गया था कि सामान्य बुखार में भी चिंता से भाग-दौड़ करनेवाले मेरे जैसे सामान्य स्तर के माधवानंदजी नहीं हैं और इसकी प्रतीति तत्क्षण हो भी गई। कुछ देर में माधवानंदजी ने आँखें खोलकर हमारे सामने देखा।

मैंने नीचे झुककर पूछा, ''कैसे हैं, अब! कैसा लग रहा है आपको? आपको बहुत तेज बुखार है।''

सुनकर उनके मुख पर स्मिति आ गई, बोले, ''कुछ भी नहीं हुआ, प्राणाग्नि में मेरे पाप-कर्म जल रहे हैं। माँ भगवती भुवनेवरी मेरे ऊपर कृपा कर रही हैं।''

फिर स्वगत बोल रहे हों, इस तरह मंद गंभीर स्वर में बोलने लगे, ''माँ भगवती! मुझ पर आप कृपा करो! माँ, मेरे पाप-पुण्य, अच्छे-बुरे सभी कर्म मेरे शरीर को तपाकर भस्म कर दो और मेरी मलिन आत्मा को परिशुद्ध कर दो, माँ!'' उनके दोनों हाथ जुड़े हुए थे, मानो वे अंतरिक्ष में कुछ देखकर बोल रहे थे। कुछ देर बाद पूर्ववत् हमारे सामने देखकर बोले, ''यह बुखार नहीं है। शरीर में स्थित प्राण मेरे जन्म-जन्मांतरों के पाप के समूह को जला रहे हैं, उसकी तपन इस शरीर में दिखाई दे रही है और कोई प्रभाव मुझ पर नहीं होता है, क्योंकि मैं आत्मा-शरीर से भिन्न हूँ।'' गहरी साँस लेकर पुनः बोले, ''ऋण (रोग) आए तो सहन करना चाहिए। यदि सहन नहीं हो तो ही औषधि ग्रहण करना चाहिए।'' कहकर पुनः उन्होंने शांति से आँखें

बंद कर लीं। दान बापू ने उनको चादर ओढ़ाई। नाक पर अंगुली रखकर मुझे शांति से निकल जाने का संकेत किया।

बाहर आकर दान बापू ने मेरे कमरे में आकर थोड़ी देर बैठकर आराम करने को कहा। हम थोड़ी देर इधर-उधर की बातें करते रहे। तभी चाय आने पर, उसे न्याय देकर आराम से बैठे। शरीर में स्फूर्ति आ गई। बापू के कमजोर स्वास्थ्य का विचार करते हुए मैंने दान बापू को सलाह देते हुए कहा, ''बापू को चाय के साथ तुलसी के पत्ते और अजवायन का उकाला पिलाया होता, तो अच्छा रहता।''

सुनकर दान बापू मेरी नादानी पर हँसते हों, इस प्रकार बोले, ''ऐसी कोई आवश्यकता नहीं है। बापू की ऐसी स्थिति में मनाही भी है।''

''ऐसी स्थिति में मतलब, बुखार हो तब?'' समझ में न आने पर सशंक पूछा।

दान बापू ने उत्तर दिया, ''यह कोई बुखार नहीं है या रोग नहीं है। यह एक यौगिक क्रिया है। योगी कई बार अपने शरीर को असाधारण रूप से गरम करते हैं, कभी-कभी एकदम ठंडा भी करते हैं! श्वासोच्छ्वास और नाड़ी की गति भी बंद कर देते हैं। ऐसी क्रियाएँ यदा-कदा करना आवश्यक होता है। इसलिए मैंने 'ऐसी स्थिति' में कहा। शरीर का उन्हें मोह नहीं है, मृत्यु का भय नहीं है। यह बात सतत उनके मन में जाग्रत् रहती है। कदाचित् इसलिए ऐसी क्रिया अर्थात् प्रयोग करने की आवश्यकता होती होगी। उनके लिए यह स्वाध्याय होगा, कदाचित्।''

''तो क्या यह बुखार नहीं है?'' मैंने पुनः स्पष्टता के लिए पूछा।

''कदाचित्, पता नहीं, परंतु बुखार हो भी सकता है, उनके लिए कोई फर्क नहीं पड़ता है। प्रयोग की तरह बुखार को भी उतारकर दूर कर सकते हैं, वैसे ही पुनः बुखार को ग्रहण भी कर सकते हैं।'' कुछ रुककर दान बापू पुनः बोले, ''यह अनुभव मुझे अनेक बार हो चुका है।'' कहकर दान बापू मेरे सामने देखकर अर्थपूर्ण हँस रहे थे। स्वाभाविक रूप से वे मेरी उत्सुकता को जानते हैं, मुझे उनसे पूछना नहीं पड़ा। वे बोले, ''गए वर्ष महाशिवरात्रि के दिन बापू को ऐसा ही बुखार आया था। उनके तपते पैरों को मैं बहुत कठिनाई से सहलाते हुए सेवा कर रहा था, तभी संदेश आया कि 'दाता जयेंद्रभाई और उनकी पत्नी देवयोगिनीबेन' आपके दर्शन के लिए आए हैं, साथ में अन्य मेहमान भी हैं। ये जयेंद्रभाई बहुत बड़े उद्योगपति हैं। मुंबई और चेन्नई में उनके अनेक कारखाने हैं। उन्होंने पत्र द्वारा पहले ही बताया था कि संकुल के सभी मंदिरों के जीर्णोद्धार के लिए तथा गौशाला को नए सिरे से बनवाने और नदी पर स्नानघाट बनवाने के लिए एक बड़ी राशि दान देना चाहते हैं, स्वयं जब

प्रत्यक्ष दर्शनार्थ आएँगे, तब खर्च के लिए सारी व्यवस्था कर देंगे। ये जयेंद्रभाई दाता के उपरांत त्यागी भक्त और सेवक भी होने से बापू को उनके प्रति बहुत भाव था और है।

''संदेश सुनकर बापू ने ओढ़ी हुई कमली को एक ओर करके कमली को संबोधन करके बोले, 'ले माँ कमली! कुछ देर मेरा ज्वर अपने में समा ले।' और मैंने आश्चर्य से देखा कि कमली मानो ज्वर से काँप रही थी, बापू त्वरित गति से बाहर निकल गए, बाद में मैंने कमली को स्पर्श किया, तो एकदम गरम थी, मानो अभी सुलग उठेगी, ऐसा लग रहा था, गरमी सहन नहीं होने से मुझे अपना हाथ पीछे खींच लेना पड़ा।

''बाहर पूर्ण स्वस्थतापूर्वक बापू मेहमान के साथ बातें कर रहे थे, यह भी मैंने देखा। मानो बापू को बुखार तो क्या, अन्य कोई बीमारी के चिह्न भी नहीं दिखाई देते थे। मेहमानों के साथ एकाध घंटे जितना समय हो गया था। प्रणाम करके मेहमानों के जाने के बाद पूर्ववत् बिस्तर पर लेटकर ज्वर को संबोधित करते हुए स्पष्ट शब्दों में कहा, 'ले, बापू! आ जाओ मेरे शरीर में और तुम अपना काम शुरू कर दो, मेरे बाप!' ऐसा कहते ही कमली का कंपन तुरंत बंद हो गया और बापू! उनके शरीर पर हाथ से छूते ही मैं चौंक गया! बापू का शरीर ज्वर से पूर्ववत् तवे की तरह तप रहा था।

''ज्वर को धकेलकर वापस शरीर में पुनः ग्रहण करने की शक्ति बापू में है, यह मैंने उस दिन देखा था।'' कुछ सोचते हुए, रुककर दान बापू बोले, ''अनेक संतों के विषय में ऐसी बातें प्रचलित हैं, वे सत्य ही है, परंतु माधवानंदजी बापू की ऐसी कई सिद्धियों को मैं वर्षों से देख रहा हूँ। प्रत्यक्ष अनुभव ही श्रद्धा और विश्वास का आधार है। संशयरहित व्यक्ति की गुरुभक्ति आगे प्रगति करवा सकती है। गुरु में पूर्ण श्रद्धा से चित्त लगाए बगैर ध्यान सहज साध्य नहीं बन सकता है।''

''गुरु की महिमा अपार है। गुरु शिष्य की आंतरिक शक्ति को जाग्रत् करके उसे आत्मानंद में रमण करवाते हैं, शक्तिपात द्वारा अंतर्शक्ति कुंडली को जाग्रत् करते हैं, शिष्य की देह में परमेश्वरी शक्ति संचारित करते हैं। सारांश में, ध्यान सहज साध्य होकर, गुरु कृपा से समाधि तक पहुँचकर, ब्रह्म-ज्ञान प्राप्त होता है।

''बापू जैसे योगी ध्यान द्वारा अनेक सिद्धियाँ प्राप्त कर चुके होते हैं, इसलिए उसमें आश्चर्यचकित होने जैसा कुछ नहीं है। ठीक है।'' बात को समेटते हुए दान बापू ने कहा, ''फिर कभी अधिक सत्संग करेंगे, शुभरात्रि करो, बहुत समय हो गया है और तुम्हें सवेरे बापू के साथ राठौड़ साहब के घर उनके पुत्र की तीमारदारी के लिए जाना है।'' कहकर दान बापू उठकर जाने लगे। मैं उनको देखता रहा। मुझे लगा कि सामान्य सेवक दिखाई देनेवाले इन साधु में बहुत अधिक असामान्य तत्त्व स्थित हैं।

बिस्तर व्यवस्थित करके मैं थोड़ी देर बैठा रहा। बाहर सब सुनसान था, कभी-कभी सड़क पर गुजरते वाहनों की आवाज आ रही थी। दूर-दूर जोगणिया पर्वत पर धुँधला बिजली का प्रकाश वहाँ मानव बस्ती होने की प्रतीति करवा रहा था। रैवताचल पर्वत के वृक्ष मानो अंधकार में घुल-मिल गए थे। दूर-दूर झोंपड़ियों में से रबारियों द्वारा सामवेद ऋचाओं का गान स्वरबद्ध सुनाई दे रहा था। हा…हा…हो…हो…हो…। जो गान गुरुमुखी और गुप्त हो, समझना कठिन था।

दरवाजा बंद करके मैं बिस्तर पर लेट गया, नींद आना कठिन था, फिर भी मैंने आँखें बंद कीं। आज के अनुभव की स्मृति रूप पड़ी छाप, मन पर बलात् छा जाने से सबकुछ अलौकिक और विचित्र लग रहा था। पूरणपुरी बापू के साथ मुलाकात, मुझे माध्यम बनाकर की गई उनकी योजना, माधवानंदजी के विषय में उत्पन्न कौतूहल। थोड़ी आशंका के साथ-साथ अलौकिक आनंद का अनुभव। इन सभी के विषय में उठते स्पंदन मेरी नींद में डोल रहे थे। अंत में, थके हुए मन और शरीर ने हार मान ली और मेरा मन धीरे-धीरे निद्रादेवी की शरण में चला गया।

6

कोई भी पदार्थ सनातन नहीं होता है, धीरे-धीरे उसमें परिवर्तन होता रहता है। प्रत्येक साधक, प्रत्येक ज्ञानी या विचारवान बौद्धिक के लिए यह स्वीकृत विचारधारा है। फिर भी परिवर्तन जब सामने आता है, तब पंडित-ज्ञानियों के धैर्य को भी थोड़ा-बहुत विचलित कर देता है। कदम-कदम पर ऐसा परिवर्तन आता ही रहता है, फिर चाहे वह आध्यात्मिक हो, भौतिक हो, शारीरिक हो या मानसिक हो। जो भी हो, प्रकृति के इस क्रम का अतिक्रमण नहीं कर सकते हैं।

यद्यपि यह परिवर्तन अंत में व्यक्ति के समष्टि के हित में ही होता है। परिवर्तन एक प्रकार का 'मंथन' होता है और मंथन से ही नवनीत प्राप्त होता है। भूकंप सृष्टि का निरंतर हो रहा 'मंथन' ही है, उसके कारण विकृत चट्टानों का निर्माण हीरा, पन्ना, नीलम जैसे रत्न तथा सोना, चाँदी, लोहा, गैस, तेल जैसे मूल्यवान् तत्त्व बनते हैं। ऋतुओं के परिवर्तन से ही विविध प्रकार के फल, अनाज, शाक-भाजी आदि प्राप्त होते हैं। संक्षिप्त में परिवर्तन लाभप्रद होते हैं। ईश्वर का आशीर्वाद है, परिवर्तन सत्य है, आवश्यक है।

प्रात:काल स्नान करते हुए मैं सोच रहा था। आध्यात्मिक वातावरण के स्थान में ऐसे विचार आना स्वाभाविक था। फिर भी न जाने क्यों आज का वातावरण अस्वाभाविक लग रहा था। यद्यपि सामान्य मनुष्य का स्वभाव होता है, कभी-कभी छोटी-छोटी बातों में शोक, कभी आनंद और फिर विषाद का अकारण अनुभव करता रहता है।

आज मैं भी कुछ ऐसा ही अनुभव कर रहा था। प्रात:काल हलका अँधेरा, घने बादलों से आच्छादित आकाश, अबूझ निराशाजनक भाव से मन भारी था। ये सभी चिह्न जैसे भावी परिवर्तन का पूर्व संकेत हों, ऐसा मुझे आभास हो रहा था।

यद्यपि प्रात:काल मैं उत्साह से ही उठा था। आज मुझे मेरी सिद्धि बतानी थी, हाँ सिद्धि, भले वह उधार की हो, परंतु मेरे हाथों से उसका (जड़ी-बूटी) सिद्ध प्रयोग! यह कोई ऐसी-वैसी बात नहीं है। मनुष्य को नवजीवन देनेवाला मैं, अद्‌भुतानंद से प्राप्त जड़ी-बूटी का सफल प्रयोग आज मेरे हाथों से होगा और मैं कीर्ति के उच्च शिखर पर आरूढ़ हो जाऊँगा। खैर, मेरे लिए यह आनंददायी बात थी, ऐसे स्वाभाविक आनंद के साथ मैं नीचे उतर रहा था, परंतु नीचे का वातावरण मेरे आनंद के साथ सुसंगत नहीं लग रहा थ। सदा आनंद-उत्साह से भरा यह स्थान और आज उसका वातावरण बदला हुआ लग रहा था। चौगान में किसी साधु या सेवक की चहल-पहल नहीं थी, मंत्रोच्चार के साथ स्नान करते कोई साधु भी दृष्टिगोचर नहीं हो रहे थे, रसोईघर बंद था और दान बापू कहीं नजर नहीं आ रहे थे। कदाचित् गायों को चरागाह में ले गए होंगे।

यह तो ठीक, परंतु सदैव ध्यान लगाकर धूनी के पास आसन पर बैठनेवाले माधवानंदजी भी अपने स्थान पर नहीं थे। कदाचित् उनका स्वास्थ्य ठीक नहीं हो और आराम कर रहे होंगे, परंतु यह बात उचित नहीं लग रही थी, क्योंकि रात को लघुशंका के लिए मैं नीचे आया, तब मैंने उन्हें गौशाला की खुली खिड़की से छोटी बछिया को सहलाते और खिलाते देखा था। तब वे पूर्ण स्वस्थ लग रहे थे। इतनी देर में उनका स्वास्थ्य पुन: बिगड़ गया, यह मन नहीं मान रहा था। आज तो मेरे साथ वे राठौड़ साहब के यहाँ उनके पुत्र के उपचार के लिए जानेवाले थे। सदा की तरह उन्होंने पूर्व तैयारी के लिए सूचना क्यों नहीं भेजी?

मेरे सभी कार्यक्रम उनकी सूचना, मार्गदर्शन और प्रेरणा से ही होते हैं। आज ऐसा क्यों? प्रश्न के साथ आशंका पैदा हुई और उसके साथ हृदय-मन में क्षोभ और जबरदस्त झटके का भी अनुभव हुआ। क्या उनके विषय में जो विचार कल मैंने

किए, उनसे अनजान रहे होंगे? इतनी बार अनुभव के बाद भी मेरी समझ में क्यों नहीं आया कि उनसे कुछ भी छिपा नहीं रहता है। मेरे विचारों का अवश्य उन्हें पता चल गया होगा और इसलिए कदाचित् मुझे दूर रखने के लिए···मैं आगे नहीं सोच सका। गहरी निराशा और क्षोभ में मैं डूब गया।

यदि ऐसा है तो माधवानंदजी के बगैर मैं शून्य हूँ, केवल शून्य; शून्य के सिवाय कुछ भी नहीं। कृष्ण के जाने के बाद अर्जुन जैसी स्थिति मेरी न हो जाए, परंतु यह सब न भी हो। मेरे मन की कल्पित मान्यता ही हो, परंतु ऐसा भ्रम आज मुझे क्यों हो रहा है? इसके लिए भी निश्चित कोई कारण होना चाहिए। मुझे लगा कि मुझे ऐसे विचार करना ही नहीं चाहिए। माधवानंदजी का मुझ पर अटल स्नेह है ही। अधबीच में मुझे कभी छोड़कर नहीं जाएँगे; इसी विश्वास के आधार पर मैं अपने आपको स्वस्थ रखने का प्रयत्न करने लगा।

जल्दी से स्नान कर लिया। भगवान् शिव की प्रार्थना और मंत्रोच्चार के साथ पूजन विधि करने के बाद सदा की तरह मेरे पैर गुफा की ओर चल दिए, वहाँ नित्यानंदजी और लँगड़ा बापू का स्थायी आसन है। बाहर से ही मैं 'ॐ नमो नारायण' बोलकर पहले लँगड़ा बापू की गुफा में गया, तो स्तब्ध रह गया। अंदर लँगड़ा बापू नहीं थे, इतना ही नहीं, उनके वहाँ होने के कोई चिह्न भी नहीं थे। गुफा एकदम खाली थी। केवल मेरे बोले गए 'ॐ नमो नारायण' की प्रतिध्वनि गूँज रही थी, तो लँगड़ा बापू नहीं हैं, क्यों? प्रश्न का उत्तर देने के लिए वहाँ कोई नहीं था।

लँगड़ा बापू के प्रति मेरी अंतरतम भावना पर प्रहार हो गया हो, इस प्रकार हक्का-बक्का होकर शून्यमनस्क भाव से खड़ा रहा। कुछ देर बाद नित्यानंदजी की गुफा में प्रवेश किया, तो मुझे लगा कि अचानक किसी ने मेरी दुःखती रग पर हाथ रख दिया है। गुफा खाली थी, यहाँ कोई लंबे समय से रहता हो, उसके कोई चिह्न भी नहीं थे। केवल यज्ञवेदी में अंगारे दहक रहे थे और उसमें से आहुति के द्रव्यों की मधुर सुगंध आ रही थी। स्तब्ध और नीचे झुककर यज्ञकुंड में से चपटी भस्म लेकर माथे पर और कपाल पर लगाई और सुस्त कदमों से बाहर निकल आया, तो सामने ही छात्र अशोक खड़ा हुआ था। मैंने उससे ही पूछा, "क्यों अशोक! गुफाओं में कोई क्यों नहीं है, आसन के स्थान बदल गए हैं क्या?"

"नहीं!" अशोक ने उत्तर दिया, "वे सवेरे जल्दी या रात को ही चले गए होंगे। नित्यानंदजी बापू बदरी-केदार तथा लँगड़ा बापू गिरनार की परिक्रमा करके आगे प्रवास पर जानेवाले थे। बापू के साथ उनकी बातचीत मैंने सुनी थी। खाली गुफाओं

की सफाई करने के लिए ही मैं आया हूँ।'' सुनकर मेरे हृदय में और मन में अनजाने खालीपन का एहसास हुआ। थोड़े परिचय से भी मैं प्रगाढ़ भावना के तंतुओं से जकड़ा जाता हूँ, कोई आत्मीय अचानक चला जाए और जो दुःख का अनुभव होता है, वैसा ही अनुभव मैं कर रहा था। एक दीर्घ निःश्वास मेरे अंतरतम से निकला।

''परंतु दान बापू तथा माधवानंदजी बापू भी क्यों नहीं दिखाई देते हैं?'' मैंने अशोक से पुनः पूछा।

''दान बापू दो सेवकों के साथ सूखी लकड़ी बीनने पहाड़ी पर गए हैं और बापू अपने कमरे में हैं। बापू बुलाएँ तो ही उनके कमरे में जाना है, ऐसी सूचना है। आज थोड़ी रसोई मुझे बनानी है, शेष रसोई दान बापू आकर बनाएँगे। मुझे कॉलेज जाना है, इसलिए!'' अधूरा वाक्य छोड़कर, वह गुफाएँ साफ करने चला गया।

कुछ देर मैं खड़ा हुआ सोचता रहा, सत्य ही यह परिवर्तन कैसा है? खैर··· सभी स्वाभाविक है, ऐसा तो निरंतर होता रहता है। प्रत्येक क्षण भी एक समान नहीं होता है। परिवर्तन तो प्रकृति का नियम है और यह परिवर्तन का नियम सदा मनुष्य के लाभ के लिए होता है। खैर, जो हो–सो हो, मुझे आवश्यक काम से जाना है, याद आते ही मैं तेजी से निकलकर चौगान में आ गया। माधवानंदजी का कमरा बंद था।

ऊपर अपने कमरे में आकर आसनस्थ होकर ध्यान करने को बैठा। ध्यान में विचार विघ्न रूप हो गए, फिर भी शीतल प्रकाश से परिप्लावित हो गया, शांति और आनंद प्राप्त हुआ, परंतु संतोष नहीं हुआ। कारण स्पष्ट नहीं हुआ। कोई अनजाना सा उद्वेग और आशंका मन में घुमड़ रही थी। इसलिए ऐसी स्थिति में ध्यान करना उचित नहीं लगा। आवश्यक तैयारी करके, भगवा वस्त्र धारण करके, नियत स्थान पर जाने के लिए मैं नीचे उतरा, परंतु प्रातःकाल वाला उत्साह अभी नहीं था। माधवानंदजी साथ आनेवाले थे, परंतु उनकी ओर से कोई सूचना अभी तक नहीं मिली थी। इसी विषय में मैं चिंतित था। वे मेरे साथ आएँगे या नहीं, यह चिंता नहीं थी। मन में यह चिंता थी कि क्या मैं उनकी नजरों से उतर तो नहीं गया? यह चिंता कितनी सच्ची थी, वह मैं नहीं समझ सका।

रसोईघर की ओर नजर गई तो देखा दान बापू आ गए हैं। अंदर जाकर मैंने उन्हें 'ॐ नमो नारायण' किया। प्रत्युत्तर में वे केवल 'नारायण' बोले और काम में व्यस्त हो गए। मैं समझ गया कि मेरे आगमन से जो हमेशा उत्साहपूर्ण प्रतिभाव मिलता है, वह आज नहीं था। मेरे स्वाभिमान को जरा धक्का लगा, फिर भी हँसते हुए मैं बोला, ''कैसे हैं दान बापू! आनंद में!''

"हाँ, आनंद में।" काम में व्यस्त रहते हुए उन्होंने प्रत्युत्तर दिया। "गुरु महाराज की कृपा हमेशा आनंद में ही रखती है।" कहकर वे एकाग्रचित्त काम में व्यस्त रहे। बात आगे बढ़ाने के उद्देश्य से मैंने कहा, "लँगड़ा बापू और नित्यानंदजी दोनों इस तरह अचानक कहाँ चले गए?"

"हाँ! जिसके भाग्य में जितना दाना-पानी खाने-पीने को लिखा होता है, उतना ही रह सकते हैं। उनका लेन-देन पूरा हो गया, तो उन्हें जाने की इच्छा हो गई! बस चले गए।" उनके स्वर में मानो सबकुछ स्वाभाविक क्रम में ही होता है, ऐसा मुझे लगा। मौन धारण करके मैं खड़ा रहा! कुछ देर बाद वे पुनः बोले, "हाँ...नारायण! बापू ने कहा है कि राठौड़ साहब के पुत्र के उपचार के लिए आपको अकेले ही जाना है अर्थात् बापू आपके साथ नहीं आएँगे। आवश्यक होगा तो आपको बुलाकर बात करेंगे।" कहकर वे चूल्हे में लकड़ी व्यवस्थित करने लगे।

तभी अशोक ने प्रवेश करके मुझसे कहा, "बापू आपको याद कर रहे हैं।" और चला गया।

तेजी से मैं बापू के कमरे में गया, चरण-स्पर्श करके उन्हें 'ॐ नमो नारायण' किया। वे मौन रहे। मुझे लगा कि उनका चेहरा कुछ उतर गया है, बीमारी का प्रभाव स्पष्ट दिखाई दे रहा था। मुझे आया जानकर तंद्रावस्था में बोल रहे हों, वैसे बोले, "थोड़ी देर बैठो, परंतु तुम्हें शीघ्र जाना है। कदाचित् तुम्हें लेने गाड़ी आ गई होगी। दरवाजे पर खड़ी होगी, नहीं तो तुम रिक्शा करके, जैसे भी हो, शीघ्र पहुँच जाओ। फोन आया था, रोहित की स्थिति अभी गंभीर है। डॉक्टरों ने भी आशा छोड़ दी है। फिर भी तुम्हारा उपचार अंतिम समय में सफल रहे, ऐसी मुझे आशा है, इसलिए तुम्हें जाना चाहिए, ऐसा मेरा मानना है, तो तुम पहुँचो।"

मैं जाने के लिए खड़ा हुआ, दरवाजे की ओर मुड़ा, तभी उनके शब्द मेरी पीठ पीछे सुनाई दिए, "परंतु एक बात विशेष रूप से ध्यान रखना, अपना काम पूरा करके तेजी से वहाँ से निकल जाना। तुम्हारे उपचार का परिणाम सफल होगा ही, उसका तुम्हें और सभी को विश्वास होगा ही, फिर भी प्रतिभाव देखे बगैर तेजी से लौट जाना।"

ऐसे विचित्र आदेश से मुझे आश्चर्य हुआ। क्यों तेजी से वापस लौटना है? यहाँ किसी कार्य के लिए मेरी आवश्यकता होगी? प्रश्न उठते ही मैंने पीठ फेरकर माधवानंदजी को देखा, वे आँखें बंद करके सो रहे थे। बंद आँखों में ही उन्होंने पुनः कहा, "प्रत्येक विषय में स्पष्टीकरण तत्काल आवश्यक नहीं होता है। समय आने पर पता चल जाएगा। धीरज! यह प्रगति के लिए कभी-कभी अमूल्य खजाना साबित

होता है।'' कहकर वे मौन हो गए।

मैंने विनम्रता से कहा, ''आपकी सलाह के अनुसार ही होगा, परंतु आप मेरे साथ...।''

''इसकी कोई आवश्यकता नहीं है।'' मुझे बीच में ही रोककर बोले, ''यूँ भी तुम समर्थ हो गए हो न! इतनी बड़ी सिद्धि जो अनायास साधना किए बगैर ही तुम्हें मिल गई है! यह सिद्धि तुम्हें कहाँ नहीं पहुँचा सकती है? ठीक है, अब तुम शीघ्र निकलो।'' कहकर पीठ फेरकर सो गए।

उनके शब्द मुझे कटाक्षयुक्त तथा रहस्यमय लगे, परंतु इस समय किसी भी विचार में न पड़कर तेजी से दरवाजे पर पहुँचा, वहाँ से ड्राइवर गाड़ी में मेरी प्रतीक्षा कर रहा था। मेरे अंदर बैठते ही गाड़ी तेज गति से चल पड़ी, साथ-साथ मेरे मन के विचार भी। अद्‌भुतानंदजी से जड़ी-बूटी प्राप्त हुई, तब और उसके बाद भी उसके अद्‌भुत उपयोग के विषय में मुझे सोचने का समय ही नहीं मिला था या इच्छा ही नहीं हुई थी।

आज बहुत दिनों बाद अचानक उसका उपयोग करने का अवसर आ गया था। इस तरह अचानक मिले अवसर ने मुझे उलझन में डाल दिया था। मेरी मानसिक स्थिति 'पूर्व तैयारी के बगैर' परीक्षा देने के लिए जानेवाले विद्यार्थी जैसी हो गई थी। भय, शंका, आशंका के कारण मैं मानसिक तनाव अनुभव कर रहा था। जीवन में कभी कल्पना भी न की हो, ऐसी सिद्धि के प्रयोग के लिए मैं पहली बार जा रहा था, परंतु इसके साथ-साथ अंदर और बाहर उत्साह का एक ज्वार भी उठ रहा था मेरे अंतर्मन में! सफल प्रयोग, प्रयोग की सिद्धि और उसके साथ एक सफल सिद्ध पुरुष के रूप में उच्चतम पदवी की प्राप्ति! मैं उमंग से विचार कर रहा था। प्रयोग की सफलता के बाद तो सर्वत्र समाज में बापू...बापू...पूज्य बापू! फिर भेंट-पूजा की बौछार, चरण-वंदना, स्वागत, बस! मैं सर्वत्र आदरणीय व्यक्ति के रूप में छा जाऊँगा।

मैं प्रसन्नता से सोच रहा था, सच तो यह है कि काल्पनिक पंखों से उड़ रहा था, तभी अंतर्मन की गहराई से भयजनक प्रश्न उठे। उच्च शिखर पर मनोमन विराजित होने पर, माधवानंदजी के शब्द याद आए, 'रोहित जीवन-मरण के बीच झूल रहा है, डॉक्टर ने हाथ उठा दिए हैं।' तो फिर उसके बचने की शायद कोई आशा न हो। ऐसी परिस्थिति में यह प्रयोग सफल होगा, अगर नहीं हुआ तो? नहीं, होगा ही, अद्‌भुतानंदजी का कहा असत्य नहीं हो सकता और माधवानंदजी ने भी कहा है, तुम्हारे उपचार का परिणाम सफल होगा ही। बस! इसके बाद चिंता करने की आवश्यकता

नहीं है। मुझे पूर्ण विश्वास हो गया। माधवानंदजी ने कहा है कि प्रयोग सफल होगा, तो होगा ही! शंका या चिंता करने का कोई कारण नहीं है। बस माधवानंदजी के आदेश के अनुसार उपचार करने और परिणाम जानकर तेजी से निकल जाना है! मैं स्वस्थ हो गया। तभी ब्रेक लगने पर च···र···र···की आवाज के साथ गाड़ी दरवाजे पर खड़ी हो गई, राठौड़ साहब का घर आ गया था।

ड्राइवर ने दरवाजा खोला, मैं नीचे उतरा। वहाँ का माहौल देखकर मैं अस्वस्थ हो गया, फिर भी आत्मविश्वास दृढ करके मैं आगे बढ़ा, अंदर का वातावरण गमगीन था। सबके चेहरे पर गहरी उदासी नजर आ रही थी। रोहित की माता रो रही थी, राठौड़ साहब स्वस्थ होने का भरपूर प्रयास कर रहे थे। मुझे देखकर दु:खी स्वर में बोले, ''अब आप ही अंतिम आशा हैं। कृपया शीघ्र उपचार करें, फिर आगे तो हमारा प्रारब्ध।'' गला भर जाने से वे अधिक नहीं बोल पाए।

मैंने रोगी की हालत देखी, वह तेजी से श्वासोच्छ्‌वास कर रहा था। काठियावाड़ी भाषा में जिसे 'धईडको' कहते हैं, वह उठ गया था, इसलिए श्वासोच्छ्‌वास के साथ गले से धरड्···धरड् जैसी आवाज आ रही थी, इससे स्पष्ट हो रहा था कि रोगी अंतिम स्थिति में है। मुझे लगा कि उपचार करने का कोई अर्थ नहीं है, फिर भी प्रयत्न तो करना ही चाहिए। मेरा हृदय आशंका से धड़क रहा था, फिर भी मन को दृढ करके जड़ी-बूटी निकाली।

अद्‌भुतानंदजी के कथनानुसार पहले मैंने जड़ी-बूटी रोगी के नाक के पास रखकर सुँघाई। लगभग दसेक सेकंड तक मैंने जड़ी-बूटी रोहित की नाक के पास रखी और मेरे तथा उपस्थित समुदाय के आश्चर्य के बीच श्वासोच्छ्‌वास एकदम धीरे स्वाभाविक रूप में आ गया। इससे दर्द कम हो जाने से रोहित के मुख पर राहत के स्पष्ट लक्षण दिखाई देने लगे। पास में बैठे डॉ. अघेरा ने यह बदलाव देखकर रोगी की नाड़ी देखी, तो वे आश्चर्य से मेरी ओर देखकर बोल उठे, ''वाह! कमाल है! रोगी का स्वरूप नाड़ी देखते हुए बिलकुल सामान्य है! लगता है कि रोहित की हालत सुधर रही है और अब कोई डर नहीं है।'' डॉक्टर का अभिप्राय सुनकर उपस्थित सभी स्वजनों के चेहरे आनंद से पुलकित हो गए। सफलता को यूँ देखकर मैं अत्यंत उमंग में आ गया।

साथ ही मुझे एक विचार आया। कैंसर की गाँठों पर इसका प्रयोग करें तो? इस विचार के साथ ही मैंने पानी मँगवाया, पानी आने पर पत्थर पर जड़ी-बूटी को घिसकर उसका मरहम गाँठों पर लगाया और आश्चर्यजनक रूप से धीरे-धीरे गाँठें

पिघलकर अदृश्य हो गईं और गाँठों के स्थान पर केवल लाल धब्बे के चिह्न रह गए। धीरे-धीरे वे भी मूल चमड़ी के रंग में बदल गए और रोगी ने संपूर्ण चेतना में आकर आँखें खोल दीं। यह देखकर सभी इतने प्रसन्न हो गए कि उसका वर्णन करने के लिए मेरे पास शब्द नहीं हैं।

रोहित के माता-पिता तथा अन्य लोग मेरे पैर पड़ने लगे। डॉक्टर विस्फारित नेत्रों से मेरे सामने देखकर खुश हो रहा था। यह सब देखकर मेरे मन में उत्साह का अतिरेक हो गया हो, ऐसा स्वाभाविक आभास हुआ, साथ-ही-साथ माधवानंदजी की सूचना 'तेजी से निकल जाना' भी याद आई और जाने के लिए मैं तुरंत खड़ा हो गया। थोड़ी देर रुकने और चाय-नाश्ता तथा अप्रत्यक्ष भेंट स्वीकारने का अति आग्रह होने पर भी, मैं चलते हुए बाहर निकल गया।

मेरे हृदय में अनोखा उत्साह उफन रहा था। बाहर का वातावरण, दौड़ते वाहन, पैदल चलते पथिक, दुकानों पर खरीदी करते ग्राहक, फूलवाले, खोमचेवाले, शोर-शराबा करते सब्जीवाले। इन सबके उत्साहरूपी सरोवर में मैं स्नान कर रहा हूँ, ऐसा लग रहा था, क्योंकि मेरी आँखों में उत्साह था, मेरे धड़कती नसों में, तन-मन हृदय में उत्साह की बाढ़ आ रही थी। अब तू एक सफल व्यक्ति! समाज में एक सम्मानीय और पूजनीय व्यक्ति! मैं मन-ही-मन हँस रहा था। वातावरण सुंदर लग रहा था। राहगीर भी हँसते हुए आनंद में जा रहे हैं, ऐसा मुझे लग रहा था।

सच तो यह है कि यह सबकुछ मेरे मन का ही प्रतिबिंब था। न जाने क्यों, आज मैं मन की समता खो बैठा था। क्षण-क्षण में अनुकूल और प्रतिकूल क्षणों में सुखी और दु:खी हो जानेवाला मनुष्य समत्वबुद्धिवाला हो ही नहीं सकता है, यह मैं जानता हूँ, फिर भी यह ज्ञान अभी मैं भूलकर विचरण कर रहा था, उसका होश मुझे अभी नहीं था।

विचारों की भँवर में फँसा हुआ चल रहा था, तभी मुझे वहाँ रुकना पड़ा। विसावदर की ओर से ट्रेन आ रही थी, फाटक बंद होने से ट्रैफिक जाम हो गया था, इसलिए ट्रैफिक में न फँस जाऊँ, सुरक्षित स्थान देखकर मैं एक ओर खड़ा हो गया, उसी समय एक सुपरिचित आवाज मुझे सुनाई दी, "बापू! आप यहाँ! कैसे हैं, मुझे पहचाना?"

संबोधित करनेवाले व्यक्ति की ओर मैंने देखा। सादे सफेद वस्त्रों में, सिर पर सफेद वस्त्र पगड़ी की तरह लपेट रखा था और हँसते हुए चेहरे को देखकर मैंने आश्चर्य से कहा, "अरे! सकुरानंद! तुम इस वेश में? पहचाना नहीं जा रहा!"

"बापू!" पैरों की ओर झुककर सकुरानंद भक्तिभाव से बोला, "सबकुछ आपके प्रताप से, आपने मुझे उबारा न होता तो मैं तांत्रिक सकुरानंद के रूप में जानवर के समान ही जी रहा होता। आपने मेरी आँखें खोल दीं, फिर से मनुष्य के समान जीवित कर दिया।" कहकर उसने आभारवश मेरे दोनों हाथ पकड़ लिये।

सकुरानंद का परिवर्तित रूप देखकर मेरा आनंद दुगुना हो गया। मुझे गर्व हुआ कि आज मैं दो-दो व्यक्तियों का जीवनदाता बन गया हूँ।

सकुरानंद मुझे एक ओर अधिक सुरक्षित स्थान पर ले गया। मुझसे विलग होने के बाद की सारी बातें सुनाईं। "लहूलुहान हालत में पानी में छलाँग लगाने के बाद मेरी असह्य वेदना शांत हुई, थोड़ी देर जंगल में एक पत्थर पर बैठा रहा। शांति मिलने पर मेरे अभी तक के भयानक कारनामों से नफरत हो गई और मुझे बहुत पछतावा हुआ। तुम्हारे उपदेश और माताजी की कृपा से मुझे सद्‍बुद्धि आ गई और मैंने पुलिस के सामने आत्म-समर्पण कर दिया।"

"अच्छा काम किया!" कहकर प्रसन्नता व्यक्त करते हुए पूछा, "परंतु इतनी जल्दी तेरा छुटकारा कैसे हो गया?"

"मेरे विरुद्ध किसी ने भी एफ.आई.आर. नहीं करवाई थी। शिकायत और सबूत के अभाव में तीन दिन कैद में रखकर, थोड़ी माथापच्ची करके पुलिस ने मुझे छोड़ दिया। फिर मैंने एक अच्छे मनुष्य के रूप में जीवन जीने का संकल्प किया और दिहाड़ी करने लगा, आजकल मूँगफली का ठेला लगाकर धंधा कर रहा हूँ।" फिर हँसकर बोला, "नया घर भी बसाया है। सामने फुटपाथ पर जो फुग्गे बेच रही है, वही मेरी घरवाली है।" कहकर सकुरानंद ने सामने खड़ी स्त्री की ओर मेरा ध्यान दिलाया। मैं बहुत खुश हुआ। वहाँ गुजर रही ट्रेन के शोर में हम मौन रहे। फाटक खुलने पर सकुरानंद से विदा लेकर मैं आगे बढ़ा।

विचारवान् मनोदशा में चलते-चलते मुझे पता चला कि मैं आजाद चौक से होकर, सोनी बाजार पार करके ऊपरकोट के रास्ते होकर, गिरनार दरवाजे तक पहुँच गया हूँ। तब लगा कि बहुत समय बीत चुका है और मुझे जल्दी पहुँचकर सब बातें माधवानंदजी को बतानी हैं।

खोडियार मंदिर के पुल से आगे पहुँचकर भव्य गिरनार के दर्शन हो गए। मुझे कुछ देर पुल की पाली पर बैठकर आराम करने की इच्छा हो गई। गिरनार और उसकी तलहटी में केवल प्राकृतिक सौंदर्य ही नहीं, अलौकिक, आध्यात्मिक प्रकृति का विलास है। मुग्ध होकर शांतचित्त से मैं वृक्षाच्छादित पर्वत की गोद में नदी के जल

प्रवाह को देखता रहा। वहीं पर पुरातन शिवमंदिर की ओट में काली कफनी धारण किए, जटाधारी, ऊँचे और सशक्त देहधारी साधु के समूह को मैंने देखा।

कुछ ध्यान से देखने पर उस साधु की स्पष्ट पहचान हो गई, मैं प्रसन्नता से बोला, "अरे, पूरणपुरी बापू!" उनसे मिलने के लिए छलाँग मारकर मैं नदी के किनारे उतर मंदिर की ओर तेज दौड़कर पहुँचा, परंतु आश्चर्य वहाँ कोई नहीं था। मंदिर के सामने के भाग में ढूँढ़ने के उद्देश्य से मैं तेज दौड़ा, मेरे पैर में बड़े पत्थर की ठोकर लगी। परवाह किए बगैर मैंने आगे बढ़कर सब ओर नजर डाली, तो बहुत दूर पूरणपुरी बापू को तेजी से जाते हुए देखा।

ओह! जिनके संदेश की मैं बेचैन सा प्रतीक्षा कर रहा था, वे इस तरह चले गए, उनसे भेंट भी नहीं हुई। निराश होकर मैं मंदिर के ओटले पर सिर पकड़कर बैठ गया। पूरणपुरी बापू से फिर मिलने का अवसर हाथ से निकल गया। अब यहाँ बैठे रहने का कोई अर्थ नहीं है, खड़ा होने लगा था कि पीछे से किसी ने मेरे कंधे पर हाथ रखा, स्पर्श से चौंककर मैंने पीछे भगवा वस्त्रधारी, गौरवर्ण साधु को देखा तो तुरंत पहचान गया। पूरणपुरी बापू के साथ ये ही 'सुखानंदजी' ही थे। मैंने खड़े होकर 'ॐ नमो नारायण' किया; हाथ जोड़कर, प्रणाम करके पूछा, "आप यहाँ?"

"हाँ!" उन्होंने हँसकर कहा, "आजकल मैं यहीं इस मंदिर में रहता हूँ।" फिर जोड़ा, "अकेला ही!"

"परंतु पूरणपुरी बापू···" मेरे वाक्य को बीच में ही काटकर वे बोले, "तुमको मिलने आए थे, चले गए।"

"उनको देखकर मैं मिलने की इच्छा से तेजी से आया, परंतु···"

मेरी बात काटकर वे बोले, "तुमसे मिलने की इच्छा उन्हें नहीं हुई।" सुनकर क्षोभ से मेरा मुँह उतर गया, मुझसे मिलने की उन्हें आज इच्छा नहीं हुई! इसका स्पष्ट अर्थ है कि उनकी नजर में मैं आज उतर गया हूँ, परंतु क्यों, किसलिए? पारावार दुःख का मैं अनुभव कर रहा था! दुःख से प्रश्नसूचक आँखों से मैंने सुखानंदजी के सामने देखा, तो पास आकर पुनः उन्होंने मेरे कंधे पर हाथ रखा, मेरी आँखों में देखकर, उन्हीं शब्दों पर भार देकर बोले, "तुमको मिलने की इच्छा उन्हें नहीं हुई। तुमको बापू ने देखा, मिलना भी था, फिर भी इच्छा दबाकर तेज चाल से निकल गए और तुम उन्हें पकड़ नहीं सके।"

"परंतु किसलिए, उन्हें ऐसा क्यों लगा?" दुःखमिश्रित स्वर में मैंने पूछा "मेरी कोई कमी, कोई अपराध?"

"हाँ।" सुखानंदजी ने उपेक्षापूर्ण स्वर में कहा, "तुम्हारी एक बड़ी कमी उन्होंने देख ली, तुम पिए हुए थे।"

"क्या कहा?" सुनकर जैसे मुझ पर बिजली गिर गई, मैं जोर से बोल पड़ा, "मैं पिए हुए था? तुम्हारा...तुम्हारा...दिमाग?" इतना बोलते हुए मेरा गला रुँध गया।

सुखानंदजी ने स्वस्थ स्वर में उत्तर दिया, "नहीं, मेरा दिमाग खराब नहीं हुआ है। अहंकार रूपी मदिरा के नशे में तुम चूर थे, उस नशे में तुम झूम रहे थे।" फिर जरा ऊँचे स्वर में बोले, "किस रास्ते से तुम गुजर रहे थे, तुम्हें इसका होश था? सफलता का नशा तुम्हारी रग-रग में व्याप्त हो गया था, तुमने एक साधक के लिए आवश्यक समता खो दी है, तुम आसक्ति का त्याग करने के बदले उसमें गहराई में उतर गए हो! कीर्ति के प्रलोभन ने तुम्हें निम्न कक्षा में रख दिया है। तुमने सिद्धि और असिद्धि की समान बुद्धि खो दी है, योग सिद्धि के लिए अयोग्य होकर, तुम्हारी आंतरिक चित्तिशक्ति को दूषित कर दिया है।" कहकर सुखानंदजी कुछ देर रुककर नम्र स्वर में बोले, "देखो, समत्व ही योग कहा जाता है। समत्व बनाए रखने के लिए पग-पग पर सजग रहना चाहिए। फल और कीर्ति की अपेक्षा प्रगति के इच्छुक साधक को दीन-हीन बना देती है। किसी भी प्रकार की सिद्धि साधक को उसमें आसक्त कर सकती है, इसलिए सिद्धि के प्रलोभन से दूर रहो, उसमें ही तुम्हारा श्रेय है।" फिर चेतावनी के स्वर में आगे कहा, "यदि यह बात ध्यान में नहीं रखी तो पतन के गर्त में चले जाओगे, सिद्धि के फल से तो मनुष्य की विष्ठा (मल) अधिक श्रेयस्कर है, इसलिए सिद्धि को तुच्छ समझो।" इतना कहकर स्वर में प्रेम और आत्मीयता मिलाकर पुनः बोले, "तुम्हें अभी बहुत आगे जाना है। तुम्हारा मार्ग निष्कंटक बने, इसलिए बोध अर्थात् सबक सिखाने के लिए बापू ने तुम्हारी उपेक्षा की है। चिंता करने की आवश्यकता नहीं है, तुम्हारा स्थान अभी भी निश्चित है, परंतु आवश्यकता है भूल सुधारने की, उसका पुनरावर्तन न हो, उसकी सावधानी रखना!"

थोड़ा रुककर मेरे कंधे पर प्रेमपूर्वक हाथ रखकर सुखानंदजी आगे बोले, "माधवानंदजी तथा पूरणपुरी बापू की कृपा अभी भी तुम्हारे साथ है, उनका संदेश है कि कुछ दिनों के बाद तुम्हारी साधना का प्रारंभ होगा। दिशा तुम्हें मिलती रहेगी। श्रद्धा और विश्वास से आगे बढ़ने के लिए तत्पर रहो।" कहकर सुखानंदजी ने प्रेमपूर्वक मेरे मस्तक पर हाथ रखा। उनके स्पर्श से मुझे रोमांच हो गया, एक अनोखे आनंद के अनुभव के साथ अनजानी शक्ति और स्फूर्ति का प्रवेश अपने में मैं अनुभव कर रहा था! साथ ही साथ अभी तक के किए गए विचार अब मुझे तुच्छ लगने लगे। मेरे

ऐसे विचारों और मन:स्थिति से मुझे असीम लज्जा आई।

"अब, जो हो गया, सो हो गया!" मौन तोड़कर सुखानंदजी पुनः बोले, "ईश्वर की इच्छा के अनुसार ही सब होता है। तुम्हारे अहंभाव को नष्ट करने के लिए ठोकर की आवश्यकता थी, इसका अनुभव भी तुमको होगा," कहकर वे मन में हँसकर, मेरे सामने कुछ देर देखकर बोले, "तुम्हारी साधना प्रारंभ होने के बाद, अंत में पूरणपुरी बापू से तुम्हारा संपर्क होगा! माधवानंदजी की अनुपथिति में भी तुम्हें मार्गदर्शन मिलता रहे, उसका प्रबंध हो जाएगा।" कहकर वे मौन होकर मुझे जाने का संकेत कर मंदिर में चले गए।

तन-मन से लँगड़ाता हुआ मैं नदी पार करके आगे बढ़ा। साधना के समय माधवानंदजी की अनुपस्थिति मुझे सांकेतिक लगी। उनके बगैर कौन मेरी सहायता करेगा? विचारों से घिरा हुआ जब मैं निवास के द्वार पर पहुँचा, तब अनेक भावों के भार से घिसट रहा था।

पहले सोचा था कि मैं अपनी सफलता का वर्णन माधवानंदजी से उत्साहपूर्वक करूँगा और प्रशंसा प्राप्त करूँगा, परंतु अब उनसे मिलने का साहस भी मुझमें नहीं था। फिर भी मिलना आवश्यक समझकर उनके कमरे में मैंने धीरे से प्रवेश किया। आशंका थी कि भूचाल आ जाएगा। सुखानंदजी के समान माधवानंदजी भी कुछ कहेंगे, परंतु मेरी धारणा गलत हो गई। आँखें बंद करके सोए हुए माधवानंदजी की ओर से कोई प्रतिभाव नहीं मिला। इसके विपरीत मेरे विचारों में बदलाव आया, जो माधवानंदजी मुझ पर अकारण इतना प्रेमभाव रखते हैं, वे मेरे दोषों पर ध्यान न देकर उन्हें नजरअंदाज कर देंगे।

अभी तक माधवानंदजी मुझसे आयु में छोटे होने पर भी, महंत होकर भी अपने तप-तेज, साधना से समाज में अत्यंत प्रभावशाली होने के बाद भी न जाने क्यों एक बड़े भाई के समान ही मुझे एक निर्दोष बालक के समान सँभाल रहे थे। साधना की दृष्टि से गढ़ रहे थे और मेरी इच्छानुसार परिस्थिति का निर्माण करके मेरी जिज्ञासा-वृत्ति को संतुष्ट करके मेरी आध्यात्मिक गति को ऊर्ध्व बना रहे थे। वे कदाचित् मेरी उपेक्षा करेंगे भी तो मेरी भलाई के लिए ही। ऐसे माधवानंदजी मेरे सामने उग्र बनेंगे ही नहीं और हुआ भी ऐसा ही, नि:शब्द मैंने उनके कमरे में धीरे से प्रवेश किया तो भी तंद्रावस्था से जागे हों, इस प्रकार मुसकराकर धीरे से बोले, "आओ, रावल साहब, बैठो!" मैंने कुर्सी पर आसन ग्रहण किया, तब वे बोले, "वाह, सुंदर! तुमने आज असह्य दर्द से पीड़ित मनुष्य को अंतिम क्षणों में शांति प्रदान की। धन्यवाद!" कुछ रुककर पुनः बोले, "यद्यपि मुझे धन्यवाद तो अद्‌भुतानंद को देना चाहिए, क्योंकि

इस अमूल्य औषधि का उपयोग अर्थात् प्रयोग कभी भी स्वयं न करके तुम्हें अवसर दिया। अपने स्वार्थ के लिए कदाचित्, क्योंकि सिद्धि के मोह में कोई अन्य उसका वारिस बनकर फँस जाए, तो ही स्वयं उससे मुक्त हो सकते थे और वे मुक्त होकर अलख की खोज में पुनः निकल गए। खैर, यह सब बाद में, चलकर आए हो, थक गए होंगे! थोड़ा आराम करो।''

कहकर उन्होंने चाय के लिए दान बापू को पुकारा और मौन धारण कर लिया। मैं जानता था कि उनसे कुछ भी छुपा नहीं रह सकता है, फिर भी मैं मन में असमंजस से सोच रहा था। मैं माधवानंदजी के शब्दों का भावार्थ नहीं समझ सका, दर्द से पीड़ित मनुष्य को उसके अंतिम क्षणों में शांति प्रदान की! जिसको निष्णात डॉक्टरों ने जाँचकर स्वस्थ और निरोगी घोषित किया था उसके अंतिम क्षण! मैं उलझन में पड़ा था, तभी दान बापू ने चाय की केतली के साथ प्रवेश किया। मेरे सामने की कुर्सी पर बैठकर, मुझे चाय का कप देते हुए दान बापू चमकती आँखों से मानो मेरा निरीक्षण कर रहे थे। परीक्षा देकर आए विद्यार्थी से जिस प्रकार उसकी सफलता या निष्फलता के विषय में कोई उत्सुकता दिखाते हैं, ऐसी उत्सुकता उनकी चमकती आँखों में मैंने देखी। आँखें बंद करके सोए हुए माधवानंदजी के प्रतिभाव मैं जान नहीं सका था, अपितु उनके उपरोक्त कथन से मुझे चिंता और उलझन हो रही थी। तभी वे आँखें खोलकर हँसे, फिर गंभीरतापूर्वक शांति से बोले, ''तुम सफल हुए, अवश्य सफल हुए, परंतु तुम्हारी सफलता महाभारत के युद्ध में लड़ते अभिमन्यु जैसी थी! अभिमन्यु छह चक्रों में जीत गया, परंतु सातवें चक्र में परास्त हो गया। वह सफल भी रहा और निष्फल भी। कारण जानते हो? स्वयं श्रीकृष्ण की ही अर्थात् ईश्वर की ही ऐसी इच्छा थी, क्योंकि अभिमन्यु उनकी बहन सुभद्रा का पुत्र होने के बाद भी उसमें एक दूषण था। गर्भ में प्रवेश कर गया राक्षस ही था और राक्षस यदि अजय हो जाए तो, तो क्या परिणाम आता? इसलिए उसे मारना आवश्यक था। ईश्वर की ही ऐसी इच्छा हो तो कौन रोक सकता है?''

उनके इस दृष्टांत से मेरा क्या संबंध है, कैसे मेरे साथ लागू होता है? मैं मन में सोच रहा था, तभी उनके शब्द मेरे कान में पड़े, ''सिद्धि, सफलता, कीर्ति की लालसा और उनसे उत्पन्न 'अहंकार' अंत में साधक को पतन के गर्त में धकेल देता है। तुम अहंकाररूपी राक्षस के कारण ऐसे ही पतन की ओर जा रहे थे, इसलिए सफलता मिलने पर भी हार गए हो, ईश्वर की इच्छा से ही।''

मैं माधवानंदजी के भारपूर्ण शब्दों से बेचैन हो रहा था! एक साधक के रूप में

अहंकार धारण करके मैं 'समता' खो बैठा था, यह सत्य है, परंतु अपने प्रयोग को सफल होते हुए अपनी आँखों से देख चुका हूँ, इसलिए मैं ऊँचे स्वर में बोल पड़ा, "परंतु मैं सफल हुआ हूँ, मैं हारा नहीं हूँ!"

सुनकर माधवनांदजी बहुत गंभीर होकर बोले, "तुम्हारा प्रयोग अवश्य सफल रहा है, फिर भी तुम हारे हो! रोहित मृत्यु को प्राप्त हो गया है।"

सुनकर मानो मुझ पर बिजली गिर गई, मेरे पैरों के नीचे से धरती खिसकने लगी। मेरी आँखों के आगे अँधेरा छा रहा है, ऐसा मुझे लगा। मेरे मुँह से चीख निकल गई; रोहित मर गया? मेरे बधिर हो गए कानों में शब्द गूँज रहे थे, 'रोहित मृत्यु को प्राप्त हो गया है, रोहित मृत्यु को प्राप्त हो गया है।'

विह्वल नेत्रों से मैंने देखा तो माधवानंदजी आँखें बंद करके शांति से सो रहे थे। मैं सिर पकड़कर बैठा रहा। दान बापू मेरे पास आकर मेरी पीठ पर हाथ रखकर बोले, "इसमें तुम्हें चिंता करने की आवश्यकता नहीं है। एक घंटे पहले रोहित के पिताजी का फोन आया था, रोते हुए उन्होंने जो बताया, उसके अनुसार रोहित पूरी तरह स्वस्थ हो गया था, स्वस्थ होने के बाद उसने मंदिर में दर्शन करने की इच्छा प्रकट की थी। सब उसे साथ लेकर मंदिर गए। रोहित ने शांत और स्वस्थ चित्त से शिवजी के दर्शन किए, वहीं उसे चक्कर आने लगा और वह नीचे गिर गया, कुछ ही देर में उसके प्राण-पखेरू उड़ गए। उसे तुरंत अस्पताल ले जाया गया। डॉक्टर ने उसे मृत घोषित कर दिया और बताया कि रोहित की मृत्यु किसी रोग से नहीं, अपितु हार्टफेल से हुई है। अचानक हृदय बंद होने से रोहित की मृत्यु हुई है।"

सुनकर एक दीर्घ निःश्वास निकल गया मेरा। मैंने माधवानंदजी की ओर देखा, वे आँखें खोलकर मेरी ओर स्नेहपूर्ण नजर से देख रहे थे, आँखें मिलते ही वे बोले, "निराश होने की आवश्यकता नहीं है। तुम रोहित को अंतिम क्षणों में रोगमुक्त करके शांति प्रदान करके ईश्वराभिमुख कर सके, तो इस दृष्टि से अवश्य सफल रहे हो, परंतु एक बात का ध्यान रखो। तुम औषधि से दर्द को अवश्य मिटा सकते हो, परंतु मृत्यु को नहीं रोक सकते हो। संसार की कोई ताकत, कोई औषधि नियत आयुष्य में एक निमिष मात्र की भी वृद्धि नहीं कर सकती है! आयुष्य पूर्ण होते ही मृत्यु निश्चित है। प्रकृति के इस क्रम को कोई नहीं तोड़ सकता है, कोई पलट नहीं सकता है।" कहकर कुछ देर रुके, फिर बोले, "तुमने औषधि के द्वारा रोग अवश्य दूर किया, परंतु आयुष्य को बढ़ाकर मृत्यु को नहीं रोक सके! आयुष्य थोड़ा भी शेष हो तो उपचार सफल होता लगता है। तुमने उपचार प्रारंभ किया, तब रोहित का आयुष्य

कुछ बाकी था, इतने समय तक औषधि का अच्छा प्रभाव नजर आया, परंतु उसका आयुष्य पूर्ण होते ही तुरंत मृत्यु ने उसे उठा लिया।'' गहरी साँस लेकर माधवानंदजी कुछ देर में फिर बोले, ''प्रकृति के इस नियम को जानकर ही तुम तुम्हारी सफलता और निष्फलता का मूल्यांकन स्वयं करो।''

अब मुझे ध्यान आया कि सभी बातों का पूर्व ज्ञान माधवानंदजी को था ही, इसलिए उन्होंने मुझे शीघ्रता से वापस आने की बात कही थी, उनका मेरे साथ न आने का कारण भी यही था। अब मैं उन्हें अच्छी तरह समझने लगा, साथ-साथ यह भी समझ में आया कि स्वयं सब जानते हुए भी रोहित के उपचार के लिए मुझे भेजा, इसलिए कि मुझे ठोकर लगे, मेरी भूल समझ में आई और साधक के जीवन में 'समता' का मूल्य आत्मसात् हो। मेरा अहं प्रलोभन नष्ट हो जाए और साधना के लिए अवरोध दूर हो और मेरा आध्यात्मिक साधना मार्ग प्रशस्त हो! मैं अहोभाव का अनुभव कर रहा था।

एक साधक के लिए, योगी के लिए भी सिद्धियाँ मनुष्य की विष्ठा से भी निम्नतर हैं। पूज्य रामकृष्ण परमहंस जैसों ने भी सिद्धियों को तुच्छ माना है। अद्‌भुतानंदजी के पतन का कारण सिद्धियाँ ही थीं। अब मुझे इस बात की प्रसन्नता है कि सिद्धि स्वरूप एक औषधि ऋण स्वीकार भाररूप और पतन के कारणरूप प्राप्त हुई थी और माधवानंदजी की कृपा और दीर्घ दृष्टिपूर्वक आयोजन के द्वारा मैं पतन के गर्त में गिरने से बच गया।

यह बात स्पष्ट होते ही मेरी अंतर्दृष्टि खुल गई, अहोभाव से मैं मनोमन माधवानंदजी की वंदना करने लगा, अहोभाव व्यक्त करने के लिए मैंने माधवानंदजी से कहा, ''मेरी यह बहुत बड़ी और भयंकर भूल थी, आप मुझे स्तुत्य मार्ग पर ले आए, आपकी कृपा है।''

''नहीं, कृपा नहीं है!'' मुझे बीच में रोकते हुए बोले, ''तुम्हारे मुझ पर किए ऋण का प्रतिभाव मात्र!''

''ऋण! और वह भी आप, मेरा?'' टुकड़ों-टुकड़ों शब्द मैं इतना ही बोल सका।

''क्यों, तुम्हारा ऋण मुझ पर नहीं हो सकता, तुमको याद नहीं? याद आएगा भी नहीं! कुछ समय लगेगा! उपरांत तुम्हारी साधना परिपक्व होगी, तब सब समझ सकोगे!'' उत्तर में माधवानंदजी ने कहा।

''आपकी बात सच ही होगी।'' मैंने कहा, ''परंतु मैं आपकी बात समझ नहीं सका और मान भी नहीं सकता हूँ।''

"स्वाभाविक है।" माधवानंदजी हँसकर बोले, "तुम्हें याद न हो, यह स्वाभाविक है। तुम्हारी वर्तमान आध्यात्मिक भूमिका निम्न कक्षा की नहीं, परंतु गोपित है अर्थात् इस जन्म में योगभ्रष्ट होने के कारण वह प्रच्छन्न स्वरूप में है। इसलिए पूर्वजन्म का ज्ञान तुम्हें नहीं है। वर्तमान की विस्मृति तुम्हारे लिए आशीर्वादस्वरूप है, प्रत्येक मनुष्य के लिए विस्मृति उपकारक होती है!" फिर विस्तृत बात करते हुए बोले, "पूर्वजन्म में तुम्हारी तरह ईश्वर की कृपा से मैं योगभ्रष्ट नहीं हुआ, इसलिए मेरी उच्च आध्यात्मिकता बनी रही, वृद्धि हुई है, इसलिए मैं पूर्वजन्म का ज्ञान रखता हूँ।

"मेरे और तुम्हारे अनेक जन्म साथ व्यतीत हुए हैं, मुझे सभी जन्मों का ज्ञान है, परंतु तुम्हें वह ज्ञान नहीं है। गत जन्मों के प्रलोभनों से उत्पन्न ऋणानुबंधन चुकाने के लिए तुम्हें इस प्रकार जन्म लेना पड़ा है। सांसारिक कर्म करने पड़ते हैं, फिर भी पूर्वजन्म में की गई साधना का पाथेय अप्रकट रूप से तुम्हारे सूक्ष्म शरीर द्वारा तुम्हारे पास बना हुआ है। उसे पुनः प्रकट करके मुझे गत जन्म का तुम्हारा ऋण चुकाना है, साथ-साथ तुम्हें भी माध्यम बनकर, पूर्वजन्म के तुम्हारे सहायक एक योगी की सहायता करनी है। इसके लिए योग्यता पुनः तुम्हारे अंदर प्रवेश करे, ऐसी ईश्वर की इच्छा से ही हमारे प्रयत्न हैं।" कुछ देर रुककर, एक दीर्घ साँस लेकर शांत स्वर में पुनः वे बोले, "यह सब तुम्हें साधना काल में समझ आता जाएगा। मेरी अनुपस्थिति में भी सभी प्रकार की अनुकूलता तुमको प्राप्त होती रहेगी।"

थोड़ी देर तक छत को स्थिर दृष्टि से देखने के बाद, बात को मोड़ देते हुए बोले, "वास्तव में तुम सफल हुए हो, तुम्हारे अंदर सत्त्व गुण की वृद्धि होने से, महाभारत में संशय से मुक्त हुए अर्जुन के समान, विजय को प्राप्त करने के लिए युद्ध करने को तैयार हो चुके हो। शरीर में स्थित पंच प्राण में पंच वायु छुपी हुई है! ये पाँच-पाँच के समूह में एक-दूसरे में छुपे हुए हैं, उनको पाँच पांडव समझो! महाभारत का युद्ध हुआ हो या न हुआ हो, परंतु अध्यात्म के मार्ग पर जो साधक यात्रा करते हैं, उनके अंदर ऐसा युद्ध तो सतत चलता ही रहता है।

"तेरह वर्ष के वनवास काल में साधना द्वारा अर्जुन सीखा था कि जो शक्ति अभी तक बहिर्मुखी थी, उसे अब अंतर्मुखी करना है। सभी इंद्रियों को श्रद्धापूर्वक श्रीकृष्ण की ओर ही मोड़ना है, परंतु ऐसा होने पर भी युद्ध के प्रारंभ में अर्जुन को पुरानी दुर्बलता खींच लेती है, क्योंकि इन दुर्बलताओं की जड़ें गहराई तक जमी होती हैं। ये दुर्बलताएँ अर्थात् स्नेह, माया, ममता, भीष्म और द्रोणाचार्य के प्रति प्रेम, स्नेह। अग्रजों के प्रति स्नेह कितना भी आदरणीय हो, तो भी साधना के पथ पर खड़े साधक

के लिए प्रगाढ़ दुर्बलता है। जब तक भीष्म और द्रोणरूपी आसक्ति की दुर्बलता नहीं मर जाती, तब तक अंदर स्थित कृष्ण अर्थात् दिव्य अंश नहीं दिखाई देगा।'' थोड़ा रुककर, साँस लेकर बोले, ''साधना के किसी भी मार्ग पर साधक चले, दुर्बलता के सामने युद्ध तो उसे अकेले ही लड़ना अनिवार्य है। कोई अपने बदले में नहीं लड़ सकता है, क्योंकि यह युद्ध तो साधक को स्वयं के अंदर ही लड़ना है।'' थोड़ा जलपान करके हँसते हुए माधवानंदजी पुनः बोले, ''और, ऐसा युद्ध तुम लड़ रहे हो! ठीक है न?''

''हाँ, ठीक है, परंतु क्या आपकी अनुपस्थिति में यह सब करना है?'' मैंने डरते हुए पूछा, ''यदि आप मुझे अर्जुन के समान मानते हो, तो आप मेरे आदर्श रूप कृष्ण के समान हो! आपके मार्गदर्शन के बगैर...'' मैं वाक्य पूरा नहीं कर सका।

माधवानंदजी बीच में ही गंभीर और उच्च स्वर में बोले, ''देखो, प्रत्येक युग में कृष्ण-अर्जुन साथ में हों, ऐसा आवश्यक नहीं है। अरे, कृष्ण तो तुम्हारे अंदर ही है। उसे कहीं ढूँढ़ने की आवश्यकता नहीं है। आत्मा ही सर्वव्यापी परमात्मा का स्वरूप है। तुम तुम्हारी आत्मा में ही स्थिर रहो, उन्हें गुरु मानकर आगे बढ़ो। तुम्हारा अंतःकरण ही महाशक्ति चित्तिशक्ति है, जिससे अखिल ब्रह्मांड धारण किया हुआ है, निर्मित हुआ है, चेतन होकर धड़क रहा है। यह महाशक्ति ही तुमको बल प्रदान करेगी। उसका ध्यान धरो, उसे पहचानने का प्रयास करो।

तुम बल प्राप्त करके स्वयं सत्-चित् आनंदस्वरूप बन जाओगे। किसी मानव गुरु पर ही आधार नहीं रखना चाहिए। मानव गुरु तो पंचमहाभूत के बने पुतले में कैद है। आत्मा उसकी उड़ जाएगी, पुतलारूप शरीर जलकर राख होकर पंचमहाभूत में मिलकर विलीन हो जाएगा।''

''परंतु गुरु का महत्त्व तो बहुत है न? प्रारंभ में गुरु की अनिवार्यता तो रहती है न?'' मैंने कहा।

''ठीक है, तुम्हारी बात भी सत्य है, परंतु तुम्हारी कक्षा ऊँची है, उपरांत मार्गदर्शन की व्यवस्था भी है, फिर भी...'' इतना कहकर एक गवाक्ष की ओर उँगली से संकेत करके बोले, ''भविष्य में तुम्हें गुरु के रूप में दीक्षा देनेवाले सरयूदासजी उनकी पादुका भेज देंगे। उसे मस्तक पर धारण करके, पूजन करने के बाद उसके सान्निध्य में साधना चालू रखना। तुमको मार्गदर्शन और सर्व प्रकार की अनुभूति तथा शक्तिपात होता रहेगा।'' फिर बात को महत्त्वपूर्ण विषय पर लाते हुए बोले, ''अब चिंता छोड़ो, मेरा जाना आवश्यक और हेतुपूर्ण है।'' फिर कुछ रुककर बोले, ''अंत में अर्जुन के

समान भीष्म और द्रोण का मोह तुम्हें भी छोड़ना चाहिए न? केवल और केवल मेरा आधार भी तुम्हें पंगु बना देगा।'' फिर मेरे सामने देखकर, मेरे हाथ का स्पर्श करते हुए बोले, ''खैर, मैं आज ही कच्छ के स्थान पर जा रहा हूँ, कब आऊँगा, यह निश्चित नहीं है। बिदाई सदा के लिए हो या कामचलाऊ, परंतु बिदा होना अमिट सत्य है, सनातन सत्य है।'' कहकर वे मौन हो गए।

तब मैंने कहा, ''आपकी इच्छा और योजना ईश्वर की इच्छा है, ऐसा मैं मानता हूँ। मैं सब समझ गया हूँ। आपकी इच्छा के अनुसार ही सब होगा, परंतु यह जो औषधि—जड़ी-बूटी—मेरे पास है, उसका क्या करूँ?''

''पानी में फेंक दो और निश्चिंत हो जाओ, अभी से ही! बस अब मैं थोड़ा आराम कर लूँ और तुम भी!'' कहकर उन्होंने आँखें बंद कर लीं।

दान बापू कब चले गए, मुझे पता ही नहीं चला, मैं धीरे से कमरे के बाहर आ गया।

जीवन में कभी-कभी शून्यता छा जाती है। कारण समझ में नहीं आता है, अकारण उदासीनता मन में छा जाती है; मन शून्य हो जाता है, एकदम भावहीन! अंदर-ही-अंदर किसी चिंता का भाव सताता रहता है। विशेष बात यह है कि किसी प्रकार की चिंता का कारण नहीं मिलता है, फिर भी कहीं-न-कहीं उसका कारण छुपा हुआ होता है। कारण ही कहीं मन की गहराई में न भी हो, ऊपर सतह पर ही हो। पास का हो या एकदम सामान्य हो, अभी-अभी का हो, फिर भी दिखाई न दे रहा हो। ऐसा भी कि कारण एकदम निकट न हो, चिंता के कारण का भी कोई कारण न हो। प्रयत्न करके ढूँढ़ो तो कारण मिल भी जाए, नजर आता भी हो और अचानक उभरकर आ जाए, ऐसा भी जीवन में होता रहता है।

माधवानंदजी के पास से भारी कदमों से निकलते हुए, ऐसे ही भाव मुझे अभिभूत कर रहे थे। मैंने ऐसे भावों का विश्लेषण करने का सजगता से प्रयत्न किया। मुझे लगा कि माधवानंदजी का यहाँ से जाना मेरी ग्लानि का कारण है और यही कारण मुझे सही लगा। यूँ तो कुछ समय साथ रहनेवाले व्यक्ति के साथ भी मुझे इतनी अधिक आत्मीयता हो जाती है कि उस व्यक्ति के दूर जाने से मुझे बहुत दुःख होता है। ऐसा अति भावनाशील मेरा स्वभाव है। जानता हूँ कि एक साधक का ऐसा स्वभाव नहीं होना चाहिए, परंतु मुझे पता है कि यह आसक्ति नहीं, परंतु मोहहीन निःस्वार्थ प्रेम है। ऐसा निःस्वार्थ प्रेम अनजाने हो गया है। स्वार्थ बगैर प्रेम पवित्र होता है, ईश्वर का दैवी अंश जैसा होता है। इसीलिए ऐसे भाव मुझे हानि नहीं पहुँचाते हैं।

यूँ तो कोई भी जड़ या चेतन पदार्थ अब मुझे मेरे ही अंश स्वरूप लगते हैं। लगता है कि कोई दिव्य चेतना मेरे सहित एकरूप में सर्वत्र व्याप्त है। लगता है कि चेतना का एक विशाल आनंदस्वरूप सागर गरज रहा है और मैं उस सागर के अंतर्गत जलबिंदु स्वरूप में स्थित हूँ।

आध्यात्मिक साधना के द्वारा यह भूमिका तो कब से प्राप्त कर चुका हूँ। फिर भी माधवानंदजी के प्रति मेरी भावना में अवश्य कोई विशेषता है। न मैं भावना के स्वरूप को समझ सकता हूँ, न अभिव्यक्त कर सकता हूँ, न उसके कारण को जान सकता हूँ। माधवानंदजी ने कहा था, वैसे ही उसका मूल कारण पूर्वजन्म के ऋणानुबंधन में निहित हो सकता है, परंतु मुझे पता नहीं है। मुझे केवल इतना पता है, माधवानंदजी ने अभी तक जैसे छोटे बालक को उँगली पकड़कर प्यार और सँभालकर बड़े लोग चलाते हैं, वैसे ही मुझे भी पल-पल पर मार्गदर्शन दिया है, सँभाल की है। मेरी आध्यात्मिक प्रगति के लिए सतत प्रयत्नशील माधवानंदजी का इस प्रकार अचानक जाने का निर्णय ही मेरे लिए उद्वेग का कारण बनकर, मुझे उदासीनता के स्वरूप में चिंता करवा रहा है।

यद्यपि चिंता करने का कोई कारण ही नहीं था। केवल निर्मल प्रेम की भावना सता रही थी। फिर भी···फिर भी! माधवानंदजी के शब्द, 'विदाई सदा की हो या कामचलाऊ, परंतु विदा होना अमिट विषय है, सनातन सत्य है।' मुझे लगा कि इन शब्दों में अवश्य कोई गर्भित संकेत है, परंतु मैं समझ नहीं सकता था। अंत में! 'ईश्वर जो करता है, भले के लिए ही करता है,' उनके ही शब्दों से आश्वस्त होकर मैं चलते-चलते नदी पार करके गोपालनंदजी चेकडेम की पाली पर पहुँच गया।

रैवताचल पर्वत की गोद में डेम का पानी हिलोरें लेकर लहरों से किनारों को भिगो रहा था। किनारे पर जामुन के वृक्ष पवन के झोंके से आनंद में झूम रहे थे।

डेम के पानी के ऊपर से आती हुई शीतल पवन से ताजगी का अनुभव हुआ। मन में परम शांति का मुझे अनुभव हुआ। स्वस्थ होने पर मैंने अद्‌भुतानंदजी से प्राप्त औषधि—जड़ी-बूटी—निकालकर गहरे पानी में उछाल दी। मानो हृदय के ऊपर का बोझ मैंने पानी में फेंक दिया हो। मन हलका फूल हो गया, शांति का अनुभव करता रहा। बहुत देर तक पाली पर बैठकर पानी में पैर लटकाकर ठंडे पानी के स्पर्श की शीतलता, आह्लादकता का अनुभव रहा। मन के शून्य हो जाने से ध्यानस्थ अवस्था आ गई, समाधि का अनुभव हो रहा था। तभी किसी के पदचाप की ध्वनि मेरे कर्णपटल पर टकराई, ध्यानभंग होने से मैंने उस दिशा में देखा, तो मैं सानंदाश्चर्य से बोल उठा,

"ओह आप! रेवानंद ब्रह्मचारीजी।" मैं उन्हें देखकर आनंदित हो गया, 'ॐ नमो नारायण' बोल प्रणाम करने लगा, तो उन्होंने मुझे गले से लगा लिया।

ये रेवानंद ब्रह्मचारी गत पूर्णिमा में आए थे, तब बहुत सत्संग करके आनंद मनाया था। ज्ञान-योगी होने के बाद भी वे मेरे साथ मित्र के समान व्यवहार करते थे। रेवानंद ब्रह्मचारी माधवानंदजी के गुरु भाई हैं और वे कच्छ के आश्रम में रहते हैं।

"रेवानंदजी! आप अचानक!" मैंने पूछा।

"नहीं, नहीं...अचानक क्यों!" हँसकर प्रत्युत्तर में बोले।

"माधवानंदजी की पूर्व योजना के अनुसार उनके आदेश का अनुसरण करके, साधना काल में तुम्हारी सेवा करने आया हूँ।" कहकर वे जोर से हँसे।

"आप मुझे शर्मिंदा कर रहे हैं।" मैंने भी हँसकर कहा, "सेवा नहीं सहकार! मार्गदर्शन!"

"हाँ! जो भी कहो।" कहकर उन्होंने मेरा हाथ पकड़ लिया। तभी सामने के किनारे से दान बापू की ऊँची आवाज सुनाई दी, "हरि...हर...हरिहर! चलो प्रसाद लेने के लिए।"

दोपहर का भोजन रेवानंदजी के साथ आनंददायक रहा। रेवानंदजी आनंदी और विनोदी हैं। विनोद के साथ वे ज्ञान सरलता से दे सकते हैं। प्रत्येक व्यंजन को एकत्रित करके, उसका मिश्रण करके खाने की मैंने आदत बना ली थी। यह देखकर रेवानंदजी ने कहा, "साधुओं को इसी प्रकार भोजन लेना चाहिए, यह आवश्यक नहीं है। तुम व्यंजन एक-एक करके लो या इकट्ठा करके लो या इकट्ठा करके खाओ, क्या फर्क पड़ता है! अंत में तो सभी एक ही स्थान पर एकत्र होना है। भिन्न-भिन्न खाद्य पदार्थ प्रकृति ने तो नहीं बनाए हैं! प्रत्येक व्यंजन की प्रक्रिया और परिणाम एक समान ही आना है। प्रकृति ने प्रत्येक वस्तु का स्वाद मनुष्य के लिए अलग-अलग ही बनाया है, तो उसका लाभ क्यों नहीं लें? प्रत्येक वस्तु प्रेम से खाओ, केवल उसका अतिरेक न हो, बस! अति सर्वत्र वर्जयेत्—इस सिद्धांत का अनुसरण करो, बस! इससे कोई नुकसान भी नहीं, स्वाद लेने की वृत्ति नहीं होनी चाहिए!" कहकर वे मौन हो गए।

उनकी बात मुझे सत्य लगी। कई बार हमने स्वाद को जीत लिया है, ऐसा दिखावा भी कई साधु इस प्रकार भोजन करके करते हैं, यह ठीक नहीं है।

दान बापू भोजन परोस रहे थे, मैंने दान बापू से पूछा, "माधवानंदजी बापू भोजन के लिए नहीं पधारे?"

"आज वे केवल सांबो और दूध देर से लेंगे।" दान बापू ने स्पष्ट करते हुए

कहा, ''आज उनको प्रवास करना है, इसलिए अधिक भोजन नहीं लेंगे। सायंकाल से पहले वे निकलनेवाले हैं। गंतव्य तक गाड़ी की व्यवस्था उनके लिए हो गई है, ताकि आराम से पहुँच सकें।''

बहुत आनंद से भोजन संपन्न हुआ। मध्याह्न का अधिकांश समय बीत गया था। रेवानंदजी के साथ बहुत बातें करने की इच्छा थी, फिर भी उन्हें अब आराम की आवश्यकता थी, ऐसा मानकर मैंने अपनी इच्छा दबाए रखी।

अपने कमरे में जाकर थोड़ा आराम करके ध्यान में बैठा। अनुभव हुआ, एक शुभ्र ज्योति धीरे-धीरे निरभ्र आकाश में जा रही है। उस ज्योति का प्रकाश इतना शुभ्र था कि उसका वर्णन मैं नहीं कर सकता। उस ज्योति के दर्शन से मेरे हृदय में अनोखा आनंद प्रकट हो गया। ज्योति ऊँचे, बहुत ऊँचे और दूर-दूर जा रही थी। ध्यान के समय ज्योति के दर्शन तो होते हैं, परंतु तब ज्योति सम्मुख प्रकट होकर पास और पास आकर पुनः अदृश्य हो जाती है। जबकि आज यह ज्योति ऊँचे और ऊँचे जाकर दूर-दूर होती दिखाई दे रही है। ऐसा भी भाव जाग रहा था कि मानो कोई योगी ज योति के स्वरूप में आकाश मार्ग से गमन कर रहा हो। अबूझ अनुभव हो रहा था! तभी किसी की पदचाप से ध्यान टूट गया। बाहर से ही किसी ने कहा, ''माधवानंदजी बापू विदा हो रहे हैं, मिलना हो तो शीघ्रता से बापू के कमरे में आइए।''

''माधवानंदजी बापू की विदाई।'' शब्द सुनकर पुनः भावनापूर्ण संवेदना प्रकट हो गई।

आज सवेरे से हीं एक प्रकार की परिवर्तन की हवा मानो चल रही है, न जाने कैसा परिवर्तन आएगा, राम जाने! सोचता हुआ मैं उठा।

विचार-भँवर में फँसा हुआ मैं बापू के कमरे में गया। दान बापू तथा रेवानंदजी बापू के सम्मुख बैठे हुए थे। जाने की तैयारी को दरशाता सामान पड़ा हुआ था। माधवानंदजी अब निश्चित ही जानेवाले हैं, उसकी प्रतीति हो रही थी। आसन पर बैठते ही मुझे संबोधित करते हुए माधवानंदजी ने कहा, ''क्यों, अब स्वस्थ हो न? रेवानंदजी अब आ गए हैं। तुम्हें चिंता करने का कोई कारण नहीं है।''

मैं मौन रहा, अभी भी माधवानंदजी की विदाई मुझे उलझन में डाले हुए थी। माधवानंदजी के अंदर प्रवाहित प्राणशक्ति की संवेदना मेरे अंदर की प्राणशक्ति की संवेदना के साथ मानो एकरूप हो गई थी। उस संवेदना से उत्पन्न भावों को व्यक्त करने के लिए मेरे पास शब्द नहीं थे।

परंतु माधवानांदजी से कहाँ कुछ छुपा हुआ था? लाख प्रयत्न करने के बाद

भी मैं अपने भावों को अन्य दिशा में मोड़ने में सफल नहीं हो सका। मेरे सभी भाव, स्पंदन मौन के रूप में उनकी ओर नदी के प्रवाह की तरह दौड़ रहे थे। प्रतिभाव भी तुरंत उनकी ओर से शब्दों में मिला, "अब कोई जिज्ञासा शेष रही है?" थोड़े हास्य के साथ आगे बोले, "संवेदना और प्राणशक्ति की अनुभूति तो तुम कर चुके हो। संवेदना सदा वर्तमानकाल में ही संभावित होती है, फिर तो वह संवेदना वर्तमान क्षण की केवल अनुभूति ही बनकर रह जाती है। वर्तमान क्षणों को भूतकाल में जाने के बाद संवेदना की कोई ताकत नहीं रहती है। जब तक अंदर स्थित प्राण की संवेदना तुमको नहीं हो, तब तक लक्ष्य तुम्हारी दृष्टि में नहीं आ सकता है। मार्ग तुम्हें चाहे मिल गया हो, परंतु लक्ष्य की तरफ के मार्ग में धुंध छाई है।" फिर कुछ ऊँचे और मृदु स्वर में आगे कहा, "यह धुंध है भावनाओं की और उनसे उत्पन्न संवेदनाओं की! सच्चिदानंद सूर्य का प्रकाश जब उस पर पड़ेगा तो धुंध अपने आप दूर होते ही महामाया चित्ति की संवेदना तुम्हारे अंदर स्थिर हो जाएगी। जैसे-जैसे यह संवेदना और यह शब्द ब्रह्म की अनुभूति तुम्हारे अंदर उतरती जाएगी, वैसे-वैसे तुम्हारी भौतिक अर्थात् सांसारिक संवेदनाएँ तथा सभी भाव निकलते जाएँगे और उनके स्थान पर सच्चिदानंद-परब्रह्म से संबंधित भाव और संवेदनाएँ तुम्हारे समग्र चित्त तंत्र में स्थापित हो जाएँगी। जैसे-जैसे जागृति होती जाएगी, अधिक-से-अधिक, तो एक क्षण ऐसा आएगा कि तुम्हारे अंदर स्थित प्राणशक्ति को प्रकट होते हुए तुम अनुभव कर सकोगे और सभी रहस्य, जिसे जानने के लिए तुम वर्तमान में उत्सुक हो, तुम जान जाओगे।" कुछ देर रुककर जलपान करके हँसते हुए पुनः बोले, "परंतु यह शब्द मंत्र याद रखना! धीरज, धैर्य और सतत एक धार थके बगैर श्रद्धायुक्त परिश्रम! वे तुम्हारे मन को सकारात्मक विचारों से भर देंगे। इसलिए उनका अविश्रांत परिशीलन करते रहना। कार्य में सफलता और सरलता अपने आप मिलती रहेगी।" कहकर वे मौन हो गए।

कुछ देर बाद ड्राइवर ने गाड़ी तैयार होने की सूचना दी, तो सभी बाहर निकले। दरवाजे पर खड़े होकर माधवानंदजी ने चारों ओर दृष्टि डाली। दान बापू ने माधवानंदजी को दंडवत प्रणाम किया। प्रणाम करके खड़े होते हुए दान बापू की आँखों की गहराई में कुछ था। कदाचित् उदासी, आँसू! मुझे लगा कि उनके साधुत्व ने सांसारिक भावों को हृदय की गहराई में दबा दिया है, इस कारण उनकी आँखों में स्पष्ट दिखाई नहीं देता है।

अंत में मुसकराते और सबको आशीर्वाद मुद्रा में हाथ ऊँचा करके गाड़ी में बैठकर माधवानंदजी विदा हो गए।

स्थान पर प्रवेश करने पर लगा कि सर्वत्र शून्यता छा गई है। सभी के चेहरे पर मौन गंभीरता थी। सभी अपने-अपने ढंग से माधवानंदजी की अनुपस्थिति का प्रभाव अनुभव कर रहे थे। लगता था कि अयोध्या तो वही है, परंतु राम नहीं हैं!

इस प्रभाव को तोड़ने के लिए रेवानंद ब्रह्मचारी हँसकर बोले, "अरे दान! हमारे पेट में तो चूहे कूद रहे हैं, कुछ चाय-पानी नाश्ता हो जाए!" और सूचना भी दी, "नाश्ता सूखा सेंव-परमल, मूँगफली के दाने जैसा होगा, तो भी चलेगा। हम चेकडेम पर बैठे हैं, वहीं नाश्ता ले आओगे?"

डेम पर बैठकर शीतल खुली हवा में नाश्ता करते हुए हम बातें कर रहे हैं। बातें यद्यपि आध्यात्मिक थीं। रेवानंदजी बातों के सिलसिले को आगे बढ़ाते हुए बोले, "साधक को साधना काल में पथप्रदर्शक के रूप में गुरु की आवश्यकता तो होती ही है। 'गुरु ॐ' मंत्र ईश्वर का वाचक है, उसका रटन करते-करते गुरु का ध्यान करना चाहिए। गुरु-कृपा प्राप्त होने के बाद साधक साधना करते-करते जैसे-जैसे आगे बढ़ता जाता है, वैसे-वैसे उसे अपनी प्रगति की सच्ची समझ विकसित करके, स्वयं ही अपना गुरु बनना आवश्यक हो जाता है और गुरु-कृपा द्वारा जाग्रत् शक्ति की शरण स्वीकार करके, द्रष्टा भाव रखकर उसे साधनाभ्यास करना चाहिए।

"फिर भी साधक को जिज्ञासा तो रहती ही है कि उसकी जो अनुभूति साधनाकाल में होती है, वह किस प्रकार की है, उसका अर्थ क्या है, इसके उपरांत, आगे जाकर कैसे अनुभव प्राप्त होंगे, उनका क्रम क्या है? स्वयं की प्रगति कितनी हो चुकी है, उसे आगे बढ़ाने के लिए क्या करना चाहिए या जो स्वयं के लिए इष्ट हो, आदि साधनाकाल में विचार करना आवश्यक होता है, क्योंकि साधनाकाल में अधिकांश साधकों को ऐसे विचित्र और अनजाने, अजीब अनुभव होते हैं, जिससे साधक कई बार डर जाते हैं और सोच-विचार में पड़ जाते हैं।" थोड़ी देर रुककर स्वयं का अनुभव बताते हुए रेवानंदजी ने कहा, "मेरे आरंभ के अनुभव की बात करूँ तो, गुरुदेव से दीक्षा लेने के बाद, मैं गुरुदेव से अपनी साधना, अपनी व्यक्तिगत अनुभूति और सिद्धियों के विषय में प्रश्न पूछता रहता था, तब गुरुदेव ने प्रेम से उत्तर देते हुए कहा था, 'सब ठीक हो रहा है, डरो मत, साधना करते रहो।'

"मुझे साधना के समय विचित्र भाव आते थे। चंचलता, क्रोध, विषाद, अरुचि, काम, मूढ़ता आदि तामसी वृत्तियों का मैं भोग बन जाता, फिर भी डरे बगैर सतत साधना करते रहने से मुझे उनसे कोई नुकसान नहीं हुआ, उलटा दिव्य प्राप्ति होती रहती थी। गुरु महाराज से मैं यह सब निवेदन करता, तब वे मुझे कहते थे—घबराना

मत, जो होता है, उसे होने दो, तुमको दिव्यता प्राप्ति होगी। तुम्हारे शरीर की नाड़ियाँ शुद्ध होकर, अंत:करण के पूर्व संस्कार नष्ट हो रहे हैं। फिर तुम एक दिन ऐसे दिव्य आनंद की अनुभूति करोगे कि जिसमें तुम सतत मस्त रहोगे।''

कुछ देर डेम के स्थिर जल पर दृष्टि डालकर रेवानंदजी चुप रहे। फिर आत्मीयतापूर्वक मेरा स्पर्श करके आगे समझाने के लिए हँसकर बोले, ''यह सब मैं तुम्हारी शंका के निवारणार्थ और मार्गदर्शन के लिए कह रहा हूँ। मेरे पास एक उत्तम पुराना 'चित्तिशक्ति विलास' नामक ग्रंथ है, वह तुम ध्यानपूर्वक पढ़ लेना, उसके अनुसार साधना काल में तुम्हें अनुभव होंगे और तुम्हारी शंका का समाधान भी होता रहेगा, साथ-साथ सरयूदासजी की दिव्य पादुकाओं का पूजन-अर्चन करोगे तो तुमको सहज रूप से दिव्य शक्तियों का साक्षात्कार होता रहेगा। तुम्हारी आत्मा का चिंतन ही गुरु चिंतन हो जाएगा। 'ॐ गुरु' के मंत्र के साथ आत्मा का ध्यान करना, वही तुम्हारा गुरु...उस मंत्र के साथ का ध्यान ही तुम्हारा परमदेवता हो जाएगा। यह मंत्र चैतन्यकारक है, परमेश्वर की अनुग्राहिका महान् शक्ति है। नवोन्मेषशालिनी प्रतिभा है, स्वयं पराशक्ति चित्ति अर्थात् माँ कुंडलिनी है।''

कुछ रुककर रेवानंदजी द्वारा जलपान के लिए दान बापू को हाथ से संकेत करते ही वे पानी का जग भरकर उपस्थित हो गए, सभी ने जलपान किया।

सूर्यास्त में अभी बहुत देर थी। चमकते और स्थिर चेकडेम के पानी पर से आती हुई शीतल हवा आह्लादक लग रही थी। हवा के कारण खड़खड़ाते वृक्षों के पत्तों की आवाज हृदय में आनंद की झाँझर बजा रही थी। सब तरफ शांति थी, सबकुछ मानो शांत और सुखदायक लग रहा था।

''मेरे गुरुदेव कहते थे,'' रेवानंदजी ने पुनः बातों का दौर आगे बढ़ाते हुए कहा, ''मानव जीवन में सुख-दु:ख का कारण उसके स्वरूप का विस्मरण है, इस स्वरूप का विस्मरण हो जाना, उसी का नाम अज्ञान, अविद्या अथवा माया है, जिसके कारण मनुष्य को विविध प्रकार के कष्ट भोगने पड़ते हैं। इसमें से छूटने का उपाय है 'आत्मदर्शन'। आत्मदर्शन अथवा 'आत्मसात्' अंत:शक्ति जाग्रत् होने से ही संभव है। इसके लिए 'ॐ गुरु' की शरण ग्रहण करके उनका कृपपात्र बनना चाहिए। यह गुरु मंत्र की कृपा ही साधक से संसार ही नहीं, परंतु उसके 'जीव तत्त्व' का त्याग करवाती है। उसका धन या द्रव्य नहीं, परंतु उसकी चिंता और पाप को भी हर लेती है। गृहस्थी हो तो भी गुरु-कृपा उसके घर में ही गुफा की शांति और एकांत का अनुभव करवाती और संसार के भयंकर प्रपंच के बीच भी परमार्थ की प्राप्ति करवाती है।''

"संक्षेप में!" साँस लेने को रुककर, थोड़ा जलपान करके वे आगे बोले, "उल्लासपूर्वक गुरु मंत्र का ध्यान और गुरु चिंतन, आत्मचिंतन ही सिद्धयोग का प्राण है, शक्तिपात की साधना है, परम प्राप्ति का रहस्य है।" कुछ रुककर रेवानंदजी ने पुनः थोड़ा जलपान किया। उनके शब्दों से परिप्लावित होकर मुझे लगा कि एक गृहस्थ साधु के रूप में अभी तक की मेरी साधना में मैं किसी कक्षा में खड़ा हूँ। ध्यान के समय नीलबिंदु और सर्वत्र फैले हुए शीतल प्रकाश के समुद्र के दर्शन का अनुभव मुझे होता है। उस प्रकाश-पुंज में स्नान करते हुए जो आनंद का अनुभव होता है, वैसा ही आनंद बाद में भी होता रहता है। मनुष्य सहित प्रकृति के समग्र स्वरूप के साथ एकाकार हो जाता हूँ। अनर्गल प्रेम और आनंद उभरने लगता है, सतत उभरता रहता है मेरे अंत:करण में। इस भाव को मैं समझ नहीं पाता हूँ। वर्णन नहीं कर सकता हूँ, ऐसा होने का कारण भी नहीं जान सकता हूँ। इसलिए रेवानंदजी के समक्ष अपने मेरे विचार प्रकट किए तो तुरंत उन्होंने हँसकर कहा, "ठीक है, ऐसा ही होना चाहिए, तुम्हारे अंदर चित्तिशक्ति अर्थात् माँ कुंडलिनी का अवतरण हो रहा है। तुमने बहुत अच्छा अनुभव कहा है। साधनाकाल में मुझे भी ऐसे अनुभव होते थे। जब मैं गुरुजी से पूछता था, तब उन्होंने मेरे समक्ष उनकी अपनी अनुभूतियों द्वारा अंत:शक्ति के कार्यकलाप का अद्‌भुत वर्णन करते हुए कहा था— यह सब कुंडलिनी शक्ति जाग्रत् होने की प्रक्रिया है, यह सब कुंडलिनी जागृति पूर्व के क्रियाकलाप हैं, आनंद और ऐक्य के अनुभवों के साथ-साथ अन्य अनेक अनुभवों में से साधक को गुजरना पड़ता है, बिंदु के दिव्यदर्शन के उपरांत, भयानक दृश्य, मन की भ्रमित स्थिति, ज्योति दर्शन, लोकांतर और देवी-देवताओं के दर्शन, नाद श्रवण, ब्रह्म भाव, गुरु भाव, सर्वत्र एकता और प्रेम भाव आदि सिद्ध योग की साधना के परिणामों की अनुभूति है।"

मेरे प्रश्न के उत्तर में रेवानंदजी स्वयं को प्राप्त गुरु के मार्गदर्शन का निरूपण कर रहे थे, जो सुनकर और अधिक जानने की मेरी जिज्ञासा बलवती बन गई थी। मैंने पूछा, "यह सब मनुष्य के भौतिक शरीर द्वारा किस प्रकार प्राप्त हो सकता है, दिखाई दे रहा यह भौतिक शरीर तो नाशवान् है?"

सुनकर रेवानंदजी मुसकराकर मेरे सामने देखकर बोले, "साधना के साथ साथ गुरु का मार्गदर्शन तो आवश्यक है, उपरांत शास्त्र का ज्ञान भी उतना ही आवश्यक है। भक्ति, श्रद्धा और ईश्वर समर्पण से ज्ञान अपने आप प्रकट होता है, यह बात सत्य है, परंतु शास्त्र-श्रवण भी आवश्यक है, उसके कारण साधक को उसके प्रयत्नों में श्रद्धा द्वारा पुष्टि मिलती है।" थोड़ा रुककर रेवानंदजी आगे बोले, "तुम्हारी बात सत्य है,

दिखाई देता यह शरीर नाशवान् है, परंतु इसी शरीर में माँ भगवती कुंडलिनी अखिल ब्रह्मांड को समाकर बैठी है!" थोड़ा रुककर बात आगे बढ़ाते हुए रेवानंदजी पुनः बोले, "वेदों में दिखाई दे रहे भौतिक शरीर के उपरांत अन्य तीन शरीरों का वर्णन है। इस प्रकार कुल चार शरीर के नाम हैं—(1) दृश्य स्थूल शरीर, (2) सूक्ष्म शरीर, (3) कारण शरीर, (4) महाकारण शरीर। ये चार शरीरों की क्रमशः चार अवस्थाएँ आती हैं—(1) जाग्रत्, (2) स्वप्न, (3) सुषुप्ति, (4) तुर्या! इन चार अवस्थाओं के द्योतक चार रंग हैं, जो ध्यान के समय दृश्यमान होते हैं। इन चार रंगों में लाल, सफेद, काला और नीला हैं।

"साधना पुष्ट होने पर देहभाव चला जाता है। 'मैं' जो अहम् का द्योतक है, यह 'मैं' और 'मेरा' नष्ट हो जाता है, इसके बाद द्वैतभाव का निरूपण हृदय में होता है। इसके कारण साधक और ईश्वर के साथ तादात्म्य सध जाता है और 'मैं' ही 'वह' का भाव जाग्रत् होता है, अर्थात् 'मैं' ही ब्रह्म हूँ; ऐसा द्रष्टा भाव जाग्रत् होता है। 'अहं ब्रह्मास्मि' का स्फुरण होता है, ऐसा स्फुरण होने पर साधक को भौतिक पदार्थों में अपनापन लगने लगता है। एकरूप लगता है और उसके कारण सृष्टि प्रेम से भरपूर और आनंदस्वरूप लगने लगती है।"

फिर मेरे मूल प्रश्न का उत्तर देते हुए उन्होंने कहा, "प्रकृति के सुंदर स्वरूप को तथा अन्य पदार्थों को देखकर तुम्हें जो आनंद आता है तथा उसमें एकरूप हो जाने का भाव जो जागता है, उसका यही कारण है कि तुम्हारे अंदर महामाया कुंडलिनी का स्फुरण हो रहा है, तुम सत्य पथ पर हो, तुम्हारी प्रगति हो रही है। तुम्हें जो ज्योति के दर्शन हो रहे हैं, उसमें ही तुम्हें नीलबिंदु के स्वरूप में 'माँ' भगवती नीलेश्वरी के दर्शन होंगे।" इतना कहकर रेवानंदजी अतीत में चले गए हों, इस प्रकार आँखें बंद करके आगे बोले, "मेरे गुरु महाराज ने शास्त्रों और ग्रंथों को आत्मसात् करके स्वयमेव परम सिद्धि प्राप्त की थी। उन्होंने स्वयं के ही अनुभवों का निरूपण मेरे समक्ष किया था। गुरुदेव ने ध्यान में दृष्टिगोचर होनेवाले इस चमकते नीलबिंदु और जगमगाती नील ज्योति की महिमा बहुत कही थी। उन्होंने कहा था—यह जो नीलेश्वरी है, यही चित्तिकुंडलिनी, पराशक्ति, परब्रह्म, परमात्मा, गुरु, आत्मा, त्रिभुवन, परम शांति का स्थान सबकुछ है। यही श्रीकृष्ण स्वयं हैं। जो पुण्यात्मा होते हैं, उन्हें ही नीलदर्शन होते हैं। 'सहस्राक्ष सहस्रपादः' पुरुष का जो वेदों में वर्णन है, उसका दर्शन इन नीलेश्वरी में होता है।" कहकर रेवानंदजी मौन हो गए।

मैंने जानने की जिज्ञासा से पूछा, "इन सभी आध्यात्मिक अनुभूतियों को गुप्त

रखने का क्या प्रयोजन है ? जिज्ञासुओं के समक्ष ये अनुभूतियाँ प्रकट करने से कोई… !"

"जरा भी निषेध नहीं है।" मेरी बात का मर्म समझकर वे बोले, "मेरे गुरुदेव सिद्धयोग के साधकों को भी स्वयं के अनुभव प्रकट करने का अनुमोदन करते हैं, क्योंकि इससे सिद्धयोग का महत्त्व, उसकी उपयोगिता, सच्ची जानकारी और यथार्थ स्वरूप प्रकट होने से साधकों को मार्गदर्शन और प्रोत्साहन मिलता है। सिद्धयोगी महेश्वरानंद भी अपने शिष्यों को कहते थे—हमें जो प्राप्त हुआ है, वह तुम भी प्राप्त कर सकते हो, मैं जिस मार्ग से पहुँचा हूँ, वह मार्ग तुम्हारे लिए भी सुलभ हो सकता है।"

"परंतु रेवानंदजी।" मैंने पूछा "सिद्धियों की मुझे कोई स्पृहा नहीं है, परंतु साधना के साथ-साथ अनायास कोई सिद्धि अर्थात् 'दिव्य अनुभव' होते रहते हैं। अनायास भी उस साधक को कई दिव्य लाभ मिल जाते हैं, वे कैसे हो सकते हैं अथवा होते हैं ?"

"सबकुछ गुरुदेव की कृपा से होता रहता है।" रेवानंदजी ने उत्तर देते हुए कहा, "साधनाकाल में आत्मवत् प्रेम मिलता ही रहता है, साधकों की पात्रता भी उच्चकोटि की होनी आवश्यक है। जिन साधकों को इतनी शक्तिमत्ता प्राप्त हो चुकी हो, तो उनके साथ ध्यान में बैठनेवाले को भी स्वत: 'दीक्षा' प्राप्त होती रहती है, उस समय वे किसी का स्पर्श करें तो भी उसे विद्युत् जैसे झटके का अनुभव होता है और वह यौगिक क्रियाएँ करने लगता है। गहरे ध्यान में चला जाता है, किसी-किसी को अतींद्रिय ज्ञान प्राप्त होने से भूतकाल, भविष्यकाल या वर्तमान की घटनाएँ प्रत्यक्ष दिखाई देती हैं। आगामी आपत्ति की पूर्व सूचना उसे मिलती है, ध्यान में देवी-देवताओं के साथ वार्त्तालाप द्वारा संकेत और ज्ञान उसे प्राप्त होता है। आध्यात्मिक विषयों का मार्गदर्शन करने की योग्यता भी मिलती है, परंतु साथ-साथ साधक को ऐसी सिद्धि प्राप्त होने पर, पहले कई सावधानियाँ भी रखना आवश्यक है।" विशेष सूचना दे रहे हों, इस स्वर में रेवानंदजी आगे बोले, "साधक को अपने साधना स्थान में सावधान होकर रहना चाहिए। साधक यदि साधना के समय बातों की निरर्थक गप्पें मारा करे और स्वेच्छापूर्वक परिभ्रमण या आचरण करता रहे, तो ये सिद्धियाँ नीति से विपरीत मानी जाएँगी। सिद्धयोग में साधकों को किसी का जूठा भी नहीं खाना चाहिए। विशेष महत्त्व की बात और विशेष आवश्यक भी है साधक को किसी का अनावश्यक स्पर्श भी नहीं करना चाहिए। शुद्धता का आचरण और आग्रह कोई आडंबर नहीं, परंतु उसका संबंध शुद्धता और पवित्रता के साथ है। सर्व-संपत्तियों में शुद्ध और पवित्र चित्त एक महान् संपत्ति है।"

मैं रेवानंदजी की ज्ञानवार्त्ता रसपूर्वक सुन रहा था। तभी दान बापू को आते हुए देखा। मैं उन्हें आते हुए देख रहा था, वे रूमाल से अनामिका उँगली को दबा रहे थे।

रूमाल के लाल रंग को देख लगा कि उनकी उँगली से खून निकल रहा है। चिंता के स्वर में मैंने पूछा, ''अरे, दान बापू! क्या हुआ? उँगली में से खून निकल रहा है।''

''कुछ नहीं। ध्यानावस्था में नीचे पत्थर पर बैठा था। अचानक काले नाग में डंक मारा है।'' दान बापू ने मानो कुछ अस्वाभाविक नहीं हुआ हो, ऐसे उत्तर दिया।

''साँप ने काटा है!'' मैं जोर से बोल पड़ा, ''कोबरा! जहरीले नाग ने काटा है?''

अद्भुतानंदजी की जड़ी-बूटी चेकडेम के पानी में फेंक देने की जल्दबाजी से मुझे पछतावा होने लगा। मैंने दान बापू के सामने देखा, तो वे हँस रहे थे। बोले, ''इसमें चिंता करने की आवश्यकता नहीं है। यह तीसरी बार मुझे साँप ने काटा है। कुछ भी नहीं हुआ, क्योंकि मेरा आयुष्य अभी बहुत बाकी है। रोहित के समान मैं अल्पायु नहीं हूँ।''

खिलखिलाकर हँसते हुए दान बापू पुनः बोले, ''यूँ भी मुझे जहर चढ़ता नहीं है। जहरीले बिच्छू मुझे कई बार लकड़ी लेने जाता हूँ, तब काटते हैं; थोड़ी देर में ठीक हो जाता है। चिंता मत करो, मुझे कुछ नहीं होगा।''

बोलते हुए रुककर दान बापू ने रेवानंदजी की ओर देखकर कहा, ''चलो अब, समय बहुत हो गया है। संध्या-आरती करके भोजन करना है न? मैंने कब से रसोई बना रखी है।'' और आगे चल पड़े।

नीचे नदी पार करके यज्ञशाला के पास की चढ़ाई चढ़ते हुए मेरे साथ चलते-चलते रेवानंदजी ने मुझसे कहा, ''मैं तुम्हें अब जो कहना चाहता था, वह दान के सर्पदंश की घटना से प्रयोग रूप में प्रत्यक्ष प्रमाण बन गया!''

''प्रयोग स्वरूप में प्रत्यक्ष प्रमाण!'' मैंने आश्चर्य से पूछा, ''और वह कैसे?''

''साधक को साधनाकाल में ऐसे ही विचित्र अनुभव होते रहते हैं। उसका यह प्रत्यक्ष प्रमाण है! हमारे प्राचीन ऋषि-मुनियों ने साधना द्वारा ही संशोधन करके यह सब जाना है, परंतु साधकों की कक्षा एक समान नहीं होती है। साधकों की कक्षा न्यूनाधिक होने से किसी को इस सत्य का अनुभव होता है, तो किसी को नहीं भी हो! साधना के समय प्रत्येक साधक को विविध अनुभूतियाँ होती हैं। इन अनुभवों के विषय में कहीं पढ़ने या जानने को नहीं मिलता है, यदि मिलता भी है, तो गूढ़ भाषा में होता है, समझना कठिन हो जाता है। इसलिए साधकों की विचित्र गति की चमत्कारिक क्रियाओं को समझ नहीं सकते हैं। फलस्वरूप कई बार साधक का मन भयभीत हो जाता है और साधक अपनी साधना को छोड़ देता है!'' फिर स्वयं की ओर हाथ से निर्देश करके रेवानंदजी बोले, ''मुझे भी ऐसे बहुत अनुभव हुए, तब मैं मेरे गुरुदेव से डरकर पूछता—गुरुदेव! मैं साधना में बैठता हूँ, तब ध्यान में मुझे साँप काटने

को आता दिखाई देता है, कई बार एक नग्न स्त्री आँखों के सामने आकर खड़ी हो जाती है। मुझे बहुत डर लगता है, साधना के समय मुझे दूषित विचार आते रहते हैं।

"तब गुरु महाराज मुझे प्रेम से समझाते—इसमें डरने की कोई आवश्यकता नहीं है। यह सब तो सर्पाकार माँ कुंडलिनी शक्तिपात की प्रक्रिया है!" थोड़ा रुककर रेवानंदजी चलते-चलते पुनः बोले, "परमगुरु का पूर्ण अनुग्रह अथवा सिद्ध कृपा या सांभरी क्रिया का समावेश अर्थात् शक्तिपात, इसी को कुंडलिनी जागृति कहते हैं!" फिर कुछ देर रुककर बोले, "ध्यान के समय दान को साँप काटना, यह कुंडलिनी जागृति का द्योतक है।"

बातें करते-करते हम मंदिर में प्रवेश करके आरती की मधुर आवाज में ध्यानस्थ हो गए। दान बापू आरती तथा समूह स्तुति आदि पूर्ण करके हमें रसोईघर की ओर ले गए।

भोजन के बाद रेवानंद ब्रह्मचारीजी को 'ॐ नमो नारायण' कहकर मैं ऊपर अपने कमरे में आ गया। समय बहुत हो गया था, खुली खिड़की में से स्ट्रीट लाइट का प्रकाश और ठंडी हवा आ रही थी। सड़क के उस पार एकदम शुरू हो जानेवाले जोगणिया पर्वत पर आकाश में टिमटिमाते तारों का धुँधला प्रकाश फैला हुआ था। मेलडी माता के मंदिर में अभी भी डमरू की आवाज आ रही थी, डिम... डिम... डिमडिमा... डिम... डिमडिमा... डिम्!

मैं बिस्तर पर लेट गया, परंतु नींद नहीं आ रही थी। आज की समग्र घटनाओं के विचार एक के बाद एक मन में घुमड़ रहे थे। प्रातःकाल की बेचैनी और वातावरण में एक विशेष परिवर्तन का आभास, शहर जाकर रोहित का उपचार, उसकी मृत्यु, पूरणपुरी बापू की नाराजगी, माधवानंदजी की विदाई और उसके साथ रेवानंद ब्रह्मचारी का सांत्वनापूर्ण यौगिक मार्गदर्शन आदि के विषय में सोचते-सोचते धीरे-धीरे में तंद्रावस्था में चला गया। खिड़की से आती हुई ठंडी हवा के कारण मैं घुटने सिकोड़कर सो गया। खिड़की बंद करने या चादर ओढ़ लेने की क्रिया इच्छा होते हुए भी नहीं कर सका।

मैं तंद्रावस्था में बिस्तर पर सो रहा था। इसी अवस्था में मुझे आभास हुआ कि कोई मुझे चादर ओढ़ा रहा है। ऊष्मा मिलने पर मुझे अच्छा लगा, इस ऊष्मा के कारण मेरी तंद्रा कम हो गई, मेरी नजर अधखुले दरवाजे पर पड़ी, तो मुझे एक परछाईं नजर आई! परछाईं को पहचानने का प्रयत्न करते हुए मुझे आभास हुआ कि चादर ओढ़ाकर जा रही यह प्रेमपूर्ण परछाईं माधवानंदजी की है रेवानंद ब्रह्मचारी के रूप में!

और धीरे-धीरे मैं प्रगाढ़ निद्रा में चला गया।

7

माधवानंदजी को विदा हुए कई दिन गुजर गुए। पहले उनकी विदाई का विषाद बहुत गहरा था, परंतु आज नहीं के बराबर है। प्रकृति ने मानव पर यह बहुत बड़ा उपकार किया है, शरीर और मन धीरे-धीरे परिस्थिति को स्वीकार कर लेते हैं और दैनंदिन क्रम में अपने आप व्यवस्थित हो जाता है। अचानक कैसा भी परिवर्तन हुआ हो, पर दिन गुजरने से परिवर्तन स्वाभाविक क्रम में आ जाने से उसका विशेष प्रभाव नहीं रहता है।

माधवानंदजी की विदाई के दिन परिवर्तन की जो मैंने पूर्व कल्पना कर ली थी और जिस प्रकार घटनाएँ घटित हुईं, उनका अनुभव हुआ, तब लगा कि यह परिवर्तन मेरे लिए कदाचित् अकल्पनीय साबित हो, परंतु ऐसा कुछ भी नहीं हुआ। सबकुछ स्वाभाविक क्रम में हो रहा था। कोई कमी नहीं, कोई न्यूनता नहीं, सबकुछ सामान्य और सरल। यद्यपि यह सरल परिस्थिति रेवानंद ब्रह्मचारी से प्राप्त सान्निध्य के कारण ही थी, लगता था कि मानो रेवानंदजी माधवानंदजी की ही परछाईं हैं, उन्हीं का दूसरा स्वरूप हैं, उनके प्रेममय और आत्मीय व्यवहार के कारण मैं धीरे-धीरे माधवानंदजी की अनुपस्थिति के विषाद को भूलता जा रहा था, अरे! भूल ही गया था।

फिर भी लग रहा था कि यह भी परिवर्तन था, परंतु स्थिर था। उसमें कुछ भी नवीनता नहीं थी, इसलिए यह स्थिति थोड़ी उबाऊ थी। इस स्थिर परिस्थिति में प्रवाह की आवश्यकता थी। ऐसा मुझे लगता था, परंतु माधवानंदजी के उपदेश के अनुसार, 'धीरज' मंत्र को मैंने आत्मसात् कर लिया था। मुझे लग रहा था कि स्थिरता का यह समय कदाचित् आवश्यक और मेरे लिए लाभप्रद भी हो सकता है।

साधना आरंभ करने की दिशा में रेवानंदजी की ओर से कोई संकेत या प्रस्ताव या मार्गदर्शन की दिशा में कुछ आगे बढ़ा नहीं था। पूरणपुरी बापू की ओर से भी कोई संदेश नहीं मिला था! माधवानंदजी तो विदा होने के बाद मानो इस स्थान को भूल ही गए हैं, ऐसा लगता था। उन्होंने सबकुछ रेवानंदजी पर छोड़ दिया था।

यूँ ही दिन गुजर रहे थे, यद्यपि ये दिन नीरस या शुष्क नहीं थे। रेवानंदजी का विनोदी और प्रेमपूर्ण स्वभाव इन दिनों में प्राण भर देता था, फिर भी लगता था कि इन दिनों की स्थिरता में प्रवाह की आवश्यकता है। इस प्रकार दिन गुजार देना या व्यर्थ करना उचित नहीं है, जो ध्येय की ओर जाने की कदाचित् विस्मृति हो जाए, तो ऐसा मुझे लगता था। यद्यपि नित्य नियमानुसार उपासना तो चल ही रही थी, परंतु यह कोई

संतोषजनक विषय नहीं था। मेरी जिज्ञासावृत्ति की पूर्ति के साथ-साथ ऊर्ध्वगति की ओर जाने का प्रयास जारी हो, ऐसी इच्छा मेरे अंदर बलवती हो रही थी।

नैमित्तिक कर्म पूर्ण करके मैं नीचे उतरते हुए सोच रहा था, तभी नदी के उस पार, रेवताचल पर्वत की झाड़ी में, रेवानंदजी और दान बापू को विचार-विमर्श करते हुए देखा। मैं उनके पास जाने का विचार कर ही रहा था, तभी उनकी नजर मेरे पर पड़ी। उन्होंने मुझे संकेत करके अपने पास बुलाया। शीघ्र ही उनके पास पहुँचते ही रेवानंदजी ने एक गोल पत्थर पर आसन ग्रहण किया और हमें सामने के स्वच्छ सपाट स्थान पर आसन ग्रहण करने का हाथ से संकेत किया। उनके शरीर पर पसीने को देखकर लगा कि दोनों ने चलने का या कोई शारीरिक परिश्रम किया है! थोड़ी देर मौन छाया रहा। फिर मौन तोड़कर रेवानंदजी पहले हाथ-पैरों का पसीना लाल गमछे से पोंछकर, मेरी ओर देखकर बोले, "एक कार्य की पूर्णता और दूसरे कार्य के प्रारंभ के बीच थोड़ा विराम या विश्रांति आवश्यक होती है। ऐसी विश्रांति आवश्यक है, उसे परिवर्तन में आई हुई 'स्थिरता' नहीं समझना चाहिए। स्थिरता के बाद ही परिवर्तन की प्रक्रिया प्रारंभ होती है। नदी का बहता हुआ जल भी स्थिर होता है और बड़ी मात्रा में जलाशय का रूप धारण कर लेता है, और उस एकत्रित जल की कितनी अधिक उपयोगिता बढ़ जाती है।

"नदी की यह स्थिरता भी कल्याण के लिए होती है, परंतु इसका अर्थ यह नहीं है कि नदी स्थिर ही बनी रहती है, उसका जल जमीन में उतरता है, कुओं और सरोवर में जाता है। जलाशय के किनारों से आगे बढ़ती रहती है और नदी की यह स्थिरता एक नए रूप में देखने को मिलती है।" फिर मेरे सामने स्थिर दृष्टि करके बोले, "स्थिरता की यह नूतनशक्ति के एकत्रीकरण की प्रक्रिया है, नवोन्मेष परिवर्तन को आत्मसात् करने का बल इसमें निहित है।" कहकर रेवानंदजी मौन हो गए।

मुझे लगा कि कुछ देर पहले जो मेरा मनोमंथन चल रहा था, यह उसका उत्तर है। कदाचित् रेवानंदजी अब मेरे भविष्य के कार्यक्रम की भूमिका कुछ समय से बाँध रहे हों, और उसके लिए बड़ी तैयारी भी कर रहे हों, ऐसा भी हो सकता है और कुछ ही देर में उसकी प्रतीति भी हो गई। उन्होंने उठने का संकेत किया और स्वयं भी खड़े होकर हँसते हुए बोले, "देखो, तुम्हारी तपोभूमि अर्थात् साधना का स्थान हमने निश्चित करके व्यवस्थित कर दिया है। तुम भी जरा जाँच लो।" कहकर हमें साथ लेकर ऊपर की ओर चलने लगे। रेवताचल पर्वत के कुछ ऊपर गए तो झाड़ियों के बीच एक बड़ा सपाट स्थान आया, वहाँ बीच में खड़े होकर उन्होंने कहा, "क्यों,

स्थान कैसा लगा?'' मैंने स्थान का निरीक्षण किया तो मन आनंदित हो उठा।

स्थान बहुत सुंदर और प्राकृतिक दृश्यों से भरपूर था। स्थान की जमीन एकदम समतल थी, मानो निवास करने के लिए प्रकृति ने स्वयं बनाई हो। तीन तरफ छायादार घने वृक्ष थे, एक ओर दीवार के समान काली चौकोर पत्थर की विशाल शिला थी। आवश्यकता हो तो उस पर पीठ टिकाकर आराम से बैठ सकते हैं। सामने देखो तो मैदान और मंदिर दृष्टिगोचर हो रहे थे। यहाँ से सामने की हलचल स्पष्ट रूप से देखी जा सकती है। बीच में नदी का जल-प्रवाह और मंदिर के ऊपर उड़ती ध्वजा हृदय में अनोखा भाव भर देती है। मैं लगभग मस्ती में आकर बोला, ''वाह! अति सुंदर! आपकी पसंद का क्या कहना!'' कहकर मैंने रेवानंदजी की ओर अहोभाव से देखा तो हँसते हुए बोले, ''तुम सचमुच भाग्यशाली हो कि ऐसी पवित्र भूमि तुम्हें साधना के लिए सरलता से मिल गई।'' थोड़ा रुककर चारों ओर दृष्टि डालकर पुनः बोले, ''यह रेवताचल पर्वत, यह गैबी गिरनार, अरे! सोरठ की समग्र भूमि पवित्र तो है ही, परंतु यह स्थान विशेष रूप से इसलिए पवित्र और जाग्रत् है कि यहीं इसी भूमि पर मेरे गुरुजी ने भी बहुत समय तक साधना की है।

''उनके साधना काल में इसी भूमि पर मैंने उनकी सेवा करते-करते शक्ति प्राप्त की थी। इसके उपरांत शिवानंद सरस्वती और मेरे गुरु भाई माधवानंदजी ने भी यहीं बैठकर उपासना की है। यह स्थान तपोभूमि है, यहाँ नामी-अनामी अनेक संतों ने अपनी साधना की होगी। बहुत प्राचीन है यह तपोभूमि।''

फिर थोड़ी देर मौन रहकर मेरे कंधे पर प्रेम से हाथ रखकर बोले, ''इसीलिए यह स्थान तुम्हारे लिए पसंद किया गया है। बहुत समय से यह स्थान वीरान पड़ा था। उस पर शिवरात्रि के मेले में घूमने आए हुए यात्रियों ने भी कुछ दूषित कर दिया था। आज मैंने और दान बापू ने यह स्थान साफ करके स्वच्छ और पवित्र कर दिया है।''

फिर हँसकर पूछा, ''तुम्हें अनुकूल रहेगा न?'' कहकर वे मुसकराते रहे, मैंने प्रत्युत्तर में कहा, ''मुझे अनुकूल हो, मेरी साधना के लिए उत्तम स्थान होगा, तभी तो आपने मेरे लिए पसंद किया होगा। उसमें कोई शंका का स्थान ही नहीं है।''

''शंका में पड़ना भी नहीं चाहिए।'' कहकर उन्होंने आगे कहा, ''साधना के लिए स्थान चयन पर विशेष ध्यान रखना चाहिए। प्रत्येक स्थान की भूमि का अपना विशिष्ट अस्तित्व अर्थात् व्यक्तित्व होता है। अनेक विषय की छाप अर्थात् अच्छे-बुरे संस्कार भूमि पर भी अंकित होते रहते हैं, उसी के अनुसार भूमि का प्रभाव भी वातावरण और उसमें प्रवेश करनेवाले प्राणियों पर होता रहता है।''

दृष्टांत देते हुए रेवानंदजी ने आगे कहा, ''जैसे युद्धभूमि के अलग प्रभाव, तपोभूमि के अलग प्रभाव होते हैं, प्राचीन ऋषि-मुनियों के आश्रम में प्रवेश करने पर हिंसक प्राणी भी अहिंसक हो जाते हैं; तपोभूमि में तपस्वियों की मानसिक तरंगें हमेशा घूमती रहती हैं। इन तरंगों की सीमा में जो कोई मनुष्य या प्राणी प्रवेश करते हैं, उन्हें मानसिक शांति और पवित्रता प्राप्त होती है और उनके सत्त्वगुण में वृद्धि होने पर वे ईश्वराभिमुख हो जाते हैं, उनके मन में पवित्र और सात्त्विक विचार प्रारंभ हो जाते हैं। इसीलिए साधना के लिए योग्य भूमि का चयन करना चाहिए।''

फिर रुककर आगे बोले, ''साधना स्थल पर चित्ति की किरणें एकत्रित हो जाती हैं। प्रतिदिन एक ही स्थान पर ध्यान में बैठने पर उत्तरोत्तर अच्छा ध्यान लगता है।'' साधना के लिए योग्य स्थान के चयन के समर्थन में स्वयं के अनुभव बताते हुए रेवानंदजी ने आगे कहा, ''कच्छ के स्थान पर मेरा एक ध्यान कक्ष है। वहाँ मैंने बहुत समय ध्यान किया है। बाद में अनेक लोगों ने भी वहाँ ध्यान करना प्रारंभ किया, तो सभी का उस स्थान पर अच्छा ध्यान लगने लगा। इस प्रकार एक ही स्थान पर ध्यान करना उत्तम होता है।

''यदि स्थान अनुकूल न हो तो कहीं भी स्वच्छ और पवित्र स्थान देखकर बैठ सकते हैं।'' कहकर रेवानंदजी कुछ देर मौन हो गए।

मेरा ध्यान दान बापू की ओर गया, वे समतल स्थान की सीमा पर आड़ करने के लिए पत्थर व्यवस्थित कर रहे थे। उनको संबोधित करके रेवानंदजी बोले, ''अभी भोजन में बहुत देर है, तो थोड़ी क्षुधातृप्ति हो जाए, तो इस शरीर को थोड़ा आधार मिल जाए!'' कहकर वे खिलखिलाकर हँसने लगे, उनका श्वेत और सुंदर दंत-पंक्तियोंवाला चेहरा मैं देखता ही रह गया। मुझे लगा, कितना प्रेम, कितनी ऋजुता, कितनी आत्मीयता भरी है इस चेहरे में! इस चेहरे को देखकर लगता है किसी भी अपेक्षा के बगैर निर्व्याज प्रेम इसमें से निरंतर बहता रहता है।

माधवानंदजी के कथनानुसार मैं सचमुच बहुत भाग्यशाली हूँ, क्योंकि कितने संतों की अहेतुक कृपा मुझ पर बरस रही है। ये कौन से जन्म का ऋणानुबंधन होगा, पता नहीं, परंतु ऐसा लगता रहता है कि इन सबके साथ मेरा अनेक जन्मों से संबंध है। बस! यही एक कारण नजर आता है। माधवानंदजी ने कहा था, वैसे ही, धीरे-धीरे साधना उग्र होने पर सब समझ में आ जाएगा। केवल धीरज...धीरज...और धीरज मुझे रखना है। चाहे जितनी मेरी जिज्ञासा-उत्सुकता हो, मुझे धैर्यपूर्वक साधना में लगे रहना चाहिए और इसी के लिए सब उत्सुकता रखनी चाहिए। मैं इसी सोच में था, तभी दान बापू एक बड़े पात्र में अल्पाहार और जलपान लेकर आ पहुँचे। यह देखकर

रेवानंदजी प्रसन्नचित्त से बोले, ''वाह! सुंदर! भूखे भजन न होय गोपाला! शरीर है, तो सबकुछ है, 'शरीर माध्यम खलु धर्म साधनम्' इसलिए शरीर की भी यथोचित देखभाल रखनी चाहिए, क्योंकि शरीर में ही सब है। जब तक शरीर है, तब तक उसके अंदर जो है, उसे जान लेना चाहिए! 'पिंडे ते ब्रह्मांडे।' इसलिए शरीर की सार-सँभाल भी बहुत आवश्यक है। शरीर स्वच्छ, स्वस्थ और पवित्र हो तो चित्तिशक्ति उसके द्वारा ही प्रकट कर सकते हैं।'' कहकर रेवानंदजी थोड़ी देर मौन हो गए।

अल्पाहार का पात्र बीच में रखकर, प्रारंभ करने का संकेत करके, स्वयं भी मूँगफली के दानों की मुट्ठी भरकर रेवानंदजी पुनः बोले, ''शरीर प्रकृति का अकल्पनीय चमत्कार है। प्रत्येक भूतमात्र में स्थित आत्मा को परमात्मा के साथ एकरूप करने के लिए मूल्यवान् साधन है!'' कहकर वे कुछ रुके। अल्पाहार लेते-लेते और बीच-बीच में कुछ विराम लेते हुए रेवानंदजी शुद्ध शब्दोच्चार के साथ कथन कर रहे थे। मुझे लगा कि अल्पाहार तो मात्र बहाना है। वास्तव में तो मुझे खुश करके साधना के लिए उपयोगी और आवश्यक मार्गदर्शन दे रहे थे।

उनकी बातें शांति से सुनते हुए मैं प्रकृति की आह्लादकता का आनंद ले रहा था। नदी के उस किनारे पर सुंदर स्थान, मेरा ऊपर का कमरा और उसके एकदम पास के मंदिर की ऊँची ध्वजा गगन में लहरा रही थी। मंद-मंद पवन की शीतल लहरें तन-मन को उल्लसित कर रही थीं और उसके साथ कोई अनोखी सुगंध नासिका में प्रवेश करके हृदय को आनंदविभोर कर रही थी, साथ-साथ रेवानंदजी की प्रेरक वाणी केवल सुन ही नहीं रहा था, अपितु घूँट-घूँट पी रहा था। लगता था कि रेवानंदजी मानो स्वयं का अनुभवसिद्ध ज्ञानरूपी भंडार मेरे समक्ष खोलकर, मुझे अर्पण कर रहे थे। थोड़ा जलपान करके रेवानंदजी आगे बोले, ''यह सच है कि क्षणभंगुर शरीर का सामान्य अज्ञानी लोगों के समान मोह नहीं रखना चाहिए। साधक को शरीर का मूल्य विशेष रूप से समझना चाहिए, क्योंकि पहले तो इस शरीर द्वारा ही उसे आगे बढ़ते-बढ़ते परब्रह्म परमात्मा का साक्षात्कार करना है। साक्षात्कार के बाद योगी को शरीर की कोई आवश्यकता नहीं रहती है। आत्मा की ऊर्ध्वगति प्राप्त होने के बाद, योगी की आत्मा 'यंत्रवत्' शरीर में रहकर आयुष्य मर्यादा पूर्ण करती है।'' थोड़ा जलपान करके रेवानंदजी आगे बोले, ''परंतु ऐसी स्थिति साधक की 'जीवन्मुक्त' होने के बाद की है। उससे पूर्व तो उसे शरीररूपी निवास स्थान को सँभालना पड़ता है, देखभाल करनी पड़ती है और उसका मूल्य समझकर साधना में प्रगति करते रहना है।'' फिर कुछ देर मौन धारण करके मेरे सामने देखकर पुनः बोले, ''मेरे गुरुदेव ने

साधना के पूर्व मुझे मनुष्य देह का मूल्य समझाते हुए कहा था— मनुष्य देह केवल एक मांसपिंड नहीं है, चाहे देह ऐसी दिखाई देती हो, परंतु यह शरीर बहत्तर हजार नाड़ियों के समूह की एक उत्कृष्ट और अद्भुत रचना है। ये बहत्तर हजार नाड़ियाँ, छह चक्र और नौ द्वार मिलकर एक घर जैसा बन जाता है। उपनिषद् इसे 'सप्त धातु पूरित!' इस शरीररूपी घर को 'नगरी' अर्थात् पुरी भी कहते हैं।

"बहत्तर हजार नाड़ियों में सौ नाड़ियाँ मुख्य हैं, उसमें दस अधिक महत्त्वपूर्ण हैं, इन दस में भी तीन विशेष महत्त्व की हैं, इन तीन में मध्य नाड़ी, जिसका नाम सुषुम्ना है, यह सबसे श्रेष्ठ है! इस सुषुम्ना नाड़ी द्वारा ही हम सभी कार्य करते हैं। यह नाड़ी परम शिव के निवास स्थान-सहस्रार से लेकर कुंडलिनी के स्थान पर मूलाधार तक अविभक्त रूप से व्याप्त है।" रेवानंदजी बोल रहे थे, तभी दान बापू खड़े होकर बोले, "आप बैठो, मैं रसोईघर में कुछ काम बाकी है, इसलिए जाता हूँ।" कहकर वे चले गए। बात का सिलसिला आगे बढ़ाते हुए रेवानंदजी बोले, "शरीर में 'प्राण' मुख्य है, प्राण निकलने के बाद, कितना भी सुंदर शरीर हो, उसकी कीमत कानी कौड़ी जितनी भी नहीं रहती है। प्राण से ही जगत् में सब प्रवृत्तियाँ होती हैं, प्राण से ही भूतादि जीव जीवित माने जाते हैं। प्राण के कारण आनंद उत्पन्न होता है, प्राण से ही शरीर में शक्ति आती है, प्राण द्वारा ही सिद्धियाँ प्राप्त होती हैं, प्राण से ही आरोग्य मिलता है, प्राण के आधार से ही 'सिद्ध' लोक-परलोक में सरलता से आवागमन कर सकते हैं।

"संतानोत्पत्ति भी प्राण के आधार पर होती है। प्राण से ही बल और वीर्य उत्पन्न होते हैं, उपरांत शरीर के रोग और मन की चिंताएँ, भ्रांतियाँ और चित्तभ्रम इस प्राण से ही होते हैं। शरीर का सौंदर्य प्राण से ही प्राप्त होता है, प्राण से ही पुनर्जन्म और जीवन-मुक्ति मिलती है। प्राण ही सर्वस्व है, क्योंकि प्राण ही ब्रह्म, शिव, शक्ति और कुंडलिनी है। इसलिए शास्त्रों में कहा है, 'सर्व प्राणे प्रतिष्ठम् ज्ञानेंद्रिय, कर्मेंद्रिय' आदि सबकुछ प्राण के कारण ही क्रियाशील रहते हैं, क्योंकि इंद्रियाँ, मन और बुद्धि सबकुछ इस प्राण पर ही आधारित हैं, उसी के आश्रित हैं। प्राण द्वारा ही शरीर के विभिन्न कार्य होते हैं। यह प्राण ही विविध कार्य करता है अथवा करवाता है। चित्तिशक्ति अर्थात् महामाया रूप कुंडलिनी प्राण स्वरूप में शरीर टिकाए रखना अर्थात् सुरक्षित रखने के लिए, शरीर व्यापार व्यवस्थित चलाने के लिए 'पाँच रूप' द्वारा अभिव्यक्त करता है अथवा अभिव्यक्त होता है।"

फिर जलपान करके आगे बढ़ाते हुए रेवानंदजी ने प्राण के पाँच रूपों को विस्तृत रूप से बताते हुए आगे कहा, "ये पाँच रूप विशेष रूप से याद रखने चाहिए—(1)

प्राण, (2) अपान, (3) समान, (4) व्यान, (5) उदान। ये एक ही प्राण के भिन्न-भिन्न रूप हैं। वास्तव में तो 'प्राण' एक ही शक्ति रूप में शरीर व्याप्त है, एक ही शक्ति होने के बाद भी विविध कार्यों को संपन्न करने के लिए यह पिंड-ब्रह्मांड में पाँच रूप में व्याप्त है। उपनिषदों में ऋषि-मुनियों ने इसलिए कहा है—पिंड है, वहीं ब्रह्मांड है, पिंडे ते ब्रह्मांडे। कहकर रेवानंदजी ने दीर्घश्वास लिया। थोड़ा जलपान करके, दाढ़ी पर हाथ फेरते हुए मौन धारण कर लिया।

रेवानंदजी की बातें सुनकर और अधिक जानने की जिज्ञासा मेरे मन में बलवती हो गई। ब्रह्मांड स्वरूप में हमारे शरीर में ही स्थित 'प्राण' के विषय में हम कुछ जानते ही नहीं हैं। मनुष्य का यह कैसा अज्ञान है! मैं आगे सोच रहा था। ऐसी महान् शक्ति 'प्राण' हमारे शरीर में है, परंतु उसका स्थान और वह कैसे कार्य करता है, यह जानना आवश्यक है और यह यह जानने की तीव्र इच्छा से मैंने रेवानंदजी से पूछा, "प्राणरूपी यह महाशक्ति शरीर में निश्चित स्थान पर रहकर ही संचालन करती होगी न, यदि प्राणशक्ति का शरीर में कोई केंद्र स्थान हो, तो वह स्थान कौन सा है? और वह प्राण शक्ति किस प्रकार विविध कार्य करती है और करवाती है, वह सब जानने की मेरी इच्छा होती है।"

सुनकर रेवानंदजी मेरे सामने प्रशंसायुक्त दृष्टि से देखकर हँसते हुए बोले, "वाह! अच्छा प्रश्न किया है तुमने! साधक में ऐसी जिज्ञासावृत्ति होना अति आवश्यक है। साधना में प्रगति का प्रेरक बल शास्त्रों का ज्ञान है। ज्ञान प्राप्त करने के लिए गुरु का मार्गदर्शन, प्रेरणा और शक्तिपात आवश्यक होता है। मार्गदर्शन के साथ-साथ महापुरुषों के लिखित ग्रंथ का पठन भी उपयोगी होता है। अपनी साधना-अवस्था में मैंने गुरुजी से प्रश्न पूछकर और उनके सूचित ग्रंथों को पढ़कर बहुत ज्ञान प्राप्त किया। यह ज्ञान मुझे आध्यात्मिक उन्नति को साधने में बहुत सहायक बना।"

फिर थोड़ा विराम लेकर रेवानंदजी ने आगे कहा, "मैंने जो गुरु महाराज के उपदेश प्राप्त करके और ग्रंथों द्वारा प्राप्त किया, फिर वही ज्ञान-साधना द्वारा ही आत्मसात् किया, वही ज्ञान मैं तुम्हें कह रहा हूँ।"

फिर थोड़ा जलपान करके, अँगूठे से मुख साफ करके हँसकर स्वस्थतापूर्वक आगे बोले, "महाशक्ति रूप में 'प्राण' यूँ तो शरीर में सर्वत्र भिन्न-भिन्न रूप में व्याप्त है, फिर भी उसका केंद्र स्थान हृदय में है और वह भिन्न-भिन्न स्वरूप में अर्थात् 'पंच प्राण' स्वरूप में पाँच कार्य करता है, वे विस्तृत तरीके से इसके अनुसार कार्य करते हैं, वह बताता हूँ—

(1) **अपान**—'अपानयति इति अपान' शरीर के अधोभाग में विसर्जन करनेवाली शक्ति को अपान कहते हैं। गुदा और उपस्थ इंद्रियों द्वारा मलमूत्र त्याग करने का जो काम करती है, वह 'अपान' नाम की वायु अर्थात् 'प्राण' भी कहलाता है। शरीर में स्थित व्यर्थ और जहरीले पदार्थों, जैसे—मलमूत्र, पसीना, मवाद आदि शरीर के बाहर धकेलने का अच्छा सेवाकार्य उसके द्वारा ही होता है।

(2) **व्यान**—'व्याप्नोति इति व्यान' जो शरीर में नाड़ियों के द्वारा व्याप्त रहती है, वह वायु अर्थात् प्राण रूप में स्थित है। वह शक्ति 'व्यान' के रूप में वर्णित है। शरीर में बहत्तर (72) हजार नाड़ियाँ शाखा-प्रशाखा के रूप में फैली हुई हैं। उनके द्वारा ही सारे शरीर में शक्ति का संचार होता है, इसलिए उसे व्यान रूप में पहचाना जाता है।
(3) **उदान**—'ऊर्ध्व नयति इति उदान' अर्थात् जो ऊपर की ओर ले जाती है। साधक को ऊर्ध्वमार्ग की ओर गति करवाए या प्रेरित करे, उस मार्ग पर ले जाए, वह 'उदान' रूपी प्राण की उपयोगी शक्ति है। ग्रंथों में इस वायु को साधक के परम स्वजन के समान माना जाता है, क्योंकि इस उदान वायु की सहायता से ही योगी अपने 'ब्रह्मचर्य' की रक्षा करते हैं। उदान वायु की शक्ति द्वारा योगी अपने वीर्य को ऊपर की ओर खींचकर 'ऊर्ध्वरेतस्' बनते हैं, योगी का वीर्य कभी भी स्खलित हुए बगैर संगृहीत होता है, वह वीर्य 'रेतस्' प्राण में मिलकर, प्राण रूप ही अर्थात् महाशक्ति हो जाता है। यह वीर्य रेतस् की संगृहीत शक्ति के कारण और उसका प्राण में ही रूपांतर शक्तिपात करने का योगी में जो सामर्थ्य आता है, उसका मूल स्रोत यह ऊर्ध्वरेतस् ही है। यह ऊर्ध्व हो गई 'रेतस्' अथवा वीर्य संग्रह से ही योगी अथवा संयमी मनुष्यों में शक्ति-बल, तेज और पराक्रमशीलता आती है। इतना ही नहीं, इस 'उदान' वायु के आधार पर 'पापी जीवात्मा' नरक लोक में, पुण्य जीवात्मा पुण्यलोक में और वहाँ से पुनः मृत्युलोक में जाते हैं। वर्तमान में यही उदान वायु शुद्ध होने से क्रिया 'योग' में समाधि सुख की अनुभूति करवाती है।''

एक दीर्घ श्वास लेने को रेवानंदजी रुके तो मैंने पूछा, ''रेवानंदजी! यह उदान वायु बहत्तर हजार नाड़ियों में व्याप्त रहकर अपना कार्य करती है, तो किसी नाड़ी में ही उसका केंद्र स्थान होगा, ऐसा मैं मानता हूँ।''

''तुम्हारी मान्यता बिलकुल सत्य है।'' तत्काल उत्तर देते हुए रेवानंदजी बोले, ''यह उदान शक्ति मुख्य नाड़ी 'सुषुम्ना' में रहती है। यह मध्य नाड़ी सुषुम्ना ही महाशक्ति कुंडलिनी विद्यमान है। अविरल साधना में श्री गुरु की कृपा मिलने पर जाग्रत् कुंडलिनी-महाशक्ति पंचप्राण की सहायता से शरीर की बहत्तर हजार नाड़ियों में से गुजरकर सर्वांग में व्याप्त रहती है।'' इतना बोलकर रेवानंदजी कुछ रुके, फिर

हँसकर पुनः बोले, ''अब क्या जानना है, क्या बताऊँ बोलो?''

मैं थोड़ा सोचकर बोला, ''आपने समान वायु का उल्लेख पूर्व में किया है, उसके विषय में बताएँ!''

''यह समान वायु तो दिन-प्रतिदिन कार्यरत रहती है, तुम जो भोजन द्वारा अन्न पेट में डालते हो, वह यह 'समान वायु' कार्यरत न हो तो यह खाद्य पदार्थ घन स्वरूप में ही पेट में पड़ा रहेगा, भोजन के कारण तुम हलचल भी नहीं कर सकोगे!'' कहकर रेवानंदजी जोर से हँसे, फिर आगे बोले, ''इस समान वायु का महत्त्व भी कम नहीं है, उसे संक्षेप में समझाता हूँ! 'समान—समं नयति इति समान!' शरीर में जो सर्वत्र समान रूप से कार्य करे, वह समान है अर्थात् खाए हुए अन्न का रस पूरे शरीर में पहुँचाने का कार्य जो करती है, उसे समान कहते हैं। अन्न में से जो रस उत्पन्न होते हैं, उसका इस वायु के साथ संक्रमण होने से पंद्रह कलाएँ बनती हैं, जो मांसपेशी, हड्डियाँ, स्नायु, चरबी, रक्त, वीर्य और सर्वेंद्रियों आदि को पोषण देकर पुष्ट करती है। पंद्रहवीं कला का 'मन' बनता है। इसलिए अन्नशुद्धि और उसकी पवित्रता का महत्त्व है। 'जैसा अन्न वैसा मन!' कहा जाता है।''

फिर मुझ पर दृष्टि डालकर बोले, ''गुरु से प्राप्त या स्वयं प्राप्त मंत्र को प्राण-अपान के साथ एक करके जप करो। फिर देर नहीं लगेगी। क्रियाएँ अपने आप होने लगेंगी, साधना स्वतः होगी, दर्शन अपने आप होंगे।''

इतना कहकर रेवानंदजी कुछ रुककर बोले, ''बस! आज इतना ही! समय बहुत हो गया है, भोजन का भी समय होनेवाला है।'' कहकर रेवानंदजी ने संतोष से मेरे सामने देखा।

तभी छात्र अशोक ने आकर रेवानंदजी को संबोधित करके कहा, ''कोई दो गृहस्थ पू. बापू को मिलने और आवश्यक कार्य से आए हैं, बापू की अनुपस्थिति में आप ही उनसे बात कर लें, ऐसा दान बापू ने कहलवाया है।''

''ठीक है, तुम जाओ, मेहमानों को जलपान करवाकर, चाय की व्यवस्था करो, मैं वहाँ आता हूँ।'' कहकर रेवानंदजी खड़े हो गए और मुझसे बोले, ''तुम यहाँ कुछ देर रुककर ज्ञान-चर्चा पर चिंतन करो, जंगल में कुछ देर घूमकर अरण्य निवास का अनुभव भी करो।'' कहकर वे हँसने लगे। मैंने सिर हिलाकर मौन सम्मति बताई। जाते-जाते रेवानंदजी पुनः बोले, ''आस-पास शांति से घूमो, कदाचित् तुम्हारी तीव्र जिज्ञासा को कुछ संतोषजनक मिल जाए, ऐसा भी हो सकता है।'' मर्म में हँसकर, मेरी ओर देखकर वे चल दिए।

अकेला होते ही उनकी सूचना के अनुसार सैर के लिए चेकडेम की ओर आगे की ओर बढ़ा, चलते-चलते रेवानंदजी के रहस्यमय शब्दों के विषय में सोचता रहा। आध्यात्मिक साधना की दृष्टि से मेरी जिज्ञासा को तो वे संतुष्ट कर रहे थे, परंतु मेरी तीव्र जिज्ञासा तो माधवानंदजी और मेरे संबंधों के विषय में जानने की थी। उनकी मुझ पर अहेतुक कृपा, आध्यात्मिक साधना में सहयोग की व्यवस्था करके उन्नति के पथ पर प्रगति में उनके हृदयपूर्वक प्रयत्न—इन सबके संदर्भ में उनके निश्चित कारण जानने की मेरी तीव्र इच्छा है और यह इच्छापूर्ति मेरी हो जाए, कदाचित् हो भी जाए! उनका मार्मिक कथन मेरी तीव्र जिज्ञासा को और बलवती बना रहा था।

मैं झाड़ियों में काले पत्थरों के बीच रास्ते पर चला जा रहा था। माधवानंदजी के विचारों ने मेरे मन पर संपूर्ण कब्जा कर लिया था। यंत्र मानव के समान मैं चला जा रहा था, तभी मेरी नजर सफेद संगमरमर की डेरी पर पड़ी। मैं आश्चर्य और आनंद से बोल पड़ा, अरे! यह तो शिवानंद सरस्वती का समाधि स्थान साधना स्थल के बहुत निकट। यूँ तो दूर से मैं यह समाधि स्थान प्रतिदिन देखता था, परंतु आज अनायास यह स्थान देखने का अवसर मुझे मिल गया। मैं आनंदित हो गया। ओटले पर चढ़कर, स्वस्तिकासन में बैठकर मैंने डेरी के आले को प्रणाम किया। बहुत शांति का अनुभव होने लगा। डेरी को मस्तक से स्पर्श करके मैं स्थिर होकर बैठ गया। डेरी का मेरे मस्तक से स्पर्श होते ही मुझे लगा कि बहुत गहराई से समाधि में से लगातार ध्वनि आ रही है—'ॐ, नमः शिवाय, ॐ नमः शिवाय!'

धीरे-धीरे आ रहे इस मंत्र के साथ मैं एकाकार होने लगा। मुझे लगा कि हृदय में स्थित प्राण और बहत्तर हजार नाड़ियों में व्याप्त 'सुषम्ना' नाड़ी के साथ मेरा तादात्म्य सध रहा है। मनसहित सभी इंद्रियाँ भी पिघल रही हैं, 'पंचप्राण' मेरी आत्मा का ही स्वरूप धारण कर रहा है। मुझे लगा कि मेरे शरीर का अब कोई अस्तित्व नहीं रहा। "मैं प्रकाश स्वरूप होकर प्रकाश के समुद्र में विलीन हो रहा हूँ और मुझे ऐसा भी लगने लगा कि अब 'मैं' मैं नहीं रहा!

मेरा अब कोई नाम नहीं, मेरा कोई निश्चित स्थान नहीं है, फिर भी मैं सबकुछ हूँ, मैं ही ब्रह्मांड हूँ। मैं स्त्री भी हूँ और पुरुष भी हूँ। मनुष्य, पशु-पक्षी, कीट-पतंग, पत्थर, आकाश, सूर्य, चंद्र, तारागण; बस सबकुछ मैं ही हूँ। मैं अकेला हूँ, फिर भी सब मेरे हैं। मैं सबमें समाया हुआ हूँ। मुझे लग रहा था कि मैं स्वयं ही चिन्मय चित्स्वरूप हूँ। सब मुझसे ही भरपूर है। मुझे ऐसा भी लग रहा था कि यह संपूर्ण प्रत्यक्ष दृश्यमान जगत् और मैं भी वह एकमात्र 'परमपुरुष' वासुदेव ही हैं।

ऐसी भावना के साथ हृदयस्थ परमात्मा में मेरा समग्र अस्तित्व स्थिर हो गया था। मैं तटस्थ भाव से ऐसी अनुभूति कर रहा था।

अब मैं अहोभाव से पुलकित होकर प्रकाशित आकाश में उड़ रहा था। मुझे लगा कि समग्र विश्व परमात्मा का ही अभिन्न रूप है और यह नितांत सत्य है, सत्य के सिवाय कुछ भी नहीं। पूर्व-पश्चिम, उत्तर-दक्षिण, आगे-पीछे, ऊपर-नीचे, सर्वत्र मुझे महामाया चित्तिस्वरूप कुंडलिनी के दर्शन हो रहे थे।

अब धीरे-धीरे आकाश में उड़ते हुए मुझे लगने लगा कि मैं अनेक लोक-परलोक में यात्रा कर रहा हूँ, पुनः इसी लोक में, लेकिन किसी नए युग में प्रवेश कर रहा हूँ! मेरे असीम आश्चर्य के बीच मुझे लगा कि मैं सबकुछ भूलकर किसी युग के वर्तमान में प्रवेश कर गया हूँ। मैं अपने स्वानुभव को संपूर्ण रूप से वर्णन करने में समर्थ नहीं हूँ, परतु मुझे लगा कि पृथ्वी पर इस 'प्रवर्तमान युग' में मैं वर्षों से रहा हूँ। इस स्वर्गमय धरती पर मैं पता नहीं कितने समय से इस स्थान पर बस रहा हूँ।

अब, धरती पर एक नया ही विश्व मेरे सामने है। मुझे सबकुछ भूलकर लगने लगा कि इन नई परिस्थितियों में मैं अनेक वर्षों से जीवन जी रहा हूँ। मुझे ऐसा अनुभव होने लगा कि अभी मैं दस वर्ष का एक गोप बालक हूँ। सामने थोड़ी दूर ढलान पर लताओं से आच्छादित मेरा निवास स्थान है। वहाँ केवल छह महीने से भी कम आयु का मेरा छोटा भाई माधो और मेरी माता मणिकांता रहते हैं।

अपने पिताश्री नारद के साथ हम आनंद से रहते थे, परंतु एक दिन अचानक हमारे महाराजा कंस के सैनिक आ गए और पिताश्री को राजगृह में सेवा करवाने के लिए बंदी बनाकर बलपूर्वक घसीटकर ले गए। बस! तब से पिताश्री का मुख हमने नहीं देखा है। पिताश्री कब वापस आएँगे, इस विषय में मैंने अनेक बार माता से पूछा था, तब माता ने आँखों में आँसू के साथ कहा था, 'कह नहीं सकते, कदाचित् कभी नहीं। कदाचित् उनका वध भी हो गया होगा या पैरों में बेड़ी डालकर सेवा करवाते होंगे!' कहकर माता फूट-फूटकर रो पड़ी।

'परंतु माता!' उन्हें आश्वासन देते हुए मैंने पूछा, 'पिताश्री का क्या अपराध था, क्यों महाराज कंस ने उन्हें पकड़वाया?'

'अपराध?' दुःख और विषाद के भाव से रुदन करती माता ने कहा, 'अपराध मात्र इतना ही है कि हम वृष्णि वंश के हैं।'

'परंतु वृष्णि वंश का होना कोई अपराध तो नहीं है न?' मैंने पूछा।

"अपराध मात्र इतना ही है कि—" आँसू पोंछते हुए माता ने कहा, 'उसी वंश

में जन्म लेनेवाले एक बालक के हाथों उसकी मृत्यु निश्चित है, ऐसी आकाशवाणी द्वारा हुई भविष्यवाणी से कंस भयभीत और क्रोधित है।'

'परंतु माता!' मैं आगे पूछने जा रहा था, तभी माता ने मेरे मुख पर हाथ रख दिया, मुझे रोकते हुए भयपूर्वक बोली, बस! अब कुछ मत पूछो, दीवारों के कान होते हैं, कोई सुन लेगा तो, 'बाकी के शब्द छोड़कर माता ने आगे कहा, 'हमारा माधो छोटा है।' उसे राजा के भय से बचाना है!'

'परंतु माता!' कोई सुन न ले, इसलिए धीरे से माता से पूछा, 'माधो के साथ ही उसे क्या शत्रुता है? इतने छोटे बालक का वध करके उसे क्या मिलना है?'

'बेटा''यह लंबी बात है!' माता ने उत्तर देते हुए कहा, ''परंतु मैं तुझे संक्षेप में बताती हूँ। कंस राजा जब अपनी बहन देवकी को रथ में बैठाकर ससुराल के लिए विदा कर रहा था, तब रथ चला रहे कंस को आकाशवाणी सुनाई दी—हे कंस, तेरी बहन के गर्भ से उत्पन्न पुत्र तेरा वध करेगा! बस तब से ही मंत्रियों की सलाह मानकर कंस नवजात बालकों को खोज-खोजकर मार रहा है। बालक का जन्म छुपाना, वह दंडनीय अपराध मानता है।

'यद्यपि देवकी का सातवाँ पुत्र तो गोकुल में नंद भैया के यहाँ पालित-पोषित होकर बड़ा हो गया है। फिर भी बाल वध का सिलसिला कंस ने चालू ही रखा है!' फिर घबराकर बाहर नजर डालकर माता ने कहा, 'ये सब बातें बहुत लंबी हैं, मैं बाद में तुझे बताऊँगी। अभी मेरे पास समय नहीं है। मुझे पास की बस्ती में दही देकर घी लेना है और घी कंस राजा को दान के स्वरूप में देना है। उसमें यदि विलंब हुआ तो राजा के कोप का भाजन बनना पड़ेगा। इसलिए तुम सावधानीपूर्वक माधो का ध्यान रखना, मैं जैसे-तैसे जल्दी वापस आ जाऊँगी।' कहकर माता जाने के लिए तैयार हो गई!

'परंतु माता! नंदबाबा के यहाँ जो बालक बड़ा हो गया है, उसे मारने के बजाय राजा निर्दोष बालकों को क्यों मार रहा है? उसका जो शत्रु है, वह गोकुल में नंदबाबा के घर बहुत आनंद से रहता है। वह आबाल-वृद्ध सभी को आनंदित करता है, तो फिर वहीं अपनी शक्ति बतलाने के बदले छोटे-छोटे बालकों को क्यों मार डालता है?' मैंने माता से पूछा था!

माता मेरे पास आई और मेरे मस्तक पर हाथ रखकर बोली, 'पता नहीं बेटा, परंतु कोई राक्षस कंस के रूप में जनमा है, वह अति क्रूर है। उसे किसी बात का भरोसा नहीं है। उसका शत्रु गोकुल में है या अन्यत्र छुपा हुआ है, इसका उसे पता नहीं चला है। शत्रु छोटा है या बड़ा है, जन्म ले लिया है या लेनेवाला है, उसे भय

के कारण समझ नहीं आ रहा है। भय और आशंका से वह भ्रमित हो गया है। वह सदा यही मानता है कि उसका महाशत्रु विष्णु उसके विरुद्ध कोई चाल रहा रहा है, इसलिए सावधानी के लिए ऐसा क्रूर व्यवहार कर रहा है।'

''परंतु माता! ऐसा क्रूर कर्म करते हुए कभी भी उसके हृदय में दया पैदा नहीं होती है ?'' मैंने पूछा।

'अरे'''मेरे भोले बालक, दया और कंस का 36 का आँकड़ा है। सगी बहन देवकी के पुत्रों को कारावास में सात-सात नवजात शिशुओं को पत्थर पर पटककर मार डाला, बहन और बहनोई को कारावास में बंद करके त्रास दे रहा है! राज्य के लिए अपने पिता को कारावास में डाल दिया, ऐसे क्रूर राक्षस जैसों के पास दया की अपेक्षा कैसे रख सकते हैं।' कहकर माता दही की मटकी लेकर तेजी से ढलान पर उतरकर मैदान के उस पार छोटी बस्ती की ओर चली गई।

अब यह सब सोचते हुए मैं झोंपड़ी के पास खुले मैदान में गायों और बछड़ों को चराने के लिए खड़ा रहा। मैदान में सुंदर हरी घास पवन के शीतल झोंकों से डोल रही थी, धरती में से सोंधी सुगंध आ रही थी, दूर-दूर छोटी टेकरियों के पीछे धुँधला एक विशाल पर्वत दृष्टिगोचर हो रहा था। मेरे साथी-मित्र, जो सदा यहाँ अपनी-अपनी गायें और बछड़ों को चराने आते हैं, वे कहते हैं कि दूर-दूर जो बड़ा पर्वत दिखाई देता है, उसका नाम गोवर्धन पर्वत है और वहीं कंस राजा का शत्रु कन्हैया उसके पालक नंदराम और माता यशोदा के साथ समस्त यादव परिवार को साथ रखकर बस्ती बनाकर रहता है। अहा! कितना सुंदर दृश्य था वह। मुझे दौड़कर वहाँ जाने का मन होता था, परंतु लाचार था। कंस राजा के सैनिकों को पता चल जाए, तो सबका वध कर देंगे। बस्ती के वहाँ जाने का राजा ने प्रतिबंध लगा रखा है। उसका भंग कोई नहीं कर सकता, क्योंकि राजा के मायावी दूत सूक्ष्म रूप में पहरा देते हैं।

मैं अपने आवास और चरती गायों और बछड़ों की ओर ध्यान देते हुए सोच रहा था, तभी मेरी आँखों पर किसी ने पीछे से हाथ रखा और सामूहिक हास्य का स्वर सुनाई दिया। हाथ का स्पर्श पहचानकर मैं आनंद से बोल पड़ा, 'अरे, रेवतीनंदन रेवाजी! तुम सब आ गए, मुझे पता भी नहीं चला!'

'अरे, बंधु अनंतेश्वर! तुम इतने अधिक तल्लीन खड़े थे, मानो सांदीपनि ऋषि का कोई आश्रमवासी शिष्य सूर्योदय के समय ध्यानावस्था में खड़ा हो!' ध्यानावस्था की मुद्रा का अभिनय करते हुए सरयूनंद बोला और सभी खिलखिलाकर हँसते हुए मुझसे लिपट गए।

'अच्छा हुआ तुम सब समय पर आ गए, मैं अकेला चिंता में था!' मैं बोला, 'लघु बंधु माधो की रक्षा का उत्तरदायित्व मुझे सौंपकर माता कंस राजा का दान चुकाने के लिए घी लेकर मथुरा गई है। बस अब आती ही होगी।' कहकर मैं दूर-दूर गोवर्धन पर्वत को देख रहा था। तभी मुझे और सभी को एक अनोखी सुगंधयुक्त पवन की शीतल लहर का स्पर्श हुआ, साथ-साथ दूर-दूर से आती सुमधुर बाँसुरी का स्वर सुनाई दिया। बाँसुरी का स्वर सुनकर हम इतने अधिक आनंदविभोर हो गए कि हममें से कई गोपाल मित्र सूर के साथ शरीर से ताल मिलाकर, आनंद से नाचने लगे, यह देखकर मित्र सुखाराम ने अपने मन की बात कही, 'जब दूर से हमें कृष्ण की बाँसुरी सुनकर इतना अधिक आनंद होता है, तो फिर बाँसुरीवादक कन्हैया के समीप रहकर सुन रहे ब्रजवासियों के आनंद का तो क्या कहना!'

'सत्य...भंते तेरी बात सर्वथा सत्य है, हमारे प्रारब्ध कैसे हैं कि कन्हैया हमारे वंश का होने पर भी हम ही उसका निकटतम सान्निध्य सुख कंस के भय के कारण नहीं ले सकते हैं।' कहकर पूरण ने हाथ से कपाल पर मारकर हमारे दुर्भाग्य का सटीक रूप से निर्देशन किया।

सुना है कि सुखाराम ने बात को मोड़ देते हुए कहा, 'कंस को कन्हैया से बहुत भय है, उसे निश्चित विश्वास है कि कन्हैया के हाथों ही उसकी मृत्यु लिखी है। इसलिए कंस ने अनेक राक्षसों को भिन्न-भिन्न रूप धारण करके उसे मारने के लिए भेजा है, परंतु कन्हैया ने बालक होने के बाद भी सभी को यमसदन क्षण भर में पहुँचा दिया है।'

कृष्ण की लीला को सभी भावविभोर होकर सुन रहे थे। विश्वैभरनाथ ने उसे प्रमाणित करने के लिए उत्तेजित स्वर में कहा, 'अरे! मेरे पिताश्री ने तो कृष्ण के द्वारा मारे गए राक्षस अघासुर का अस्थिपंजर भी देखा है। यह राक्षस पर्वत के समान बड़ा रूप धरकर, मुख फाड़कर स्थिर हो गया था। कृष्ण के सभी बाल मित्र उसे गुफा समझकर अंदर प्रवेश कर गए। वह राक्षस अपना मुख बंद करे, उससे पहले कृष्ण ने उसके मुख में प्रवेश करके विशाल रूप धारण कर लिया। राक्षस मुँह बंद नहीं कर सका और थोड़ी ही देर में उसकी मृत्यु हो गई। उस राक्षस का अस्थिपंजर अभी भी वन में है। मेरे पिताश्री अपने मित्रों के साथ छुपकर उसे देखने गए थे।'

सभी स्तब्ध और उत्तेजनापूर्वक सुन रहे थे, तभी सुखाराम ने कहा, 'अरे! यह कृष्ण कौन है, यह पता है तुम्हें?' फिर स्वयं ही सबको अज्ञानी समझकर आगे बोला, 'किसी को पता नहीं है, मैं बताता हूँ, जरा नीचे बैठो, सुनने योग्य बात है।' उसके

कथनानुसार सब शांति से उसके आस-पास बैठ गए, तो उसने बात प्रारंभ की, 'उज्जैन में मेरी मातामही सांदीपनि ऋषि के आश्रम से मात्र आधा कोस दूर बस्ती में रहती हैं। वे यदा-कदा वहाँ सूखे पत्तों को साफ करने तथा वृक्षों को सींचने के लिए जाती हैं। वे जब यहाँ आई थीं, तब उनसे सुना था और प्रत्यक्ष देखी हुई सब बात हमें कही थी। मातामही ने कहा था—एक बार मैं ऋषि के आश्रम में सेवा के लिए गई थी, तब मर्यादापूर्वक दूर खड़े होकर मैंने उन्हें शिष्यों को उपदेश देते हुए सुना था। ऋषि वृक्ष के नीचे बैठकर शिष्यों से कह रहे थे—इस कृष्ण को कोई साधारण मनुष्य मत समझना, कृष्ण तो साक्षात् परब्रह्मस्वरूप अर्थात् ईश्वर है! कंस सहित जरासंध जैसे क्रूर राक्षसों का उनकी सैन्य सहित संहार करके पृथ्वी का भार उतारने के लिए सदेह अर्थात् साकार स्वरूप में जन्म धारण किया है, उनके गुरु बंधु बलरामजी साक्षात् शेषनाग हैं। वे कृष्ण की सहायता के लिए जन्म धारण करके पृथ्वीलोक में आए हैं।

''कंस के वध के बाद वे मथुरा में सब व्यवस्थित होने पर और लोगों का भय दूर हो जाने पर कंस के त्रास से अन्यत्र इधर-उधर भागे हुए वृष्णिक, दाशार्ह, अंधक, भोज, सात्वत्, मधु, अर्बुद, शूरसेन, विसर्जन, माथुर, कुकुर, कुंति आदि जातियों को पुनः उनके स्थान पर लाएँगे। इस कार्य के कारण उनका नाम 'संकर्षण' रूप में भी प्रसिद्ध होगा। यह सब अब कुछ ही समय में होनेवाला है, साथ-साथ तुम्हारे लिए भी परम सौभाग्यरूप भविष्य कथन भी कर रहा हूँ। कंस का वध करने के बाद कंस के पिता को राज्य का अधिकार सौंपकर, मथुरा में सब व्यवस्थित करके, बारह वर्ष की आयु में कृष्ण इसी आश्रम में मुझे गुरुपद पर स्थापित करके विद्याभ्यास करेंगे! और तुम सब उनका निकटतम् सान्निध्य मिलने से भाग्यशाली बनोगे।'

गुरुजी यह बातचीत कर रहे थे, तभी एक कृषकाय शिष्य मस्तक पर काष्ठबंध उठाए आ पहुँचा, उसे संकेत से अपने पास बुलाकर गुरुजी ने हँसकर कहा, 'आओ···आओ···वत्स सुदामा!' सबसे अधिक तो तुम भाग्यशाली हो, क्योंकि कृष्ण का परम मित्र बनने का सौभाग्य तो तुम्हें ही प्राप्त होगा। तेरी सेवा फलस्वरूप कृष्ण के साथ तुम्हारी कीर्ति भी युगों तक मानी जाएगी!' फिर थोड़ा हिचकते हुए रुककर बोले, 'परंतु तुम्हारे एक दोष के कारण तुम्हें भयंकर दारिद्र्य भी लंबे समय तक भोगना पड़ेगा। इसमें से उबरने का एकमात्र उपाय है और वह है 'अयाचिक वृत्ति' धारण करके जीने का संकल्प। इसलिए अयाचिक ब्राह्मण की तरह जीवन जीना। कैसी भी विकट परिस्थिति में भी अन्य से लालच करके भिक्षा नहीं माँगना, तो स्वयं कृष्ण ही तुम्हें असीम संपत्ति से संपन्न बना देंगे।'

मित्र सुखाराम अपनी मातामही का दर्शन सुना रहा था, तभी दूर से भयभीत उच्च स्वर सुनाई दिया, 'भागो-भागो, बालको, शीघ्र भागो! शीघ्र छुप जाओ, कंस के सैनिक अश्वारूढ़ होकर इधर ही आ रहे हैं।'

आवाज सुनकर तत्काल सब खड़े हो गए। देखा तो हमारी बस्ती के मुखिया गोपालानंद लँगड़ाते-लँगड़ाते, कठिनाई से दौड़ते हुए हमारी ओर आ रहे थे। पास आकर धौंकनी के समान साँस लेते हुए बोले, 'कंस की पुनः की गई आज्ञा के अनुसार कंस के सैनिक नवजात बालकों की खोज में निकले हैं।' फिर मेरी ओर मुख करके करुण स्वर में बोले, 'वत्स अनंत! तू विशेष सावधान हो जा! अपने लघु बंधु माधो को लेकर शीघ्र गति से झाड़ी में छुप जा।' फिर मेरे मस्तक पर हाथ रखकर रुदन करते हुए बोले, 'बेटा! समयानुसार स्वस्थ रहकर, हृदय को कठोर बना लेना। सुनो, तेरे पिताश्री नारद को बाल जन्म की बात छुपाने के कारण कंस ने सार्वजनिक रूप से असि धारा से गर्दन उड़ाकर उनका वध कर दिया है और अब पुत्र माधो का भी वध करने के लिए सैनिकों को इधर भेजा है। कंस की आज्ञा का पालन करने के लिए सैनिक तीव्र गति से इधर आ रहे हैं, इसलिए सोचे बगैर शोकरहित होकर शीघ्र निकल और माधो को लेकर वन की ओर भाग जा!' कहकर मुझे आवास की ओर धक्का देकर, स्वयं अन्य बालकों के साथ छुपने को भाग गए।

मैंने भी माधो को बचाने के लिए घर की ओर दौड़ लगाई। माधो पालने में निर्भयता से निर्दोष भाव में अँगूठा चूस रहा था, मैंने दोनों हाथों से उसे उठाकर हरे-हरे मैदान के उस पार घने जंगल की ओर दौड़ लगाई। घने जंगल में पहुँचने में श्रम से मैं हाँफ रहा था। मेरे हाथ-पैर भय से काँप रहे थे, फिर भी हिम्मत हारे बगैर माधो को छुपाने के लिए सुरक्षित स्थान खोज रहा था। तभी मेरी नजर एक घने वृक्ष पर पड़ी। करमदी के घने झाड़ के नीचे गोदड़ी में लिपटे हुए माधो को मैंने सुलाकर निश्चिंतता का अनुभव किया। तभी अश्वों की टापों की आवाज मेरे कान में पड़ी। कंस के सैनिक इधर ही आ रहे थे। भय की एक लहर मेरे शरीर में दौड़ गई, परंतु स्वस्थता बनाए बगैर कोई चारा नहीं था। अस्वस्थ होने के बाद भी स्वस्थता से विचार करने की शक्ति मुझमें आ गई।

मैंने सोचा, सैनिक अश्वारूढ़ होने से इस घने जंगल में घोड़े के साथ प्रवेश नहीं कर सकेंगे, परंतु कदाचित् पैदल आकर खोज करेंगे तो? तो माधो को बचाना असंभव हो जाएगा। तत्क्षण मुझे विचार सूझा, अपने आपको ही सैनिकों के सामने समर्पित करके कैसे भी उन्हें रोकना। माधो के विषय में जानने का प्रयत्न करेंगे, तो

उस समय जो सूझेगा, वैसा उत्तर दे दूँगा।

ऐसा करने पर प्राण भी गँवाना पड़े तो भी ठीक है, यह सोचकर अश्वारूढ़ सैनिकों के सम्मुख जाने के लिए घने जंगल से बाहर निकल आया। तेजी से आते सैनिक मुझे देखकर, पास आकर रुक गए। मैं स्वस्थता धारण करके उनके सामने स्थिर खड़ा हो गया। उनमें से एक सैनिक ने अपने हाथ के दंड से मुझे फटकारकर पूछा, 'बोल, कौन है तू, तेरे पिताश्री का नाम क्या है?'

काँपते हुए, परंतु कठिनाई से स्वस्थता बनाए हुए मैंने कहा, 'मेरा नाम अनंत है, मैं महाराज कंसदेव के राजगृह में सेवारत नारद वृष्णि का पुत्र हूँ।'

'अरे! बंदी सेवक नारद का तू पुत्र है।' खुश होकर अग्रणी जैसे सैनिक ने कहा, 'अरे वाह! उसका तो अभी-अभी महाराज ने पुत्र जन्म की जानकारी छुपाने के अपराध में सार्वजनिक रूप से वध कर दिया है। उसके उस पुत्र की खोज करके मारने के लिए, उनकी आज्ञा से हम निकले हैं। बोल! कहाँ है तेरा लघु बंधु, बता शीघ्र!' कहकर पुनः मुझे दंड से फटकारा। मैं वेदना से चीख उठा, तो उन्होंने घोड़े से नीचे उतरकर, मुझे लातों से मारना शुरू कर दिया। मैं असह्य वेदना से तड़प रहा था!

'बोल! कहाँ है वह बालक? बताओ शीघ्र, नहीं तो मार-मारकर तेरी हड्डियाँ तोड़ देंगे! बोल शीघ्र।' पैर से जोरदार लातें मारते हुए अग्रणी सैनिक ने कहा।

वेदना से कराहते हुए हिम्मत करके मैंने उत्तर दिया, 'मेरे लघु बंधु माधो की कुछ दिनों पहले ही मृत्यु हो गई है!'

'असत्य।' जोर से चिल्लाकर, उसने मेरे पेट पर पैर से प्रहार किया, दाँत किटकिटाते हुए। वेदना से मैं दोहरा हो गया। मेरी पीठ पर उसने जोरदार मुष्ठि प्रहार किया और बोला, 'दुष्ट! असत्य बोलता है? बोल कहाँ है तेरा भाई, बोल!' कहकर उसने मेरी पीठ पर जोरदार लात मारी।

चीखते-रोते हुए मैं कठिनाई से हिम्मत करके बोला, 'मैं सत्य कहता हूँ, मेरा लघु बंधु माधो महा जहरीले ज्वर के कारण मृत्यु को प्राप्त हुआ है। सत्य जानना है, तो तुम मेरे आवास पर जाकर देख लो। उसका पालना अभी भी उसी स्थिति में हमने रख रखा है।'' मैंने हाथ जोड़कर गिड़गिड़ाते हुए कहा।

'चल, आगे चल!' धक्का मारकर मुझे आगे करते हुए उसने क्रोधपूर्वक कहा, 'बता, तेरा आवास कहाँ है?''

लँगड़ाते हुए, काँपते पैरों से चलकर मैं सबको मेरे आवास पर ले आया और बोला, 'देखो, यह मेरे लघु बंधु माधो का पालना खाली है न? मैं सत्य कहता हूँ, वह

जहरीले ज्वर से मर गया है।' ऐसा कठोर असत्य बोलने से मेरा कलेजा चिर रहा था, फिर भी माधो को बचाने के लिए असत्य बोलना आवश्यक था।

'अच्छा! तो तू सत्य बोल रहा है, ऐसा!' क्रोध से व्यंग्य में बोलते हुए उसने दंड से प्रहार किया, 'पालना खाली है कि खाली करके उसे अन्यत्र छिपा दिया है?' चिल्लाकर वह मेरी पीठ पर, हाथ-पैर पर क्रूरतापूर्वक प्रहार करने लगा।

असह्य वेदना से मैं चीखता हुआ भूमि पर गिर पड़ा। प्रहार करना जारी रखकर वह जोर-जोर से चिल्लाने लगा, 'बोल! सच बोल, कहाँ है तेरा बंधु बोल!' दनादन प्रहारों की पीड़ा को मैं सहन करता हुआ, लगभग अचेत होने जा रहा था, फिर भी मैं नकार मैं मस्तक हिलाता रहा। यह देखकर अन्य सैनिक बोला, 'भंते! लगता है, इसकी बात सत्य है। तो अब समय व्यर्थ गँवाना ठीक नहीं है। हमें अभी अन्य बालकों का शोध करना है, उनका वध करके महाराजा से शीघ्र निवेदन करना है।'

'परंतु!' मुख्य सैनिक ने कहा, 'बंधु! तुम्हें महाराजा की इस आज्ञा का ध्यान है न कि किसी भी आवास से रुधिर बहाए बगैर खाली हाथ नहीं निकलना है!' कहकर वह क्रूरतापूर्वक मेरे सामने देखकर जोर से ही'''ही'''ही''' करते हुए हँसकर बोला, 'तो अब तेरा ही रुधिर बहाना ठीक रहेगा।' कहकर उसने खुली असि (तलवार) मेरे पेट में भोंक दी और उसके साथ ही मैं चीखकर धरती पर लुढ़क गया, महाभयंकर वेदना के साथ, धरणी पर रुधिर के डबरे में तड़पते छोड़कर मुझे वे सैनिक अश्वारूढ़ होकर शीघ्र गति से चले गए।

लगभग अचेतावस्था में रुधिर के डबरे में कराहता हुआ लोट रहा था, मेरे अलावा वहाँ कोई नहीं था। असिधारा मेरे पेट को चीरकर आर-पार हो गई थी, मेरे जीवित रहने की कोई आशा नहीं थी। मैं गहरी साँस ले रहा था, जी गहरे उतरता जा रहा था। तभी मेरे कान में लोगों की पदचाप सुनाई दी। कुछ ही देर में एक साथ अनेक लोगों का प्रवेश मुझे अनुभव हुआ, परंतु मेरी आँखों से मुझे दिखाई नहीं दे रहा था। प्रयत्न करके भी मैं अपनी आँखों को खोल नहीं पा रहा था, परंतु मेरे कानों में स्पष्ट शब्द सुनाई दे रहे थे। यह आवाज मेरे बाल मित्रों की थी। पूरण जोर-जोर से मुझे पुकार रहा था, 'अनंत'''अनंत''' हम आ गए हैं, चिंता मत करो।

वनश्री में हम तुम्हारे निकट ही छुपे हुए थे, हम तुम्हारी गतिविधि देख रहे थे माधो को तुमने कहाँ छुपाया था, वह भी देखा था। इसलिए सैनिकों के जाने के बाद, भय दूर होने पर हम माधो को उठाकर कुशलतापूर्वक आ गए हैं। तुम्हारे प्रयत्न सफल रहे हैं। माधो सुरक्षित है, यह तेरे सामने है, आँखें खोलकर देख।'

मैंने कठिनाई से आँखें खोलकर देखा। धुँधले प्रकाश में मैंने देखा तो माधो निर्भयता से हँस रहा था। मेरी आँखें बंद हो गईं। उसी समय दूर से आती आवाज मेरे कानों में पड़ी। माता मणिकांता के आक्रंदपूर्ण शब्द थे, 'प्रिय पुत्र अनंत, मैं आ रही हूँ, जाना नहीं, मुझे पता है तुम्हारे पिताश्री के समान तुम्हें भी क्रूर सैनिकों ने छोड़ा नहीं है!' कहकर मेरे पास आकर मेरे मस्तक को गोद में रखकर आक्रंद करने लगीं, 'अरे···हाय···मैं अब भी क्यों जीवित हूँ? मेरी आँखों के सामने ही तेरे पिताजी को···!' गला भर जाने से कठिनाई से बोली, 'मेरे देखते हुए दो सैनिकों ने बाजुओं से पकड़कर बलपूर्वक उनको सामने खड़ा रखा और क्रूर कंस ने तेरे पिताश्री की गर्दन पर असि रखकर धीरे-धीरे घिसते हुए उनकी गर्दन धड़ से अलग कर दी थी। तुम्हारे पिताश्री की वेदनायुक्त चीखें सुनकर मैं अचेत हो गई थी। फिर मुझे चेतन करने के लिए सैनिकों ने मेरे मुँह पर पानी के छींटे मारे। मैं चेतना में आई तो सैनिकों ने मुझे धक्का देकर कहा—अपने पुत्र को जीवित देखना हो तो शीघ्र भाग जाओ।' कहकर आक्रंद करती माँ मेरे मुख पर झुक गई। उसके अश्रुओं के उष्ण बिंदुओं से मैं भीग गया।

परंतु यह स्थिति अल्पकाल तक ही रही! मैं कुछ बोल नहीं सकता था और अब तो कुछ सुन भी नहीं सकता था। बस मातुश्री के अंतिम शब्द मैंने सुने और मेरा जीव मेरे शरीर में ही घूम रहा था। मुझे लगा कि धीरे-धीरे शरीर के सभी अवयव शिथिल हो रहे हैं, जीव मानो सभी अवयवों और नाड़ियों में से घूमकर हृदय में केंद्रित हो गया है। मुझे लगा कि मैं मेरे हृदय में सूक्ष्म ज्योतिस्वरूप स्थित हूँ, धीरे-धीरे मैं ज योतिस्वरूप में हृदय से बाहर निकल रहा हूँ। ज्योतिस्वरूप में हृदय से बाहर निकलकर मैं प्रकाशमय नन्हे बादल के रूप में परिवर्तित हो गया हूँ, फिर मुझे लगा कि अब मेरा कोई शरीर नहीं है, कोई मन नहीं है। मैं सर्वत्र हूँ। सर्वव्यापी हूँ, मैं सबमें हूँ, सब मुझमें हैं। मुझे लगा कि मैं पिघल गया हूँ, फिर भी मेरा अलग अस्तित्व है। मैं द्रष्टा के समान सब देख सकता हूँ, सब सुन सकता हूँ और जो सुनाई दे रहा है, वह मैं ही बोल रहा हूँ।

मैं तटस्थ रहकर अनुभव कर रहा था। मुझे लग रहा था कि प्रकाशित बादल के स्वरूप में मैं अंतरिक्ष में ऊँचे और ऊँचे गति कर रहा हूँ। अनेक लोकों से गुजरकर मैं आगे बढ़ रहा हूँ। अपनी इस गति को नापने में मैं असमर्थ था। बस, ऊँचे और ऊँचे मैं गति कर रहा था। तभी हजारों सूर्यों से भी अधिक प्रकाशित, फिर भी शांत और सौम्य लगती अत्यंत उच्च स्तंभाकार सीढ़ी मैंने देखी। मुझे लगा या मुझे सुनाई दिया कि किसी ने मुझे कहा, 'यह प्रकाश स्तंभ स्वर्ग जाने की सीढ़ी है।'

अब मैं दूर दृष्टिगोचर होती उस प्रकाशित सीढ़ी की ओर जा रहा था। मैं गति कर रहा था। उस समय मुझे सुख-दुःख, शोक-विषाद की कोई भावना नहीं थी। बस, सर्वत्र मानो आनंद का महासागर लहरा रहा था।

मैं प्रकाशित सीढ़ी जैसे स्तंभ की ओर ऊर्ध्वगति करने जा ही रहा था, तभी मुझे लगा कि कोई नीचे की ओर आकर्षित कर रहा है। ऊँचाई पर दिखाई दे रहे प्रकाशित पथ पर जाने की मेरी इच्छा है, फिर भी मैं जा नहीं सकता हूँ। प्रयत्न करके भी सफल नहीं हो सका। मुझे लगा कि मुझ पर शीतल जल बरस रहा है और जल के कारण मैं ऊर्ध्व में जाने के बदले नीचे जा रहा हूँ। लग रहा था कि मैं नीचे की ओर तेजी से फिसल रहा हूँ।

किसी भी प्रकार के आधार के बगैर मैं नीचे फिसल रहा था, नीचे खींचा जा रहा था और साथ-साथ मैं अनुभव कर रहा था कि हिम जैसे शीतल जल की बौछार भी हो रही है। मैं मानो हिमजल के बादलों के बीच काँपता हुआ, नीचे और नीचे लगातार फिसलता जा रहा हूँ।

नीचे और नीचे गति करते हुए अब मुझे लगने लगा कि अब मेरा पूर्व वाला ही भौतिक शरीर है और उस शरीर के साथ जुड़ी हुई इंद्रियों में स्थित सभी भावनाएँ, इच्छाएँ संलग्न हैं। मुझे लगा कि 'मैं' 'मैं ही हूँ।' समग्र भौतिक पदार्थ और अन्य भूतमात्र के शरीर से अब अलग अस्तित्व है। मैं स्वतंत्र नामधारी शरीर हूँ, अब मेरी सर्वव्यापकता नष्ट हो गई है।

अब मुझे समझ में आया कि मेरी यह तीव्रगति पुनः पृथ्वी की ओर हो रही है। अब मुझे सब चिरपरिचित लगने लगा, पुनः सबकुछ समझ में आ रहा है। मैं लगातार नीचे की ओर गति कर रहा हूँ।

अब मेरी गति, जो पृथ्वी की ओर हो रही थी, कुछ धीमी हो गई। मुझे सब दृष्टिगोचर होने लगा! पृथ्वी की खुली जमीनें, मैदान, पर्वत, नदियाँ, सबकुछ मुझे स्पष्ट दिखाई दे रहा था।

मेरी गति धीमी होने पर भी अविरत चालू थी। जमीन के एकदम पास आ गया था। अब नीचे पृथ्वी पर जाते हुए टकराने का डर लग रहा था। इस डर से काँपते हुए मैं ठंडे पानी के छींटों का भी अनुभव कर रहा था। नीचे गिरने के भय से मैं और अधिक घबरा गया। भय के कारण मेरी आँखें बंद हो गईं। उस समय मुझे अनुभव हुआ कि मैं जमीन पर किसी निश्चिंत स्थान पर गिरकर स्थिर हो गया हूँ और इसी के साथ मेरी आँखें खुल गईं।

आँखें खुलते ही जो दृश्य मेरे सामने था, उसे देखकर मैं स्तब्ध रह गया। अचानक सामने आ गए उस दृश्य को मैं तत्काल समझ नहीं सका। क्षण भर मैं स्थिर और विस्फारित नयन से दृश्य को समझने का प्रयत्न कर रहा था, कठिनाई से जब सफल हुआ तो आश्चर्य का जबरदस्त झटका लगा! मैंने देखा कि रेवानंद ब्रह्मचारी मेरे सामने बैठे हँस रहे थे। उनके हाथ में जलपात्र था और उसमें से जल लेकर मुझ पर छींट रहे थे, उससे मुझे ठंड लग रही थी और ठंड से मैं काँप रहा था! विस्मय से मैं कुछ बोल नहीं सका। मानो अचानक कोई परिस्थिति उत्पन्न हो गई हो और विचारहीन मेरी स्थिति हो गई थी। विस्मय से स्तब्ध होकर मैं बुद्धू के समान रेवानंदजी के सामने देख रहा था।

मैंने जैसे ही आँखें खोलीं तो रेवानंदजी ने पानी छींटना बंद कर दिया और अपने अँगोछे से मेरा शरीर पोंछने लगे। शरीर पोंछकर उन्होंने अपना उपवस्त्र मेरे शरीर पर ओढ़ा दिया। थोड़ी गरमी आने पर मैं कुछ स्वस्थ हुआ, स्वस्थ होने पर मैं सोचने लगा, मुझे सब याद आने लगा। मैं तो यहीं, इसी स्थान पर शिवानंद सरस्वतीजी की समाधि के पास प्रणाम करके बैठा था और अचानक क्या हो गया? यह स्वप्न था या मायाजाल था। कदाचित् स्वप्न हो सकता है, परंतु बैठे-बैठे स्वप्न आना और इस प्रकार का स्वप्न आना संभव नहीं है। कदाचित् समाधि का अनुभव होगा, नहीं··· नहीं···यह समाधि की स्थिति भी नहीं हो सकती है।

यह तो मेरे जीवन के साथ जुड़ी पाँच हजार वर्ष पूर्व की कथा थी। कृष्णावतार के समय की कथा! लग रहा था कि उस समय का दृश्य और समग्र परिस्थिति, वातावरण आदि मेरे चिरपरिचित थे! मैं वर्षों से मानो उस युग के साथ जुड़ा हुआ था। भावनाओं और मनोवृत्ति से अभिभूत था। मेरा सुख-दुःख, आनंद-विषाद, शोक-भय सबकुछ वहाँ के लोगों के साथ संलग्न था, 'प्रेम' वहाँ का महत्त्वपूर्ण घटक था। यह समाधि नहीं हो सकती है। लगता था कि यह सब मेरे 'पूर्वजन्म' का द्योतक हो सकता है।

परंतु मेरी वर्तमान परिस्थिति के साथ उसका क्या संबंध हो सकता है? मैं सोच रहा था, तभी रेवानंदजी के शब्द मेरे कानों में पड़े, "बस, बंधु मित्र!"

रेवानंदजी ने मुझे संबोधित करके जो शब्द कहे, सुनकर मैं आश्चर्यचकित हो गया। ओह! उस अवस्था में अर्थात् उस युग में संबोधन के लिए प्रचलित शब्द रेवानंदजी जिस भाव और लहजे के साथ मानो उद्‌देश्यपूर्वक बोल रहे थे। मैं आश्चर्य से उनके सामने देखता ही रह गया, वे आगे बोले, "मित्र अनंत, बस अब आगे सोचना बंद करो। समझो कि यह एक स्वप्न था। स्वप्न हमेशा क्षणिक और भ्रामक होते हैं।"

मुझे लगा कि मेरे प्रस्तुत अनुभव के विषय में रेवानंदजी जानते हैं। अतः मैंने

आतुरता से पूछा, ''तो मेरा यह अनुभव क्या सच में स्वप्न था?'' ''आँखें बंद करने के बाद दिखते दृश्य स्वप्न की व्याख्या में ही तो आते हैं!''

रेवानंदजी ने प्रत्युत्तर देते हुए कहा, ''परंतु कभी-कभी वे दृश्य भूतकाल के 'स्मृति रूप' में उभर आते हैं।''

''तो, मेरा यह अनुभव?'' मैंने पुनः पूछा, ''यह मात्र स्वप्न या मेरे दूर के भूतकाल की स्मृति है?''

''स्मृति! बह गए समय की स्मृति,'' रेवानंदजी ने उत्तर देते हुए कहा, ''युगों तक संवेदनशील स्मृति बनी रहती है, जन्म-जन्मांतर तक यह स्मृतियों का संग्रह लेकर ही मनुष्य जन्म धारण करता है, लेन-देन अर्थात् ऋणानुबंधन उस गुप्त स्मृति के आधार पर ही बनते रहते हैं; मनुष्य के पाप-पुण्य, बैर, ईर्ष्या, प्रेम आदि भावनाओं की अनुभूति तथा उनके अनुसार कर्म करने की प्रेरणा के अंतर्गत सुषुप्त गुप्त स्मृति के कारण ही होते हैं।

''जन्म-मृत्यु भी इन गुप्त स्मृति रूप संस्कारों द्वारा 'उदान' वायु के द्वारा होते हैं। यह उदान वायु बहत्तर हजार नाड़ियों के द्वारा 'सुषुम्ना' नाड़ी के केंद्र स्थान पर रहकर कार्य करती है और करवाती है, परंतु सामान्य लोगों को इसका पता नहीं होता है। योग-साधना द्वारा ही यह सब ज्ञान प्राप्त हो सकता है। साधक-योगी 'पंचप्राण' पर ध्यान केंद्रित करके शरीर के अंदर स्थित सभी रहस्यों को जान लेते हैं, उसके बाद षट्चक्रों का भेदन करके, महामाया कुंडलिनी को जाग्रत् करके, योगी ऊपर मस्तक पर 'ब्रह्म रंध्र' में प्रवेश करवाते हैं। इसके साथ 'विश्वात्मा' के साथ योगी की स्वयं की आत्मा का अनुसंधान हो जाने से वह योगी स्वयं सर्वव्यापी बनकर समग्र ब्रह्मांड का युग-युगांतर का और वर्तमान, भूत और भविष्य की घटनाओं का ज्ञान प्राप्त कर लेता है।'' कहकर रेवानंदजी विश्रांति के लिए कुछ देर रुके!

''हाँ! ठीक है!'' मुझे याद आने पर, मैंने बीच में ही कहा, ''इस शरीर की अद्‌भुत रचना के विषय में आपने मुझे मेरे लिए नवनिर्मित साधना स्थल पर कहा था।''

''हाँ! ठीक है।'' रेवानंदजी ने सहमत होते हुए कहा, ''उसी ज्ञान की प्रत्यक्ष अनुभूति सूक्ष्म शरीर द्वारा करके तुम पुनः लौटकर, स्थूल शरीर में आए हो!''

''परंतु, मेरे लिए यह कैसे संभव हुआ?'' आश्चर्यमिश्रित शंका से मैंने पूछा, ''न तो मेरी योगी के समान उच्च कक्षा है, न तो मैंने शरीर के विषय में ज्ञान आत्मसात् किया है। फिर भी मैं युगों पहले बनी हुई 'स्मृति' का अनुभव कर सका हूँ! यह कैसे संभव हुआ?''

“शक्तिपात द्वारा!” खिलखिलाकर हँसते हुए रेवानंदजी ने कहा, “तुम्हारे पूर्वजन्म के मित्र के योगबल द्वारा!”

“तो, क्या यह अनुभूति पूर्वजन्म का वृत्तांत थी?”

“क्या अभी भी तुम्हें शंका है?” रेवानंदजी ने मृदुता से हँसते हुए कहा, “अपने आस-पास के घेरे के लोगों के विषय में, उनके व्यवहार और नामों के विषय में, अपने इस अनुभव के अनुसंधान में आराम से विचार करो। तुम्हें अपने पूर्वजन्म की सत्यता के विषय में प्रतीति हो जाएगी।”

“तो क्या माधवानंदजी!” मैं आगे बोलूँ, उससे पूर्व ही रेवानंदजी ने पूर्ति करते हुए कहा, “तुम्हारा युगों पहले का लघु बंधु माधो!” कहकर मेरे दोनों कंधे पकड़कर बोले, “और मैं तुम्हारा युगों पूर्व का मित्र रेवतीनंदन रेवो!” कहकर रेवानंदजी ने हँसकर मुझे आलिंगन किया।

मैं आनंदविभार हो गया, मेरी जिज्ञासा का अंत हो गया। माधवानांदजी, रेवानंदजी, सुखानंदजी, पूरणपुरी बापू सभी का मेरे ऊपर अहेतुक कृपा और प्रेम का रहस्य अब मुझे समझ में आया। मैं कृतकृत्य होकर अपने सौभाग्य का मनोमन अभिनंदन करता रहा। तभी रेवानंदजी पुनः बोले, “पूरणपुरी ने तुमको कहा था, उसके अनुसार तुमने पूर्व के लघु बंधु माधो के, अपने प्राणों की परवाह न करके, उसके प्राण बचाए थे, वही माधवानंद पर किया गया तुम्हारे उपकार का ऋण है, जो वे तुम्हारी साधना में सहायक बनकर, तुम्हें ऊर्ध्वगति करवाने में प्रयत्नों के द्वारा चुका रहे हैं! खैर, परंतु यह सब भूल जाओ। साधना द्वारा ऊर्ध्वगति प्राप्त करना ही तुम्हारा लक्ष्य है। शेष तो बार-बार जन्म लेकर मिलना, यह सब तो स्वाभाविक रूप से प्राकृतिक घटनाक्रम है।” फिर कुछ रुककर बोले, “जीवन व्यवहार के लिए ‘स्मृति’ आवश्यक है ही, परंतु ‘विस्मृति’ तो प्रकृति के आशीर्वाद के समान है। यदि विस्मृति न हो तो सुख-दुःख, योग-वियोग के अनुभव मनुष्य कभी भूल ही नहीं सकता और मूल्यवान् मनुष्य जीवन निरंतर यातना, भय और नरक के समान बन जाता। पूर्वजन्म की स्मृतियाँ मनुष्य को सुख-चैन से जीने ही नहीं देतीं! इसलिए मैं विस्मृति को प्रकृति का आशीर्वाद समझता हूँ। भूत-भविष्य का विचार छोड़कर केवल वर्तमान को केंद्र में रखकर जीना मनुष्य मात्र के लिए इष्ट है! खैर, ये सब बातें तो बाद में होंगी। दूर-दूर से सफर करके आए हो, थोड़े तरोताजा हो जाओ।” कहकर हँसते हुए दूर यज्ञशाला के पास वृक्ष की छाया में बैठकर अपना अभ्यास कर रहे छात्र अशोक को पुकारा।

अशोक के पहुँचने पर रेवानंदजी ने उसे सूचना देते हुए कहा, “दान से कहना,

हल्दी और सोंठ का चूरा डालकर दो कप दूध तैयार करके ले आए।''

कुछ ही देर में दान बापू गरमागरम दूध एक बड़े पात्र में लेकर आए! आते ही मुझे संबोधित करके बोले, ''क्यों नारायण! इतनी देर में सर्दी हो गई। अभी तक तो स्वस्थ थे?''

''अरे भाई! ये अभी तक के समय में कितने ही लोक में घूम आए हैं। पूछो तो सही!'' रेवानंदजी मेरी पीठ थपथपाते हुए जोर से हँसकर बोले, ''उस पर हिम जैसे शीतल बादलों के बीच चले हैं, तो सर्दी तो होगी ही न!''

''ऐसा?'' आश्चर्य भाव का कृत्रिम अभिनय करते हुए दान बापू बोले, ''क्या बात है, इतना बड़ा साहस? हो ही नहीं सकता!''

''अरे, क्या नहीं हो सकता!'' रेवानंदजी ने भी उसी भाव और अभिनय के साथ कहा, ''अभी तो स्वर्ग की सीढ़ी चढ़ने जा रहे थे! वह तो अच्छा हुआ, मुझे शीघ्र ध्यान आ गया, नहीं तो ये अनंत बापू स्वर्ग में और हम इनके खाली शरीर के साथ इस पृथ्वी पर होते! फिर माधवानंदजी को क्या उत्तर देता?'' कहकर दोनों मुक्त मन से खिलखिलाकर हँसने लगे।

मुझे भी रेवानंदजी ने मेरे दोनों कंधों से झिंझोड़कर जबरन हँसाया। दोनों का मेरे प्रति निर्मल हास्य देखकर, मेरा हृदय आनंद से भर गया, गद्गद कंठ से बोला, ''रेवानंदजी! मैं आपका कृतज्ञ हूँ।''

''अरे, नहीं मित्र!'' रेवानंदजी मेरा हाथ पकड़कर बोले, ''मैंने तो मित्र के रूप में अपना कर्तव्य पूरा किया है और यूँ भी तुम माधवानंदजी की, मुझे सौंपी गई अमूल्य अमानत हो, फिर प्रश्न ही नहीं उठता!''

''फिर भी···'' मैं बोलने जा रहा था तो मुझे रोककर बोले, ''अरे, जाने दो यह सब औपचारिकता, पहले इस गरमागरम दूध के साथ न्याय करो।''

गरमागरम दूध पीने से शरीर में ताजगी आ गई! मन प्रफुल्लित हो गया। दान बापू के जाने के बाद रेवानंदजी ने बात आगे बढ़ाई, ''विस्मृति मानव के लिए और विशेष रूप से साधक के लिए आशीर्वाद रूप है; साधक को मन में से समस्त स्मृतियाँ मिटाकर मन को शून्य बनाना होता है। स्मृतियाँ यदि बनी रहें और साधक उसे चॉकलेट की तरह चूसता रहे, तो चित्त विक्षोभित हो जाए और चित्त विक्षोभित होने पर साधक ध्यान द्वारा सिद्धि प्राप्त नहीं कर सकता है। इसलिए मधुर स्मृति की भी साधक को अवहेलना करनी चाहिए।''

''अवहेलना करनी चाहिए, इसलिए तुमसे भारपूर्वक आग्रह कर रहा हूँ कि

सबकुछ भूल जाओ, मन को केवल वर्तमान के क्षणों पर ही केंद्रित करके रखो।'' थोड़ी देर रुककर, मेरे सामने दृष्टि टिकाकर पुनः बोले, ''स्मृति के कारण राग उत्पन्न होने से मन विकृत होता है। इसलिए मन सहित सभी इंद्रियों को राग में से वापस खींचकर वैराग्य-साधना साधक के लिए अत्यंत आवश्यक है। वैराग्य के बगैर ज्ञान को आत्मसात् नहीं कर सकते हैं। ज्ञान को आत्मसात् किए बगैर योगी या साधक जीवन्मुक्त नहीं बन सकता है।'' कुछ देर रुककर रेवानंदजी पुनः बोले, ''और इन क्षणभंगुर और सतत परिवर्तित होनेवाले ऐसे सांसारिक संबंधों को याद रखने का भी क्या अर्थ है, क्या आवश्यकता है; यह सब याद रखने की? सबकुछ निरर्थक है। महाकालरूपी महासागर में बहे जा रहे हम सब निःसहाय तिनके के समान हैं, हजारों वर्ष पहले तुम्हारे जो माता-पिता थे, वे आज नहीं हैं! एक जन्म में तुम उनके पुत्र थे, वे अन्य जन्म में तुम्हारे मित्र भी हो सकते हैं, दुश्मन भी हो सकते हैं। एक जन्म में तुम्हारी माता, अन्य किसी जन्म में तुम्हारी बहन, मौसी, काकी या सास भी हो सकती हैं। सास अन्य कोई जन्म में पत्नी या साली भी हो सकती है। सबकुछ ऋणानुबंधन के अनुसार परिवर्तित होता रहता है। महाकाल अर्थात् महामाया की लीला को कोई नहीं जान सकता है।''

थोड़ी देर विचारमग्न रहने के बाद वे पुनः बोले, ''जन्म और मृत्यु का चक्र तो अरबों, अरे अरबों युग और कल्पों से चला आ रहा है, इस महाकाल को कोई माप सकने में समर्थ नहीं है! खरबों-खरबों वर्षों, युगों और कल्पों से मैं और तुम सभी, बार-बार जन्म लेते और मृत्यु प्राप्त करते आए हैं। अरे! स्वयं राम और कृष्ण भी असंख्य बार जन्म ले चुके हैं! असंख्य बार जन्म लेकर उन्होंने कंस और रावण के वध किए हैं। खरबों युगों से इस नाटक का बार-बार पुनरावर्तन होता रहता है, अभिनय चलता रहता है, जिसकी कोई थाह नहीं ले सकता है। इस पृथ्वी, सूर्यमंडल सहित इस ब्रह्मांड के साथ ब्रह्मा, विष्णु और महेश भी असंख्य बार अस्तित्व में आए हैं और महाकाल के खप्पर में होम हो गए हैं।'' कुछ रुककर, मानो गहन विचार में पड़ गए हों, फिर गंभीर स्वर में बोले, ''जब महाकाल, महाशक्ति की ऐसी अगम्य लीला है, तब हमारे जन्म-मृत्यु का क्या हिसाब है, उसका मूल्य भी क्या है? इसलिए जब सबकुछ ही निरर्थक और तर्क से परे है, तब इन सभी जन्म-पुनर्जन्म को याद करने का भी क्या अर्थ है! जो सत्य नहीं, शाश्वत नहीं, उसे सत्य मानकर जुगाली करने का क्या अर्थ है?'' फिर हृदय की गहराई से आनेवाले गंभीर स्वर में बोले, ''सबकुछ क्षणभंगुर निरर्थक है, कुछ भी सत्य नहीं है, मात्र भ्रम है! महाकाल का

इंद्रजाल है, सबकुछ ही स्वप्नवत् निरर्थक है।''

''परब्रह्म की शरण में जाना ही एकमात्र सत्य है, मनुष्य का परम लक्ष्य है साकार या निराकार स्वरूप को प्राप्त करने का ध्येय, यही केवल स्मृति में रखने जैसा विषय है।'' फिर कुछ रुककर रेवानंदजी ने आगे कहा, ''इसीलिए इस ध्येय की स्मृति को रखकर शेष सबकुछ भूल जाओ।'' फिर भारपूर्वक रेवानंदजी ने कहा, ''अपने मनोभाव और भावनाओं को नियंत्रण में रखकर प्रत्येक परिस्थिति में स्थिर रहने के लिए 'समता' को साधो, सुख-दुःख, मान-अपमान, आदर-अनादर, प्रेम-तिरस्कार, अनुकूलता-प्रतिकूलता, भाव-अभाव, स्वाद-बेस्वाद, भूख-प्यास, ठंडी-गरमी, योग-वियोग, मित्र-शत्रु, अपना-पराया सभी को एक समान दृष्टि से देखते हुए मन को उनसे विचलित या प्रभावित न होने देना। धीरे-धीरे 'समताभाव' साधते-साधते बुद्धि स्थिर हो जाएगी और तुम 'स्थितप्रज्ञ' हो जाओगे।

''किसी भी विषय में उपेक्षा या अपेक्षा किए बगैर कर्म करोगे तो तुम केवल द्रष्टा बनकर रहोगे। किसी भी प्रकार की भावना के स्पंदन तुमको स्पर्श नहीं कर सकेंगे। इससे तुम्हारे स्वयं में ही आनंद प्रकट होने से तुम निजानंद में मस्त हो जाओगे! तुम्हारे अंदर ही प्राकृतिक रूप से आनंद के उपहार का खजाना भरा पड़ा है! तुम्हारे अंदर ही पुष्पों की सुगंध भरी हुई है, अनायास ही तुम्हारे अंदर से मधुर संगीत प्रकट होगा, कृष्ण की बाँसुरी तुम्हारे समग्र चित्त तंत्र को डोला देगी, तुम्हारे अंदर ही 'हृदय प्राण' अथवा 'विश्वात्मा' तुम्हें सर्वज्ञ बना देंगे।''

फिर गहरी साँस लेकर, मानो अंतर की गहराई से बोल रहे हों, वैसे रेवानंदजी पुनः बोले, ''बस, केवल आवश्यकता है वीतराग होने की! सबमें से मन सहित इंद्रियों को भौतिक पदार्थों के आकर्षणों में से पीछे खींचने की! बस, इतना सिद्ध हो जाए, तो फिर साधक को ऊर्ध्वगति की ओर जाने से रोक सकने में कोई समर्थ नहीं होगा!''

कुछ मौन रहकर, गहरी साँस लेकर रेवानंदजी मेरे दोनों कंधों पर अपने हाथ रखकर प्रेमपूर्ण स्वर में बोले, ''इसीलिए विशेष आग्रह करके तुमसे कहता हूँ, साधना और उसके लिए 'साधन' के सिवाय किसी भी प्रकार की जिज्ञासा मत रखो। भूल जाओ सबकुछ, सांसारिक विचार, सांसारिक भाव, सांसारिक भावनाएँ सबकुछ विस्मृत कर दो! जन्म के साथ संबंध बनते हैं, मृत्यु के बाद उन संबंधों का कोई मूल्य नहीं रहता है। कभी जन्म, कभी मृत्यु, कर्मानुसार कभी स्वर्ग तो कभी नरक, कभी रंक तो कभी राजा, कभी साधु तो कर्मानुसार कभी शैतान! यह सब नाटक निरंतर और अविरत 'महाकाल' के संकेत से अभिनीत होते रहते हैं।''

बातें चल रही थीं, तब सामने से छात्र अशोक आता हुआ दिखाई दिया। निकट आने पर रेवानंदजी ने पूछा, "क्यों! कोई नवीन समाचार या संदेश है ?"

"नहीं, ऐसा कुछ नहीं! मैं तो यूँ ही अभ्यास करने के बाद कुछ देर चक्कर लगाने आया हूँ।" फिर रुककर बोला, "एक लड़के को बिच्छू ने काट लिया है, उसका उपचार करने के बाद दान बापू इधर आपको बुलाने आएँगे, ऐसा उन्होंने कहलवाया है।" और कहकर वह चला गया।

रेवानंदजी ने मेरी हाथघड़ी की ओर संकेत करके पूछा, "कितना समय हो गया है ?"

"बारह बजने में अभी पाँच मिनट की देर है।" मैंने उत्तर दिया।

"ठीक है, कोई बात नहीं, भोजन में अभी थोड़ी देर है। कदाचित् भोजन में विलंब न हो जाए, इसलिए दान बुलाने आता होगा!" फिर मंद-मंद मुसकुराकर रेवानंदजी बोले, "कोई बात नहीं, महाकाल गति कर रहा है, हमें उसकी इच्छानुसार बहते रहना है। हमें तारने का परिश्रम उसे ही करना है, हमें केवल उस पर श्रद्धा रखनी है, कर्मों के मूल उखाड़ना, कर्मों के नाश होने पर आत्मा 'जीवन्मुक्त' हो सकती है। फिर उसे पुनः जन्म नहीं लेना पड़ता है, वह जीवित ही स्वयं के अंदर स्थित पिंड को महापिंड में गला देती है।" रेवानंदजी इतना कहकर मौन हो गए।

तभी दान बापू आकर बोले, "सत्संग बहुत लंबा चला। अब पिंड को पोषण देने का कर्म करें!" कहकर खिलखिलाकर हँसकर बोले, "मध्याह्न भोजन तैयार है, चलिए प्रसाद लेने!"

वे चल पड़े, परंतु आगे बढ़ते हुए दान बापू से पूछे बगैर मैं नहीं रह सका, "दान बापू! किसी लड़के को बिच्छू ने काटा है, उसका जहर आपने कैसे उतारा, किसी मंत्र या औषधि से ?"

क्षण भर दान बापू खड़े होकर मुझे ताकते रहे, फिर हँसकर बोले, "अरे, नारायण! न कोई औषधियुक्त जड़ी-बूटी और न कोई तंत्र-मंत्र से, बस यूँ ही मैं जहरप्रूफ हो गया हूँ। मुझे कई बार साँप और बिच्छू ने काटा है, जहर मेरे शरीर में फैला हुआ है।" फिर खिलखिलाकर हँसते हुए बोले, "जहर को मेरे शरीर से आकर्षण हो गया है, इस कारण जिसे बिच्छू ने काटा हो, उसके डंकवाले भाग पर बस मैं हाथ से स्पर्श कर दूँ तो तुरंत वह जहर मेरे शरीर में खिंच आता है। बस! रोगी को आराम!" कहकर मेरे कंधे पर स्पर्श किया और चलते बने।

मैं उनकी प्रभावशाली पीठ को देखते हुए रेवानंदजी के साथ चलने लगा। आज

शनिवार था, इसलिए भोजन में बाजरे की रोटी, उड़द की दाल तथा बेल और हरे बाँस का अचार था। शुद्ध सोरठी भोजन करके हम बाहर निकले, मेरे कमरे की सीढ़ी तक साथ रहे रेवानंदजी ने मुझसे कहा, ''कुछ दूर वामकुक्षी कर लो, फिर इच्छा हो तो स्नान, नहीं तो हाथ-पैर धोकर तैयार हो जाना। आज हमें थोड़ी दूर घूमने जाना है।'' कहकर वे अपने स्थान पर चले गए।

मैं कमरे में आकर वामकुक्षी करते हुए सोचने लगा, विशेषकर पूर्वजन्म की अनुभूति मुझे बार-बार याद आने लगी। माधवानंदजी की मुझ पर अहेतुक कृपा, अब कहूँ तो स्नेह का रहस्य समझ में आया।

पूरणपुरी के कथनानुसार तो मेरे द्वारा की गई कृपा या 'उपकार' या 'बड़े भाई का कर्तव्य' ही कारण है। माधवानंदजी ने भी विदाई के समय पूर्व संकेत किया था, 'मेरे और तुम्हारे अनेक जन्म हो चुके हैं। तुम यह नहीं जानते, परंतु हम यह सब जानते हैं।' उपरांत माधवानंदजी ने यह भी कहा था, 'मेरी यह तुम्हारे पर कृपा नहीं है, मैं तो केवल ऋण चुका रहा हूँ।' ये शब्द मुझे याद आते ही शिवानंद सरस्वतीजी की समाधि पर हुए पूर्वजन्म की झाँकी के अनुभवों का अनुसंधान इस बात के साथ मिल गया। आखिर माधवानंदजी हैं कौन? इस प्रश्न के अनुसंधान से तीव्र जिज्ञासापूर्वक भूतकाल को मथता रहा, मुझे इस प्रश्न का उत्तर मिल गया।

मुझे लगा कि यदि मेरी यह तीव्र जिज्ञासा शांत न होती तो, मैं बार-बार इस प्रश्न के समाधान में उलझकर साधना के पथ पर जाते हुए, कदाचित् अभी तक की प्रगति भी रुँध जाती। इस विषय में शीघ्र समाधान हो जाना मेरे लिए लाभप्रद होगा और इसीलिए रेवानंदजी ने अपने योगबल द्वारा मुझे पूर्वजन्म की प्रतीति करवाई होगी।

मेरे लिए तैयार किए गए साधना-स्थल पर से हम अलग हुए, तब से ही रेवानंदजी के कहे मार्मिक शब्द याद आए, 'आस-पास शांति से चक्कर मारो, कदाचित् तुम्हारी तीव्र जिज्ञासा को थोड़ा संतोषजनक समाधान मिल जाए, ऐसा होता भी है!' कहकर वे मर्म में हँसकर चले गए थे और उसके बाद मेरी तीव्र जिज्ञासा को भी संतोष मिला। सचमुच जो हुआ, अच्छा ही हुआ, नहीं तो यह जिज्ञासा ही मेरी साधना के लिए अवरोध परिबल बन जाती। माधवानंदजी की यहाँ से विदाई भी कदाचित् इस अनुसंधान से ही हुई। उनका सतत मिलता सहारा ही कदाचित् मुझे पंगु बना देता, कदाचित् मेरे और उनके बीच माया का बंधन हो जाता और इस कारण ही जन्म-मृत्यु के चक्कर में फँसना पड़ता है, फँस ही जाते।

रेवानंदजी के उपदेश से 'स्मृति' की निरर्थकता अब मुझे संपूर्ण रूप से समझ

आई। यह सब याद करना निरर्थक व्यायाम है, रेवानंदजी के उपदेश से मुझे अब सबकुछ समझ आ गया था। मुझे लगा कि अब मैं ध्येय की ओर सरलता से और सहजता से आगे बढ़ सकूँगा।

□

विभाग-2

8

वामकुक्षी करते समय विचार करते-करते मुझे तंद्रावस्था के बाद थोड़ी गहरी नींद आ गई। वामकुक्षी का समय सामान्य रूप में मात्र पंद्रह मिनट का होता है। मैं तीस मिनट तक सोया रहा। मैंने घड़ी देखी तो मेरी नींद का समय बराबर ही था।

नीचे से स्नान कर ऊपर आया। स्वस्थतापूर्वक वस्त्र बदलकर नीचे आया, तो दान बापू सामने ही खड़े थे। बोले, ''मैं तुम्हें ही बुलाने आ रहा था। रेवानंदजी बापू तुम्हारी ही प्रतीक्षा कर रहे हैं। मैं आप दोनों के लिए चाय लेकर आता हूँ।'' ऐसा कहकर दान बापू रसोईघर की तरफ चले गए।

मैंने माधवानंदजी के कमरे में प्रवेश किया, तो देखा कि रेवानंदजी माधवानंदजी की स्थायी गद्दी के बाजू में बैठे हुए थे। मैंने भी उनके पास ही आसन ग्रहण किया। रेवानंदजी मौन धारण कर बैठे हुए थे।

मैंने माधवानंदजी के कमरे का निरीक्षण किया, तो मुझे लगा कि कमरे में थोड़ा परिवर्तन किया गया है। सेटी पलंग से थोड़ी दूर एक मेज पर व्यवस्थित रीति से थोड़ी पुस्तकें पड़ी थीं। एक अन्य बड़ी मेज पर ताजे फूलों से भरी एक फूलदानी थी। उसके पास में ताजे पानी का मटका रखा था। खुली खिड़की से सड़क के उस पार जोगणिया पहाड़ का थोड़ा सा भाग और उस पर आच्छादित हरियाली लहराती दिखाई दे रही थी। आँखें स्थिर हो जाएँ, ऐसा दृश्य देखकर मन पुलकित हो गया। बोला, ''वाह! सुंदर!'' माधवानंदजी के इस कमरे को पहली बार मैंने ध्यान से देखा।

''बराबर है!'' रेवानंदजी हँसकर बोले। ''किसी भी स्थान की सुंदरता या पवित्रता को पाने के लिए स्वस्थ और शांतचित्त होने की आवश्यकता होती है। अस्वस्थ और अशांतचित्त के कारण उस स्थान की विशिष्टता जानी नहीं जा सकती है।'' प्रेमपूर्ण

दृष्टि से देखकर बोले, ''अब तुम्हारी सभी जिज्ञासाएँ दूर हो गई हैं, ठीक है न!''

मैंने सहमत होकर नम्र भाव से अपना मस्तक झुकाया।

और देखो! रेवानंदजी पुनः बोले, ''अब आज से तुम्हें और मुझे दोनों को इस कमरे में ही रहना है।''

सुनकर मैं आश्चर्य के साथ उनके सामने देख रहा था।

''खूब विचारपूर्वक यह निर्णय किया है। उन्नत साधना के लिए पवित्र और मंत्राभिभूत स्थल साधना में बल की वृद्धि करता है। ऐसे स्थानों पर पवित्र तरंगें साधकों में शक्ति संचार किया करती हैं।''

सुनकर मैं अंतर से नाच उठा, वास्तव में यह मेरा सौभाग्य है, माधवानंदजी का पवित्र कक्ष और साथ में रेवानंदजी का सतत सान्निध्य! फिर पूछने जैसा क्या शेष है?

मेरे भावों को पढ़कर रेवानंदजी बोले, ''मैं जानता ही था कि तुम्हें यह निर्णय पसंद आएगा। तुम्हारे कमरे में अब आनेवाले यात्रियों को ठहराया जाएगा। वे सभी विचारों की दृष्टि से मलिन भी हो सकते हैं, साधना के मध्य उसका कोई प्रभाव तुम पर हो, यह उचित नहीं है। तुम्हारी साधना अब उग्र बननेवाली है, इस कारण यह निर्णय लिया है।''

दान बापू चाय लेकर आ गए, तो बातें अटक गईं। चाय के बाद दान बापू ने रेवानंदजी को संबोधित करते हुए कहा, ''गायों को जौ खिलाने का कल से शुरू करूँ क्या या थोड़े दिनों के बाद?''

''कल से ही शुरू करो। चार-पाँच दिवस चले, इतना 'जौ' होना चाहिए। उन्हें सुखाने में भी तो समय लगेगा।''

''ठीक है!'' कहकर दाने बापू चले गए।

गायों को जौ खिलाने के संबंध में विचार कर रहा था, तभी मेरे मुँह के भाव को समझ रेवानंदजी बोले, ''यह पूर्व तैयारी तुम्हारी साधना के लिए ही है।'' कहकर रेवानंदजी खिलखिलाकर हँसने लगे। गायों को जौ खिलाने की क्रिया को मेरी साधना के साथ के संबंध को नहीं समझ सकने के कारण प्रश्नार्थ भाव से मैं उनके सामने देख रहा था। हँसकर मैं परिहास में बोला, ''यह नया क्या है?''

''हाँ, तुम्हारे लिए आवश्यक है, नया है, गायत्री-साधना के लिए यह विशेष रूप से आवश्यक है। प्रथम नौ दिन तुम्हें गायत्री का लघु अनुष्ठान करना है। उस समय गाय के गोबर में से अलग किए गए पूर्ण जौ की रोटी को दूध के साथ अल्पमात्रा में ही लेना है। मैं भी तुम्हारे साथ एक बार इसी रोटी का भोजन करूँगा। गायत्री

साधना में भोजन का विशेष महत्त्व है। भोजन में लेनेवाले पदार्थों के कारण साधना में रज और तमो गुणों को दबाकर मात्र सत्त्वगुणों की वृद्धि हो, ऐसा पवित्र और सादा एवं हृदय को, मन को पवित्रता से पुष्ट करे, ऐसा भोजन लेना चाहिए। गाय माता पवित्रता का द्योतक और देवताओं का निवास स्थान है, इसी कारण 'जौ' साधना में सत्त्वगुणों का विकास कर अभिवृद्धि करते हैं, कुविचार सताते नहीं हैं, मन पवित्र और निर्मल बना रहता है।

"साधना की सफलता के लिए चित्त की एकाग्रता, तन्मयता, श्रद्धा और उत्साहपूर्वक भक्तिभाव से भरा हुआ मन होना नितांत आवश्यक है। इस प्रकार से प्रशिक्षित मन सफल होता है। उद्विग्न, अशांत, चिंतातुर, उत्तेजित, भय और आशंका से घिरा हुआ मन स्थिर नहीं रह सकता है। मन तो मर्कट (बंदर) जैसा होता है। प्रत्येक पल इधर-उधर दौड़ता रहता है। कभी कुविचारों में तल्लीन हो जाता है। मन की भाग-दौड़ साधक के चित्त को विचलित कर पदभ्रष्ट कर डालती है।

"मन की ऐसी स्थिति दूषित अनाज खाने से ही होती है, क्योंकि अन्न की पंद्रहवीं कला से ही मन बनता है। फिर थोड़ी देर रुककर रेवानंदजी पुनः बोले, "गायत्री के महान् प्रणेता, जो हिमालय पर्वत में निवास करते हैं, उन परमपूज्य सर्वेश्वरानंदजी ने हमें हरिद्वार में साधना के मध्य एक बार उपदेश देते हुए कहा था—

" 'जब तक मन को सब प्रकार से, सब ओर से खींचकर, समस्त बातों को भूलकर, एकाग्रता और तन्मयता के साथ, भक्ति-भावनापूर्वक माता के चरणों में लगा नहीं देते हैं, तब तक हमारे अंदर गायत्री की महान् शक्ति को आकर्षित करने की क्षमता और इच्छित उद्देश्य की पूर्ति करने में हमारी सहायता कर सके, ऐसा चुबकत्व पैदा नहीं हो सकता है।' "

"परंतु रेवानंदजी! प्रारंभ में साधक की (मनोस्थिति) मनोभूमि अस्थिर होने के बाद भी वह किसी प्रलोभन या किसी अच्छे संस्कार से उद्दीपन होने के कारण साधना करने को प्रेरित हो, तो क्या उसका श्रम निष्फल होगा?" मैंने बीच में ही यह प्रश्न किया।

"नहीं, कोई भी कर्म निष्फल नहीं होता है।" प्रत्युत्तर मिला और आगे कहा, "अविश्वासी, अश्रद्धालु और अस्थिरचित्त व्यक्ति भी गायत्री-साधना नियमपूर्वक करते रहें तो कुछ समय के बाद उनमें प्रस्तुत दोष धीरे-धीरे दूर हो जाता है और धीरे-धीरे श्रद्धा, विश्वास और एकाग्रता उत्पन्न होने से सफलता की ओर वेगपूर्वक आगे बढ़ सकते हैं। चाहे किसी की मनोभूमि का असंयम एवं अस्थिरता हो, तो भी उसे साधना

में अविरल रूप से लगे रहना चाहिए। किसी दिन उसकी खामियाँ दूर होंगी ही। श्रद्धा और विश्वास की शक्ति से वासनायुक्त व्यक्ति भी संत शिरोमणि बन सकता है!

थोड़ा रुककर रेवानंदजी ने आगे कहा, "दूसरी बात ध्यान में रखनी है। शास्त्रों में इस बारे में विशेष निर्देश किए हैं, 'संदिग्धो हि हतो मंत्रः व्यग्रचित्तो हतो जपः।' संदेह करने से मंत्र हत हो जाता है और व्यग्र चित्त से किया हुआ जप निष्फल जाता है। तब ही तुम अंतर में चित्तिशक्ति को धारण कर सकते हो।

"वैसे तो तुमने गायत्री की साधना पहले से की ही है और वह शक्ति तुम्हारे अंदर विद्यमान है ही, परंतु किसी विशेष प्रयोजन के लिए जब विशेष शक्ति का संचय करना पड़ता है, तब गायत्री उपासना को और उग्र बनाना पड़ता है और इस हेतु से विशेष क्रियाकलाप करना पड़ता है। यह क्रिया 'अनुष्ठान' कहलाती है। प्रबल और अधिक शक्ति एकत्रित करने की यह विशिष्ट और विशेष क्रिया है!"

इसके बाद में बात को विशेष पुष्ट करने हेतु दृष्टांत बताते हुए रेवानंदजी ने कहा, "सिंह जब हिरण पर झपट्टा मारता है, बिल्ली चूहे पर जब छाप मारती है, तब एक क्षण के लिए स्तब्ध बन अपने श्वास को रोककर थोड़ा पीछे हटकर अपने अंदर की शक्ति को जाग्रत् और सतेज करती है और उसके बाद ही वह अचानक पूरी शक्ति से अपने शिकार पर टूट पड़ने के लिए छलाँग लगाती है। अनुष्ठान द्वारा यही कार्य आध्यात्मिक दृष्टि बिंदु के आधार पर होता है। यह शक्ति संचय हेतु आध्यात्मिक छलाँग है।

"तुम्हें आवश्यक शक्ति लघु अनुष्ठान से प्राप्त होगी, तुम्हें यौगिक क्रियाएँ, नेति-धौति आदि नहीं करनी पड़ेंगी।" फिर थोड़ा रुककर गवाक्ष में रखी सरयूदासजी की पादुका की ओर अँगुली-निर्देश करते हुए कहा, "तुम्हारे भविष्य के गुरु सरयूदासजी की पादुकाओं की पूजा-अर्चना और ध्यान से तुम्हारे में शक्तिपात होता रहेगा।"

बात पूरी हो गई, इस भाव के साथ, मुझे जाने का निर्देश करते रेवानंदजी खड़े हो गए और कहा, "चलो, हम अब निकलते हैं, देर तो नहीं होगी, पर शायद देर हो जाए, अँधेरा हो जाए तो तुम तुम्हारी बैटरी (Torch) साथ ले लेना।"

फिर दान बापू को बुलाकर कहा, "थोड़े चने-परमल (मुरमुरे) और मूँगफली के दाने भरकर एक थैली में डालकर दे दीजिए। मछलियों को खिलाने के काम आएँगे।"

हम लोग गायत्री मंदिर में दर्शन कर उसके पीछे आई ऊँची टेकरी पर स्थित बाघेश्वरी माता के दर्शन करने सीढ़ियाँ चढ़ते-चढ़ते धीरे-धीरे जा रहे थे। टेकरी पर एक बड़ी शिला पर बाघेश्वरी माता का प्रतीक चिह्न त्रिशूल मात्र है। वहाँ एक शिला

जैसा सपाट पत्थर है, जो पायल की रणकार जैसा बजता है।

दर्शन कर टेकरी के पीछे के भाग में स्थित अन्य ऊँची टेकरियों को हम पार कर रहे थे। मैं इस स्थान का उत्सकुता से निरीक्षण कर रहा था, तब रेवानंद ने मौन तोड़ते हुए कहा, ''इस गिरनार क्षेत्र की समस्त चट्टानें अग्निकृत चट्टानें हैं। इनमें लौह खंड का तत्त्व अधिक होने से इनमें पायल के समान झनकार होती है।'' फिर थोड़ा रुककर बोले, ''तुम जानते हो?'' मानो कोई रहस्य बता रहे हों, ऐसे प्रश्नवाचक शब्दों में रेवानंदजी बोले, ''यह गिरनार पर्वत जितना बाहर दिखाई देता है, उतना ही जमीन के अंदर दबा हुआ है, इस प्रकार गिरनार जमीन के अंदर की विशाल खाई को भर रहा है।''

सुनकर आश्चर्य से उनके सामने देखता रहा, परंतु मेरे प्रतिप्रश्न करने के पहले ही उन्होंने आगे कहा, ''इसके पीछे एक कथा है, पर अभी इस विषय पर बात करना आवश्यक नहीं है!'' कहकर रेवानंदजी ने पश्चिम की ओर की टेकरी की ओर इशारे से मेरा ध्यान खींचते हुए कहा, ''देखो, सामने की टेकरी तुम्हें कैसी लगती है।''

मैंने उस ओर दृष्टि की तो विस्मित रह गया। टेकरियों की कितनी खुली जमीन और शीर्ष पर मानो किसी ने सुनहरी चादर फैला दी हो, वैसी जगमगा रही थी। सूर्य के प्रकाश का तेज परावर्तित होकर मैदान एवं खुली जगह में खड़े वृक्षों और बाँस को सुनहले रंगों से रँग रहा था और मैं इस दृश्य को निहार रहा था, तभी रेवानंदजी ने कहा, ''लोककथा ऐसी है कि यह गिरनार पर्वत संपूर्ण रूप से पत्थर का नहीं, परंतु पूर्ण रूप से सुवर्ण का ही है, परंतु मनुष्यों के चर्म चक्षुओं से वह दिख नहीं सकता है।''

कहकर रेवानंदजी मौन हो, मुझे मार्ग दिखाते आगे-आगे चल रहे थे। मैं भी मौन आश्चर्य के सिवाय किसी भी प्रकार का प्रतिभाव दिए बिना ही उनके साथ कदम मिलाकर चल रहा था।

रेवानंदजी के साथ उनके कहे अनुसार मैं चल पड़ा और अब अंत में, मुझमें इस विषय में एक प्रश्न का उद्भव हुआ, मैंने जिज्ञासावश प्रश्न किया, ''रेवानंदजी! हम लोग किस स्थान के लिए प्रस्थान कर रहे हैं? और इसका निश्चित ही कोई तो प्रयोजन भी होगा। यदि आपको उचित लगे तो…।''

''अरे…!'' रेवानंदजी ने मुझे बीच में रोकते हुए कहा, ''सच यदि तुमने इस विषय में नहीं पूछा होता, तो मुझे नवीनता लगती।'' कहकर खिलखिलाकर हँसकर मेरा हाथ पकड़ लिया और बोले, ''तुम्हारा साधना उत्कृष्ट बने, इस हेतु दृढ श्रद्धा और विश्वास की आवश्यकता विशेष रूप से है, तुम्हारी श्रद्धा और विश्वास को सुदृढ बनाए और साथ-साथ तुम्हारी जिज्ञासाओं को संतोष मिले, ऐसे स्थानों और योगियों

के प्रत्यक्ष दर्शन तुम्हें प्राप्त हों, इस हेतु से मैं तुम्हें यह विशेष प्रवास करवा रहा हूँ।''

स्थल के नाम के बारे में जानने की इच्छा थी, मैंने उनके सामने देखा, यद्यपि मुझे पता था कि यह बात रेवानंदजी से पूछने की आवश्यकता नहीं है। पूछे बिना ही प्रत्युत्तर मिल जाएगा और ऐसा ही हुआ, तुरंत ही रेवानंदजी ने हँसकर कहा, ''हम लोग जहाँ जा रहे हैं, वह एक अगोचर भूमि स्थान है। सामान्य लोग इस स्थल पर प्रवेश नहीं कर सकते हैं। अगर प्रवेश कर भी लें, तो जंगल और टेकरियों में फँसकर बहुत ही कठिनाई से बाहर निकल सकते हैं। ऊँची-नीची जमीन और जंगल के अतिरिक्त उन्हें वहाँ कुछ भी दृष्टिगोचर नहीं होता है। विशेष साधक को यहाँ प्रवेश करने की मंजूरी मिलती है।''

ऊँची-नीची जमीन और काजल जैसे काले बड़े पत्थर और झाड़ियों को पार करते वनों से युक्त पर्वत जैसी ऊँची टेकरी के शिखर पर आ गए थे। अद्भुत प्राकृतिक सौंदर्य को देख रहे थे। दूर-दूर शहर और उसके आगे के क्षेत्र मीलों तक विस्तारित (फैले हुए) दृष्टिगोचर हो रहे थे। मुझे लगा कि मंद-मंद शीतल पवन में इन दृश्यों का आनंद लेना जीवन की एक अद्भुत स्मृति है; आज मैं यह आनंद ले रहा था।

हम इतनी ऊँचाई पर थे कि वेरावल और मांगरोल के समुद्र तट तक हमारी दृष्टि पहुँच सकती थी। अचानक ही ठंड का अनुभव हुआ। हमारे आगे-पीछे और ऊपर से ठंड से वाष्पित बादल सत्वर गति से जा रहे थे। मैंने नीचे दृष्टि की, तो घाटी में रुई जैसे बादल धुएँ के स्वरूप में उत्तर की ओर गति कर आगे की ओर बढ़ रहे थे। हम बादलों से भी ऊपर ऊँचाई पर आ पहुँचे थे। मेरा हृदय यह हृदयंगम दृश्य देख भाव-विभोर बन गया था। मुझे जोर से आवाज लगाने और बच्चे की तरह कूदने का प्रलोभन हुआ। प्रकृति के इस सौंदर्य को मानो मैं जी भरकर, अंजलि-अंजलि भरकर पी रहा था। तभी आनंद की इस समाधि में डूबे रेवानंदजी के शब्द सुनाई दिए।

''तुम जो कुछ भी देख रहे हो, उसे ईश्वरमय समझो।'' कहकर वे मेरे नजदीक आए और मेरे कंधे पर हाथ रख पुनः बोले, ''जो-जो दृष्टिगोचर होता है, यह सब ही परमात्मा की लीला और परमात्मामय ही है, ऐसा विचार करने से ध्यान बहुत अच्छी तरह से लगता है। सर्वत्र के अतिरिक्त कुछ भी नहीं है, यही सच्ची और सही दृष्टि है। ऐसी विचारधारा जन्म-मरण के चक्कर में से छुड़ाती है।

''तुम मात्र प्रकृति के सौंदर्य को देखकर धन्यता का अनुभव कर रुक मत जाना, साथ-साथ इस भाव को भी अपने में प्रशिक्षित करो कि समग्र विश्व तो परमात्मा का अभिन्न अंगस्वरूप है। पूर्व, पश्चिम, उत्तर, दक्षिण, आगे-पीछे, ऊपर-नीचे सभी

स्थान पर परमात्मा का दर्शन करनेवाला व्यक्ति तत्काल जीवन्मुक्त बन जाता है।'' मुझे आगे बढ़ने का निर्देश करते हुए रेवानंदजी स्वयं भी आगे चल रहे थे।

थोड़ी सी सीढ़ियाँ चढ़ते ही मुझे थकावट लग जाती है, परंतु आज रेवानंदजी के सान्निध्य में इतनी ऊँचाई पर चढ़ने के उपरांत भी मुझे जरा भी थकावट का अनुभव नहीं हो रहा है। चलने में भी ऊब नहीं आ रही है। इतनी उमंग और सहनशक्ति मुझमें किस प्रकार से आ गई होगी? मेरे लिए नवीन बात थी। इसी क्षण मेरे मनोविचारों को जानकर रेवानंदजी बोले, ''यह सब इस भूमि का प्रताप है। इस भूमि ने तुम्हारी जन्म-जन्मांतर की थकावट को उतार दिया है, तुम्हारी इस प्रशंसा का कारण तुम्हारे अंदर ही निहित है। कारण कि अब तुम्हारा अंत:करण-शांत, विषादरहित और मनुष्यमात्र के शत्रु—काम, क्रोध, बदले की भावना, ईर्ष्या, आकांक्षाएँ, भय आदि से मुक्त बन गया है। तुम एक बालक के समान निर्मल, निखालिस और निष्पाप बन गए हो। इस कारण से तुम्हारे अंदर आनंद का ज्वार फूट पड़ा है। मन ही शरीर को थका देता है। शरीर को तो कभी भी थकावट नहीं होती है। शरीर जिस पंचमहाभूतों से बना है, ये पंचतत्त्व कितने मजबूत और मूल्यवान हैं!''

फिर रेवानंदजी ने अपने पाँव के नीचे की धरती को निर्देश करके कहा, ''देखो, यह पृथ्वी कितनी सुंदर है! कितने ही प्रकार के अन्न पैदा कर प्राणियों का माता के समान पोषण करती है। निर्मल जल को अपने अंदर प्राणियों के लिए संगृहीत करके रखती है, जिससे धान, औषधियाँ, फल-फूल, वृक्ष आदि को जीवन प्राप्त होता है। शरीर के दृश्यमान प्रत्येक अंग पृथ्वी तत्त्व में से निर्मित होते हैं। अग्नि तत्त्व प्रत्येक प्राणी में रहकर जठराग्नि रूप में खाए हुए अन्न को पचाता है। वायु तत्त्व तो प्राणिमात्र एवं समस्त सजीव सृष्टि के लिए जीवन का आधार है। वायु प्राण रूप से जड़-चेतन में व्याप्त है। समस्त विश्व उसी के आधार पर क्रियाशील है। प्राण निकल जाए, तो शरीर बेकार बन जाता है। आकाश 'निर्लेप' आत्मा की झाँकी कराता है। आकाश का गुण शब्द है और इसी कारण प्राणी सुन सकता है, बातचीत कर सकता है।

''इस शरीर को पूर्ण रूप से विमर्श कर उसमें परमात्मा की भावना करके उसमें उसका निरूपण कर शरीर को प्रेम करो। शरीर आत्मा को मिला हुआ ईश्वर की अमूल्य भेंट है। इस कारण से प्रत्येक इंद्रिय में देवताओं की स्थापना करो। इंद्रियों में विद्यमान गुणों के द्वारा उनके गुणों की पूजा करो, परंतु पूजा में जीवंतता होनी चाहिए, केवल प्रेम, अपार प्रेम, कामना रहित प्रेम से भरी यह पूजा होनी चाहिए।''

फिर मूल बात पर आते हुए बोले, ''तुम्हें लेशमात्र भी थकावट नहीं हुई, क्योंकि

तुमने ही तुम्हारे शरीर से सहयोग किया और शरीर तो इंद्रियों द्वारा तुम्हारी सहायता करने को हमेशा तैयार ही रहता है। शरीर पर तुम जिस प्रकार के भावों को पोषित करोगे, वैसे वे बन जाएँगे। आवश्यकता है शरीर को विमर्श करने की।''

हम लोग बातें करते-करते धीरे-धीरे नीचे उतर रहे थे। टेकरी के पीछे के हिस्से से नीचे उतरते ही मैदान जैसा दिखाई दिया। हमने मैदान में प्रवेश किया, दो पर्वतों के बीच का यह ऊँचा मैदान था। समुद्र की सतह से यह मैदान कितना ऊँचा होगा, उसका अनुमान लगा सकना संभव नहीं था।

रेवानंदजी मुझे मार्ग दिखाते हुए मैदान के दूसरी ओर आगे बढ़े, मैदान एकदम सपाट नहीं था; गहन काले पत्थरों में चलने की कठिनाई और हरियाली से भरी-पूरी लता, बाँस और थोड़े वृक्षों से आच्छादित था। बीच में ही निर्मल जल का एक छोटा झरना कलकल की आवाज के साथ बह रहा था। उस छोटे झरने के किनारे-किनारे चलते हम मैदान के अंतिम छोर पर आए, तो एक गहरी घाटी दिखाई दी। घाटी के नीचे कोहरे जैसा वातावरण था।

रेवानंदजी ने मेरे पास आकर घाटी की ओर उँगली से संकेत कर मेरा ध्यान घाटी की ओर खींचा।

''देखो, नीचे क्या दिख रहा है ?'' मैंने नीचे देखकर शीघ्रता से कहा धूम्राच्छादित घाटी और उसमें शिलाएँ और वृक्ष!''

''थोड़ा और ध्यान से देखो,'' रेवानंदजी ने पुनः कहा।

मैंने जरा और ध्यान से निरीक्षण किया, तो देखा वृक्षों के बीच से होकर एक टेढ़ी-मेढ़ी पगडंडी जैसी सँकरी गुफा के आकार में व्यवस्थित जमी हुई शिलाओं की ओर जाता एक रास्ता मैंने देखा। मेरे प्रत्युत्तर की राह देखे बिना ही रेवानंदजी ने कहा—

''बस, यही है—तुम्हारी जिज्ञासा का केंद्र-स्थान। गिरनारी बाबा का स्थायी निवास स्थान। यह स्थान अति गुप्त है और वहाँ जाना अति कठिन है। वहाँ जाने की किसी को आज्ञा नहीं मिलती है।''

सुनकर महा कठिनाई से स्वर्ग के द्वार पर पहुँचे जीव को किसी ने धक्का मारकर पुनः पृथ्वी पर फेंक दिया हो, अतः आनंद से ओत-प्रोत मुझे रेवानंदजी के अंतिम शब्दों ने निराशा के गर्त में धकेल दिया। निराशा में मुझे डूबा देखकर रेवानंदजी मेरी पीठ पर हाथ रख खिलखिलाकर हँसकर बोले, ''तुम्हें चिंता करने की आवश्यकता नहीं है। उनके अंतरंग भक्त तथा उच्च कोटि के साधक सहजता से जब उनकी कृपा हो, तो जा सकते हैं। तुम्हें उनके दर्शन होंगे।''

अतः पुनः मुझे लगा कि किसी ने हाथ पकड़कर उठाकर मुझे स्वर्ग के द्वार पर खड़ा कर दिया है। खिलखिलाकर हँस रहे रेवानंदजी की ओर मैंने अहोभाव से दृष्टिपात किया, तो वे आगे की ओर चल पड़े थे, मौन-मूक मैंने भी उनका अनुसरण किया।

हम नीचे उतर रहे थे। प्रारंभ में कोई तकलीफ नहीं थी, परंतु धीरे-धीरे ढाल सीधा खड़ा आगे आ रहा था, जरा सी असावधानी मृत्यु का कारण बन सके, ऐसी स्थिति थी। फिर भी हिम्मत और निर्भयतापूर्वक मैं रेवानंद के साथ सावधानीपूर्वक आगे बढ़ रहा था। नदी का प्रवाह भी कहीं समतल, कहीं तीव्र गतिशील, तो कहीं छोटे झरने के रूप में हमारे साथ-साथ ही बह रहा था। नदी के किनारे की ऊँची कगार के ऊपर और कभी कगार के नीचे पेड़-पौधों के तने और लताओं का आधार लेकर आगे और आगे चल रहा था। जमीन में से सीलनवाली मीठी सोंधी-सोंधी महक आ रही थी, जो हृदय में ताजगी और उत्साह बढ़ा रहा था।

किसी प्रकार की हिचक, भय या अवरोध के बिना मैं रेवानंदजी के साथ-साथ चल रहा था। थोड़ा आगे चलने पर उतराई पूरी हुई और हमने हरियाली भरी जमीन पर प्रवेश किया। यहाँ भी नदी ने हमारा साथ नहीं छोड़ा था। अब हम नदी के किनारे-किनारे चल रहे थे, तभी नदी के प्रवाह के बीच नदी की गहराई की झील की ओर मेरी नजर पड़ते ही मैं विस्मय से स्तब्ध रह गया। पचास के लगभग नागा साधु कुंड के गहरे पानी में नहा रहे थे और छोटे बालकों के समान किलकारियाँ मार रहे थे और धमाल करते-करते स्नान कर रहे थे। ये सब दिगंबर साधु लगभग पाँच हाथ ऊँचे और सशक्त थे, तो कोई-कोई कुछ कम ऊँचाई होने पर भी सशक्त और पूर्ण स्वस्थ थे। लगभग सभी की उलझी लाल-पीली जटा खुली हुई और लंबी थी और जो नदी के पानी में फैलकर तैर रही थी। सबकी आँखें बड़ी-बड़ी और लंबे समय पानी में स्नान करने के कारण तलाशवाली और तेजस्वी थीं।

एक साथ स्नान करते नागा साधुओं को मैंने माधवानंदजी के साथ, जब शिवरात्रि के दिन रात्रि के 12 बजे मृगी कुंड गए थे, तब स्नान करते हुए देखा था। अभी मैंने ध्यान से देखा तो लगभग वे ही चेहरे थे, जिन्हें शिवरात्रि की रात्रि में भवनाथ स्थित मृगी कुंड में स्नान करते देखा था। उस समय सभी शांत थे और उनके मुख पर भक्ति का तेज दृष्टिगोचर होता था, जबकि अभी वे सभी तूफानी किशोरों के समान निर्दोषता से मस्ती-मजाक कर आनंद मना रहे थे।

यह आनंदमय दृश्य देखकर आश्चर्यचकित हो मैंने रेवानदंजी की ओर देखा, तो वे उन नागा साधुओं से चिरपरिचित हों, वैसे उनके सामने देखकर हँस रहे थे, तो

बहुत से नागा साधु रेवानंदजी की ओर देखकर उनका अभिवादन करके हाथ ऊँचा कर पास बुला रहे थे।

रेवानंदजी ने भी वहाँ जाना स्वीकार कर हाथ ऊँचा कर संकेत करके मुझे संबोधित कर कहा, ''ये सब साधु गिरनारी बाबा के अंतरंग शिष्यगण हैं। यहीं इन सबका गुप्त निवास स्थान है। दूध आदि समस्त आवश्यक वस्तुएँ वे अपने योगबल से प्राप्त कर लेते हैं। अत: उन्हें समाज के सामने जाने की आवश्यकता नहीं होती है। शिवरात्रि के पर्व पर वर्ष में एक ही बार मृगी कुंड में स्नान कर भरतवन के स्थान पर छाछ (मट्ठा) पीकर फिर सभी यहाँ वापस आ जाते हैं। तराई में और (अन्य) नागा साधुओं के अखाड़े हैं, परंतु इस स्थान के साथ सबके संबंध नहीं होते हैं, वे अपने सब कार्यकलाप अपनी-अपनी रीति से करते रहते हैं।''

आगे रेवानंदजी बोले, ''यह स्थान तो अतिगुप्त और अगोचर है। सामान्य लोग जब इस स्थान से जाते हैं, तो उन्हें यहाँ स्थान होने का खयाल भी नहीं आ सकता है। दैवी शक्ति की सूक्ष्म परत इस स्थान के आस-पास फैली रहती है, जिसे देखा नहीं जा सकता है।''

फिर अपनी दाढ़ी पर हाथ फेरकर रुककर बोले, ''वैसे तो पृथ्वी पर जो भी दृश्यमान है, उसमें भी अनेक गुप्त परतें और आवरण हैं, जिसमें आत्माएँ निवास कर रही हैं, घूम-फिर रही हैं, परंतु उसका खयाल नहीं आ सकता है। यह जगत् इतना सूक्ष्म होता है कि खुली आँखों से उसका अनुमान भी नहीं लगाया जा सकता है। निरंतर और अभी भी अनेक आत्माएँ हमारी देह के आर-पार विचरण कर रही हैं। इस दृश्यमान् जगत् के अंदर अनेक जगत् सूक्ष्म रूप से विद्यमान हैं। सिद्ध अपने योगबल द्वारा अपना सूक्ष्म जगत् बनाकर उसमें निवास करते हैं। यह स्थान ऐसे सिद्धपुरुषों का गुप्त निवास स्थान है। योग्य और उच्च साधकों और शिष्यों को इन सिद्धपुरुषों की इच्छा और आज्ञा हो तो ही यहाँ आने और दर्शन लाभ लेने देते हैं।''

नदी के किनारे से उतरकर हम नदी की गहराईवाले कुंड के पास पहुँचे, वहाँ का दृश्य और वातावरण देख बहुत आनंद आया। कितने ही साधु कूदकर गले तक डूब जाते और फिर पानी के ऊपर आ फिर डुबकी मार रहे थे। नदी के किनारे-किनारे थोड़ी दूर पानी के अंदर-ही-अंदर स्नान कर साधुओं की ओर कौतूहलवश मैं उधर गया, तो पहली बार यह दृश्य और ऐसी क्रिया को मैं विस्मय से देख रहा था। कितने ही साधुओं ने तो अपने लिंग (शिश्न) को खींचकर लंबाकर उसे अपने गले में दो-तीन बार लपेटकर रखा था, तो एक साधु तो अपनी लंबी उत्थेंद्रिय (लिंग)

से हाथी जैसे अपनी सूँड़ से पानी खींचता है, वैसे ही पानी खींचकर अन्य साधुओं पर पिचकारी मारकर मजाक कर रहा था। थोड़ी देर बाद रेवानंदजी मेरे पीछे आकर नजदीक में ही खड़े रहे, तो वह साधु ने अपने लिंग में पानी खींचकर रेवानंदजी पर पिचकारी मारते हुए जोर से बोला, "ले...ले... रेवानंद! तू भी नहा ले।"

रेवानंदजी पानी में भीगते हुए हँस रहे थे। थोड़ा पानी मेरे ऊपर गिरने से मैं भी भीग गया था और अन्य साधुओं के साथ खिलखिलाकर हँस पड़ा।

फिर एक साधु ने आग्रहपूर्वक संबोधन कर कहा,

"अरे, रेवानंद! तू भी हमारे साथ स्नान कर ले। मजा आएगा।" फिर मेरी ओर निर्देश कर कहा, "तू इसकी चिंता मत कर। वह सब देखने के लिए स्वयं अपना रास्ता ढूँढ़ लेगा। आगे उसे सहायक और अपना दोस्त भी मिल जाएगा और दर्शन कर फिर तेरे पास वापस पहुँच जाएगा। तू चिंता मत कर।" ऐसा कहकर वह रेवानंदजी को पानी के अंदर खींचने के उद्‌देश्य से आगे बढ़ रहा था।

रेवानंदजी की भी इन सबके साथ स्नान करने की इच्छा हो गई, अत: मुझे अपनी छोटी थैली सौंपते हुए कहा, "अब निर्भय होकर सब ओर घूमो। तुम्हें सबकुछ मिल जाएगा। मुझे अब तुम्हारे साथ आने की आवश्यकता नहीं है।"

ऐसा कहकर रेवानंदजी भी वस्त्रों के साथ उन साधुओं के साथ पानी में कूद पड़े।

रेवानंदजी के कथन पर पूर्ण रूप से विश्वास करके मैं अपनी इच्छानुसार नदी के किनारे-किनारे आगे की ओर बढ़ता गया। नदी का प्रवाह गहरा और चौड़ा था। प्रत्येक स्थान पर अलग-अलग खंडों में साधु अपनी ही मस्ती में स्नान कर रहे थे।

रंग-बिरंगे पुष्पों से युक्त लताओं और वृक्षों के कारण वातावरण पुलकित था। निरभ्र आकाश स्वच्छ और जगह-जगह ऊँची शिलाओं से सज्जित हो जमीन चारों ओर से टेकरियों से घिरी हुई थी। लाल पलाश के फूल आँखों को आकर्षित कर रहे थे। जमीन पर सर्वत्र हरी-हरी घास, मंद-मंद पवन से डोल रही थी। लगता था कि धरती भी आनंद से रोमांच का अनुभव कर रही थी। कहीं-कहीं आम के वृक्षों पर गिलहरियाँ चढ़-उतर करती और मस्ती करती प्रकृति की गोद में खेल रही थीं।

मैं कोमल हरी घास पर चारों ओर से विस्तारित प्रकृति के आह्लादक सौंदर्य को देखते-देखते नदी के किनारे-किनारे चल रहा था। तभी नदी के रेतीवाले छिछले पानी में खड़े और छप्-छप् करते हुए एक साधु ने हाथ ऊँचा कर मुझे खड़ा रहने का संकेत किया। तेज आवाज में चीखकर आनंदित स्वर में कहा, "ओ...लक्कड़ गंठे! किधर भागा जा रहा है? रुक जा। मैं भी तेरे साथ आनेवाला हूँ।"

गीली रेती में डग भरता वह कद्दावर साधु मेरे पास आकर पुनः बोला, ''तू जिसके दर्शन करने को जा रहा है, मैं भी वहाँ तेरे साथ आने वाला हूँ। कुछ पूछना मत; ऐसा आदेश है, मेरे साथ चल।''

'ऐसा आदेश है!' उसके शब्दों से मैं सबकुछ समझ गया। रेवानंदजी से स्नान के लिए आग्रह करनेवाले साधु ने भी कहा था। तुम इसकी चिंता मत करो, वह स्वयं अपना रास्ता ढूँढ़ लेगा। आगे उसे सहायक अपना मित्र मिल जाएगा। रेवानंदजी ने भी अस्पष्ट कहा था।

''तुम निर्भय होकर घूमो। तुम्हें बंधु मिल जाएगा। मुझे अब साथ आने की आवश्यकता नहीं है।''

मैं भी सबकुछ समझ गया। मुझे सहायता प्रदान करने के लिए व्यवस्था कर दी गई है और मैं उस दिगंबर साधु के साथ उसके कहे अनुसार उसके साथ-साथ चलने लगा। थोड़ी देर उस मौन चल रहे साधु ने मुझे संबोधित करते हुए अपना परिचय देते हुए कहा, ''मेरा नाम विश्वंभर है। तुम्हारे साथ यमुना नदी में स्नान करनेवाला दोस्त।''

मैं विस्मय से उसके सामने देख रहा था। मन में उसके शब्दों को समझने का प्रयत्न कर रहा था। तभी उसने मेरा हाथ पकड़कर, विश्वंभर साधु मुझे मानो विचार करने से रोकने के हेतु से ही कह रहा था।

''खैर! जाने दो यह सब। तुम्हें तो यह सब अब भूलना ही है! चलो।'' कहकर विश्वंभर ने आत्मीयतापूर्वक मेरा हाथ पकड़कर मुझे आगे की ओर चलने को कहा, परंतु मात्र दो कदम ही चला था कि वहीं नदी में से अभी भी स्नान कर रहे साधुओं में से कोई साधु मुझे संबोधित करता हो, ऐसे शब्द मुझे सुनाई दिए!

''ओ पंडित लक्कड़ गंठे! तेरी बुद्धि में लक्कड़ रामजी! बड़ा साधक बनने चला है!''

आवाज सुनकर मैंने सीधे मुड़कर देखा, तो सभी नागा साधु मेरी ओर अपनी उपेंद्रिय (लिंग) ऊँची कर-करके जोर से हँस रहे थे। मुझे कहना चाहिए कि अगर मेरी मनोभूमि में परिवर्तन नहीं आया, तो इन साधुओं के शब्दों और व्यवहार को देखकर मुझे अवश्य ही क्रोध आया होता, परंतु अब मैं समझ सकता था कि यह तो इन संयमी साधुओं ने मेरे किसी हित के लिए निर्दोष वर्तन किया है। इस पर मैंने भी उनके सामने पाँव को फैलाकर दो-तीन बार धीरे-धीरे उछलकर और जोर से खिलखिलाकर हँसकर अपना आनंद व्यक्त किया और पीठ घुमाकर आगे बढ़ चला, तो पीछे से पुनः शब्द टकराए।

"हाँ, अब ठीक है! तू चलेगा।" बाद में सभी साधुओं ने कोरस में एक साथ आवाज निकाली।

"तुझे मिलेगा, जरूर मिलेगा, तू पास हो गया।"

आवाज का गर्भित मर्म समझ आने पर मैंने पुनः अपनी पीठ घुमाकर उन साधुओं की ओर देखा तो प्रत्येक साधु के मुख पर प्रेम भरा हास्य और आँखों में दिव्य चमक मैंने देखी। मुझे लगा, मेरी दिखाई समता की प्रशंसा इन साधुओं की चमकती आँखों में दिखाई दे रही थी।

हृदय में उभरते आनंद के साथ मैं विश्वंभर के साथ चलने लगा। चलते-चलते विश्वंभर ने मेरे कंधे पर अपना हाथ रखते हुए कहा, "यहाँ बस इस प्रकार से आनंद-ही-आनंद है। यहाँ विषाद को कोई स्थान नहीं है। यह आनंदभूमि है; क्योंकि यहाँ दुनिया की कोई अपेक्षाएँ नहीं हैं। किसी भी प्रकार की निराशा उदित नहीं होती है। जहाँ अपेक्षाएँ हैं, वहाँ अनेक प्रकार के दुःख भी हैं। यहाँ संतोष है, परंतु किसी को संतोष की भी अपेक्षा नहीं है। इस स्थान में यहाँ सभी अपेक्षारहित हैं, इसीलिए यह स्थान आनंदभूमि है। तप से परिप्लावित हुई यह पवित्र भूमि है।" कहकर विश्वंभर हँस रहा था। वैसे तो छह फीट ऊँचा और गेहूँवर्णी विश्वंभर हमेशा हँसता ही रहता हो, ऐसा लगता है। उसके मुख में श्वेत दंत-पंक्तियाँ इस प्रकार से व्यवस्थित रूप से बनी हुई थीं कि वह हँसे तो मधुर हास्य ही लगे और हँसे नहीं, तो गंभीर मुख हो, तो भी मौन में हँसता ही लगे। यह उसकी खास विशिष्टता थी। किस कारण से क्यों मुझे उसने आत्मीयता से जकड़ लिया था। मानो युग-युग की पहचान हो। वह भी मेरे साथ निकटतम मित्र जैसा ही व्यवहार कर रहा था।

'यहाँ विषाद का स्थान नहीं है मित्र! यह पूर्ण रूप से आनंदभूमि है। तप से परिप्लावित यह पवित्र भूमि है।'

शब्दों का पुनः पुनरावर्तन शुद्ध गुजराती भाषा में कर रहे विश्वंभर को मैं आश्चर्य के साथ देख रहा था। यद्यपि मुझे अब यह खयाल तो है ही कि यहाँ इस भूमि में आश्चर्यचकित होना एक प्रकार की मूर्खता ही है। यहाँ तो कुछ भी आश्चर्यजनक हो, ऐसा असंभव नहीं है। सभी तो स्वाभाविक है, संभव है, क्योंकि यहाँ पूर्णता के साथ तादात्म्य है। अतः सभी तो पूर्ण हो, तो सभी कुछ संभव हो।

विश्वंभर आगे और आगे की ओर ही चल रहा था। कहाँ जाना है, कितनी दूर जाना है, उसका तो मुझे कुछ भी पता नहीं है। मैं तो उसके साथ कदम-से-कदम मिलाकर श्रद्धा और विश्वासपूर्वक उत्साह से चल रहा था।

एक दिशा की ओर अँगुली निर्देश! खड़े रहकर विश्वंभर ने कहा, ''यहीं सामने इस नदी के किनारे मेरा आवास है। मेरे गुरु महाराज वहीं नदी के मध्य में एक शिला पर बैठकर समाधि में निमग्न रहते हैं।'' फिर हँसकर आत्मीयतापूर्वक मेरा हाथ पकड़ वह उस दिशा में मुझे ले जाते हुए कहा, ''तुझे थोड़ी विश्रांति भी मिलेगी और गुरु महाराज के दर्शन भी होंगे।''

विश्वंभर के आवास के पास पहुँचते ही मैंने देखा, तो प्राकृतिक रूप से खंडित हो गई शिलाओं से निर्मित हो गए दो कमरे और आगे एक बरामदा जैसी खुली जगह दिखाई दी। मैं आनंदित हो गया। न तो किसी भी प्रकार का कृत्रिम बाँधकाम, न ही आधुनिक सीमेंट का प्लास्टर, फिर भी कितना सुंदर, कितना स्वच्छ और कितना पवित्र!

विश्वंभर के साथ अंदर प्रवेश करने पर मैंने देखा, तो ऊपर शिलाओं से बना चुस्त ढक्कन, आस-पास की दीवारें भी व्यवस्थित रूप से जमी हुई शिलाओं से बनी हुई हैं, नीचे जमीन पर गाय के गोबर से लीपन किया हुआ, सामने पूर्व दिशा में बाजोठ जैसी छोटी शिला और उस पर परब्रह्म परमात्मा का, शिव का संगमरमर पत्थर का शिवलिंग (बाण)। शिवलिंग पर बिल्वपत्र और अनेक प्रकार के सुवासित पुष्प चढ़ाए हुए थे। यह देखकर मुझे साकार ईश्वर का उद्दीपन होते ही समाधि का अनुभव होने लगा। मुझे लगा कि मैं अंतर की गहराई में आनंद सागर में चला जा रहा हूँ। तभी विश्वंभर ने मेरे कंधे पर स्पर्श कर कहा, ''यहाँ ऐसे पुष्प नहीं होते हैं। लताओं पर जंगली फूल पैदा होते हैं, परंतु पारिजात, डालर, करण आदि पुष्पों को लेने के लिए दो किलोमीटर दूर प्राकृतिक रूप से विकसित उद्यान में जाना पड़ता है।'' फिर महादेव पर चढ़ाए पुष्पों को बताते हुए कहा, ''यह पुष्प मैं दो सप्ताह पूर्व लाया था और महादेव को चढ़ाए थे। प्रतिदिन पुष्पों को लाने की आवश्यकता नहीं। इन पुष्पों से ही मानस पूजन होता रहता है।'' सुनकर मैं अचंभे में पड़ गया। दो सप्ताह पूर्व लाकर चढ़ाए पुष्प एकदम तरोताजा और सुगंधित। जरा भी मुरझाए हुए नहीं, मानो थोड़ी देर पहले ही पेड़ पर से चुनकर लाए हों; ऐसे ताजा, चमकदार और और सुवासित।

आश्चर्य से मूक बना हुआ मैं विचार कर रहा था, तभी विश्वंभर के शब्द मेरे कानों में पड़े, ''मित्र! यह स्थान मंत्राभिभूत है अर्थात् मंत्रों के द्वारा अभिमंत्रित की हुई यह जगह है। अत: प्रत्येक वस्तु यहाँ हमेशा तरोताजा ही रहती है। कई दिनों तक वह खराब नहीं होती है, न तो मुरझाती है, न ही विकार पाती है। इस स्थान के वृक्षों के हरे पर्ण भी कभी पीले होकर नीचे गिरते नहीं हैं।''

मैंने आश्चर्य के साथ निरीक्षण करते हुए देखा तो एक भी वृक्ष पर सूखा या जर्जरित या पीला हुआ या रोगिष्ट हो गया पर्ण दिखाई नहीं दिया। इतना ही नहीं, जमीन पर भी पड़ा हुआ एक भी पर्ण या सूखा घास तक नहीं था। सभी ताजे और नई कोमल कोंपलवाले एकदम ताजा, सुवासित।

मैं विस्मयपूर्वक विचार कर रहा था। यह सब तपश्चर्या का प्रभाव या मंत्र शक्ति का? तभी रेवानंदजी के शब्द स्मृति रूप में मेरे कानों में सुनाई दिए। गायत्री मंत्र का अनोखा प्रभाव है। गायत्री मंत्र का सतत जप जहाँ भी होता है, वहाँ इस मंत्र के प्रभाव से वातावरण में शक्तिशाली आंदोलनों का उदय होता है। उसके कारण वहाँ का वातावरण अत्यंत शांत, सात्त्विक और जीवंत रहता है। गायत्री यह परमाणुमयी सावित्री है। यह स्थूल प्रकृति, पंचभूत और भौतिक सृष्टि पर प्रभाव डालती है, इस शक्ति के द्वारा आकर्षण-विकर्षण से अनेक प्रकार के पदार्थों में उत्पत्ति, वृद्धि और समाप्ति हो सकती है। जप से उत्पन्न विद्युत्शक्ति प्राकृतिक सूक्ष्म परमाणु पर इच्छानुसार प्रयोग द्वारा उपयोग में लाई जा सकती है।

रेवानंदजी द्वारा दिया हुआ ज्ञान और प्रत्यक्ष जानने के बाद, विश्वंभर के इस प्रत्यक्ष प्रयोग को आँखों से देखकर मुझमें श्रद्धा और विश्वास दृढीभूत हो गया।

विश्वंभर ने एक शिला से बनाए आसन पर मुझे बैठने का निर्देश दिया और कहा, ''थोड़ा जलपान कर विश्रांति ले लो, पश्चात् गुरु महाराज के दर्शन करने जाएँगे।''

थकावट तो मुझे बिलकुल थी ही नहीं, फिर भी आसन पर बैठ थोड़ा जलपान किया, विशेष तो मुझे विश्वंभर के गुरुजी के दर्शन और उनके बारे में जानने की इच्छा थी। इसके अलावा अब तक गिरनारी बाबा के बारे में कुछ भी पता नहीं चला था। बैठकर व्यर्थ समय खो रहे हैं, ऐसा मुझे लग रहा था। मेरी ऐसी इच्छा का विश्वंभर को पता तो चल ही गया होगा। अत: उसने ही कहा,

''चलो अब! अभी तुमको और आगे सफर करना ही है।'' और मुझे आगे का मार्ग दिखाते हुए चलने लगा।

विशेष दूर नहीं जाना था। नदी के मध्य में ही गुरुजी तपस्या कर रहे थे। चलते-चलते ही विश्वंभर ने गुरुजी के बारे में कहना शुरू किया,

''गुरु महाराज हिमालय स्थित सर्वेश्वरानंदजी के गुरु भाई हैं, जो गायत्री के महान् प्रवर्तक हैं। मेरे गुरु महाराज ने बारह करोड़ गायत्री मंत्र जाप बारह वर्ष में पूर्ण किए हैं। इस साधना के प्रभाव से वे जीवन्मुक्त बन गए हैं। जीवन को क्षणभंगुर समझ पिछले दस वर्ष से मात्र पानी में बैठकर समाधि अवस्था में रहते हैं। दस वर्ष

से वे पानी के बाहर नहीं निकलते हैं।''

मैं विचार कर चल रहा था कि यदि वे दस वर्ष से पानी के बाहर ही नहीं निकले हैं, तो फिर भोजन और अन्य दैनिक क्रिया किस प्रकार करते होंगे? इस प्रश्न से मेरे मन में दुविधा उत्पन्न हो गई, परंतु मैं मौन ही बना रहा और इस बारे में प्रश्न पूछना उचित नहीं समझा, पर फिर भी प्रत्युत्तर तो मिल ही गया।

''शौच आदि दैनिक क्रियाओं की उन्हें आवश्यकता नहीं होती है। कारण, वे कोई भी आहार नहीं लेते हैं। जल आदि पदार्थ भी वे पिछले दस वर्ष से नहीं ले रहे हैं।

'फिर भी जीवन जी रहे हैं। आश्चर्य!'

मैं मन में ही बोला। तभी प्रत्युत्तर मिला।

''वे वायु द्वारा पोषण प्राप्त कर लेते हैं। प्राकृतिक वातावरण में अनेक प्रकार के पोषक तत्त्व रहते हैं। वे अपने योगबल से अपनी आवश्यकता अनुसार और जितनी मात्रा में चाहिए, वह सब पोषक तत्त्व वायुमंडल से खींच लेते हैं। अतः इस बारे में किसी भी प्रकार की चिंता नहीं है।''

फिर थोड़ा रुककर विश्वंभर ने आगे कहा, ''कभी-कभी जब वे समाधि में से नीचे उतर आते हैं, तब उन्हें दुःख होता होगा, ऐसा मानकर हमें चिंता होती है।''

''यह किस प्रकार से?'' समझ में नहीं आने के कारण मैंने अधीर होकर पूछा।

प्रत्युत्तर देते हुए विश्वंभर ने कहा, ''पानी के अंदर रहते छोटे-बड़े जलचर मछलियाँ आदि उनके पैरों पर निरंतर आक्रमण कर वहाँ के मांस का भक्षण करते रहते हैं, वे समाधि में होते हैं, तो उन्हें देह का भान नहीं रहता है। अतः वेदना होने का अनुभव उन्हें नहीं होता है, परंतु जब कभी भी वे, किसी विशेष संयोग के कारण, समाधि में से जाग्रत् होते हैं, स्वाभाविक रूप से शरीर ज्ञान होने पर थोड़ी वेदना का अनुभव करते हैं। पुनः समाधि में जाने पर शरीर के बारे में भान नहीं होने से वेदनामुक्त बन जाते हैं।''

''ओह! यह तो बहुत विचार करनेवाली बात है! पिछले दस वर्ष से मछलियाँ उनके पाँवों पर आक्रमण कर अंदर का भाग खाती रहती हैं, तो फिर उनके पाँव की हालत कैसी हो गई होगी?''

''यह सब तुम अपनी नजर से देख सकोगे।'' विश्वंभर ने हँसकर कहा, ''उनके योगबल के सामने इस वेदना का कोई भी मूल्य नहीं है। क्षणभंगुर शरीर का अब उनके लिए कोई मूल्य नहीं है। वे तो मुक्तात्मा हैं, जीवन्मुक्त हैं। पानी बिना श्रीफल के अंदर गोले के समान उनकी आत्मा शरीर में होने पर भी शरीर मुक्त है। मात्र नियत

आयु मर्यादा पूर्ण करने को ही उन्होंने शरीर धारण कर रखा है।''

यह सत्य है, फिर भी···अपनी शंका का समाधान पाने के लिए मैंने विश्वंभर से तर्कयुक्त प्रश्न किया, ''जब भी वे समाधि में से जाग्रत् हो नीचे उतर आते हैं, तब शरीर के गुणधर्मों के अनुसार उन्हें शायद वेदना का अनुभव होता है, यह एक वास्तविकता है, परंतु शायद जो यह शरीर होश में रहे तो उनको वेदना भी अधिक समय तक होती होगी ही?'' मैंने चिंतायुक्त स्वर में कहा।

''तुम्हारा तर्क भी एकदम सच है, परंतु वेदना को सहन करने की अगाध शक्ति उनमें है, उपरांत आत्मा को शरीर से अलग समझनेवाले जितेंद्रिय को वेदना का अनुभव होता है, यह भी संभव नहीं है।''

दीर्घ श्वास लेकर विश्वंभर ने आगे कहा, ''ऐसा होने पर भी वे हमारे प्रिय गुरु हैं, अतः मैंने उसका भी रास्ता खोज लिया है, यद्यपि वह गुरु महाराज को पसंद नहीं है।'' कहकर थोड़ा रुका, उपाय के बारे जानने की मेरी उत्सुकता हो आई।

वह आगे कुछ बोले, मैं इसकी राह ही देख रहा था, तभी विश्वंभर ने कहा, ''गुरु महाराज जब समाधि में से जाग्रत् होते हैं, तब उनके पाँवों को सतत मछलियों से घिरे होने से मछलियों का ध्यान बँटाने के लिए मूँगफली के दाने, चावल के परमल जैसे खाद्य पदार्थों को उस स्थान पर पानी में डालने से मछलियाँ ये सब खाने के लिए तीव्रता से ऊपर आकर एकत्रित हो जाती हैं और उतने समय तक गुरुजी मछलियों के त्रास से मुक्त रहते हैं। परंतु गुरु जी यह सब देखकर नाराजगी व्यक्त करते हुए कई बार कहते हैं—वत्स! मछलियों को मूँगफली के दाने, चनों की अपेक्षा मेरा मांस अधिक प्रिय है, तो वही उन्हें खाने दो न। मेरी चिंता मत करो। वेदना होती होगी, तो शरीर को होती होगी; मुझे नहीं। मैं तो आत्मा हूँ और आत्मा का शरीर की वेदना के साथ क्या संबंध?''

बात करते हुए विश्वंभर ने आगे कहा, ''तो भी गुरु भक्ति और उनके प्रति प्रेम के कारण उन्हें वेदना से बचाने के लिए हम प्रयत्न करते ही रहते हैं। हम मानते हैं कि इस कारण वेदना से मुक्त गुरुजी थोड़े समय बातें करें या फिर कोई सूचना दें। पुनः समाधि में चले जाते हैं। बस! फिर समाधि में उन्हें वेदना होने का कोई प्रश्न ही नहीं रहता है!''

विश्वंभर के साथ बात करते-करते चलते हुए मुझे याद आया कि शायद रेवानंदजी ने इसी कारण से चना, मूँगफली के दाने और चावल-परमल थैली में रखने की सूचना की हो। थैली मेरे पास ही थी, जो रेवानंदजी ने नदी में स्नान करने उतरने से पहले मुझे दे दी थी।

हम लोग नदी के किनारे आ पहुँचे, जहाँ विश्वंभरजी के गुरुजी पानी में डूबी शिला पर बैठकर तप कर रहे थे। पास पहुँचते नदी के मध्य में शिला पर विराजमान वयोवृद्ध साधु को मैंने दखा। विश्वंभर के बताए अनुसार उनकी उम्र डेढ़ सौ वर्ष की है, जो उन्हें देखकर मुझे सत्य ही लगा। उलझी हुई मुक्त-श्वेत जटा पानी के ऊपर फैली हुई थी। पतला उज्ज्वल शरीर सशक्त और स्वस्थ लग रहा था। विशाल कपाल पर श्वेत भौंहें उनके निर्मल वार्धक्य को अभिव्यक्त करती पूज्य भाव को जाग्रत् करती थीं। शरीर एकदम सीधा और आँखें मुँदी हुई थीं। नाभि तक का शरीर पानी में डूबा हुआ था। शिला पर विराजमान उनके दोनों पाँव नीचे पानी में लटक रहे थे; ऐसा अनुमानित होता था।

गुरुजी के पास जाने के लिए हम पानी में उतरे। औसतन जाँघ तक डूबे, उस स्तर तक पानी था। मेरे पाँव में सतत मछलियों का स्पर्श हो रहा था, उस पर से मैंने अनुमान लगाया कि मछलियाँ इस स्थान पर अधिक प्रमाण में होनी चाहिए। शायद गुरुजी की देह के मांस के आकर्षण के कारण उनकी संख्या अधिक हो, ऐसा होगा। ऐसे तपस्वी साधु की सहनशक्ति एवं उनके आत्मबल की मैं मन-ही-मन वंदना कर रहा था।

जाँघ तक डूबे पानी में धीमे-धीमे हम गुरुजी की ओर जा रहे थे, साथ-ही-साथ पानी के अंदर घूम रहीं मछलियों के स्पर्श से गुदगुदी हो रही थी; इस कारण आनंद के साथ हँस पड़ते और स्वतः ही कूदना हो जाता था। मेरी कठिनाई को समझकर विश्वंभर ने मेरा हाथ पकड़कर चलना शुरू किया और कहा, ''वैसे तो आवश्यकता नहीं हो, तो इधर आने का गुरु महाराज का आदेश नहीं है।'' फिर गुरुजी को प्रणाम कर आगे कहा, ''दूर से दर्शन कर लेने से समाधि में विक्षेप नहीं हो, इसका ध्यान रखना पड़े, तो वे मानसिक संदेश भेजकर सूचना और मार्गदर्शन देते हैं और फिर वैसा ही करना होता है।''

थोड़ी देर स्थिर रहकर विश्वंभर ने मंत्रोच्चार के साथ पानी में तीन अंजलि भर मुँह में रखकर आचमन किया और नतमस्तक हो प्रणाम कर कहा, ''आज ब्रह्ममुहूर्त में ही मुझे गुरुजी का संदेश मिला था, जिसमें तुम्हें दर्शन देने की रेवानंदजी की प्रार्थना को स्वीकार कर लिया गया है। गिरनारी बाबा के दर्शन कराने हेतु साथ जाकर सहायता करने का भी आदेश था।''

पानी-ही-पानी में आगे बढ़ते हँसकर कहा, ''आज का दिन तुम्हारे लिए धन्य है। गिरनारी बाबा के दर्शन के उपरांत अन्य महायोगियों के दर्शन भी होंगे।''

हम मुक्तेश्वर योगी के पास एकदम नजदीक पहुँचे तो लगा कि यहाँ का वातावरण आनंददायक है, शीतलता के साथ अनोखी सुगंध फैली हुई है। पत्थर में गढ़ी गई मूर्ति के समान स्थिर बैठे इन महायोगी के शरीर में से फैल रही सुगंध ने मुझे भाव-विभोर कर दिया था।

हम दोनों ने दोनों हाथ जोड़कर कंधे झुकाकर योगीजी को प्रणाम किया। विश्वंभर ने अंजलि के साथ गुरुजी के शरीर पर धीरे-धीरे पानी छिटककर स्नान कराया और फिर अँगोछे से शरीर को पोंछ दिया। फिर विश्वंभर ने मेरे सामने हँसकर समाधिवस्था में लीन गुरुजी को पानी में से उठाकर ऊपर अंतरिक्ष में प्रतिष्ठापित किया। यह दृश्य देखकर अचंभे के भाव के साथ मैं स्थिर रह गया। गुरुजी के घुटने तक के पाँव का मांस हड्डियों के साथ मछलियों ने भक्षण कर लिया था। घुटने के ऊपर के भाग में रुधिर और मांस के टुकड़े स्पष्ट दिखाई दे रहे थे।

गुरुजी को पूर्ण सावधानीपूर्वक यथास्थान पुनः बैठाकर विश्वंभर ने कहा, "मछलियों को अपने शरीर का मांस का भक्षण कराकर गुरुजी अपने अनेक जन्मों का चढ़ा हुआ इन जीवों का ऋण चुकाकर अपने पूर्व पापों का प्रायश्चित्त कर रहे हैं। गुरुजी ने मुझे अपने अनेक पूर्वजन्मों की रसप्रद कथा सुनाई है।"

फिर मेरे कंधे पर हाथ रखकर कहा, "थोड़े समय के बाद तुम्हें साधना पूर्ण होने के पूर्व यहाँ आकर थोड़ा ज्ञान संपादन करना पड़ेगा।"

प्रत्युत्तर में मैं कुछ भी नहीं बोल सका। यह सब सुनकर, जानकर मैं विचारों में खो गया। मैं मौन हो गया था। ये सब बातें मेरे लिए अचानक बनती हुईं और नवीनता से भरी हुई थीं।

तभी विश्वंभर ने कहा, "गुरुजी की आत्मा तो विश्वात्मा के साथ एकरूप हो गई है। शरीर निर्मित आयुष्य जब तक है, मंत्रवत् उसका कार्य करेगा। आयुष्य की अवधि पूर्ण होते ही गुरुजी अपने ब्रह्मरंध्र में आत्मा को ले जाकर, योगाग्नि प्रकट कर अपने नाशवंत शरीर का त्याग करेंगे।"

मैं ध्यानपूर्वक उसकी बातों को सुन रहा था। तभी विश्वंभर ने गुरुजी की ओर मेरा ध्यान आकर्षित करते हुए कहा, "गुरुजी की छाती श्वासोच्छ्वास से हिल रही है, लगता है, वे कुछ कहने के लिए समाधि में से नीचे उतर रहे हैं, उनके हलन-चलन से इस बात की पुष्टि हो रही है।"

फिर मेरा स्पर्श कर विश्वंभर ने कहा, "अब तुम्हारे पास जो मूँगफली के दाने, चने और परमल हैं, वे पानी में थोड़ी दूर डाल दो, जिससे ये सब मछलियाँ गुरुजी

के पाँव को छोड़कर उस तरफ चली जाएँगी।''

मैंने उसके कहे अनुसार दूर पानी में चने, परमल, मूँगफली के दाने बिखेर दिए और देखते-ही-देखते सब छोटी-बड़ी मछलियाँ एक साथ पानी की सतह पर आकर खाने लगीं। गुरुजी के रक्त से भरे पाँव के पास एक भी मछली नहीं थी।

थोड़े ही क्षणों में गुरुजी ने आँखें खोलकर हमारे सामने देखा। हमें प्रणाम करते देख अपना एक हाथ ऊँचा कर आशीर्वाद प्रदान किया। फिर विश्वंभर की ओर दृष्टि कर कहा, ''तेरे इस मित्र को सावधानीपूर्वक गिरनारी बाबा के दर्शन को ले जाना। वे तुम लोगों की प्रतीक्षा कर रहे हैं।'' फिर मेरी ओर दृष्टि कर बोले, ''वत्स! आश्चर्यचकित होने की आवश्यकता नहीं है। सबकुछ योगानुयोग बन रहा है। तू भाग्यशाली है, तेरी इच्छानुसार तुझे सभी कुछ समय-समय पर प्राप्त होता ही रहा है।'' फिर पश्चिम दिशा की ओर हाथ से संकेत करते हुए कहा, ''तू महाभाग्यशाली है, जो गिरनारी बाबा के दर्शन कर तेरे परिचित योगी शिवानंद सरस्वती तथा हिमालय से पधारे हुए सर्वेश्वरानंदजी आकाशमार्ग से हिमालय की ओर जा रहे हैं। अंतिम बार दर्शन कर लो। उनका कर्मभार अब एक सप्ताह में ही समाप्त होनेवाला है। पृथ्वी पर की अपनी लीला को समेट दोनों ही ब्रह्मलीन हो जानेवाले हैं।'' कहकर वे मौन हो गए और उस दिशा में हाथ जोड़कर आँखें मूँद लीं।

मैंने पश्चिम दिशा में आकाश की ओर दृष्टि की, तो दो तेजस्वी आकृतियाँ आकाशमार्ग से जा रही थीं। प्रथम की आकृति मानो तेजस्वी प्रकाश से बनी हो, ऐसी उज्ज्वल थी। उनकी ऊँचाई के अनुसार उनके दोनों हाथ घुटने तक फैलकर स्थिर थे। श्वेत लंबी जटा पिछले भाग में ठेठ पिंडलियों तक फैली हुई थी। इसके पीछे की आकृति, जो इसके साथ ही गमन कर रही थी, वह शिवानंद सरस्वती की ही है, इस पर मुझे किसी भी प्रकार का संदेह नहीं था। काला चोगा और चिर-परिचित जटा को हवा में लहराते हुए प्रसन्न मुख से गमन कर रहे थे।

इस अद्‌भुत दृश्य को निहारना मेरी जिंदगी का अनोखा आनंद था। अब यदि मृत्यु भी आ जाए, तो उसकी परवाह नहीं। बिना साधना के ही अब मानो मैं जीवन्मुक्त बन गया था। फिर भी अंतर की गहराई में अनुभव कर रहा था कि जो कुछ भी अब तक हुआ है, वह पर्याप्त नहीं है। अभी कुछ कमी महसूस हो रही थी। बहुत कुछ शेष है। गिरनारी बाबा का दर्शन भी अंतिम लक्ष्य नहीं है।

उक्त महापुरुषों का दर्शन कर मैं विचार कर रहा था। पश्चिम दिशा में धीमे-धीमे अदृश्य होते इन दृश्यों को देखने के बाद मैं खाली निरभ्र नीले आकाश की ओर

स्थिर दृष्टि से देख रहा था। तभी विश्वंभर ने पीछे से मेरा स्पर्श कर मुझे विचारों में से जाग्रत् करते हुए कहा, ''गुरु महाराज पुनः समाधि में लीन हो गए हैं। हम आगे प्रवास करेंगे। गिरनारी बाबा हमें दर्शन देने के लिए प्रतीक्षा कर रहे होंगे। आगे का पंथ भी थोड़ा लंबा है, परंतु चिंता करने की आवश्यकता नहीं है।'' थोड़ा रुककर पुनः कहा, ''परंतु मात्र दर्शन! थोड़े समय के लिए, बस फिर कुछ नहीं। तुम उनके दिव्य-दर्शन कर सकोगे!''

नदी के पानी से बाहर निकलने के लिए मेरा हाथ पकड़ मदद करते विश्वंभर ने पुनः कहा, ''शायद रास्ते में थोड़ी देर हो जाए।''

नदी के किनारे-किनारे हम चल रहे थे। नदी का बहाव थोड़ा मोड़ ले रहा था। थोड़े ही आगे जाने पर नदी का पट बहुत चौड़ा दिखाई दिया। उस तरफ ले जाते हुए विश्वंभर ने कहा, ''यहाँ से हमें नदी पार करके सामने के किनारे पर जाकर आगे बढ़ना है। वहीं थोड़े अंतर पर सिद्धयोगी महात्मा वृक्ष के नीचे समाधिवस्था में रहते हैं। वे दिगंबर अवस्था में ही रहते हैं। उनकी कमर के बाजू के हिस्से में घाव हो गया है, खून निकलता रहता है। इतना ही नहीं, उस घाव में कीड़े भी पड़ गए हैं। फिर भी वे मस्ती में ही रहते हैं। शायद उनके दर्शन हो जाएँ।''

आगे जाने पर वे महात्मा दिखाई दिए। शरीर हृष्ट-पुष्ट और दिगंबर अवस्था में थे। बिखरी हुई जटा, छाती, जाँघ और पेट पर काले-काले चकत्ते देखते ही एक तरह की जुगुप्सा आ जाए, ऐसा उनका दिखावा था। फिर भी सौम्य चेहरा और उनके वार्धक्य को देख पूज्य भाव उत्पन्न होता था। हम लोग एकदम उनके नजदीक पहुँचे तो साधु स्थिर नेत्रों से हमारी ओर देखकर हँसे और फिर जोर से हँसकर अपना स्थिर शरीर हिलाया, तो कमर के घाव से रुधिर टपकने के साथ कीड़े भी नीचे गिर पड़े।

अनुकंपा और जुगुप्सा के भाव के साथ मैं उनको निहारते हुए स्तब्ध हो गया, परंतु इसके बाद के दृश्य को देखकर आश्चर्य द्विगुणित हो गया। नीचे गिर पड़े कीड़ों को उन्होंने बीन-बीनकर पुनः अपने रुधिर युक्त घाव में रख दिया और उनके मुख से करुणापूर्ण शब्द निकले, ''अरे नारायण! तू नीचे जमीन पर ही पड़ा रहेगा, तो फिर क्या खाएगा? तेरा भोजन तो यहाँ मेरे पास ही है। आराम से खा और आनंद कर।'' उन्होंने पुनः कीड़ों को घाव में रखा और पागल के समान दौड़ लगाकर दूर झाड़ियों में अदृश्य हो गए।

''उत्कृष्ट साधना के बाद की यह स्थिति है।'' आगे चलते-चलते विश्वंभर ने मुझसे कहा, ''जीवन्मुक्त महात्मा को सर्वत्र नारायण के ही दर्शन होते हैं। फिर

उसका कोई शत्रु या मित्र नहीं होता, सुख नहीं, दुःख भी नहीं,''

फिर थोड़ा मौन रह आगे चलते-चलते कहा, ''उनके लिए तो शरीर का रुधिर चूसते कीड़े भी नारायण का स्वरूप हैं। फिर वेदना कहाँ रहती है? सबका आधार आत्मज्ञान पर ही तो है!'' कहकर वह मौन बन मुझे साथ लेकर आगे चल रहा था। मेरे लिए तो यह एक नवीन ज्ञान था। फिर भी इस ज्ञान को आत्मसात् करते योगियों को मैंने आज प्रत्यक्ष देखा। मुझे लगा, ज्ञान जब भी आत्मसात् हो जाता है, तभी सच्चा ज्ञान कहलाता है।

आगे-आगे चलते विश्वंभर ने बात को एक मोड़ देते हुए कहा, ''प्रत्येक योगी की साक्षात्कार करने की अलग-अलग पद्धति होती है। कोई योगी भक्ति भाव से योग का दर्शन करता है। सर्वत्र नारायण का दर्शन करता है, परंतु कितने ही योगी शरीर के बारे में अलग-अलग प्रयोजन का महत्त्व समझ शरीर को सुदृढता के लिए अलग-अलग विशेष पद्धतियों को आजमाकर, यौगिक क्रियाओं को प्रधानता प्रदान कर साधना करते देखने में आते हैं। इसमें सर्वत्र नारायण का भाव गौण होता है। अनेक प्रकार की क्रियाओं द्वारा जो सिद्धियाँ प्राप्त होती हैं, वे भक्तिभाव से अपने आप ही ज्ञान-विज्ञान के साथ प्रकट होती हैं। प्रयत्न चाहे अलग-अलग हों, परंतु गंतव्य स्थान तो समान ही है।'' कहकर विश्वंभर ने मौन धारण कर लिया।

रास्ता अब गहन झाड़ियोंवाला, चट्टानोंवाला और सँकरा होता जा रहा था। सर्पाकार नदी हमसे थोड़ी दूर चली गई है।

9

गिरनारी बापू का स्थान अब कितनी दूर होगा, इस बारे में विचार करते हुए मैं विश्वंभर के साथ अभी तक जो भी घटनाएँ हुईं, उनपर भी विचार करते हुए चल रहा था। विश्वंभर के कहे अनुसार अभी एक और योगी महाराज के दर्शन होने हैं। तभी थोड़ी दूर काफी ऊँचे और मस्तक पर बँधी हुई जटावाला एक साधु विचित्र स्थिति में दिखाई दिया। अब मैं आश्चर्यचकित हो गया था। एक तीव्र घृणा उत्पन्न करे; ऐसा दृश्य था। साधु एक वृक्ष के पीछे की बड़ी शिला पर चढ़कर मलत्याग कर रहा था। मलत्याग करने की उनकी रीति थोड़ी विचित्र थी। फिर अनुमान किया, थोड़ा नीचे झुककर मलत्याग करने का कारण शायद उनके पैरों में कोई पीड़ा होगी।

इसी कारण नीचे झुककर पशुओं के समान मलत्याग कर रहे होंगे, परंतु वे सीधे खड़े होकर शिला पर आगे-पीछे चक्कर लगाने लगे, तब मुझे मेरा अनुमान एकदम गलत लगा। मैंने विश्वंभर की ओर दृष्टि की जो मेरे सामने देखकर हँस रहा था।

फिर हँसते-हँसते ही बोला, ''थोड़ी देर और देखते रहो, पूरी बात स्पष्ट हो जाएगी। तुम्हारी जिज्ञासा का संतोष हो जाएगा और आध्यात्मिक साधना के प्रति श्रद्धा और विश्वास में भी अभिवृद्धि होगी।''

विश्वंभर मुझे साधु के नजदीक ले गया, परंतु पास जाने से मेरी घृणा तो एकदम और बढ़ गई। साधु महात्मा अपने मल को दोनों हथेलियों में चंदन की तरह घिसकर उसका लेप अपने सारे शरीर पर कर रहे थे, परंतु आगे का दृश्य देखकर मेरे मन में उपजी घृणा क्षण भर में विलीन हो गई। नजदीक पहुँचने पर मुझे मल की दुर्गंध के बदले में मन को प्रफुल्लित कर दे, ऐसी सुगंध का अनुभव हुआ, जो शब्दातीत वर्णनातीत है। सुगंध योगी के मल से ही प्रसारित होते देख मैं आश्चर्यचकित हो गया। मैं इस बारे में कुछ और विचार करूँ या कुछ पूछूँ, उसके पहले ही योगी ने अपनी क्रिया बंद की और हमें देखकर खिलखिलाकर हँसते हुए विशाल शिलाओं के पीछे अदृश्य हो गया।

मेरा हाथ पकड़कर प्रेम से मेरी ओर हँसकर देख विश्वंभर ने आगे चलते हुए कहा, ''सिद्धयोगी के प्रस्वेद में से तो ठीक, परंतु उनके मल-मूत्र में से भी सुगंध का प्रसार होता है। यौगिक क्रियाओं द्वारा उनके पंचप्राण, पंच कोषों के लाभ से बहत्तर हजार नाड़ियों में व्याप्त सुषुम्ना नाड़ी पूर्ण रूप से शुद्ध हो जाती है। ऐसे शुद्ध और पवित्र योगी के शरीर में, चित्तिशक्ति में कुंडलिनी जाग्रत् हो गई होती है। इस कारण योगी के भ्रमर के मध्य में से उत्पन्न होती सुगंध उनकी सारी देह को प्रभावित कर सुगंधमय बना देती है।'' इतना कह विश्वंभर मौन होकर आगे चलने लगा।

आध्यात्मिक प्रवास में ऐसे-ऐसे साधुओं के साथ में रहते-रहते अब मुझे सबकुछ समझ में आ गया था। फिर भी जिज्ञासा तो सतेज थी ही। मुझे विचार आया कि क्या विश्वंभर को भी उसकी साधना पूर्व ऐसे ही अनुभव हुए होंगे, उसकी प्रारंभिक स्थिति कैसी होगी ? अभी निम्न कक्षा कौन से स्तर पर होगी, विचार करते-करते मैं आगे-आगे चल रहा था, तभी विश्वंभर ने कहा, ''प्रत्येक सिद्ध योगी प्रारंभ में साधारण साधक ही होता है। चाहे उसके पूर्वजन्म का तप, संस्कार और सिद्धियाँ जन्म के साथ ही हों, परंतु उन्हें साधना के द्वारा पुनः जाग्रत् करना ही पड़ता है। गुरु के पास रहकर शक्तिपात द्वारा उसे साक्षात्कार थोड़े ही समय में हो जाता है।''

"आपको भी प्रारंभ में कई प्रकार के अनुभवों में से निकलना तो पड़ा होगा ही!" मैं विश्वंभर से उक्त प्रश्न पूछ ही रहा था, तभी बीच में ही विश्वंभर ने मेरे द्वारा 'आप' शब्द से मानो चिढ़कर वैसे ही कृत्रिम क्रोध से भरी आवाज में प्रेम से कहा, "अरे छोड़ो, ऐसी 'आप-आप' जैसी औपचारिकता। हम तो हमेशा मित्र ही हैं। विश्वंभर या विशु मित्र कहकर ही मुझे बुलाओ!" कहकर बड़े लगाव से स्नेह से मेरे कंधों पर हाथ रखा।

मैं भी मुक्त होकर बोला, "तो विशु, तू भी मुझे अब अनंत अथवा अनु कहकर ही बुलाना; तो ही हमारी मित्रता समकक्ष की होगी।"

"अच्छा।" विश्वंभर ने सहमत होते हुए हँसकर कहा, "अब मैं भी अनु ही कहूँगा, बस!"

फिर हम दोनों प्रेम से मिले और खूब हँसे। लगता था, मानो हम जन्म-जन्मांतर के मित्र हैं।

फिर चलती बातों को ही आगे बढ़ाते विश्वंभर ने कहा, "मेरी प्रारंभिक साधना के तो अनेक उदाहरण हैं, परंतु उन्हें विस्तार से कहने का अभी समय नहीं है। अत: संक्षेप में ही कहूँगा। अभी-अभी जिन अवधूत महात्मा जैसे एक अन्य महात्मा की बात करूँगा। तीस वर्ष पूर्व मेरा मुंडन हरिद्वार में हुआ, अर्थात् गुरु महाराज के पास से दीक्षा ली। इसके बाद गुरु महाराज के गुरु भाई के आश्रम में गंगोत्तरी तीर्थ पर मैं रहा। वे भी एक प्रकार से मेरे गुरु ही थे। उन सिद्ध महात्मा का नाम पार्थनाथजी था। वे नित्यानंदजी के नाम से भी पहचाने जाते थे। पार्थनाथजी के सान्निध्य में ही मैंने एक विशेष बात सीखी, जो प्रत्येक साधना को ध्यान में रखनी ही चाहिए।" फिर मेरे सामने दृष्टि स्थिर कर आगे कहा, "महात्मा पार्थनाथजी के पास प्रतिदिन अनेक प्रकार के लोग—राजा से लेकर रंक तक— अपने दु:ख-दर्द से विमुख होने और आशीर्वाद लेने के लिए आते। उनमें बहुत धनवान, श्रेष्ठ कलाकार, प्रसिद्ध फिल्म अभिनेता, गायक, प्रवचनकार, बड़े-बड़े अधिकारी आदि भी शामिल थे।" फिर थोड़ा रुककर आगे बोला, "ये सब लोग, जो महाराज के पास उनके दया-प्रसाद के लिए आते, उसमें कुछ तो अभाव की बातें करते उनके पास दूसरा सबकुछ हो, परंतु एक बात की पूरी-पूरी कमी थी। यह थी उनका कमजोर रोगिष्ठ शरीर। उनमें से कोई पेट भरकर खा नहीं सकता था। किसी की इंद्रियों में शक्ति ही नहीं थी। सबके सब कोई-न-कोई कमी का रोदन करते आते। जो कोई भी आता था। कुछ-न-कुछ दरिद्रता लेकर ही आता था।"

फिर प्रस्तुत अनुभवों का निचोड़ करते हुए उस बारे में विशु ने कहा, ''गुरुजी शांति से ये सब सुनते और इन लोगों के पास से मुझे कौन सा अवगुण जानना, कौन सा गुण ग्रहण करना। कैसा और कौन सा बोधपाठ लेना, उसका विचार किया करते थे।''

फिर थोड़ा रुककर पुन: आगे बोला, ''मैंने देखा कि वे सब तेजहीन, समताहीन और रोगिष्ठ थे। पैसा होने के बाद भी वे पूर्ण असंतुष्ट थे। न ही तो उनमें कोई बलवीर्य दिखाई देता था, न मुख पर तेज। उनमें केवल नए-नए रोग बढ़ते हुए देखता।!'' फिर रुककर विशु पुन: बोला, ''गृहस्थाश्रम की यह करुण दशा देखकर मेरा हृदय द्रवित हो जाता था।'' बात कर रहे विश्वंभर के चेहरे पर मुझे भगवान् बुद्ध की करुणा स्पष्ट दिखाई देती थी। फिर होंठ पर अँगूठे और उँगलियों का स्पर्श कर गंभीर आवाज में आगे कहा, ''यह सब देखकर मुझे इसका एक कारण समझ में आया। यह है उनके वीर्य की निरंतर होती दुर्दशा। इंद्रिय-लोलुपता और मुख्य रूप से अनियमित और अनियंत्रित जीवन! धन के आधार पर सब प्रकार के भोगों को वे भोगते हैं। सुख की भ्रांत स्थिति में वे रहते हैं।''

मैं शांति से यह सब सुन रहा था, परंतु मेरे मन में अभी भी उस पहले साधु के बारे में विचार आ रहे थे, जिस मल का लेप वे अपने शरीर पर कर रहे थे, उस मल में से कोई अनोखी सुगंध आ रही थी, जिसके बारे में ही सोचकर मैंने विशु से उसके प्रारंभिक अनुभवों के विषय में प्रश्न किया था। मेरी अपेक्षा थी कि विश्वंभर किसी ऐसे ही अनुभव की कोई बात करेगा। उसके साथ ही इस विषय और बात को मोड़ देते हुए हँसकर उसने वही बात आगे बढ़ाई।

''यह सब सामान्य लोगों के समान अन्य महापुरुष और सिद्ध भी गुरुदेव के पास आकर आश्रम में निवास करते थे। आश्रम के आस-पास फैले जंगल में विहार किया करते थे। उनमें से एक साधु दिगंबर भी थे। कोई अवधूत अवस्था में घूमते और इच्छा होती, तब तक रुकते और फिर चले जाते थे।'' कहकर विश्वंभर थोड़ी देर मौन होकर आगे-आगे चल रहा था।

गिरनारी बाबा का स्थान कितना दूर होगा, उसका मुझे कुछ भी पता नहीं था। विश्वंभर से पूछने की कोई आवश्यकता मुझे नहीं लग रही थी। अपनी रुचि और जिज्ञासा को संतोष देती बातों को सुनता-सुनता मैं उल्लास के साथ उसके साथ कदम-से-कदम मिलाकर चल रहा था।

थोड़े मौन के बाद बात के विषय में विश्वंभर ने कहा, ''वहाँ आते एक महापुरुष को मैं व्यक्तिगत रूप से पहचानता था। नाम था 'आत्मानंद स्वामी', वे महान् सिद्धपुरुष थे। यह आत्मानंदजी कलकत्ता की गलियों में घूमते रहते थे। दिगंबर अवस्था में भी

लोग उन्हें महात्मा मानकर आदर करते थे। उनको मान देते थे। उनकी आयु 150 वर्ष से भी अधिक होने की मान्यता थी। दक्षिणेश्वर में वे श्रीरामकृष्ण परमहंस के पास अपनी युवावस्था में कभी-कभी जाते थे, जहाँ उन्हें सामान्य लोग पहचान नहीं सकते थे।'गंदा भिखारी' समझ, पागल मानकर उनका तिरस्कार करते और दूर भगाते थे। पंगत में भी साथ बैठाकर भोजन नहीं करने देते थे। अतः पत्तल में से झूठा और छोड़ा हुआ भोजन लेकर खा लेते थे। कुत्तों के साथ भी खा लेते। सभी में केवल रामकृष्ण परमहंस उनके सच्चे स्वरूप को पहचानते थे। काली माता के मंदिर में जब इन आत्मानंद स्वामी ने शुद्ध संस्कृत में राग के साथ मधुर कंठ से स्तुति गाई थी, तब उनके भाव और कंठ की मधुरता सुननेवाले स्तब्ध हो गए थे।''

फिर थोड़ा रुककर विश्वंभर ने आगे कहा, ''इन महात्मा की आयु बहुत ही ज्यादा थी, फिर भी वे युवा जैसे ही दिखाई देते थे। खँडहर या टूटी-फूटी झोंपड़ी में वे एकांत में रहते थे। जिस प्रकार से योगीगण की अंतरात्मा मलरहित होती है, ठीक वैसे ही आत्मानंदजी का शरीर और मन मलरहित था।'' फिर मेरी तरफ हँसकर और दृष्टि उठाकर विश्वंभर ने आगे कहा, ''तुम्हें थोड़ी देर पहले शरीर पर मल को लपेटते जिस महात्मा को देखकर घृणा और घृणा के साथ आश्चर्य हुआ था, ठीक वैसा ही मेरे साथ भी पूर्व में हुआ था। मैं जब पहली बार इन महात्मा के दर्शन के लिए गया था, तब वे एक स्थान पर मलत्याग कर रहे थे। पास गया तो देखा कि वे मल को अपने शरीर पर लेप रहे हैं। पहले मुझमें भी घृणा का भाव जागा, परंतु जाकर उनकी बगल में बैठ गया। उनके शरीर में से मल की दुर्गंध के बदले सुगंध आ रही थी। दूसरी बार गया तो वे गटर के गंध मारते पानी के गड्ढे में बैठे थे। पानी इतना गंदा था कि मेरी उनके पास जाने की हिम्मत ही नहीं हुई। मैं दूर ही खड़ा रहा। वे जब गंदगी में से बाहर आए, तब मैंने उनके पैर धोए। पैर धोते हुए मुझे आश्चर्य हुआ कि उनके अंगों से अष्टगंध जैसी अद्‍भुत सुगंध फैल रही थी। पैरों को धोते-धोते मैंने उनसे पूछा, ''बाबा! ऐसी भयंकर गंदगी में जाकर क्यों बैठते हो?''

तब स्वामी ने प्रेम भरे स्वर में मुझसे कहा, ''विश्वंभर बेटा! अंदर की जो गंदगी है, वह तो इस गंदगी से बहुत ज्यादा गंदी है। क्या तुझे इसका अनुभव नहीं है? शरीर तो मलमूत्र की खदान जैसा तुझे नहीं लगता?'' फिर स्नेह से मेरे मस्तक पर हाथ रखकर कहा, ''विश्वंभर, तू साधक है, इसलिए कहता हूँ। मर्म को बराबर समझना। जब तुझे गड्ढे के गंदे पानी और गंगा के पवित्र जल में कोई अंतर नहीं दिखाई दे, तभी तू 'जीवन्मुक्त'।''

इतना कहकर विश्वंभर ने मौन धारण कर लिया। उसके मुख पर चिंतन के कारण उत्पन्न पवित्र आभा थी। मैं उसके व्यक्तित्व को निहार रहा था।

बातें करते-करते धीरे-धीरे हम लोग रास्ता काट रहे थे। अनुभवों के सारांश के विषय में विचार कर रहा था। तैरना बहुत कठिन है, भवसागर पार करने के लिए अनेक नाव हैं। चाहे जो एक नाव पसंद कर बैठ जाओ। पतवार चलाकर भवसागर को पार करानेवाला कोई मिल ही जाएगा। इसके लिए पात्र, इच्छा और संकल्प होना चाहिए।

''बस! अब गिरनारी बाबा का स्थान बिलकुल नजदीक ही है।'' मौन तोड़कर विश्वंभर ने कहा, ''बीच में रास्ता कठिन है, परंतु चिंता करने का कोई कारण नहीं है।''

''तुम साथ में हो, फिर तो चिंता करने का कोई भी कारण शेष नहीं रहता है।'' मैंने मुक्त भाव से कहा, ''बीच में चालीस फीट गहरा एक कुआँ आता है। उसे हमें लाँघकर जाना है।'' चलते हुए विश्वंभर के शब्द मेरे कानों में पड़े। मैंने विश्वंभर के सामने दृष्टि की; उसने हँसते-हँसते पुनः कहा,

''दोनों तरफ तहखाने की दीवारें हैं। सत्तर फीट लंबा और दोनों ओर की दीवारों को स्पर्श करता बीस फीट चौड़ा यह कुआँ है। इसे हमें लाँघकर जाना है।'' कहकर बड़ी गंभीरता से विश्वंभर मेरे सामने देख रहा था।

''अ···ध···ध··· इतना गहरा और लंबा कुआँ पार करना पड़ेगा!'' मैंने चिंतित होकर पूछा, ''यह किस प्रकार से संभव होगा?''

''यह भी संभव होगा।'' श्वेत दंतपंक्ति दिखाते और मधुर हास्य कर विश्वंभर ने मेरे कंधे पर स्पर्श कर प्रेमपूर्वक कहा, ''चिंता करने की बिलकुल आवश्यकता नहीं है। मैं हूँ न। सब ठीक कर दूँगा।'' धीरज बँधाते विश्वंभर ने मुझे आगे किया।

अब रास्ता सँकरा होता जा रहा था और एक टनल सुरंग के रूप में तबदील होती जा रही थी। धीमे-धीमे मुझे लगा कि हम लोग कोई एक लंबी सुरंग (टनल) में से जा रहे हैं। आगे चलते हुए मेरे विस्मय की कोई सीमा ही नहीं रही। पैरों के नीचे का रास्ता एकदम सरल, चिकना और मानो सुवर्ण से मढ़ दिया हो, ऐसा तेजस्वी और आकर्षक था। दोनों ओर की दीवारें और ऊपर की छत मानो सुवर्ण के पतरों से मढ़ दी गई हों, ऐसा लगता था। आश्चर्य में डूबकर मैं विश्वंभर के सामने विस्फारित नेत्रों से देख रहा था।

मेरे मनोभावों को समझकर विश्वंभर ने हँसकर कहा, ''हम लोग गिरनार पर्वत के अंदर के भाग, ठीक नीचे तल पर चल रहे हैं।'' फिर मानो कोई रहस्य खोलता हो, ऐसे धीरे से हँसकर बोला, ''हम लोग गिरनार के अंदर के तल के भाग पर गुप्त

और अगोचर मार्ग में प्रवेश कर गए हैं। इस रहस्यमय मार्ग से सिद्धों, योगीगण और अनेक जनमों के संचय पुण्यकर्मवाले तपस्वी, साधकों को गिरनारी बाबा की कृपा से ही प्रवेश मिलता है और उन्हें गिरनारी बाबा के दर्शन हो सकते हैं।''

ऐसा कहकर विश्वंभर मुझे मार्ग बताते हुए मौन होकर आगे-आगे चल रहा था। इस समय मुझे रेवानंदजी के शब्द याद आए, जो उन्होंने रास्ते में बातचीत करते हुए कहे थे।

''यह गिरनार पर्वत जितना बाहर से दिखाई देता है, उतना ही जमीन के अंदर भी है और इसके कारण जमीन में बनी खाई को पूर रहा है।'' फिर आगे कहा, ''यह गिरनार पर्वत पत्थर का नहीं, परंतु पूर्ण रूप से सुवर्ण का ही है। मनुष्य उसके भौतिक चर्म चक्षु से यह देख नहीं सकता है।''

गिरनार पर्वत संपूर्ण रूप से सुवर्ण का ही है, उस विश्वास का मुझे अब पूर्ण आभास हो गया। दूसरी आश्चर्य की बात यह थी कि गिरनार के अंदर बनी प्राकृतिक सुरंग (टनल) बहुत अंदर तक चली गई है, फिर भी अंधकार की जो अनुभूति होनी चाहिए, उसके स्थान पर सर्वत्र शांत-शीतल प्रकाश फैला हुआ था। यह प्रकाश कहाँ से आ रहा है, इसका अनुमान मैं नहीं कर सकता था। लगता था कि सुवर्ण की दीवारों के पीछे कोई प्रकाशित वस्तु है और उसका प्रकाश दीवारों को चीरकर बाहर सबकुछ प्रकाशित कर रहा है अथवा सुवर्ण की दीवारें स्वयं ही प्रकाशित हैं।

दूसरा आश्चर्य यह भी था कि प्रकाशित दीवारों के उपरांत बीच-बीच में चारों तरफ हीरे के बने हों, ऐसे बड़े-बड़े और विभिन्न आकार के छोटे-बड़े तेजस्वी चमकते प्रकाश फेंकते अनेक पत्थर भी वहाँ पड़े हुए थे। लगता था कि हम हीरों और श्वेतमणि के किसी प्रदेश में विहार कर रहे हैं।

रास्ता खूब चौड़ा और चमकते हीरे जैसे तेजस्वी, कंकर उस पर बिछे हुए थे। खुली हुई जगह नहीं थी, फिर भी मंद-मंद शीतलता के साथ अलौकिक सुगंध का अनुभव हो रहा था। लगता था मानो सुवर्ण और हीरे के वातानुकूलित शोरूम में हम घूम रहे हैं। लगता था यह स्वर्ग का दृश्य नहीं, स्वयं स्वर्ग ही है।

हम बहुत रास्ता काट चुके थे, परंतु थकावट या ऊब का कोई नामोनिशान नहीं था। प्रसन्नता मानो मेरी प्रकृति बन गई थी और आनंद सर्वांग स्वरूप में मुझमें विद्यमान हो गया था।

विश्वंभर के साथ चलते हुए उस पर मेरी दृष्टि गई तो मुझे लगा वह मेरे सामने देखते हुए चल रहा है। मेरे मुँह और हृदय की प्रसन्नता का प्रतिबिंब मानो उसके मुँह

पर गिर रहा है, ऐसा उसके प्रसन्न स्मित से लग रहा था। थोड़ा चलने पर विश्वंभर ने मेरे कंधे पर स्पर्श कर दूसरी उँगली से निर्देशन कर मेरा ध्यान उस ओर खींचा।

"मित्र अनंत! अब सामने देखो, क्या दिखाई दे रहा है?"

सामने दृष्टि की तो वह दृश्य देखकर मैं आश्चर्यचकित और आनंदविभोर हो गया, मानो श्वेत गंगाजल से छलकता हो अथवा धवल दूध या पारे से भरा हो, ऐसा चमकता पानी का आयताकार छोटा तालाब मेरी दृष्टि के सामने था।

"आह! सुंदर, अति सुंदर, अद्‌भुत!" अवाक् होकर मैं बोल उठा।

तभी "यही अद्‌भुत, सुंदर गहरा कुआँ है, जैसा तुमने अनुमान किया है, वह तालाब जैसा गहरा कुआँ है।" खिलखिलाकर हँसकर विश्वंभर ने मेरे कंधे पर हाथ रखकर और हँसते हुए कहा, "हम लोगों को अब चालीस फीट गहरे कुएँ में उतरना है और उसे पार कर आगे बढ़कर गिरनारी बाबा के दर्शन करने जाना है।"

"ओह! चालीस फीट गहरे कुएँ में उतरना है?" मैंने संकोच का अनुभव करते हुए कहा, "यह कैसे संभव होगा?"

मैं मन-ही-मन संकोच का अनुभव कर रहा था। छलकते कुएँ के किनारे आकर विश्वंभर के साथ मैं खड़ा था। दोनों ओर दीवारों तक पानी चमक रहा था। किनारे-किनारे चलकर जाने की कोई संभावना नहीं थी और सामने का किनारा सत्तर फीट दूर था।

उलझन का अनुभव करते हुए मैं विश्वंभर के प्रत्युत्तर की राह देख रहा था, परंतु लंबे समय तक उसकी ओर से कोई प्रत्युत्तर या प्रतिभाव नहीं मिलता, उसकी ओर मैंने दृष्टि करने के लिए अपनी गरदन घुमाई, तो मैं अचंभे में पड़ गया और स्तब्ध रह गया। विश्वंभर मेरे पास में नहीं था। मैंने पीठ घुमाकर पीछे देखा, तो दूर-दूर रास्ता मानो क्षितिज में मिल जाता हो, वैसे लंबा हो रहा था। विश्वंभर कहीं भी नजर नहीं आ रहा था।

अंदर से थोड़ा भयभीत और विस्मय से मैंने चारों ओर दृष्टि दौड़ाई, परंतु विश्वंभर का कोई चिह्न मुझे दिखाई नहीं दिया। ऐसे अचानक उसका अदृश्य हो जाना मुझे विस्मयकारक और विचित्र लगा। अचानक ऐसे स्थान पर गिरनार पर्वत की अंतिम तलहटी में मुझे छोड़कर विश्वंभर का अदृश्य हो जाना, यह मेरे लिए अकल्पनीय और घबरा देनेवाला था। फिर भी इसके पीछे कोई-न-कोई कारण या हेतु होगा, ऐसा विश्वास भी मन में था और इसी विश्वास के आधार पर मैं उसके दृश्यमान होने की आशा के साथ राह देखते थोड़ी देर स्थिर हो, अधीरता के साथ

खड़ा रहा, परंतु बहुत देर हो जाने के बाद भी विश्वंभर के दृश्यमान नहीं होने पर मैं अकुलाकर धीरज खो बैठा और मैंने जोर से आवाज लगाई—'विश्वंभर! तू कहाँ है? विश्वंभर! विश्वं···भर···!'

मेरे जोर से बोलने की आवाज चारों तरफ से परावर्तित होकर लौट रही थी। 'विश्वंभर, विश्वंभर!' मैं धीरज खोकर जोर-जोर से अकुलाहट के साथ आवाज लगाता रहा। तभी मेरी गूँजती आवाज की प्रतिध्वनि को चीरती विश्वंभर की गंभीर आवाज मेरे कानों में पड़ी।

''मित्र अनंत! मैं यहाँ हूँ।''

सामनेवाले किनारे से आती आवाज की ओर दृष्टि की, तो विश्वंभर दोनों पाँवों को फैलाकर कमर पर हाथ टिकाकर हँसते हुए सामने किनारे पर खड़ा था। मैं आश्चर्य के साथ उसको देख रहा था। क्षण भर में वह किस प्रकार से अदृश्य रीति से सामने के किनारे पर पहुँच गया था। विश्वंभर के इस चमत्कार से मुझे नवीनता नहीं लगी। फिर भी सामान्य व्यक्ति के समान मित्र जैसा व्यवहार करनेवाले विशु की ऐसी अद्भुत सिद्धि को प्रत्यक्ष देखकर मैं बहुत ही प्रभावित हुआ।

हँस रहे विश्वंभर के प्रति मित्र प्रेम के बनावटी गुस्से के साथ उसके सामने थोड़ी देर देखता रहा। यह कैसी मित्रता, मैं वहाँ कैसे पहुँचूँगा? मुझे पता था कि इस सिद्ध साधु को मुख से बोलकर कहने की कोई आवश्यकता ही नहीं है। बिना बोले ही वह सबकुछ सुन लेता है और समझ भी जाता है। ठीक ऐसा ही हुआ।

शीघ्र ही उसका प्रत्युत्तर सुनाई दिया, ''दूसरों की सहायता की तुम्हें आदत नहीं पड़नी चाहिए। आखिर में मरण और जीवन का सफर अकेले ही करना होता है न?''

फिर खिलखिलाकर हँसकर बोला, ''थोड़ा मजाक करने के इरादे से तुझे छोड़कर मैं आगे पहुँच गया। अब तुम भी आराम से विश्वास करके चले आओ।''

मैंने उत्तेजित और चिंता भरे स्वर में कहा, ''परंतु मित्र, इस गहरे पानी में से मैं किस प्रकार वहाँ आ सकता हूँ! तैरना तो मुझे आता ही नहीं है, तो अब मैं क्या करूँ?''

''अरे मित्र! तुम्हें तैरकर आने की कोई आवश्यकता नहीं है। बस जमीन पर जैसे चलते हो, वैसा ही पानी पर चलना शुरू कर दो। तू ऐसा कर सकता है, चलो, पानी पर पैर रखो।''

विश्वंभर के शब्दों पर मुझे पूर्ण विश्वास था और उसके शब्दों की ताकत से मैं वैसा करने के लिए विवश भी बन गया था। इस कारण मैंने दो कदम पानी की ओर आगे बढ़ाए, फिर भी थोड़ी झिझक अनुभव कर रहा था। अतः एक क्षण के लिए

रुक गया, तो विश्वंभर ने कहा, "बस हिम्मत से आगे बढ़ो, रुकना नहीं, श्रद्धा और विश्वास के आधार पर ही कार्य में सिद्धि प्राप्त होती है, वही साधक की सिद्धिरूपी सागर तक पहुँचने की नाव है।"

मैंने पानी की ओर आगे बढ़कर पैर उठाया, बिना किसी झिझक के, श्रद्धा और विश्वास के साथ।

"शाबाश! डरना मत, मैं हूँ न!"

मुझे उसके 'मैं हूँ न' शब्दों पर हँसी आ गई और उसी अंदाज में मैंने कहा, "कैसे नहीं डरूँ! तू वहाँ और मैं यहाँ!"

उसके अपनी श्वेत दंतपंक्तियों को चमकाते हुए हँसकर मेरे सामने देखते ही मैंने भी उसकी ओर दृष्टि डाली, और पानी में पैर रख दिया। मुझे अनुभव हुआ कि पानी में पैर डूबने के बजाय डनलप की मुलायम गद्दी पर मैंने अपने पैर रखे हैं और इसके साथ ही दोनों पाँव पानी में रख मैंने निर्भयतापूर्वक चलना शुरू किया।

मेरे पाँव मात्र टखने तक पानी में डूबे हुए थे और मैं मानो पानी की बनी मुलायम और शीतल गद्दी पर चल रहा था।

मैं मन-ही-मन प्रसन्न हो उठा। अरे! मुझे पानी के ऊपर चलने की सिद्धि प्राप्त हो गई है।

मैं आनंदपूर्वक बालक के समान पानी में छप-छप करता हुआ चल रहा था, परंतु मेरे लिए आश्चर्यजनक प्रश्न यह था कि यह सिद्धि आई कैसे? तत्काल उत्तर भी मिल गया। विश्वंभर द्वारा बार-बार किए गए स्पर्श के कारण शक्तिपात से ही मुझे यह सिद्धि प्राप्त हुई है।

पानी की मुलायम गद्दी पर चलते-चलते मैं कुएँ के मध्य भाग में आकर चारों ओर फैले पानी की ओर दृष्टि दौड़ा रहा था, उसके साथ ही मैं किस प्रकार पानी में और किस आधार पर खड़ा हूँ, यह देखने की जिज्ञासावश मैंने अपनी दृष्टि पानी में नीचे की ओर की तो मैं आश्चर्य से दंग रह गया। पाँव के नीचे मुलायम गद्दी जैसा कुछ भी नहीं था। किसी भी प्रकार के आधार के बिना, पानी में खड़ा-खड़ा तैर रहा था। अधिक आश्चर्य तो मुझे जब हुआ, जब मैंने चालीस फीट पानी के अंदर दृष्टि की। मुझे नीचे पेंदे में पड़े हीरे हों, ऐसे छोटे-छोटे पत्थर और चमकते कंकर दिखाई दिए। स्वच्छ जल के नीचे पेंदे में हीरे और सुवर्ण रेती चमक रही थी।

चालीस फीट गहरे पानी के अंदर नयनरम्य दृश्य को मैं निहार रहा था, तभी मेरी घूमती नजर कुएँ के पैंदे के मध्य भाग में पड़ी, तो मैं घबरा गया और भय के

कारण मुझे कँपकँपी आ रही थी। रेती के बीच एक बड़ा सर्प तीन कुंडली मारकर अधोमुख पड़ा हुआ था।

भय को जीतकर मैं निर्भय बन गया हूँ। लगा कि ऐसी धारणा और मान्यता रखकर मैं वास्तव में अपने आपको ही छल रहा हूँ।

अंतर में दबे हुए इस भय के कारण ही मुझे विचार आया कि जिस आधार पर मैं पानी के ऊपर खड़ा हूँ और इस समय मैं अपना विश्वास और श्रद्धा खो दूँ तो? इसी के आधार पर तो मैं पानी के ऊपर खड़ा रह सका हूँ और यदि यह खो बैठूँ तो सीधा ही चालीस फीट गहरे पानी के पेंदे में पड़े उस सर्प पर ही गिरूँ। एक अदृश्य भय की कंपन मेरे शरीर में दौड़ गई। पानी में रहते सर्प पर स्थिर दृष्टि कर किंकर्तव्यमूढ़ हो मैं स्थिर बनकर खड़ा रहा। तभी पीछे से मेरे कंधे पर एक स्पर्श का अनुभव हुआ, साथ ही चिर–परिचित विश्वंभर के स्नेहिल शब्द सुनाई दिए।

''इस प्रकार से क्यों घबरा रहा है? मैं हूँ न!''

उसका हाथ पकड़कर मैंने पीठ घुमाकर देखा। मानो कुछ भी नहीं हुआ हो और विश्वंभर स्नेहिल दृष्टि से देखते हुए खड़ा था। मेरी श्वास में श्वास आई।

मेरे कंधे पर हाथ रखकर विश्वंभर ने कहा, ''जीवन में उपस्थित होनेवाले प्रत्येक क्षण को व्यक्ति को स्वयं ही भोगना चाहिए, तो ही उस क्षण का सही मूल्य समझ में आता है।'' फिर हँसकर प्रश्न किया, ''अनु! तुमने अकेले ने किया, यह अनुभव कैसा लगा? जरा बताओ!''

''अद्‍भुत! वर्णन करने के लिए मेरे पास शब्द नहीं हैं। मैं इतना ही कह सकता हूँ कि बस यह अनुभव तो मात्र मेरा अपना ही अनुभव है, जिसने स्वयं कोई ऐसा अनुभव किया हो, वही उसे समझ सकता है।''

''अच्छा! सत्य! फिर भी बता तो सही, तूने क्या देखा?''

मुझे तो पता ही था कि विश्वंभर तो सभी कुछ जानता है। फिर भी मेरे मुख से सुनना चाहता है। अत: मुँह से कुछ भी बोले बिना नीचे पानी में नतमुख सोए महासर्प की ओर अँगुली से निर्देश किया। विश्वंभर ने उस ओर अपनी दृष्टि नहीं की और मेरी तरफ प्रश्नार्थ दृष्टि से देखा।

अंत में मैंने कहा, ''मैंने नीचे पानी में दिखाई देते उस सर्प को देखा है।''

''ओह!''आश्चर्योद्‍गार व्यक्त कर मेरे अज्ञान पर हँसता हो, वैसे हँसकर कहा, ''यह तो महामाया 'कुंडलिनी' शक्ति है।''

''महामाया कुंडलिनी शक्ति? वह तो जीवंत प्राणियों के देह में होती है। वह

पानी में किस प्रकार से हो सकती है ?''

''बराबर है, मित्र अनंत! परंतु उसमें रहस्य है।'' गंभीर स्वर में बोलते हुए विश्वंभर ने कहा, ''तुझे पता है ? यह गिरनार पर्वत भी एक महान् आत्मा का भौतिक स्वरूप है। उसकी आयु महान् सिद्ध भी जानने में समर्थ नहीं हैं। भौतिक रूप से दिखाई देता गिरनार पर्वत दिव्य-चेतना से भरपूर जीवंत स्वरूप में बाहर और अंदर व्याप्त है। जड़-भौतिक स्वरूप में दिखाई देता यह पवित्र पर्वत दिव्य चेतना को धारण किए हुए है। यह पर्वत असंख्य सिद्धों और देवताओं की धड़कती आत्मा है। सिद्धों में भी यह सिद्ध स्वरूप में चेतनवंत दिव्यस्वरूप में विद्यमान है, जिनको गिरनारी बाबा भी कहा जाता है।'' 'गिरनारी बाबा' इस गिरनार पर्वत का 'साकार' स्वरूप है। जड़वंत स्वरूप है। जड़ पर्वत का जीवंत दिव्य शरीर वही गिरनारी बाबा है।''

फिर नीचे पानी में रहती कुंडलिनी को पुनः निर्देश करते हुए कहा, ''जड़ और चेतन स्वरूप में अपने मस्तक पर ब्रह्मरंध्र में महाशक्ति कुंडलिनी को शक्तिपीठ के स्वरूप में धारण किया हुआ महान् सिद्ध आत्मा है। उस 'गिरनार' पर्वत पर शक्तिस्वरूप में विराजमान अंबा माता का जो साकार मूर्तिस्वरूप दर्शन करते हो, उस स्थान को 'पीठ' अर्थात् 'शक्तिपीठ' कहा जाता है, जो महात्मा गिरनार के मस्तक पर ब्रह्मरंध्र में स्थित कुंडलिनी शक्ति है, जो गिरनार की मूर्धा अर्थात् मस्तक के सहस्र दलचक्र के अंदर स्थिर है।''

फिर नीचे अँगुली निर्देश करते हुए विश्वंभर ने कहा, ''शरीर के अंदर 'लिंग' स्थान के नीचे 'मूलाधार चक्र' है। कुंडलिनी शक्ति सर्पाकार स्वरूप में सुषुप्त अवस्था में वहाँ पड़ी है। धीरे-धीरे यह महामाया कुंडलिनी शरीर के अलग-अलग स्थानों पर मेरुदंड के आधार पर व्यवस्थित षड्चक्रों का भेदन करके मस्तक पर स्थित सहस्राधार चक्र तक पहुँचती है।

''इस महामाया कुंडलिनी की महिमा, शक्ति और उपयोगिता इतनी अधिक है कि इसे संपूर्ण रूप से समझने में बुद्धि काम नहीं आती है। भगवती कुंडलिनी की कृपा से साधक सर्वगुण-संपन्न बन स्वयं भी दिव्यस्वरूप बन जाता है। साधक को सभी कलाएँ, सिद्धियाँ अनायास ही प्राप्त हो जाती हैं।''

स्थिर पानी पर खड़े हम ज्ञानवार्त्ता कर रहे थे, सर्पाकार सुषुप्त अवस्था में पानी में और गिरनार पर्वत के अंतर्गत स्थित इस महामाया कुंडलिनी का मैं बार-बार दर्शन कर रहा था। तभी विश्वंभर ने पुनः कहा, ''वास्तव में दिखाई देते समस्त जड़-पदार्थ में भी एक सूक्ष्म चेतना पड़ी होती है। 'प्राण' सर्वत्र व्याप्त है, जो प्रत्येक जड़ पदार्थ

में अति सूक्ष्म रीति से 'आत्मा' के स्वरूप में रहता है। अतः इस पवित्र गिरनार की आत्मा दिव्य और चेतनवंत हो, तो इसमें किसी भी प्रकार की शंका नहीं रखनी चाहिए। गिरनार यह जड़ और चैतन्य रूप में मूर्तिमंत, साक्षात् दैवी स्वरूप में इस भूमि पर पालथी मारकर शिवस्वरूप में बैठा हुआ है। यह सब भी दिव्य आत्मा है। महान् तपस्वियों, सिद्धों, देवों, पूर्व में हो गए और वर्तमान में विद्यमान योगियों की आत्मा की एकरसता, एकरूपता अर्थात् गिरनार! उसका सजीव दिव्य स्वरूप अर्थात् 'गिरनारी बाबा'।''

फिर थोड़ी विश्रांति ले विश्वंभर ने आगे कहा, ''बहुत से साधकों और भाविक गृहस्थों को, भक्तों को गिरनारी बाबा ने मनुष्य रूप में दर्शन दिए हैं। वे उनके अंदर विराजमान दिव्यात्मा गिरनारी बाबा के ही अंश हैं। इस अंशस्वरूप गिरनारी बाबा गिरनार परिसर में ही निश्चित स्थान पर सिद्धों और शिष्यों के साथ अधिकतर गुप्त रूप में ही रहते हैं। यह अंश रूप गिरनारी बाबा का आयुष्य साढ़े तीन सौ वर्ष का है; ऐसी मान्यता है। गिरनारी बाबा अपने गिने-चुने भक्तों और सिद्ध साधु-संतों के द्वारा लोक-कल्याण के कार्य करवाते रहते हैं, परंतु जो दिव्यस्वरूपी गिरनारी बाबा हैं, उनके दर्शन तो पूर्वजन्म के अनेक पुण्यों के प्रताप से ही हो सकते हैं।''

फिर थोड़ा मौन धारण कर मेरे कंधे पर प्रेमपूर्वक हाथ रख सस्मित कहा, ''तेरे अनेक जन्मों के तप का उदय होने से तुझे इस दिव्य स्वरूप के आज प्रत्यक्ष दर्शन होंगे। तेरे अंदर पड़ी शक्तियाँ, जो तुम्हें पता भी नहीं हैं, वे साधना के बाद पुनः स्मृति और सिद्धियों के साथ प्रकट होंगी, परंतु इसके बाद इस जन्म के ऋणानुबंधन चुकाने के लिए गृहस्थाश्रम में रहना पड़ेगा और एक सामान्य साधक के समान जीवन गुजारना पड़ेगा क्यों? और किसलिए?'' इन सब प्रश्नों के समाधान तेरे पास ही होंगे, परंतु इस बारे में तू मौन बनकर ही रहेगा। गुरु की आज्ञा होगी तो ही तू लोकोपचार और अन्य साधकों के उपयोग के लिए उन्हें प्रकट कर सकेगा।''

मैंने भी संकल्प किया कि मैं ये सारे अनुभव अपने तक ही सीमित रखूँगा। मैंने वर्तमान क्षणों में ध्यान केंद्रित करने का प्रयास किया तथा विश्वंभर ने मेरा ध्यान बँटाते हुए कहा,

''साधक को सावधान रहकर ऊपर-नीचे चारों ओर दृष्टि रखनी चाहिए।'' फिर खिलखिलाकर हँसते हुए कहा, ''तुमने भौतिक स्वरूप में दिखाई देते 'गिरनारी बाबा' अर्थात् गिरनारी पर्वत के चेतनवंत देह में स्थित 'मूलाधार' पर ही नीचे दृष्टि की है। अब ऊपर गिरनारी बाबा के स्वरूप, उसके चेतनवंत मस्तक अर्थात् 'ब्रह्मरंध्र'

में भी दृष्टि करो। देख ऊपर क्या दिखाई देता है?''

मैंने ऊपर दृष्टि की तो जीवन में अनजाना, अनदेखा जो दृश्य मुझे दिखाई दिया, उससे मेरी आँखें आश्चर्य से फैल गईं और ऊपर दृष्टि करते ही ऐसा लगा कि एक विशाल पिरामिड जैसे मंदिर का बहुत ऊँचा शिखर, मैं उसके अंदर के भाग को देख रहा हूँ। नजर भी जहाँ नहीं पहुँच सके, कल्पना में भी कभी नहीं आ सके, वैसा अत्यंत ऊँचा और अद्भुत मंदिर के आकार का शिखर मेरे मस्तक के ऊपर स्थित, मैं अचंभे से देखता रहा, जिसकी जानकारी मुझे विश्वंभर के ध्यान बँटाने के बाद ही पड़ी।

मैंने शांति से ऊपर स्थित उस शिखर का निरीक्षण किया। धीरे-धीरे ऊपर जाते हुए सँकरा होता जाता यह शिखर ठीक अपने ऊपर के भाग पर एक धारदार नोक के रूप में दिखाई दे रहा था और उसके ऊपर छोटे गोलाकार भाग पर मनुष्य के अँगूठे जैसा भाग दृष्टिगोचर हो रहा था। इतनी ऊँचाई पर होने के बाद भी यह सबकुछ स्पष्ट दिखाई दे रहा था, यह आश्चर्य की बात थी। विशाल ऊँचा शिखर और उसके ठीक ऊपर के भाग में छोटे छेद जैसे भाग में से दिखाई देता कोई पवित्र और अति सुंदर स्त्री के पैर का अँगूठा जगमगा रहा है। ऐसा दृश्य मैं स्पष्ट रूप से देख रहा था।

तभी अचंभे में डूबे हुए मुझे मेरे आश्चर्य को भेदते हुए विश्वंभर के शब्द मेरे कानों में पड़े,

''मित्र! इस समय तुम गिरनार पर्वत के पेंदे पानी में खड़े होकर इस पर्वत के शिखर के अंदर के भाग को देख रहे हो। गिरनार पर्वत के शिखर का यह अंदर का भाग है। और शिखर के ठीक नीचे पेंदे के मध्य में स्थित इस पानी के कुएँ में अभी हम लोग खड़े हैं। हाँ, बिलकुल नीचे और बराबर मध्य में।''

सुनकर थोड़ी कँपकँपी व्याप्त हो गई मेरे शरीर में। विश्वंभर ने आगे कहा, ''हम लोग पर्वत के शिखर से पंद्रह हजार फीट नीचे खड़े हैं और वह भी पर्वत के अंदर के भाग में ठीक उसके मध्य में, ठीक पेंदे में।''

''ठीक शिखर के नीचे?''

''हाँ, शिखर पर स्थापित शक्तिपीठ के बराबर नीचे मध्य में है, जिस स्थान पर मंदिर है, जिसमें महामाया कुंडलिनी 'अंबा' के नाम से विराजमान है और यह उसके दाहिने पैर के अँगूठे का थोड़ा सा भाग नीचे दृश्यमान हो रहा है।''

मैंने दंडवत् की मुद्रा में प्रणाम किया और साथ ही मेरे मस्तक पर शीतल जल

की एक बूँद गिरी। इसके साथ ही शक्तिपीठ में बजते घंटे का स्वर भी मेरे कानों में सुनाई दिया।

वास्तव में पंचमहाभूत से बना हुआ जड़ लगते गिरनार के अंतिम शिखर के रूप में जाना जाता उसका मस्तक है और उस पर शक्तिपीठ के स्वरूप में स्थापित 'माँ अंबा' उस मस्तक के ब्रह्मरंध्र में महामाया कुंडलिनी जाग्रत् स्वरूप मूर्ति के रूप में साकार स्वरूप में विराजमान है। फिर नीचे की ओर मेरा ध्यान खींचते हुए विश्वंभर ने कहा—

"पानी के अंदर सर्पाकार दर्शन देती गिरनार के मूलाधार में स्थित महामाया कुंडलिनी गिरनार पर्वत के ऊपर-नीचे आती-जाती रहती है और इसी कारण गिरनार पर्वत इतना पवित्र बनकर सिद्धों और देवताओं का स्थायी आवास बन गया है।"

फिर पानी पर खड़े हुए मुझे आगे बताते हुए कहा, "यह पवित्र पहाड़ सामान्य पत्थर का नहीं है, परंतु दिव्य रूपधारी जीवंत महात्मा है। सही में इस भूमि पर साक्षात् 'शिवस्वरूप' में पालथी मारकर विराज रहे हैं।"

पानी पर साथ चलते विश्वंभर ने समापन करते हुए कहा, "अब थोड़ी ही देर में हम उसके दिव्य साकार स्वरूप का दर्शन करेंगे।"

चालीस फीट गहरे पानी में चलते हुए दूसरे किनारे जाते हुए मुझे इस अद्‌भुत अनुभव की सत्यता के प्रति शंका उत्पन्न हो गई कि 'क्या जो कुछ मैं देख रहा हूँ, वह वास्तव में सत्य है या स्वप्न?' निश्चय करने के लिए मैंने अपने हाथ पर चिकोटी भरकर देखा। मुझे विश्वास हुआ कि मैं जाग रहा हूँ और यह जो देख रहा हूँ, वह पूर्णरूपेण सत्य ही है।

तभी मेरे स्वगत वाक्य की पूर्ति करते विश्वंभर के शब्द मेरे कान में पड़े, "सत्य ही है, तुम जो कुछ भी देख रहे हो, वह पूर्णरूपेण सत्य है, परंतु सूक्ष्म और अगोचर है। पूर्वजन्म के पुण्य-प्रताप से ही कोई भाग्यशाली इस सूक्ष्म जगत् में प्रवेश कर सकता है।"

मैंने पुनः एक बार पानी के अंदर विराजमान सर्पाकार कुंडलिनी के दर्शन करने नीचे दृष्टि की, तो महामाया कुंडलिनी वहाँ नहीं थी, उसके स्थान पर चमकती रेती के मात्र सर्पाकार चिह्न रह गए थे।

पानी से बाहर निकलने के हेतु मैं विश्वंभर के साथ चलने लगा। मैं निर्भय हो गया था और मेरी समस्त शंकाओं का निराकरण हो गया था।

❖

10

किनारे पर पैर रखते ही मुझे लगा चालीस फीट पानी के ऊपर चलने का मेरा यह अनुभव रोमांचक और अद्‌भुत था। विश्वंभर द्वारा मुझमें किए गए शक्तिपात से मैं पानी पर चल सका था। यह हकीकत थी। ऐसा सिद्ध योगी मेरे साथ मित्र के समान व्यवहार कर रहा था, जो मेरे लिए तो पूर्वजन्म के किसी ऋणानुबंधन की देन थी।

विश्वंभर के साथ ही पैर-से-पैर मिलाकर चलते हुए मुझे दृश्य में थोड़ा बदलाव आता हुआ महसूस हुआ। सुवर्ण जड़ित दीवारें अब थोड़ी खुरदरी, परंतु चमकीले गूढ़ काले पत्थर जैसी दिखाई देने लगीं। हीरों के समान प्रकाशित पत्थरों का तेज अर्थात् प्रकाश में भी अब थोड़ा अँधेरा जैसा भी लग रहा था। इसके बाद भी कोई-कोई पत्थर तेजस्वी और प्रकाशित था। उस पर भी नजर पड़ रही थी। यह पत्थर अंडे के समान गोल और हाथों में लिये जा सकते थे।

कम प्रकाश में और कम अंधकार में हम चल रहे थे, वहीं रास्ते को रोककर खड़ी गूढ़ काले पत्थर की दीवार मैंने देखी, दीवार के मध्य भाग में तहखाने जैसा छोटा छेद दिखाई दिया। उसके अंदर के भाग में अंधकार के कारण कुछ दिखाई नहीं देता था।

इस नए दृश्य को देखकर मैं थोड़ा हिचकिचाया, तभी विश्वंभर ने कहा, "तुमने अभी तक प्रकाश का अनुभव किया है, अब अंधकार का अनुभव भी लो!" फिर हँसकर मानव-जीवन का कोई रहस्य कहता हो, इस प्रकार से कहा, "प्रकाश के बाद अंधकार, सुख के बाद दुःख, वैसे ही जन्म के बाद मृत्यु और मृत्यु के बाद पुनः जन्म, रात्रि के बाद दिवस के समान।"

फिर आगे जोड़ते हुए कहा, "इस क्रम में से निकलने के लिए पुरुषार्थ करना पड़ता है। निरंतर अविरत साधना योग, भक्ति और ईश्वर का चिंतन और समर्पण, खैर! ऐसी बातें तो फिर बाद में भी होंगी, अभी तो हम लोग 'गिरनारी बाबा' के दिव्य-दर्शन के लक्ष्य को सिद्ध करने के प्रयत्न में लगें!

"अब हम इस गहरे बनते अंधकार का सामना किस प्रकार से कर आगे बढ़ें, इसका उपाय ढूंढ़ना पड़ेगा!" कहकर विश्वंभर मानो विचार करता हो, ऐसी मुद्रा में हँसते-हँसते वहीं खड़ा रहा। तुरंत मैंने रेवानंदजी की सूचना के अनुसार साथ में रखी बैटरी टॉर्च निकालने का प्रयत्न कर थैली में हाथ डाला, तभी मुझे रोकते हुए विश्वंभर ने कहा, "रुको! यहाँ तुम्हारी बैटरी टॉर्च के प्रकाश से काम नहीं चलेगा,

यहाँ तो इसका दिव्य प्रकाश ही ज्यादा उपयोगी होगा!'' कहकर उसने पास में ही पड़ा एक तेजस्वी और प्रकाशित पत्थर उठाकर मेरे हाथ पर रख दिया, जो (टॉर्च) बैटरी के प्रकाश से अधिक तेज प्रकाश फेंक रहा था।

हमने मस्तक झुकाकर अँधेरी गुफा में जैसे ही प्रवेश किया, तुरंत ही मेरे हाथ के प्रकाशित पत्थर का प्रकाश सारी गुफा में फैल गया और सबकुछ स्पष्ट दिखाई देने लगा।

गुफा सँकरी और अंदाजन दस फीट लंबाई वाली और इतनी नीची थी कि झुककर ही चलते हुए हमने थोड़ा अंतर पार किया, तभी दाईं ओर दीवार में कमान के आकार का बड़ा द्वार दिखाई दिया। बाहर से नजर डालने पर अंदर एक बड़े कमरे जितना स्थान था, ऐसा लगा। हमने चमकीले पत्थर के प्रकाश के साथ ही उसमें प्रवेश किया।

अंदर के शीतल प्रकाश में हमने देखा तो पूर्व दिशा में दीवार में ऊँची चौकी जैसा चाँदी का बना हुआ हो, ऐसा प्रकाशित बड़ा 'सिंहासन' था। गुफा के दक्षिण की ओर आगे जाने का रास्ता था, परंतु उस ओर दूर तक देखा नहीं जा सकता था। थोड़े प्रकाश के आधार पर दिखाई देते दृश्य पर से लगता था कि बाहर निकलने अथवा आगे बढ़ने के लिए यह मार्ग होना चाहिए। कमरा स्वच्छ और सुघड़ था। इससे लगता था कि यहाँ किसी का स्थायी निवास होना चाहिए।

मैं मौन होकर आश्चर्य से निरीक्षण कर रहा था। विश्वंभर सिंहासन की ओर मुख रखकर अचल बनकर खड़ा था, मुझे लगा कि वह कई बार यहाँ दर्शनों के लिए आ चुका है। शायद उसके पास आँखें बंद कर देखने की शक्ति होगी।

मैं विश्वंभर की ओर उत्सुकता से देख रहा था। तभी जगमगाते प्रकाशित कमरे का वातावरण अचानक बदल गया। कमरे में प्रकाश के स्थान पर थोड़ा अंधकार फैल गया, उसके साथ ही परिचित हो, ऐसी सुगंध कमरे के वातावरण में फैल रही थी। सुगंध में इतनी मादकता भरी हुई थी कि तन–मन हर्षोल्लास से नाच उठा। छोटे बच्चे को माता के दर्शन होते ही जैसा आनंद होता है, ठीक वैसा ही आनंद मेरे मन में व्याप्त हो रहा था।

मैंने विश्वंभर के सामने देखा, तो वह हाथ जोड़कर, आँखें बंद कर सामने रखे सिंहासन की ओर; मानो समाधि में हो, वैसे खड़ा था। तभी मेरे अचरज के साथ सिंहासन प्रकाशित हो उठा। मैं इस अचरज से बाहर निकलूँ, तभी सिंहासन पर एक अति प्रकाशवान ज्योति प्रकट हो गई, जो विशाल कद की मानव आकृतिवाली थी। धीमे–धीमे यह ज्योति रूपी मानव आकृति स्पष्ट हो गई, जिसका तेजस्वी स्वरूप

अग्नि रूप हो, वैसे जगमगा रहा था। अति आश्चर्यजनक इस प्रहार से मुझे शांति मिले और मैं स्वस्थ बनूँ, तभी वह तेजस्वी आकृति पारदर्शक लगने लगी। धीमे-धीमे देह की चमड़ी की परत के अंदर रहता हृदय, मांसपेशियाँ, स्नायुओं सहित बहत्तर हजार नाड़ियों से व्याप्त शरीर को मैं आश्चर्य से देख रहा था।

यह तेजस्वी मूर्ति गिरनारी बाबा की हो सकती है, ऐसी प्रतीति होते ही मैं भाव-विभोर हो गया। मैंने दोनों कंधों को झुकाकर, नीचे झुककर बार-बार प्रणाम किया।

मैं प्रणाम कर रहा था, उसी क्षण मुझे लगा, मेरे मस्तक पर किसी का स्पर्श हो रहा है और मुझे यह सही और सच्चा लगने लगा। मुझे कोई नवीन दृष्टि मिल रही है और उस दृष्टि द्वारा ही मैं 'गिरनारी बाबा' का दर्शन कर रहा हूँ। मुझे लगने लगा कि 'गिरनारी बाबा' के अंदर का दृष्टिगोचर भौतिक स्वरूप अब बदल रहा है। भौतिक अवयवों के साथ अब सूक्ष्म रूप में रहते आध्यात्मिक अवयव भी दृष्टिगोचर हो रहे हैं। यही गिरनारी बाबा का दिव्य स्वरूप है, ऐसा मुझे लगने लगा। मेरे अंत:चक्षु अति जाग्रत् और तेजस्वी बनकर 'गिरनारी बाबा' के दिव्य शरीर का अवलोकन करने लग गए।

जीवात्मा के ज्योतिर्मय 'रक्त, श्वेत, कृष्ण और नील' इन चार वर्णों में शरीर को एक-दूसरे पर आश्रित और एक-दूसरे में ओत-प्रोत हुए 'गिरनारी बाबा' का तेजस्वी और पारदर्शक शरीर मुझे स्पष्ट होने लगा। इस प्रकार स्थूल, सूक्ष्म कारण और महाकारण शरीर की प्रत्यक्ष अनुभूति मुझे गिरनारी बाबा के भौतिक और सूक्ष्म आध्यात्मिक शरीर से स्पष्ट होने लगी।

इसके साथ ही उनके पारदर्शक शरीर में षट्चक्रों का उदय होते हुए मैं निहार रहा था, परंतु इस दिव्य देह में जिन षट्चक्रों का दर्शन हुआ, उसका स्पष्ट वर्णन करना असंभव है। जो दर्शन हुआ, उसमें के कितने ही दृश्य तो मैं पहचान भी नहीं सका, न ही उन्हें समझ सका। वास्तव में तो मुझे इन षट्चक्रों की मेरे अंत:करण में अनुभूति हो रही थी, जिसके आधार पर ही मैं उसके स्वरूप को समझ सकता था।

मैंने निरीक्षण करते हुए देखा कि दिगंबर तेजस्वी, गिरनारी बाबा की उपेंद्रिय (लिंग) का नीचे का भाग 'मूलाधार चक्र' एक समान चमक रहा था। इस मूलाधार चक्र को मैंने चार पँखुड़ियों के रूप में देखा। उसके बीच के भाग में 'ल' की ध्वनि हो रही थी और वैसे ही उसके बीच के त्रिकोणाकार भाग में शिवलिंग को लपेटा हुआ था और सर्पाकार सोई हुई अपने फन को नीचे की ओर किए 'कुंडलिनी शक्ति' स्पष्ट रूप से दृष्टिगोचर हो रही थी। वहाँ से 'षं, सं, शं' अक्षर का गुंजन अविरल

रूप से हो रहा था। इस मूलाधार चक्र की दाईं ओर सरस्वती और बाईं ओर ब्रह्मा विराजमान थे। चक्र के अंदर के भाग में त्रिकोण के बाहर हजार सूँड़वाला 'ऐरावत' हाथी सतत रूप से गोल-गोल घूम रहा था। इस चार पँखुड़ियोंवाले मूलाधार चक्र का स्थान 'शिवनी' था। रक्त वर्ण और लोक भूलोक था। उसमें Yeb और meb अक्षर स्पष्ट रूप से पढ़े जा सकते थे। तत्त्व पृथ्वी था Veb बीज था; वाहन ऐरावत था, तत्त्व का मूल गुण गंध था। अधिष्ठाता देव ब्रह्मा के दर्शन हो रहे थे, साथ में 'डाकिनी' नाम की दैवी शक्ति भी विराजमान थी। उसके अंदर का यंत्र चतुष्कोण था, कर्मेंद्रिय के स्थान पर गुदा और ज्ञानेंद्रिय 'नासिका' थी।

इसके बाद उपस्थ स्थान में निवास करता स्वाधिष्ठान चक्र, जिसमें छह पँखुड़ियाँ थीं और जो भूलोक में स्थित था। उसका साक्षात्कार होने लगा, जिसका वर्ण सिंदूर जैसा था। बीजाक्षर वं से लं थे। वं बीज तत्त्व रूप में था, तत्त्व 'जल' और गुण 'रस' था। वाहन के लिए मगर; देव विष्णु थे। यंत्र का आकार 'बीज चंद्राकार' था। कर्मेंद्रिय के स्थान पर 'लिंग' और ज्ञानेंद्रिय के स्थान पर रसना मालूम पड़ती थी।

मेरुदंड के बीच 'स्वाधिष्ठान चक्र' की मानसिक अनुभूति होने के बाद तीसरे मणि पूर चक्र पर मेरी दृष्टि स्थिर हो गई, जो गिरनारी बाबा की दिव्य देह में 'नाभि' के स्थान पर स्पष्ट होता था, जिसकी कर्मेंद्रिय पाँव में, ज्ञानेंद्रिय चक्षु में चमक मार रही थी।

'मणिपूर चक्र' का संपूर्ण रूप से दर्शन हो जाने के बाद, अरुण जैसे तेजस्वी और हृदय में स्थित बारह पँखुड़ियोंवाले अनाहत चक्र के स्पष्ट दर्शन होने लगे, जिसका लोक 'महलोक', 'वायुतत्त्व' और वाहन 'मृग' के स्पष्ट रूप से दर्शन होने लगे। जिसकी ज्ञानेंद्रिय त्वचा आकार 'षट्कोण' था। वर्ण 'कं से हं' थे। बीज 'यं' और अधिष्ठाता देव 'ईशानरुद्र' था। दैवी शक्ति डाकिनी के दर्शन प्रभावित कर रहे थे।

अब 'अनाहत चक्र' पर से मेरी दृष्टि पाँचवें स्थान पर स्थित 'विशुद्ध चक्र' पर स्थिर होने लगी, जो गिरनारी बाबा के दिव्य शरीर में कंठ के स्थान पर स्थित प्रतीत हो रहा था, जिसकी पँखुड़ियाँ सोलह थीं, वर्ण धूम्र था, विशुद्ध चक्र का जनलोक था। वर्ण अ से अः तक का था, जो अनुक्रम में पँखुड़ियों पर स्पष्ट रूप से दृश्यमान हो रहा था।

विशुद्ध चक्र के स्पष्ट रूप से दर्शन होने के बाद मेरी दृष्टि छठे आज्ञा चक्र पर स्थिर होने लगी। चक्षु आकार के इस चक्र का दृश्य अतीव मनोहर और अद्भुत था, जिसका स्थान भूमध्य में था। दो पँखुड़ियोंवाले इस आज्ञाचक्र की पँखुड़ियों का

सुंदर श्वेत वर्ण था। महत वन्यवाले इस आज्ञाचक्र का तत्त्व बीज ॐ था। वाहन नहीं होने के कारण ॐकार नाद की ध्वनि अंदर से गूँज रही थी। बीच में अधिष्ठाता देव 'शिव' लिंग के स्वरूप में बराबर बीच में स्थापित दृष्टिगोचर हो रहे थे। उसका यंत्र लिंगाकार था। कर्मेंद्रिय इंद्रियातीत हो पहचानी जा सके, ऐसी नहीं थी। ज्ञानेंद्रिय भी इंद्रियातीत हो उसे जानने में असमर्थ था, क्योंकि यंत्र लिंगाकार था, जिसके मध्य में एक आँख थी, बीच में ॐ अंकित था, जिसमें से तेजस्वी किरणें फैल रही थीं। मस्तक पर चंद्राकृति थी। आज्ञा चक्र की अद्‌भुत अनुभूति से मैं भाव-विभोर हो गया था।

आज्ञा चक्र का रोमांचक अनुभव करके मेरा लक्ष्य अब उससे भी अधिक रोमांचक चक्र, जो सातवें स्थान पर था, वह सहस्रदल चक्र पर केंद्रित हुआ। यह सहस्रदल इंद्रियातीत होगा, ऐसी पात्र अनुभूति हुई थी। उसे कह सकूँ और जिसका पूर्ण वर्णन शब्दों में करना संभव नहीं है। मस्तक अर्थात् मूर्धा पर स्थित इस सहस्रदल चक्र में सुंदर एक सौ पँखुड़ियाँ थीं। वर्ण स्पष्ट नहीं हो रहा था। गिरनारी बाबा के मस्तक पर सत्यलोक की अनुभूति होती थी। चक्र की सभी पँखुड़ियों पर अ से अः तक के संपूर्ण अक्षर अंकित थे। सहस्रदल तत्त्वातीत होने से तत्त्व को जान लेने की क्षमता मुझमें नहीं थी। तत्त्व बीज विसर्ग (0) था, जिसे जो फूल जैसी रेखाओं से अंकित था। वाहन 'बिंदु' था। यही बिंदु अर्थात् महामाया नीलेश्वरी कुंडलिनी शक्ति है, ऐसी मेरे अंतरंग में से ध्वनि आ रही थी अर्थात् ऐसा ज्ञान और आभास हो रहा था। अरे! कुंडलिनी शक्ति बिंदुस्वरूप में नीले रंग से जगमगा रही थी। यंत्र वतुलाकार, परंतु कर्मेंद्रिय एवं ज्ञानेंद्रिय दोनों ही इंद्रियातीत होने से वर्णन करने की मेरी क्षमता से बाहर की बात थी।

इस प्रकार से गिरनारी बाबा के मस्तक के ऊपर मध्य भाग में सहस्रदल चक्र के, जिसे ब्रह्मरंध्र भी कहा जाता है, मैंने स्पष्ट रूप से दर्शन किए।

यह सब दर्शन मुझे विशिष्ट और विशेष रूप से हो रहे थे। विशेष मैं अनुभव कर सकता था, यह सब षट्‌चक्रों को एक-दूसरे के साथ माला के मनकों के समान पिरोए हुए और सीधी रेखा में एक-दूसरे के साथ संबंध रखते थे। इस दर्शन के साथ-साथ रीढ़ की हड्‌डी के बीच में से जाती इड़ा, पिंगला और सुषम्ना नाड़ियाँ भी दिखाई दे रही थीं। इन सभी में एक अद्‌भुत साम्य था। दृश्य तो यह था कि ठीक मूलाधार में से प्रकट होती सर्पाकार महामाया कुंडलिनी सुषम्ना नाड़ी द्वारा ऊपर ब्रह्मरंध्र में ऊपर चढ़ती हुई स्पष्ट रूप से दिखाई देती थी।

मुझे गिरनारी बाबा के सूक्ष्म शरीर का इस प्रकार दर्शन हुआ और इसके साथ

ही षट्चक्रों के ज्ञान का मुझमें स्फुरण हुआ।

गुदा और लिंग, इन दो इंद्रियों में निवास करती अपान वायु की मुझे मानसिक रूप से प्रतीति हुई, जो खाए हुए अन्न के रस को समग्र शरीर में पहुँचाने का काम करती है, तब समान वायु का मुझे पता चला। उसी संख्या में वह बहत्तर हजार नाड़ियों द्वारा संपूर्ण शरीर में शक्ति का संचार करता है। उस 'व्यान' वायु को धड़कती नाड़ियों में मैं अनुभव कर रहा हूँ। उसी परिमाण में 'उदान' वायु की प्रतीति भी मुझे हुई।

उपरांत जिससे ब्रह्मांड बना है, उस पंचमहाभूत का भी बाबा के दिव्य शरीर के द्वारा अनुभव कर सका। उनका भौतिक स्वरूप, जैसे कि नाड़ी, पारदर्शक त्वचा आदि द्वारा 'पृथ्वी तत्त्व' प्रकाशमान तेजस्वी शरीर और उनके हृदय में प्रज्वलित नील ज्योति से मैं अग्नि तत्त्व को पहचान सका।

अष्टगंध की मधुर सुगंध द्वारा मैं वायु तत्त्व को पहचान सका। नाड़ियों में प्रवाहित होता रुधिर जल तत्त्व की प्रतीति करवा रहा था और वैसे ही शरीर में व्याप्त नीले रंग से मैं आकाश तत्त्व का अनुभव कर रहा था।

यह दर्शन कोई कल्पना नहीं, परंतु इस क्षण में हो रहा मेरा मानसिक अनुभव था। समस्त ज्ञान मानो यहाँ स्वयं ही प्रकट हो रहा था।

गिरनारी बाबा की दिव्य देह को मैं अनिमेष नयन से ताक रहा था, तो मैं उनकी दिव्य देह के ब्रह्मरंध्र में स्थित महामाया नीलबिंदु कुंडलिनी 'चतुर्भुज दुर्गा' के स्वरूप में दर्शन कर रहा था।

सौंदर्य के महासागर और अत्यंत तेजस्वी उसके स्वरूप का दर्शन होते ही मेरे मुख से स्रोत उच्चारित होने लगा—

"ॐ ऐं ह्रीं क्लीं चामुंडायै विच्चै। ॐ ग्लौं हुं क्लीं जूं सः ज्वालय ज्वालय, ज्वल ज्वल प्रज्ज्वल प्रज्ज्वल ऐं ह्रीं क्लीं चामुंडायै विच्चे ज्वल हं सं लं क्षं, फट् स्वाहा।"

ॐ नमस्ते रुद्ररूपिण्यै नमस्ते मधुमर्दिनि।
नमः कैटभहारिण्यै नमस्ते महिषासुरमर्दिनि॥
नमस्ते शुम्भहन्त्र्यै च निशुम्भासुरघातिनि।
जाग्रतं हि महादेवि जपं सिद्धं कुरुष्व मे॥

मैं दोनों हाथ जोड़ भाव-विभोर होकर दुर्गामाता के दर्शन कर रहा था। मेरी बंद आँखों में से अश्रुधारा बहने लगी। मैं आँखें बंद कर इस दिव्य-दर्शन को हृदय में उतार रहा था, इसके साथ ही एक अत्यंत तेज और शीतल प्रकाश ने मुझे घेर लिया था। मैं शरीर का भान खोकर समाधि में उतर गया था।

इस अवस्था में मैं कितनी देर तक रहा, इसका मुझे पता नहीं था, परंतु समाधि में से बाहर आते ही मैंने जब आँखें खोलीं, तो सामने ही मेरे मस्तक पर हाथ रख, श्वेत दंतपंक्ति चमकाता विश्वंभर हँसते हुए खड़ा था।

मेरी तीव्र इच्छा पूर्ण हो गई थी। पुनः पूर्ववत् स्थिति का निर्माण हो गया था। सिंहासन खाली था और चाँदी के समान प्रकाशमान हो रहा था, परंतु वहाँ गिरनारी बाबा का दिव्य शरीर नहीं था। सभी कुछ पूर्ववत् था। कमरा हलके प्रकाश से आच्छादित था। दीवारें भी चाँदी के समान चमक रही थीं।

सबकुछ तो थोड़े ही क्षणों में हो गया, मानो मनभावन स्वप्न आया और चला गया। मैं विस्मय से विस्फारित नेत्रों से विश्वंभर के सामने देख रहा था। विश्वंभर ने मेरा हाथ पकड़ा और आगे ले जाते हुए कहा, ''सब कुछ सत्य था, स्वप्न नहीं।''

फिर आत्मीयता से बोला, ''तुम्हारी जिज्ञासा को संतोष मिल गया। तेरे पूर्वजन्म के पुरुषार्थ का फल तुझे आज मिला है, जो साधना के बाद फलीभूत होना था। वह सब अभी भी फलीभूत हो गया है।''

फिर मुझे एक छोटी सुरंग जैसे तहखाने की ओर ले जाते हुए कहा, ''परंतु अभी भी तुझे रेवानंदजी के मार्गदर्शन में साधना पूर्ण करनी शेष है, इसलिए जो देखा, उस सत्य को स्वप्न समझ सबकुछ मन के अंदर ही सँजोकर आगे बढ़ने का पुरुषार्थ तुझे करना है और अभी एक कार्यभार तेरे सिर पर आनेवाला है।''

तहखाने में हम धीरे-धीरे आगे बढ़ रहे थे। अंधकार था, परंतु तेजस्वी पत्थर साथ में था, अतः कोई कठिनाई नहीं हो रही थी। मुझे लगा, इस रास्ते से होकर ऐसे ही किसी स्थान पर शायद हमें जाना होगा। इसी कारण विश्वंभर ने यह रास्ता चुना। तभी मौन तोड़ते हुए विश्वंभर ने कहा, ''यह रास्ता थोड़ा कठिन है, परंतु छोटा है। यह रास्ता भी हमें गंतव्य स्थान पर पहुँचाएगा। इसके अलावा एक और भी कारण है। समय बहुत ज्यादा हो गया है और रेवानंदजी तुम्हारी राह देख रहे हैं। बस इसके बाद तुम और मैं दोनों अलग हो जाएँगे।'' फिर हँसकर कहा, ''हाँ, अलग होने के पूर्व इसी मार्ग पर हम एक सिद्ध महात्मा के दर्शन भी करते जाएँगे।''

महात्मा के दर्शन होंगे, जानकर मुझे आनंद आया, अच्छा लगा, परंतु उससे अलग होना पड़ेगा, इन शब्दों से मुझे दुःख भी हुआ। इतने संक्षिप्त परिचय में भी विश्वंभर ने उसके प्रेम और आत्मीयतापूर्ण वर्तन से मेरे हृदय में एक विशेष लगाव के कारण दुखित कर दिया था।

तभी मेरे इन विचारों के बारे में विश्वंभर ने कहा, ''हाँ, यह हुई न बात! यही तो

इस क्षणिक संसार की भीषण विभीषिका है। अकेले ही जन्म लेना, अकेले ही मृत्यु को पाना और नवीन पुनः जन्म के बाद नए ही स्वजन को मिलना, पुनः भावनाओं के बंधन में बँधना—बस, यही घटनाक्रम निरंतर चलते रहना है! निरंतर चलते रहना है।''

''तो इसका उपाय क्या है?'' मैंने पूछा।

''एक ही उपाय है कि प्रत्येक भावना, लगाव से अपने आपको परे कर लेना।'' प्रत्युत्तर देते हुए उसने कहा, ''सुख-दुःख, मान-अपमान, मित्र-शत्रु तथा मिलन-वियोग सभी में तटस्थ भाव से रहना, समता का भाव धारण कर लेना। 'भाव' केवल ईश्वर प्राप्ति में ही रखना। अंत में मनुष्य का यही तो एकमात्र गंतव्य स्थान है।'' फिर थोड़ा अटककर आगे कहाँ, ''मन को बेकार और अनावश्यक विषयों से बलपूर्वक पीछे खींचना चाहिए। तभी ध्यानावस्था प्राप्त हो सकती है। साधक के लिए कोई भी बात ऐसी नहीं होनी चाहिए कि जो उसके मन को चंचल बनाए, मन में खलबली पैदा करे, उसे विचलित कर दे। ईश्वर-चिंतन के अतिरिक्त कोई और विषय का चिंतन नहीं होना चाहिए, क्योंकि जिस विषय का हम चिंतन करते हैं, उससे मन में उसका ही स्फुरण होता है, उसका नाम है—'ध्यान'। चित्त एक महत्त्वपूर्ण संपत्ति है, जो अमूल्य है। चित्त यदि एक बार हाथ से चला गया, तो उसे पुनः प्राप्त करना अति दुरूह है। हो सकता है कि फिर हाथ में नहीं भी आए, अतः चित्त को भावनाओं से, लगाव से मुक्त कर उसे दृढ, निर्मल, शक्तिशाली और सदा-सर्वदा सत्य स्फुरणयुक्त बनाना।'' ऐसा कह विश्वंभर मौन हो गया और आगे चलने लगा।

विश्वंभर की बात से मुझे माधवानंदजी की एक बार कही बात याद आ गई, उन्होंने कहा था, 'मृत्यु चाहे आज ही आ जाए, तो भी मुझे कुछ भी दुःख नहीं है, इतना ही नहीं, मेरे पूर्वाश्रम के माता-पिता, भाई-बंधु या कोई भी स्नेही की मृत्यु भी हो जाए, तो भी मुझे कोई चिंता या दुःख नहीं होगा। मैं सांसारिक भावनाओं और लगावों से परे हो गया हूँ। मैं प्रेमस्वरूप हूँ, सभी से निःस्वार्थ प्रेम करता हूँ, इसके बाद की भावनाओं और लगाव से परे हो गया हूँ।' फिर आगे कहा, 'मैं सबका हूँ, फिर भी मेरे लिए कोई भी नहीं है और मैं भी किसी का नहीं हूँ। किसी के जन्म से मुझे आनंद नहीं होता है, किसी की भी मृत्यु पर मुझे दुःख नहीं होता है। प्रकृति का यह अनिवार्य घटनाक्रम है, अतः विश्व की कोई भी घटना मेरे मन को विचलित नहीं कर सकती है। भय, क्रोध, तिरस्कार, प्रशंसा, प्राप्य-अप्राप्य, सानुकूल-प्रतिकूल आदि कारणों से उत्पन्न होती कोई भी परिस्थिति मुझमें लेशमात्र स्पंदन पैदा नहीं कर सकती है। समतारूपी तटस्थता का आवरण मैंने अपने चित्त पर ओढ़ लिया है।

इस कारण लग्न वेदी की प्रज्वलित अग्नि और श्मशान में जलती चिता की अग्नि में मुझे कोई अंतर नहीं लगता है। भूतकाल को मैं याद नहीं करता हूँ और भविष्य के बारे में मुझे कुछ भी नहीं सोचना या कहना है। मैं तो मात्र वर्तमान क्षणों को ही केंद्र में रखता हूँ। इससे प्राप्त ध्यान-समाधि द्वारा मैं भूत या भविष्य भी जान सकता हूँ।'

माधवानंदजी के शब्द को स्मरण करता मैं विश्वंभर के साथ चल रहा था। ऊँचे-नीचे रास्तेवाली इतनी लंबी हवा-प्रकाशहीन जगह होने के बाद भी जरा भी दुर्गंध नहीं महसूस होती थी। शीतलता के साथ मीठी सुगंध का अनुभव हो रहा था। लगता था कि यह सुगंध धरती में से आ रही है। धरती की गंध यहाँ अभिव्यक्त हो रही थी।

हम मौन होकर साथ-साथ चल रहे थे, तभी विश्वंभर ने कहा, ''तुमने गिरनारी बाबा की दिव्य देह में 'गुदा स्थान' पर स्थित मूलाधार चक्र के दर्शन किए। वह चक्र तेरे शरीर में भी उसी स्थान पर स्थित है। यह चक्र पृथ्वी तत्त्व है और उसका तत्त्व गुण 'गंध' है। उसकी प्रतीति तुझे पृथ्वी में से प्रकट होती सुगंध से हो रही है।''

फिर थोड़ा रुककर आगे कहा, ''साधना द्वारा अधिकार प्राप्त करने के बाद आसनस्थ होकर मन में धारणा करनी है, 'गुदा तथा उपस्थ (लिंग) के मध्य में विराजमान 'मूलाधार चक्र' के शक्ति भंडार को मैं खोल रहा हूँ और वीर्य का ओज के रूप में परिवर्तन कर रहा हूँ। साधक विचार को अनुकूल वर्तन भी कर रहा होता है। अतः उसका जिस अंग में चित्त स्थिर होगा, उस अंग में प्राणप्रवाह अधिक मात्रा में प्रवाहित होगा और वहीं स्थिर रहेगा। इससे साधक का 'सामान्यत्व' प्रकट होता है। अंत में साधक महान् बनता हुआ विश्ववंद्य पुरुष के समान महानता संप्राप्त कर सकता है।''

फिर थोड़ा मौन होकर आगे बोला, ''तुमने षट्चक्रों की पँखुड़ियों में अ से क्ष अक्षर को देखा है, प्रत्येक चक्र के बीज मंत्रों के दर्शन भी किए हैं। यह वर्ण बहुत ही महत्त्वपूर्ण है। योगीगण स्थिर आसन पर बैठ जप, प्राणायाम, धारणा, ध्यान और समाधि आदि करते हैं। सामान्य साधक भी ठीक वैसा ही कर सकता है। जप के मंत्रों के 'वर्णोच्चार' द्वारा भी शरीर और मन में अद्भुत परिवर्तन होता है।''

फिर यंत्रों के विशेष महत्त्व को दरशाते विश्वंभर ने आगे कहा, ''स्वाधिष्ठान चक्र, जिसका स्थान उपस्थ (लिंग) में है, उसकी साधना द्वारा सुषुम्ना नाड़ी जाग्रत् होने पर साधक ऊर्ध्वरेत बन संयम अर्थात् ब्रह्मचर्य का पालन कर सकता है। इस चक्र का तत्त्व 'जल' है और तत्त्व गुण 'रस' है। रुधिराभिसरण इस चक्र की सहायता से होता है। रुधिर में से वीर्य उत्पन्न होता है, जिसके संग्रह से साधक तेजस्वी बनता

है। चक्र की कर्मेंद्रिय लिंग है, जिसके संकोचन को ऊर्ध्वगामी बनाकर ब्रह्मरंध्र तक पहुँचाकर साधक कुंडलिनी का साक्षात्कार कर ब्रह्ममय बन सकता है। स्वाधिष्ठान चक्र का और उसमें स्थित वर्णों का और उसके जप का यही महत्त्व है।''

फिर मणिपूर चक्र के महत्त्व को दरशाते हुए आगे कहा, ''मणिपूर चक्र साधक के आरोग्य का रक्षण करता है, जिसका स्थान 'नाभि' है। उसमें ध्यान साधना और चिंतन नितांत आवश्यक है। उसका तत्त्व बीज 'अग्नि' होने के कारण इस चक्र का उसके नजदीक स्थित अवयवों—आँतों आदि के साथ संबंध है। यह अन्न के प्राश का संरक्षण करता है। तत्त्व गुण अग्नि 'जठराग्नि' स्वरूप आँतों में स्थित रस को 'उष्ण' बनाकर, पकाकर, पचाकर उसका रक्त, मांस, मज्जा में रूपांतरित करता है। निरोगी अवस्था के कारण साधक का मनोबल भी बहुत बढ़ जाता है। 'मैं' योगी की उच्च भूमिकाओं को पार कर सकूँगा, ऐसा दृढ निश्चय उसकी विशुद्ध बनी बुद्धि धारण करती है। ऐसा होने के बाद साधक शौर्य, धैर्य और उत्साह की भव्य मूर्ति बन जाता है। साधक परकाया प्रवेश कर सकता है, चाहे जैसा रूप धारण कर सकता है।''

अष्टचक्रों का रहस्य विश्वंभर के मुँह से मैं सुन रहा था। वह थोड़ी देर मौन हुआ, तो मुझे प्यास लगने से पानी पीने की इच्छा हुई और तुरंत ही मेरी इच्छा विश्वंभर के ध्यान में आ गई, कहा, ''दो-चार पग नाप ले। थोड़ी ही दूर दीवार में से शुद्ध जल टपकता दिखाई देगा।''

और आश्चर्य! थोड़ा ही चलने के बाद एक पतली धारा के स्वरूप में टपकता हुआ जल मुझे दिखाई दिया। जल पीकर आगे बढ़ने पर विश्वंभर ने कहा, ''अनाहत चक्र हृदय में है, यह रक्त से सारे शरीर का सिंचन करता है।'' इतना कह विश्वंभर थोड़ी देर के लिए मौन हो गया, फिर शीघ्रता से अपनी बात का समापन करते हुए कहा, ''यह सब चक्र और योग के विषय में संपूर्ण बातों को करने के लिए पर्याप्त समय चाहिए। रेवानंदजी की सहायता से तुझे और अधिक ज्ञान प्राप्त होगा।''

विश्वंभर के मौन होने के बाद पृथ्वी में से प्रकट होती सुगंध का आनंद लेते हुए मैं चल रहा था। सुगंध धीरे-धीरे और अधिक मनभावन बनती जा रही थी। तभी मानो नीचे की जमीन में से भाप जैसी गरम हवा आती हो, ऐसा अनुभव होने लगा। आश्चर्य के साथ मैं विचार कर रहा था कि इस गरमी का कारण शायद यह भी हो सकता है कि इस स्थान की जमीन का परत पतली हो और लावा रस की गरमी भी असर करती हो और ऐसा विचार करते-करते स्वाभाविक रूप से मेरी विश्वंभर की तरफ दृष्टि चली गई, तो वह मेरी ओर देख मंद-मंद हँस रहा था, तुरंत उसी स्थान पर

खड़े होकर बोला, "गरमी मात्र अग्नि में ही नहीं होती, पानी में भी। अग्नि समाकर गरमी प्रदान कर सकती है। पंचमहाभूत के सब तत्त्व स्वतंत्र रूप से अपने-अपने गुण-धर्म प्रकट करते रहते हैं, परंतु जब ये सब एकत्र हो जाते हैं, तब उनमें सभी गुण उत्पन्न हो सकते हैं।"

फिर जमीन पर दृष्टि की और कहा, "जल तत्त्व और पृथ्वी तत्त्व के मिलाप से सुगंध और अग्नि तत्त्व के गुणों से गरमी भी उत्पन्न होती है। जमीन में से आ रही यह गरमी पानी के कारण है, परंतु और अधिक जानने की जिज्ञासा के कारण मैंने उसका हाथ पकड़ उसे वहीं खड़ा रखकर कहा, "तुम्हारी बात सत्य है, परंतु इस स्थान पर धरती में से उमस जैसी गरमी का अनुभव हो रहा है, उसका क्या रहस्य है? जल तो यहाँ दृष्टिगोचर ही नहीं हो रहा है। यहाँ तो मात्र जमीन ही है।"

"सत्य तो प्रच्छन्न होता है, तब वह कई बार जाना नहीं जा सकता है। पहचाना भी नहीं जा सकता है।" प्रत्युत्तर में विश्वंभर ने कहा, "तुम ऊपर की जमीन को देख सकते हो, परंतु जमीन के नीचे के जल को देख नहीं सकते हो!"

मेरे विस्मय में वृद्धि करते हुए विश्वंभर ने कहा, "इस स्थान पर जमीन के नीचे पानी बह रहा है, जिस जमीन के नीचे पानी होता है, उस जमीन में से ऐसी गरमी निकलती ही रहती है। यह गरमी ही जमीन के नीचे पानी होने का संकेत देती है। जहाँ बरसात का पानी एकत्रित हुआ हो या दूर-दूर बहकर आते हुए पानी का स्रोत (झरना) भी हो सकता है।" फिर मेरे कंधे पर हाथ रखकर मुझे और भी विस्मय में डालते हो, ऐसे स्वर में हँसकर बोला, "यह स्रोत (झरना) जमीन में उतरी हुई प्राचीन सरस्वती नदी है।"

"अच्छा! सत्य!" मुझे विस्मय हुआ।

"बिलकुल सत्य।" दृढतापूर्वक कहकर उसने आगे जोड़ा।

"अब जिज्ञासा और विस्मय को पुड़िया में बाँधकर सुन—पुराण प्रसिद्धि के अनुसार सरस्वती नदी को पृथ्वी पर भेजने के पूर्व वचनानुसार सरस्वती नदी कलियुग का प्रारंभ होते ही पुनः स्वर्ग में चली गई है। इसका कारण प्रवर्तमान कलियुग में पुराणों में वर्णित सरस्वती नदी का अस्तित्व पृथ्वी पर कहीं भी नहीं है, क्योंकि सरस्वती नदी दिव्य रूप धारण कर स्वर्ग में चली गई है, परंतु भौतिक रूप में वह जमीन के अंदर पृथ्वी में डूबकर भी जमीन के अंदर सौराष्ट्र में प्रवेश कर कच्छ के रेगिस्तान की जमीन में अंदर के भाग में बह रही है। जमीन के अंदर उसकी कितनी ही शाखाएँ, झरने के रूप में, जमीन के अंदर ही बह रही हैं। उसमें से निकली एक शाखा जमीन

के अंदर ही बहती हुई गिरनार के पर्वत के नीचे बह रही है। कहीं-कहीं जमीन के बाहर भी नदी के स्वरूप में दृश्यमान होती रहती है, जिसे सरस्वती नदी के नाम से ही पहचाना जाता है।''

फिर मेरे सामने दृष्टि कर हँसकर कहा, ''अपनी स्मरण-शक्ति को टटोल ले। तुमने सरस्वती नदी के रूप में परिचित नदी में कई बार स्नान भी किया है।'' फिर आगे जोड़ते हुए कहा, ''इस सरस्वती नदी की शाखाएँ जमीन में बहते जल प्रवाह आगे चलकर गिर के गाँवों में और जंगलों में दृश्यमान नदी के स्वरूप सरस्वती के नाम से ही पहचानी जाकर आगे बढ़ती हैं। 'तलाला गिर' तहसील 'धावागिर' गाँव से दो कोस दूर 'मोरूका गिर' की सीमा के पास से यह नदी प्रकट रूप से बहती है और उस नदी में लोग उसे पवित्र सरस्वती नदी मानकर त्योहारों में श्रद्धापूर्वक स्नान करते हैं। इस नदी की विशिष्टता यह है कि वह आधे गाँव में बाहर प्रकट रूप से और आधे गाँव में जमीन के अंदर भू-भाग में बहती है।

''इसी विशिष्टता के साथ बहती नदी 'माधवपुर गिर' और 'जांइट गिर' के पास से बहकर अन्य गाँवों से गुजरती हुई 'पुराण प्रसिद्ध-प्रांची तीर्थ' के पास पूर्व-पश्चिम दिशा में प्रगट स्वरूप में बहती है। वहाँ पर एक पवित्र पीपल का पेड़ है और वहाँ भगवान् श्रीकृष्ण ने इस पीपल को पानी पिलाकर यादव कुल का तर्पण किया था। बाद में आगे बढ़ती हुई यह सरस्वती नदी 'प्रभास तीर्थ' के पास अन्य दो नदियों—'हिरण' और 'कपिला' से मिलकर त्रिवेणी संगम के नाम से प्रसिद्ध होकर अरब सागर में मिल जाती है।

''इस स्थान पर ही भगवान् बलभद्र ने जमीन में समा जाने के पूर्व छोटे भाई श्रीकृष्ण की पार्थिव देह का 'अग्नि संस्कार' किया। इस स्थान को बलराम की गुंफा और श्रीकृष्ण के अग्नि-संस्कार स्थान अर्थात् 'देहोत्सर्ग' के नाम से पहचाना जाता है और आज भी स्थित है।'' ऐसा कह विश्वंभर मौन हो गया, तो मुझे याद आया कि 'भादों मास की अमावस्या' स्नान करने के लिए मोरकागिर मातुश्री के साथ बचपन में बहुत बार गया हूँ। प्रांची तीर्थ एवं प्रभासचारण त्रिवेणी नदी में मैं कई बार स्नान कर चुका हूँ, परंतु यही सरस्वती नदी यहाँ गिरनार पर्वत के ठीक नीचे के भूगर्भ में से गुजरती है, इसकी जानकारी आज मुझे विश्वंभर के कहने से हुई।

इसरो द्वारा लिये गए फोटो के द्वारा भूगर्भ में यह प्राचीन सरस्वती नदी बहती है, यह भी सिद्ध हो चुका है। एक अपरिचित सत्य मेरी जानकारी में आया। उससे मुझे अनहद आनंद प्राप्त हुआ।

विश्वंभर के साथ चलते-चलते मैं यह सब विचार कर रहा था और 'अपनी स्मरण शक्ति को टटोल ले।' ऐसी विश्वंभर की सूचना से मुझे सबकुछ याद आ गया। मुझे लगा कि विश्वंभर की दृष्टि मेरे भूतकाल, वर्तमान और भविष्य को भेदकर आर-पार देख सकती है। मेरे बचपन के भूतकाल को भी वह जानता है। विश्वंभर जैसे सिद्धयोगी के लिए सबकुछ तो संभव और सहज होता है। ऐसी प्रतीति कई बार होने के कारण मुझे उसमें कोई नवीनता नहीं लगी, परंतु अनायास आ गए भाव को मैं छुपा नहीं सका और उसकी जानकारी भी विश्वंभर को हो गई है और तभी उसके मुख के उद्गार मेरे कानों में पड़े—

"मित्र अनु! तुम बाँधकर रखी आश्चर्य की पुड़िया को खोल डालो और मेरे सामने दृष्टि कर!"

फिर मेरा हाथ पकड़कर कहा, "ठीक से दाहिनी ओर देख।"

"ओह! आश्चर्य अति आश्चर्यम्।" दृश्य देख मैं बोल उठा, मेरे आश्चर्य और आनंद के उद्गारों के मध्य विश्वंभर के खिलखिलाकर हँसने की ध्वनि की गुफा में प्रतिध्वनि हो रही थी।

मैंने विश्वंभर के निर्देशित स्थान की ओर दृष्टि की तो गुफा के दाहिनी ओर के खाँचे में से एक विकराल सिंह हमारी ओर देखकर मुँह खोल गुर्रा रहा था और जीभ लपलपा रहा था।

मैंने पहले सिंह की ओर, फिर विश्वंभर की ओर दृष्टि की, तो वह सिंह के सामने देखकर प्रेमपूर्वक मुसकरा रहा था। फिर सिंह को संबोधित कर 'ॐ नमो नारायण' कह मेरा हाथ पकड़ सिंह की ओर ले जा रहा था।

"डरने की कोई आवश्यकता नहीं है। हम लोगों को जिस महात्मा का दर्शन होना है, उन नेपाली बापू का यह सेवक सिंह का स्वरूप धारण किए 'आत्माराम' है। यह नेपाली बापू के निवास स्थानवाले इस गुफा के द्वार पर पहरेदारी करता सिंह स्वरूप धारण कर हमारे स्वागत के लिए ही खड़ा है।"

विश्वंभर मुझे पकड़कर सिंह के पास ले गया, उसने सिंह को प्रणाम किया और उसके मस्तक पर हाथ रख उसके कंधों को सहलाया। मैंने भी जोर से 'ॐ नमो नारायण' बोल विनयपूर्वक प्रणाम किया। प्रत्युत्तर में सिंह ने अपना दागाँ गैर ऊँचा कर मुझे आशीर्वाद प्रदान किया।

सिंह पीठ कर घुमा खाँचे जैसे लग रहे गुफा के बड़े छेद में चला गया और हम लोगों ने भी उसका अनुसरण किया।

गुफा खासी बड़ी, चौड़ी और स्वच्छ थी। उसके सामने की दीवार पर त्रिकोणाकार प्रवेश द्वार था, जहाँ से सुवासित गूगल की सुगंध आ रही थी।

हम लोग उस द्वार में से अंदर गए तो गुफा एक बड़े कमरे के समान लगी और उसके पीछे भी सामने की दीवार में एक बड़ा छेद दिखाई दिया, परंतु सिंह कहीं भी दिखाई नहीं दे रहा था। विश्वंभर मेरा हाथ पकड़ मुझे उस गोल द्वार के अंदर ले गया। अंदर हलका धुँधला प्रकाश था। थोड़ी देर में इस प्रकाश में वृद्धि हुई, तो इस प्रकाश में सामने मृगचर्म से आच्छादित ऊँचे आसन पर विराजमान, देखने में भव्य लगते जटाधारी, पतले एवं अत्यंत तेजस्वी महात्मा के दर्शन प्राप्त हुए। पद्मासन स्थित महात्मा ध्यानावस्था में थे। उनके आगे ही धूनी में वृक्ष के दो बड़े तने जल रहे थे। उसके प्रकाश के कारण गुफा में सबकुछ दिखाई दे रहा था, वहाँ फैली सुगंधित सुवास मन को आनंदित और तरोताजा बना मुझे सराबोर कर रही थी।

हमने 'ॐ नमो नारायण' का जोर से उच्चारण कर दंडवत् मुद्रा में दोनों हाथ ऊँचे कर नेपाली बाबा को प्रणाम किया, तो सामने से महात्माजी ने अपना दाहिना हाथ आशीर्वाद की मुद्रा में ऊँचा किया। थोड़ी देर बाद बापू ने आँखें खोलीं। दो विशाल आँखों में तप का तेज, पवित्रता और प्रेम स्पष्ट रूप से प्रकट हो रहे थे। महात्मा ने बैठने का संकेत किया। उनकी आज्ञा से हम उनके दाहिने ओर के ऊँचे चौकी जैसे आसन पर बैठ गए।

थोड़ी देर बाद अपना मौन तोड़ते महात्माजी नेपाली बापू ने हँसकर अपनी श्वेत दाढ़ी पर हाथ फेरकर, मधुर स्वर में विश्वंभर के सामने दृष्टि करके कहा, "कैसे हो गोपाल, माधव तो आनंद में हैं?"

"जी हाँ। आपकी कृपा से वे दोनों क्षेम-कुशल हैं।"

"अच्छा!" कहकर फिर मेरी ओर दृष्टि करके पूछा, "क्यों, बाल-गोपाल सब क्षेम-कुशल है!"

"जी। आपकी कृपा से सबकुछ ठीक है।" मैंने नम्रता से प्रत्युत्तर दिया।

फिर हँसकर प्रेमपूर्वक मेरी ओर दृष्टि डालकर मुझसे पुनः पूछा, "दो प्रहर से रेवानंद के साथ निकले हो, कुछ खाया नहीं, भूख लगी होगी, क्यों?" कहकर उन्होंने अंदर गुफा जैसे भाग की ओर दृष्टि कर कहा, "अरे, ओ आत्माराम! इसके लिए कोई सौराष्ट्रीय व्यंजन खाने के लिए ले आओ।" कहकर मेरे सामने देखकर हँसते रहे।

तभी तुरंत एक युवा जटाधारी गौर वर्ण, ऊँचा और सशक्त आत्माराम हाथ में दो पात्र लेकर असली स्वरूप में प्रकट हुआ।

व्यंजन वास्तव में सोरठ और सभी सौराष्ट्र के लोगों की पसंद के थे। गरमागरम ताजा लंबे गाँठियाँ और ताजी गरम जलेबी और साथ में तली हुई हरी मिर्च भी थी।

इतनी थोड़ी सी देर में ही गरमागरम व्यंजन तैयार कर परोसना कोई सामान्य बात नहीं थी, परंतु विश्वंभर के कहे अनुसार यहाँ 'गैबी गिरनार' में कुछ भी असंभव या असामान्य बात नहीं है। मैं अब ऐसी बातों को देखकर अभ्यस्त हो गया था। मुझे कुछ भी आश्चर्य नहीं हुआ था।

अल्पाहार से निपट, जलपान करने और हाथ-मुँह धोने के लिए हम अंदर गुफा जैसे भाग में गए। वहाँ आत्माराम मनुष्य था, सिंह के किसी भी रूप में नहीं था, परंतु पीने का पानी और स्नान करने की प्राकृतिक सुंदर व्यवस्था हमें दिखाई दी। तहखाने की एक दीवार से पानी के नल जैसी जलधारा निकल रही थी और वहाँ नीचे एक छोटे गड्ढे में उसका पानी समा रहा था। कृत्रिम नहीं, परंतु प्राकृतिक दीवार में से पानी की एक धारा नल की धारा के समान निकल रही थी। हम हाथ-मुँह धोकर अंजलि से पानी पीकर एक तृप्ति का अनुभव कर रहे थे।

मैंने आस-पास दृष्टि की तो तहखाने का रास्ता अभी भी आगे जा रहा हो, ऐसा लगा। निरीक्षण किया तो लगा कि तहखाने का रास्ता ऊपर की ओर जा रहा चढ़ाईवाला लगा। जिज्ञासावश विश्वंभर की ओर दृष्टि की, तो तुरंत ही उसने मौन तोड़कर कहा, "इस तहखाने का रास्ता जटा शंकर महादेव के स्थान के ऊपरी भाग में निकलता है।" सुनकर मैंने आश्चर्य अनुभव किया। कॉलेज के समय मित्रों के साथ मैं यह तहखाना देख चुका था, परंतु वही तहखाना यहाँ तक फैला हुआ होगा, इसका पता मुझे आज ही चला। उस समय तहखाने में आगे बढ़ने का कोई रास्ता मेरी नजर में नहीं आया था। अंदर कमरे के समान लगती सामान्य गुफा समझ हम लोग अंदर से बाहर निकल गए। शायद वह गुफा यह तहखाना नहीं भी हो सकती है, ऐसा भी संभव है। मैं असमंजस में पड़ विचार कर रहा था, तभी विश्वंभर के शब्द मेरे कानों में पड़े।

"तुम्हारी देखी यह गुफा आगे बढ़ती हुई तहखाना ही है।" उसने आगे कहा, "सामान्य लोगों को इस गुफा में आगे बढ़ने का रास्ता नहीं मिलता है। अतः इसे सामान्य गुफा समझकर एक चक्कर मारकर लोग बाहर निकल जाते हैं।" फिर हँसकर कहा, "मात्र सिद्ध योगी ही इस रास्ते से आवागमन कर सकते हैं।" मेरे मुँह पर आश्चर्य के भाव देख विश्वंभर ने कहा, "यह तहखाना आगे चलकर अन्य तहखानों से मिल जाता है और जिसमें कोई महात्मा इस प्रकार से विराजमान होकर तपस्या करते हैं।"

फिर थोड़ा मौन धारण कर आगे चलते हुए कहा, "इस पवित्र गिरनार में असंख्य

सुरंगें होने के कारण ही यह अंदर से पोला है। बहुत से तहखाने गिरनार के बाहर दूर-दूर तक निकलते हैं, जहाँ से आवश्यकता पड़ने पर सिद्ध अंदर-बाहर आवागमन करते रहते हैं, परंतु सामान्य लोगों की नजर इन सुरंगों पर नहीं जाती है। अगर कोई तहखाना दिखाई भी देता है, तो वह आगे जाकर बँध जैसा लगने के कारण कोई भी आगे बढ़ने का सामर्थ्य नहीं रखता है। जंगली जानवरों के अंदर होने का भय भी लगता है।'' फिर मेरी ओर दृष्टि करके बोले, ''बहुत से तहखाने ठीक गिरनार में निकलते होने की लोककथा है। तुमने सुनी होगी और वह एक सत्य ही है।''

विश्वंभर ने पुनः बाहर निकलने का संकेत किया और मुझे लेकर आगे बढ़ा। हमने नेपाली बापू के आसनवाले स्थान में प्रवेश किया, तो वहाँ अब कोई नहीं था। मृग चर्म बिछा हुआ सिंहासन खाली था। मात्र 'धूनी' में अग्नि जल रही थी और उसका प्रकाश दीवारों को प्रकाशित कर रहा था।

हम लोग आसन की ओर मुख रख दंडवत् की मुद्रा में प्रणाम कर गुफा में से पुनः बाहर आकर मूल गुफा के रास्ते से आगे बढ़ने लगे। चलते-चलते मुझे याद आया, 'नेपाली बापू' नाम के साधु के बारे में मैंने पूर्व में भी बहुत-कुछ सुना था। इन बापू के विषय में लोगों में भाँति-भाँति की बातें होती थीं। गृहस्थों के घर जाकर उनका आदर-सत्कार भी स्वीकार करते थे। लोग उनकी भक्तिभाव से पूजा करते थे। मेरी इच्छा भी उनके दर्शन करने की थी। फिर बाद में सुनने में आया कि वे तो नेपाल की ओर चले गए हैं। यह बात मैं पूर्ण रूप से भूल चुका था। सौभाग्यवश आज उनके दर्शन पाकर धन्यता के आनंद का अनुभव कर रहा था, परंतु इसके साथ मेरे मन में एक शंका भी पैदा हो रही थी कि ये वही नेपाली बापू हैं या कोई अन्य महात्मा होंगे? यह बात जानने की मुझे इच्छा हुई और यह जानने के लिए मैंने विश्वंभर की ओर हँसकर उसके सामने देखा, तो वह तुरंत ही खिलखिलाकर हँसता हुआ बोला, ''शंका का कोई स्थान नहीं है। तेरा अनुमान सत्य है, यह वही नेपाली बापू है, जो थोड़े समय के लिए लोक-कल्याण के उद्देश्य से समाज के मध्य रहकर अपने पवित्र जीवन की सुगंध से लोगों को आनंदित कर देते हैं। इस कारण से लोगों के बीच उनका मान-आदर बहुत बढ़ गया, परिणाम यह हुआ कि उनके दर्शन के लिए अपार भीड़ लगने लगी और इस कारण उनके एकांत में बहुत ही ज्यादा बाधा पड़ने लगी, साथ ही बहुत से संसारी गृहस्थ लोग भक्ति भावना के बदले स्वार्थ के ही कारण उनके पास जाने लगे। सामान्य लोगों के गंदे और स्वार्थी विचारों से वे त्रस्त हो गए। इस कारण चुपचाप पुनः वे अपने इस स्थायी तपो-स्थल पर आ गए हैं। लोग ऐसा

ही मानते हैं कि वे नेपाल चले गए हैं।''

फिर बात को मोड़ देते हुए कहा, ''सिद्ध संत अनावश्यक वार्त्तालाप नहीं करते हैं और अधिक समय तक किसी के भी सामने प्रत्यक्ष रूप में नहीं रहते हैं। थोड़े क्षण के लिए दर्शन प्रदान कर और आवश्यक हो, तो थोड़ा वार्त्तालाप कर जाने की आज्ञा प्रदान कर देते हैं अथवा वे स्वयं अदृश्य हो जाते हैं।''

चलते-चलते मैं गिरनारी बाबा के अद्‌भुत दैवी दर्शन के बारे में विचार कर रहा था। प्रत्येक मनुष्य के अंदर भी होते हैं, उन षट्‌चक्रों के बारे में विश्वंभर ने भी विवेचन कर मुझे ज्ञान दिया था, परंतु पँखुड़ियों पर अंकित अक्षरों के बारे में, उसके प्रभाव के बारे में मुझे जिज्ञासा होती थी। इस कारण प्रश्नार्थ दृष्टि से मैंने उसके सामने देखा, तो तुरंत ही मौन तोड़कर विश्वंभर ने कहा, ''तुम्हारी जिज्ञासा स्वाभाविक है। उसे संतोष प्रदान करने की भी आवश्यकता है। मैं संक्षेप में कहूँगा। शेष ज्ञान तुम्हें साधना करते समय समझ में आता जाएगा।''

फिर उसने आगे कहा, ''प्रत्येक चक्र की पँखुड़ियों पर अंकित ये सामान्य अक्षर नहीं हैं। प्रत्येक वर्ण अक्षर तो बीजमंत्र है, जो दिव्य शक्ति से परिपूर्ण है। 'अ से क्ष' पर्यंत की वर्णमाला चित्तिशक्ति ही है। सभी अक्षर महामाया कुंडलिनी के ही स्वरूप हैं। वे ही दुर्गा हैं। अक्षर देह के रूप में सर्वव्याप्त हैं। अक्षरा अर्थात् वर्णों से ही कोई 'नाम' बनता है। वर्णों के द्वारा ही मंत्रों की रचना होती है। उसके कारण ही जगत् के समस्त पदार्थों की नाम द्वारा पहचान बनती है। सबकुछ तो वर्णों में ही निहित है। इन वर्णों में और इनमें स्थित शक्तियों का चिंतन और जप किया जाए तो शक्तियाँ चित्त में चित्तिस्वरूप में प्रकट हो सकती हैं। इसीलिए वर्णों के द्वारा बनाए गए ईश्वर के नाम, बीजमंत्रों का गुंफन व्यवस्थित रूप से ऋषियों द्वारा किया गया है। 'वर्ण' अर्थात् 'अक्षर' यही ब्रह्म है। परमात्मा को 'अक्षर ब्रह्म' कहा गया है। नाम जप अंत:शक्ति को अत्यंत वेगपूर्वक क्रियाशील बनाता है। अ से क्ष तक अक्षरों में कुंडलिनी चित्तिशक्ति व्याप्त है, इसी कारण से उसे 'मातुका वर्णरूपिणी' कहा जाता है। वर्ण तो ध्यान और चित्त की चंचलता पर विजय प्राप्त करने का अमोघ उपाय है और इसी कारण मंत्र को प्राण-अपान के साथ जपने से, श्रद्धा के साथ उसका ध्यान करने से शक्ति तुरंत ही विद्युत् वेग से काम करने लगती है। अगोचर अदृश्य नाम की महिमा मात्र से गोचर सहज में हो जाती है।''

हम बात करते-करते धीरे-धीरे सुरंग में चल रहे थे, तभी विश्वंभर ने कहा, ''बस! हमारा गंतव्य स्थान आ गया है।'' और इसके साथ ही बाहर का प्रकाश और

हवा मुझे स्पर्श करने लगी। थोड़े ही क्षणों में हमने तहखाने के बाहर प्रकाश में और मुक्त हवा में पाँव रखे। लंबे समय तक धरती के अंदर रहने के बाद पुनः धरती के बाहर प्रकट होते हुए ऐसा लग रहा था कि मन आनंद से झूम उठा है, नया जन्म हुआ है। नवजात बालक आनंद में जैसे किलकारी करता है, खाली-खाली हँसता है, ऐसी ही उस बालक जैसी स्थिति में मैं आ गया था। मुझे लगा कि आनंद मेरे अंदर स्फुरित हो रहा है और यह आनंद भौतिक कारणों से नहीं, परंतु यह तो एक दैवी आनंद है।

इसके साथ बाहर निकलते ही जो दृश्य मेरी नजर के सामने आया, उसे देखकर मैं आश्चर्यचकित हो गया। छोटे रास्ते और अलग तहखानों द्वारा ही हमारे बाहर निकलने के बाद भी हम पुनः वहीं आ गए थे, जहाँ से हमने धरती के अंदर प्रवेश किया था। प्रवेश करते समय जो स्थान था, सामने वही स्थान दृश्यमान था, परंतु जिस स्थान से हमने प्रवेश किया था, वह प्रवेश करनेवाला रास्ता था तहखाने का द्वार वहाँ नहीं था, फिर भी वही स्थान, वही कलकल करती नदी, वही शिलाएँ और वही वातावरण मेरी दृष्टि के सामने था।

मैं भौचक्का होकर निरीक्षण कर रहा था, तभी विश्वंभर के शब्द मेरे कानों में पड़े।

''यह अगोचर और गोपित भूमि है। फिर एकदम सूक्ष्म होने से बार-बार दृष्टि में नहीं आ सकती है। एक बार दर्शन होने के बाद भाग्य में हो तो और सिद्धावस्था प्राप्त कर ली हो, तो ही उसका पुनःदर्शन हो सकता है, अन्यथा नहीं।''

चलते-चलते हम उस स्थान पर आ गए, जहाँ स्नान कर रहे विश्वंभर ने जोर से पुकारकर मुझे संबोधित कर खड़ा रखा था। दृश्य को देखते ही मुझे पुनः स्मृति में वह दिन याद आ गया। रेवानंदजी से अलग होने के बाद अकेले चलते हुए मेरी इसी स्थान पर विश्वंभर से भेंट हुई थी।

मैं विचारमग्न था, तभी विश्वंभर ने मौन तोड़ते हुए मुझसे कहा, ''तुम इस शिला पर बैठकर विश्रांति लो। थोड़ी ही देर में रेवानंदजी तुम्हें साथ ले जाने के लिए यहाँ आ पहुँचेंगे।''

विश्वंभर के कहे अनुसार कलकल कर बहती नदी के मधुर संगीत को सुनता मैं सभी प्रसंगों और अनुभवों से डूबा तन्मय होकर बैठा था। तभी कंधे पर किसी हाथ के स्पर्श का अनुभव हुआ। मुझे लगा कि यह स्पर्श विश्वंभर का होगा, परंतु पीठ घुमाकर देखा, तो विश्वंभर के स्थान पर रेवानंद ब्रह्मचारी मेरे सामने प्रसन्नचित्त देखकर हँस रहे थे, परंतु विश्वंभर कहीं भी दिखाई नहीं दे रहा था।

आनंद के साथ रेवानंदजी का स्वागत करता मैं बोला, ''ओह! रेवानंदजी! आप!

समयानुसार आप आ पहुँचे पर विश्वंभर कहाँ है ?''

''विश्वंभर वह प्राप्त आज्ञानुसार तुम्हें गिरनारी बाबा के दर्शन करवाने का अपना कार्य पूर्ण कर निज स्थान को चला गया है।'' रेवानंदजी ने प्रत्युत्तर दिया।

''परंतु!'' क्षोभ और थोड़े दुःख के साथ मैंने पूछा, ''विश्वंभर अचानक किसी भी बात की पूर्वभूमिका के बारे में बताए बिना ही चला गया।''

''उसे जो काम दिया गया था, वह कार्य पूर्ण हो गया!'' रेवानंदजी ने अति धीमे स्वर में कहा, ''अब तुम्हारा उसके साथ कोई भी लेन-देन नहीं।'' फिर आगे धीरे से कहा, ''वह तुम्हारे साथ मित्रतापूर्ण व्यवहार के साथ सबकुछ कर रहा था। वह सबके साथ मित्र के समान ही व्यवहार करता है। वास्तव में वह किसी का मित्र नहीं है, फिर भी सभी उसके मित्र हैं।''

रेवानंदजी का विश्वंभर के व्यक्तित्व के बारे अभिप्राय जान मैं स्तब्ध रहकर सुनता रहा। आगे बात को दोहराते हुए उन्होंने कहा, ''विश्वंभर किसी का भी मित्र या किसी का भी शत्रु नहीं है। सभी लोग उसके लिए एक समान हैं। सभी उसके आत्मीय हैं, परंतु उसे किसी से भी लगाव स्पर्श नहीं कर सकता है। लगाव से परे वह तटस्थ है। उसके अंतःकरण में मेरा-तेरा, अपना-पराया जैसा मनोलगाव का स्पंदन जागता नहीं है। इसी कारण से वह विमुक्त है, जीवन्मुक्त है।''

कहकर रेवानंदजी मौन हो गए और मुझे रास्ता दिखाते हुए आगे चले।

रेवानंदजी के कदम-से-कदम मिलाकर चलते हुए मैं विश्वंभर के मनोव्यवहार की अंदर-ही-अंदर प्रशंसा और स्वगत का विचार कर रहा था।

ऐसा अद्‌भुत मनोव्यवहार, जो साधन को जीवन्मुक्त बनाता है, उसे प्राप्त करने के लिए कैसे उपाय होंगे; कैसे प्रयत्न करने पड़ते होंगे ? मैं यही सब विचार कर रहा था, तभी रेवानंदजी बोले, ''मैं और मेरे विचारों का त्याग करना और फिर सब मेरे और मैं सबका ऐसे विचारों के चिंतन से ऐसा बढ़िया, उम्दा मनोव्यवहार का पोषण किया जा सकता है। सर्वत्र ईश्वर के दर्शन करते जीवन्मुक्त की स्थिति प्राप्त की जा सकती है।'' फिर थोड़ा रुककर चलते-चलते कहा, ''जीवन्मुक्त बनाने का रास्ता बहुत कठिन है, ऐसा नहीं है। प्रयत्नों से प्रमाद का अवरोध दूर करती सतत जागृति चाहिए। शेष सब तो तुम्हारे अंदर पहले से ही है। बाहर ढूँढ़ने जाने की आवश्यकता नहीं है। चिंतन, मनन, धारणा, श्रद्धा और विश्वास के द्वारा इन सिद्धियों को जाग्रत् करने की आवश्यकता है। यदि ऐसा किया जाए, तो सबकुछ तुम्हारे चरणों में पड़ा हुआ है। सर्वव्यापी मनोव्यवहार द्वारा सर्वव्यापी ईश्वर की प्राप्ति हो सकती है, जिसमें

मन, बुद्धि, अहंकार और शारीरिक शुद्धि की अनिवार्य रूप से आवश्यकता है।''

''परंतु! इसके लिए सरल और सहज उपाय भी तो होगा न?'' मैंने प्रश्न किया।

''हाँ है ही!'' प्रत्युत्तर देते हुए रेवानंदजी ने सस्मित कहा, ''धारणा—तुम अंतःकरण से ऐसी धारणा करो कि सर्वव्यापी श्रीहरि सर्वत्र हैं, परंतु मेरे चर्मचक्षु उन्हें देख नहीं सकते हैं, फिर भी सर्वत्र प्रभु को शोध करने का कार्य मैं सतत अविरत करता ही रहूँगा। ऐसी धारणा तुम्हें ईश्वरमय बना देगी।'' फिर विशेष स्पष्टता करते हुए रेवानंदजी ने आगे कहा, ''श्री हरि को अपनी देह के अंदर ही ढूँढ़ो और धारणा करो कि श्रीहरिरूपी सोना प्राप्ति के लिए देहरूपी धूल के ढेर को विवेकरूपी छलनी से छान रहा हूँ।''

फिर आगे बात को बढ़ाते हुए कहा, ''इस कार्य के लिए साधक में अनंत धैर्य की आवश्यकता होती है। संयम, सदाचार, सद्विचार, दृढ–निश्चय, नियमितता, उत्कर्ष की उत्कट अभिलाषा, सत् ज्ञान, सत् साधना द्वारा ही यह कार्य सिद्ध हो सकता है। शुद्ध शरीर आरोग्य और शुद्ध अन्तःकरण दैवी संपत्तियों का अधिकारी है।'' फिर उपसंहार करते हुए कहा, ''विश्वंभर ऐसी दैवी संपत्ति से विभूषित है। वह शरीरधारी होने के उपरांत विमुक्त है। जीवन्मुक्त है।''

बात को पूर्ण होने का संकेत करते हुए मुझे आगे चलने को कह वे थोड़ी सत्वर गति से आगे चल रहे थे। मैं भी उनके साथ कदम-से-कदम मिलाकर उनके साथ ही नदी के किनारे चल रहा था।

सूर्यास्त होने की तैयारी ही थी। पीला होता सूर्य धीमे-धीमे पश्चिम आकाश में ढल रहा था। संध्या की पूर्व तैयारी रूप उसकी कला का प्रतिबिंब शांत जल में पड़ रहा था।

धीरे-धीरे हम मैदान पार कर ऊँची चढ़ाईवाले स्थान पर आ पहुँचे थे। अभी भी थोड़ा उजाला था और सबकुछ स्पष्ट दिखाई दे रहा था, परंतु अभी प्रारंभ की चढ़ाई, फिर पुनः मैदान और फिर पर्वतीय चढ़ाई। अँधेरे में ही आगे बढ़ने में कठिन होगा।

मैं विचार कर रहा था, तभी मौन तोड़कर रेवानंदजी ने कहा, ''चिंता करने की कोई आवश्यकता नहीं है। पूर्ण अंधकार हो, इसके पूर्व ही हम एकदम सीधी चढ़ाई चढ़ जाएँगे। फिर मैदान और पहाड़ पार करने में कोई विशेष कठिनाई नहीं होगी। हमारे पास बैटरी भी तो है और चंद्र का प्रकाश भी तो साथ देगा।''

लताओं और वृक्षों की लटकती जड़ों को पकड़कर हम सहजता से कठिन चढ़ाई चढ़कर मैदान में आ पहुँचे थे। थोड़े प्रकाश का लाभ लेते हुए, बैटरी के प्रकाश का

उपयोग किए बिना अभी भी हम चल रहे थे।

मुझे यह स्वीकार करना चाहिए कि इतनी साधना और इतना अधिक मिलता प्रत्यक्ष ज्ञान और साथ-ही-साथ सिद्धों का सहवास और उनके सहयोग से साधना में सतत आगे बढ़ता मैं अभी भी उनके बारे में शंकाओं से घिरा तर्क कर लेता था। चलते-चलते मुझे विचार आ गया कि क्या विश्वंभर और माधवानंदजी जैसी सब सिद्धियाँ रेवानंदजी के पास भी होंगी। मैंने विश्वंभर को पानी के ऊपर चलते और शक्तिपात द्वारा तत्क्षण मुझे प्राप्त होती उनकी सिद्धि प्रत्यक्ष रूप से देखी थी। माधवानंदजी के पास सिद्धियों का भंडार था। उसमें मुझे कोई भी शंका नहीं थी, परंतु रेवानंदजी ऐसे प्रत्यक्ष सिद्धिधारी हैं, मुझे देखने में नहीं आया था।

मुझे यह सहजता और तत्परता से कहना चाहिए कि इस समय मैं रेवानंदजी की प्रत्यक्ष देखी हुई सिद्धि को भूल ही गया था। रेवानंदजी ने तो मुझे पूर्वजन्म का अभिज्ञान कराया था। इतना ही नहीं, परंतु मेरी आत्मा को स्वर्ग की ओर गमन करता रोककर पुनः मेरी निश्चेष्ट देह में प्रवेश करवाया था। उनकी यह सिद्धि कोई साधारण या ऐसी-वैसी नहीं थी और विश्वंभर के साथ युक्तिपूर्वक मेरा मिलाप करवाया था और उसके द्वारा ही सब प्रकार का अनुभव करवाकर गिरनारी बाबा के अद्‌भुत दर्शन करवाने, यह सब उनकी पूर्वग्राही बुद्धिशक्ति अथवा सिद्धि का ही तो परिणाम था।

फिर भी यह सबकुछ भूलकर मेरे द्वारा निरर्थक तर्क हो गया था, जिसका होश मुझे इस वक्त लेशमात्र भी नहीं रहा था।

रेवानंदजी के प्रति ऐसे क्षणिक तर्क को धारण करता हुआ मैं उनके पीछे-पीछे चल रहा था। तभी पर्वत के ठीक ऊपर के शिखर पर से एक बड़ी शिला जैसा पत्थर अन्य पत्थरों से अलग होकर तीव्र वेग से अन्य शिलाओं के साथ टकराता बराबर मेरी ओर नीचे चला आ रहा था। पत्थर इतनी सत्वर गति से आ रहा था कि मुझे दूर खिसकने का या दूर भागने का कोई अवकाश ही नहीं था। बस अब कुछ क्षणों में इस बड़े पत्थर के नीचे दब जानेवाला हूँ, ऐसी दहशत से मैं भयभीत हो विस्फारित नेत्रों से स्तब्ध हो गया। मेरी ओर तीव्र गति से आ रहे पत्थर को मौत का पैगंबर स्वरूप देख रहा था। तभी रेवानंदजी द्वारा जोर से उच्चारे हुए शब्द मेरे कान में पड़े।

"रुक···रुक जा।"

इसके साथ ही मेरे सुखद आश्चर्य के बीच तीव्रगति से नीचे आता पत्थर थोड़ी देर में ही हवा में स्थिर हो गया। पर्वत की ढलानवाली जमीन पर किसी भी प्रकार के आधार के बिना, ढाल पर जाकर स्थिर हो गया था।

मैं बच गया। मौत के मुख में से और इसके साथ ही मेरी बुद्धि के द्वार मानो खुल गए। प्रकृति पर नियंत्रण रखनेवाली सिद्धि रेवानंदजी ने मुझे कुछ भी कहे बिना प्रत्यक्ष रूप से बता दी थी। उनकी ही आज्ञा से गिरता हुआ पत्थर और किसी भी प्रकार के आधार के बिना स्थिर हो गया था।

कुछ भी कहे बिना निरभिमान रूप से अपनी सिद्धि का दर्शन करवानेवाले रेवानंद की मैं मन-ही-मन वंदना कर रहा था।

इस प्रकार के तर्क करने से मैं शर्मिंदा होकर उनके साथ-साथ चल रहा था। तभी मानो कुछ भी नहीं हुआ हो, उन्होंने मेरे कंधे पर हाथ रख खिलखिलाकर हँसकर मानो मजाक कर रहे हों, ऐसे स्वर में बोले, "अब अंधकार को दूर करने की सिद्धि बताने का अवसर तुम्हारा है।" सुनकर आश्चर्यपूर्वक क्षण भर रुककर मैं उनके सामने देखकर विचार कर रहा था।...सिद्धि अंधकार को दूर करने की और वह भी मेरे पास! यह किस तरह की अपेक्षा? उनके सामने देखने के सिवाय मेरे पास और कोई विकल्प नहीं था।

तभी खिलखिलाकर हँसते हुए रेवानंदजी बोले, "इससे घबरा क्यों गए? तुम्हारे पास यह सिद्धि है ही। निकालो बैटरी।" ऐसा कहकर भी उन्होंने मेरी थैली में रखी बैटरी की ओर निर्देश किया। मजाक को समझते ही मेरी श्वास पुनः स्थिर हो गई। इसके साथ मैं भी उनके साथ मुक्त रूप से हँस पड़ा।

मेरे हाथ में से बैटरी लेकर प्रकाश फेंकते रेवानंदजी आगे बढ़े। मैं भी धीमे-धीमे पर्वत की चढ़ाई पर चढ़ता उनके साथ आगे बढ़ता रहा था।

चलते-चलते मेरे विचार भी तो चल रहे थे। मैंने पढ़ा था कि रमण महर्षि के पास प्रकृति को रोक देने की शक्ति थी। ठीक उसी प्रकार रेवानंदजी ने प्रकृति के तत्त्वों पर अधिकार प्राप्त कर लिया होगा, परंतु यह सिद्धि कैसे प्राप्त होगी? प्रश्न मेरे मन के अंदर हलचल पैदा कर रहा था। क्षण भर के लिए मुझे लगा कि रेवानंदजी से इस बारे में प्रश्न पूछ लूँ, परंतु रेवानंदजी से प्रश्न पूछने की आवश्यकता ही कहाँ थी। बिना पूछे ही मेरे विचारों को जानकर वे प्रत्युत्तर दे ही देते हैं। अतः मेरे प्रश्न का उत्तर तुरंत मिल जाएगा, ऐसी अपेक्षा से मैं उनके शांत और सौम्य चेहरे की ओर देख रहा था। बहुत देर हो गई, फिर भी उनकी ओर से मुझे कोई भी प्रत्युत्तर या प्रतिभाव नहीं मिला। शांत और निर्विकार भाव से बस वे चल रहे थे।

"रेवानंदजी! मुझे क्षमा करना, मेरे मन में एक प्रश्न ने हलचल मचा रखी है।"

"जानता हूँ, तुम्हारे उस प्रश्न को।" बीच में ही मेरे वाक्य को काटकर रेवानंदजी

बोले, ''हर बार एक सी पद्धति से बातचीत करना आवश्यक नहीं है। कारण कि ज्ञान-पिपासा की तुम्हारी उत्सुकता से परावलंबी होने का दोष लगता है। ज्ञान प्राप्त करने के लिए जिज्ञासा से प्रश्न पूछना चाहिए। हाँ, तुम्हारे लिए उलझन का कोई प्रश्न हो तो मैं बिना तुम्हारे पूछे ही उसका समाधान कर देता हूँ। कम-से-कम बोलकर प्रश्न पूछने का जिज्ञासु को पुरुषार्थ करना चाहिए। तुम्हारे प्रश्न और विचारों को जानते हुए भी मैंने उत्तर नहीं दिया।'' फिर थोड़ा मौन धारण कर आगे चलते हुए मेरे प्रश्न का प्रत्युत्तर देते हुए उन्होंने कहा, ''गायत्री मंत्र की अखंड साधना द्वारा यह और ऐसी अनेक सिद्धियाँ इस एक मंत्र की शक्ति से प्राप्त हो सकती हैं, कारण कि गायत्री मंत्र अर्थात् 'भगवती सविता' यह महामाया कुंडलिनी की ही शक्ति है अथवा उसका ही स्वरूप है, सतत जाप द्वारा षट्चक्र को भेदकर कुंडलिनी सुषुम्ना नाड़ी में से होकर ऊपर मस्तक में स्थित ब्रह्मरंध्र में प्रवेश करती है और साधक को शक्तियाँ प्रदान करती है।''

फिर थोड़ा रुककर कहा, ''हरिद्वार में मैंने एक वर्ष तक गंगा के पवित्र जल में खड़े रहकर रात्रि-दिवस सतत एक करोड़ मंत्रों का जाप पूर्ण किया, उसके बाद उसका दशांश होम कर गुरु महाराज की कृपा से बहुत सी सिद्धियाँ प्राप्त कर सका हूँ।'' ऐसा कहकर थोड़ी देर मौन रह बैटरी के प्रकाश में शांतचित्त से चलते-चलते पुनः बोले, ''किसी विशेष कार्य हेतु सिद्ध किए गए मंत्र को विशेष रूप से पुनः-पुनः सिद्ध करना पड़ता है। मंत्र के प्रत्येक शब्द में अलग-अलग शक्तियों का आविर्भाव होता है, शब्द अर्थात् शब्द के प्रत्येक वर्ण में अनंत शक्ति भरी हुई है। प्रत्येक वर्ण एक अलग मंत्र है, इसी कारण से मंत्र के अक्षरों को विशेष प्रकार से संयोजित कर जप सिद्ध किया जाता है। उसके अनुसार परिणाम प्राप्त कर सकते हैं। गायत्री मंत्र को उलटा कर उसका जाप करने में आता है, तो उलटे किए अक्षरों वाला मंत्र 'आग्नेयास्त्र' बन जाता है। इस मंत्र शक्ति से अग्नि को प्रकट कर जंगलों को जलाया जा सकता है। अर्जुन ने इसी मंत्र का उपयोग कर 'खांडव वन' को जला दिया था। इसी मंत्र के प्रभाव से अग्नि को शांत भी किया जा सकता है, इस मंत्र के द्वारा प्रकृति पर भी प्रभाव डाला जा सकता है। इस मंत्र में अमोघ शक्ति निहित है। प्रकृति पर के प्रभाव का प्रत्यक्ष अनुभव तुम अभी-अभी कर चुके हो।''

इतना कह रेवानंदजी ने खड़े होकर एक सूखे वृक्ष पर दृष्टि स्थिर की और वह सूखा वृक्ष एक क्षण में ही धू-धू करके जल उठा। जलते हुए वृक्ष की अग्नि ज्वालाएँ आकाश में ऊँचे तक फैलकर अन्य वृक्षों और घास को भी जलाने लगीं। मुझे लगा

कि अभी-अभी सबकुछ जलकर भस्म हो जाएगा और यदि ऐसा होगा, तो एक बड़े अनर्थ का सर्जन हो जाएगा। भयंकर डर से मैं विस्फारित नेत्र से देखता स्थिर खड़ा रहा। विचार कर रहा था, तभी रेवानंदजी ने एक हाथ ऊँचा कर एक साथ मंत्र बोलकर जोर-जोर से शब्दोच्चार किया। रुक, रुक जा, रुक, रुक जा और तत्क्षण यह भयंकर रूप धारण करती अग्नि जैसे फूँक मारते ही दीपक बुझ जाता है, वैसे शांत हो गई।

मैं चकित होकर उनकी सिद्धि की मन-ही-मन में प्रशंसा कर रहा था। अपने सद्भाग्य को और उस सद्भाग्य के दाता सिद्धपुरुष की मनोमन प्रशंसा करता हुआ उनके साथ पुन: आगे चल रहा था।

गायत्री मंत्र की शक्ति मैंने प्रत्यक्ष देखी, परंतु मुझे लगता था कि अभी भी बहुत कुछ है, जिसे मैं समझ नहीं पा रहा था, तभी रेवानंदजी ने कहा, "गायत्री मंत्र के चौबीस (24) अक्षर बहुत ही महत्त्वपूर्ण हैं और चौबीस (24) शिक्षाओं के प्रतीक हैं। गायत्री, गीता, गंगा और गाय, ये भारतीय संस्कृति की चार आधारशिलाएँ हैं, जिसने गायत्री के छुपे रहस्यों को जान लिया, उसे आगे कुछ भी जानने को शेष नहीं रहता है।"

फिर गायत्री मंत्र की सिद्धि के बारे में आगे बताते हुए कहा, "चौबीस (24) अक्षरों में और अनेक प्रकार के ज्ञान निहित हैं। अनेक रिद्धि-सिद्धियाँ, श्राप-वरदान के प्रयोग, अंतर्दृष्टि—प्राणविद्या, वेधक क्रिया, वाममार्गी गूढ़ विद्या, शरीर का रूपांतर, अज्ञातवास, अदृश्य दर्शन, सूक्ष्म और दूर संभाषण आदि अनेक लुप्तप्राय महान् विद्याओं का रहस्य, बीज और संकेत गायत्री में आए हुए हैं। गायत्री साधना से आत्मा पर जमा हुआ मैल, मल का आवरण दूर हो जाता है। तब आत्मा का शुद्ध स्वरूप प्रकट होता है और अनेक रिद्धि-सिद्धियाँ प्राप्त होने लगती हैं। साधक के समस्त दुर्गुण, कुविचार, बुरा स्वभाव और दुर्भाव अपने आप कम होने लगते हैं और साधक में संयम, नम्रता, पवित्रता, उत्साह, मधुरता, सत्यनिष्ठा, प्रेम, संतोष, परम शांति, सेवा-भाव, प्राणिमात्र के प्रति आत्मीयता आदि सद्गुणों की संख्या में दिन-प्रतिदिन अभिवृद्धि होती जाती है।

"गायत्री साधना से साधक के मन:क्षेत्र में असाधारण परिवर्तन आ जाता है। ईश्वर के प्रति श्रद्धा और विश्वास के आधार पर वह दु:खों को हँसते-हँसते सहजता से सहन कर लेता है। गायत्री साधना से अणिमा, महिमा जैसी चामत्कारिक रिद्धि-सिद्धियाँ भी प्राप्त हो सकती हैं। उससे श्राप और वरदान भी सहज सफल होते हैं।" फिर थोड़ा मौन धारण कर चलते-चलते आगे कहा, "गायत्री मंत्र के उच्चारण मात्र से जीभ, कंठ, तालु और माया में आई हुई नाड़ी तंतुओं का एक अद्भुत क्रम से संचालन

होने लगता है।'' फिर एक भौतिक दृष्टांत बताते हुए कहा, ''टाइपराइटर की चाबियों पर उँगलियाँ रखते जैसे कागज पर अक्षर छप जाते हैं, ठीक उसी प्रकार से मुँह से मंत्र बोलने से शरीर के अलग-अलग स्थानों में आए हुए भक्ति-चक्रों पर उसकी छाप पड़ती है और उनका सूक्ष्म जागरण होने लगता है अर्थात् साधक में शनैः-शनैः शक्तियों का आगमन होने लगता है। मंत्र के अक्षरों के संचालन से शरीर के अलग-अलग स्थान पर छुपे हुए षट्चक्र भ्रमर, कमल, ग्रंथि स्थान और भक्ति चक्र झिलमिलाने लगते हैं। मुँह से उच्चारित शब्दों के प्रभाव से सुषुम्ना नाड़ी द्वारा गायत्री के शब्दों के उच्चारण के आघात से षट्चक्र तक पहुँचते हैं। गायत्री के चौबीस अक्षरों का उच्चारण चौबीस चक्रों में झनकारवाली ध्वनि उत्पन्न करता है, जो साधक को योग-शक्ति से संपन्न बना देता है। गुप्त शक्ति के, जागरण से अनेक आश्चर्यजनक सिद्धियाँ मिलने लगती हैं।'' मौन धारण कर फिर उपसंहार करते हों, इस अंदाज में रेवानंदजी बोले, ''गायत्री के चौबीस (24) अक्षर वास्तव में चौबीस शक्तिबीज हैं। पृथ्वी, जल, वायु, तेज और आकाश ये पाँच तत्त्व तो मुख्य हैं ही, इनके अलावा भी अन्य चौबीस (24) तत्त्व हैं। इस सृष्टि के 24 चौबीस तत्त्वों को व्यवस्थित प्रकार से वर्णों में संयोजन कर एक सूक्ष्म, आध्यात्मिक शक्ति का आविर्भाव कर उसका नाम गायत्री रखा गया है।''

फिर थोड़ी देर मौन होकर प्रेमपूर्वक मेरे कंधे पर हाथ रखकर रेवानंदजी ने कहा, ''गायत्री माता की शक्ति और सिद्धियों के बारे में मैंने तुमसे संक्षेप में कहकर तुम्हारी जिज्ञासा को संतोष प्रदान करने का प्रयत्न किया है। गायत्री मंत्र द्वारा अनेक सिद्धियाँ अपने आप साधना द्वारा प्राप्त होती रहती हैं। इसके अलावा भी बहुत सी बातें हैं, परंतु ये सब बातें कहना अभी अप्रस्तुत है। समय आने पर विस्तृत जानकारी और ज्ञान देने के बाद ही तुम्हारी साधना प्रारंभ करवाई जाएगी। तब तक धीरज।'' कहकर रेवानंदजी ने मधुर हास्य हँसते हुए मुझे आगे चलने का निर्देश दिया।

सामान्य बातें करते-करते शनैः-शनैः हम पुनः टेकरी पर स्थित माताजी के त्रिशूल, अंकित शिला अर्थात् मूर्ति के पास आ पहुँचे। गायत्री मंदिर के प्रांगण को पार कर हमने रास्ते पर चलते-चलते गंतव्य की ओर प्रयाण किया।

रास्ते पर यात्रीगण और वाहनों की भीड़ थी। वाहनों की लाइट के प्रकाश में अब बैटरी की कोई आवश्यकता नहीं थी। मैंने रेवानंदजी के पास से बैटरी लेकर पुनः थैले में रख दी और आगे चलने लगे।

गंतव्य स्थान पर पहुँचकर लगा कि दरवाजे पर खड़े दान बापू हमारी ही राह देख रहे हैं। देखते ही बोले, ''वाह! समय पर आप लोग आ गए हैं। आरती करके

रसोई बनाकर सबको खिलाकर आप लोगों की ही राह देख रहा हूँ। अभी तो भोजन करने का समय है। अतः 'प्रेत भोजन' की प्रश्न बाधा नहीं है।''

दान बापू हमें रसोईघर की ओर ले गए। हाथ-पाँव धोकर, आचमन कर हमने भोजन किया। दान बापू प्रसन्न दृष्टि से मेरे सामने देख रहे थे। मैंने भी प्रसन्नता व्यक्त की, तो उन्होंने प्रत्युत्तर में कहा। सुबह से शाम अविरत प्रवृत्त रहने के कारण मुझे बातचीत करने की इच्छा नहीं थी। रेवानंदजी भी मौन बैठकर शांत भाव से भोजन कर रहे थे।

भोजन के बाद अपने कमरे की ओर प्रयाण करते-करते रेवानंदजी ने कहा, ''आज तुम तुम्हारे कमरे में ही आनंद और शांति से रात्रि गुजारो। एकांत में रहने से विचार करने की आज तुम्हें खुली छूट है। आनेवाले कल से तुम्हारे सारे विचारों का निराकरण हो जाएगा। विचार-शून्य बन तुम वर्तमान के क्षणों में ही स्थिर बनकर रहोगे। अच्छा सुखरात करो।'' और वे चले गए

कमरे में आकर शांति से श्वास लेते-लेते मैंने सारी खिड़कियाँ खोल डालीं। विचारों को झटककर वर्तमान क्षणों में ध्यान केंद्रित कर मैं बिस्तर पर सो गया। लगा कि नींद आने में देर लगेगी। उठकर पंखा चालू किया। फिर खिड़की के पास आकर खड़ा हो गया।

जोगणियो पर्वत आज शांतचित्त योगी जैसा लग रहा था। थोड़ी देर किसी ज्ञानी की बगीची में ज्ञान प्रसंग शायद चल रहा था। वहाँ रास की रौनक लग रही थी और युवा हृदयों को उत्तेजित करता ढोल लगातार बज रहा था। ढीबांग...ढीब...ढीब...ढीब...ढीब...

मैं पुनः बिस्तर पर आकर सो गया। थोड़ी ही देर में तंद्रा अवस्था में आ गया, मुझ पर प्रकाश का महासागर फैल गया।

और इसके साथ ही इस प्रकाश के महापुंज से बचने हेतु निद्रादेवी ने मुझे अपने आँचल में लपेट लिया।

❖

11

आज सुबह जल्दी नींद खुल गई, यद्यपि ऐसा कहना भी उचित नहीं है। वास्तव में मैं सोया ही नहीं। गहरी निद्रा आई हुई हो, तो उसका मुझे पता लगता ही है। उठने के बाद कुछ भी याद नहीं आए। सुबह कब और कैसे हो गई, उसका भी

पता नहीं चले। स्वप्न भी याद आए। मैं विचार भी कर सकता हूँ और याद भी आए, परंतु नींद के बीच में मैंने किसी स्वप्न का भी अनुभव नहीं किया था।

सबकुछ विरोधाभासी है। मैं सोया था और वह भी सुबह हो, तब तक। फिर भी मुझे लग रहा था कि मैं सारी रात जगा हूँ। इतना ही नहीं, प्रकाश के पुंज के बीच सोया हुआ, घूमता हुआ विचरण कर रहा था। मैं अपने आपको हुए ताजे अनुभवों के पुनरावर्तन का आनंद ले रहा था। इसे जाग्रत् अवस्था कहना, अर्ध-जाग्रत् अवस्था कहना या सुषुप्त अवस्था कहना ? मैं समझ नहीं पा रहा था।

मुझे लगा कि मैं सो रहा था, यह तो सत्य है, जग रहा था, यह एक भ्रम है, परंतु सोने और जागने के समय के बीच की स्थिति का मुझे कुछ भी क्यों पता नहीं है ? मुझे लगा कि ऐसा सब विचार करने की क्या आवश्यकता है। ये तो निरर्थक विचार हैं ?

ऐसा विचार करने की क्या आवश्यकता है ? प्रश्न मेरा है और मैं अपने आपसे पूछ रहा हूँ, तो मुझे ही उसका उत्तर ढूँढ़ लेना चाहिए।

परंतु इस प्रश्न के साथ ही मेरा मन और दिमाग घूमता रहा, चक्कर खाता, विचारों के भँवर में भटकता रहा। मुझे लगा कि प्रश्न भी मुझे ही पूछना है और उत्तर भी मुझे ही देना है। तो यह कैसे हो सकता है ? फिर भी उत्तर मिला, 'यह तुम्हारी तुर्यावस्था थी।'

'परंतु तुर्यावस्था अर्थात् क्या, यह अवस्था कैसी होती है ?'

'यह तो तुझे ही पता, तू ही इसे ढूँढ़।' उत्तर मिला।

'परंतु तू इसे ढूँढ़ ले तो तू अर्थात् तो मैं ही। तो मेरे साथ जो बात कर रहा है, वह कौन है ?'

मुझे लगा कि मेरे अंदर कोई और भी दूसरा है, जो मेरे साथ बात करता है। निरंतर वह मेरे साथ बात करता है।

तो फिर यह जो कोई भी है, मेरे अंदर निहित है, वह है कौन ? मैं उसकी बात सुन सकता हूँ, समझ भी सकता हूँ। उपरांत सबका विचार भी वही करता है, परंतु मैं उसे देख नहीं सकता हूँ। अनुभव कर सकता हूँ, परंतु वह 'हूँ' कौन है, कहाँ से आया है, मुझमें और उसमें क्या अंतर है ?

परंतु यह प्रश्न मैं किससे पूछ रहा हूँ, किसको पूछ रहा हूँ ? मैं भी उसके जैसा ही लगता हूँ, तो दोनों एक ही होना चाहिए।

'नहीं।' अंदर से उत्तर मिलता है, मुझे लगा कि यह 'नहीं' इसका उत्तर नहीं है, मेरा ही उत्तर है, होना चाहिए, क्योंकि उत्तर पूछनेवाला और उत्तर देनेवाला एक हो ही नहीं सकता है।

फिर भी ऐसा ही है! परंतु उसका उत्तर 'वह' क्यों नहीं देता है?

मैं ऐसे विचार कर रहा था, फिर भी मेरा मन ओह! मैं आगे का विचार करते हुए सोच रहा था, यह 'जो कोई' है, वह कदाचित् मेरा मन है, तो फिर 'मैं कौन?' 'मन' और 'मैं' एक तो नहीं हैं। मन और मैं तथा यह शरीर अलग-अलग हैं! मन जो मेरे साथ मेरे शरीर में होने के बाद भी, क्या वह भी शरीर है या अन्य कोई, तो फिर मैं भी शरीर ही हूँ या अन्य कोई?

मुझे लगा कि 'मैं' शरीर नहीं हो सकता हूँ। मैं शरीर हूँ तो उसे देख नहीं सकता हूँ। मैं तो दिखनेवाले बाह्य पदार्थ को ही देख सकता हूँ। मैं अपने आपको तो और 'मन' मुझसे अलग हो तो ही मैं उसके साथ बातचीत कर सकता हूँ। द्रष्टा और दृश्य एक ही नहीं हो सकते हैं।

मुझे लगा कि मैं निरर्थक विचार कर रहा हूँ। मैं अभी भी बिस्तर में ही था। पूर्ण रूप से जाग्रत् भी अभी नहीं हुआ था। निंद्रा और जागृति के बीच की अवस्था में ही स्थित हूँ, ऐसा मुझे लगा। विचार ऐसी स्थिति में ही उत्पन हो सकते हैं!

परंतु रेवानंदजी ने कल भोजन के बाद अलग होते समय कहा था, 'आज तुम अपने कमरे में ही रात्रि गुजारो। एकांत में विचार करने का तुम्हें अवसर मिलेगा। तुम एकांत में चिंतन कर सकोगे। आनेवाले कल से तुम्हारे समस्त विचारों का समाधान हो जाएगा। फिर विचारशून्य होकर तुम वर्तमान के क्षणों में ही स्थिर होकर रह सकोगे।'

तो फिर इन विचारों का यह द्वंद्व क्यों? यह मात्र विचार ही है या चिंतन है। पूर्ण दिवस के बीच शायद कोई अनुभूति हो, ज्ञान प्राप्त हो? मुझे लगा कि सारे प्रश्नों के उत्तर मेरे पास हैं, परंतु समझ में नहीं आ रहे हैं। कदाचित् मेरा ज्ञान अधूरा है और इसी कारण से उत्तर मुझे पूरी तरह समझ में नहीं आ रहे हैं।

"हाँ, ठीक इसीलिए!"

दरवाजे की ओर से किसी के शब्द सुनाई दिए और मैंने उस ओर दृष्टि की, तो आश्चर्य से चौंक गया। दरवाजे पर रेवानंद ब्रह्मचारी प्रसन्न मुख से मेरे सामने हँसते हुए खड़े थे।

मैं थोड़ा शर्मिंदा हो गया। मैं अभी भी बिस्तर में ही था। मुझे तो ब्रह्ममुहूर्त में ही उठ जाना चाहिए था।

रेवानंदजी मेरे पास आए। पास बैठकर मेरे कंधे को स्पर्श करके कहा, "इसमें संकोच करने की कोई आवश्यकता नहीं है। आज की रात तो तुम्हें आराम करना ही था।" फिर हँसकर कहा, "क्यों? रात्रि को ठीक से नींद आ गई थी न!"

"हाँ। सुबह जल्दी हो गई थी, परंतु मुझे नींद आ गई थी या मैं जाग रहा था, उसका मुझे पता ही नहीं लगा!" मैंने उत्तर दिया।

सुनकर रेवानंदजी खिलखिलाकर हँस पड़े और प्रेमपूर्वक बोले, "ठीक है, बराबर है, ऐसा ही होता है! तुम सही मार्ग पर हो। तुम साधना के पथ पर सीधी रेखा में कदम-से-कदम मिलाकर चल रहे हो। प्रारंभ में ऐसा ही अनुभव होता है। साधक में अंत:स्फुरण का उदय होता है और अंत:स्फुरण से ही उसका प्रत्युत्तर मिलता है।" फिर थोड़ा मौन होकर कहा, "तुम्हारे अंदर प्रश्न पैदा हुआ, 'वह' कौन है और 'मैं' कौन हूँ। तुम्हारे पास इतना ज्ञान तो है ही। तुम्हें समझ में भी आता है, परंतु वह गले नहीं उतरता है, कारण कि तुमने अभी तक ज्ञान को पूरी तरह आत्मसात् नहीं किया है। अत: यह ज्ञान तुम्हारे पास मात्र जानकारी के स्वरूप में ही है। ज्ञान विज्ञान के स्वरूप में नहीं है। यदि तुमने 'निदिध्यास' के द्वारा ज्ञान को दृढ कर हृदयस्थ अर्थात् आत्मसात् किया होता, तो तुम्हें इन प्रश्नों का उद्भव ही नहीं हुआ होता। यह प्रश्न तो 'पूर्ण ज्ञान' अर्थात् आत्मसात् करने के पूर्व के हैं।"

फिर मेरा हाथ पकड़कर रेवानंदजी बोले, "तुम एकदम सही रास्ते पर हो, इस कारण से ऐसे प्रश्न उत्पन्न होते हैं। यह तुम्हारी प्रगति की निशानी है। रामकृष्ण परमहंस कहते थे, 'मैं' की खोज करो, तो ईश्वर तुम्हारे हाथ लग जाएगा। परब्रह्म की प्राप्ति करने के लिए साधक को पहले 'मैं' को जान लेना चाहिए, तो अंत में ईश्वर तक पहुँचा जा सकता है।"

फिर समापन करते हुए बोले, "खैर! यह सब तो होता रहेगा। साधना और योग द्वारा यह सबकुछ समझ में आ जाएगा। तब तक धीरज, सबकुछ समझ में आ जाएगा, साँझ तक! अभी प्रातः विधि पूरी कर लो, फिर पुन: हम मिलते हैं।" और पीछे मुड़कर पुन: कहा, सबसे निवृत्त होकर आओ, मैं तुम्हारी प्रतीक्षा करूँगा।" उठे और चल दिए।

स्वस्थ होकर मैं नीचे आया, तो दान बापू आसन और मुद्राओं का स्वाध्याय कर रहे थे। मेरा स्वागत करते हुए कहा, "आइए-आइए नारायण! स्वाध्याय पूर्ण हो गया है। बैठिए सत्संग होगा।" मैंने आसनों के बारे में थोड़ा जानने की उत्सुकता बताई तो दान बापू ने कहा, "निसर्गोपचार अथवा योगापचार का दूसरा पायदान है—आसन और मुद्रा। आसनों के अभ्यास द्वारा शरीर के अवयवों को उत्तम रूप से प्रशिक्षित किया जाता है। इसके साथ-ही-साथ मन को भी स्वाधिकार में रखा जा सकता है। कोई हास्य प्रसंग देखकर हम हँस पड़ते हैं और करुण प्रसंग देखकर रोने भी लग

जाते हैं। उस समय विचार मस्तिष्क के भिन्न-भिन्न केंद्रों को क्रियाशील बना देते हैं और उसके द्वारा स्वाभाविक आरोग्य उत्पन्न होता है। समस्त अंतस्रावी ग्रंथियाँ झरने के समान बहने लगती हैं। आहार सत्त्वरता से पच जाता है। शरीर में स्फूर्ति और मन में प्रसन्नता प्रकट होती है।''

फिर समापन स्वर में आगे कहा, ''जो स्त्री-पुरुष काम-विकार से बहुत पीड़ित होते हैं, उनके लिए आसनों का अभ्यास विशेष रूप से आवश्यक है, क्योंकि इससे शरीर की व्याधि दब जाती है, यह उदर, वक्ष और कमर का उत्तम व्यायाम है। बहुत से रोग नष्ट हो जाते हैं, जैसे कि मंदाग्नि, मलावरोध, अजीर्ण, उदररोग, मधुप्रमेह, स्वप्न दोष और आमभेद नष्ट हो जाते हैं।'' फिर प्राणायाम के बारे में अभिप्राय बताते हुए कहा, ''वास्तव में तो प्राणायाम का महत्त्व आसनों की अपेक्षा अनेक गुना ज्यादा है। जितनी त्वरा से तन-मन की गंदगी प्राणायाम दूर करता है, उतनी त्वरा (त्वरित) से आसन दूर नहीं कर सकते हैं।''

''तो···तो, दान बापू आसनों के चक्कर में तो पड़ना ही नहीं चाहिए।'' मेरे शब्द सुनकर एक मंद स्मिति दान बापू के होठों पर आकर चली गई। फिर शांतचित्त से हँसकर कहा, ''नारायण! आसन कोई चक्कर नहीं 'तप' है। वास्तव में जीवन में उसका उपयोग है। प्राणायाम से रक्त शुद्धि बहुत जल्दी होती है, साथ-ही-साथ अंतरिंद्रियाँ और नाड़ियों की भी संशुद्धि हो जाती है। आसन 'रुधिराभिसरण' की गति बढ़ाते हैं और अंतरिंद्रियों की क्षतियों को दूर कर उनकी कार्यक्षमता को समृद्ध करते हैं। महर्षि पतंजलि ने योग को अष्टांग कहा है और उसका दूसरा अंग आसन है। यदि इस अंग को निकाल दें, तो यह योग अपरिपूर्ण और अपंग बन जाता है।''

इतना विवेचन कर दान बापू ने थोड़ी देर मौन धारण कर लिया और फिर बोले, ''आसन और प्राणायाम के निसर्गोपचार का महत्त्वपूर्ण पायदान है—'सद्विचार'! हम लोग जल में जिस प्रकार का रंग मिला देते हैं, जल उसी रंग का बन जाता है। ठीक वैसे ही अपने मन में जिस प्रकार के विचारों को संगृहीत करते हैं, वैसे आचार का जन्म होता है। विचारों के द्वारा स्वकल्याण और परकल्याण किए जा सकते हैं, ऐसे विचारों को 'सद्विचार' कहते हैं। सद्गुणों से हमारे अंदर अनेक दैवी गुण विकसित हो जाते हैं। सदाचारी स्त्री-पुरुष जिस समाज में होते हैं, वे समाज को प्रेरणा देते हैं, मन तो धर्मशाला जैसा है, जिसमें असंख्य विचारों का आवागमन होता रहता है। प्रत्येक विचार निर्बल अवस्था में होता है, तब वह आचारों को उत्पन्न नहीं कर सकता है और इसी कारण ये असंख्य विचार नष्ट हो जाते हैं, मलिन विचारों से मन

में मलिन विचार की संख्या बढ़ती जाती है। तंतुवाद्य के तारों को ज्यादा खींचने से वे टूट जाते हैं, ठीक उसी प्रकार कुविचारों में अधिक डूबे रहने से मुखमुद्रा कठोर बन जाती है। लावण्य भरे, मनोहर मुख को भी कुविचार संपूर्ण रूप से कुरूप बना देते हैं।'' फिर रुककर थोड़ी देर बाद पुनः बोले, ''साधक के लिए जो उपयोगी बात है, वह यह है 'ध्यान' और 'समाधि' तक पहुँचकर आत्मसाक्षात्कार के लिए विशेष आवश्यक बात है—निरुत्साह और निराशा को मन में टिकने नहीं देना और कुविचारों को बहुत पास नहीं आने देना।''

इतना कह दान बापू मौन हो गए। सद्विचारों का महत्त्व सुनकर मुझे लगा कि मेरे जीवन में परिवर्तन करने की कोई दैविकता प्राप्त हो गई है। कुविचार तो अज्ञान है, पाप है, अपराध है, ऐसा विचार करते-करते मैंने प्रश्न किया।

''दान बापू! मुझे लगता है कि सद्विचार अत्यंत वेगपूर्वक आते हैं। इस कारण से मन में अधिक समय तक टिक नहीं सकते होंगे अथवा सद्विचार अत्यंत बलवान् होने चाहिए, जिससे निर्बल मनुष्य उसे पकड़ नहीं सकता है।''

''एकदम। तुम्हारी बात सच है।'' दान बापू ने कहा।

''सद्विचार समान गति से आते हैं। सदाचारी व्यक्ति को ये सद्ग्रंथों और सद्पदार्थों में से प्राप्त होते हैं। दुराचारी व्यक्ति को अश्लील ग्रंथों और निष्फल पदार्थों में से कुविचारों की प्रेरणा मिलती रहती है। सामान्य स्त्री-पुरुषों को ग्रंथों और पदार्थों में से प्राप्त की हुई प्रेरणा अल्प आयुष्यवाली होती है, किंतु विशेष स्त्री-पुरुषों को ग्रंथों और पदार्थों में से प्राप्त प्रेरणा दीर्घ आयुष्यवाली होती है।''

खैर, दान बापू ने कहा, ''तुम्हें प्रातः विधि भी निपटानी है एवं रेवानंदजी के साथ बाहर निकलना है। यथायोग्य समय पर आगे चर्चा करेंगे, यद्यपि यह ज्ञान-साधना के मध्य तुम्हें स्वयं ही प्राप्त हो जाएगी।''

फिर दान बापू ने खड़े होकर कहा, ''अभी मेरा गौशाला का काम शेष है।'' पैरों में पादुका पहनकर वह चलते बने।

दान बापू के विशाल ज्ञान से मैं बहुत प्रभावित हो गया था। मुझे लगा यह स्थान तो एक विश्वविद्यालय है। माधवानंदजी प्रिंसिपल हैं, रेवानंदजी, विश्वंभर, दान बापू मानो प्रोफेसर हैं और इन सबका मैं एक वी.आई.पी. (महत्त्वपूर्ण) विद्यार्थी हूँ।

मेरा आध्यात्मिक प्रवास चल रहा है और मैं आगे बढ़ रहा हूँ, अतः मैं महसूस कर रहा हूँ। यद्यपि इस दरमियान मुझे सतत ऐसा लगता रहता है कि अभी बहुत-कुछ पाना शेष है। मंजिल अभी भी बहुत दूर है। बस, मुझे तो चलते रहना है। हाँ, चलते

ही रहना है, बिना थके, बिना ऊबे हुए श्रद्धा और विश्वास के आधार पर; परंतु मेरा पाथेय मुझे यहाँ सबकी ओर से मिलता 'निर्व्याज' प्रेम है। मुझे ईश्वर का साक्षात्कार हो या नहीं हो, मैं जीवन्मुक्त बनूँ या नहीं बनूँ, मेरे लिए तो यह निर्मल और निर्व्याज प्रेम ही ईश्वर के समान है।

मैं विचार करते-करते रसोईघर के सामने के चौक में आ गया, तभी छात्र अशोक ने सामने आकर कहा, "रेवानंदजी बापू ने कहा है कि यह ताजा गौमूत्र पान करने के बाद ही क्रमानुसार नित्य कर्म करना है और यह भी कहा है कि शांति से स्नान आदि से निवृत्त होकर शिव मंदिर में बैठना। आवश्यकता होने पर तुम्हें संदेश भेजा जाएगा।" यह कहकर वह चलता बना।

अशोक का दिया हुआ गौमूत्र का गिलास मैंने पी लिया।

समय अभी कुछ अधिक नहीं हुआ था। सूर्य अभी तो गिरनार पर्वत के शिखर पर आधा ही चढ़कर झाँक रहा था। गिरनार की परछाईं के कारण वातावरण में आह्लादक ठंड का वातावरण बना हुआ था। नदी के दोनों किनारे घने जामुन के वृक्षों पर रंग-बिरंगे पक्षियों का समवेत स्वर संगीतयुक्त कलरव कर्णप्रिय लग रहा था।

आह्लादक वातावरण का आनंद उठाता हुआ मैं गुफाओं की ओर पहुँचा। अन्नपूर्णा माताजी की गुफा में पुजारी गिरजाशंकर प्रातः आरती कर रहे थे। ब्रह्मानंद महाराज की समाधि के पास मैं थोड़ी देर बैठा। आँख बंद करके ध्यान करने का प्रयत्न किया, पर सफल नहीं हो सका। पेट में कुछ हलचल हो रही है, ऐसा लगा। गौमूत्र का प्रभाव हो रहा था।

शौचक्रिया से निवृत्त हुआ। गौमूत्र के कारण विशेष रूप से पेट अच्छी तरह साफ होने से शरीर और मन में स्फूर्ति और प्राकृतिक आनंद का अनुभव हो रहा था।

शौचादि कर्म से निपटकर ऊपर कमरे में आकर अगरबत्ती जलाकर ध्यान में बैठा। थोड़ी ही देर में ध्यान निमग्न हो गया। चंद्र जैसा शीतल प्रकाश चारों ओर फैल गया था। लग रहा था मानो मेरा शरीर नहीं है और मैं प्रकाश का ही बना हुआ हूँ। मेरा व्याप बढ़ रहा है और मानो प्रकाश के अखिल विश्व में मैं पिघल गया हूँ। विश्वव्यापी बन सर्वत्र छा गया हूँ।

बस! यह अवस्था कुछ ही क्षण रही, फिर अचानक प्रकाश मंद हो गया। ध्यानावस्था टूट गई और मेरी आँखें अचानक खुल गईं, तो सामने दरवाजे पर अशोक छात्र खड़ा था। उस पर मेरा ध्यान गया, यह जानकर वह बोला, "आप तैयार होकर आइए। रेवानंदजी बापू सामने किनारे पर साधना स्थल पर आपकी प्रतीक्षा कर रहे

हैं।'' इतना कह वह पीठ घुमाकर चलता बना।

साधना स्थल को देखा तो मैं बहुत ही ज्यादा प्रसन्न हो गया। स्थल को पुष्पों के कुंडों से अत्यंत सुशोभित ढंग से सजाया गया था। जमीन पर भी थोड़ी-थोड़ी मिट्‌टी और रेती को फैलाया गया था, जिसके कारण माटी की सुगंध फैल रही थी। सामने किनारे मंदिर के शिखर पर पवन से थिरकता लाल ध्वज और शिखर पर का सुनहरी कलश का घुम्मट भी चमक रहा था।

प्रसन्न वातावरण का आनंद लेता दान बापू और रेवानंदजी के सामने अहोभाव से देख रहा था। तभी मेरी प्रसन्नता को देखकर रेवानंदजी ने कहा, ''साधक के लिए साधना-स्थल के पर्यावरण का बड़ा महत्त्व है। जैसी जमीन, वैसा ही साधक पर प्रभाव। जमीन साधक के मनोबल पर प्रभाव डालती है। स्थान के इष्टदेव वास्तु प्रसन्न होकर आशीर्वाद प्रदान कर साधना में सहायक होते हैं।''

फिर मेरे पास आकर बोले, ''अभी तुम्हारी साधना को प्रारंभ होने में थोड़ी देर है। तुम्हें गायत्री का अनुष्ठान करना है। इसी के बीच हमें प्रतिदिन यहाँ आकर मंत्रोच्चार के साथ भूमि-पूजन और प्रार्थना करके वापस जाना है। दान बापू साथ में रहेंगे।''

फिर रेवानंदजी ने दान बापू की ओर दृष्टि डालते हुए कहा, ''आप अशोक के साथ एक थैली में बैटरी (Torch), मोमबत्ती, माचिस बॉक्स भेज दो। हम लोग यहीं से ही थोड़ी देर में अभी थोड़ा प्रवास करने जा रहे हैं।'' फिर मेरी ओर दृष्टि घुमाकर कहा, ''जैसा कि दान बापू ने तुमसे पहले कहा था, वैसे ही तुम्हारे नारायण को आज उपवास करना है। भोजन करने की कोई आवश्यकता नहीं है।''

रेवानंदजी की सूचना से मुझे विचार आया, ''बैटरी (Torch) तो ठीक, पर मोमबत्ती और माचिस की क्या आवश्यकता पड़नेवाली है।''

थोड़ी देर में अशोक के साथ मँगवाई गई वस्तुओं के साथ एक छोटी थैली में आ जाने के बाद हमने प्रयाण किया।

रेवानंदजी के साथ मैं धीरे-धीरे रेवताचल पर्वत की चढ़ाई चढ़ रहा था। वैसे अचानक प्रवास करने में अब मुझे कुछ नवीनता नहीं लगती थी। मुझे प्रवास में आनंद आता था, क्योंकि यह सब मात्र मेरे लिए ही किया जा रहा था। मेरी ऊर्ध्व गति के लिए, मेरी आत्मा के उद्धार के लिए, साथ-ही-साथ एक योगी के मोक्ष के लिए सहायता करने का सौभाग्य मुझे मिले, इस अर्थ से थी! ऐसा सहयोग, ऐसा प्रेम मुझे पूर्वजन्म के योगबल से ही तो मिल रहा था।

झाड़-झंखाड़ों को अलग करते हुए हम धीरे-धीरे चल रहे थे, तभी रेवानंदजी

मेरे कंधे पर हाथ रखकर सूचक स्वर में बोले, ''अपनी आत्मा के उद्धार का साधक का लक्ष्य तो अवश्य है, परंतु साथ-साथ अन्य साधक की आत्मा का उद्धार भी मेरे द्वारा, मेरी सहायता से हो, यह साधक का सद्विचार है, तुम्हें प्राप्त होती सहायता, प्रेम जिस प्रकार से तुम्हारे मन को अच्छा लगनेवाला है, वैसे ही तुम्हें भी इसकी प्रतीति अन्यों को करवानी चाहिए।'' मुझे प्रेम से समझाते हुए मेरे कंधे पर हाथ रख बोले, ''तुम्हारी उच्च कोटि पर पहुँची साधना एवं सिद्धि अन्य उच्च कोटि के महात्मा को उपयोगी होने की है। तुम्हें एक 'जीवन्मुक्त' योगी की सहायता करने का महान् यौगिक कार्य करना है। इसी हेतु से तुम्हारा आध्यात्मिक प्रशिक्षण हो रहा है, जिससे तुम ऐसे भगीरथ कार्य के लिए सक्षम बन सको।'' बाद में आगे दृढ स्वर में कहा, ''तुम ऐसे महान् बन सकोगे ही, इस विश्वास के आधार पर से ही तुम्हें चारों ओर से प्रेम और सहायता मिल रही है। पूर्वजन्म के योगबल से तुम इन पात्रों के साथ संलग्न हो। तुम, हमारे सबके समान ही सिद्ध योगी बन जाओगे, परंतु यह याद रखना कि अभी भी तुम्हारे गृहस्थाश्रम के उत्तरदायित्व शेष हैं। वे भी पूर्ण करने हैं। प्राप्त की गई समस्त शक्तियाँ तुममें गुप्त रूप से रहेंगी, परंतु एक बात है, सिद्धि प्राप्त होने के बाद एक सिद्ध और जीवन्मुक्त आत्मा को मोक्ष दिलाने हेतु तुम्हें तुम्हारी शुद्ध आत्मा को काम में लगाना पड़ेगा।''

रेवानंदजी का विधान सुनकर मैं असमंजस में आ गया, यह देखकर वे नजदीक आए और हाथ का स्पर्श कर खिलखिलाकर हँसकर बोले।

''सबकुछ समझ में आ जाएगा। चिंता करने का आवश्यकता नहीं है। विश्वंभर के समान ही 'मैं हूँ न!' ऐसे कर्म तो भाग्यशाली के प्रारब्ध में ही लिखे होते हैं। तुम भाग्यशाली हो, यह डंके की चोट के समान सत्य है, परंतु प्रत्येक बात का एक समय होता है, उस समय से पूर्व किया गया कार्य अंतिम लक्ष्य प्राप्त करने में बाधा रूप बनता है।'' आगे कहा, ''साधक को साधना पथ पर आगे बढ़ने के पूर्व उसके प्रारब्ध के अनुसार समस्त कर्म पूर्ण कर लेना चाहिए, तभी तो पुनः जन्म लेकर पंचमहाभूत के पिंजरे में बंद नहीं होना पड़ता है। इसलिए मोक्षार्थी को मातृ-ऋण, पितृ-ऋण, पत्नी-ऋण, मित्र-ऋण, देव-ऋण अथवा जो कोई भी ऋण उस पर चढ़ा हो, उससे मुक्त होना अनिवार्य है।'' आगे वे एक दीर्घ श्वास लेकर बोले, ''यदि ये ऋण शेष रह जाते हैं, तो मोक्षार्थी साधक भले ही जीवन्मुक्त बनने की कक्षा में पहुँच जाए, तो भी ऋणानुबंधन उसे पुनः जन्म द्वारा संसार में खींच लाते हैं।'' आगे उन्होंने कहा, ''इसके लिए 'स्वरूपानंद' जीवन्मुक्त योगी होना चाहिए, परंतु इसके बाद भी उसकी

मोक्ष गति नहीं हो सकती है अर्थात् उसकी निश्चित आयु पूर्ण होने के बाद उसे प्रकृति की अथवा गति के अनुसार, शायद एक से भी ज्यादा जन्म धारण करना पड़ेगा।"

इसके बाद रेवानंदजी ने मौन धारण कर लिया। शायद, मेरी जिज्ञासा को सतेज करने हेतु ही वे मौन हो गए हों और वास्तव में मुझे लगा कि यह स्वरूपानंद कौन है और जीवन्मुक्त कक्षा प्राप्त करने के बाद किस कारण उन्हें जन्म लेना पड़ेगा, ऐसा क्यों? कौन सा ऋण चुकाना उनका शेष है? मेरे साथ की गई बातों का इस विषय पर कोई अनुसंधान भी होना चाहिए। निरर्थक बातें तो रेवानंदजी के मुख से कभी निकलती ही नहीं हैं। मौन अवस्था में ही रेवानंदजी को आगे बढ़ते देखकर कोई भी प्रतिभाव नहीं दिखाई दिया। मैंने उनकी ओर प्रश्नार्थ दृष्टि से देखा, उसके साथ ही रेवानंदजी हँस पड़े।

बोले, "तुम्हारी जिज्ञासा मैं पहले से ही जानता था। कब तक धीरज रख सकते हो, यह मुझे देखना था।" आगे हँसते-हँसते उन्होंने कहा, "यदि बात को लंबा करें, तो वह बहुत ही लंबी है, परंतु संक्षेप में बताता हूँ। स्वरूपानंद के माता-पिता मूल रूप से हरिद्वार के निवासी थे। उनके दो पुत्र थे, परंतु पिता के छोटे भाई की पुत्री 'चंदा' लगभग उनके साथ ही रहती थी। पुत्रों में बड़ा स्वरूप था। स्वरूप के माता-पिता तथा काका धार्मिक वृत्ति के शुद्ध और पवित्र ब्राह्मण थे। अतः स्वाभाविक रूप से बड़ा स्वरूप और बहन चंदा शुरू-शुरू से ही आध्यात्मिक मनोबल वाले थे। संसार का कोई आकर्षण उन्हें प्रारंभ से ही नहीं था। भाई-बहन पढ़ने में होशियार थे, अतः कानून की पढ़ाई में प्रथम स्थान प्राप्त कर पुरस्कार भी प्राप्त किया था। स्वरूप होशियार और कुशल होने से उसकी प्रैक्टिस भी अच्छी चलती थी। हरिद्वार के ही एक अच्छे खानदानी परिवार की कन्या के साथ सगाई भी हो गई थी। साध्वी स्वरूप चंदा के प्रेम और स्वभाव के साथ आनंद मनाते भक्तिपूर्ण स्वरूप सब प्रकार से निर्लिप्त था। इसकी जानकारी किसी को भी नहीं थी।"

फिर गहरा श्वास लेकर रेवानंदजी ने कहा, "स्वरूप सांसारिक विषयों के प्रति उदासीन, निर्लेप और आध्यात्मिक हृदयवाला था, परंतु उसके छोटे भाई को उत्तरदायित्वों के प्रति बिलकुल भी ध्यान नहीं था। उस पर इसी कारण से एक बड़ी आफत आई। बिना अपराध के भी उसका छोटा भाई खून के एक केस में फँस गया।

स्वरूप ने खूब प्रयत्न किए, फिर भी उसके भाई को फाँसी की सजा से सुप्रीम कोर्ट में बचा नहीं सका। सब प्रयत्न निष्फल गए; स्वरूप के काका अर्थात् चंदा के पिता का बहुत समय पूर्व देहावसान हो गया था। अतः चंदा वकालत करने के बदले

गंगोत्तरी तीर्थ के पास सरयूप्रसादजी के आश्रम में रहकर उच्च साधना में प्रवृत्त हो गई थी। अत: स्वरूप अपने आपको एकाकी महसूस करता था। एकदम हताश होकर टूट गया था। निर्दोष भाई की मृत्यु का उसको बड़ा आघात लगा था।

"धीमे-धीमे संसार उसे असार लगने लगा। वैसे भी संसार उसे असार लगता ही था, उस पर यह एक घटना हो गई। इस कारण भी संसार से स्वाभाविक रूप से रस उड़ गया था। धीमे-धीमे वैराग्य बढ़ता गया। अधिक-से-अधिक ध्यान-भजन में समय का उपयोग करते। वकालत में उनका लक्ष्य एकदम कम हो गया था। तभी उसकी ऐसी स्थिति का ध्यान चंदा को आया और वह आकर उसकी देखभाल करने लगी। चंदा की सहायता और प्रेरणा से माता-पिता ने उसका विवाह करने का निश्चय किया। विवाह करने की उसकी इच्छा नहीं थी, परंतु माता-पिता की इच्छा से आशा देवी के साथ उसका विवाह हो गया। आशा देवी चंदा की मित्र थी।"

फिर थोड़ी देर के लिए अपने ही अंतर में उतर गए हों, ऐसा लगा और आँख बंद कर रेवानंदजी ने एक गहरा श्वास लिया। रुककर रेवानंदजी ने कहा, "परंतु अब तो स्वरूप के अंतर में तीव्र वैराग्य व्याप गया था और विवाह की प्रथम रात्रि को ही पत्नी को निद्रावस्था में छोड़कर वह घर से निकल पड़ा था। इस प्रकार से स्वरूपानंद वैराग्य के पथ को प्रिय मानकर उसी पथ पर चल पड़ा। प्रारंभ में गंगोत्तरी तीर्थ में सरयूदासजी के पास से दीक्षा लेकर प्रखर साधना की। उग्र तप कर उसने तैंतीस करोड़ गायत्री मंत्र के जाप गंगा नदी के पवित्र जल में खड़े रहकर किए। उग्र तप के द्वारा उसने अनेक सिद्धियाँ प्राप्त कीं, परंतु वह सिद्धियों के प्रलोभन में नहीं फँसा और अब वह स्पृहारहित जीवन्मुक्त बन गया था।"

इतना कहकर अब मुझे आगे विचार करने का अवसर देकर रेवानंदजी ने मौन धारण कर लिया। मुझे लग रहा था कि इतने पर ही बात पूरी नहीं होती थी, कुछ और भी शेष कहने को था। स्वरूपानंद वैराग्य प्राप्ति के बाद 'जीवन्मुक्त' भी बन गया। अत: अब तो कोई भी प्रश्न शेष नहीं रहता है। अत: बात यहीं रुक गई थी। मैं इस बात की थाह या अंत जानने का प्रयत्न कर रहा था। अनुसंधान (परिणाम) कोई मिलता नहीं था, परंतु मुझे लग रहा था कि इस बात के साथ मेरा कोई संबंध नहीं है। मुझे इस विषय में किसी प्रकार की भूमिका निभानी होगी, तो वह मेरे द्वारा ही क्यों ? हाँ! अभी मिलता प्रेम और सहयोग का ऋण क्या इस प्रकार से चुकाना होगा ?

इन सब प्रश्नों के बारे में मैं विचार करता हुआ रेवानंदजी के साथ चल रहा था। अब हम गहन जंगल और बिना रास्ते के मार्ग पर टेढ़े-मेढ़े चलते रेवताचल पर्वत

के शिखर पर पहुँच गए थे। सामने ही जोगणियो पर्वत बराबर समानांतर खड़ा था।

मैं प्राकृतिक सौंदर्य का आनंद उठा रहा था, तभी पानी के बहने की कलकल ध्वनि मेरे कानों में सुनाई दी। एक बड़े पत्थर के नीचे से पानी का झरना निकलकर आवाज करता हुआ नीचे की ओर बह रहा था।

मैंने आनंद से रेवानंदजी के सामने देखा, तो वे सहसा बोले, "प्रथम जलपान करो। फिर तुम्हारे मन में उत्पन्न समस्त प्रश्नों पर चर्चा कर समाधान पर पहुँचेंगे।"

जलपान कर हमने पर्वत की दूसरी ओर नीचे की ओर प्रयाण किया। दूर-दूर विलिंगडन डेम के आस-पास की पर्वतमालाएँ और दातार का पर्वत दिखाई दे रहा था। रेवानंदजी के साथ कदम-से-कदम मिलाते हुए चल रहा था, तभी मौन तोड़कर रेवानंदजी बोले, "हम लोग स्वरूपानंद के दर्शन के लिए और उनसे मिलने के लिए और तुम्हारे साथ उनकी भेंट कराने के हेतु से जा रहे हैं। यह स्थान अगोचर नहीं है, परंतु वहाँ पहुँचना कठिन तो है और हम लोगों को रास्ता बदलकर भैरवजप के पास से परिक्रमा के हेतु से प्रसार होना है। हम लोगों को अन्य लोगों से भी भेंट करनी है।"

स्वरूपानंद के साथ मेरी भेंट होनी है, यह जानकर मैं थोड़ा उत्तेजित हो गया। अचानक ऐसे महात्मा के दर्शन होंगे, यह जानकर भी मुझे बहुत आनंद आया, साथ-ही-साथ उसके जीवन के विषय में जानने की उत्सुकता ने भी मुझे आनंदित कर दिया। इसके प्रति प्रतिभाव जानने के लिए मैंने रेवानंदजी की ओर प्रत्युत्तर की अपेक्षा दृष्टि की तो वे हँसकर बोले, "सबकुछ तो तुम्हें संक्षेप में सुना ही दिया है और अधिक स्वरूपानंदजी स्वयं ही बताएँगे, क्योंकि उनके साथ तुम्हारे सात जन्मों के संबंध हैं, जो योगबल से तुम बाद में जान सकोगे, परंतु यह सब कार्य पूर्ण होने के बाद, परंतु अभी सब बातें तुम्हें गुप्त रखनी हैं। गुरुजी का आदेश प्राप्त होगा तथा तुम्हें लोक-कल्याण के हेतु से भविष्य में प्रकट करनी हैं।"

फिर हँसकर रेवानंदजी ने मेरा स्पर्श कर मूल बात पर आकर कहा, "स्वरूपानंदजी के विषय की सारी बातें बहुत लंबी है। मैं संक्षेप में ही कहूँगा, परंतु मेरी मुश्किल यह है कि उसे परिप्लावित कर सुख-दुःख का अनुभव करा सके, ऐसी प्रभावशाली अचूक तो नहीं होगी। मुझे स्वयं को तो इन बातों के प्रति 'सुख-दुःख' का कोई लगाव नहीं होता है।"

थोड़ी देर बाद मैंने रेवानंदजी से पूछा, "ऐसा है तो स्वरूपानंदजी के प्रति आपका यह लगाव किसलिए है? कोई भी लगाव आपको स्पर्श नहीं करता है, तो फिर उनके साथ के ऐसे व्यवहार का अनुबंध किसलिए हो रहा है।"

सुनकर वे खिलखिलाकर हँस दिए, ''तुम्हारा प्रश्न भी उचित और स्वाभाविक है।'' आगे वे बोले, ''पहला,'' एक उँगली से हथेली को छूकर रेवानंदजी बोले, ''लौकिक कारण तो यह है कि स्वरूप के साथ मैंने कॉलेज तक शिक्षण लिया था। अत: मैत्री के पवित्र प्रेम से तो मैं शुरू से उनके साथ बँधा हुआ हूँ और निर्मल एवं निर्व्याज प्रेम तो भगवान् का स्वरूप है। 'प्रेम' की अभिव्यक्ति और उसका आनंद लेने में कोई बंधन नहीं है। बंधन तो तब बनता है, जब प्रेम में 'मोह' मिल जाता है। मेरा समग्र और समग्र की ओर बहता प्रेम मोह से रहित है। स्वरूपानंदजी के मोक्ष प्राप्त करने के बीच आती अड़चनों को दूर करने का मेरा यह प्रयत्न मोहरहित प्रेम के कारण से ही हो रहा है।

''दूसरा, यह प्रयत्न जो मैं कर रहा हूँ, वह वास्तव में मैं नहीं कर रहा हूँ, परंतु मुझे मेरे अंदर से आदेश अथवा प्रेरणा मिलती है। उसके अनुसार है। यह आदेश शायद ईश्वरतुल्य मेरी आत्मा का हो या ईश्वर तुल्य गुरु का भी हो सकता है। आदेश समझकर सब कर्म मैं निर्लेप भाव से ही करता हूँ और इस प्रकार मैं स्वरूपानंदजी का कार्य करने को तत्पर हुआ हूँ।''

थोड़ा रुककर आगे चलते-चलते उन्होंने फिर कहा, ''पूर्वजन्म के अनुसंधान के कारण ही हम सब आपस में मिले हैं। स्वरूपानंद के साथ भी मेरे अनेक जन्मों के संबंध रहे हैं। तुम पर भी उनका ऋण है और उसी ऋण के कारण तुम्हें उनका कार्य करके उतारना है। उनका ऋण चुकाकर मुक्त होना, इतना ही आवश्यक है और वह भी तुम्हारे सद्‌भाग्य के रूप में।''

''परंतु मैं स्वरूपानंदजी को किस प्रकार की सहायता कर सकता हूँ, उनका ऋण चुका सकता हूँ?'' सुनकर रेवानंदजी ने कहा, ''तुम्हारे साथ, मेरे साथ, माधवानंदजी के साथ, विश्वंभर के साथ, सरयूप्रसादजी के साथ और स्वरूपानंदजी के साथ तुम्हारे अनेक जन्मों के संबंध हैं। स्वरूपानंद के साथ तुम्हारा कोई खास ऋणानुबंध नहीं, परंतु पूर्वजन्म के एक योगी-सहयोगी के साथ तुम्हें कर्तव्य निभाना है।''

''परंतु इसका कोई कारण?'' मैंने बीच में ही पूछ लिया, ''और किस कारण से इस काम के लिए मुझे ही चुना गया है?''

''कारण तुम्हारी जिज्ञासा।'' कहकर रेवानंदजी खिलखिलाकर हँस दिए, ''इस कार्य के द्वारा तुम्हें एक अद्‌भुत अनुभव होगा।'' कह उन्होंने मेरी ओर दृष्टि घुमाई। वे हँस रहे थे।

''किस प्रकार का अनुभव?'' मैंने पूछा।

"स्वरूपानंदजी की देह में तुम्हारी आत्मा का प्रवेश करवाना है और इस प्रकार की उनकी देह में प्रवेश कर उनके गृहस्थाश्रम के शेष बचे कार्यों को स्वरूपानंद के रूप में तुम्हें पूर्ण करना है।"

"ओह! असंभव। स्वरूपानंद में मेरी आत्मा को प्रवेश करवाने का और उसकी ही देह में, उसी के स्वरूप में मुझे उसके गृहस्थ जीवन के शेष सभी कार्यों को समेट लेना। यह सब किस प्रकार से मुझसे संभव हो सकेगा?"

"असंभव ही तो संभव बनता है।" मेरे कंधे पर हाथ रखकर रेवानंदजी ने प्रेम- पूर्वक कहा।

"साधना के द्वारा तुम्हारे अंदर यह सिद्धि आ जाएगी। तुम परकाया प्रवेश की सिद्धि प्राप्त कर स्वरूपानंदजी की देह में प्रवेश कर सकोगे।"

"तो फिर स्वरूपानंदजी की आत्मा कहाँ जाएगी, मेरी देह का क्या होगा?" मैंने बीच में पूछ लिया।

"तुम्हारी आत्मा स्वरूपानंदजी की देह में प्रवेश करेगी; ठीक उसी समय, उसी क्षण अपनी देह में से मुक्त होकर स्वरूपानंदजी की आत्मा तुम्हारी देह में प्रवेश कर जाएगी। निमिष मात्र में दोनों की आत्मा की अदला-बदला हो जाएगी। इस क्रिया के होने में किसी भी प्रकार की कोई अड़चन नहीं आएगी। सब कुछ सहज और सरलता से हो जाएगा और तुम स्वयं ही आसानी से यह सब कर सकोगे।" इतना कहकर वे बोलते-बोलते रुक गए।

"तो फिर मुझे यह साधना कब करनी है और मुझे मेरे गृहस्थाश्रम में रहकर कर्तव्य पूरे करके ऋण में से किस प्रकार मुक्त होना है? मुझे तो स्वरूपानंदजी की देह में प्रवेश कर कर्तव्य पूरे करना हो...तो...तो?"

"इसमें तुम्हें दुविधा में रहने की आवश्यकता नहीं है, यह तो एक रोमांचक खेल है। तुम्हें स्वरूपानंदजी के गृहस्थाश्रम के कठिन कार्य, उनकी देह के द्वारा पूर्ण करने हैं, परंतु इस हेतु का ज्ञान और क्षमता तुम्हारे अंदर आ जाएगी। कार्य पूर्ण होने के बाद तुम्हारी आत्मा पुनः तुम्हारी स्वस्थ देह में प्रवेश कर सकेगी और उसके बाद तुम तुम्हारी देह और आत्मा के साथ संसार का शेष कार्य पूरा कर सकोगे। बस थोड़े ही महीने का यह कार्य है।"

"बस! आनंद के साथ मेरी इस कार्य के लिए तैयारी तो है ही, परंतु यह काम यदि मैं इस प्रकार कर सकूँ तो!" मैंने अपने विचार रेवानंदजी के सामने रखे और कहा, "मैं पहले मेरे गृहस्थ जीवन के सब कार्य पूर्ण करूँ और फिर साधना द्वारा

इसकी क्षमता प्राप्त करूँ और फिर आत्माओं का आपकी योजना अनुसार आदान-प्रदान करके स्वरूपानंदजी का, उनकी देह द्वारा शेष काम करूँ तो, इसमें क्या कठिनाई है?"

"हाँ, कठिनाई है।" रेवानंदजी ने कहा। उनके स्वर में गंभीरता थी, वे धीमे स्वर में बोले, "स्वरूपानंदजी की निश्चित आयुष्य अब थोड़े समय में ही पूर्ण होनेवाली है। उनके देहावसान पूर्व ही ये शेष कार्य होना अति आवश्यक है। इसी कारण से प्रथम जल्दी-से-जल्दी तुम साधना द्वारा सिद्धि प्राप्त कर इस हेतु सक्षम बनो, यह आवश्यक है। उनका यदि देहावसान हो जाए, तो उनके देह में से समस्त पंचमहाभूतों के गुण भी तिरोहित हो जाएँगे, मात्र स्वरूपानंद जड़ स्वरूप पृथ्वी तत्त्व ही शेष रहेगा। अग्नि तत्त्व चला जाए, तो जल, वायु और आकाश तत्त्व भी चला जाएगा, तो रुधिराभिसरण बंद होते ही उनका हृदय कार्य करना बंद कर देगा। श्वांसोच्छ्वास तथा चयापचय की क्रिया भी बंद हो जाए। आकाश तत्त्व अदृश्य हो जाए, फिर ऐसी देह में अन्य आत्मा प्रवेश नहीं कर सकती है।" फिर मेरे सामने सहास्य देखकर बोले, "समझ आया न? स्वरूपानंद की आयुष्य पूर्ण होते उसकी आत्मा उसकी देह में से निकल जाते ही उसकी देह विकृत हो जाएगी। अतः तुम्हारी आत्मा कैसे उनकी देह में प्रवेश कर सकेगी, इस हेतु ही इस कार्य को प्रथम पूर्ण कर लेना है। स्वरूपानंद की देह में तुम्हारी आत्मा का प्रवेश होने के बाद क्या करना, उसका संपूर्ण मार्गदर्शन ज्ञान उपरांत 'ब्रह्मज्ञान' तुम्हें प्रदान किया जाएगा। कार्य पूर्ण होने के बाद दोनों आत्माएँ अपनी-अपनी देह में प्रवेश कर सकेंगी।" फिर मेरी ओर दृष्टि कर पुनः बोले, "विश्वंभर की तरह 'मैं हूँ न'। मेरे अलावा पूरणपुरी बापू और समस्त योगीवृंद, तुम्हें प्रेरणा प्रदान कर सहायता करेंगे।" इतना कहकर रेवानंदजी मौन हो गए।

हम ढलान उतरकर चल रहे थे। विलिंगडन डेम अब स्पष्ट रूप से दिखाई दे रहा था। हम लोग दाहिनी ओर से पर्वत को पार करके आगे बढ़े। मध्याह्न का समय पूर्ण कर सूर्य थोड़ा पश्चिम की ओर आगे बढ़ गया था।

रेवानंदजी मौन होकर मुझे रास्ता बताते हुए चल रहे थे। मैं भी सब बातों के विचारों में मग्न उनके साथ-ही-साथ आगे बढ़ रहा था। वैसे तो लगभग सभी प्रश्नों का समाधान हो गया था, परंतु स्वरूपानंद के गृह त्याग के बाद वहाँ की क्या स्थिति हुई, इस बात को रेवानंदजी ने पूर्ण नहीं किया। उसके प्रति एक जिज्ञासा थी, तभी वे बोले, "बीच में तुम्हारे प्रश्नों की और उसके प्रत्युत्तर की एक परंपरा शुरू हो गई, इस कारण बात पूर्ण नहीं हो सकी।" इतना कह रेवानंदजी बोले, "स्वरूपानंद के अचानक घर में से चले जाने से घर में एक तरह की करुणा छा गई। एक रात्रि भी

जो पति का सुख भोग नहीं सकी, ऐसी स्वरूपवान् पत्नी 'आशा देवी' महानिराशा के गर्त में चली गई।'' फिर कुछ हँसकर रेवानंदजी ने कहा, ''मैं ऊर्ध्वरेतस् ब्रह्मचारी हूँ। इससे आशा देवी के वियोग के दुःख का मैं वर्णन नहीं कर सकता हूँ, तो भी मुझे लगता है कि उनकी आँखों में बहती अश्रुधारा मानो गंगा बह रही थी। अचानक बिजली के गिरने जैसी बनी इस घटना के आघात से वे स्तब्ध बनकर रह गई थीं और फिर उनकी आँखों के अश्रु भी सूख गए थे। फिर भी सास और ससुर को सँभालने का निश्चय करके उसने जीने का दृढ संकल्प किया था।'' थोड़ी देर बाद वे पुनः वे बोले, ''स्वरूपानंद के माता-पिता दोनों पुत्र के वियोग के आघात को अधिक समय तक सहन नहीं कर सके और एक दिन रोते-रोते इस फानी दुनिया को छोड़कर चले गए।''

फिर एक दीर्घ श्वास लेकर बोले, ''प्राकृतिक संयोग के कारण उस समय मैं हरिद्वार में ही था। मैंने बहुत स्थानों पर स्वरूपानंदजी के बारे में पता लगवाया, उन्हें ढूँढ़ने का प्रयत्न किया, परंतु कुछ भी पता नहीं लग सका। बाद में पता चला कि वे सरयूदासजी की देखरेख में हिमालय की किसी गहरी और अज्ञात गिरि कंदरा में तप-साधना कर रहे हैं।

''आशा देवी के मातृ-पक्ष में कोई नहीं था। उत्तराधिकारी आशा देवी ही थी। अतः जीवन-निर्वाह कैसे होगा, इसका कोई प्रश्न ही नहीं था। स्वरूपानंदजी के पिता भी एक बड़ी हवेली और अच्छा-खासा धन छोड़ गए थे। जमीन, जायदाद और धन स्वरूपानंदजी भी छोड़ गए थे। इस कारण आर्थिक दृष्टि से कोई भी चिंता की बात नहीं थी, परंतु असह्य विरह-वेदना से पीड़ित वह स्वरूपानंद के पुनः लौट आने की प्रतीक्षा कर रही थी, जो आज दिन तक आशा देवी की आशा में कोई बदलाव नहीं आया है।

''मैं अपनी स्वयं बात पूरी करूँ, तो मेरे बचपन में ही माता-पिता स्वर्गवासी हो गए थे। सगे-संबंधी के स्नेह और सहयोग से श्राद्ध कर्म, पिंडदान आदि सहजता से हो गया। अकेला होने से भाग्यवश सरयूप्रसादजी जैसे साधुओं के संपर्क में आने के कारण भक्ति, वैराग्य मुझमें प्रबल होने लगे। पूर्वजन्म के संस्कार से मैंने दीक्षा ग्रहण कर हिमालय में साधना का प्रारंभ किया। मेरे लिए ऋण चुकाने का कोई भी प्रश्न नहीं था। मैंने मेरी अधिकांश साधना हिमालय में ही पूरी की। फिर सारे भारत भर में भ्रमण कर अनेक संतों, सिद्धों को मिलकर उनका सान्निध्य प्राप्त किया। फिर गुरु महाराज की आज्ञा से सौराष्ट्र में आकर साधना पूर्ण की।

इस बात को भी वर्षों बीत गए थे। इसलिए संसार की सारी बातें ही भूल गया, परंतु एक दिन गिरनार में ही स्वरूपानंद से भेंट गुरु दत्तात्रेय के शिखर पर हो गई।

उनके द्वारा ही मालूम पड़ा कि गिरनार के एकांत स्थान में रहकर वे ध्यान और समाधि में रहकर जीवन व्यतीत कर रहे हैं। इस बीच वे सिद्ध योगी और जीवन्मुक्त बन गए, परंतु!'' इतना कहकर रेवानंदजी थोड़ी देर मौन हो गए।

मुझसे पूछे बिना नहीं रहा गया, मैंने पूछा, ''परंतु!''

''परंतु विधि की विचित्रता यह है कि प्राकृतिक प्रेरणा या इच्छा से उसमें थोड़ा देहाभिमान आ गया। इससे उसमें अहंकार अर्थात् 'मैं' अहं की जागृति हो गई। प्रकृति की शायद ऐसी ही इच्छा होगी, परंतु उसके कारण उसके मन में अपनी त्यागी हुई पत्नी के प्रति एक करुणा भाव जागा। माता-पिता की चिंता हुई और इसका ज्ञान प्राप्त हुआ कि जब तक मुझ पर यह ऋण का बोझ है, तब तक जीवन्मुक्त होने के बाद भी मोक्ष प्राप्त नहीं होगा। स्वयं सिद्ध योगी होने के उपरांत मोक्ष प्राप्ति में अवरोध आनेवाला है। कर्म के सिद्धांत के अनुसार इस एक वास्तविक यथार्थ से वह चिंतित हो गए। स्थितप्रज्ञ होने के बाद भी यह बात उन्हें वर्तमान की स्थिति में चुभती रहती है। किसी भी प्रकार से इन ऋणों को उतारे बिना, सिद्ध योगी को भी यह भार उतारने के लिए पुनः जन्म लेना ही पड़ता है। माता-पिता को दुःख देकर पत्नी को कल्पांत पीड़ा में अकेली छोड़ देना, यह तो एक बड़ा पाप ही है। मनुष्य जन्म के साथ ही कर्तव्य रूप में प्राप्त कर्मों को करना ही चाहिए। चाहे वह इन्हें निर्मोह भाव से करे, परंतु उसकी अवगणना नहीं की जा सकती है।

''मैंने जब स्वरूपानंदजी की साधना-स्थली पर जाकर उनसे भेंट की, तब उन्होंने अपनी यह उलझन मेरे समक्ष रखी। योगानुयोग सरयूदासजी, पूरणपुरी बापू और विश्वंभर की वहीं उपस्थिति भी अचानक हो गई थी। सबकी उपस्थिति में अदला-बदली की प्रक्रिया के द्वारा अर्थात् स्वरूपानंदजी की देह में किसी अन्य तपस्वी साधक की आत्मा को प्रवेश करवाकर उसके द्वारा स्वरूपानंदजी की संतप्त पत्नी को संतोष एवं धीरज प्रदान करना और उसी प्रकार माता-पिता के श्राद्ध-पिंड आदि कार्यों को करवाकर इस प्रश्न का समाधान निकालना, ऐसा निश्चय किया गया। इसलिए तुम्हारा हम सबके साथ पूर्वजन्म से ही संलग्न होने से इस कार्य के लिए तुम्हें पसंद किया गया। अतः इसके बाद माधवानंदजी ने तुम्हें यहाँ आने के लिए प्रेरित किया। इसके पहले भी पूरणपुरी बापू ने इस बारे में तुम्हें निर्देश किया था और इसके लिए तैयार रहने की सूचना भी तुमको दी थी और उस समय दान बापू तुम्हारे साथ थे।''

''मुझे यह सब बराबर याद है कि दान बापू के साथ माधवानंदजी की सूचना और इच्छा से मैं कश्मीरी बापू के दर्शन हेतु गया। जहाँ वर्षों के बाद मुझे पूरणपुरी

बापू के दर्शन हुए और मुझे इस कार्य के लिए तैयार होकर प्रतीक्षा करने को कहा था और उस समय के मैं निकट हूँ, उसकी प्रतीति मुझे आज ही हुई।'' और इसके बाद हमारी बातें रुक गईं।

हम मौन-मूक होकर चल रहे थे। मैं स्वस्थ, शांत कठिन रास्ते पर चल रहा था। रेवानंदजी की कही हुई बातों के प्रभाव से मेरा मन मुक्त नहीं था। यद्यपि होनेवाले प्रयोग की मुझे कोई चिंता नहीं थी। सभी महात्माओं पर मेरी पूर्ण श्रद्धा भी और यह सब मेरी तीव्र जिज्ञासा के अनुरूप ही था।

परंतु बहुत से प्रश्न मेरे मन में घुमड़ रहे थे। मेरे मन में प्रश्न उठा कि 'स्वरूपानंद के लिए अपने 'ऋण को चुकाना' 'मोक्ष' के लिए अवरोधक हो रहा है, इसका ज्ञान उन्हें स्वयं है, तो फिर स्वयं पुनः गृहस्थाश्रम में प्रवेश कर अपने हाथों से इन कार्यों को क्यों नहीं निपटा रहे हैं? 'जब जागो तब सवेरा' समझकर स्वयं ही सब कार्य पूर्ण करना, यही उचित है। 'अन्य की आत्मा' और 'अपनी देह' इस प्रकार के झंझट में किसलिए पड़ना चाहिए?''

अतः प्रश्नार्थी की दृष्टि से मैंने रेवानंदजी के सामने देखा। दृष्टि मिलते ही रेवानंदजी जोर से हँस पड़े। मुझे समझ में आ गया कि वे मेरे विचारों को ही पढ़ रहे थे। हँसते-हँसते आगे कहा, ''बराबर, सत्य और मुद्दे का विचार है।'' फिर वे मौन धारण कर, फिर बोले, ''देखो। स्वरूपानंद की आत्मा निर्लेप और अत्यंत शुद्ध बन गई है। वह 'जीवन्मुक्त' कक्षा में पहुँची हुई, पवित्र और शुद्ध आत्मा है। उनका भौतिक शरीर नारियल के गोले के समान आत्मा से अलग हो गया है। वे ब्रह्मज्ञानी कक्षा की महान् आत्मा हैं। ऐसी महान् आत्मा पुनः गृहस्थाश्रम जैसे निम्न स्थान पर जाए, तो क्या ठीक होगा? शुद्धात्मा भी यदि गृहस्थाश्रम के प्रभाव में पुनः आए, तो वह भी माया में गिरकर कलंकित हुए बिना नहीं रहेगी। ऊर्ध्वरेतस् शुद्ध आत्मा को स्त्री के चित्रों की ओर दृष्टि भी नहीं करनी चाहिए, ऐसा शास्त्रों का विधान है।

लोकोपदेश के लिए भी जीवन्मुक्त आत्मा को इस नियम का पालन करना ही चाहिए। सामान्य लोग सिद्धों और संन्यासियों जैसे त्यागी पुरुषों का अनुकरण करते रहते हैं। उनके बुरे व्यवहार समाज पर उलटा प्रभाव डालकर समाज को गलत रास्ते की ओर ले जाते हैं। यह देखना भी नितांत आवश्यक है और शायद स्वरूपानंद की अधोगति भी हो, ऐसी संभावना है। अपनी स्वरूपवान् पत्नी के संसर्ग में उसे आना ही पड़ेगा, जो ऊर्ध्वरेतस् ब्रह्मचारी के लिए पतन का महाभयंकर परिबल (तत्त्व) है, साथ-ही-साथ उनकी पत्नी आशा देवी की अतृप्त वासना मुश्किल से सहन कर

नियंत्रण में रखे शरीर की भूख स्वरूपानंद को पतन के गर्त में धकेलने को मजबूर करे, यह भी स्वाभाविक है।

"यदि ऐसा हो जाए, तो स्वरूपानंद की अब तक की गई साधना और सिद्धियाँ एवं मोक्षद्वार में प्रवेश करने की समग्र प्रक्रिया धूल में मिल जाए और उनके नए कर्म खड़े होने से बारंबार जन्म-मरण के चक्कर में फँसना पड़े, वह अलग से!" वे आगे बोले, "अब कोई प्रश्न, कोई शंका?"

"अद्‌भुतानंदजी जैसे स्वरूपानंद भी सब कार्य पूर्ण कर पुनः ऊर्ध्व गति को नहीं पहुँच सकते हैं?" मैंने प्रश्न किया।

"हाँ। मैंने पहले स्पष्ट किया ही था कि अद्‌भुतादानंद की आयुष्य बहुत लंबी है, जबकि स्वरूपानंद की आयुष्य अब थोड़े ही महीने में पूर्ण होनेवाली है। इसके अलावा अद्‌भुतानंद ऊर्ध्वरेतस् ब्रह्मचारी के रूप में स्थिर थे, जबकि स्वरूपानंद के लिए ऊर्ध्वरेतस् ब्रह्मचारी के रूप में स्थिर रहना कठिन ही नहीं, असंभव है।"

"तो यह स्थिति मेरी भी तो हो सकती है।" मैंने आवेशयुक्त स्वर में पूछा, "मुझे भी तो परस्त्री स्पर्श दोष लग सकता है? यह दोष मेरी साधना को क्या नष्ट नहीं करेगा?"

"परमार्थ हेतु मोहरहित होकर किया हुआ कोई भी काम दोषरहित होता है। निर्लेप रूप से परमार्थ के लिए कार्य करने को तत्पर हुए तुम यह कार्य दूषित होने के उपरांत भी कर्म से बँधोगे नहीं। इस सत्य को समझ लो।" फिर थोड़ा रुककर कहा, "तुम इसे अच्छी तरह समझ लो, यह बात कि शरीर से आत्मा अलग है। तुम्हारी स्वरूपानंद की देह में प्रवेश की गई आत्मा तो तटस्थ रहकर मात्र उसकी देह को शक्ति-संचार देने का कार्य करेगी। निर्लेप रहकर सारी क्रिया-प्रक्रिया द्रष्टा भाव से देखती रहेगी, तुम्हारी आत्मा केवल साक्षी के रूप में शरीर के अंदर स्थिर होकर सबकुछ तटस्थ रूप से देखा करेगी। समस्त कार्य तो स्वरूपानंद की मन, बुद्धि और अहंकार नाम की सभी इंद्रियाँ करेंगी। जो इंद्रियाँ तुम्हारी नहीं, परंतु स्वरूपानंद की देह की ही होंगी! तुम इन समस्त इंद्रियों के कार्यकलाप से एक विशुद्ध आत्मा के रूप में निर्लेप और तटस्थ बनकर रहोगे। आत्मा का शरीर के साथ मायारहित होने के कारण कोई संबंध नहीं रहता है।

"और तुम स्वयं शरीर नहीं, आत्मा हो, इस ज्ञान की प्रतीति तो तुम्हें है ही। इंद्रियों की वासना के मोह से उत्पन्न हुए कर्म को सत्यरूपी तलवार से काटने में तुम समर्थ हो।

"उपरांत यह ज्ञान और उसका आत्मा से साक्षात्कार तुम्हें विश्वंभर द्वारा कराया जाएगा। गिरनार पर्वत एवं हिमालय स्थित समस्त संत और सूक्ष्म रूप से शुभ प्रेरणा, मदद और सहयोग प्रदान करेंगे, अतः तुम्हें चिंता करने की कोई आवश्यकता नहीं है।" फिर मेरी पीठ थपथपाकर कहा, "इसलिए, अर्जुन की तरह युद्ध के लिए तैयार हो जाओ। चढ़ाओ बाण और आगे बढ़ने को तैयार हो। यह कार्य तुम्हें आनंददायक खेल लगेगा।

"तुम्हारा आयुष्य अद्‌भुतानंदजी के समान बहुत लंबा है। तप-साधना करते-करते गृहस्थाश्रम में भी जीवन्मुक्त जैसे रहकर मोक्ष को प्राप्त करोगे। दृढ आत्मविश्वास रखो। अब यहाँ से लौटकर तुम अपने गृहस्थाश्रम में प्रवेश करके ज्ञान भाव में रहकर शेष जीवन जागतिक समाधि में रहकर पूर्ण कर सकोगे।"

इतना कहकर मेरे कंधे पर हाथ रखकर हँसते-हँसते मुझे आगे रास्ते पर ले चले।

मैं भी आनंदपूर्वक उनके साथ चलता रहा। अद्‌भुत और रोमांचक होनेवाले ऐसे अनुभवों के विचार से मैं रोमांचित हो गया था 'जो होगा, देखा जाएगा' उक्ति के अनुसार मन को मनाकर मैं शांति का अनुभव कर रहा था।

चलते-चलते दाईं ओर दृष्टि की तो नीचे की ओर विलिंगडन डेम एक छोटे गड्ढे जैसा दिखाई दे रहा था। तेजस्वी सूर्य और अधिक पश्चिम की ओर ढल गया था। संध्या होने में अब अधिक देर नहीं थी।

छोटे-बड़े पत्थरों को लाँघते, काँटों से बचते हम चल रहे थे। तभी मौन तोड़कर रेवानंदजी ने कहा, "बस, अब हमारा गंतव्य स्थान पास में ही आ गया है। दूर नीचे जो धुआँ जैसा दिख रहा है, वहीं स्वरूपानंदजी का साधना-स्थल स्थित है।"

रेवानंद के शब्दों को सुनकर मैं हर्ष से रोमांचित हो गया। जिस स्वरूपानंद की देह में मेरी आत्मा लौकिक रूप से कहूँ, तो मैं प्रवेश करनेवाला हूँ, उस महात्मा का मैं पहली बार दर्शन करनेवाला हूँ।

हर्ष से रोमांचित होकर, जानने की जिज्ञासा के साथ मैं रेवानंदजी के साथ कदम-से-कदम मिलाकर पुलकित हृदय से चल रहा था।

12

रेवानंदजी के साथ मैं स्वरूपानंदजी की तपोभूमि की ओर जा रहा था। भविष्य में मैं जो कार्य संपन्न करने वाला था, उसके विचारों से मेरा हृदय संतोष और

प्रसन्नता का अनुभव कर रहा था। मनुस्मृति के कथनानुसार, भय, शंका या लज्जा का अनुभव नहीं हो, ऐसे कर्मों को प्रयत्नपूर्वक करना चाहिए। कार्य पूर्ण करने के पहले ही मैं संतोष और प्रसन्नता का अनुभव कर रहा था। इसका अर्थ यह है कि यह कार्य संपूर्ण दोषरहित है।

मनुस्मृति के अनुसार, जितने भी प्रकार के दान हैं, उससे भी श्रेष्ठ दान 'आत्मदान' है। मैं स्वरूपानंदजी को मेरी आत्मा का दान प्रदान करने को तत्पर हो गया था, यह मेरे लिए संतोष और प्रसन्नता की बात थी। मैं मानता था कि किनारे पर आ पहुँचा स्वरूपानंदजी के जहाज को बचाना है, उसे सहारा देकर ऊपर उठाना है, उस काम में अवश्व मानवता थी, कर्तव्य था और यह कर्तव्य मुझे मेरी आत्मा को प्रदान कर निभाना था। इस विचार से मैं उत्तेजित था। तभी रेवानंदजी के खिलखिलाकर हँसने से मैं चौंक गया। फिर पुन: हँसकर, ताली बजाकर मेरे कंधे पर हाथ रखकर कहा, "बहुत ही सुंदर विचार।" फिर मर्म में हँसकर कहा, "परंतु, मुझे अपनी एक बात को अच्छी तरह से समझाओ, जबकि तुम स्वयं ही एक आत्मा हो, शरीर से भिन्न, ऐसी आत्मा, तो तुम आत्मा-आत्मा का दान किस प्रकार से कर सकते हो? मेरी आत्मा, ऐसा जब तुम कहते हो, तो क्या तुम अपनी आत्मा से भिन्न हो और तुम स्वयं शरीर हो, आत्मा को अपनी संपत्ति समझकर दान करने का संकल्प करते हो। यह तो एक विचित्रता है! आत्मा तो द्रष्टा है। वह स्वयं अपने आपको किस प्रकार से देख सकती है, किस प्रकार से स्वयं स्वयं को ही अन्य पदार्थों के समान दान में दे सकता है? मैं आत्मा का दान प्रदान करता हूँ, जबकि तुम आत्मा से भिन्न ऐसे शरीर हो। ऐसे देहाभिमान से तुम विचार कर रहे हो। तुम शरीर नहीं, तुम तो आत्मा हो, परंतु तुम स्वयं को अपनी आत्मा नहीं समझते हो, इससे ऐसा सिद्ध होता है।

"स्वरूपानंद की आत्मा और तुम्हारी आत्मा में कोई अंतर नहीं है। भूतमात्र की आत्मा एक ही है।" फिर थोड़ा रुककर बोले, "सामान्य व्यक्ति स्वयं अपने आपसे भिन्न पदार्थों का दान करता है। ठीक उसी प्रकार तुम आत्मा को अपने से अलग मानकर दान देने का अभिमान कर रहे हो। आत्मा से तुम भिन्न हो, तभी तुम अपनी आत्मा का दान कर सकते हो।"

"मैं हूँ और मैं ऐसा करूँ, यह सत्य नहीं है।"

"हुँ कर्ता हूँ का अभ्यास जो किया जाता है, तो वह सत्यस्वरूप नहीं, परंतु स्वयं देहादिक का द्रष्टा-साक्षी स्वरूप है, यही एकमात्र सत्य है।

"यह बात तुम्हारे सामने इसलिए की कि तुम स्वरूपानंद का कार्य करने को

उत्सुक हो, परंतु उसमें तुम पूर्ण रूप से तटस्थ नहीं बन सके हो। तुम अपनी आत्मा को 'पंचकोश' में से मुक्त नहीं कर सके हो। तुम आत्मा को 'पंचमहाभूत' से बना हुआ देह ही मान रहे हो।"

फिर थोड़ा रुककर रेवानंदजी मुझे स्पर्श कर प्रेमपूर्वक बोले, "देखो, तुम्हारे पास तप और ज्ञान है, परंतु तुमने जीवात्मा की अविद्याकल्पित माया की उपाधि को अपने सिर पर ओढ़ लिया है और इसी कारण स्वरूपानंद का कार्य करने के तुम सद्‌भागी बननेवाले हो और उसका आनंद अनुभव कर रहे हो। इस आनंद को क्षणिक ही समझकर उसे छोड़कर यदि परब्रह्म के स्वरूप में जोड़ने में आए, तो तभी परमशांति और शाश्वत आनंद प्राप्त होगा।"

इतना बोलकर रेवानंदजी ने मौन धारण कर लिया। रेवानंदजी चलते-चलते रुक गए, तो मैं भी रुक गया। वे नीचे दिखती खाड़ी की ओर गौर से देख रहे थे। मैंने भी नीचे की ओर देखा, तो चीलें घूम रही थीं और वहाँ के ऊँचे वृक्षों पर गिद्ध बैठे थे। दृश्य को देखकर मुझे जिज्ञासा हो रही थी।

तभी वे बोले, "तुमने बहुत बार पंचमहाभूत और कर्म के सिद्धांतों के बारे में जानने की इच्छा की है। यह मैं जानता हूँ, फिर भी इसके बारे में तुमको स्पष्टता से बता नहीं सका, तो आओ यह सब स्पष्ट स्वरूप में प्रत्यक्ष बताकर तुम्हारी इच्छा को संतोष प्रदान करने का प्रयत्न करता हूँ। इसके बाद हम छोटे रास्ते से स्वरूपानंद की साधना स्थल पर पहुँच जाएँगे।" कह वे मुझे आगे खाड़ी की ओर ले चले।

मुझे श्रद्धा थी कि रेवानंदजी कभी भी निरर्थक व्यायाम नहीं करते हैं। उनका प्रत्येक हेतु मेरी साधना को पुष्टि मिले, ऐसा ज्ञानवर्धक होता है। अतः मैं मौन रहकर उनके साथ चल रहा था।

तभी वे बोले, "व्यक्ति के पूर्वजन्म के कर्मों के अनुसंधान में 'माँ भगवती माया' व्यक्ति के पास से कैसे-कैसे काम करवाती है।" आश्चर्य और अहोभाव के साथ वे बोल रहे थे, "माया से परिप्लावित मनुष्य भौतिक सुख प्राप्त करने के लिए कैसी-कैसी उठा-पटक करता है। 'कर्म की गति न्यारी' उद्धव जैसे महाज्ञानी को भी कृष्ण के सामने ऐसे उद्‌गार निकालने पड़े थे।"

रेवानंदजी के साथ चलते-चलते पत्थरों और छोटी-मोटी झाड़ियों को पार करता, उनको सुनते हुए चल रहा था, तभी नाक में सड़े हुए मांस की भयंकर दुर्गंध आने लगी। मुझे अपनी नाक पर उपवस्त्र रखना पड़ा। मैंने देखा रेवानंदजी मेरे सामने देखकर मंद-मंद मुसकरा रहे थे। मेरे मन में उठते तमाम छिपे विचार रेवानंदजी जान

जाते हैं, अतः प्रश्न पूछे बिना ही उनके साथ चल रहा था। तभी मेरी दृष्टि एक गहरे गड्ढे पर पड़ी, जो पर्वत के शिखर पर से ठीक उसके नीचे सीधी रेखा में था। दृश्य देखकर मुझे कँपकँपी आ गई। उस गड्ढे में गाय, भैंस आदि जानवरों के आधे सड़े हाड़-पिंजर का ढेर पड़ा हुआ था। इन हाड़-पिंजर के अंदर और बाहर चिपके हुए मांस को गिद्ध नोच-नोचकर भक्षण कर रहे थे और ऊँचे उठती चीलें भी मांस के टुकड़ों को नोचकर पुनः सत्वर गति से ऊपर-नीचे चक्कर लगा रही थीं।

भयंकर दुर्गंध और दृश्य जुगुप्सा प्रेरक, घृणा पैदा करे, ऐसा था। मैं स्तब्ध होकर यह दृश्य देख रहा था।

तभी रेवानंदजी जोर से हँसकर मेरे कंधे पर हाथ रखकर बोले, "सबकुछ स्वाभाविक है। ब्रह्मा स्वयं ही ब्रह्म का आहार करता है। ये जो हड्डियाँ, मांस, आँतें, उसमें से निकलता मल दिखता है, यह सब पंचमहाभूत का ही तो बना है, जो ब्रह्मस्वरूप ही है। अखिल ब्रह्मांड में जो सजीव है या निर्जीव दिखाई देता है, वह ब्रह्म का ही स्वरूप है और जो नहीं दिखाई देता, वह सब भी ब्रह्म है।"

रेवानंदजी बोल रहे थे, तभी एक मजेदार दृश्य नजरों में आया। एक चील अपनी चोंच में जीवित सर्प को लेकर आकाश में उड़ रही थी और उसके पीछे-पीछे कितनी ही चीलें और कौओं के झुंड भयंकर रूप से चीखते हुए आवाज करते हुए उस चील का पीछा कर रहे थे और अवसर देखकर उस चील पर अपनी चोंच मार-मारकर पीड़ा पहुँचा रहे थे। इस मार से बचने हेतु, चील मुँह में सर्प लिये उड़ते-उड़ते असह्य त्रास और दुःख से बेचैन हो गई थी, अंत में उस चील ने अपने मुख में से सर्प को छोड़ दिया। और उसी क्षण एक दूसरी चील ने बीच में ही उस सर्प को पकड़ लिया, इसके साथ-ही-साथ वे सब चील और कौओं का झुंड उस सर्प को लेकर भागती चील के पीछे दौड़ पड़ा और वह पहलेवाली चील मुख में से साँप छोड़ने के बाद कष्ट से मुक्त होकर एक वृक्ष की डाल पर शांत होकर आराम से बैठ गई।

मैं इस दृश्य को बड़े कौतूहल के साथ देख रहा था, तभी रेवानंदजी ने कहा, "देखा! जीवन में भी इस चील के समान ही अविद्या कल्पित माया की उपाधियाँ हम ले लेते हैं, जिसके कारण महादुःख और अन्य लोगों की ईर्ष्या के भोग बनते हैं। जीवात्मा को ईर्ष्या में से पैदा हुआ क्रोध उस पर बार-बार अनेक प्रकार से उतारकर दुःख देती रहती है।"

फिर हँसकर रेवानंदजी बोले, "परंतु जो जीवात्मा माया में से उत्पन्न होती है, वह अविद्या कल्पित पदार्थों का त्याग करती है, तो वह उसे छोड़कर परब्रह्म के

स्वरूप से जुड़कर परम शांति प्राप्त करती है अर्थात् वह मोक्ष-सुख को पाती है।"

इतना कह रेवानंदजी मौन धारण कर मुझे आगे की ओर ले चले तो थोड़ी दूर चलने के बाद ही मुझे एक आश्चर्यजनक दृश्य दिखाई दिया। सामने ही एक बड़ी शिला को छूता एक डरावने मनुष्य का हाड़-पिंजर बैठी हुई स्थिति में पड़ा हुआ था। हाड़-पिंजर के आस-पास आधे सड़े हुए, गंदे और फटे हुए भगवा रंग के कपड़ों के चिथड़े पड़े हुए थे। ऐसा लगता था, इस मनुष्य की मृत्यु के बाद जंगली जानवरों ने उसकी देह का समूह भोज किया होगा और उसकी देह को चीथ डाल होगा और फिर कपड़ों को फाड़कर अंदर का मांस खाया होगा। सूख गए रक्त से भीगे वस्त्रों के चिथड़ों और दुर्गंधहीन हाड़-पिंजर पर से लगता था कि यह भयंकर घटना बहुत समय पूर्व घटित होनी चाहिए। भगवा रंग के कपड़ों से ऐसा लगता था कि यह किसी साधु का ही हाड़-पिंजर होना चाहिए। अब प्रश्न था कि क्या एक साधु की मौत ऐसी हो सकती है? मैंने रेवानंदजी की ओर दृष्टि घुमाई, तो वे मंद-मंद हँस रहे थे।

मेरे विचारों को जानते हुए रेवानंदजी मेरे पास आकर बोले, "यह हाड़-पिंजर एक साधु का ही है, इसमें कोई नवीनता नहीं है। वैसे भी गिरनार में ऐसे तो कितने ही साधु हैं, जो तप करते-करते मृत्यु को प्राप्त हो गए हैं।"

"तो क्या यह साधु भी तपस्या और साधना करते-करते ही मृत्यु को प्राप्त हुआ होगा?"

"नहीं, इस कथित साधु ने तो आत्महत्या कर मृत्यु पाई है। यह स्थान आत्महत्या करनेवालों की श्मशान भूमि है।"

मुझे आश्चर्य लगा कि सांसारिक मायाजाल छोड़ दी हो, ऐसे साधु को भी आत्महत्या करना पड़ती है? इसके पीछे अवश्य कोई कारण होगा।

मैंने रेवानंदजी की और दृष्टि की तो वे हँसकर बोले, "सांसारिक मायाजाल छोड़ दिया हो तो भी! भगवे कपड़े पहनकर दीक्षा ग्रहण करने से ही साधु नहीं बना जाता है। इस जन्म के कर्म द्वारा किए सब कर्म उसका पीछा करते हुए उसके पीछे लगे ही रहते हैं। पिछले अनेक जन्मों के संचित कर्म उसके साधु बनने के बाद भी उसे मोक्ष तक नहीं पहुँचने देते हैं। कर्मों के फल तो उसे भोगने के अलावा कोई छुटकारा नहीं है।" मैं कुछ आगे पूछना चाहता था, तभी रेवानंदजी बोले, "जिनका यह हाड़-पिंजर है, उन साधु के विषय में जानना चाहते हो न, किसी कारणवश अगर 'शैतान' साधु बन जाए, तो क्या होगा? उसके अंदर निहित वासना, शैतानियत प्रकट होने के बिना रह नहीं सकती है। इस साधु के बारे में ठीक वैसा ही हुआ।

''मैंने जैसे पूर्व में बताया कि मैं ऊर्ध्वरेतस् ब्रह्मचारी होने के कारण सांसारिकों की लंपटताओं का अच्छी प्रकार से वर्णन नहीं कर सकता हूँ। साधु और साधक के लिए खराब विचारों के विषय का वर्णन करना भी वर्ज्य है। सत्य हो तो भी साधु की टीका नहीं करना, वैसी गुरु परंपरा से आज्ञा है। मैं संक्षेप में कहता हूँ।

''ये कथित साधु एक प्रसिद्ध कॉलेज में अंग्रेजी विषय के प्रोफेसर थे। हिंदी विषय में भी उन्होंने पी-एच.डी. की डिग्री प्राप्त की थी। विद्वत्ता की दृष्टि से वे प्रसिद्ध थे, परंतु स्त्री लंपटता को लेकर वे विशेष रूप से बदनाम भी थे। ऊँचे कुल में जन्म लेने के बाद भी अशिक्षित और विशेषकर अपराधी मानस के असंस्कारी माता-पिता के पास से उन्हें अच्छे संस्कार नहीं मिले। परस्त्री गमन के विषय में वे पारंगत हो गए थे।

''एक समय जब वे रंगलीला में मशगूल थे, तभी किसी की शिकायत पर वे पुलिस के हाथों रँगे हाथ पकड़े गए। जेल की सजा भोगकर बाहर आने पर अपने पाप के भार से पूरी तरह से टूट गए थे। दूसरी ओर घर में भी आघातजनक स्थिति पैदा होने के कारण वे और अधिक टूट गए। उनकी पत्नी ने अपने बच्चों को बेसहारा छोड़कर इस दुःख और आघात के कारण अपनी जीवन डोरी को छोटा कर मौत को गले लगा लिया था, उनके किशोरवय के इकलौते पुत्र की कार दुर्घटना में अकाल-मृत्यु हो गई थी और पुत्री को कोई भगाकर ले गया था।

''जेल में से छूटे प्रोफेसर की पागल जैसी स्थिति हो गई थी। चिंता और बदनामी के कारण वे बीमार हो गए। कर्मों के परिणामस्वरूप उनके सारे शरीर पर कोढ़ जैसी गाँठें उभर गई थीं। मित्रों और रिश्तेदारों द्वारा तिरस्कृत होने के कारण वे इधर-उधर भटकते रहते थे। इस अवस्था में और अधिक बीमार हो गए और किसी ने उन्हें अस्पताल में भर्ती करवा दिया।

''संयोगवश जिस अस्पताल में वे भर्ती हुए, वहाँ एक साधु भी बीमारी के कारण भर्ती था। उसी अस्पताल में भर्ती उस साधु के गुरुजी अपने शिष्य के समाचार पूछने उस अस्पताल में आए। सौभाग्यवश उस सिद्ध साधु के दर्शन से प्रोफेसर की आत्मा जाग उठी और उसने गुरुजी के पाँव पकड़ लिये। जमीन पर सिर रगड़-रगड़कर इस दुःख से मुक्त होने के लिए रो-रोकर प्रार्थना करने लगा। जो भी सजा मुझे मिली है, मैं उसी के योग्य था, ऐसा कहकर उसने पुनः गुरुजी के चरणों में अपना सिर रख दिया। गुरुजी ने उसका पूर्ण इलाज करवाया। अच्छे होने पर उसे अपने आश्रम के स्थान पर रखा। प्रोफेसर भी वहाँ दिन-रात प्रभु का स्मरण करते, पूजा करते और फिर

गुरुजी ने उन्हें दीक्षा प्रदान कर साधु बनाया और उसको भगवा वस्त्र भी पहनाए।

"परंतु बंदर यदि बूढ़ा भी हो जाए, तो गुलाटी लगाना नहीं भूलता है, इस कथनानुसार उसकी मूलवृत्ति और प्रकृति शनैः-शनैः जाग्रत् होने से उसमें अभिवृद्धि होने लगी। अनेक जन्मों के एवं इस जन्म में भी प्राप्त उसके कुसंस्कार नष्ट नहीं हो सके थे। वे सब पुनः तामसी प्रकृति के रूप में प्रकट होने लगे। स्थान पर महादेव के दर्शन को आनेवाली एवं रास्ते पर से जाती हुई स्त्रियों की ओर वे विशेष रूप से ध्यान देने लगे।

"धीमे-धीमे उसकी वासना वेग पाने लगी। एक दिन एक महिला के पास खड़े होकर वीभत्स छेड़खानी करने लगा, उपस्थित अन्य दर्शनार्थियों को यह सब नजर आ गया और गुरुजी से बात की। गुरु तो क्षमाशील होता है। एक बार उन्हें समझाया और फिर पुनः ऐसा व्यवहार नहीं करने के बारे में कहकर क्षमा कर दिया। उसके बाद भी, उनमें किसी भी प्रकार का सुधार नहीं होने पर अन्य सेवकों ने उनकी अच्छी तरह से पिटाई की और उन्हें उस स्थान से निकाल दिया। फिर प्रोफेसर से साधु बना वह व्यक्ति अन्य स्थानों में आश्रय लेता रहा, भटकते साधु जैसा जीवन गुजारना, वह पुनः मन का और तन का स्वास्थ्य खो बैठा।

"वह विद्वान् तो था, अतः अपने कृत्यों के प्रति पूरा होशोहवास तो था ही, परंतु अपनी अनियंत्रित इंद्रियों को वश में करने में वह समर्थ नहीं हो सका। परिणामस्वरूप उसके अंदर साधु और शैतान का भीषण युद्ध होने लगा। कर्मों के नियमानुसार वह मन पर से नियंत्रण खो बैठा। बेचैनी और निराशा ने उसे घेर लिया था। परिणामस्वरूप वर्तमान जीवन पर उसमें वितृष्णा उत्पन्न होने से वह इस 'भैरवजप' से कूद गया और उसने आत्महत्या का एक और पाप कर दिया।"

फिर रेवानंदजी एक दीर्घ श्वास लेकर आगे बोले, "बस! इस प्रकार से उसका अंत हुआ। वर्षों पहले का यह हाड़-पिंजर उसका ही है।" कह रेवानंदजी मौन हो गए।

रेवानंदजी की बात पूर्ण हुई, तभी मेरी नजर एक बड़े पत्थर के नीचे पवन से हिलते, फटे हुए एवं जीर्ण कुरते जैसे भगवा रंग के कपड़े पर पड़ी। अधिकांश रूप से वह प्लास्टिक से ढका हुआ था। पत्थर को खिसकाकर मैंने एक कागज को जीर्ण हुई प्लास्टिक की थैली में से बाहर निकाला। वह फट गया था और गल गया था। वह फटी हुई एक पॉकेट डायरी थी। मैं सड़े हुए डायरी के पन्नों को देखने लगा और उसके अंदर क्या लिखा है, यह पढ़ने का प्रयत्न करने लगा, पर अक्षर पढ़े नहीं जा सके। उसकी स्याही उड़ गई थी, परंतु अंतिम पृष्ठ पर मात्र तीन अक्षरों को थोड़ा

स्पष्ट रूप से पढ़ा जा सकता था। दड़िया! और उसके थोड़े आगे प्रो. लिखा था। बीच के अक्षर उड़ गए थे। अंत के तीन अक्षरों को ही पढ़ा जा सकता था।

तभी मेरे मस्तिष्क में स्मरण-शक्ति से एक चमक उत्पन्न हुई। ऐसे ही एक प्रोफेसर थे। उनके उपनाम के अंतिम तीन शब्द इसी प्रकार के थे। तुरंत ही मुझे आगे के अक्षरों का अनुमान हो गया। मैं इस प्रोफेसर की पहचान बताना उचित नहीं समझता हूँ, क्योंकि इससे उनके स्नेहीजनों को आघात लगेगा, यह स्वाभाविक है।

प्रोफेसर के इस प्रकार के अंत से मैं खिन्न मन हो गया। इंद्रिय लालसा से कितना बुरा परिणाम प्राप्त होता है, यह मैंने प्रत्यक्ष रूप से देखा।

"इन सबका कारण अविद्या है।" रेवानंदजी ने कहा, "मनुष्य इंद्रियों और पंचमहाभूत से बने इस शरीर को पाँच-पाँच के समूह में बनी चौबीस तत्त्वों की अर्थात् देह को ही आत्मा समझता है। वास्तव में आत्मा तो स्थिर और शरीर से भिन्न स्वतंत्र और शरीररूपी रथ को चलानेवाली 'सारथी' अर्थात् 'चालक' है। मैं स्वयं ही आत्मा हूँ। वैसा आत्मज्ञान मनुष्य को नहीं होता है। इसी कारण वे सांसारिक सुख (मिथ्या जगत्) में फँस जाते हैं और जीवित अवस्था में ही नारकीय दुःख उठाते हैं।"

रेवानंदजी के विचारों में व्यस्त मैं उनके साथ-साथ चल रहा था कि तभी मेरे पाँव से कुछ टकराया। वह मनुष्य के हाड़-पिंजर से अलग हुआ एक हाथ का पंजा था। मैंने चारों ओर दृष्टि घुमाई, तो सब ओर मनुष्य के हाड़-पिंजर में से अलग हुए हाथ, पाँव और खोपड़ियाँ इधर-उधर बिखरे पड़े हुए थे। 'भैरवजप' के ऊपर से कूदकर आत्महत्या करनेवाले मनुष्यों की मृत देहों को खींचकर जंगली जानवर दूर-दूर ले जाकर यथेच्छ भोजन करते थे।

इस जुगुप्सापूर्ण दृश्य को देखकर मैं खिन्न हो गया। हवा में भी घुटन का अनुभव हो रहा था। मुझे लगा कि आत्महत्या करनेवालों की यह श्मशान भूमि नहीं है, परंतु अतृप्त वासनाओं और इच्छाओं की यह मरुभूमि है। मुझे लगा कि अतृप्त आत्माएँ यहाँ सूक्ष्म रूप में भटकती होंगी। इसी कारण घुटन और बेचैनी होती होगी। मुझे यहाँ से शीघ्रातिशीघ्र भाग जाने का मन हुआ।

वास्तव में मुझे इस स्थान का कोई भी अंदाज नहीं था, तभी मैंने देखा कि रेवानंदजी इधर-उधर पड़ी अस्थियों, हाथ, पाँव और खोपड़ियों को इकट्ठा कर एक स्थान पर रख रहे थे। उसके बाद उन्होंने प्रोफेसर के हाड़-पिंजर को अपने कंधे पर लाकर अस्थियों के ढेर पर रख दिया। मैं उनकी यह क्रिया मौन होकर देख रहा था। सब अस्थियाँ एक स्थान पर ढेर के रूप में इकट्ठी हो गईं, तब रेवानंदजी ने थोड़ी

देर के लिए अपनी आँखें बंद कीं, हाथ जोड़कर ढेर के पास खड़े रहे। रेवानंदजी मृतात्माओं के कल्याण के लिए प्रार्थना कर रहे थे। मैंने भी आँखें बंद करके प्रार्थना की। जब मैंने अपनी आँखें खोलीं, तो मुझे आश्चर्य हुआ कि हाड़-पिंजर में अग्नि प्रकट हो रही थी और थोड़ी ही देर में सभी हाड़-पिंजर धू-धू कर जल उठे। थोड़ी ही देर में समस्त हाड़-पिंजर जल जाने पर अब वहाँ मात्र राख का ढेर ही दिखाई दे रहा था। मुझे समझ में आ गया कि रेवानंदजी ने अपनी मंत्र शक्ति से अग्नि को प्रकट कर मृतात्माओं का अग्नि-संस्कार कर दिया था।

मैं इस राख के ढेर को देख रहा था, तभी रेवानंदजी ने मुझे आगे चलने का संकेत किया और बोले, "अभी हम 'भैरवजप' नाम से पहचाने जानेवाले गिरनार के एक शिखर के ठीक नीचे के भाग में हैं। रास्ता छोटा होने से मुझे इस रास्ते से ही निकलना योग्य लगा, विशेष रूप से तो मृतात्माओं के अग्नि-संस्कार करने के लिए। हम गिरनार की आधी परिक्रमा कर चुके हैं। गिरनार के पीछे के भाग में थोड़े ही अंतर पर स्वरूपानंदजी का स्थान है, वहाँ से होकर हम जीणा बाबा की मढ़ी के पास से निकलकर गंतव्य स्थान पर इसी रास्ते से पुनः जाएँगे।"

मैं रेवानंदजी के साथ कदम-से-कदम मिलाकर चलने लगा।

रेवानंदजी के संग मुझे थकावट नहीं लगती थी। उलटा हृदय में उमंग और उत्साह की वृद्धि हो गई है, ऐसा लगता है।

"बस! यही...यही... !"रेवानंदजी ने मौन तोड़कर कहा, "महामाया कुंडलिनी की तुम्हारे ऊपर कृपा हो रही है।"

सूर्य पश्चिम में काफी नीचे तक उतर गया था। वृक्षों की परछाइयाँ पूर्व की ओर लंबी हो गई थीं। मरुभूमि की घुटन भी अब दूर हो गई थी।

"अब अधिक दूर नहीं है।" रेवानंदजी ने कहा, "वहाँ हम लोगों को काफी समय देना पड़ेगा। रास्ते में महात्माओं के भी दर्शन होंगे, अतः वहाँ भी थोड़ा रुकना पड़ेगा।"

अब हम टेकरी और गिरनार पर्वत के बीच की खाई में आकर्षक रास्ता काटते हुए चल रहे थे। तभी वहाँ बंदरों के एक झुंड ने हमें घेर लिया। हुप...हुप कर वे हमसे चिपट गए।

ये बंदर भी गिरनार की एक विशिष्टता हैं। यात्रियों के साथ भी वे सहजता से हिल-मिल जाते हैं, यात्रीगण भी उन्हें बिस्किट, परमल, चने आदि खिलाकर प्रसन्न होते हैं। बंदर भी किसी का कोई नुकसान नहीं करते हैं। खाने की लालसा में वे

दौड़कर मनुष्यों के पास आ जाते हैं।

रेवानंदजी मेरे हाथ में से थैला लेकर उसमें से बिस्किट, केले आदि निकालकर बंदरों को खिलाने लगे। एक बंदर उनके कंधे पर बैठकर केले के छिलके निकालकर केला खाने लगा। मैं इस दृश्य को निहार रहा था।

तभी रेवानंदजी बोले, "प्राणी एवं जीवमात्र सच्चे हृदय के प्रेम को पहचान जाते हैं। निर्भय और प्रेममय हृदय तो सर्प जैसे भयंकर विषधर और आक्रामक सिंह को भी वश में कर सकता है।"

फिर सबकुछ बंदरों को खिलाकर रेवानंदजी ने हाथ झाड़कर अब कुछ भी नहीं है, ऐसा बंदरों को संकेत से बताया, मुझे आश्चर्य हुआ कि रेवानंदजी के संकेत को आज्ञा मानकर वे चले गए और पुनः वृक्षों पर चढ़ डालियों पर से कूदते-फाँदते दूर चले गए।

शिलाओं के बीच से मार्ग बनाते हुए हम चल रहे थे। पीछे दिखाई देती गिरनार की ऊँची चोटी पर नजर की, तो सीधे और ऊँची चढ़ाईवाले गहरे काले पत्थरों में काला डामर जैसा पदार्थ बहकर जगह-जगह जमा हुआ मुझे दिखाई दिया। यह क्या है, यह जानने के लिए कौतूहलवश मैंने रेवानंदजी की ओर दृष्टि घुमाई, तो वे प्रत्युत्तर में बोले, "यह बहाव जो तुम्हें दिखाई दे रहा है, इसे 'शिलाजित' कहते हैं। इस शिलाजित में उत्तम औषधीय गुण हैं। वैद्य लोग पुरुषत्व की दृष्टि से कमजोर पुरुष रोगी को इसका सेवन करवाते हैं। यद्यपि कमजोर न हो, वैसे कामांध पुरुष भी अधिक मैथुन सुख के लिए इसका सेवन करते हैं। विशेष रूप से शिलाजित आत्मबल और शारीरिक बल प्राप्त करवाती है, परंतु रतिसुख के लिए लंपट लोग,...खैर जाने दो इस बात को। यहाँ गिरनार पर्वत पर सपाट, चिकनी और ऊँची शिलाओं पर से बंदर ही उसे चाट जाते हैं।"

मैं जानता हूँ कि रेवानंदजी ऊर्ध्वरेतस् ब्रह्मचारी होने से ऐसी बातें तो नहीं करते हैं, फिर भी मजाक के मूड में मैंने कहा, "कदाचित् इसी कारण से यहाँ बंदरों की बस्ती अधिक संख्या में है।" सुनकर मेरी पीठ पर एक धौल मारकर रेवानंदजी हँस पड़े। बोले, "हाँ, इस क्षेत्र का वातावरण ही ऐसा है, यह सत्य है और इस बात का विश्वास दृढ करने के लिए सामने दूर दृष्टि कर देखो।"

मैंने दृष्टि कर देखा, तो रेवानंदजी जैसे ब्रह्मचारी की उपस्थिति में थोड़ा क्षोभ और संकोच हो, ऐसा दृश्य सामने था—हमारे सामने ही थोड़ी खुली झाड़ी में सिंह और सिंहण एक-दूसरे के मुख को चाटते हुए मैथुन सुख ले रहे थे। संकोच के साथ

मैंने रेवानंदजी के मुख की ओर देखा, तो उनका चेहरा हमेशा की तरह विचारविहीन, सपाट और निर्लेप था। मुझे लगा कि विश्व की कोई भी घटना रेवानंदजी के चेहरे पर उसका प्रतिभाव जगाने में समर्थ नहीं है। भूत-भविष्य की किसी भी बात की छाप कभी भी उनके चेहरे पर उभरती नहीं होगी, ऐसा मुझे लगा। प्रत्येक क्षण वे मात्र तटस्थता से साक्षी रूप से ही देखते हैं। किसी भी प्रकार के दृश्य की छाप उनके चेहरे पर अंकित नहीं हो सकती है।

मैं विचार कर रहा था, तभी रेवानंदजी ने मैथुनरत उस सिंह दंपती की ओर देखकर जोर से ताली बजाई। आवाज सुनकर सिंह दंपती चौंक गए। प्रथम तो सिंह ने विघ्न डालनेवाले के सामने विकराल दृष्टि से देखा। मुझे लगा कि अभी सिंह हम पर हमला करेगा। रेवानंदजी की चेष्टा का ऐसा परिणाम होगा, तभी रेवानंदजी ने अपना दायाँ हाथ ऊँचा करके सिंह की ओर देखकर हिलाया और मेरे आश्चर्य के बीच मानो लज्जित हो गया हो, वह सिंह एकदम शांत हो गया। गुस्से में ऊँची की हुई पूँछ नीची करके शांत भाव से वहीं खड़ा रहा और सिंहण तत्क्षण अत्यंत संकोच के साथ सत्वर गति से झाड़ियों में अदृश्य हो गई।

सिंह के विकराल स्वरूप को देखकर मुझे कोई डर नहीं लगा था, परंतु रेवानंदजी को देखकर सिंह दंपती ने अबोध प्राणी होने के उपरांत भी जिस मर्यादा का पालन किया था, उससे मुझे बहुत ही आश्चर्य हुआ था। शायद रेवानंदजी के ब्रह्मचर्य का प्रभाव उस पर पड़ा होगा। उनकी मौन-मूक भाषा प्राणी भी समझ सकते होंगे। सिद्ध योगियों के लिए कुछ भी असंभव नहीं होता है। इस कारण भी आश्चर्यचकित होना मेरे लिए प्रतिकूल था, परंतु मुझे इसके बाद के दृश्य ने आश्चर्य में डाल दिया था। थोड़ी देर नतमस्तक शांति से खड़े सिंह की ओर दोनों हाथ जोड़ रेवानंदजी जोर से 'ॐ नमो नारायण' बोले और प्रत्युत्तर में सिंह ने भी सामने से धीरे से गुर्राकर मानो 'ॐ नमो नारायण' का प्रत्युत्तर दिया।

मेरे लिए यह आश्चर्य की घड़ी थी, तभी मुझे अचानक याद आया कि नेपाली बापू की गुफा के दरवाजे पर आत्माराम नाम के सिंह स्वरूप सेवक साधु को इसी प्रकार से 'ॐ नमो नारायण' बोलकर विश्वंभर ने अभिवादन किया था। मन में प्रश्न उठा कि क्या यह आत्माराम तो नहीं, परंतु वह तो नेपाली बापू की सेवा से अलग होकर, यहाँ कैसे हो सकता है ?

"तुम्हारी मानसिक उलझन यथार्थ है।" रेवानंदजी ने कहा, "यह वही सेवक आत्माराम है। वह एकमात्र नेपाली बापू का सेवक ही नहीं, परंतु पवित्र गिरनार के

परिसर में रहकर तप-साधना करते तमाम सिद्धों का नम्र सेवक है। आवश्यकता होने पर चाहे जिस किसी सिद्ध-योगी की सेवा में क्षण भर में उपस्थित हो सकता है। उसे भी इनकी सेवा करने के कारण सभी प्रकार की सिद्धियाँ उपलब्ध हैं।''

फिर हँसकर रेवानंदजी ने कहा, ''वह सिद्धियों का यथेच्छ उपयोग कर सकता है, बंधन के बिना, क्योंकि वह सिद्धों का प्रिय पात्र है, सेवक है, उसके लिए कोई पाबंदी नहीं है।''

इतना कह रेवानंदजी मुक्त मन से हँस रहे थे। मुझे भी आनंद हुआ कि यह वही आत्माराम है, जिसने मनुष्य रूप में नेपाली बापू की आज्ञा होने पर मुझे और विश्वंभर को गांठिया और जलेबी का अल्पाहार कराया था। उस समय की घटना का दृश्य मेरे सामने होते ही मैंने उसके सामने दृष्टि कर जोर से 'ॐ नमो नारायण' बोलकर प्रणाम किया। प्रत्युत्तर में आत्माराम ने भी आशीर्वाद की मुद्रा में दाएँ पैर का पंजा गुर्राकर ऊँचा किया। इससे यह वही आत्माराम है, मुझे विश्वास हो गया।

परंतु अभी आत्माराम इसी स्थिति में यहाँ मिल जाएगा, ऐसी तो कल्पना भी मुझे नहीं थी। मैं प्रश्न पूछने जा ही रहा था, तभी रेवानंद मुझे रोककर शीघ्रता से बोले, ''सारी बातें मैं चलते-चलते बताऊँगा। धीरज··· ।'' फिर सिंह स्वरूप आत्माराम की ओर दृष्टि कर कहा, ''आत्माराम, तू निःसंकोच आनंद कर, परंतु इसके पहले जल्दी से आगे जाकर स्वरूपानंदजी को संदेश दे दे कि मैं अनंतानंद के साथ थोड़ी देर में आपसे भेंट करने आ रहा हूँ।''

और तुरंत ही आत्माराम रेवानंदजी की आज्ञा शिरोधार्य कर शीघ्रता से झाड़ियों में अदृश्य हो गया। तुरंत ही एक अन्य झाड़ी में से लजाते हुई वह सिंहण भी बाहर निकली और आत्माराम सिंह के पीछे दौड़कर उसी झाड़ी में अदृश्य हो गई।

रेवानंदजी के साथ आगे चलते-चलते मैं विचार कर रहा था कि आत्माराम चाहे जिस किसी भी प्राणी का रूप धारण कर सके, ऐसा सिद्ध योगी हो, तो वह ऊर्ध्वरेतस् ब्रह्मचारी कैसे हो सकता है? इस प्रकार मैथुन सुख भोगता है, उसे दोष भी तो लग सकता है। यह उसके लिए कर्म की दृष्टि से बंधकर्ता सिद्ध कर सके, ऐसी बात है। फिर भी सब सिद्धों के लिए तो वह मान्य और प्रिय सेवक है। इसका क्या कारण हो सकता है?

इस बारे में आत्माराम के जाने के बाद रेवानंदजी स्वयं ही स्पष्ट करनेवाले थे। अतः रेवानंदजी जवाब देंगे ही, यह मानकर मैं मौन बनकर उनके साथ-साथ चल रहा था। परंतु रेवानंदजी तो मौन धारण कर चले जा रहे थे और इस कारण मुझमें

अधीरता आती जा रही थी। अंत में मैंने इस बारे में उनसे पूछ ही लिया।

प्रत्युत्तर में रेवानंदजी बोले, "मुझे पता ही था, तुम्हें यह जानने की इच्छा होगी ही।" फिर हँसते-हँसते बोले, "मैं तुम्हारे धीरज की कसौटी कर रहा था।"

रेवानंदजी मेरी कसौटी कर रहे होंगे, उसकी मुझे पता नहीं था, मैं तो सुनने की उत्सुकता के साथ रेवानंदजी के सामने हँस रहा था।

"देखो!" प्रत्युत्तर देते हुए रेवानंदजी बोले, "आत्माराम के दो स्वरूप गिरनार परिसर में सिद्धों में मान्य रहे हैं। प्रथम तो आत्माराम स्वयं ही तपाभिभूत सिद्ध पुरुष है। साथ-ही-साथ सिंह योनि धारण करते हुए गृहस्थ भी है। दोनों योनियों के क्षेत्र अलग-अलग हैं। अत: क्रियाकलाप अर्थात् कर्म भी अलग-अलग हों, यह भी तो स्वाभाविक है!

"गत जन्मों के कर्मानुसार उन्हें सिंह योनि में भटकना आवश्यक है। कर्म की गति बड़ी न्यारी होती है। यह कथा मैं तुम्हें समयानुसार बताऊँगा। अभी मात्र बस इतनी ही बात जान लो कि गत जन्म का सिद्ध योगी आत्माराम सिंह योनि में पैदा होने के उपरांत उसकी जाग्रत् अवस्था और ईश्वर की कृपा से वह मनुष्य देह धारण कर सकता है। कर्म की गति के अनुसार उसे पशु देह प्राप्त हुई है, परंतु उसकी आत्मा जाग्रत् है, अत: वह उसकी पूर्व सिद्धियों का उपयोग कर मनुष्य देह धारण कर सकता है। मनुष्य देह में रहकर वह समस्त शास्त्रोक्त नियमों का पालन करता है। इस कारण मनुष्य देहवाली योनि में वह ऊर्ध्वरेतस् ब्रह्मचारी ही है, क्योंकि उस समय उसमें विवेक, बुद्धि होती है अर्थात् कर्म-अकर्म और विकर्म के बारे में उसे ज्ञान होता है। उसी संख्या में वह विवेक रूप लगाम रखकर ही सब कर्म करता है।

"मनुष्य योनि में अपने शरीर से अलग साक्षी रूप 'आत्मा' ही समझता है। सभी सिद्धों को भी आत्माराम के पूर्वजन्म का ज्ञान होने से वे सब उस पर कृपा बरसाकर उसके सेवारूपी प्रायश्चित् को स्वीकार करते हैं। इस कारण उसकी सारी सिद्धियाँ सिद्धों की कृपा-शक्तिपात से सहेजी हुई हैं।

फिर थोड़ा मौन धारण कर रेवानंदजी चलते-चलते बोले, "संक्षेप में, आत्माराम पूर्वजन्म का जाग्रत् सिद्धयोगी है और वर्तमान में वह मनुष्य देह के रूप में हो, तब मनुष्य की तरह और पशु योनि में हो, तब 'ईश्वरदत्त प्रेरणानुसार' कर्मों को करता है। वह दोनों योनि के कर्मों का बंधनकर्ता नहीं है।" इतना कहकर रेवानंदजी मौन हो गए।

मुझे रेवानंदजी के कथन में अभी कुछ शेष बचा है, ऐसा लगा तो मैंने प्रश्न किया, "पशु योनि में मैथुन जैसी क्रिया में उसे कोई बंधन क्यों नहीं है?"

''तुम्हारा यह प्रश्न स्वाभाविक है।'' शीघ्रता से जवाब देते हुए रेवानंदजी ने कहा, ''पशु योनि और मनुष्य योनि के दैहिक गुण-धर्मों में एक बात का अंतर है। आहार, निद्रा, भय और मैथुन के आवेग और क्रियाएँ दोनों में समान हैं, परंतु मनुष्य योनि में एक और अधिक विशेषता है और वह है 'धर्म' अर्थात् शास्त्रों द्वारा नियत किए गए नियमों का पालन करने की विवेक-बुद्धि, जिसके आधार पर वह अच्छा और खराब (श्रेय और प्रेय), सत्य-असत्य, नित्य-अनित्य, न्याय-अन्याय, हिंसा-अहिंसा, काम-क्रोध, लोभ-मोह-शोक आदि की उत्पत्ति और उनके शमन के उपायों और परिणामों के बारे में विवेक-बुद्धि से निर्णय करने की समर्थ बुद्धि रखता है। मनुष्यों में तर्कशक्ति और बुद्धि है और तदनुसार उसके कर्म उसे बंधनकर्ता बनाते हैं। कर्मों की स्वतंत्रता होने के कारण मनुष्य कर्मों के हेतु बंधन में पड़ता है।'' फिर थोड़ा हँसकर कहा, ''परंतु प्राणियों में आहार करने के बाद निद्रा लेना, स्वरक्षण के लिए भयभीत होना और देह-सुख के लिए मैथुन जैसी क्रिया करना आदि मात्र प्राकृतिक प्रेरणा ही होती है। ईश्वरप्रदत्त स्वभाव होता है। विवेक-बुद्धि का उपयोग करने की उसमें बुद्धि या सूझ-बूझ नहीं होती है। विवेकयुक्त कर्मों को करने में वह समर्थ नहीं होता है। इसलिए पशु कर्मों से बंधनकर्ता नहीं है।''

थोड़ी देर बाद वे पुनः बोले, ''इसलिए आत्माराम मैथुन जैसे बंधन का बंधनकर्ता नहीं बनता है। अनेक जन्मों का तप संचित हुआ हो तो भी पशु योनि में होने के बाद भी वह योगी ही है।''

फिर संक्षेप में बात को समाप्त करते हुए वे बोले, ''जैसे सिद्धयोगी सिंह, हिरण आदि पशु योनि धारण कर सकते हैं, वैसे ही पूर्वजन्म का महासिद्ध योगी कर्मानुसार पशुयोनि में गया हुआ हो, तो भी मनुष्य देह धारण कर सकता है। इसमें किसी भी बात की कोई शंका या संदेह नहीं है। हमारे पुराणों में ऋषि-मुनियों के ऐसे बहुत से दृष्टांत उपस्थित हैं। मनुष्य योनि में होने के उपरांत भी पशुयोनि धारण कर मादा के साथ मैथुन- सुख, यौवन-सुख भोगते हैं और यह सब मादा की पूर्व सम्मति से ही होता है।''

''कामेच्छा एक प्राकृतिक आवेग होता है। ऋषि-मुनिगण इस आवेग को इंद्रियजन्य समझ मात्र देहधर्म निभाते हुए स्वयं ही आत्मभाव द्रष्टा-साक्षी के रूप में रहकर यौन-सुख के आवेग, जो उनका देहधर्म है, उसका भी उनको पता है कि विवेकशून्य देह सुख का आवेग उनके लिए नरक का द्वार खोलनेवाला होता है।'' फिर थोड़ी विश्रांति लेकर कहा, ''समय के अभाव के कारण सारी बातें अभी कहना

उचित नहीं है। हमें अब शीघ्रता से पहुँचना जरूरी है।'' कहकर रेवानंदजी सत्वर गति से आगे-आगे चल रहे थे।

सूर्यास्त होने में अब अधिक देर नहीं थी। मैं अध्यात्म का प्रवासी हूँ, ऐसा विचार कर रहा था। मुझे लगा अध्यात्म पथ भी ऐसा ही तरल, जीवंत और प्रति क्षण विवेक भरा हो। इस मार्ग पर क्या साधना द्वारा ही जाया जा सकता है ? इस पथ को मुझे कैसे ढूँढ़ना है ? ऐसा विचार करते-करते एक नया प्रश्न मेरे मन में जाग्रत् हुआ। परमात्मा को प्राप्त किया जा सकता है ! एक छोटा-सा मानव परमात्मा को प्राप्त कर सकता है ?

यह सब सोच-विचार करते-करते मैं चल रहा था। तभी रेवानंदजी के शब्द मेरे कान में पड़े, ''निश्चित प्राप्त कर सकता है। परमात्मा को प्राप्त करने का पथ ढूँढ़ने की आवश्यकता ही क्या है? पथ तो तुम्हारे अंदर ही स्थित है।'' फिर वे खिलखिलाकर हँस पड़े और बोले, ''बगल में छोकरा और गाँव में ढिंढोरा' कहावत के अनुसार।'' वे मेरे कंधे पर हाथ रखकर मधुर स्वर में बोले, ''सभी बाह्य विचारों को फेंककर अंदर का विचार करो, अपने अंदर ही देखो। आर्त स्वर में परमात्मा को पुकारो। वह तुम्हें उत्तर देगा। 'मैं यहीं हूँ। तेरे ही स्वरूप में हूँ। मैं हूँ, वही तो तू है।'

''नदी और समुद्र का यह मिलन नहीं है, परंतु समुद्र में नदी का विलीनीकरण है। फिर तो नदी ही समुद्र बन जाती है, वैसे ही तीव्र अभीप्सावाला साधक नदी के समान परमात्मा में विलीन हो जाता है।''

फिर विषयांतर कर कहने लगे, ''मानव और परमात्मा के बीच एक व्यवधान अर्थात् अविद्यारूपी एक झीना परदा है। अविद्या मायारूपी परदे के दूर होते ही परमात्मा के साथ तुरंत मिलन हो जाता है।

''तुम जो चिंतन कर रहे हो, वह ठीक है। अंतर की अभीप्सा के महत्त्व को समझ सके हो। अतः अब और अधिक अंदर उतरो। अंदर से ही अंदर में निवास करती आत्मा को ढूँढ़ लो।'' फिर आगे कहा, ''तुम्हारे अंदर से ही अंदर में रहती आत्मा को पहचान लो। तुम्हारे अंदर 'मन' है और चंचल इंद्रियाँ भी हैं और तुम्हारा मन क्या-क्या विचार और कैसे-कैसे विचार करता है? वह तो तुम जान सकते हो। यह 'तुम' वही तो तुम्हारी आत्मा है। मन तो सूक्ष्म शरीर के साथ जुड़ी मात्र एक इंद्रिय है और तुम मन के द्रष्टा-साक्षी रूप 'आतमा' हो। मन ही माया खड़ी करता है, उसे नियंत्रण में रखकर मायारूपी परदे को चीर डालो, तुरंत ही आत्मा स्पष्ट हो जाएगी।''

फिर मेरे कंधे पर हाथ रखकर किसी रहस्य को खोल रहे हों, इस प्रकार हँसकर

बोले, ''आज प्रात:काल उठकर तुम्हें 'मैं कौन हूँ?' ऐसे प्रश्न वाले विचार आए थे, उसी का यह उत्तर है।''

सुनकर मैं चौंक पड़ा। वास्तव में आज बिस्तर से उठते हुए मुझे ऐसे ही विचार आए थे। तब थोड़ी देर के लिए मुझे जगाने के निमित्त से रेवानंदजी मेरे बिस्तार पर भी बैठे थे। उन सारी बातों के प्रत्युत्तर के रूप में रेवानंदजी ने यह विवेचन करके मुझे मार्गदर्शन प्रदान किया, यह बात अब मेरी समझ में आ गई।

सूर्यास्त अब एकदम सिर पर था। वातावरण आनंददायी बन गया था। मैं विचार करते-करते रेवानंदजी के साथ-साथ चल रहा था। तभी वे मौन तोड़ते हुए खड़े रहकर बोले, ''हम लोग गिरनार के अधिकांश भाग की परिक्रमा पूरी कर चुके हैं। स्वरूपानंदजी की साधना-भूमि अब मात्र थोड़ी ही दूर है। सूर्यास्त में अभी भी थोड़ी देर है, गिरनार पर्वत की एक और विशिष्टता तुम देखोगे, तो सार्थकता का अनुभव करोगे। दोनों ओर की टेकरियों के नीचे दृष्टि करो।''

बताई गई दिशा में मैंने दृष्टि घुमाई, तो घने जंगलों में से धुआँ निकलता दिखाई दिया। कुछ अपने आप जल गया हो, ऐसा धुआँ यह नहीं था, परंतु आवश्यकता के लिए लगाई गई अग्नि का यह धुआँ था। थोड़े-थोड़े अंतर पर अनेक स्थानों से धुएँ के बादल दृष्टिगोचर हो रहे थे। इस रहस्य को पाने के लिए मैंने प्रश्नार्थ दृष्टि से रेवानंदजी की ओर देखा, तो वे हँसकर बोले, ''गिरनार परिसर में बहुत से साधु-महात्मा वृक्षों के नीचे खुले में रहकर तप-साधना करते हैं। बस्तीवाले भाग से वे हमेशा दूर रहते हैं। अभी हमारे निकट ही दो महात्मा हैं। हम उनके दर्शन करेंगे।''

चलते-चलते मुझे बहुत वर्ष पूर्व गाँवों में कभी-कभी आते-जाते साधु-बाबाओं की याद आ गई। उस समय सारे शरीर पर भस्म लगाए चमकती आँखें और अलमस्त बाबाओं के प्रति बहुत कौतूहल होता था। ये सब गिरनारी बाबा हैं। ऐसा तब कहा जाता था। सच्चे-सिद्ध महात्मागण समाज से अलिप्त रहना ही पसंद करने लगे हैं। दिव्य तत्त्व के साथ तादात्म्य साधकर रहना यही एकमात्र उनकी सतत चलती प्रवृत्ति और प्रकृति होती है।

परंतु ऐसे सिद्ध तो नाममात्र ही हैं। समाज के अंदर रहकर उपदेश देकर लोगों का कल्याण करनेवाले संत भी हैं, जिसके आधार पर सुसंस्कृत समाज भारत में टिका हुआ है।

चल रहे रेवानंदजी की ओर मैंने दृष्टि घुमाई, तो उनके मुख पर दृढ मनोबल और विश्वास की आभा मुझे देखने को मिली। मुझे लगा कि रेवानंदजी स्वयं संस्कृति

को टिकाकर रखनेवाले आधार-स्तंभों में से ही एक स्तंभ हैं और ऐसे स्तंभ के दर्शन करनेवाला, मैं भी एक भाग्यशाली हूँ।

थोड़ा चलकर रेवानंदजी रुक गए और मुझे रास्ता बताते हुए नदी के पानी में होकर सामने के किनारे पर आ पहुँचे।

"चलो, आत्मस्वरूपजी का स्थान आ गया।" कहकर वे मुझे नदी के किनारे के ऊँचे स्थान पर स्थित जगह पर लग गए। चारों तरफ घने वृक्ष थे। ऊपर के भाग में वृक्षों के बीच बड़ी-बड़ी गहरे काले पत्थरों की शिलाएँ थीं, ऊपर-नीचे व्यवस्थित रूप से लगाई गई शिलाएँ मानो रहने के लिए ही लगाई गई हैं, ऐसा प्रतीत होता था। मानो साधुओं के लिए गुफा जैसा रहने का स्थान प्रकृति ने ही निर्माण किया हो।

मैं चकित सा रेवानंदजी के साथ शिलाओं के बीच चल रहा था, तभी एक बड़ी शिला के पिछले भाग में जाने पर मुझे अनोखा दृश्य देखने को मिला। एक बड़े घने वृक्ष के नीचे धूनी धधक रही थी। धूनी के सामने वटवृक्ष जैसा गौरवर्ण और सशक्त जटाधारी साधु बैठा था। उसके सारे शरीर पर और जटा में भी भस्म लगी हुई थी। भस्म से उसका सारा शरीर ढक गया था। मात्र दो आँखें चमक रही थीं। आँखें तेजस्वी और लाल-लाल थीं। पास में ही पीतल का एक कमंडल, कड़ीवाला लोहे का बड़ा चिमटा और धूनी के पास गड़ा हुआ त्रिशूल दिखाई दे रहा था। ओटले जैसे ऊँचे आसन पर महात्मा मृगचर्म पर तनकर बैठे थे। उनकी पीठ के पीछे आधार के लिए एक बड़ी शिला लगाई गई थी और उसके पीछे की बगल में गुफा को बताती कगार में बड़ा छेद था।

हमें देखकर योगी खड़े हो गए और मैंने आश्चर्य के साथ देखा—योगी और रेवानंदजी दोनों मानो एक-दूसरे से चिरपरिचित हों, 'ॐ नमो नारायण' कहकर गले मिले। समकक्ष मित्रों जैसे दो महान् सिद्धों का मिलन मैं देख रहा था। दोनों बिछे हुए मृग-चर्म पर साथ-साथ बैठे। मैंने धीरे से 'ॐ नमो नारायण' कहकर दंडवत् की मुद्रा में दोनों हाथ ऊँचे कर प्रणाम किया। योगी ने मेरे मस्तक पर हाथ रख मुझे उनके पास के आसन पर प्रेमपूर्वक बैठाया। उनके हाथ के स्पर्श होते ही मानो मैं किसी अनोखे आनंद सागर में डूब गया। मुझमें उत्साह और आत्मविश्वास बढ़ गया है, ऐसा मुझे लगा। मेरी लघुता-ग्रंथि तत्काल दूर हो गई। लगने लगा कि मैं भी एक महान् आत्मा हूँ। मैं सत्-चित्-आनंद स्वरूप हूँ और मुझमें अपार शक्ति है। मैं समर्थ हूँ।

मुझे समझ में आ गया कि इस अभय का कारण योगी के हाथ का स्पर्श ही है। इसके कारण ही मेरे अंदर इस प्रकार की शक्ति का संचार हुआ है। मेरे हीनभाव

तत्काल ही अदृश्य हो गए। मुझे लगने लगा कि अब मैं कोई भी कार्य करने के लिए समर्थ हो गया हूँ।

बाद में मुझे समझ में आया कि स्वरूपानंद के कार्य के लिए मेरे अंदर ऐसी समर्थता का आत्मभाव जाग्रत् होना बहुत आवश्यक था और मुझे समझ में आ गया कि यह कोई सामान्य साधु नहीं है, महासमर्थ योगिराज हैं। दोनों योगियों का मिलन मुझे दो पवित्र आत्माओं का ईश्वरीय मिलन लगा।

यद्यपि मुझे रेवानंदजी ने इन योगिराज का नाम बताया ही था, फिर भी परिचय देते हुए उन्होंने कहा, ''इस महात्मा के शरीर का नाम 'आत्मस्वरूपानंदजी' है। बहुत से आश्रमों में गुरुजी के पास हमने साथ-साथ वर्षों साधना की है।''

अब मेरे लिए जानने के लिए कुछ भी नवीन नहीं था। दोनों महात्मा मेरे विचारों और मनोभावों को पहले से ही जान जाते हैं। प्रश्न पूछने की आवश्यकता नहीं रहती है। उत्तर मिल जाता है।

रेवानंदजी ने महात्मा के शरीर के नाम का परिचय देकर पहचान करवाई। सुनकर आत्मस्वरूपानंदजी खिलखिलाकर हँसकर बोले, ''इस शरीर का भी कहाँ अब नाम शेष रहा है! मैं आत्मा-शरीर से तो अलग हो गया हूँ। शरीर पर भी अब मेरा कोई अधिकार नहीं रहा है। शरीर अपने धर्मों के अनुसार पाँच-पाँच के समूह के द्वारा काम चलाते हैं। शरीर के साथ मेरा कोई संबंध रहा ही नहीं हो तो फिर शरीर का भी मेरे साथ क्या संबंध रहेगा!'' कहकर वे आनंदित हो गए। फिर मेरे सामने दृष्टि करके बोले, ''आत्मा के आश्रय से देह-इंद्रियादिक अपनी-अपनी क्रियाएँ करते हैं। क्रियाएँ शरीर करता है, आत्मा नहीं। आकाश में बादलों से घिरा हुआ चंद्र दौड़ता हुआ लगता है। वास्तव में तो बादल दौड़ते हैं, फिर भी दृष्टि-भ्रम के कारण चंद्र दौड़ता हुआ लगता है। इसी प्रकार से आत्मा स्थिर है।''

फिर थोड़ी देर बाद बोले, ''अस्तु, यह सब आत्मज्ञान तो तुम्हें रेवानंद और विश्वंभर के पास से तो मिलेगा ही, तुम स्वयं भी ज्ञानी हो! साधना द्वारा इस ज्ञान का आत्मसात् होते ही तुम पुनः पूर्ण बन जाओगे।'' फिर मर्म में हँसकर बोले, ''अभी तो तुम कुछ भी नहीं जानते हो, परंतु हम सब एक ही जहाज में युगों से मित्रों की तरह से यात्रा कर रहे हैं और युगों के बाद पुनः एक स्थान पर इकट्ठे हो गए हैं।''

फिर रेवानंदजी की ओर दृष्टि कर कहा, ''अच्छा! तुम्हारे स्वागत के लिए क्या भेंट करूँ। तुम दोनों का आज उपवास है। अतः कुछ खाओगे तो नहीं, परंतु पूछना मेरा कर्तव्य है। कल विश्वंभर के पास से हम पुनः लौटेंगे, तब इस रास्ते से होकर

ही निकलना। तब रात्रि भोजन यहीं साथ मिलकर करेंगे।''

पुनः रेवानंदजी की ओर दृष्टि कर कहा, ''ठीक है न!'' उत्तर में रेवानंदजी ने मात्र आँखों के भाव से मूक सम्मति जताई। इसका अर्थ ऐसा हुआ कि कल विश्वंभर के पास हमारा जाना निश्चित है। ये दोनों यह जानते हैं। रात्रि भोजन का आयोजन भी दोनों ने मिलकर किया है।

परंतु कल विश्वंभर के पास जाने का क्या प्रयोजन है, यह जानने की मुझे उत्कंठा हुई। मेरी उलझन तो इस बारे में अधिक थी कि कल तो मुझे गायत्री मंत्र का जप प्रारंभ करना है, तो फिर विश्वंभर के पास जाने की योजना किसलिए, क्या रेवानंदजी स्वयं अकेले जानेवाले होंगे?

प्रश्न मेरे मन में घुमड़ रहा था, तभी रेवानंदजी हँसकर बोले, ''हम दोनों को साथ में ही विश्वंभर के पास जाना है और जप आदि तो सुबह साढ़ छह बजे तक में हो जाएँगे। उसके बाद ही हम इस स्थान से प्रस्थान करेंगे। रात्रि के समय तो हमें पुनः लौट आना है, इसलिए चिंतामुक्त हो जाओ।''

संबोधन पूर्ण होते ही एक बड़े जटाधारी ऊँचे और सशक्त साधु का वहाँ प्रवेश हुआ, उसे देखकर आत्मस्वरूपानंदजी बोले, ''यह लो, विश्वस्वरूपानंदजी स्नान करके आ गए हैं। अब हमारा बाटी-दूध के भोजन का प्रबंध हो जाएगा और आप दोनों के लिए पानी और दूध का।'' कहकर वे मंद-मंद हँस रहे थे।

उत्तर में विश्वस्वरूपानंदजी बोले, ''हाँ! अभी ही प्रबंध करनेवाला हूँ, मगर पहले शरीर पर भभूत तो लगा लूँ।'' कह धूनी में से राख लेकर शरीर पर मलने लगे।

मुझे लगता है भभूत यह पृथ्वीतत्त्व का वाचक है। पंचमहाभूत में पृथ्वीतत्त्व मुख्य है। अतः इस संदर्भ में पृथ्वीतत्त्व भभूत का अर्थ समझने जैसा है। माधवानंदजी ने इस संदर्भ में मुझे पूर्व में समझाया था। उसके अनुसार 'भू' पृथ्वी और 'भूत' तत्त्व अर्थात् पदार्थ ऐसा होता है। देह का अग्नि-संस्कार किया जाता है, तब देह भभूत अथवा भस्म हो जाती है और भस्म माटी अर्थात् पृथ्वी तत्त्व में पुनः मिल जाती है। इसीलिए देह को माटी का कहा जाता है। देह अंत में माटी है। क्षणभंगुर है। मृत्यु के बाद देह है, वह राख होकर अथवा दबने के बाद धूल होकर अथवा पशु के भक्षण के बाद मल रूप में माटी में मिल जाती है।

''यह भस्म माटी का प्रतीक होता है। देह पर लगाने से देह की क्षणभंगुरता का खयाल आता है। मन हमेशा मायारहित वैराग्य में डूबा रहता है। शिव शरीर पर भस्म लगाते हैं। श्मशान में मृतदेह की राख में सोते हैं, निवास करते हैं। इसके उपरांत''

'' थोड़ा रुककर माधवानंदजी ने कहा, ''भस्म लगाने के कुछ और भी फायदे हैं। भस्म लगाने से मच्छर आदि सूक्ष्म जीव-जंतु के त्रास से मुक्ति मिल जाती है। भस्म की गंध विशेष करके जीव-जंतु सहन नहीं कर सकते हैं। अत: उनके डर से, डसने के कष्ट से भी बच जाते हैं। भस्म ठंडी-गरमी के सामने भी रक्षण प्रदान करती है, कवच का काम करती है। प्राणी के शरीर के रोम जैसे प्राणी को ठंडी-गरमी से रक्षण देते हैं, ऐसा ही काम भस्म योगियों के लिए करती है।

''योगी नदी के किनारे के पहाड़ों के पार के घने जंगल में रहते हैं। उनकी संपत्ति में धूनी और भस्म ही होती है। भस्म के कारण वस्त्रों को पहनने और ओढ़ने के झंझट में उन्हें नहीं पड़ना पड़ता है। बिछाने के लिए मृगचर्म और बाटी-दूध जैसा सादा भोजन अथवा कंदमूल फल-फूल जो मिले, उसका भोजन कर संतोषपूर्वक रहकर साधना करते हैं। योगियों को इतनी सी वस्तुओं से मिलनेवाला सुख, जिसके सामने राजा-महाराजा सम्राटों के सम्राट् का सुख भी तुच्छ होता है।''

मैं विचार कर ही रहा था, तभी विश्वस्वरूपानंदजी की आवाज मुझे सुनाई दी, ''चलो, मैंने भभूत लगा ली, स्नान करने के बाद जब तक शरीर गीला होता है, तुरंत भस्म लगा लेनी चाहिए। अब सबको पानी पिलाकर हमारे लिए भोजन का प्रबंध करता हूँ।'' ऐसा कहकर धूनी की एक और गरम राख के ढेर से चिमटे द्वारा राख को ऊपर-नीचे कर गेहूँ के आटे से बनाई गई बड़ी गोल जैसी बाटी निकाली, यह 'बाटी' गरम राख में धीमे-धीमे सिंककर तैयार हो गई थी। माधवानंदजी ने कहा था, ''जंगल में साधु कच्चे आटे की कठोर बाटी को धूनी की गरम राख में दबाकर रखते हैं, जो संध्या तक राख की गरमी के कारण पक जाती है।

विश्वस्वरूपानंदजी ने गरमागरम बाटी स्वच्छ कपड़े में चिमटे से निकालकर एकत्र कर एक तरफ रख दी। फिर वृक्ष के बड़े पर्ण से बनाए गए दोने में हमें पानी पिलाकर नीचे बैठकर कहा, ''सूर्यास्त के पूर्व भोजन कर लेना चाहिए।'' फिर हमारी ओर घूमकर कहा, ''आप लोग तो भोजन करनेवाले नहीं हो। अत: आपके लिए शीघ्र दूध का प्रबंध करना पड़ेगा। माँ दूध देने अभी आएगी।'' कह वे मौन-शांत हो गए।

तभी मेरे कानों में हलकी-हलकी घुँघरुओं की मधुर झनकार सुनाई दी। मैंने उस दिशा में दृष्टि की, तो मैं आश्चर्य से दंग रह गया। उस दिशा से एक सुंदर और सफेद पुष्ट गाय अपने छोटे-छोटे सींग को हिलाती हुई आ रही थी। उसके पाँव के खुर सोने के थे। गरदन में सुवर्ण निर्मित घुँघरुओं की माला थी, मानो कोई पवित्र तेजस्वी प्रौढ़ स्त्री जल्दी-जल्दी चली आ रही हो। वैसे ही जल्दी से चलती गाय माता, थोड़ी दूर

आकर आराम से खड़ी थी और इसके साथ ही विश्वस्वरूपानंदजी, आत्मस्वरूपानंद एवं हम सब विनयपूर्वक खड़े हो गए और गाय माता को प्रणाम करने लगे।

"चलो, दूध के लिए हमारी माँ आ गई है।" विश्वरूपानंदजी ने कहा, "अब कोई चिंता नहीं।"

मैंने उनकी ओर दृष्टि करके देखा तो उनके हाथ में एक बड़ी तपेली थी, जो उन्होंने क्षण भर में कहाँ से निकाली, वह मैं उस क्षण विचार भी नहीं कर सका। विश्वस्वरूपानंदजी धीरे-धीरे गाय माता के पास तपेली लेकर गए। पुनः प्रणाम किया और तपेली को जमीन पर गाय माता के आँचल के नीचे रख दिया और स्वयं आँखें बंद करके ध्यानावस्था में खड़े रहे।

मुझे यहाँ बार-बार ऐसा अनुभव हुआ कि यहाँ आश्चर्य में जाना यह भी आश्चर्यवाली मूर्खता है। यहाँ कुछ भी असंभव नहीं है। फिर भी मेरी दृष्टि को आश्चर्यचकित कर देनेवाला दृश्य देखकर मैं चकित हो जाता था। गाय माता के चारों थन (आँचल) में से स्वयं दूध की धार निकली और तपेली में गिर रही थी। थोड़ी देर में तपेली दूध से भर गई।

भरी हुई तपेली लेकर विश्वस्वरूपजी ने पुनः प्रणाम किया, उसके साथ ही गाय माता घूमी और घुँघरू की झनकार करती सींगों को हिलाती शीघ्रता से, जिस दिशा से आई थी, उसी दिशा में अदृश्य हो गई।

विश्वस्वरूपानंदजी और आत्मस्वरूपानंदजी के आग्रह के वशीभूत होकर और साग के हरे पत्तों से बनाए गए दोने में दूध का पान कर तृप्ति का अनुभव किया। इसके बाद हम दोनों ने प्रणाम किया और आगे की ओर प्रस्थान किया।

❖

13

रास्ता चलते-चलते मैं इन दोनों महात्माओं के बारे में विचार कर रहा था। रेवानंदजी ने मुझे उनके दर्शन करवाए। इससे मैं उनकी ओर आदर से देख रहा था, तभी मौन तोड़कर रेवानंदजी बोले, "जिस महापुरुष को परमात्मा के प्रति परम भक्ति होती है, ऐसे संत-महात्मा के और विद्वानों के दर्शन से धर्म, अर्थ, काम और मोक्षरूपी अर्थ अथवा श्रुति के अर्थ अपने आप स्वयं ही समझ में आ जाते हैं। इस दृष्टि से इन दोनों के दर्शन तुमको प्राप्त हों, इस हेतु से ही मैं तुमको दर्शनार्थ यहाँ लाया था।"

इतना कहकर रेवानदजी मौन हो गए। चलते-चलते मैंने प्रश्न किया, ''रेवानंदजी महात्माओं के अन्य लक्षण कैसे जाने जा सकते हैं?''

''महात्माओं के चित्त की वृत्ति तीन प्रकार की होती है—(1) मैत्री, (2) मुदिता, (3) करुणा। वे मुमुक्षु पुरुषों के साथ मैत्री रखते हैं।

''सुखी पुरुषों को सुखी देखकर तो उनके प्रति आनंद की वृत्ति रखते हैं। दुःखी पुरुषों के प्रति दया रखते हैं। इससे महात्मा पुरुषों के लक्षणों को पहचान लेना चाहिए। अनेक जन्म में किए गए पुण्यों से ऐसे सत्पुरुषों का समागम होता है। उनके सहवास को देखकर उनके जैसे आचरण करने की प्रवृत्ति होती है। सत्त्व गुणों की वृद्धि होती है और इससे ज्ञान भी होता है। ज्ञान-प्राप्ति से अनंत सुख अर्थात् मोक्ष प्राप्त होता है।''

इसके बाद आगे वे बोले, ''ज्ञान की प्राप्ति से मोक्ष प्राप्त होता है और यह ज्ञान अर्थात् आत्मज्ञान! आत्मा यह शरीर नहीं है। उसका ज्ञान, देह नाम भी कल्पना मात्र है। देह तो पंचमहाभूत व पचीस तत्त्वों से बना है।''

फिर थोड़ा रुककर बोले, ''पंचमहाभूत की तरह इस देह को 'अन्नमय कोष' कहा जाता है। इससे भी आत्मा न्यारी है। ये कोष भी पाँच के समूह में शरीरस्थ हैं। देह अन्न से उत्पन्न होता है और बढ़ता है। वह कोए के समान एवं तलवार की म्यान के समान आत्मा का आवरण बनकर रहा है। इस कारण उसे कोष कहते हैं। पिता के खाए गए अन्न का परिणाम वीर्य है और माता के द्वारा खाए अन्न का परिणाम रुधिर है। रुधिर और वीर्य, दोनों गर्भाशय में इकट्ठा होने से गर्भ रहकर देह बनती है।

''पिता के वीर्य से हड्डियाँ, नाड़ियाँ और मज्जा बनते हैं और माता के रुधिर से खून, मांस और त्वचा बनती है। इस प्रकार अन्न से ही देह का निर्माण हुआ और अन्न से ही इस देह की वृद्धि होती है। बाल अवस्था में माता का दूध भी अन्न का ही परिणाम है। इस प्रकार देह अन्न के बिना टिक नहीं सकती है, जीवित नहीं रह सकती है। जब मरते है, तब भी अन्न रूप पृथ्वी में मिल जाता है। इसलिए अन्नमय कोष देह के साथ है और वह आत्मा से भिन्न है। इस कारण से ही मुमुक्षुओं को देह में ममता नहीं रखनी चाहिए।

''पंचमहाभूत तो जड़ देह में स्थित हैं। इसके अनुसार सूक्ष्म देह के पाँच और उसके उप प्रकार पाँच-पाँच मिलकर कुल पचीस तत्त्वों का यह बना हुआ है। अन्नमय कोष से शरीर का निर्माण होता है, परंतु उसका समावेश सूक्ष्म शरीर में हो सकता है।'' फिर आगे बोले, ''पाँच ज्ञानेंद्रिय, पाँच कर्मेंद्रियाँ, पाँच प्राण, मन और बुद्धि इन सत्तरह (17) तत्त्वों से मिलकर यह सूक्ष्म शरीर बना है, जिसे उपनिषद् में लिंग

शरीर कहा है, जो इंद्रियों से अगोचर है और इस कारण इसका नाम 'सूक्ष्म शरीर' है।'' इतना कह रेवानंदजी ने आगे कहा—

''हमें स्वरूपानंदजी के स्थान पर जाना है। अत: संक्षेप में आवश्यक बातें बताता हूँ, क्योंकि तुम्हारी आत्मा को धारण कर स्वरूपानंद को अपनी जड़ देह के साथ संलग्न, सूक्ष्म शरीर से ही हरिद्वार जाकर उनके शेष रह गए काम को पूर्ण करना है।''

''रेवानंदजी!'' मैंने बीच में ही प्रश्न पूछा, ''आपने स्थूल देह को 'अन्नमय कोष' कह उसे संलग्न कहा। वैसे ही सूक्ष्म देह भी कोष है; ऐसा कहा है। यह स्पष्ट हो जाए, ऐसी मेरी इच्छा है।''

प्रत्युत्तर में रेवानंदजी बोले, ''प्रथम, 'प्राणमय' कोष—पाँच कर्मेंद्रिय, पाँच प्राण मिलकर 'प्राणमय कोष' बनता है, ऐसा समझ लो। कुछ लोग ऐसा कहते हैं कि पाँच प्राण और पाँच उपप्राण मिलकर प्राणमय कोष बनता है। नाग, कूर्म, कुकल, देवदत्त और धनंजय ये पाँच उपप्राण हैं।'' फिर कुछ रुककर आगे कहा, ''नाग से डकार होता है। कूर्म से आँखों का बंद होना और खुलना होता है। कुकुल से छींक आती है। देवदत्त वायु से उबासी आती है, धनंजय से शरीर पुष्ट होता है। यह हुई प्राणमय कोष की बात।

''पाँच ज्ञानेंद्रियाँ और मन, ये छह मिलकर 'मनोमय कोष' कहलाता है, जिसके द्वारा मन में लोम-विलोम होता है। विचार आते और जाते हैं।

''तीसरा है 'विज्ञानमय कोष'—पाँच ज्ञानेंद्रिय और बुद्धि ये छह मिलकर 'विज्ञानमय कोष' कहलाते हैं।

''ऊपर बताए अनुसार तीन कोष सूक्ष्म देह के हैं। पहले बताए अनुसार स्थूल देह को 'अन्नमय कोष' कहा गया है। 'मनोमय कोष' के अंदर विज्ञानमय कोष है और विज्ञानमय कोष के अंदर आनंदमय कोष है।

''इस प्रकार से पाँच कोष की परंपरा यह गुफा है, जिसके अंदर आत्मा रहती है, जैसे कोए के अंदर का कीड़ा कोए से ढका हुआ है और उसके अंदर ही रहता है, वैसे ही 'आत्मा' भी पाँच कोष से आच्छादित है।'' उन्होंने कहा, ''वास्तविक रूप में आत्मा शुद्ध है, परंतु जिन-जिन कोष के साथ आत्मा का व्यवहार चलता है, उसी कोष रूप में आतमा दिखता है, जैसे कि मैं मनुष्य हूँ। मैं मोटा और मोटा नहीं हूँ, ऐसा भान अन्नमय कोष से प्रतीत होता है। मैं भूखा और प्यासा हूँ, ऐसा भाव प्राणमय कोष के कारण प्रतीत होता है। यह देह मेरी है, यह घर-बार, स्त्री, पुत्रादि मेरे हैं, मैं संसारी हूँ, ऐसा ज्ञान-भान 'मनोमय कोष' से प्रतीत होता है और मैं सुखी

हूँ, ऐसा आनंदमय कोष के कारण प्रतीत होता है।

"इस पंचकोष में मिथ्याधर्म जो आत्मा को होता है अर्थात् अविद्या के कारण आत्मा को यह 'कोष आवरण' के कारण प्रतीत होता है। यह आत्मा की भ्रमित अवस्था है। पंचकोष से आत्मा को विवेक एवं विचार कर अलग समझने से आत्मशुद्ध सच्चिदानंद रूप से जानने लगता है। कोष नाशवंत है, आत्मा अविनाशी है।

"सूक्ष्म देह के बारे में और उसकी अवस्था के बारे में बहुत कुछ कहना है, परंतु अब समय नहीं है। स्वरूपानंदजी का स्थान अब आ गया है।" कहकर मुझे साथ लेकर रेवानंदजी आगे चले जा रहे थे।

सूर्य पश्चिम आकाश की ओर सत्वर गति से दौड़ रहा था। रास्ते पर रेवानंदजी के साथ चलते-चलते चिंतन कर रहा था। विचार अटूट थे। तभी मेरे विचार अचानक ही रुक गए। सामने की टेकरी पर से हमें संबोधित करते शब्द आए। 'ॐ नमो नारायण'। मैंने दृष्टि की तो टेकरी पर पर्वत के समान खड़ा जटा और सारे शरीर पर भस्मार्चित हृष्ट-पुष्ट साधु मुझे दिखाई दिया। प्रत्युत्तर में हमने भी जोर से उस साधु को सुनाई दे, इस प्रकार से 'ॐ नमो नारायण' कहा।

"अच्छा! ॐ नमो नारायण—कल विश्वंभर द्वारा आयोजित उत्सव में मिलेंगे। आपको देर हो रही है।" कहकर वह साधु टेकरी के पीछे अदृश्य हो गया।

"पवित्र गिरनार परिसर के चारों ओर बहुत से महात्मागण तप-स्वाध्याय कर रहे हैं। इसी कारण से यह भूमि महापवित्र मानी जाती है।" कहकर रेवानंदजी मौन हो गए।

रेवानंदजी के साथ कदम मिलाकर चलते हुए मुझे दो बातों से उलझन हो रही थी। कल ही आयोजित महोत्सव में अचानक जाने का है और किस कारण यह आयोजन हुआ है, उसकी मुझे समझ नहीं थी। आश्चर्य की बात तो यह थी कि इस गिरनार परिसर में रहनेवाले सभी साधुओं को इसकी जानकारी थी। मानसिक संदेश द्वारा यह आमंत्रण मिल गया होगा, उसमें मुझे कोई शंका नहीं थी, परंतु रेवानंदजी को भी इसका पता है, फिर भी अब तक मुझे इस बारे में अवगत नहीं कराया। क्यों, किसलिए?

दूसरा स्वरूपानंदजी के साथ मेरी यह प्रथम भेंट कैसी होगी, हमारी दोनों की परस्पर की प्रतिक्रिया कैसी होगी? यह बात भी मुझे जिज्ञासा के रूप में परेशान कर रही थी। मुझे लगता था कि मेरे इन विचारों को जान रेवानंदजी की ओर से इसका प्रत्युत्तर मिलेगा ही, परंतु ऐसा कुछ भी नहीं हुआ। वे अपने निर्लेप और सपाट चेहरे के साथ सीधे और उत्साहपूर्वक चल रहे थे।

सूर्य पश्चिम की ओर टेकरी के पीछे समा जाने की तैयारी में ही था। धीरे-धीरे संध्या रानी का आगमन हो चुका था। सूर्य संध्या के सौंदर्य से लजाकर ऊर्ध्वरेतस् ब्रह्मचारी के समान टेकरी के पीछे कूदकर छुप गया और सद्यःस्नाता सुंदर स्त्री के शरीर में से स्फुरित सुगंध के समान संध्या रानी की छटा चारों ओर फैल रही थी। मन एवं अंतःकरण पुकार उठा, 'बस! यही सच्चा आनंद, यही बस सच्चा जीवन, ईर्ष्या, बैर, स्वार्थ से दूर संसार से बड़ा ऐसा आनंद कोई भाग्यशाली ही भोग सकता है।'

निशि-दिन ऐसा आनंद भोग रहे परिसर के सिद्धों के भाग्य की वंदना करता मैं रेवानंदजी के साथ चल रहा था, तभी वे मौन तोड़कर बोले, "बस, हमारा गंतव्य स्थान आ गया है। सामने नदी के किनारे की ओर की पूर्व दिशा में दो टेकरी के कटि बीच नदी का प्रवाह जहाँ प्रपात के रूप में गिर रहा है, उस प्रपात के पीछे पहाड़ी में स्वरूपानंदजी का साधना-स्थल छुपा हुआ है।"

चलते-चलते मैं थोड़ी उलझन का अनुभव कर रहा था। स्वरूपानंदजी की देह में प्रवेश कर मुझे उनका उत्तरदायित्व निभाना है। मुझे उनके पास से क्या-क्या जानना जरूरी है अथवा इस बारे में वे मुझे क्या बताएँगे? मैं इस बारे में कुछ भी नहीं जानता और समझता भी नहीं था, मुझे उनका कठिन काम निभाना है। अतः स्वरूपानंदजी के लिए मैं एक महत्त्वपूर्ण व्यक्ति था।

मैं एक सामान्य साधक और वे सिद्ध योगी। इसके बाद भी उनका उत्तरदायित्व निभाने के लिए मुझे उनके पूर्व सांसारिक जीवन में झाँकना आवश्यक है। उनके समग्र जीवन के बारे में जानकारी मेरे पास होना जरूरी है। उनके स्वर्गस्थ माता-पिता, पत्नी आशा देवी तथा उनके सब सगे-संबंधी, स्नेही-मित्र सबसे मैं अनजान हूँ। उनकी देह में आत्मास्वरूप में रहकर अनजान मैं उन सबके बीच किस प्रकार से कार्य को पूरा करूँगा?

मुझे स्वरूपानंदजी की देह में अपनी आत्मा को निरूपित कर उसकी भूमिका निभानी थी। आत्मा मेरी, परंतु देह तो स्वरूपानंदजी की। सभी मुझे स्वरूपानंद मानेंगे। उनके पूर्व संसार से अज्ञात। ऐसे मेरे पास सब पूर्वजन्म की बहुत-बहुत सी बातें करने के लिए प्रश्न भी पूछेंगे, तब मैं क्या उत्तर दे सकूँगा। यदि मैं उनको संतुष्ट नहीं कर सका, तो सब मेरी ओर शंका की दृष्टि से देखेंगे। शायद मुझे पागल या चित्त भ्रम हो गया, ऐसा समझेंगे और सब मेरा तिरस्कार करने लगेंगे तो मैं क्या करूँगा?

मैं मन में उलझन अनुभव करता रेवानंदजी के साथ नदी की भीगी हुई रेत में चल रहा था। तभी मेरे कान में उनके खिलखिलाकर हँसने की आवाज आई। मैंने

रेवानंदजी की ओर दृष्टि घुमाई तो वे नीचे झुककर हँसना रोक रहे थे। थोड़ी देर बाद मेरे कंधे पर हाथ रख हँसते-हँसते कहा, "ऐसा कुछ भी नहीं होनेवाला है, जिसकी परेशानी तुम अनुभव कर रहे हो। फिर अपना हाथ मेरे दूसरे कंधे पर रख मुझे एक हाथ से निकट लेकर प्रेमपूर्वक कहा, "तुम्हारी उलझन स्वाभाविक है और इसके अनुसार भी हो सकता है। यदि तुम पूर्ण साधनारहित हो। तुम्हारी आत्मा द्रष्टा-साक्षी नहीं बन सकी हो, तो तुम अपने शरीर में ही 'आत्मभाव' रख रहे हो, तभी तो तुम्हें ऐसी मुश्किलों का सामना करना पड़ेगा, परंतु उस समय तुम्हारे में संपूर्ण आत्मशक्ति और आत्मविश्वास जाग्रत् हो गया होगा। तुम जाग्रत् होगे और धारणा की हुई देह से अलग आत्मा स्वरूप द्रष्टा भाव होगा। अत: किसी भी संयोग में तुम सम्मानपूर्वक रह सकोगे। आत्मज्ञान के कारण तुम्हारे अंदर अटूट धैर्य और विश्वास विद्यमान होगा। तुम्हारे सजग होने के कारण कोई भी प्रतिकूल ताकत तुम्हें विचलित नहीं कर सकेगी, यह पहली बात है।"

फिर थोड़ा मौन धारण कर मेरा हाथ पकड़ थोड़ी दूर पर स्थित प्रपात की तरफ ले जाते हुए हँसते मुख से कहा, "तुम्हारी जाग्रत् आत्मा स्वरूपानंद की जड़ और सूक्ष्म देह में रहेगी। अत: पंच प्राण वायु और पंच कोष की शक्ति द्वारा स्वरूपानंदजी की देह की इंद्रियाँ स्वयं अपना कार्य करती रहेंगी। मूलाधार चक्र में निहित महामाया कुंडलिनी शक्ति के रूप में देह में होने से उसकी प्रेरणा-शक्ति से समस्त कार्य होता रहेगा। अत: स्वरूपानंदजी की पार्थिव और सूक्ष्म देह के पूर्व अनुभव भी उसमें स्मृति के रूप में होंगे।

"इस स्मृति के आधार पर तुम स्वरूपानंद के पूर्व जीवन, मित्रों, पत्नी, स्नेहियों के अलावा सब स्थान, जहाँ तुमने अर्थात् स्वरूपानंद ने पूर्व जीवन बिताया था, वह सबकुछ देह में संगृहीत होने के कारण स्मृति के द्वारा जान सकोगे। सबको पहचान सकोगे। इतना ही नहीं, परंतु देह धर्म के अनुसार तुम अर्थात् स्वरूपानंद भी देह के द्वारा स्वरूपानंद के स्वरूप में, स्वरूपानंद के तरीके से सबके साथ, सबको पहचानकर स्नेहपूर्ण व्यवहार कर सकोगे। कारण कि स्मृति भी तो संबंधित है। इस जड़ सूक्ष्म देह में समस्त कोषों, इंद्रियों के साथ स्वरूपानंद की देह में विद्यमान होगी!

"इस जड़ और सूक्ष्म देह का संचालन प्राण रूप में आत्मा ही करती है, जिसमें तुम आत्मास्वरूप में विद्यमान होंगे। तुम्हारी आत्मा 'स्वरूपानंद' की जड़ और सूक्ष्म देह के साथ संलग्न बनकर समस्त शक्ति पूरी कर स्वयं द्रष्टा और साक्षी बनकर रहोगे और दुनिया के समस्त कार्यों को स्वरूपानंद के रूप में कर सकोगे।

"अत: तुम्हारी उलझन स्वाभाविक होने के बाद भी गलत है।" फिर थोड़ा मौन धारण कर नीचे के किनारे की ओर मुझे ले जाते हुए पुन: बोले, "स्वरूपानंद की स्थूल देह में आत्मा तुम्हारी हो या स्वरूपानंद की, इससे कोई अंतर नहीं पड़ता है। 'जनरेटर के समान', जनरेटर को तुम कहीं भी रखो, बिजली पैदा कर अलग-अलग मशीनों को शक्ति प्रदान करने का कार्य भी कर सकता है।

"आत्मा, सभी की एकरूप है। उसमें कोई भेद नहीं है। सब अलग-अलग लगती आत्मा-सर्वात्मा परमब्रह्म-परमात्मा का ही तो अंश हैं। सब आत्मा सत्-चित्-आनंद परमात्मा से ही तो बनी हैं और वे एक परब्रह्म के साथ जुड़ी हैं। उसका ही यह एकमात्र स्वरूप है। महामाया कुंडलिनी चित्ति रूप में अलग-अलग देह में आत्मस्वरूप में रहकर अलग-अलग लगती एक ही सर्वसामान्य शक्ति है।

"इस प्रकार सर्वव्यापी और सर्वज्ञ आत्मा स्वरूपानंद की देह धारण कर स्वरूपानंद के स्वरूप में ही उसका समस्त उत्तरदायित्व, बिना संयोग, बिना अवरोध कर सकोगे। देह भाव के साथ साक्षी और द्रष्टा बनकर तुम स्वरूपानंदजी के रूप में सबकुछ भूलकर ऐक्य भाव धारण कर निर्धारित कर्म करने में समर्थ होगे। तुम्हारी आत्मा, स्वरूपानंद की देह के साथ जुड़कर जो देहभाव जाग्रत् होगा, वह भावों, स्मृति, लगाव आदि सबकुछ ही स्वरूपानंद का होगा अर्थात् तुम अपने आपको स्वरूपानंद ही मानने लगोगे?

"सबकुछ करने के उपरांत भी तुम्हारी आत्मा जाग्रत् होकर द्रष्टा-साक्षी के रूप में इंद्रियों द्वारा, जो स्वरूपानंद की होंगी, तटस्थ रहकर सब कार्य करोगे। तुम इन कर्मों के बंधन में भी नहीं पड़ोगे। स्वरूपानंद की देह के द्वारा तुम्हारी जाग्रत् और द्रष्टा आत्मशक्ति के द्वारा किए गए कर्मों से भी तुम मुक्त होगे।"

फिर मेरी ओर दृष्टि कर रेवानंदजी बोले, "संक्षेप में स्वरूपानपंद के जड़ और सूक्ष्मधारी सब कोष पंचमहाभूत, पंचप्राण आदि तैंतीस तत्त्व, जो सूक्ष्म देह के हैं, वे ही सब कार्य करेंगे। तुम्हारी आत्मा की शक्ति अर्थात् प्राण द्वारा संयुक्त रूप से सब कार्य होता रहेगा। जड़ और सूक्ष्म देह उसके आगे-पीछे के समस्त कार्यों से परिन्चित होगी और तुम्हारी शुद्ध आत्मा भी सर्वस्व होने से दोनों के सुमेल से तुम्हें कोई कठिनाई नहीं लगेगी।

"तुम्हारी अभी की उलझन देहभाव के कारण है। फिर साधना द्वारा आत्मज्ञान प्राप्त होने पर तुम्हारे लिए कुछ भी असंभव नहीं रहेगा। अत: स्वरूपानंद के पूर्व संसार के बारे में तो क्या, समग्र भूत, भविष्य और वर्तमान जानने में तुम समर्थ होगे।

''स्वरूपानंद की जड़ और सूक्ष्म देह में निहित मन, बुद्धि और अहंकार, स्मृतियों के साथ का अंत:करण तीव्र है। अत: प्राप्त परिस्थिति के अनुसार उसका कोई हल प्राप्त करने में वह सब अच्छी प्रकार से जानकर देह द्वारा स्वरूपानंद के रूप में तुम तुम्हारी आत्मा की शुभ भावना, विवेक शक्ति, सोने में सुगंध जैसे कार्य करेगी। फिर भी उस समय तुम्हारा देह भाव स्वरूपानंद के रूप में ही रहेगा और गुफा में रखी हुई तुम्हारी देह स्वरूपानंद की आत्मा धारण कर अनंतानंद के देहभाव में तब तक सुरक्षित रहेगी। कार्य पूर्ण होने के बाद साधना द्वारा यह सुरक्षित रखी रहेगी।

''स्वरूपानंद तथा विश्वंभर के पास से तुम्हें महामाया कुंडलिनी का ज्ञान प्राप्त होगा। तुम भी एक सफल मुनि तुल्य साधक बन जाओगे। अत: स्वरूपानंद की पत्नी को माता तुल्य देखकर उसे कपिल मुनि के समान 'कपिल गीता' का ज्ञान प्रदान कर अंत में मोक्ष रूप 'जीवन्मुक्त' की कक्षा में पहुँचाकर पुन: एक-दूसरे की आत्मा को अपनी देह में प्रवेश करा सकोगे। इसमें किसी प्रकार की शंका मत रखना।

''अब तुम्हें स्वरूपानंद के पास से कुछ भी जानकारी लेने की आवश्यकता नहीं है। वे स्वयं जो जानकारी और ज्ञान दें, वही ठीक, उनके दर्शन अब पर्याप्त मानो। चर्चा करो, तों इसे लंबा मत करना। तुम्हें सुबह जल्दी गायत्री के जप प्रारंभ करने हैं। जल्दी जगह पर पहुँचना आवश्यक है।'' कहकर वे प्रपात की ओर आगे बढ़ गए।

अब मुझे कुछ भी पूछना नहीं था। सर्वस्वरूप आत्मा और सूक्ष्म तथा जड़ देह की इंद्रियों के सुभग-समन्वय से सब कार्य सिद्ध होता है। उसमें भी अब मुझे कोई शंका, भय नहीं रहा था। पात्र आत्मा के फेरबदल के बारे में जिज्ञासा थी, परंतु वह भी साधना के बाद की बात थी। अब तक जैसा सबकुछ होता रहा था, होता आ रहा है, वैसे ही समय आने पर हो जाएगा। ऐसा हृदय में विश्वास कर मैं रेवानंदजी के साथ आगे बढ़ गया।

हमें ऊपर से गिरते प्रपात के पीछे के भाग में जाना था। किनारे पर चढ़कर थोड़ा घूमकर पुन: नदी में प्रवेश किया, तो देखा उस प्रपात के पीछे के हिस्से में गुफा जैसी एक बड़ी खोखली जगह थी और उससे लगभग दस फीट दूर प्रपात की धारा गिर रही थी। प्रपात की आड़ के कारण उस खोखली जगह को देखा नहीं जान सकता था।

यह खोखली जगह थोड़ी ऊँची थी और सहजता से वहाँ जाया जा सके, ऐसा संभव था। प्रपात के लगभग पिछले भाग में थोड़ी दूर खड्डे में गहरे पानी का पाट देखा जा सकता था। ऊपर कगार पर से प्रपात गिर रहा था, जो इस पाट में आवाज के साथ गिर रहा था।

धीरे-धीरे हम खोह जैसी खाली जगह पर पहुँचे, तो मेरी दृष्टि को राजमार्ग जैसा तहखाना दिखाई दिया। वहाँ सहजता से प्रवेश किया जा सके, इतनी चौड़ाई थी। प्रपात आड़ के कारण चंद्र का प्रकाश अंदर नहीं पहुँचने के कारण घोर अंधकार था। मैंने बैटरी बाहर निकाली और प्रकाश अंदर फेंका।

बैटरी (टॉर्च) के प्रकाश में हमने तहखाने में प्रवेश किया तो मैं चकित रह गया। बैटरी के प्रकाश में एक बड़े पत्थर पर आराम से बैठे सेवकराम को मनुष्य के स्वरूप में देखकर मेरे मुख से शब्द निकल पड़े।

"अरे! सेवकराम जी आप!"

उत्तर में मेरे सामने मात्र स्मित किया। रेवानंदजी को संबोधित कर सेवकराम ने कहा, "आपकी आज्ञानुसार आपके आगमन का संदेश अंदर स्वरूपानंदजी को पहुँचाकर आप दोनों के आगमन और दर्शन के लिए प्रतीक्षा करता कभी से यहाँ बैठा हूँ। अब मेरी कोई भी आवश्यकता नहीं है। आपको अब मेरा कोई काम हो तो आज्ञा करो अन्यथा मैं जाने की आज्ञा चाहता हूँ। क्षमा करेंगे।"

विनम्र स्वर में सेवकराम के कहने पर प्रत्युत्तर में रेवानंदजी ने कहा, "नहीं, अब आपका कोई कार्य नहीं है। आप खुशी से अपने स्थान पर जा सकते हो।" फिर मन में हँसकर कहा, "वैसे भी अभी प्राणियों में संवनन हेतु ऋतुकाल चल रहा है। इस काल के बीत जाने के बाद प्राणियों के लिए प्राकृतिक रूप से संयम पालन ही होता है। अतः तुम्हारा जाना उचित और क्षम्य है।"

सुनकर सेवकराम शीघ्रता से कूदकर पानी की खाई को तैरकर अंधकार में अदृश्य हो गया।

गुफा में अंधकार के कारण स्वरूपानंदजी का आसन, किस स्थान पर अंदर के भाग में कहाँ होगा, यह देखा नहीं जा सकता है। बैटरी टॉर्च के प्रकाश में हमने दूर तक अंदर प्रवेश किया। थोड़ी दूर सामने की दीवार के पास स्वच्छ ओटले पर मृग-चर्म जैसा दिखाई दिया।

ऊपर के भाग में बैटरी का प्रकाश फेंकने जा ही रहा था कि रेवानंदजी ने मुझे रोककर कहा, "संत समाधि अवस्था में हो, तो उन पर बैटरी का प्रकाश फेंकना उचित नहीं माना जाता है। थैली गें हमारे साथ मोमबत्ती तो है ही, उसे जलाओ।"

रेवानंदजी का कहना मुझे उचित लगा। इसलिए उन्होंने मुझे माचिस और मोमबत्ती साथ लेने को कहा था। उसका रहस्य मुझे अब समझ में आया। रात्रि हो जाएगी और इस प्रकार इसका उपयोग करना पड़ेगा, इसकी रेवानंदजी को पहले से ही जानकारी

थी। वैसे तो भूत, भविष्य और वर्तमान कुछ भी उनके लिए अगोचर नहीं है। ऐसे ही बहुत से अनुभवों के बाद अब मैं उनकी कोई भी सूचना पर बिना विचार किए आचरण करता हूँ। रहस्य बाद में समझ में आता है।

अधिक प्रकाश के लिए मैंने तीन मोमबत्तियाँ जलाईं। अलग-अलग स्थानों पर, पत्थरों पर बत्तियों को चिपकाकर उसके प्रकाश में आसन की ओर दृष्टि की तो मैं दंग रह गया। किसी भी प्रकार के आधार के बिना हवा में स्वरूपानंदजी पद्मासन की स्थिति में मृग-चर्म आसन से तीन फीट ऊँचाई पर विराजमान थे। प्रथम, मैंने इसे दृष्टि-भ्रम माना, परंतु जब ध्यान से स्पष्ट रूप से निरीक्षण किया, तो मुझे पूर्ण विश्वास हो गया कि स्वरूपानंदजी किसी भी आधार के बिना तीन फीट ऊँचाई पर पद्मासन में बैठकर समाधि अवस्था में हैं।

मैंने पढ़ा और सुना है कि ईश्वर और देव जमीन को स्पर्श नहीं करते हैं। जमीन से अधर में ही रहते हैं। ईश्वर और देवों का भार यह पृथ्वी सहन नहीं कर सकती है अथवा उनके स्पर्श से पृथ्वी इतनी पवित्र हो जाए कि धरती के प्रत्येक प्राणी में स्थित तमोगुण, रजोगुण दूर हो जाएँ और सत्त्वगुण ही शेष रह जाएँगे। अतः फिर इन दो गुणों के अभाव में यह विचित्र संसारचक्र किस प्रकार गति में रह सकेगा।

सिद्ध भी समाधि की अवस्था में ब्रह्मलीन 'ब्रह्म' ही होते हैं। अतः वे भी समाधि की अवस्था में जमीन से ऊपर उठ जाते हैं। इस विषय में कोई अन्य कारण मैं तत्काल विचार नहीं कर सका।

मैंने रेवानंदजी की ओर दृष्टि की तो वे हँसकर मेरे सामने देख रहे थे। दृष्टि मिलते ही बोले, ''पूर्ण साधना के बाद ऐसा अनुभव तुम स्वयं भी कर सकोगे। अभी उनको समाधि से उतारकर उनमें 'देहाभिमान' लाना पड़ेगा, तभी वे सांसारिक बातें कर सकेंगे अन्यथा नहीं।''

इतना कहकर रेवानंदजी ने सामवेद के मंत्रों का मंत्रोच्चार प्रारंभ किया। लयपूर्वक वैदिक मंत्रों से गुफा गूँज उठी। रेवानंदजी के मुख से पहली बार ही ऐसा अद्भुत गान मैंने सुना। उनके मुख से निकलते वेदगान से वातावरण पर अद्भुत प्रभाव पड़ रहा था। सर्वत्र शांति और आनंद का आंदोलन प्रारंभ हो गया था।

थोड़ी देर बाद वेदगान रोककर रेवानंदजी ने पास में पड़े कमंडल में से पानी की अंजलि भरकर मंत्रोच्चारपूर्वक तीन बार स्वरूपानंद के मस्तक और शरीर पर छींटे किए। थोड़ी ही देर में उसका परिणाम देखने को मिला। स्वरूपानंद ने धीरे-धीरे आँखें खोलीं और आहिस्ते से वे पद्मासन में ही जमीन पर बिछे हुए मृग-चर्म पर

आ गए। रेवानंदजी ने उनके सामने दृष्टि मिलाकर 'ॐ नमो नारायण' का उच्चारण किया। मैंने भी 'ॐ नमो नारायण' बोलकर प्रणाम किया।

स्वरूपानंद ने प्रसन्न मुख से मेरी ओर देखकर हमें संबोधित करके कहा, "आत्माराम द्वारा संदेश मिलने के बाद मैंने दीर्घकाल तक दोनों की प्रतीक्षा की, परंतु ईश्वर चिंतन करते रहते समाधि में चला गया, यद्यपि थोड़ा देहभान रखने का प्रयत्न किया और इसी कारण समाधि में से मुझे नीचे उतारने में तुम्हारा प्रयत्न सफल हुआ अन्यथा दस-पंद्रह दिन तक समाधि उतारने की कोई संभावना नहीं होती है।"

फिर मेरी ओर दृष्टि करके कहा, "सांसारिक विषयों के कारण थोड़ा देहाभिमान रहता है, उसके कारण भी समाधि में से नीचे उतारा जा सकता है, अन्यथा समाधि लगने के बाद इक्कीसवें दिन मृत्यु हो जाती है।" फिर थोड़ा श्वास लेकर मानो अंतर की गहराई से बोलते हों, ऐसे गंभीर स्वर में स्वरूपानंद ने कहा, "बस! इस ऋणानुबंधन में से मुक्ति प्राप्त करने की इच्छा है। इसी एक बात के कारण आत्मा को देहाभिमान में रख रखा है। इच्छा नहीं होने के उपरांत, ब्रह्म में एकाकार हो जाने के बाद भी समाधि में से नीचे उतर आता हूँ।"

स्वरूपानंद बात कर रहे थे, तभी रेवानंदजी ने कहा, "आप दोनों मित्र बातचीत करो, वहाँ मैं प्रपात के पानी में स्नान करने का आनंद उठा लूँ। आप लोगों की बातचीत पूर्ण होने पर मैं पुनः उपस्थित हो जाऊँगा।" कहकर रेवानंदजी सत्वरता से बाहर चले गए।

हम अकेले रह गए। थोड़ी देर मौन छा गया। स्वरूपानंद मेरे लिए अपरिचित थे। अपनी सिद्धि के द्वारा मेरे पूर्वजन्म की कथा से माधवानंदजी के समान अवश्य भिज्ञ होंगे। ऐसा मैं विचार कर रहा था।

तभी स्वरूपानंद ने मौन तोड़कर कहा, "सत्य अनंतानंद सत्य। मैं तुम्हारे अनेक जन्मों से परिचित हूँ। मेरे और तुम्हारे अनेक जन्म साथ-साथ ही व्यतीत हुए हैं।"

"इसलिए रेवानंदजी ने हम दोनों मित्र हैं, ऐसा निर्देश किया था।" मैंने बीच में ही आश्चर्य भाव के साथ कहा।

"हाँ, अनेक जन्म!" स्वरूपानंद ने रुकते-रुकते आगे कहा।

"इन जन्मों में मात्र मित्र ही नहीं, कभी भाई, कभी साढ़ू भाई, तो कभी पिता-पुत्र तो कभी पुनः मित्र, जिसकी कोई सीमा नहीं है। अनेक काल, युग के चक्र को कौन माप सकता है ? प्रत्येक जन्म में नए-नए कर्म से बँधते जाते हैं। उन कर्मानुसार पुनः नए जन्मों का निर्माण होता जाता है।"

फिर एक गहरा श्वास फेफड़े में भर नि:श्वास छोड़कर बोले, ''काश! कर्मों को होने से रोका जा सके! तभी तो मुक्ति मिले!''

फिर गहरा श्वास लेकर स्वरूपानंद थोड़ी देर के लिए मौन हो गए। उनके कर्मों की बात और छोड़े गए नि:श्वास पर से मुझे लगा कि चाहे वे 'जीवन्मुक्त' योगी हों, परंतु कहीं गहराई में किसी प्रकार का दर्द छिपा हुआ है। उनके अंतर में इसी कारण से ही उनका देहाभिमान शायद टिका हुआ है। मुझे पता है, कोई ऐसा परिबल होता है, जो देहाभिमान को जगाकर, बलात् समाधिष्ठ को समाधि में से नीचे उतारता है। मैं विचार कर रहा था। 'जीवन्मुक्त' कक्षा तक पहुँचे हुए स्वरूपानंद के लिए ऐसा कौन सा परिबल होगा, जो उनको आध्यात्मिक दृष्टि से अवरोधक बन रहा है। मुझे उनके अंतर की अतल गहराई में उतरकर उनके निस्पृह आत्मा को टटोलकर देखने की इच्छा हुई। मैंने इसी उद्देश्य से कहा, ''स्वरूपानंदजी! आप महान् सिद्ध योगी होने के उपरांत मुझे मित्र तुल्य समझकर बात कर रहे हो। अत: मुझे भी आपके प्रति मित्र तुल्य स्नेह है। कारण पूर्वजन्म का ऋणानुबंधन होगा अथवा है। अभी मैं कुछ भी नहीं जानता हूँ, इस कारण ऐसी शंका रखकर कहता हूँ, तो भी मुझे उसकी सत्यता के बारे में कोई अश्रद्धा नहीं है! परंतु मेरे मन में जो बात घुमड़ रही है, वह यह है कि आपके शेष रह गए ऋणानुबंधन की जानकारी, उपरांत आपके अंतर की अतल गहराई में अभी भी कुछ है, जो आपको कभी भी अति संवेदनशील बना देता है, विवश कर देता है।''

फिर स्वर में नम्रता और आत्मीय भाव भरकर मैंने आगे कहा, ''मैं यह अच्छी तरह जानता हूँ कि आप सिद्ध योगी हो, इसके बाद भी आप एक मनुष्य हो। आप संसार में रह चुके हो। स्वाभाविक है कि संसार में घटती अनेक घटनाओं की संवेदना का अथवा कोई एक संवेदना, जो लगाव को तीव्र रूप से हचमचा दे, वैसी हो, जो आपकी जानकारी के बाहर अथवा आपके 'सूक्ष्म शरीर' में संगृहीत होकर पड़ी हो, जो आपको...!'' मैंने थोड़ा रुककर स्वरूपानंदजी की आँखों में दृष्टि मिलाई और आगे कहा, ''ये संवेदनाएँ विचलित कर देती हों, विवश कर डालती हों, गहरे दर्द में धकेल देती हो।''

''बस...बस...अनंतानंद!'' एक हाथ मेरे मुख पर आड़ा रखकर स्वरूपानंद मुझे रोककर बोल उठे, ''बस! यह सत्य है, परंतु तुम अब इस सिद्धि के ऊँचे शिखर पर पहुँचने के बाद यह सब कुरेद-कुरेदकर विवश मत करो। समस्त यादों को मैंने अंतर की गहराई में दबा दिया है। अब इन सबको याद करने का क्या अर्थ?''

"अर्थ है।" मैंने शब्दों पर भार देकर आगे कहा, "अर्थ है। मित्र स्वरूपानंद! बरबस दबाकर रखी संवेदनाओं को रोका नहीं जा सकता हैं। संवेदनाएँ अभिव्यक्ति माँगती हैं, संवेदना की अभिव्यक्ति के द्वारा ही सार्थकता का अनुभव होता है, फिर वे शांत हो जाती हैं। संवेदनाओं को बरबस कुचल देने से वे अनर्थकारी परिबल के रूप में बार-बार उतरकर सामने आया करती हैं। इसे किसी के सामने व्यक्त करने के बाद वे शांत होती हैं। नश्वर भी होती हैं।

कहकर मैंने स्वरूपानंद के प्रतिभाव जानने के लिए थोड़ी देर मौन होकर दृष्टि मिलाकर उनके सामने देखा, "तुम्हारी बात सत्य है।" विचारवंत मुद्रा में प्रतिभाव देकर उन्होंने कहा, "सत्य है और सुनने में भी बात अच्छी लगती है। यह प्रिय संवेदना है। इस संवेदना के सुरों में लीन हो जाने का पुनः मन होता है, यह संवेदना ऐसी है, जिसे कभी भूला नहीं जा सकता है और न ही बिसारी जा सकती है।"

थोड़े रुक-रुक बोल रहे स्वरूपानंद ने एक दीर्घ निःश्वास के साथ कहा, "आज भी इस संवेदना के सुरों में लय हो जाने का मन हो जाता है।" कहकर वे रुक गए। स्वरूपानंद की आँखों में दर्द उभरता मैंने देखा। मुझे लगा वे दर्द को दबाने का प्रयत्न कर रहे हैं। अचानक वे दर्द से भर्राई आवाज में बोल उठे—

"परंतु—परंतु, तुम क्यों, किस कारण से यह सब मुझसे पूछ रहे हो, तुम मानो अंतर्यामी हो, इस प्रकार से मुझसे बात कर रहे हो?" कहकर उन्होंने मेरे सामने से अपनी नजर हटा ली।

अचानक स्वरूपानंद में आए हुए इस बदलाव से मैं थोड़ा झिझका। फिर भी बात के सिरे को पकड़े रखकर मैंने नम्रतापूर्वक आगे कहा, "मित्र स्वरूपानंद! मेरे साथ प्रत्येक प्रकार की औपचारिकता को एक तरफ रख मित्र के रूप में जो मैं यह सब पूछ रहा हूँ, चाहे मैं अंतर्यामी नहीं हूँ, परंतु मैं एक संसारी तो हूँ। मैं संसार को भोग चुका हूँ, जान चुका हूँ। अतः संवेदना क्या चीज है, यह मैं बहुत ही अच्छी तरह समझ सकता हूँ। तुमने भी थोड़ा संसार तो भोगा ही है। अतः तुम्हारी सूक्ष्म देह के साथ जुड़ गई संवेदना के स्पंदन अभी भी झंकृत होते रहते हैं। उस स्वाभाविकता के बारे में मुझे कोई आश्चर्य नहीं होता है।" फिर हँसते-हँसते मैंने आगे कहा, "और यह संवेदना क्या हो सकती है, वह भी मैं जानता हूँ।"

"तुम जानते ही हो, तो कहो!" उन्होंने मेरे साथ पुनः दृष्टि मिलाकर कहा। मुझे उनकी आँखों में स्पष्ट रूप से क्षोभ उभरकर आ गया, ऐसा लगा। लगा कि सोचा हुआ निशाना ठीक जगह पर बैठा है।

मैंने स्वरूपानंद के क्षोभ को दूर करने हेतु गंभीरता त्यागकर हँसकर दृष्टि मिलाई, तो क्षोभ छोड़कर उन्होंने कहा, ''कहो! मुझमें संवेदना जगानेवाली कौन सी बात है? जो तुम जानते हो।'' फिर कटाक्ष स्वर में प्रेमपूर्वक सहास्य कहा, ''कहो! तुम तो अंतर्यामी हो न?''

''नहीं, परंतु संसारी अनुभवों से युक्त-मुक्त साधु। मेरे अनुभवों के आधार पर कहता हूँ कि अभी भी तुम्हारे अंतर में झंकृत परिबल विद्यमान है।''

इतना कह मैं थोड़ा रुक गया, तो तुरंत स्वरूपानंद ने हँसते-हँसते कहा, ''हाँ-हाँ। फिर भी कहो, मुझे अच्छा लगेगा। अच्छा लगेगा सुनकर तेरे मुख से। तुम भी तो सिद्ध हो, मेरे अंतर को जानते हो कि मैं क्या कहना चाहता हूँ, यही।''

''हाँ, वह परिबल है।'' मैंने मुक्त होकर हँसते-हँसते कहा, ''तुम्हारे सारे अस्तित्व को हिला डालनेवाला वह परिबल है, तुम्हारी सुंदर और प्रेममयी पत्नी 'आशा देवी'।''

सुनकर उन्हें जबरदस्त झटका लगा।

स्वरूपानंद का अंतर का, उसका समस्त अस्तित्व मानो हचमचा उठा हो, आँखें बंद हो गईं। स्वरूपानंदजी की वाणी अवरुद्ध हो गई। वे अंतर की गहराई में उतर गए। स्वरूपानंद स्मृति की भीषण आग में झुलस रहे थे। स्वरूपानंद कितने ही क्षण तक मौन रहकर दोनों हाथों को घुटने पर रख आँख बंद कर बैठा रहा।

मैं उसके ऐसे प्रत्याघात से चिंतित हो उठा। यह क्या हो रहा है स्वरूपानंद को! उन्हें आघात लगा होगा!

नहीं, मेरे अंतःकरण ने कहा। एक महायोगी को इस प्रकार का आघात लगना संभव नहीं हो सकता है। वह समाधि में उतर गया होगा या फिर अपना अंतर टटोल रहा होगा।

बहुत देर तक वह मौन रह निश्चल बैठा रहा था। मैं उन्हें झिंझोड़कर संबोधन करने जा ही रहा था कि तभी उसकी बंद आँखों में से आँसू की दो बूँद टपकती देख मैं बोल उठा, ''अरे! स्वरूपानंद योगी! तुम्हारी आँखों में वेदना के आँसू!''

''नहीं-नहीं-नहीं, यह वेदना के आँसू नहीं हैं।'' आँखें खोलकर हाथ से आँसू पोंछते हुए स्वरूपानंद बोल उठा, ''यह आँसू तो मधुर स्मृति से जगे हुए आनंद के स्पंदन हैं।''

''स्वरूपानंद!'' मैंने पूछा, ''ये आँसू मात्र आनंद के पलों की स्मृति के कारण ही झर रहे हैं या उसमें वियोग के पलों की वेदना भी मिली हुई है? बराबर ठीक से

अपने अंतःकरण को टटोलकर पूछकर देखो और खोल दो अपने अंतर को आज। व्यक्त कर दो आज वह सब, जिससे बारंबार झंकृत हो उठते तुम्हारे अंतर को शांति प्राप्त हो जाए। अभी भी कहता हूँ, तुम्हारी वेदना अभिव्यक्ति माँगती है। अभिव्यक्ति ही तुम्हारी दबी हुई वेदनाओं की दवा है, उपाय है। स्मृति की वेदना तुम्हारे मोक्ष के अंतिम क्षणों में अवरोधक बन रही है। कह दो बंधु, स्वरूपानंद! चाहे तुम योगी रहे हो, पर मैं तो तेरे जन्म-जन्म का मित्र हूँ।''

मैं यह सब एक ही श्वास में बोल गया था। तभी स्वरूपानंद ने एक हाथ नकार में हिलाकर कहा, ''नहीं-नहीं, ऐसा कुछ भी नहीं है, अनंतानंद। मैं तो योगमार्ग से सिद्ध हूँ। फिर भी मैं मानव हूँ। मानव के नाते से मैं संसार था और संसार की समस्त यादें, उससे बँधी समस्त वेदना मेरी सूक्ष्म देह में आज भी जख्मों के समान चिपकी हुई है, जो मेरे मोक्ष द्वार के समक्ष आवरण बनकर खड़ी है।''

फिर एक सुदीर्घ श्वास लेकर दुःख और विषाद भरे चेहरे से स्वरूपानंद ने मुझे पास बैठाकर कहा, ''अब इन सब सुख-दुःख के भावों को व्यक्त करना मुझे जरा भी शोभा नहीं देता है, परंतु तुमने आज मेरे भूले और भर चुके इन घावों को, वर्षों से अंतर की अतल गहराई में दबी हुई स्मृतियों को एक झटके से बाहर ला दिया है।'' कहकर स्वरूपानंद शून्यमनस्क होकर बैठे रहे। उनके मुख पर उदासी के भाव छा गए थे। थोड़ी देर स्थिर रह अपलक दृष्टि मेरी ओर देखकर पुनः बोला, ''ये सब यौगिक क्रियाएँ, जप, तप वर्षों तक मेरी की गई साधनाएँ मुझे आज निरर्थक लग रही हैं। सबसे ऊँचे गृहस्थाश्रम के कर्तव्य से च्युत होकर मुझे लगता है कि मैंने पलायन वृत्ति दिखाई है।''

कहकर स्वरूपानंद ने अपनी लंबी जटा को झटके से खोलकर सिर घुमाया। मेरे मन में उसकी यह स्थिति देख करुणा जाग उठी। दुःख भी हुआ, उसकी दबी हुई भावनाओं और लगाव को मैंने पुनः जाग्रत् किया। मुझे लगा कि जीवन्मुक्त कक्षा तक पहुँचे इस योगी को जगत् का कोई लालच, कोई स्मृति विचलित नहीं कर सकती है, परंतु आखिर में योगी भी तो एक मानव ही है। अतृप्त इच्छाएँ कभी तो तृप्ति की इच्छा के साथ जाग्रत् होती ही हैं। इसलिए शास्त्रों में कहा है—नियमपूर्वक गृहस्थाश्रम का पालन करने के बाद ही वानप्रस्थाश्रम और संन्यासाश्रम में क्रमशः प्रवेश करना चाहिए। अधूरे गृहस्थाश्रम में किए गए त्याग इस प्रकार के परिणाम पर पहुँचाते हैं।

स्वरूपानंद ने शायद जल्दी की थी। गहराई से देखें और जानें तो प्रत्यक्ष रूप से उनका पत्नी के प्रति अनुराग था। माता-पिता के प्रति स्नेह था। शायद संसार का

भोग करना उन्हें अच्छा लगता था। मुझे लगा कि अचानक आ गए आघात—दुःख के भार को अतिशय बड़ा समझ, उसे सहन करने की असमर्थता के कारण उसमें संसार से भागने की पलायन वृत्ति जाग्रत् हो गई, जिसे उन्होंने वैराग्य मान लिया। वास्तव में यह तीव्र वैराग्य नहीं था। दुःख में से भागने की संवेदनात्मक मनोवृत्ति और आघात में से बचने की असमर्थता मात्र थी।

उन्हें अब स्वस्थ मानकर स्पर्श कर मैंने कहा, "नहीं...स्वरूपानंद नहीं, तुम सही रास्ते पर थे और हो। क्षणिक संसार का त्याग कर ईश्वर को प्राप्त करना, यही मनुष्य का लक्ष्य है। वह तुमने प्राप्त कर लिया है। त्याग के साथ सूक्ष्म शरीर उसकी जड़ देह के साथ संलग्न होता है और इस सूक्ष्म देह के साथ संसार की समस्त अनुभवजन्य स्मृतियाँ और उससे पैदा होती संवेदनाएँ भी विद्यमान रहती हैं। उन्हें दबाया जा सकता है, भूलकर इन संवेदनाओं को ईश्वर की तरफ मोड़ा जा सकता है।

"स्मृतिरूपी खुजली आए, तो उसे सहजता से लेना चाहिए। घाव या स्मृति से उत्पन्न होता दुःख भी कभी आप्तजन के पास से अभिव्यक्ति माँगता है, तो संकोच के बिना अभिव्यक्ति करना यह एक उत्तम उपाय है।

"स्मृति मात्र मधुर यादों की ही रहती है। इस स्मृति में यदि मोह उत्पन्न होता है, तो वही मधुर स्मृति दुःख उत्पन्न करती है।"

फिर मैंने बड़े स्नेहपूर्वक हँसते-हँसते कहा, "ऐसी खुजली जैसी स्मृतियों को आज व्यक्त कर दो। कहो, बताओ, मेरी आशा भाभी कैसी थी?"

सुनकर खिलखिलाकर हँस दिए स्वरूपानंद। उसका समस्त विषाद जो क्षणिक था, दूर हो गया। मुक्त मन से हँसते-हँसते बोला, "कमाल हो, तुम भी!" फिर मेरी पीठ पर हलका सा धौल मारकर बोले, "तुम भी आज मेरे गुरु निकले।" फिर मेरी ओर दृष्टि डालकर बोले, "तुम जो मेरे बारे में विचार करते हो, उसे तटस्थ रूप से मैंने जान लिया था। तुम्हारी बहुत सी बातें, विचार कुछ अंश में सत्य हैं। फिर भी मुझे तुम्हें अवगत कराना चाहिए कि मेरा गृह त्याग पलायन वृत्ति नहीं था। सच्चे अर्थ में वैराग्य था। बुद्ध के समान मैंने भी बहुत मनोमंथन किया और अंत में खूब विचारकर मैंने यह रास्ता अपनाया था। आखिर सबकुछ तो ईश्वराधीन है; मनुष्य को उसके पूर्वजन्म के कर्म ही उसके पास से निर्णय लेकर ऐसा व्यवहार करवाते हैं। मैंने जो कुछ भी किया, वह सब महामाया कुंडलिनी की प्रेरणा से ही किया है। जो सत्य है। मुझे जो रास्ता योग्य लग रहा है, उस योग्यता के आधार पर ही मैं यह कक्षा प्राप्त कर सका हूँ। इसमें मुझे कोई शक नहीं है।"

फिर थोड़ा रुककर हँसते मुख से स्वरूपानंद बोले, "हाँ! भोगे हुए क्षणों की मधुर स्मृतियाँ कभी-कभी झंकृत हो उठती है सच में, परंतु उसमें मुझे मोह नहीं होता है।"

फिर रुककर आगे कहा, "परंतु फिर भी, मुझे एक बात बहुत सताती है। आशा देवी के अरमानों को मैंने पूर्ण नहीं किया। लग्नवेदी पर मंत्रोच्चार के साथ सहजीवन की जो प्रतिज्ञा की थी, वह मैं पूर्ण नहीं कर सका। बस यही एक बात!"

"हाँ, यह कर्तव्य नहीं निभाने का दुःख तो वास्तव में है ही। इस बात को मैं भूल भी चुका था।"

"परंतु एक बात तुमसे भूली नहीं जा सकी। यह सच है न?"

"हाँ···सत्य।" स्वरूपानंद मानो दूर क्षितिज में देख रहे हों, ऐसी ऊँची दृष्टि कर बोले, "मुझे वेध डालने का तुम्हारा निशाना बराबर लगा है।" हँसकर स्वरूपानंद बोले, आज भी मुझे आशा देवी का पूर्णिमा के चंद्र जैसा स्वरूपवान् और सलोना-शीतल मुख याद है। यह शीतल चाँदनी जैसी लग्न पूर्व के एक क्षण की झलक। यह सब कहना अभी मेरे लिए उचित नहीं है। बस! इतना ही कि पूर्वजन्म के अच्छे कर्मों के अनुसार गुणवान् और स्वरूपवान् पत्नी प्राप्त होती है।"

कहकर स्वरूपानंद ने आँखें बंद कीं और मौन धारण कर लिया। मुझे पुनः उनके अंतर को झिंझोड़ डालने का मन हुआ। मैंने मजाक करते-करते कहा, "तो फिर संसार में पुनः प्रवेश कर लेने में कोई कानूनी अड़चन नहीं है, क्यों? मेरा खयाल कैसा लगा है?"

मेरा प्रश्न सुन विचलित हो गए स्वरूपानंद। मेरे ऊपर क्रोधित हो उठे। थोड़ा गुस्से और नाराजगी के साथ बोल उठे, "तुम्हें तो किनारे पर आया मेरा जहाज डुबा देना है। तू मुझे ऐसा तुच्छ और कमजोर मन का मत समझना। कितने दृढ मनोबल से मैंने संसार त्याग किया है, क्या इसका तुम्हें पता है? चाहे जैसी सुंदर स्त्री, परंतु अंत में तो वह मांस, रुधिर और गंदगी से भरी हुई है। मैं जानने के बाद अथवा जान चुकने के बाद अब ऐसे क्षणिक संसार में इस उम्र में प्रवेश कर साधु समाज को कलंक लगाने का कारण बनूँ। छिह!"

"परंतु प्रेम। प्रेम तो ईश्वर का स्वरूप है। फिर चाहे वह सुंदर पत्नी की देह में ही निहित हो। प्रेम को भोगने में कोई पाप नहीं है।"

सुनकर शीघ्र ही शांत हो गए स्वरूपानंद ने उत्तर दिया, "यह सत्य है। व्यापक अर्थ में सर्वव्यापी, सर्व के प्रति प्रेम अवश्य ईश्वर का स्वरूप है, परंतु व्यक्ति विशेष में केंद्रित हुआ प्रेम-मात्र मोह है।" फिर मेरी तरफ बेधक दृष्टि डालकर कहा, "और

मोह, यह चंचल मन और नाशवंत आकाश-तत्त्व में से उत्पन्न हुआ है। योगी के लिए पाप का कारण और नरक का द्वार है। यह भी क्या तुम समझते हो?''

''संयम और त्याग से अभिभूत, पवित्र और श्रद्धेय योगीगण समाज के लिए आदर्श रूप हैं। क्षणिक संसार में पुनः प्रवेश कर इस भावना पर कुठाराघात का कृत्य हरगिज नहीं किया जा सकता है।''

''ठीक है! जाने दें, इन सब बातों को। लंबी चर्चा में उतरना ठीक नहीं है।'' फिर थोड़ा मौन धारण कर हँसकर वक्र दृष्टि से मेरे सामने देख मानो कटाक्ष में स्वरूपानंद ने मुझसे कहा, ''परंतु तुम किस कारण से ऐसी सब बातें कर मुझे पुनः संसार के प्रति आकर्षित करने का प्रयत्न करते हो।'' फिर हँसते-हँसते मेरा स्पर्श कर कहा, ''तुम्हें अपनी-अपनी देह की अदला-बदली कर मेरी देह में तुम्हारी आत्मा का प्रवेश कराकर अपने कार्य करने हैं। उसमें पीछे हटकर कायर के समान मुक्त होने की तो इच्छा नहीं करते हो? कहीं तुम्हारे में पलायन वृत्ति तो नहीं आ गई?'' कहकर स्वरूपानंद मुक्त मन से खिलखिलाकर हँस पड़े।

''नहीं-नहीं! ऐसा मत समझ बैठना। तुम्हारे लिए सबकुछ करने को तैयार हूँ।'' मैंने भी मुक्तमन से हँसकर कहा, ''परंतु एक बात तो निश्चित, अभी भी तुम्हारे अंदर एक वकील का जीव कार्यान्वित है। तुमने मुझे ऐसा कहकर अपराधी के पिंजरे में खड़ा कर दिया है। ठीक! तुमने पलटकर अच्छा वार किया स्वरूपानंद!''

''तुम्हारी मेरे प्रति भी शुभकामना को मैं अच्छी तरह समझता हूँ, परंतु तुम्हारी बोलती बंद करने का मात्र यही एक मार्ग था!'' स्वरूपानंद ने प्रत्युत्तर में कहा।

हम दोनों मुक्त मन से हँस पड़े। एक परम संतोष का स्मित मैंने स्वरूपानंद के तेजस्वी मुख पर देखा। यह देखकर मैं पुलकित हो उठा। कितनी देर तक एक-दूसरे को हाथ पकड़कर मौन-मूक बन बैठे रहे और परम शांति का अनुभव करते रहे।

थोड़ी देर में स्वरूपानंद ने शांत स्वर में कहा, ''यह सब महामाया कुंडलिनी की क्रीड़ा है। भूत मात्र उसकी इच्छानुसार कर्मों को करता है। कर्मों से बाँधता है, परंतु उसकी इच्छा के अनुसार मुक्त भी होते हैं। उसकी इच्छानुसार मनुष्य तुच्छ है, खिलौना है। खैर! जाने दो ये सब बातें। महामाया कुंडलिनी के जागरण होते ही सब कुछ समझ में आ जाता है और संसार खेलने के मैदान जैसा लगता है।''

धीर-गंभीर स्वर में बोलते उनके ये शब्द मुझे स्पर्श कर गए। गहराई में मुझे मानो समाधि का अनुभव हुआ। सर्वत्र अंदर और बाहर मेरे मन में आनंद के स्पंदन उठने लगे और इसके साथ में मुझे लगा कि महामाया कुंडलिनी का ज्ञान प्राप्त मुझे

हुआ है। मुझे लगा कि अब मुझे महामाया कुंडलिनी के बारे में कुछ भी कहने की आवश्यकता नहीं है। मैं पूर्ण बन गया हूँ।

तभी स्वरूपानंदजी ने कहा, "यह गुरु कृपा शक्ति, जिसमें प्रवेश पाती है। उसका समग्र संसार आनंद से परिपूर्ण हो जाता है। ज्ञानचक्षु के द्वारा दिखते संसार में 'चित्ति' के अलावा कुछ भी नहीं अनुभव होता है। संसार में मनुष्य देह धारण कर परमेश्वर ही रहता है।" इतना कहकर स्वरूपानंद मौन हो गए।

मैं विचार कर रहा था कि स्वरूपानंद जैसे महाज्ञानी और सिद्ध योगी को कदापि कोई मोह नहीं हो सकता है और न ही उत्पन्न हो सकता है। इसके उपरांत भी इस पृथ्वी पर जन्म लेकर ऋणानुबंधन से बँधे हुए हैं। यह पूर्ण करने के बाद ही स्वयं जीवन्मुक्त होने के उपरांत ही मोक्ष गति पा सकते हैं।

मैं विचार कर रहा था, तभी उनके शब्द मेरे कान में सुनाई दिए, "रेवानंदजी ने तुम्हें सबकुछ समझा दिया है। तुमने भी पूर्ण विचार कर लिया है, अब मुझे कुछ भी कहना नहीं है। तुम्हारी साधना थोड़े समय के बाद पूर्ण होने के बाद तुझे सब ज्ञान प्राप्त हो जाएगा।

"तुम्हारे अनेक पूर्वजन्म और मेरे एवं आशा देवी के साथ में, जिन जन्मों में तुम्हारे संबंध रहे हैं, वह अभी तुम्हें बता सकता हूँ, परंतु वे सब तुम्हारी साधना में विघ्न रूप बन सकते हैं। अत: अनेक जन्मों की स्मृतियाँ, संवेदनाएँ तुम्हें विचलित कर सकती हैं। यह सब सिद्धियों के लिए महाविघ्न रूप है। माधवानंदजी ने भी इसी उद्‌देश्य से, तुम्हारे सम्मुख नहीं आना पड़े, इसलिए तुमसे विदाई ले ली थी, सब कार्य पूर्ण होने के बाद ही वे तुम्हें मिलेंगे।"

स्वरूपानंद कह ही रहे थे, तभी रेवानंदजी गुफा में प्रवेश करते ही बोले, "वाह! दोनों मित्रों की बातें खूब लंबे समय तक चलीं। क्या बात है! अब बातें पूर्ण हो गई हों, तो प्रस्थान करें।"

"अभी भी कुछ पूर्णता करने की होगी, वह तुम करोगे ही।" फिर अनंतानंद को कहा, "कोई शंका रही?" कहकर स्वरूपानंद मेरे सामने हँसते रहे।

"नहीं!" रेवानंदजी ने मजाक के स्वर में कहा, "अब साधना के बाद आत्मा स्थापना का कार्य पूरणपुरी का। यद्यपि मैं उपस्थित रहूँगा, गरंतु पूरणपुरी हरिद्वार तक स्वरूपानंद की सूक्ष्म देह को और अनंतानंद की आत्मा को प्रेरणा प्रदान करेंगे और आवश्यकता पड़ने पर तो वहाँ 'हर की पैड़ी' के घाट पर आए हुए रविपुरी के स्थान पर रहकर सहायता करेंगे। यद्यपि इसकी आवश्यकता नहीं पड़ेगी, क्योंकि अनंतानंद की

आत्मा को तेरी सूक्ष्म और जड़ देह का सहारा होगा। इस कारण देह के अंदर सुरक्षित सभी सूक्ष्म वासनाएँ और स्मृतियाँ संग्रह रूप में पड़ी ही होंगी। इंद्रियजन्य कर्मों को देह करेंगी और अनंतानंद की सिद्ध और शुद्ध आत्मा उसे शक्ति प्रदान करेगी। अतः इसके बाद किसी सहायता की आवश्यकता नहीं होगी। नियत कार्य परिपूर्ण होने के बाद पूरणपुरी के साथ स्वरूपानंद की देह को इसी जगह पुनः आना है। फिर दोनों की आत्मा को पुनः अपनी-अपनी देह में प्रस्थापित किया जाएगा। बस, कार्य पूर्ण।''

कहकर रेवानंदजी के मौन होते ही मैंने मजाक में कहा, ''परंतु, इसके बाद रेवानंदजी क्या करेंगे?''

''रेवानंद! यह शरीर नामधारी।'' जोर से हँसते रेवानंदजी ने कहा, ''इस शरीर का नामधारी रेवानंद स्वयं इंद्रियों के घोड़े पर अवलोकन करेगा।'' अभिनय कर हँसते-हँसते पुनः बोले,

''देखते हैं अब स्वरूपानंद की देह अर्थात् स्वरूपानंद और अनंतानंद की आत्मा की जुगलबंदी कैसा काम करती है! और आशा देवी को 'जीवन्मुक्त' बनाकर किस प्रकार वापसी होती है।''

मैंने भी हँसते-हँसते कहा, ''रेवानंदजी! आपने बाजी के पत्ते इस प्रकार से सँजोए होंगे कि हमारी जीत तो होगी ही।''

मेरी बात सुनकर दोनों जोर से हँस पड़े और वातावरण हलका-फुलका हो गया। स्वरूपानंद के चेहरे पर प्रसन्नता और आँखों में संतोष का प्रतिबिंब उभरकर आ गया है। ऐसा मैंने देखा।

'ॐ नमो नारायण' का आदान-प्रदान करके हम गुफा के बाहर जाने के लिए निकले। मैंने बाहर निकलकर मुड़कर पीछे दृष्टि की, देखा तो स्वरूपानंद समाधि में लीन होकर जमीन से तीन फीट ऊँचे पद्मासन में पुनः बैठ गए थे। यह सब जलती मोमबत्ती के प्रकाश में दिखाई दिया।

रात्रि का प्रारंभ कब से हो चुका था, परंतु चंद्र का प्रकाश सहायक हो रहा था। रेवानंदजी के साथ कदम-से-कदम मिलाते चलते हुए मैं अभी हुए अनुभवों का मन में मंथन कर रहा था। इच्छा नहीं होने पर भी इस भेंट के समय के स्पंदन मुझे प्रभावित कर रहे थे। स्वरूपानंद, उनकी पत्नी आशा देवी और पूर्वजन्म में उसके साथ के मेरे संबंधों की सूचक बातें मुझे याद आ रही थीं। मित्र की पत्नी भी किसी जन्म में तुम्हारी पत्नी हो सकती है। यह उसके शब्द और उसके सांकेतिक और मार्मिक हास्य के बारे में मैं विचार कर रहा था। स्वरूपानंद आखिर में क्या सूचित करना चाहते

थे? मेरे साथ उसका अर्थघटन करते हुए मुझे उलझन हो रही थी। प्रश्न मेरे मन में उत्पन्न होकर शांत हो जाता था और मैं स्वयं भी इस उत्पन्न प्रश्न को अपने अंतर में से बलात् बाहर निकालकर फेंक रहा था। फिर मैं विचार कर रहा था—स्वरूपानंद किसी जन्म में अथवा अनेक जन्मों से मेरा मित्र था, तो क्या आशा देवी के साथ पूर्वजन्म में मेरा कोई संबंध...आशा देवी... कभी!

मैं आगे विचार करते-करते रुक गया। मन में आए हुए विचार से मैं डर गया; हचमचा उठा मैं इस विचार से।

तभी अचानक मैंने रेवानंदजी की ओर देखा, तो वे मेरे सामने देखकर हँस रहे थे। उनसे पूछने की कोई आवश्यकता नहीं थी। मेरे विचारों को जानकर ही वे हँस रहे थे। उलझन के भाव के साथ मैंने भी मौन मूक स्मित कर मौन रीति से प्रश्न किया, "अगर मेरे विचार जान गए हों, तो बताइए।"

"यह सत्य है।" निर्लेप भाव से प्रत्युत्तर देते हुए रेवानंदजी ने कहा।

"परंतु पूर्वजन्म के संबंधों को याद करने का कोई अर्थ नहीं है। अनेक जन्मों का किसी-न-किसी के साथ संबंध रहा ही होता है, परंतु इस वर्तमान जन्म में प्राप्त हुई अलग ही परिस्थिति के संदर्भ में उसका कोई मूल्य नहीं है। संबंध नहीं रहते हैं, कर्मानुसार ऋणानुबंधन रहता है, जो किसी भी स्वरूप में हो सकता है, परंतु यह सब सिद्ध करना संभव नहीं है। योगबल से वह जानना और जानकर याद करना इष्ट नहीं है। ऐसी छोटी-छोटी समस्याएँ तो पैदा होती ही रहती हैं, इसलिए अभी सबकुछ भूलकर ध्येय की ओर आगे बढ़ने में ही सक्रिय बनना ठीक होगा।"

इतना कह रेवानंदजी मौन होकर चलते रहे, तभी आगे की झाड़ी में खड़खड़ाहट होने पर मैंने उस ओर प्रकाश फेंका, तो मैं क्षण भर तो चौंक गया। थोड़ी दूर पर आत्माराम सिंह रूप में हमारे सामने गुर्राते हुए जीभ को लपलपाता पूँछ खड़ी करके खड़ा था। हमने 'ॐ नमो नारायण' कहा। प्रत्युत्तर में आत्माराम ने केशों से सज्ज बड़ा मस्तक झुकाकर अभिवादन किया और सत्वरता से झाड़ी में चला गया। तभी मेरी बाजू में पुनः खड़खड़ाहट हुआ। उस ओर बैटरी का प्रकाश फेंकते ही हमने उसी सिंहण को देखा, जिसे पूर्व में आत्माराम के साथ संवनन करते देखा था। वह आत्माराम की तरफ छलाँग मारती सत्वरता से दौड़ रही थी। मैं उसे दौड़ते हुए बैटरी के प्रकाश में देखता रहा।

हम गहरी काली चट्टानों को पार करते हुए घने जंगल के बीच घाटी में चल रहे थे। टेकरी में झाड़ी के पीछे से आते अग्नि प्रकाश को देखकर किसी साधु का

वहाँ स्थान है, इसका सहज अनुमान हो रहा था। ऐसे घने जंगल में हम चले जा रहे थे। तभी वहाँ से एक जंगली बिल्ला आँखें चमकाता हमारे सामने से निकल गया। गाढ़े जंगल में चंद्र का प्रकाश चाँदनी के रूप में कहीं-कहीं दिखाई दे जाता था। वातावरण में ठंडक थी। मैंने उपवस्त्र से अपने शरीर को पूरी तरह से ढक लिया था। हवामान के पलट जाने के कारण ठंडी में बहुत वृद्धि हो गई थी। पत्थरों और कँटीली झाड़-झंखाड़ के बीच चलना अब बड़ा क़ठिन लग रहा था।

तभी रेवानंदजी मेरे कंधे पर हाथ रखकर बोले, ''घबराने की आवश्यकता नहीं है। हवामान का यह क्षणिक प्रभाव होता है। यह भूमि ऐसी ही प्रभावशाली है, जहाँ प्रवेश करते ही मन-शरीर में भय और हताशा का वातावरण उत्पन्न होता है।''

''परंतु,'' मैंने प्रश्न किया, ''इस भूमि की ऐसी क्या विशिष्टता है, जिसके कारण ऐसा वातावरण अचानक उत्पन्न होता है?''

''अवगति पाई हुई, भटकती, असंतुष्ट और अतृप्त आत्माओं का इस भूमि पर प्रभाव पड़ रहा है। वैसे तो प्रत्येक स्थान पर आत्माएँ सूक्ष्म शरीर में भटकती होती हैं। पृथ्वी तत्त्व, उनके नहीं होने से उन्हें देखा नहीं जा सकता है। वे जड़ पदार्थ, दीवार से, हमारे शरीर के बीच में से गुजर जाती हैं। हवा के झोंके जैसा उनका स्वरूप होता है, परंतु गति के अनुसार कितनी ही आत्माएँ प्रकट रूप धारण कर सकती हैं। पूर्वजन्म के कर्मानुसार उन्हें एक प्रकार की शक्ति भी प्राप्त होती है।''

''मृत्यु के बाद जीवन को नया जन्म, स्वर्ग अथवा नरक प्राप्त होता है, तो इन भटकती आत्माओं की ऐसी गति किस कारण से होती है?'' मैंने पूछा।

''मनुष्य को मृत्यु के बाद तत्काल स्वर्ग, नरक या मोक्ष नहीं मिल जाता है। मृत्यु और पुनर्जन्म के बीच एक कालखंड या अंतर होता है। जन्म और मृत्यु के बीच के कालखंड में जीव को इस प्रकार से भटकना ही पड़ता है। कर्मानुसार यह कालखंड छोटा या बड़ा हो सकता है। मृत्यु के बाद जीवात्मा एक वर्ष तक मूर्च्छावस्था में रहती है। उसके बाद जाग्रत् होने पर उसके कर्मों के अनुसार उसे स्वर्ग, नरक या पुनर्जन्म प्राप्त होता है अथवा उसे मोक्ष मिल जाता है।

''परंतु जीवन के कर्मों के अनुसार उसे एक निश्चित समय तक भटकना ही पड़ता है और इस बीच उस जीव को उसकी शेष रह गई वासना, अनुराग, अतृप्ति, दुःख भयंकर रूप से भोगने पड़ते हैं। प्रत्येक जीव की वासना और प्रकृति एक समान नहीं होती है।''

परंतु रेवानंदजी आगे बोलें, उसके पहले ही वृक्षों के पीछे खुले स्थान पर एक

विशाल और विकराल मानव-आकृति चंद्र के प्रकाश से स्पष्ट रूप से देखकर मैं चौंक उठा। उस ऊँची-सशक्त और कुरूप मानव-आकृति की आँखें गुस्से से लाल दिखाई दे रही थीं। उसका चेहरा विकृत लग रहा था। वह मेरे सामने एकटक देख रही थी।

सामान्य रूप में ऐसे अंधकार में और गहरे जंगल के बीच ऐसा दृश्य देखकर अवश्य पसीना छूट जाएगा, परंतु अब मैंने भय का संदत्तर त्याग कर दिया था और रेवानंदजी जैसे सिद्ध महात्मा का मेरे साथ होने से भी मैं निर्भय होकर आश्चर्य का अनुभव कर रहा था।

तभी आगे चलना जारी रख रेवानंदजी बोले, ''इसमें भय या आश्चर्यचकित होने जैसा कुछ भी नहीं है। तुम सामने जो भयानक आकृति देख रहे हो, उसे 'जिन्नात' के नाम से पहचाना जाता है। कई उसे 'मामो' या मामा साहब रहते हैं।

''मामा साहब वैसे तो सज्जन आत्मा होती है, अतः वह क्रूरता नहीं दिखाती है। परंतु कितनी ही जीवात्माओं ने क्रूरतापूर्वक जीवन जिया होता है, वैसे जीव प्रेत योनि में भी दूसरों को दुःख देते हैं। प्रबल इच्छावाली प्रसूता स्त्री चुड़ैल बनती है। पति प्रेम से वंचित रह गई स्त्री मृत्यु के बाद प्रेत योनि में प्रवेश करने के बाद जीवित स्त्रियों के शरीर में प्रवेश करके पति-सुख भोगने का प्रयत्न करती है। अकस्मात्, खून या आत्महत्या कर मृत्यु प्राप्त व्यक्ति या जीव इसी प्रकार भटक दुःखी होते हैं। कभी-कभी किसी को दिखाई देते हैं और बीड़ी-सिगरेट जैसी वस्तु की माँग भी करते हैं। फिर अचानक आग का धड़ाका बनकर अदृश्य हो जाते हैं।

''भूत-प्रेत से डरना नहीं चाहिए। बहुत सी प्रेतात्माएँ मनुष्यों से मिलना चाहती हैं, परंतु मनुष्य उनसे डर जाता है। घर में देवस्थान हो, धूप-दीप, जहाँ नियमित होता हो, ऐसे घर इस प्रकार की आपत्तियों से सुरक्षित होते हैं।

''मृत्यु के बाद और जन्म से पहले ऐसा कालखंड संत और सिद्ध भी भोगते हैं। जहाँ तक उनके लिए द्वार नहीं खुलते हैं, तब तक सुखपूर्वक विचरण करते हैं। नरसिंह मेहता की आत्मा को दादा गुरु के तंबूरे के साथ भजन गाते-गाते विचरण करते देखा है। उनके कहे अनुसार जलाराम बापा की पवित्र आत्मा अभी भी वीरपुर में उनके स्थान पर विराजमान है।

''ऐसी शुद्ध और पवित्र आत्माएँ लोककल्याण के लिए स्वेच्छा और ईश्वर की इच्छा से धरती पर रहकर लोगों की इच्छाएँ पूर्ण करती और दुःख दूर करती हैं।''

अँधेरी रात्रि में हम रास्ता काटते चले जा रहे थे। लगभग हम भैरवजप के नीचे की कंदरा में से निकल रहे थे, जहाँ रेवानंदजी ने मृतकों की हड्डियाँ और खोपड़ियों

आदि का अग्निदाह किया था। मैंने बैटरी के प्रकाश में देखा तो रक्त से लथपथ बिखरी हड्डियाँ और मांस के टुकड़े से भयानक लगती ताजी आत्महत्या की गई किसी मानव की देह की भयानक लाश पड़ी हुई थी।

मैं इस भयानक और विकृत देह को देख रहा था, तभी रेवानंदजी ने मुझे आगे चलने को कहा और बोले, "प्रारब्ध के कर्मों के अनुसार इस प्रकार से मृत्यु होती है।" फिर थोड़ा रुककर चलते-चलते कहा, "अब इस मृत देह का पशु भक्षण करेंगे। पशुओं की विष्ठा धूल होकर मिट्टी में मिल जाएगी। 'पंचमहाभूत' से बनी देह पुनः पंचमहाभूत में मिल जाएगी।"

हम धीरे-धीरे बातें करते हुए चल रहे थे। अंधकार का साम्राज्य व्याप्त था। हवा में से दुर्गंध आ रही थी। मृतकों की भयानक चीखें फैल रही हों, ऐसा ठंडा पवन सिसकारी मार रहा था। कभी-कभी उल्लू की धु-धु-धु तो कभी चीते की गर्जना, घूअड की चिल्लाहट या गीदड़ की आवाज सुनाई दे रही थी। बाज जैसे पक्षी अपने बच्चों का भक्षण होने से रोकने के लिए चिल्ला रहे थे। पक्षियों की भयभीत आवाज वातावरण भयानक और करुण बना रही थी।

मैं इस वातावरण में व्याप्त करुणा का अनुभव कर रहा था, तभी मुझे सत्वर गति से चलने को कहकर रेवानंदजी बोले, "सर्वत्र दुःख व्याप्त है, फिर भी मानवों को संसार का भोग करना अच्छा लगता है। संसार क्षणिक, क्षणभंगुर और दुःखों से भरा हुआ है। सभी तो नाशवान् है। स्वप्नवत् जादू के खेल जैसा भ्रामक।"

मुझे लगा कि गहरे और दीर्घ श्वास द्वारा रेवानंदजी का निःश्वास निकल रहा है। मुझे उनके निस्पृह और शान्त चेहरे पर बुद्ध की परम शांति और करुणा के दर्शन हुए।

रेवानंदजी के कथनानुसार मैं उस पर विचार कर रहा था, तभी मौन होकर चलते मुझे उनके शब्द मुझे सुनाई दिए,

"हमारा गंतव्य स्थान नजदीक आ गया है। बिजली का प्रकाश अब दिखने लगा है। हम पुनीत आश्रम तक पहुँच गए हैं।"

पुनीत आश्रम का नाम सुनकर मुझे याद आया कि मेरा आध्यात्मिक प्रवास यहीं से प्रारंभ हुआ था। दत्त जयंती के दिन प्रथम बार माधवानंदजी के साथ यहाँ आया था। यहीं मेरी भेंट-पूजा हुई थी और यहीं मेरा पूज्य शिवानंद सरस्वतीजी से विचित्र रूप में मिलाप हुआ था। बस तब से मेरा निरंतर आध्यात्मिक प्रवास और प्रशिक्षण चल रहा है।

पुनीत आश्रम को पार कर हम प्रेरणा धाम तक पहुँच गए थे। अब मानव संचार

का अनुभव हो रहा था। बैटरी के प्रकाश की अब आवश्यकता नहीं थी। प्रेरणा धाम में विराजमान भगवान् श्री गुरुदत्त का स्मरण कर हम धीरे-धीरे चलते नागा बाबा का अखाड़ा पार कर भवनाथ मंदिर तक आ पहुँचे थे। वहाँ यात्रियों की चहल-पहल अभी भी थी। ब्रह्मलीन पूज्य रघुनाथ गिरि की समाधि के दूर से दर्शन कर जमनावाड़ी तक आ पहुँचे। शिवानंद सरस्वती को यहाँ मैंने शंका की नजर से देखा था। सरयूदास के पावन दर्शन भी मैंने यहीं किए थे। मैंने जमनावाड़ी के दरवाजे के अंदर दृष्टि की, तो वहाँ अंधकार से पूर्ण शांति थी। सड़क पर वाहनों का आना-जाना शुरू था। जोगणिया पर्वत तथा रेवताचल पर्वत दोनों ढाल पर हिरणों की हूक की भयानक आवाज आ रही थी।

सारे दिन के प्रवास के बाद गंतव्य स्थान आ जाने पर अंतर में आनंद का उद्‌भव हुआ। दरवाजे के पास पहुँचते ही दान बापू के दर्शन की नित्य की तरह अपेक्षा थी, परंतु वे दिखाई नहीं दिए। थोड़े दिन पूर्व बिलखा से भेजे गए, साधु 'शास्त्रीजी' खड़े थे।

देखते ही बोले, "मुझे लग रहा था, अब आप लोगों को आ जाना चाहिए। बहुत समय हो गया है। यहाँ खड़े रहने की सूचना दान महाराज ने दी, अतः खड़े रहना पड़ा। भोजन तैयार है। भोजन करना हो तो।" कहकर वे अंदर की ओर जाने के लिए आगे बढ़ गए।

उन्हें रोकते हुए कहा, "हमें भोजन तो नहीं करना है। मात्र चाय-काफी या दूध होगा तो चलेगा। आपको दान बापू ने सूचना तो दी ही होगी। यद्यपि दान बापू यह तैयार कर ही रहे होंगे।"

"दान बापू हों तो तैयार करेंगे न? अब मुझे ही सब बेगार करनी पड़ेगी।"

मुझे शास्त्रीजी की भाषा कर्कश और हल्की लगी। दान बापू की अनुपस्थिति के बारे में मैंने पूछा, "दान बापू नहीं हैं क्या, वह कहीं गए हैं?"

"यह तो मुझे पता नहीं, परंतु तुम्हारे जाने के बाद कोई आकर कह गया कि दान बापू को एक दिवस पूर्व आयोजित विश्वंभर के उत्सव में आने के लिए निकलना है। बस इससे ज्यादा मुझे कुछ भी पता नहीं हैं।"

इतना कहकर वे अंदर की ओर चलते बने। मुझमें शास्त्रीजी के प्रति एक अरुचि का भाव जगा। रेवानंदजी मेरा हाथ पकड़कर मुझे अंदर ले गए।

मैंने उनके मुख की ओर दृष्टि की तो, वे हँस रहे थे। बोले, "सबकुछ चलता है बंधु! द्रष्टा बनकर देखा करो।" मैं उनके साथ चलने लगा।

नीचे हाथ-पैर धोकर अपने कमरे में आया और बिस्तर पर लेट गया। इसके

साथ ही पूरे दिन के अनुभवों के विचारों ने मुझे घेर लिया। आँख बंद कर मैं विचार कर रहा था। विश्वंभर द्वारा कल आयोजित किए उत्सव के बारे में जानने की मुझे उत्सुकता थी। रेवानंदजी ने इस विषय में किस कारण से मुझे कुछ नहीं कहा, यह मुझे समझ में नहीं आ रहा था। मेरे मन के विचारों को तो वे जान लेते हैं, फिर भी मुझे अवगत नहीं किया। अवश्य ही इसका कोई कारण होगा ही। इस विश्वास के साथ मैंने इस विचार पर पूर्ण विराम रख दिया। भूत-प्रेत की बातें एवं रेवानंदजी के पास से मिले आत्मज्ञान के बारे में मैं फिर से विचार कर रहा था, तभी अचानक कॉफी के साथ शास्त्रीजी के प्रवेश ने मेरे विचारों को रोक दिया। कप मेरी ओर बढ़ाकर शास्त्री जी बोले,

यह दान बापू का बड़ा अंधेर है। ऊपर कॉफी पहुँचाने का सूचना दे गए थे। तुम नीचे से ही कॉफी पीकर आए होते तो क्या अड़चन थी। मुझे यहाँ तक का नाहक धक्का तो नहीं लगता। कहकर वे अपना मुँह बिगाड़कर खड़े रहे। उनके हाथ से काफी का कप लेते ही वे बोले,

"लो अब जल्दी करो। अभी बहुत से काम करना शेष है। जल्दी खाली करो, तो मैं चलता बनूँ।"

उनकी गैर-समझ को दूर करने कप जल्दी से खाली कर मैंने कहा, "दान बापू को मैं कभी भी नहीं कहता हूँ, वे तो स्वयं ही यहाँ भेज देते हैं। काफी पीने की मेरी कोई इच्छा भी नहीं थी।" मैंने अपराध भाव के साथ कहा।

शास्त्रीजी जल्दी से खाली कप लेकर, छीनकर चलते बने, परंतु दरवाजे की ओर जाते शास्त्रीजी के शब्द मेरे कान पर तो क्या मेरे मुँह पर भी टकराए। भाग्यशाली की संतान! नीचे आकर पी जाते, तो क्या तुम्हारे पाँव टूट जाते? फिर कहा, यह दान भी निठल्ला लगता है और शास्त्री दरवाजा पार कर अदृश्य हो गए। मुझे उनका यह व्यवहार ठीक नहीं लगा। गुस्सा चढ़ जाने पर शांत होने के लिए मैंने थोड़ी देर के लिए आँखें बंद कर लीं। तभी मुझे अचरज से चौंका देता हुआ माधवानंदजी का सौम्य चेहरा मेरी बंद आँखों में स्पष्ट रूप से उभर आया। माधवानंदजी हँसकर मुझे कह रहे थे।

"शांति-शांति, ऐसा तो होता ही रहता है। प्रकृति की ओर से उन्हें ऐसा ही स्वभाव प्रदान हुआ है, अत: ऐसा व्यवहार किए बिना वे नहीं रह सकते हैं। वास्तव में वे विद्वान् हैं, परंतु ज्ञानी नहीं हैं। खैर, कल मिलेंगे विश्वंभर आयोजित उत्सव में। मैं भी वहाँ आनेवाला हूँ।"

इतना कहकर माधवानंदजी का चेहरा अदृश्य हो गया।

मुझे लगा इसमें मेरा भी तो प्रशिक्षण हो गया। शास्त्री के पास ज्ञान है, परंतु आत्मज्ञान किए बिना का ज्ञान तो मात्र जानकारी होता है। वे पंडित अवश्य हैं, ज्ञानी नहीं, इसलिए अपनी प्रकृति पर वे नियंत्रण नहीं कर सकते हैं।

खड़े होकर मैंने खिड़की खोली। रास्ते पर दृष्टि की। आज रविवार होने से ट्रैफिक बहुत अधिक था। जोगणिया पर्वत पर वृक्षों की डालियाँ तेज हवा के कारण हिल रही थीं। मैंने खिड़की बंद की और आकर बिस्तर में सो गया। थोड़ी देर में ही निद्रा देवी ने मुझे अपने अंक में समा लिया।

14

ममता नहीं, पुत्र-पत्नी में नहीं, ना अभिमान देह में।
निंदा-प्रशंसा एक जैसी, मान-अपमान एक समान जैसे
मित्र हो, शत्रु हो, सब एक समान है जो
माया नहीं, काया नहीं, संध्या जैसा यह विश्व है
नाम नहीं और रूप नहीं, मात्र ईश्वर परिपूर्ण है।

परम पवित्र शीतल प्रकाश में गहरी निद्रा का सुख उठा रहा था कि मुझे कोई जगा रहा है, ऐसा अनुभव हुआ। जागकर देखा तो कोई नहीं था। 3 बजे उठने का संकल्प किया था। शायद शरीर में स्थित प्राकृतिक घड़ी ने ही मुझे जगाया था। ठंडे पानी से मुख प्रक्षालन कर आचमन कर टेबल के पास की कुर्सी पर बैठा। वहीं टेबल पर रखी पुस्तक पर मेरी नजर पड़ी। पन्ने फेरते ही उपरोक्त पंक्तियों पर मेरी नजर ठहर गई। उसका अनुवाद कर मैंने अपनी नोट बुक में लिख लिया।

इस पुस्तक में साधना के मध्य जो-जो अनुभव होते हैं, उनका वर्णन किया गया है। यह सब मैंने माधवानंदजी, रेवानंदजी के पास से सुना था, जिसमें लगभग सारी जानकारी अर्थात् ज्ञान में संपूर्ण साम्य था। अतः प्रत्येक, जो मेरे पास व्यक्त हुआ, वह सब मानो इस पुस्तक का अवतरण ही हो, ऐसा लगा, क्योंकि सिद्ध पुरुषों के अनुभवजन्य ज्ञान सत्य पर ही आधारित होने से समान जैसा लगा। पुस्तक को थोड़ा देखकर मस्तक पर स्पर्श कर पुनः रख दिया।

खिड़की में से जोगणिया पर्वत को मैं स्थिर दृष्टि से देख रहा था, तभी पीछे से मुझे किसी ने स्पर्श किया, ऐसा लगा देखा तो रेवानंदजी मेरे पीछे खड़े हुए हँस रहे

थे। दृष्टि मिलते ही बोले, ''चलो। समय पर जाग गए हो, 4 बजे के पूर्व पादुकाओं का पूजन कर ब्रह्ममुहूर्त में जप में बैठ सकोगे। शास्त्रीजी विधिवत् पूजन करवा देंगे।''

फिर थोड़ा रुककर पलंग पर आसन लेकर कहा, ''गायत्री दीक्षा गुरुमुख से ली जाती है, तब उसका फल मिलता है। मात्र कागज पर छपे मंत्र को पढ़ने और गुरुमुख से पढ़ाए गायत्री मंत्र में बड़ा अंतर है।''

''सरयूदासजी जैसे समर्थ गुरु प्रदत्त शक्तिपात का लाभ तुम्हें मिला हुआ ही है। उपरांत उनकी चरण पादुका तुम्हारे सामने होगी। अतः गायत्री मंत्र तुम्हें सहज में फल प्रदान करनेवाला बन जाएगा।

विधिपूर्वक पूजन तुम्हें शास्त्रीजी करवाएँगे। अतः कोई प्रश्न ही नहीं रहता है। साढ़े छह बजे तक जप पूर्ण हो जाते ही हम विश्वंभर के स्थान पर जाने के लिए प्रयाण करेंगे।'' कह रेवानंदजी ने मेरी पीठ का स्पर्श किया और चले गए।

प्रातः विधि पूरी करके स्नान कर मैंने अन्नपूर्ण माताजी के मठ में प्रवेश किया। शास्त्रीजी पूरी तैयारी के साथ मेरी प्रतीक्षा में बैठे थे। विधिवत् सब देवताओं का पूजन एवं बाद में सरयूदासजी की चरण पादुका का पूजन हुआ।

उसके बाद प्रार्थनापूर्वक नमस्कार की शास्त्रीजी द्वारा सूचना मिलते ही नमस्कार की मुद्रा में मैंने आँखें बंद कर लीं, तो लगा कि यह जो पादुका है, वह पहनकर सरयूदासजी मेरे सम्मुख खड़े हैं। थोड़ी देर के लिए मुझे ऐसा भी लगा कि उन्होंने मुझे अपने पास बिठाया है। फिर उन्होंने 'ॐ नमः शिवाय' बोल गायत्री मंत्र का संपुट किया और मेरे दाहिने कान में मंत्र बोलकर मस्तक पर जल का अभिषेक किया। इसके बाद उन्होंने अपने पुनीत हस्त में मुझे नैवेद्य का निवाला प्रदान किया और इसके साथ ही मुझे लगने लगा कि मुझ पर मेरा सौभाग्य पूर्ण रूप से बाढ़ की तरह चढ़ने और 'स्मृति' की निरंतर सरिता बहने लगी है। इसके साथ ही मुझे जन्मोजन्म की पूजा और मेरे द्वारा की गई असंख्य भाँति की उपासना एवं प्राप्त सिद्धियाँ याद आने लगीं।

थोड़ी ही देर में मेरी आँखें खुल गईं। पूजा अर्चित पुष्प चढ़ाए, पादुकाएँ चौकी पर मेरे समक्ष आसन पर पड़ी थीं। शास्त्रीजी चले गए थे।

मैंने पादुकाओं का स्पर्श कर पुनः पुष्प चढ़ाए। पादुकाओं को मैंने कितनी ही बार अपने सिर पर लगाया। एक-एक करके सब फूल बारंबार सूँघकर मस्तक पर चढ़ाए।

मैंने एकाग्रचित् होकर मंत्रजाप प्रारंभ किए। उसके साथ-साथ परम शक्ति के प्रति पवित्र भावना मेरे समग्र अस्तित्व में उभरने लगी। अंदर और बाहर, सभी ओर इस शक्ति का अहसास होने लगा। मेरी समस्त सांसारिक भावनाएँ, ब्रह्म भाव में पलट

गईं। 'एक में अनेक' का दर्शन कराती भेदवृत्ति भूल गया और क्षणभंगुर 'अनेक में एक' का भाव अनुभव होने लगा। अनेक जन्मों में जो ब्रह्म सिद्धांत सीखे थे, वे मानो फिर से स्फुरित होने लगे।

अदम्य आनंद के साथ लगातार मंत्र जाप करते-करते मैं देखता ही रहा। गजब का दृश्य था यह। अत्यंत सूक्ष्म चिनगारियाँ जगमग-जगमग करती चमक रही थीं। मैं आँखें बंद कर निरंतर जप के साथ उसका अनुभव कर रहा था। धीमी बरसात के मृदु छींटे नीलरंग में चमकती किरणों के साथ मिलकर अद्‌भुत दृश्य पैदा कर रहे थे।

मैं गायत्री मंत्र का जाप कर रहा था, तभी अचानक मेरी आँखें खुल गईं। मंदिर के निजद्वार के बाहर कोई है, ऐसा मुझे अहसास हुआ, मैंने पीछे गर्दन घुमाकर देखा, तो सामने अशोक छात्र टोकरी में फूल लेकर खड़ा था। मेरा ध्यान उसकी ओर जाते ही वह बोला।

"बापू ने कहलाया है कि आपके आज के जाप पूर्ण हो गए हों, तो महादेव का अभिषेक कर फूल चढ़ाकर तुरंत ही रसोईघर में पहुँचें।"

मैं शिवजी का अभिषेक कर, मृत्युंजय के जाप के साथ पुष्प चढ़ाकर रसोईघर में पहुँचा तो रेवानंदजी लकड़ी की चौकी पर बैठकर, मानो मेरी राह देख रहे थे, अपनी चमकीली आँखों से मेरी ओर देख जटा पर अपना हाथ फेरकर बोले, "वाह! आज का तुम्हारा अनुभव तो अद्‌भुत रहा, परंतु अभी भी सप्तलोक का प्रवेश बाकी है। यह भी हो जाएगा। आगे-आगे अभी थोड़ी विश्रांति कर लो। आज तुमने नियत संख्या से अधिक जाप कर डाले हैं। अद्‌भुत आनंद के अनुभव में तुम्हें समय का भी ध्यान नहीं रहा था। अब हमें जाना है, इसलिए तुम्हें ध्यान में से जगाना पड़ा।" इतना कहकर मुझे पास में रखी चौकी पर बैठने का निर्देश करते हुए हँस रहे थे।

मैंने घड़ी में देखा तो ढाई घंटे जैसा समय बीत चुका था। सूर्य की सुनहरी किरणों का प्रकाश पृथ्वी पर फैल रहा था। मैं इन प्रकाश की किरणों का अपने अंदर और बाहर अनुभव कर रहा था, तभी मेरी पीठ पर हाथ से सहलाते हुए प्रेमपूर्वक बोले, "हाँ। रुको। फिर पुनः उस अद्‌भुत दृश्य के ध्यान में मत उतर जाना। हमें अब विश्वंभर के आयोजित उत्सव में जाने के लिए निकलना है। चाय पी लो और वस्त्रों को बदलकर नीचे आओ। मैं तुम्हारी प्रतीक्षा करूँगा।" कहकर खड़े होकर चले गए।

रेवानंदजी का संदेश आ जाने से मैं दरवाजे पर पहुँचकर उनके साथ चलने लगा। बाघेश्वरी मातावाली टेकरी के पीछे जाकर अन्य टेकरियों को पार करते हुए हम आगे बढ़ रहे थे। पिछली बार गिरनारी बाबा के दर्शनार्थ गए थे, वही रास्ता था।

सबकुछ परिचित लग रहा था। गहरे काले पत्थरों और झाड़-झंखाड़वाले जंगल की भरपूर टेकरियों को पार करते हुए हम बिना रुके चले जा रहे थे।

रेवानंदजी निस्पृह भाव से चल रहे थे, परंतु मेरे मन में एक प्रश्न बारंबार उठ रहा था। विश्वंभर द्वारा आयोजित महोत्सव, जिसके बारे में अब तक रेवानंदजी ने मुझे कुछ भी अवगत नहीं कराया था। इसका कोई तो कारण होगा ही? तभी रेवानंदजी के शब्द मेरे कान पर पड़े।

"कारण तो है।" मेरे कंधे पर हाथ रखकर रेवानंदजी बोले, "विश्वंभर के गुरु ॐ ब्रह्मलीन हो गए हैं।"

"हें!" मेरे मुख से आघातयुक्त उद्‌गार निकल पड़े।

"विश्वंभर के गुरु ॐ मृत्यु को प्राप्त हुए हैं और उसके लिए यह महोत्सव।" मानो एक साथ बहुत से प्रश्न मेरे दिमाग में उठने लगे।

सुनकर रेवानंदजी जोर से हँस पड़े और हँसते-हँसते कहा, "देखा न! आश्चर्य के साथ आघात भी लगा न। साधना में रुकावट के रूप में तुम्हारे अंदर के देहभाव के कारण ही मैंने तुमसे इस बारे में बात नहीं कही थी, क्योंकि जन्म और मृत्यु तुम्हारे लिए स्वाभाविक घटना नहीं है, विशेष घटना है। इसलिए यह तुम्हारा सुख-दुःख की भावना का अनुभव पीड़ा देनेवाला होता है। जहाँ तक देह का भान नहीं छूटता है, तब तक वह तुम्हारी साधना में अड़चन रूप हुआ ही करेगी। यदि यह बात तुम जानते होते, तो इतनी तल्लीनता से जप नहीं कर सकते थे। मृत्यु की घटना तुम्हें बारंबार विचार में डालती। ध्यान भंग कर देती। अब जब तुम यह सब अपनी नजर से देखोगे, फिर काल के नियम के अनुसार तुम सब भूल, स्वाभाविक हो सकोगे। अतः ध्यान भंग का परिबल नहीं रहने से तुम एकाग्र होकर मस्ती का आनंद उठा सकोगे! तुम्हें नहीं कहने का बस यही एक कारण था।" इतना कह वे मौन होकर चलते रहे।

मैंने प्रश्न किया, "परंतु ऐसे समय महोत्सव मनाने का क्या प्रयोजन?" रेवानंदजी पुनः हँस पड़े।

"अरे! मृत्यु, यही तो मानव-जीवन के लिए महामहोत्सव है। अरे! मृत्यु यही तो नूतन जीवन का प्रवेश द्वार है। यह एक ऐसा दरवाजा है कि जहाँ से स्वर्ग की ओर जाया जाता है। मृत्यु के बाद ही तो मोक्ष द्वार खुलता है। ब्रह्म में संपूर्ण विलीनीकरण तो मृत्यु के बाद ही हो सकता है। अतः दुःख-दर्द, शारीरिक और मानसिक उपाधियों से घिरी आकुलता का अनुभव झेलते मनुष्य को मृत्यु के बाद ही तो उसमें से छुटकारा मिलता है। प्रत्येक जीवन को अंत में वृद्धावस्था का दुःख तो भोगना ही पड़ता है। यदि

मृत्युरूपी आशीर्वाद नहीं होता तो जीव वृद्धावस्था की पीड़ा भोगता ही रहता। मृत्यु के बाद, दंतहीन, सफेद बाल वाला और रोगों से ग्रस्त वृद्ध, नूतन जन्म ग्रहण करके सुंदर दाँत और काले बाल प्राप्त कर बालक बनकर निर्दोष भाव से स्वस्थ बनकर हँस सकता है, दौड़ सकता है। भोजन पचा सकता है। सशक्त बनकर वृद्धि प्राप्त कर सकता है। इसीलिए पुनः नूतन जीवन प्राप्त करने के लिए मृत्यु एक आवश्यकता है। इसीलिए मृत्यु तो आनंद की बात है। इसीलिए ॐ गुरु के ब्रह्मलीन की घटना एक महोत्सव के रूप में मनाई जा रही है।'' फिर थोड़ा मौन रहकर चलते-चलते ही बोले, ''विश्वंभर के 'गुरु ॐ' सभी प्रकार के ऋणों और कामनाओं से मुक्त होकर जीवन्मुक्त और सिद्धावस्था में मृत्यु के बाद सदा के लिए परमब्रह्म में विलीन हो गए हैं। भवबंधन की कैद में से 'गुरु ॐ' को मुक्ति मिल जाने से शिष्यगण और सिद्ध संतों को अलौकिक आनंद मिलता है। ब्रह्मलीन हुए महात्मा को मृत्यु के बाद यह गति प्राप्त होने से सब आनंदित होकर इस महोत्सव में भाग लेने के लिए एकत्रित हो रहे हैं।'' फिर हथेली पर अपनी एक उँगली को पछाड़कर बोले, ''दूसरी एक खास बात—इस महोत्सव में भोजन नहीं, परंतु भजन का महत्त्व होता है। इसमें ऐसी कोई व्यवस्था तुम्हें वहाँ दिखाई नहीं देगी। वहाँ तुम्हें अनेक साधु-संतों और सिद्धों के दर्शन प्राप्त होंगे, जिसके कारण तुम्हारे अंदर गुप्त रूप से पड़ी पूर्व साधना की अनुभूति जाग्रत् हो उठेगी। जगत् की तमाम दिशा से तुम्हारी ओर शुभ और सुंदर विचारों का आगमन होगा। अन्य संतों और विश्वंभर की ओर से तुम्हें मानसिक स्पंदनों द्वारा ज्ञान प्राप्त होगा। तुम्हें साथ लाने का यह भी एक कारण है।

''अब हमारा गंतव्य स्थान एकदम नजदीक है। तुम इस स्थान से परिचित हो। वहाँ पहुँचने के बाद तुम स्वतंत्र रूप से सब ओर परिभ्रमण करोगे। बाद में विश्वंभर को मिलकर और सबकुछ संपन्न हो जाने पर, रास्ते में विश्व रूपानंद के स्थान पर रात्रि भोजन कर सूर्यास्त के बाद पुनः स्थान पर हमें पहुँच जाना है।''

हम पर्वत के नीचे के भाग में मैदान पर आ गए थे। यहाँ से हमें नीचे नदी के किनारे-किनारे मैदान तक वृक्षों के तनों को पकड़कर उतरना है। यह मुझे याद था।

हम नीचे उतरने के लिए ढाल पार करने लगे। नीचे की ओर दृष्टि की तो मैं आश्चर्यचकित होकर देखता ही रहा। नीचे नदी के किनारे और मैदान में अनेक प्रकार के असंख्य साधुओं को, जिन्हें मैंने देखा नहीं था, वे सब अलग-अलग संप्रदायों के सिद्ध थे। परंतु मैं तो इस बारे में कुछ भी नहीं जानता था।

हम धीरे-धीरे चलते हुए साधुओं के बिलकुल पास पहुँचे तो हमें देखकर

'ॐ नमो नारायण' का सामूहिक नाद गूँज उठा। समूह में सभी साधु-संतों ने हमारा भावपूर्ण स्वागत किया। सबकी तेजस्वी आँखों में हमारे प्रति प्रेम और सत्कार की भावना मुझे दिखाई दी। मेरे संकोच की सारी भावनाएँ दूर हो गईं। मुझमें एक प्रकार की आत्मीयता इन सबकी ओर जाग्रत् हो उठी। मैंने दोनों हाथ ऊपर कर दंडवत् की मुद्रा में प्रणाम किया।

मैं इतना अधिक आनंदित हो उठा था कि रेवानंदजी मेरे पास में से कब, कहाँ चले गए, उसका भी मुझे पता नहीं चला। सबको प्रणाम करता, मिलता मैं अपरिचित होने के बाद भी चिर-परिचित के समान सबके बीच आत्मीयतापूर्वक घूम रहा था। मैं इतने उत्साह में आ गया था कि मैं कहाँ हूँ, इसका भी मुझे होश नहीं था। मुझे लगा कि मैं किसी सिद्धि के लोक में भ्रमण कर रहा हूँ। कोई दिव्यत्व जो मेरे अंदर निहित है, वह मुझे आगे ले जाकर सबकुछ बता रहा है। मुझे लगा कि घूमते-घूमते मैं जो कुछ भी देख रहा हूँ, वह कोई अगोचर और सुंदर सिद्धों का प्रदेश है।

मैं आगे-आगे नदी के किनारे चला जा रहा था। वहाँ मैंने एक अत्यंत रमणीय मार्ग देखा। अनेक वन, छोटी-बड़ी गुफाएँ, निर्मल झरने, श्वेत और नीले-हरे रंग के हिरण और सफेद मोर भी वहाँ मैंने देखे। साधुओं की भीड़ के बीच भी वातावरण में अद्भुत शांति थी। प्रात:काल के उदय होते सूर्य को नीले काँच में से देखा, ऐसा सुंदर प्रकाश दिखाई दिया। ऐसे ही सुंदर आलोक से यह स्थान भरपूर लग रहा था। यहाँ चलते-चलते मुझे अपने अंदर एक वेग सहित आनंद का स्फुरण हुआ और मुझे समझ में आ गया कि पूर्वकालिक ऋषियों के दर्शन की एक बहुत ऊँची अनुभूति मुझे हो रही थी। मनोवेग से मैं देखते-देखते घूमने लगा।

मुझे विश्वास हो गया कि मैं सिद्धलोक में घूम रहा हूँ। यहाँ असंख्य सिद्धों को घूमता-फिरता देख रहा था। बहुत से सिद्ध आसनस्थ हो अपने-अपने ध्यान में मग्न थे। सभी अपने-अपने आसन पर विविध मुद्राओं में बैठे थे। कितने ही महात्मा शांत भाव से स्थिर बने बैठे दिखाई दिए। वे मेरी ओर भी नहीं देख रहे थे। कोई जटाधारी तो कोई मस्तक मुंडन भरे हुए थे, तो किसी के कान फटे हुए थे। कोई वृक्ष के नीचे, कोई शिलाओं के ऊपर, तो कोई गुफाओं के अंदर बैठे थे, तो कोई घुँघरू बाँधकर ढोलक बजा रहे थे।

उपरांत पुराणों में जिनके बारे में पढ़ा था, उन ऋषि-मुनियों को भी मैंने वहाँ देखा। रामकृष्ण परमहंस, मुक्तानंदजी एवं शिरडी के साईं बाबा को भी मैं वहाँ देखकर स्तब्ध हो गया। सिद्ध नित्यानंद बापू और विश्वस्वरूपानंदजी अपने-अपने

स्थानों पर थे। वे भी मुझे दूर-दूर घूमते और भजन करते हुए मिले। अलग-अलग स्थान थे। कोई-कोई कुटीर में भी थे। कोई-कोई छोटे-छोटे नवीन प्रकार के मकानों में विराजमान भी मैंने देखे।

शीतल पवन के साथ सूर्य का प्रकाश भी मनभावन लग रहा था। मैं आगे और आगे चल रहा था। थोड़ी दूर चलते ही मुझे लगा कि मुझे सभी बातों का ज्ञान है अथवा मुझे सब प्रकार का ज्ञान प्राप्त होने लगा है। मैं मान रहा था कि मुझे सभी प्राचीनकाल के ऋषि-मुनियों जैसा ज्ञान प्राप्त होने लगा है। मैं ज्ञान अवस्था में चलने लगा।

थोड़ा आगे जाने पर दिव्य मुद्राओं में स्थिर योगिनियों को भी मैंने देखा। सभी योगिनियों और सिद्ध महात्माओं के दर्शन करते-करते मैं बहुत देर तक घूमता ही रहा। मुझे यह सब अच्छा लगता था और सभी तो परिचित और अनुभव प्राप्त किया हुआ लगता था। यह देख मुझे आनंद आ रहा था। ऐसे आनंद का अनुभव मुझे कभी भी पहले नहीं हुआ था।

मैं आनंदपूर्वक घूम रहा था, तभी मेरी दृष्टि दूर स्थित एक टेकरी पर गई, तो मैं हर्ष से पुलकित हो उठा। टेकरी पर एक घने वृक्ष के नीचे ऊँची सपाट शिला पर माधवानंदजी, पूरणपुरी बापू, स्वरूपानंदजी और विश्वस्वरूपानंदजी को आनंदपूर्वक गोष्ठी करते हुए देखा। मजे की बात तो यह थी कि इतने दूर से भी मैं उनकी आवाज एकदम पास में ही हो, इस प्रकार से सुन रहा था और सबके दूर होने के बाद भी मैं उन्हें स्पष्ट देख सकता था।

दूर से ही मैंने सबको 'ॐ नमो नारायण' बोलकर दोनों हाथों को ऊँचा करके दंडवत् की मुद्रा में प्रणाम किया। सामने से सबने सहास्य 'ॐ नमो नारायण' बोलकर प्रत्युत्तर दिया। मैंने माधवानंदजी की ओर भावपूर्वक दृष्टि की तो वे बोले, "हमने ही तुमको इस ओर आने की प्रेरणा प्रदान की थी। तुमसे मिलने के लिए ही। अब योग्य समय पर पुनः मिलेंगे। अभी तुम जहाँ हो, उसी दिशा में आगे बढ़ो। विश्वंभर तुम्हारी ही प्रतीक्षा कर रहा है।"

कहकर उन्होंने मुझे आगे बढ़ने के लिए मौन सूचना प्रदान की। उनके कहे अनुसार मैं आगे बढ़ा। मिले बिना ही आगे जाने की सूचना माधवानंदजी ने किस कारण से दी, वह मैं समझ नहीं सका। कदाचित् समय कम होगा और विश्वंभर को मिलना मेरे लिए आवश्यक था, ऐसा जानकर मैं आगे चल पड़ा।

यत्र-तत्र साधुओं के झुंड दिखाई दे रहे थे। सभी आनंद और भक्ति की मस्ती में झूम रहे थे। किसी-किसी स्थान पर गोलाकार वृत्त में बैठकर साधु गाँजे का आनंद

उठाते हुए भी दिखे। एक स्थान पर मैदान में नाथ बाबा घुटने में बँधे घुँघुरुओं के साथ कमर पर बँधी पखावज की ताल पर नागा बाबाओं के समूह के बीच नर्तन कर दक्षिणा माँग रहे थे। मुझे पता था कि नाथ बाबाओं को नागा बाबाओं के पास से माँगने का अधिकार है। ऐसे प्रसंगों पर नाथ बाबाओं को भी निमंत्रण देकर प्रवेश करने दिया जाता है।

ऐसे अद्भुत, रोमांचक और आध्यात्मिक वातावरण के बीच मैं आगे बढ़ रहा था। वहीं थोड़ी दूर नदी के किनारे मैंने जलती चिता देखी और अन्य साधुओं के साथ विश्वंभर भी इस चिता के एकदम नजदीक तनकर स्थिर और दिगंबर अवस्था में खड़ा था। यह वह स्थान था, जहाँ विश्वंभर के 'ॐ गुरु' पानी में रहकर समाधि अवस्था में रहते थे और जिनके घुटने तक के पाँव मछलियाँ भक्षण कर गई थीं। विशाल अग्नि ज्वाला देखते हुए ऐसा लगा कि चिता अभी-अभी ही जलाई गई है। धुएँ के साथ अग्नि की ज्वाला आकाश की ओर बढ़ रही थी। मैं नजदीक जाने की दुविधा में खड़ा था। तभी वहाँ से दूर होने के बाद भी, एकदम नजदीक से बोलता हो, वैसे विश्वंभर के शब्द मेरे कान पर पड़े।

"आओ-आओ अनंतानंद। मैं तुम्हारी ही प्रतीक्षा कर रहा हूँ।" मैं शीघ्रता से उसके नजदीक पहुँचा तो वह पुनः बोला, "किसी भी प्रकार के लौकिक शब्दों के द्वारा व्यवहार करने की आवश्यकता नहीं है। साधुओं के लिए ऐसी लौकिक शोक की अभिव्यक्ति उचित नहीं होती है। ज्ञानीगण मृत्यु को महोत्सव मानकर आनंद के साथ भक्ति करते हैं।"

फिर मेरी ओर हाथ लंबा करके हँसकर पुनः बोला, "आओ, पास में आओ। बैठकर हम आनंद की बातें करेंगे।"

हम जलती चिता से थोड़ी दूर एक बड़ी शिला पर बैठ गए। अब चिता की अग्नि ज्वालाएँ आकाश को छूने का प्रयत्न कर रही थीं, साथ-ही-साथ साधुओं का जयघोष भी चल रहा था। सूर्य आकाश के मध्य पहुँचने की तैयारी में था। चिता जल रही थी, तभी 'ॐ गुरु' के भौतिक शरीर का जलता हुआ एक हाथ बाहर दिखाई देते ही विश्वंभर ने एक काष्ठ की सहायता से उसे पुनः चिता के अंदर धकेल दिया। उसके बाद मेरे पास आकर बैठते हुए कहा, "मृत्यु के बाद भौतिक शरीर का कोई भी मूल्य नहीं रहता है, परंतु जीवित शरीर यह प्रकृति की अद्भुत कृति है। ईश्वर का विराट् स्वरूप भी मनुष्य के शरीर जैसा ही है। जो मनुष्य के शरीर में है, वह सब ब्रह्मांड में है। अखिल विश्व में है। ईश्वर ने ब्रह्मांड का सर्जन अपने स्वयं में

से, अपने स्वयं के लिए और अपना जैसा ही किया है। यह अखिल विश्व उसमें ही समाविष्ट है। उसी का स्वरूप है। अणु-अणु में वही तो व्याप्त है। वही तो पुरुष है, परंतु अपनी समस्त क्रिया-शक्ति उसने प्रकृति में निरूपित कर दी है। अतः प्रकृति भाग्य से ही क्रियान्वित होती लगती है। इसीलिए उसके कार्य में मोह उत्पन्न होता है और पुरुष अपने को प्रकृति ही समझने लगता है। वास्तव में पुरुष की दृष्टि गिरते ही प्रकृति उत्तेजित हो जाती है। उसके बाद पुरुष का सत्त्व उसमें स्खलित होते ही प्रकृति गर्भ धारण करके सृष्टि का निर्माण करती है।'' इतना कहकर विश्वंभर मौन हो गया।

''यह विषय मुझे जटिल तो लगता है, परंतु स्पष्ट होने के लिए कुछ अधिक ज्ञान का विवेचन आवश्यक है।''

''यह सभी ज्ञान की प्रेरणा मैंने तुम्हें दे दी है।'' विश्वंभर ने हँसकर कहा, ''जब थोड़ी देर पहले तुम सिद्धों के मध्य घूम रहे थे, तभी सांख्य योग का विवेचन तुम्हारे समक्ष मैं सूक्ष्म रूप से रख रहा था। उसके आंदोलन से परिप्लावित तुम्हें भी उस समय लगा कि तुम्हें सबके बारे में ज्ञान है अथवा तुझे हो रहा है। याद कर, तुम्हें सभी प्राचीन ऋषि-मुनियों का ज्ञान होने लगा था।''

''हाँ। बराबर।'' मैंने सहमत होते हुए कहा, ''उस समय और अभी भी मुझे लगता है कि मुझे सारा ज्ञान है। मैं सबकुछ जानता हूँ। फिर भी मुझे लगता है कि यह उस गहरे जल के समान है, जिसका तला स्पष्ट नहीं देखा जा सकता है। ऐसा गर्भित और अस्पष्ट है।''

''बराबर। ठीक है।'' विश्वंभर ने कहा, ''अभी यह ज्ञान गर्भित रहे, यह आवश्यक है। ज्ञान अपने आप परिपक्व होकर योग्य समय बाहर आ जाएगा। कच्चे फल को पकाने और मधुर बनाने के लिए उसे ढककर रखना आवश्यक है। पक जाने पर अपने आप उसमें से सुगंध निकलने लगते ही वह फल पक गया है; पता चल जाता है। उसके बाद ही उसके स्वाद का आनंद उठाया जा सकता है।'' हँसकर विश्वंभर बोला।

''इस ज्ञान का उपदेश तुम्हें हरिद्वार में करना है। इस ज्ञान के प्रभाव के द्वारा ही तुम तुम्हारी आत्मा को सहजता से स्वरूपानंद की जड़ देह में प्रवेश करवा सकोगे और पुनः तुम्हारी देह में प्रवेश करा सकोगे। इस हेतु परकाया प्रवेश का कोई विधि-विधान करने की कोई तांत्रिक विद्या को आजमाने की आवश्यकता नहीं रहती है। तुम्हारे स्वयं के स्फुरण में और इच्छाशक्ति से ही आत्मा का आदान-प्रदान का कार्य सहज सिद्ध हो जाएगा।''

फिर थोड़ा रुककर चिता की ओर दृष्टि कर फिर मेरी ओर दृष्टि घुमाकर बोला, ''मैंने ज्ञान का स्रोत तुम्हारी ओर बहाया ही है और अभी और भी बहाता रहूँगा। इसके उपरांत जिन-जिन सिद्धों के बीच तुम घूमे हो, उन सबके शक्ति-स्रोत और विचारों का कंपन तुम्हारे में प्रवेश कर चुका है। अतः छोटी सी साधना द्वारा तुम्हें सभी सिद्धियाँ सरलता से प्राप्त हो जाएँगी।''

फिर चिता में एक और काष्ठ डालकर मेरे पास बैठकर विश्वंभर ने कहा, ''यह कार्यक्रम समय में ही पूर्ण करना है, अतः शक्तिपात की समस्त योजनाएँ तुम्हारे लिए करना आवश्यक था।''

इतना विवेचन कर विश्वंभर ने मौन धारण कर जलती चिता की ओर ध्यान केंद्रित किया। 'ॐ गुरु' का भौतिक जड़ शरीर संपूर्ण रूप से भस्म हो चुका था। इस कारण कितने ही साधु जलते अंगारों पर पानी डाल उन्हें 'ठंडी' कर रहे थे। फिर कितने ही साधुओं ने उस राख में से 'अस्थि' एकत्रित करके एक कुंभ भर दिया। विश्वंभर ने उस अस्थि कुंभ पर पुष्प चढ़ाकर मानसिक पूजा-अर्चना की। इसके बाद एक गहरी चट्टान पर अस्थि-कुंभ को रखकर सब साधुओं ने 'ॐ नमः शिवाय' के बाद एक साथ अस्थि-कुंभ की तीन बार प्रदक्षिणा की।'

धीरे-धीरे सभी साधु बिखर गए, तब विश्वंभर ने मेरा हाथ पकड़कर कहा, ''अब थोड़ी देर बाद तुम्हें यहाँ से जाना है। तुम्हारी साधना पूर्ण होने पर हम स्वरूपानंदजी के स्थान पर पुनः मिलेंगे। तुम उस टेकरी के पास विश्रांति करो, तब तक रेवानंदजी अपने स्थान पर से तुम्हें लेने के लिए वापस आ जाएँगे।''

''स्थान पर से?'' मैंने आश्चर्य से पूछा।

''हाँ।'' विश्वंभर ने कहा, ''स्थान पर दो गाय माताएँ प्रसव वेदना से पीड़ित हो रही थीं। छुटकारा नहीं हो रहा था। इलाज के लिए उस स्थान पर जाना पड़ा है। वहाँ अब सब ठीक हो गया है। थोड़े समय से ही वे आ जाएँगे, तब तक तुम विश्रांति करो।''

मैं थोड़ी दूर टेकरी के पास के स्थान पर शिला पर बैठा। सूर्यास्त होने में अभी बहुत देर थी। धीरे-धीरे साधु भी जा रहे थे। तभी मेरी नजर थोड़ी दूर स्थित मैदान पर पड़ी। दृष्टि में आया तो दान बापू, नाथ बाबाओं और अन्य प्रवेश प्राप्त साधुओं को भोजन परोस रहे थे। जिन्होंने भोजन पूर्ण कर लिया था, उन्हें सुखानंदजी दक्षिणा प्रदान कर रहे थे। मुझे पता था कि निमंत्रित साधुओं को भोजन करवाकर दक्षिणा देने का साधु समाज का नियम है। अन्य सिद्ध कक्षा के 'जीवन्मुक्त' साधु-महात्मा

अपनी इच्छानुसार स्वयं ही शरीर के निर्वाह योग्य भोजन ग्रहण कर लेते हैं। अत: उनके लिए ऐसी कोई व्यवस्था करने की आवश्यकता नहीं होती है।

धीरे-धीरे सारा विस्तार खाली हो गया, मानो यहाँ कुछ भी नहीं हुआ हो। दान बापू भी अपना कार्य पूर्ण करके कहीं चले गए थे। उसका भी मुझे पता नहीं चला। विश्वंभर भी अपने स्थान के लिए प्रस्थान कर गया था। सुनसान हो गए इस स्थान पर अब मेरे अलावा कोई नहीं था।

मैं शांतचित्त से निरीक्षण कर रहा था। सूर्य पश्चिम की ओर ढलता जा रहा था। मैं आँखें बंद कर ध्यानस्थ अवस्था में बैठा, तभी मेरे कंधे पर हास्य ध्वनि के साथ स्पर्श हुआ। रेवानंदजी मुझे लेने आ गए थे।

हँसकर बोले, ''चलो, पैर उठाओ। हमें विश्वस्वरूपानंदजी के हाथ का भोजन ग्रहण करने के बाद में ही स्थान पर जाना है। कल का निमंत्रण याद है न?'' आगे बोले, ''दान भी हमें वहीं मिल जाएगा।'' रेवानंदजी ने कहा और मुझे आगे बढ़ाकर चलने लगे।

रेवानंदजी के साथ जंगल में चलते हुए मेरे मन में अद्भुत ज्ञान का प्रादुर्भाव होता महसूस हो रहा था। अब मुझे केवल सात्त्विक आनंद का ही अनुभव होता था। शोक या उद्वेग नाम शेष हो गए थे। बची-खुची चंचलता भी चली गई थी। मैं ज्ञान-गंभीर बन गया था। वर्तमान क्षणों को अंतर में संग्रह कर चल रहा था।

अचानक मुझे दान बापू का खयाल आया। 'वे क्या वहाँ रुक गए होंगे?'

मेरे में प्रश्न उठते ही रेवानंदजी बोले, ''नहीं, दान बापू तो हमसे पहले ही विश्वस्वरूपानंदजी के पास पहुँच गए हैं। और जौ के आटे की बाटी हमारे लिए बना रहे हैं। तुमको और मुझे जौ के आटे की बाटी भोजन में लेना है। इस बात को वे जानते थे, अत: जौ का आटा स्थान से साथ में ही लाए थे।''

''परंतु वे इतनी जल्दी वहाँ पहुँच गए होंगे?''

''अरे! उनकी सत्वरता के बारे में पूछते हो?'' मेरे आश्चर्य में वृद्धि करते हुए रेवानंदजी ने कहा, ''दान बापू के चलने की गति इतनी तेज है कि वे गिरनार पर्वत पर मात्र बीस मिनट में चढ़कर वापस उतर आते हैं। अधिकांश वे देर रात्रि को ही गिरनार चढ़ते हैं। अत: उनकी सत्वरता देखकर लोग आश्चर्य नहीं करते हैं। अधिकांश तो वे प्रतिबंधित रास्ते से ही अंबाजी के दर्शन करने जाते हैं।''

''तो, यदि दान बापू गिरनार आरोहण स्पर्धा में भाग लें, तो प्रथम नंबर ही आएँगे!'' मैंने मजाक किया।

"ऐसी स्पर्धा और प्रसिद्धि साधुओं के लिए निषेध है।"

फिर मुझे रास्ता दिखाते हुए चलते बोले, "गौ माता की वेदना जानकर वे मेरे पीछे-पीछे आए और कार्य पूर्ण होते ही पुनः आकर उत्सव के कार्य में लग गए।" फिर हँसते-हँसते बोले, "शास्त्रीजी ने उनको देखकर खूब हल्ला मचाया और दान पर बहुत नाराज हुए।"

हम लोग धीरे-धीरे चल रहे थे। तभी दूर से आत्मस्वरूपानंदजी का स्थान नजर में आया और इसके साथ ही रेवानंदजी बोले, "चलो गंतव्य स्थान आ गया।"

हम चढ़ाई चढ़ वहाँ पहुँचे तो दान बापू जौ की बाटी बना रहे थे। विश्वरूपानंदजी उनकी सहायता कर रहे थे। हमने 'ॐ नमो नारायण' का आदान-प्रदान किया। धूनी के पास बैठे। धूनी में अग्नि प्रज्वलित हो रही थी। आत्मस्वरूपानंदजी आसन पर बैठ ध्यानस्थ अवस्था में विराजमान थे। आँखें आधी बंद और आधी खुली थीं, फिर वे सब निरीक्षण कर रहे थे।

यहाँ मुँह से बात करने की कोई आवश्यकता नहीं थी। सभी एक-दूसरे के विचार जान लेते थे और चर्चा का भी कोई स्थान नहीं था, क्योंकि सभी को एक ही परमात्मा का एक समान ही ज्ञान था, अन्य के विचारों को ग्रहण करने की क्षमता अब मुझमें भी आ गई थी, परंतु मेरे विचारों या मानसिक संदेश को भेजने की योग्यता अभी मुझमें नहीं थी। रेवानंदजी ने एक बार कहा था, 'यह क्षमता भी साधना पूर्ण होने के बाद अपने आप आ जाएगी। प्रारंभ में तो दौड़ते विचारों की ताकत घट जाने के कारण संकल्प मात्र से ही सबकुछ सिद्ध हो जाएगा।'

मेरा अपना भी अनुभव है कि वर्तमान में ही मन को केंद्रित करके रखने से जो अनोखा आनंद और उत्साह सतत होता रहता है, उसका शब्दों में वर्णन करना कठिन है।

जौ की बाटी तैयार हो गई थी और साग वृक्ष के बड़े पत्तों से बबूल के काँटों की सुई डालकर पत्तल-दोने बनाए जा रहे थे। वातावरण शांत था। तभी घुँघरुओं की मधुर रणकार सुनाई दी। नंदिनी गाय के आने का यह संकेत था, जो मैं अपने कल के अनुभव से समझ गया।

"वाह! मेरी माँ! आज दूध की आवश्यकता जल्दी थी, उसका पता मेरी माँ को कैसे हो गया?" विश्वरूपानंद ने तपेली लेकर खड़े-खड़े कहा।

"विश्वरूपानंदजी के गाय माता के आँचल के नीचे तपेली रखते ही थोड़ी देर में झागवाले ताजे दूध से तपेली भर गई। सबने पुनः प्रणाम कर गाय माता को विदा किया। सबने आसन ग्रहण किए और भोजन का आनंद लेने बैठ गए।

विश्वरूपानंद ने गुफा के अंदर जाकर एक तपेली में गरमागरम ताँदलिया की भाजी लाकर सबको परोसी, अतः भोजन का प्रारंभ हुआ। मुझे कहना चाहिए कि ऐसा स्वादिष्ट भोजन मैंने पहले कभी भी नहीं किया था। मैं विचार कर रहा था, तभी आत्मस्वरूपानंदजी बोले, ''इंद्रियों को उसका मनभावन और पुष्टिदायक भोजन प्रदान कर संतुष्ट करना आवश्यक है।''

''मन जो है, वह अन्न की पंद्रहवीं कला में से बना हुआ है। अतः उसे सात्त्विक भोजन द्वारा सात्त्विक बनाना साधक के लिए आवश्यक है। अतः मन को प्रत्येक मनुष्य के सात्त्विक अन्न द्वारा पुष्ट करना आवश्यक है। साधना के प्रारंभ में मन की मदद की इतनी ही आवश्यकता है। मन द्वारा ही ईश्वर में एकाग्र होना है। एकाग्र होने से जितनी अधिक शक्ति उतनी ही सफलता अधिक पास।''

भोजन समाप्त होते ही 'ॐ नमो नारायण' आदान-प्रदान करके जाने के लिए खड़े हुए। इस बार दान बापू भी साथ होंगे, ऐसा मैं विचार कर रहा था।

तभी दान बापू बोले, ''आप सब अपनी सुविधा के अनुसार धीरे-धीरे प्रस्थान करो। मैं शीघ्रता से आगे जाकर गाय माताओं की देखभाल कर लेता हूँ, जो नितांत आवश्यक है। शास्त्रीजी काम से ऊबकर मुझे गालियाँ दे रहे होंगे।'' इतना कह हँसते मुख दान बापू सत्वरता से आगे निकल गए।

हम भी धीमे-धीमे चलते सूर्यास्त के पहले गंतव्य स्थान पर पहुँच गए। गायत्री माता के दर्शन कर श्मशान के पास से होकर निज स्थान पर आ पहुँचे। दान बापू और शास्त्रीजी हमारी प्रतीक्षा में खड़े थे। शास्त्रीजी की ओर देखकर 'जय स्वामी नारायण' बोले, तो प्रत्युत्तर में वे बोले, ''अच्छा हुआ आपने दान महाराज को पहले भेज दिया। इन गायों की देखभाल से मैं बच गया। अतः यह भी अच्छा हुआ कि आप लोगों के लिए भोजन नहीं बनाना था। बनाना होता तो दान महाराज आ गए हैं। अतः यह सब वे बेगार करेंगे।'' और चलते बने।

दान बापू ने कॉफी बनाई, वह रसोईघर में ही बैठकर हमने पी। उठते-उठते रेवानंदजी बोले, ''कल से गायत्री जाप पूर्ण करने के बाद साधना-स्थल पर ध्यान में बैठ जाना है, वह भी सूर्यास्त तक! मैंने तुमको साधना के मध्य होते अनुभवों के विषय का एक ग्रंथ 'चित्तिशक्ति' पढ़ने हेतु दिया ही है। वह तुम रात्रि में 11 बजे तक पढ़ लेना। उसमें लिखे अनुसार सब अनुभव तुम्हें साधना के बीच होते रहेंगे। अतः तुम्हें कोई उलझन नहीं होगी।'' रेवानंदजी ने आगे-आगे चलते हुए कहा।

मुझे माधवानंदजी के कमरे में ही सोना है। रेवानंदजी का सान्निध्य तो मिलता

ही है। मनोमन मैं आनंद का अनुभव कर रहा हूँ।

रात्रि 11 बजे तक मैंने साधना के मध्य होनेवाले अनुभव की पुस्तक का पठन पूर्ण किया। इसके बाद मुझे कब नींद आ गई, उसका मुझे पता ही नहीं चला।

15

प्रातः जागकर देखा तो लगा कि आज का प्रभात नया-नया सा था; परंतु दिन-प्रतिदिन के नवीनीकरण का कारण और अनुग्रह मात्र परमात्मा के कारण ही है। मनुष्य ईश्वर को समझे या न समझे, अपनी अंत:शक्ति विकसित होने पर भी एक बात अवश्य याद रखनी चाहिए कि संसार में मनुष्य देह धारण करके परमेश्वर ही रहता है। आश्चर्य की बात तो यह है कि परमेश्वर ही सर्वव्यापी है, पूर्ण, नित्य, अंदर-बाहर व्याप्त ऐसे अंतर्यामी, मनमंदिर में निवास करते होने पर भी भाग्य से ही किसी को परमात्मा का परिचय होता है।

साधना काल में मुझे समझ आ रहा है कि जगत् में यदि परमात्मा का वास न हो तो, इसमें रहना किसे अच्छा लगेगा? जगत् में यदि कुछ रुचिकर, सुखमय हो तो वह परमात्मा के कारण ही है। परमात्मा का जो आनंद सर्व पदार्थों में 'रस' और 'रूप' इसमें प्रतिबिंबित होता है, उससे हम संसार के सभी कार्य, सर्व भोग्य पदार्थ में अपनी अल्प तृप्ति का आनंद अनुभव कर सकते हैं। अन्न की स्वादिष्टता में, जल की मधुरता में, शीतलता में, राग-रागनियों की कर्णप्रियता में, खिलते पुष्पों में, बालक की किलकारी में, स्त्री-पुरुष के प्रेमपूर्ण संवनन में परमेश्वर के आनंद की झलक का अनुभव करते हैं। यह सब प्रकट परमेश्वर का प्रेम प्रवाह है।

कई दिनों की साधना द्वारा मुझे जो-जो अनुभव हुए हैं, उससे मुझे लगा कि अपने शरीर में अनेक प्रकार की वस्तुएँ हैं। इस शरीर में कौन जाने कितना भरा हुआ हो। मस्तक में कई चक्र हैं, अमृत भरे विविध कुंड हैं, असंख्य ज्ञान-तंतुओं का पुंज है। विविध प्रकार के संगीत नाद हैं, कितनी प्रकार की सूर्य की किरणें हैं, देवताओं के निवास स्थान हैं।

ईश्वर ने मानव की शरीर रचना द्वारा मनुष्य को जो अर्पण किया है, वह समझने जैसा है। बाह्य जगत् से अंतर्जगत नि:शंक श्रेष्ठतर है। कान में दूर श्रवण का कैसा अद्भुत केंद्र है। कंठ स्थान में भी ऐसा महत्त्व का 'निद्रास्थान' है, जो जाग्रतावस्था

के सभी भ्रम को सहज दूर कर देता है। रेवानंदजी ने भी कहा था, 'निद्रा' महामूल्य संपत्ति है, जो कंठ स्थान में विद्यमान है, जिसे मुक्तानंदजी ने श्वेतेश्वरी नाम दिया है। वहाँ विशुद्ध चक्र है, जिसके एक देव भी हैं। हृदय स्थान में हृदयकमल होता है, जिसकी सभी पँखुड़ियों के भिन्न-भिन्न गुण-धर्म हैं, प्रत्येक पँखुडी क्रमशः काम, क्रोध, मोह, लोभ, प्रेम, लज्जा, ज्ञान, वैराग्य, आनंद, सर्वज्ञता आदि धारण करती है।

ब्रह्ममुहूर्त्त से पहले जागकर मैं अनुभव, श्रवण और वाचन द्वारा प्राप्त ज्ञान का मनन कर रहा था, रेवानंदजी के दिए हुए ग्रंथ भी मैंने पढ़ लिये थे। उन विचारों के अनुसंधान में मैं अनायास चिंतन कर रहा था। मुझे साधना काल में विविध अनुभवों के साथ हुए ज्ञान का बार-बार पुनरावर्तन आराम के समय होता ही रहता है।

साधना का प्रारंभ कई दिन पहले ही हो चुका था, अब मैं सूर्योदय से सूर्यास्त तक लगभग मस्त स्थिति में रहने लगा था। मानो मेरा मन चैतन्य में तदाकार हो गया था। मुझे लगने लगा था कि परम शिव के आत्म-चमत्कार के सामने अन्य सब नगण्य है।

ध्यान के समय मुझे कभी-कभी सरयूदासजी के भी दर्शन होते थे, उनके दर्शन करके मैं प्रेमोन्मत्त हो जाता था। इस स्थिति में श्री गुरु में से बाहर प्रसारित चित्ति-स्पंदन का सेवन, उनके पहने या ओढ़े हुए वस्त्रादि द्वारा होता चित्तिकणों का स्पर्श और उनके प्राण-अपान द्वारा 'सोहऽम्' ध्वनि के साथ निकलती चित्तिप्रभा की किरणें मुझे पूर्ण सिद्धि पद की प्राप्ति करवाने में समर्थ हैं, ऐसा मैं दृढ़ता से मानता था। मुझे लगता था कि विविध प्रकार की अंग-भंगिमा, आसन, अलग-अलग प्रकार के प्राणायाम, भिन्न-भिन्न प्रकार की नृत्य मुद्राएँ, मंत्र घोष आदि सब श्री गुरु शक्ति ही अंदर से करवाती है।

माधवानंदजी, रेवानंदजी, विश्वंभर आदि की आध्यात्मिक बातें अब मुझे मात्र सत्य ही नहीं, परंतु स्वयं अनुभवसिद्ध जैसी लगती हैं। मैं साधना में उत्तरोत्तर आगे बढ़ रहा था। सिद्धों की कृपा होने से साधना अपने आप और सहजता से होने लगती है। मुझ पर तो कितने सारे सिद्धों की कृपा थी। फिर तो पूछना ही क्या? सभी सिद्धों ने मुझमें अनुग्रह रूप से प्रवेश किया था। विश्वंभर, माधवानंदजी, पूरणपुरीजी बापू तथा सिद्ध लोक के अनेक सिद्धों ने अपनी पारमेश्वरी अनुग्रहिका शक्ति को मेरे अंतर में प्रविष्ट करवा दिया था। शक्ति का इस प्रकार प्रवेश करवाना ही 'शक्तिपात दीक्षा' है, क्रिया योग है, गुरु कृपा है। इस कारण अब मुझे लगने लगा कि रुद्र शक्ति का मुझमें आविर्भाव हो चुका है। मैंने रेवानंदजी की देखरेख में साधना-स्थल पर ध्यान योग का प्रारंभ किया, तो कुछ ही दिनों में मुझे अनुभव होने लगा कि मैं ही साक्षात्

रुद्र हूँ। मैंने रेवानंदजी को यह बात बताई, तो उन्होंने इतना ही कहा, 'चुपचाप शांति से साधना चालू रखो, तुम सही रास्ते पर हो और कार्य-कारण सब स्वयं समझ आ जाएगा।'

सिद्धों की कृपा से मुझे साधना की अनुभूति तेजी से होने लगी। साधना के समय मुझे अनुभव हुआ कि मेरी अंतरंग क्रियाशक्ति के प्रवेश होने के बाद पहले तो मुझे जड़ता, निद्रा, आलस्य आदि होने लगा। कई बार मुझे ध्यान में गहरी निद्रा का अनुभव होता। मैंने इस विषय में रेवानंदजी को बताया, तो उत्तर में वे बोले, 'तुम्हें ऐसे विषय में शंका नहीं करना चाहिए, साधना ठीक हो रही है, यह इसका सूचक है।'

रेवानंदजी ने मेरे लिए जो निश्चित साधना-स्थल बनवाया था, उस निश्चित स्थान पर ही मैं साधना करता था। साधना-स्थल पर चित्ति की किरणें एकत्रित रहती हैं। इससे उत्तरोत्तर ध्यान लगने लगा, जाग्रत् कुंडलिनी महाशक्ति तथा पंचप्राण की सहायता से 72,000 नाड़ियों में से गुजरकर मेरे सर्वांग में व्याप्त हो गई और इसके साथ यह शक्ति शरीर की सप्त धातुओं तथा रस-रक्त के बिंदुओं में व्याप्त होकर मेरे शरीर को शुद्ध, सुगठित और सुंदर, तेजस्वी और कांतियुक्त बनाती जा रही थी।

कोई अद्‌भुत शक्ति कभी-कभी मुझमें अपने ऐश्वर्य, उल्लास और आनंदमय स्फुरणों द्वारा आश्चर्यजनक रूप से स्फुरित होने लगी थी। एकांत में मैं कभी-कभी गाने लगता, कभी रोता तो कभी चेकडेम पर जाकर आनंद से बालक के समान आवाज करता था। अब मैं स्वतः विविध प्रकार के आसन और मुद्राएँ मानो अपने आप हो रही हों, ऐसे करने लगा; इसके अलावा ध्यान में भिन्न-भिन्न प्रकार के प्राणायाम भी स्वतः होने लगे। अब संपूर्ण विश्व की साधारण या अरुचिकर वस्तुएँ भी मुझे अति सुंदर, अतिप्रिय लगने लगीं। मानो नए विश्व में मेरा नया जन्म हुआ है। मुझमें सभी प्राणियों के प्रति करुणा छलकने लगी।

और फिर तो गायत्री मंत्र को ध्यानावस्था के बाद प्राण-अपान को एक करके जपने लगा। फिर देर नहीं लगी, सभी क्रियाएँ अपने आप होने लगीं, साधना स्वतः होने लगी, जो अगम्य था, वह केवल नाम जप से गम्य हो गया, अगोचर-अदृश्य भी नाम की महिमा मात्र से सहज गोचर होने लगा। अब सच्चे अर्थ में ध्यान द्वारा समर्थ बन गया था। सात्त्विकता में वृद्धि होने पर शुभ भावों के साथ ईर्ष्या, मत्सर और विषयाचरण की वृत्ति भी क्रमशः नियंत्रण में आ गई थी। मेरे अंतर में कलह घट गया, पुण्य की वृद्धि हो गई, पाप की वृद्धि होती रुक गई। परिणामस्वरूप मैं संपूर्ण रूप से विषयों में से निवृत्त हो गया।

अब मुझे ध्यान के समय चित्ति के अंत:कार्य अर्थात् कुंडलिनी विलास की दिव्यानुभूति होने लगी। एक दिन मैं ध्यान कर रहा था, तभी मुझे इसका अनुभव हुआ कि मेरे आसन के पीछे की विशाल शिला के पास से बड़ा काला नाग निकला और मेरे चारों ओर आँटी मारकर, मेरे दाहिने हाथ की मध्यमा अँगुली पर डंक मारा, मेरा ध्यान टूट गया। मुझे रेवानंदजी के पास दौड़कर जाने का मन हुआ; परंतु मैं जानता था कि यह सब तो होगा ही, फिर रेवानंदजी के पास जाकर उतावले होने की आवश्यकता नहीं थी। मेरी यह उत्तम प्रकार की अनुभूति थी। छोटी सी समयावधि में मैंने लंबा पथ पार कर लिया था। दाहिने हाथ की मध्यमा उँगली में सर्पदंश होना, यह सिद्ध योग की दृष्टि से मोक्ष-प्राप्ति की निशानी है।

एक दिन ध्यान में मुझे तंद्रा लग गई, जिसमें एक महात्मा प्रकट हुए। उन्होंने मेरी छाती पर हाथ फेरा और मेरे मस्तक पर अपना दाहिना पैर रखा। तुरंत ही मैं महापुरुष को पहचान गया, वे स्वयं रामकृष्ण परमहंस थे।

मैं ध्यान में निमग्न था, तभी मुझे विचित्र अनुभव होने लगे। अनेक आवाज और शब्द मेरे कान में सुनाई देने लगे। दूर रास्ते पर जा रहे और तेजी से वाहनों में सवार होकर जा रहे लोगों की परस्पर होती बातें मैं स्पष्ट रूप से सुन सकता था, तो दान बापू और रेवानंदजी जो बातचीत कर रहे थे, वह भी मैं स्पष्टता से सुन सकता था। मैंने इन आवाजों को दुर्लक्ष्य करके ध्यान में चित्त को केंद्रित करने का प्रयत्न किया, परंतु निष्फल रहा! मैं अकुला उठा, थोड़ी देर बैठा रहा, तभी सामने के किनारे से रेवानंदजी को आते देखा। वे बहुत दूर थे, तभी मुझे उनकी स्पष्ट आवाज सुनाई दी, ''चिंता करने की आवश्यकता नहीं, तुम्हें दूर श्रवण की सिद्धि प्राप्त हो रही है, उसकी यह निशानी है!'' फिर आगे बोले, ''जब ऐसा हो, तब कुछ समय ध्यान बंद करके, आँखें खुली रखकर मंत्रजाप करना चाहिए।''

फिर पास आकर बोले, ''धैर्यपूर्वक साधना करते रहो, ऐसा तो बहुत-कुछ होता रहेगा।'' और पीठ फेरकर शिवानंद सरस्वतीजी की समाधि की ओर चले गए।

परंतु साधना के सभी दिन केवल उल्लासपूर्ण नहीं थे। एक दिन सवेरे से ही मेरी दशा विचित्र हो गई थी। बेचैनी के साथ मेरे अंग में सुइयाँ चुभने लगीं, मेरी आनंदमय नगरी तहस-नहस हो गई। रात्रि को मैंने कई दु:स्वप्न देखे। समुद्र के रेलमपेल बाढ़ के दृश्य देखे, मैं बेचैन हो गया था। मस्ती के स्थान पर चिंता, तर्क-वितर्क में दिन गुजर गए। माथे में गरमी बढ़ने से क्रोध, भय और चिंता ने भयंकर तूफान मचाया।

दान बापू समय-समय पर मुझे भोजन करवा जाते थे, परंतु कई दिनों तक भोजन गले नहीं उतर रहा था। मन की चंचलता बढ़ गई। मुझे कहते हुए शर्म आ रही है कि मेरा मन बहुत ही अपवित्र और गंदी भावनाओं से भर गया। सचमुच इस प्रकार अनुचित दोष-चिंतन, पाप-चिंतन करते-करते मेरा बहुत समय गुजर जाता था। दान बापू गरम चाय लेकर आते, वह मैं मौन रहकर पी जाता, फिर साधना-स्थल के आस-पास चक्कर लगाने लगता, परंतु असंतोष ने मेरा पीछा नहीं छोड़ा। मैंने रेवानंदजी को यह परेशानी बताई, तो उन्होंने कहा, 'कई बार दुर्भिक्ष, दरिद्रता, क्षुद्रता, बेचैनी, क्षोभ, मूढ़ता आदि हमारे भाग्य के चक्कर होते हैं; वे साधना के समय भी हमारे स्वागत के लिए तैयार ही होते हैं। इसमें चिंता करने की आवश्यकता नहीं है। उसे चाकर समझकर दूर होने की आज्ञा दे देनी चाहिए!'

और इसके बाद मेरी ये सब परेशानियाँ दूर हो गईं, परंतु मैं जैसे ही साधना-स्थल पर जाकर आसन पर गया, तो तुरंत ही मेरी अत्यंत विकारपूर्ण अपार वेदना, अंग की कई चेष्टाएँ और भ्रांति बढ़ती गई। सूर्यास्त हो गया। दान बापू ने आकर दीपक जलाया, अगर- बत्ती जलाई, आरती की, धूप-घुमाकर बोले, ''मंदिर में आरती करना है, तुम्हारा आज का समय पूर्ण हो गया, आरती के लिए मेरे साथ चलो।''

मैं दान बापू के साथ आरती करके, थोड़ा दूध पीकर कमरे में आया। रेवानंदजी उपस्थित नहीं थे। मैंने श्रीगुरु का स्मरण करके बिस्तर पर बैठकर मानसिक जाप शुरू कर दिया। तभी कुछ देर में मेरे प्राण में विकार शुरू हो गया। कभी पेट का भाग फूल जाता, फिर मैं जोर से साँस बाहर फेंकता, बार-बार साँस अंदर जाकर अटक जाता। चिंतातुर मन और भ्रमित चित्त के साथ बाहर निकलकर मैं नदी के किनारे आया। रात के 10 बजे थे। चंद्र का प्रकाश मुझे अंधकार जैसा लगता था। दूर-दूर से विचित्र कोलाहल सुनाई दे रहा था, मन बहुत भयभीत हो गया था।

मैंने सरयूदास, माधवानंदजी तथा रेवानंदजी का स्मरण किया। दान बापू को आवाज देकर बुलाया, तो अंतर में से मानो आवाज उठती हो, ऐसे कोई बोलता हुआ सुनाई दिया, ''साधना-काल में ऐसा सब होगा ही, तुम भूल गए? डरे बिना, सब सहज करके आगे बढ़ो, तुम्हारे अंदर महामाया कुंडलिनी जाग्रत् हो रही है।''

और उसी के साथ मैं जाग्रत् हो गया। ऐसे सब अनुभव होंगे, यह रेवानंदजी के दिए हुए ग्रंथ में पढ़ा था और उसी के अनुसार सब हो रहा था!

साधना-काल में मुझे अनेक अनुभव हुए। वे सब अनुभव वर्णन करना अभी मुझे आवश्यक नहीं लगता है, परंतु पितृलोक का अनुभव कहना मुझे आवश्यक

लग रहा है, दयोंकि उसका मनुष्य के जीवन के साथ संबंध है।

स्वर्ग और सिद्धलोक के बीच में आए पितृलोक के दर्शन मैंने साधना-काल में एक दिन किए थे। अन्य लोक में सभी भोग वहाँ रहनेवालों के लिए समान हैं, ऐसा पितृलोक में नहीं है। पृथ्वीलोक में धनवान्, मध्यम वर्ग, गरीब, पुण्यवान् आदि प्रकार के मनुष्यों की कक्षा में फर्क है, ऐसा ही फर्क पितृलोक में भी है, फिर भी पृथ्वी की तुलना में यहाँ सुख की मात्रा अधिक है।

यहाँ मृत्यु को प्राप्त हुए कई परिचित वृद्धों को मैंने देखा। अत्यंत न्यारे इस लोक में हम, जो तर्पण श्राद्ध-पिंडदान करते हैं, उनका सूक्ष्म भाव पितृलोक में स्वजनों को पहुँचता ही है, इसमें कोई शंका नहीं है। ऐसे 'पितृ' हम जो देते हैं, वही खाते हैं, हमारे दान-पुण्य ग्रहण करते हैं। मंत्रवाहक चित्तिशक्ति मंत्र द्वारा उसे यहाँ से वहाँ तक ले जाते हैं। जितना मृत्युलोक सत्य है, उतना ही पितृलोक भी सत्य है।

पितृलोक में मैं विहार कर रहा था और भिन्न-भिन्न कक्षा के पितरों का रहन-सहन, सुख-दुःख, भाव-अभाव का निरीक्षण करते हुए आगे बढ़ रहा था। तभी मेरा ध्यान एक बेहाल और सामान्य आवास पर गया। जहाँ दो कंगाल, दुर्बल और अति करुण चेहरेवाले वृद्ध दंपती पर मेरी नजर पड़ी और मैं चौंक गया।

मुझे प्राप्त योगबल द्वारा मैं जान सका कि वे स्वरूपानंद के माता-पिता हैं। मैं उनके पास जाकर, उनके करुणापूर्ण चेहरों को देखकर ग्लानि अनुभव कर रहा था। कारण मैं जानता था, बातचीत करने की आवश्यकता नहीं थी। वे भी मेरे साथ बातचीत करने में समर्थ नहीं थे। मैं जानता था कि उनको मृत्यु के बाद आज तक उनके स्वजनों की ओर से पिंडदान, श्राद्धदान आदि द्वारा कुछ भी प्राप्त नहीं हुआ था, जो उनका आहार होने चाहिए, उसके अभाव के कारण उनकी ऐसी हालत है। जो मैं तत्काल समझ गया। इसके लिए स्वरूपानंद को माता-पिता की तरफ का ऋण चुकाना नितांत आवश्यक है, तो ही उनका मोक्ष संभव हो सकता है, नहीं तो यही ऋण चुकाने के लिए उसे पुनः देह धारण करना पड़ेगा।

स्वरूपानंद के माता-पिता की ऐसी दयनीय दशा देखकर मुझे बहुत दुःख हुआ, परंतु इस समय मैं कुछ भी करने में समर्थ नहीं था। मैंने मन-ही-मन उन्हें आश्वासन रूप संदेश देते हुए कहा कि थोड़े ही सगय में तुम्हारे दुःख का निवारण होनेवाला है और अधिक प्रतीक्षा नहीं करना पड़ेगी, उसके साथ ही दोनों ने मौन मूक दृष्टि मेरी तरफ डाली। मैं उनके चेहरे पर संतोष और आनंद देख सकता था। मुझे विश्वास हो गया कि मेरा मौन संदेश उन्हें मिल गया था।

परंतु स्वरूपानंद के छोटे भाई को मैंने वहाँ नहीं देखा। मुझे समझ आ गया कि उसकी आत्मा अभी प्रेत रूप में धरती पर भटक रही है, साथ-साथ उसका भी उद्धार करने का संकल्प मैंने ले लिया और मैं आगे बढ़ गया।

ऐसी अनुभूतियाँ मेरे लिए सहज हो गई थीं। मैं परब्रह्म की प्रार्थना कर रहा था, एक दिन प्रार्थना के समय ध्यान प्रारंभ होते ही जगमगाती हुई ज्योति प्रकट हो गई। सहस्रार में मेघनाद सुनाई देने लगा, एक महा तेजस्वी नील बिंदु मेरे पास आकर बड़ा होने लगा। फिर वही तेजस्वी बिंदु मेरे सामने अंडाकार होकर मनुष्य के आकार में बदल गया। फिर उस अंडाकार ने संपूर्ण मानव का आकार धारण कर लिया।

क्षण भर के लिए मैं अपने आपको भूल गया। उस समय कुछ देर तक तो मुझे कुछ भी ज्ञान नहीं था, फिर भी मेरी ध्यान की स्थिति तो यथावत् रही थी। धीरे-धीरे आँखें चौंधियानेवाला तेज़ कम हुआ, तो मैंने देखा तो वैसे ही रंग के कोई महापुरुष वहाँ खड़े थे, उनका शरीर सप्त-धातुओं का बना हुआ नहीं था। अत्यंत चिन्मय किरण-पुंज का शरीर वे धारण किए हुए थे।

मैं सानंदाश्चर्य से उन्हें एकटक देख रहा था। वे मेरे समक्ष आकर आशीर्वाद दे रहे हों, ऐसे हाथ ऊँचा करके बोले, ''वत्स! कहो क्या इच्छा है?'' परंतु दर्शन में मग्न मुझे उनका स्वरूप अनेक रूप लगने से मैंने कहा, ''प्रभु! मैं क्या कहूँ? मैं तो आपके इस स्वरूप को समझ भी नहीं सकता। मुझ पर कृपा करो।''

फिर मेरे और निकट आकर, चारों ओर हाथ फेरते हुए अत्यंत प्रेमपूर्वक बोले, ''मेरा स्वरूप! जिससे मुझे सर्वत्र दिखाई देता है, मैं चारों ओर देख सकता हूँ, मुझे आँखों से दिखता है, मेरे सर्वत्र चक्षु हैं। मैं नाक से भी देख सकता हूँ, पैरों से भी देख सकता हूँ, मेरे सर्वत्र जिह्वा है, मैं सभी अंगों से देख सकता हूँ। मेरे सर्वत्र कान हैं, उनसे मैं सभी प्राणियों, पदार्थों से भी सुन सकता हूँ। पैर और सिर के बगैर भी चल सकता हूँ। मुझे कोई भी क्रिया करने के लिए अवयवों की आवश्यकता नहीं है। मैं दूर-दूर होते हुए भी सबके पास हूँ। प्राणिमात्र की देह में 'देह' होकर रहने के बाद भी सभी देहों से भिन्न हूँ।''

फिर वे महापुरुष मेरे सामने स्थिर होकर मधुर स्मित करते हुए प्रश्नार्थ दृष्टि से देखते रहे। मुझे विश्वास हो गया कि दिव्य पुरुष अन्य कोई नहीं, परंतु 'भगवद्गीता' का अर्जुन के समक्ष गान करनेवाले परब्रह्म परमात्मा श्रीकृष्ण ही हैं। मैंने गद्गद कंठ से कहा, ''प्रभु! मुझे पता नहीं मेरी क्या इच्छा है। मैं इच्छाओं से रहित हूँ, इसलिए मुझ पर कृपा करके आप ही सब मुझे कहो।''

उत्तर में मधुर हास्य के साथ वे बोले, ''तुम्हारी सभी इच्छाओं को मैं जानता हूँ। तुम्हारे निश्चित कार्य सिद्ध करने के लिए मैं तुम्हें मेरी अपनी 'संकल्प शक्ति' देता हूँ इससे तुम जो भी संकल्प करोगे, उसके अनुसार इच्छित कार्य कर सकोगे, परंतु तुम्हारा संकल्प व्यक्तिगत स्वार्थ के लिए नहीं, अपितु परमार्थ के लिए होना चाहिए, तो ही वे पूर्ण होंगे। तुमको अपनी यह सिद्धि गुप्त रखनी होगी!''

इतना कहते ही मानो हजारों सूर्य का प्रकाश फैल गया, मेरी आँखें चुँधिया गईं। फिर मैंने आँखें खोलीं। देखा, तो धीरे-धीरे प्रकाश कम होता गया। कम प्रकाश में मुझे पता चला कि वहाँ कोई नहीं था। मुझे लगा कि मैंने यह अनुभव तंद्रावस्था में किया है, मैं तो आँखें बंद करके ध्यान में ही बैठा हूँ! यह सब मैंने द्रष्टा भाव से जाना है। मैं उस अनुभव के प्रभाव में था, तभी तंद्राभाव के साथ मेरा ध्यान टूट गया। मेरी आँखें खुल गईं और उसी के साथ मैंने मेरे सामने की कगार के नीचे, रेवानंदजी को मेरी ओर एकटक देखते हुए खड़े देखा!

तत्क्षण हँसकर बोले, ''अभिनंदन! तुमको 'संकल्प सिद्धि' मिल चुकी है, अब तुम संकल्प मात्र से ही स्वरूपानंद की देह में अपनी आत्मा को निरूपित कर सकोगे।

''आज से तुम्हारी साधना पूर्ण होती है। तुम ध्यानावस्था में परब्रह्म के दर्शन प्राप्त कर वरदान ले चुके हो।''

सुनकर मैं स्तब्ध रह गया। मैं समझा था कि ध्यान के समय मुझे ऐसे अनेक अनुभव हुए हैं, वैसा ही यह अनुभव भी होगा कदाचित्, परंतु रेवानंदजी की ओर से मिली पुष्टि से मुझे उसकी सत्यता के विषय में श्रद्धा हो गई। इसलिए आत्मा की बदली कैसे होगी? इसके बारे में मेरी जो दहशत थी, उसके टल जाने से मुझे बहुत आनंद हुआ और अंतःकरण की गहराई से उठे आनंद के अतिरेक में हर्ष में आकर रेवानंदजी से लिपट गया।

वे भी हर्ष से पुलकित होकर मेरे कंधे को सँभालकर हाथ पकड़कर स्थान की ओर ले गए, ''तुम्हारे अंदर पूर्वजन्मों की परिपाक रूप सभी सिद्धियाँ पड़ी हुई ही थीं। मात्र उन्हें प्रदीप्त करने की ही आवश्यकता थी। थोड़ी साधना द्वारा ही तुम्हें बड़ी सफलता मिल सकी है, परंतु ये सभी सिद्धियाँ तुम्हें निश्चित समय तक गुप्त रखनी हैं, तुम्हें अभी गृहस्थाश्रम के कर्तव्य पूरे करने हैं। यद्यपि सिद्धियाँ उपयोगी हैं, फिर भी उनका आकर्षण अनिष्ट-पतन के लिए कारण रूप हो सकता है।''

हम नदी पार करके चढ़ाई चढ़ रहे थे, वहीं गौशाला से निकलकर दान बापू सामने मिल गए। हँसकर बोले, ''वाह! सुंदर नारायण! साधना सफलतापूर्वक पूर्ण

हो गई और उसकी खुशी में आज तुमको चूरमे के लड्डू खिलाने हैं! भोजन का समय हो गया है, तो साधना के बाद का 'अवभृथ स्नान' करके रसोईघर में आओ। मैं तैयारी करके रखता हूँ।'' कहकर हँसते हुए मेरा हाथ हिलाया और चले गए।

दान बापू ने सात कुएँ और नदी का जल मँगवाया था, उससे मैंने स्नान किया। बाद में दर्शनार्थ मंदिर में प्रवेश करते ही मुझे ध्यान लगने लगा। अब ध्यान मेरी स्वाभाविक अवस्था बन चुकी थी। मेरी आत्मा मानो सर्वव्यापी हो गई थी, कुछ भी अगोचर नहीं रहा था। मूर्ति के साथ एकाग्रता सध जाने से मूर्ति विराट् में बदल गई और मानो मैं उसमें विलीन हो गया, फिर भी मेरा उसमें द्रष्टाभाव तो था ही।

आवाज सुनते ही मैं गर्भद्वार से बाहर आया तो सामने ही शास्त्रीजी हँसते हुए खड़े थे। मैंने स्मित करके उन्हें नमस्कार किया, तो वे पास आकर नीचे झुककर मुझे प्रणाम करने लगे। मैंने उनके दोनों हाथ पकड़ लिये। उनका ऐसा परिवर्तन अर्थात् मेरे प्रति उनका व्यवहार देखकर मुझे आनंद हुआ और प्रेम के आवेग में मैंने उन्हें गले लगा लिया। वहीं पर सब सेवक और भक्त आ गए। सभी ने मेरे चरण स्पर्श किए। मुझे लगा कि अब सभी मुझे वंदनीय मानकर पूज्य भाव दरशा रहे हैं।

मुझे आश्चर्य तो तब हुआ, जब उसी समय रेवानंदजी तथा दान बापू ने भी इसी प्रकार वंदन किया। मैंने भी दोनों को प्रणाम किया, तो रेवानंदजी बोले, ''अब तुम साधना के बाद पूर्ण हो चुके हो। स्वरूपानंद के कार्य की परिपूर्णता तक तुम सिद्ध योगी ही रहोगे। गृहस्थाश्रम में प्रवेश करते ही, यह सिद्धि तुम्हारे लिए गुप्त हो जाएगी। समय आने पर ये सब सिद्धियाँ पुनः जाग्रत् होंगी और तुम जीवन्मुक्त हो जाओगे।''

रेवानंदजी ने माधवानंदजी की धूनी के पास बैठक पर मुझे बैठाते हुए कहा, ''अब तुम सिंहासन पर बैठने में सक्षम और योग्य हो गए हो।''

फिर हँसकर मेरे सामने स्थान ग्रहण करते हुए बोले, ''कल प्रभात में ही पूरणपुरीजी आ जाएँगे और स्वरूपानंदजी के स्थान पर हम सब जाएँगे। बाद में आत्माओं के विनिमय के बाद कल ही तुम स्वरूपानंद की देह में अपनी आत्मा का सहयोग करके, स्वरूपानंद के स्वरूप में, उनकी सभी स्मृतियों के साथ, हरिद्वार की ओर पूरणपुरीजी के साथ ट्रेन द्वारा रवाना हो जाओगे।''

सुनकर मुझे प्रत्युत्तर तो देना नहीं था, आज जाना हो या कल अथवा अभी जाना हो, मेरे लिए अब कोई फर्क नहीं पड़ता था। अब मैं केवल वर्तमान के क्षणों को ही द्रष्टा रूप में देखता था। मैंने केवल मूक सहमति प्रदर्शित की।

तभी दान बापू आए और बोले, ''चलो, रात्रि भोजन तैयार है।'' फिर हँसकर

बोले, "नारायण की पसंद अर्थात् ब्राह्मणों को प्रिय मिष्टान्न बनाया है।" कहकर दान बापू हँसकर मेरी ओर देखकर चले गए।

हमने भी उनके साथ रसोईघर की ओर पैर बढ़ाए।

❖

16

आज का प्रभात सुंदर लग रहा था। कोई नया कार्य करने की उमंग मुझमें छलक रही थी कदाचित्! आनंद मेरी आत्मा का स्वभाव बन गया था।

मैंने जोगणिया पर्वत को प्रणाम किया, यही तो मेरा सदा का साथी और मित्र था! फिर शिवानंद सरस्वतीजी की समाधि को प्रणाम किया, जो मेरी उन्नति में बहुत रुचि लेते थे। आज अंतर में छलकते आनंद के साथ इन सबको मैं प्रणाम कर रहा था, मुझे लगा कि आज मानो मैं सभी से विदा ले रहा हूँ, परंतु अंतर में विदाई का कोई विषाद नहीं था। अरे, विषाद तो अब कहाँ से होगा? वह तो मुझे छोड़कर कहीं चला गया।

स्वरूपानंद का कार्य, स्वरूपानंद की देह में मेरी आत्मा का प्रवेश करवाकर और स्वरूपानंद की सूक्ष्म देह के सहारे स्वरूपानंद ही बनकर मैं हरिद्वार जाने के लिए उद्यत हुआ था। एक रोमांचक और नवीनतम अनुभव होने के उमंग से मैं छलक रहा था। हाँ, फिर भी मुझमें इस उमंग को निहारने का 'द्रष्टाभाव' जाग्रत् था; अर्थात् अंदर से मैं परम शांति का अनुभव करता हुआ समतापूर्वक सभी कर्म कर रहा था।

प्रभात का ब्रह्ममुहूर्त्त का समय था, सबकुछ शांत था मेरे अंत:करण के समान। ऐसी शांति और स्वस्थता से मैं चौगान में आया। मंदिर में आरती की पूर्व तैयारी के रूप में शंखनाद हो रहा था, गौशाला में से गायों के गले में बँधी घंटियों की धीमी-धीमी मधुर झनकार सुनाई दे रही थी। पक्षियों की फड़फड़ाहट कहीं-कहीं शुरू हो गई थी।

स्नानादि प्रात: विधि के लिए मैं आगे बढ़ा, शास्त्रीजी के वेद-पाठ की ध्वनि सुनाई दे रही थी, दान बापू गौशाला में गायों की सार-सँभाल लेते और बछड़ों के साथ खेल रहे थे, साथ-साथ मधुर स्वर में प्रभातियाँ भी गा रहे थे।

मैं स्नानागार की ओर बढ़ा तो सामने रेवानंदजी भीगी जटा झटकते हुए स्नान करके आ रहे थे। पास पहुँचकर हम दोनों ने 'ॐ नमो नारायण' का आदान-प्रदान करके, दंडवत् की मुद्रा में हाथ ऊँचे करके परस्पर प्रणाम किया; उनकी खुली हुई जटा, सशक्त काया से रेवानंदजी साक्षात् शिवस्वरूप लग रहे थे, मैंने मनोमन उन्हें

पुनः प्रणाम किया, तो रेवानंदजी पुलकित चेहरे से मेरे सामने हँसकर बोले, "तुम आज आत्मा द्वारा नूतन जगत् के वातावरण में द्रष्टा के रूप में प्रवेश करनेवाले हो, इसीलिए रोमांच का अनुभव कर रहे थे, परंतु आनंद की बात तो यह है कि यह सब तुम द्रष्टाभाव से देख भी रहे हो! आध्यात्मिक सिद्धि का यही तो प्रमाण-पत्र है। जिस पर समता की मोहर लगी हुई है।"

फिर कुछ रुककर जानकारी देते हुए बोले, "पूरणपुरीजी रात को ही आ गए हैं और अभी रसोईघर में अल्पाहार बना रहे हैं।" फिर हँसकर बोले, "तुम शीघ्रता से प्रातः विधि निपटाकर रसोईघर में आओ, हम वहीं हैं, फिर तुरंत ही हमें स्वरूपानंद के स्थान पर जाने के लिए प्रस्थान करना है।" और जटा झटकते हुए चले गए।

प्रातः विधि निपटाकर मैंने रसोईघर में प्रवेश किया, तो पूरणपुरीजी मुसकराते हुए सामने ही खड़े थे। मैंने दंडवत् की मुद्रा में उन्हें प्रणाम किया, तो वे मेरे गले लग गए और पीठ पर हाथ फेरते हुए प्रेमपूर्वक हँसकर बोले, "वर्षों बाद, आज तुमको सिद्धपुरुष के स्वरूप में देख रहा हूँ, वर्षों की इच्छा आज सफल हुई! खैर, अब तो तुम भी स्वयं सब जान सकते हो!"

फिर कुछ रुककर बोले, "आज तुम्हारे मनपसंद 'मालपुए' तुम्हारे लिए अल्पाहार में बनाए हैं।" सभी के चेहरे यह सुनकर आनंदित हो गए।

अल्पाहार को न्याय देकर सूर्यादय के पहले ही हम निकल पड़े। दान बापू तो साथ में थे ही, शास्त्रीजी तथा छात्र अशोक ने भी चलने की इच्छा व्यक्त की। सेवकों को गौशाला और स्थान का उत्तरदायित्व सौंपकर हम गायत्री मंदिर के पीछे से टेकरों पर से आगे बढ़े। सूर्योदय होने में अभी बहुत देर थी, फिर भी भोर हो जाने से धुँधले प्रकाश में और मनभावन शीतल हवा में चलते हुए हम मस्ती से आगे जा रहे थे, वृक्षों के फूलों की सुगंध से वातावरण महक रहा था। पत्थरों और शिलाओं को छलाँगते हुए हम आगे बढ़ते जा रहे थे, तभी आगे चल रहे शास्त्रीजी का पैर लड़खड़ाया और वे गिरते-गिरते कठिनाई से बचे, उनको झाड़ी-बेर के काँटों से खरोंचें भी आ गईं। इसके साथ ही उनके व्यग्र और गुस्से से भरे शब्द भी उनके मुख से निकल पड़े, "ओह! क्या मुसीबत है?" फिर हमारी ओर गुस्से से देखकर बोले, "ऐसी निरर्थक बेगार क्यों करनी चाहिए? मैं तो वापस जाता हूँ, मेरे लिए तो मेरी पुस्तकें भलीं और मैं भला!" बोलकर वे पीछे मुड़ गए।

यूँ तो हम उनको साथ लाना भी नहीं चाहते थे, इसलिए सभी ने उनकी इच्छा सहर्ष मान ली। अशोक को भी उनके साथ जाने के लिए समझाया, दोनों को रवाना करके हम आगे बढ़े।

स्वस्थतापूर्वक हम जंगल में रास्ता बनाते हुए आगे बढ़ रहे थे। अब बातचीत के लिए किसी को बोलने की आवश्यकता नहीं थी; फिर भी वाणी द्वारा बातचीत करना यथार्थ लग रहा था। सबकुछ जानते हुए भी मैंने चलते-चलते रेवानंदजी को संबोधित करके कहा, "रेवानंदजी! एक प्रश्न है!"

"जानते हो, फिर भी पूछ रहे हो न? पूछो!" वे हँसकर बोले।

"हाँ, जानता हूँ। फिर भी लोकोक्ति के अनुसार पूछ रहा हूँ। स्वरूपानंद की कक्षा यदि 'जीवन्मुक्त' की हो, तो उसका अर्थ मोक्ष ही हुआ न? तो फिर मोक्ष के लिए अड़चन ही कहाँ रही? उसे तो जीवित ही मोक्ष अवस्था प्राप्त हो चुकी है।"

"ठीक है!" गंभीरता से रेवानंदजी ने कहा।

"स्वरूपानंद के सूक्ष्म शरीर में भूतकाल के अनुभवों की छाप संपूर्ण रूप से लुप्त नहीं हो सकी है। स्थितप्रज्ञ होने के बाद भी उसका शेष रह गया कर्तव्य उसे विचलित कर रहा है। देह त्याग के समय कदाचित् यदि ये स्मृतियाँ तादृश्य हो जाएँ तो पुनः जन्म लेना निश्चित हो जाता है। यदि ऐसा होता है, तो उसके लिए मोक्ष असंभव हो सकता है। इसके उपरांत उसके माता-पिता की पितृलोक में तृप्ति नहीं होगी। उनका अत:करण स्वरूपानंद पर तीव्र प्रभाव डालता है, उसके छोटे भाई की अवगति होनेवाला दु:ख सूक्ष्म रूप से उससे मुक्ति करवाने की याचना करता है। इसलिए वह जीवन्मुक्त और शुद्धात्मा होने के बाद भी, उससे अन्य लोगों की अपेक्षा, उसके लिए मोक्ष द्वारा में प्रवेश करने में अड़चन रूप है।

"और एक विशेष बात, एक बार कुछ समय भी गृहस्थाश्रम का जिसने अनुभव कर लिया हो, वह इस जन्म में उसके प्रभाव से योगी होते हुए भी अधूरे ऋण से मुक्त नहीं हो सकता। उसमें से मुक्त होने के लिए मृत्यु और फिर पुनर्जन्म और फिर पुनः साधना आवश्यक हो जाती है।" फिर हँसकर बोले, "यह विषय बहुत गंभीर है; सामान्य लोगों को तर्क से नहीं समझा सकते हैं, क्योंकि कर्म की गति समझाना बहुत कठिन है।" और वे आगे चल दिए।

मैंने सोचा, स्वरूपानंद ने थोड़े समय में लग्न करके आशा देवी का निद्राधीन मुख देखने जैसा ही गृहस्थाश्रम का अनुभव किया है, फिर भी आशा देवी का चेहरा वह भूल नहीं सका था। यद्यपि वह उसके प्रति कर्तव्य पूरा न कर पाने को मात्र असंतोष मानता है। मोह तो उसको है ही नहीं। फिर भी सब पूर्ण करना तो आवश्यक है ही और तब ही उसे मोक्ष प्राप्त हो सकेगा और उसका हेतु सिद्ध करने के लिए यह प्रयत्न करना आवश्यक है। उपरांत यदि वह स्वयं अपनी 'आत्मायुक्त देह' के साथ हरिद्वार

जाकर सारा कार्य पूर्ण करने का प्रयत्न करे तो कदाचित् वह पति होने के कारण आशा देवी के प्रति आकर्षित होकर मोहांध भी हो जाए, तो फिर उसका पतन निश्चित हो जाएगा। इस भय स्थान की भी उपेक्षा नहीं हो सकती है। इसलिए यह योजना सर्वथा इष्ट है, ऐसा मेरा पूरा विश्वास हो चुका है और मैं भी मौन होकर साथ चलता रहा।

कुछ ही देर में स्वरूपानंद का स्थान आ गया। हमने धीरे-धीरे झरने के पीछे जाकर प्रथम गुफा में प्रवेश किया, तो सामने ही सेवकराम मनुष्य रूप में खड़ा नजर आया 'ॐ नमो नारायण' का आदान-प्रदान करके वह बोला, "स्वरूपानंद नित्य कर्म से निपट चुके हैं और आप सबकी अंदर प्रतीक्षा कर रहे हैं।"

हमने उनकी साधना गुफा में प्रवेश किया, उन्होंने हमारा स्वागत किया, फिर हँसकर मेरे साथ हाथ मिलाया और गले लगाते हुए बोले, "आओ, अनंतानंद! अब तुम्हारी आत्मा को मेरे जड़ और सूक्ष्म देह के साथ जुड़कर 'स्वरूपानंद' बन जाना है और मैं अर्थात् तुम्हारी देह में मेरी आत्मा को प्रवेश करवाकर 'अनंतानंद' बनकर यहीं रहकर तुम्हारी प्रतीक्षा करूँगा। तुम्हारी देह में रहकर मैं उच्च साधना चालू ही रखूँगा। मात्र द्रष्टाभाव से निरामय बनकर रहूँगा और तुम भी दृश्यभाव से स्वरूपानंद ही बनकर रहोगे। तुम्हारी आत्मा का मेरी सूक्ष्म देह के साथ अनुसंधान हो जाने से, तुम अपने आपको स्वरूपानंद ही मानने लगोगे! फिर भी योगबल से तुम 'द्रष्टा' के रूप में रहोगे। मुझे तुम्हारी देह के साथ गुफा के अंदर ही रहना है, इसलिए मैं तुम्हारे सूक्ष्म शरीर के साथ मेरी आत्मा को नहीं जोड़ूँगा। इसलिए मुझे देहाभिमान नहीं होगा, परंतु तुम्हारी आत्मा को माया रूप सूक्ष्म शरीर का अवलंबन लेना पड़ेगा, इससे देहाभिमान होगा। देह मेरी होने से तुम्हें 'स्वरूपानंद' के रूप में ही देहाभिमान होगा। फिर तुम अपने आपको स्वरूपानंद ही समझोगे और उसके अनुसार ही सोचोगे, वैसे ही सभी आवश्यक कार्य करोगे। फिर भी तुम्हारी आत्मा का द्रष्टा-साक्षीभाव अखंड बना रहेगा।" फिर थोड़ा हँसकर स्वरूपानंद आगे बोले, "तुम स्वरूपानंद के स्वरूप में मेरा कार्य पूर्ण करके वापस आओगे, तब तक तुम्हारी देह को धारण करके मेरी आत्मा समाधि अवस्था में रहेगी और तुम्हारी देह का रक्षण करने के लिए सेवकराम यहाँ अहर्निश उपस्थित रहेगा, चिंता का कोई कारण नहीं रहेगा।"

फिर कुछ देर मौन धारण करके स्वरूपानंद ने गंभीर और शांत चेहरे से आगे कहा, "तुम्हें वहाँ जितना जल्दी हो सके, उतना जल्दी कार्य सिद्ध करके यहाँ आना है, क्योंकि..." फिर बहुत देर मौन रहकर बोले, "क्योंकि मेरी इस देह की आयुष्य मर्यादा अब शीघ्र पूर्ण होनेवाली है, तुम्हारे वापस आने के बाद तुरंत ही तुम्हारी आत्मा

को तुम्हारी देह में प्रवेश करवाना है और फिर कुछ ही क्षणों में मेरी आत्मा को मेरी देह में स्थापित करवाकर समाधि द्वारा ही मेरी आत्मा को सहस्रार में ले जाकर योगाग्नि में भस्म होकर मुझे देह त्याग करना है।''

मैं यह सब जानते हुए भी कुछ क्षणों के लिए यह सुनकर स्तब्ध रह गया। यह सब समुचित ढंग से, नियत समय पर पार उतरनेवाला है, यह मुझे पता था, फिर भी 'स्वरूपानंद का परलोकगमन' कुछ ही समय में होनेवाला है, इससे मुझे थोड़ा दु:ख तो हुआ ही, जो इन क्षणों में स्वाभाविक भी था, ऐसा मैं मानता हूँ। मुझे अभी गृहस्थाश्रम भोगना है, इसीलिए कदाचित् सुख-दु:ख के भावों से मुक्त नहीं था। यद्यपि इसे दु:ख कह सकते हैं; ऐसा भी नहीं मानता, क्योंकि यह तो शुद्ध प्रेम का स्पंदन है, जो हृदय में से उठता है।

मैं स्वरूपानंद को निहार रहा था, तभी दान बापू बोले, ''पूरणपुरीजी आप दोनों को स्नान के लिए झरने पर याद कर रहे हैं, स्नान के बाद तुरंत वहीं सब विधि पूर्ण करके तुरंत ही स्थान पर प्रस्थान करना है।'' कहकर दान बापू आगे चल दिए।

पूरणपुरीजी की स्वयं स्नान किया और हम दोनों से भी करवाया। फिर मंत्रोच्चार करके हमारे हाथ में अंजलि देते हुए कहा, ''बस, यही क्षण उत्तम है। अब तुम आत्मदेव की प्रार्थना करके विनती करो, जो तुम्हारा है, वह तुम्हें तुम्हारी इच्छानुसार ही अनुकूल हो, ऐसी नम्र विनती के साथ अनुरोध करो।''

पूरण पुरीजी के आज्ञा के अनुसार मैंने आँखें बंद करके संकल्प किया, ''हे मेरे आत्मदेव! आप स्वरूपानंद की देह में प्रवेश करके और उसी के साथ सायुष्य करके, स्वरूपानंद होने का भाव धारण करके कार्य पूर्ण करने के लिए हरिद्वार की ओर प्रयाण करोगे; कार्य पूर्ण होने पर आप वापस आकर पुन: अपनी देह में प्रवेश करना!''

और उसी के साथ मुझे लगा कि मेरी आत्मा तेजस्वी कण जैसे बिंदु स्वरूप में सहस्रार से निकल बाहर आकर झिलमिला रही है, और सामने से स्वरूपानंद के सहस्रार में से वैसा ही तेजस्वी बिंदु निकलकर इस ओर आ रहा है और पलक झपकते ही मेरा आत्मस्वरूप झिलमिलाता ज्योतिरूप बिंदु स्वरूपानंद की देह में प्रवेश कर गया और स्वरूपानंद का आत्मस्वरूप तेजस्वी बिंदु मेरी देह में प्रवेश कर गया।

उसी क्षण मुझे तुरंत लगने लगा कि अब मैं अनंतानंद नहीं, स्वरूपानंद हूँ! मैं अपनी पूर्व देह को निहार रहा था, बहुत विचित्र लगा। मेरी उस पूर्व देह में अब स्वरूपानंद की आत्मा का वास है। हम दोनों हमारी पूर्व देह के सूक्ष्म शरीर, उसके स्पंदन और स्मृतियों का अनुभव करते हुए आमने-सामने द्रष्टाभाव से देख रहे थे। कितनी

तेजी से आत्मा के आदान-प्रदान का कार्य संभव हो गया। ईश्वरदत्त संकल्पशक्ति कितनी महान् है, इसकी मुझे अच्छी प्रकार प्रतीति हो चुकी थी।

मैं सोच रहा था, तभी पूरणपुरीजी के शब्द मेरे कान में पड़े, वे मुझे संबोधित करके बोल रहे थे, "चलो स्वरूपानंदजी! अब हमें आपकी जन्मभूमि हरिद्वार की ओर प्रयाण करना है।"

उसके साथ ही सभी हँस पड़े। मुझे भी लगा कि मैं स्वरूपानंद ही हूँ, क्योंकि अब हरिद्वार के संस्मरण मुझे, मैं स्वरूपानंद वर्षों से हूँ, उस प्रकार तादृश्य हो रहे थे।

मैं विचार में पड़ा हुआ था, तभी रेवानंदजी मेरा स्पर्श करके बोले, "अब मैं और दान स्थान में, यहाँ से भिन्न रास्ते से तेजी से वापस जाएँगे। यहाँ की सुरक्षा की व्यवस्था हो चुकी है। तुम यात्रियों के सरल रास्ते से होकर स्थान पर आओ, वहाँ मोटर के रास्ते तुम्हें तुरंत वड़ोदरा प्रयाण करना है। वहाँ से तुम्हें 'देहरादून एक्सप्रेस' द्वारा हरिद्वार जाना है। सभी व्यवस्था हो गई है, तुम्हें ट्रेन में ए.सी. कोच में जाना है, इसलिए किसी प्रकार की परेशानी नहीं होगी, आराम से यात्रा हो जाएगी।" कहकर दान बापू के साथ रेवानंदजी आगे चल पड़े।

गुफा में से निकलते हुए मैंने पीछे देखा तो 'अनंतानंद' समाधि में लीन था। सेवकराम उसके पास ही बैठा था। मुझे संतोष हुआ कि सेवकराम ने उसका उत्तरदायित्व ठीक से सँभाल लिया है।

हम तेजी से स्थान पर आ गए। जाने की सभी तैयार हो चुकी थी। जाते ही रेवानंदजी ने हँसते-हँसते कहा, "अब कुछ दिनों के लिए यह मुनिवेश त्याग करके पुनः स्वरूपानंद वकील के बेश को धारण करना पड़ेगा।" सुनकर सभी हँस पड़े।

तुरंत ही दान बापू नाई को लेकर आ पहुँचे। मेरा क्षौर कर्म किया गया। जटा का कर्तन करके, सामान्य लंबे बाल रखे गए। मैं पूर्व में फ्रेंचकट दाढ़ी रखता था, उसी प्रकार दाढ़ी रखी गई। फिर लंबा रंगीन कुरता और सफेद पैंट धारण करवाए गए। मैंने दर्पण में अपने को देखा तो अपना ही यह रूप देखकर मैं दंग रह गया। एक सुंदर, सुदृढ और प्रतिभाशाली वकील जैसा मैं लग रहा था। देखकर सभी खुश हो गए।

कुछ ही देर में मंदिर के एक सेवक की इंडिका गाड़ी आ गई, जिसमें हमें वड़ोदरा तक जाना था। आवश्यक सामान रेवानंदजी ने याद करके स्वयं ही रखवा दिया।

हम दरवाजे से बाहर निकले। शास्त्रीजी, दान बापू, छात्र अशोक तथा अन्य सेवक हमें विदा करने दरवाजे तक आए। छात्र अशोक को कॉलेज तक साथ आना था, इसलिए उसे साथ ले लिया। पूरणपुरीजी अंदर बैठ गए। मैंने अपनी सीट पर स्थान

ग्रहण करते हुए पीछे घूमकर देखा, तो रेवानंदजी मधुर मुसकान से हाथ हिलाकर विदा दे रहे थे, परंतु दान बापू के चेहरे पर मैंने उदासी देखी। वे सजल नयन से मुझे देख रहे थे। उनकी आँखों से आँसू टपकते मैंने देखे। मैं जानता था कि अनंतानंद के प्रति भावना के स्पंदन उसे विचलित कर रहे थे। मैं तेजी से अपनी सीट पर बैठ गया।

छात्र अशोक को बहाउद्दीन कॉलेज के प्रांगण में उतारकर हमारी गाड़ी झांझरड़ा रोड पार करके, बाइपास से हाइवे रोड पर तेज गति से दौड़ रही थी।

साथ-साथ मेरी स्मृतियों की संवेदनाओं को लेकर¨।

17

झांझरड़ा रोड पार करके हमारी गाड़ी आगे और आगे दौड़ रही थी। बस आगे, आगे और आगे, नहीं, पीछे, पीछे और पीछे¨!

विचित्र लगनेवाला यह विधान है, परंतु कई बार विचित्रता में भी सत्य छुपा हुआ होता है! गाड़ी आगे चल रही थी, परंतु धरती और उसके वृक्ष पीछे भाग रहे थे। यद्यपि यह आभास मात्र है, निःसार संसार के समान। मानवमात्र वर्तमान को पार करके भविष्य की ओर आकांक्षारूपी गाड़ी द्वारा भागता है, परंतु आज¨इसी क्षण तो मैं वर्तमान से भविष्य के बदले, स्मृतिरूपी गाड़ी में सवार होकर, बीस वर्ष से भी अधिक लंबे उस भूतकाल के पट पर तेजी से दौड़ रहा था।

ओह! स्मृतियों का प्रवाह उमड़ पड़ा था, मेरे मन में एक साथ, आड़ा-टेढ़ा स्मृति रूपी स्थिर हो गए सरोवर का बाँध, आज टूटकर महावेग से बह रहा था। ओह! कैसे थे ये अभ्यास काल के दिन? टूर्नामेंट, डिबेट, प्रवासों के समय, मित्रों के साथ किए गए रंग-बिरंगे रोमांचक अनुभव! नयनरम्य स्थलों का सौंदर्य दर्शन का वह अनोखा आनंद! वह गंगामैया के किनारे घने हरे-भरे वृक्षों की छाँह, रंग-बिरंगे पक्षियों के पंखों की फड़फड़ाहट के साथ थिरकते आकाश छूने को उड़ता यौवन और उस यौवन के नशे में झूमने का अनोखा आनंद!

पूरणपुरी बापू के साथ हरिद्वार की ओर दौड़ती गाड़ी में जा रहा मैं भूतकाल को मथ रहा था। अचानक एक चेहरा मेरे मानस-पटल पर उभर आया। निर्दोष, सुंदर, आध्यात्मिक आभा से परिपुष्ट वह सदा हँसता चेहरा, यह चेहरा था मेरे काका की पुत्री चंदा बहन का। मुझसे दो ही वर्ष बड़ी बहन, जिसने मेरे समग्र जीवन को अपने

उदात्त आदर्शों से रँगकर, मेरे जीवन को एकदम बदल दिया। एक नया मोड़, एक नई दिशा के द्वार पर लाकर मुझे खड़ा कर दिया और उससे जो मुझे आनंद का अनुभव हुआ था, उसके बाद लगा कि इस भौतिक आनंद से अनेक गुना अधिक आनंद अब मुझे प्राप्त हो रहा है।

चलती-फिरती तितली जैसी चंदा पूर्वजन्म में कोई महायोगिनी होगी, ऐसा उसका व्यक्तित्व था। संसार में रहते हुए भी संसार के सुखों से निर्लिप्त थी, भरे-पूरे समृद्ध, संसार में रहते हुए भी, उससे प्राप्त सुखों से कभी परिप्लावित नहीं हुई थी और इसलिए जाने क्यों मुझे चंदा गंगामैया की साक्षात्, पवित्र और उज्ज्वल मूर्ति ही लगती थी। गंगा मैया के श्वेत-पवित्र जल में स्नान करके, श्वेतवस्त्र धारण की हुई, हाथ में फूलों से भरी टोकरी लेकर हर की पैड़ी पर गंगामैया की मूर्ति की पूजा करने जाती हुई चंदा बहन को मैं साक्षात् देवी के स्वरूप में देखता था।

चंदा बहन और मैं एक ही कॉलेज में तत्त्वज्ञान विषय लेकर बी.ए. के अंतिम वर्ष की परीक्षा दे रहे थे। सौम्य और पवित्र चेहरेवाली, आकर्षक और भव्य प्रतिभाधारी चंदा सभी के आकर्षण और चर्चा का केंद्र थी, प्रिंसिपल, प्राध्यापक तथा कॉलेज के सभी विद्यार्थी उसे आदर और मान की दृष्टि से देखते थे।

ऐसा अद्‌भुत व्यक्तित्व मेरी बहन का था। उसे देखते ही पवित्र भाव जागते थे, वासना दूर भागती और अंतर में भक्तिभाव जाग जाता, फिर भी मेरे साथ अभ्यास कर रहा मेरा ही एक मित्र, जो करोड़पति बाप का संस्कारी पुत्र था, चंदा के व्यक्तित्व से चौंधियाकर उससे अत्यंत मोहित हो गया था। बस चंदा के उसके अंतर में बस जाने से वह लगभग पागल जैसा हो गया! चंदा की मैत्री और प्रेम प्राप्त करने के लिए वह अधिक से अधिक उसके पास आने लगा, चंदा को हर तरह से प्रसन्न करने का प्रयत्न करता, परंतु निजानंद में मस्त चंदा को इसका कहाँ पता था?

आशीष नाम का यह मेरा मित्र अपने प्रेम को अंतर में दबाकर दर्द सहन कर रहा था। वह जानता था कि चंदा कोई सामान्य युवती नहीं है। उसके जैसी सौम्य और पवित्र युवती से सांसारिक प्रेम की याचना करना सर्वदा विवेकहीनता है, पाप है! वह मन-ही-मन उदास, दर्द के घूँट पीता, मूढ़ के समान घूमता रहता था। फिर तो मेरे साथ भी वह हँसकर बात नहीं कर सकता था, क्योंकि मैं चंदा का भाई था और वह स्वयं संस्कारी और शर्मीला था।

इस प्रकार अपनी भावनाओं की अभिव्यक्ति में अवरोध के कारण वह शारीरिक और मानसिक रूप से निस्तेज होता चला गया। एक गहरी उदासीनता उसके मुख पर

अहर्निश दिखाई देती थी। उसका यह व्यवहार और परिवर्तन मैं समझ नहीं सकता था, इसलिए एक बार कॉलेज के प्रांगण में मैंने उसे पूछ लिया, 'अरे भाई आशीष! आजकल तू क्यों ऐसा निराश और उदास होकर घूमता रहता है, क्या बात है? कोई परेशानी हो तो बताओ, तेरी यह हालत दयनीय हो रही है। मैं तेरा अभिन्न मित्र हूँ। जो भी हो, मुझे बताकर अपने मन का भार हलका कर ले, मैं तेरे साथ हूँ, क्यों उदास हो रहा है?'

सुन करके कुछ देर के लिए वह स्तब्ध हो गया, मुझे लगा कि कदाचित् उसे मेरे पास से कोई अपेक्षा नहीं होगी, या उसके प्रेम की अभिव्यक्ति करने का यूँ अचानक बताना, उसकी उलझन का कारण बना होगा। जो भी हो! मैंने यही शब्द पुनः दोहराकर उसके कंधे पर प्रेम से हाथ रखा। तो बहुत देर बाद, कठिनाई से मुख खोलकर बोला, 'स्वरूप! यह बात मैं तेरे सिवाय किसी को नहीं कह सकता। फिर भी यह बात तुम्हें कैसे कहूँ, यही उलझन मैं अनुभव कर रहा हूँ; यह बात तेरे मन पर क्या प्रभाव डालेगी? मुझे इस बात का डर भी है कि बात सुनकर कदाचित् हमारी मित्रता में दरार न पड़ जाए!' फिर मेरी तरफ देखकर बोला, "बात यह है कि जो मैं तुम्हें कहना चाहता हूँ, पर कह नहीं सकता हूँ।"

'आशीष!' मैंने शब्दों में प्रेम और सहानुभूति घोलते हुए कहा।

'मैं तेरा मित्र ही नहीं, भाई हूँ। ऐसा मानकर कहो, बात जो भी हो, कैसी भी है, संकोच छोड़कर कहो। अपने संबंध में कोई फर्क नहीं पड़ेगा, तुझे विश्वास दिलाता हूँ।'

सुनकर उसका मुख आनंद से खिल उठा। बोला, 'स्वरूप मैं प्रेम करता हूँ।'

'अरे वाह! प्रेम होना या प्रेम करना, कोई अपराध नहीं है। यह तो स्वाभाविक और प्राकृतिक है, क्योंकि किसी भी प्रकार का प्रेम ईश्वर का स्वरूप है।'

सुनकर आशीष नीचे देखकर अँगूठे से जमीन खोदने लगा। मैंने आगे कहा, 'तुम्हारे मुख पर यह अपराध भाव क्यों हैं, बताओ तो।'

उत्तर में आँखें उठाए बगैर नतमस्तक रहकर, दीर्घ निःश्वास के साथ आशीष ने कहा, 'क्योंकि मेरा प्रेम पात्र ही ऐसा है। मुझे लगता है कि मैं उसके योग्य नहीं हूँ।' फिर कुछ रुककर, आत्ममंथन कर रहा हो, ऐसे धीमे और गंभीर स्वर में बोला, 'करोड़ों रुपए और उतनी ही संपत्ति के मालिक का इकलौता पुत्र होने के बाद भी मैं उसकी दिव्यता और पवित्रता की तुलना में सामान्य ही नहीं, तुच्छ हूँ। मेरी करोड़ की संपत्ति का उसकी पवित्र सादगी और आध्यात्मिक दैवी वैभव के आगे कोई मूल्य नहीं, फिर भी मैं उसे हृदय के उदात्त भाव से, अंतर की गहराई से चाहता हूँ।' फिर मेरी तरफ कठिनाई से मस्तक ऊँचा करके, दृष्टि स्थिर करके बोला, 'तुम मेरे बारे में कुछ भी

धारणा बना लो, आज मुझे कहने दो, मैं उसके बिना नहीं रह सकता, उसे प्राप्त किए बगैर मैं जी नहीं सकता हूँ। मैं जानता हूँ कि उसकी ऊँचाई तक पहुँचने में मैं समर्थ नहीं हूँ। धन, दौलत, वैभव, ऐशोआराम सबकुछ होने के बाद भी, उसकी योग्यता के आगे इन सबका कोई मूल्य नहीं है। सभी भौतिक समृद्धि उसके मन में तुच्छ है और उसके दैवी आभायुक्त जाज्वल्यमान व्यक्तित्व के आगे मैं बौना हूँ। यह मेरी लघुता ग्रंथि नहीं है, परंतु शुद्ध वास्तविकता है। इसीलिए मैं अंदर-ही-अंदर घुटता रहता हूँ। अंतर की इस विरह व्यथा को अंतर में ही दबाकर मैं मुर्दे के समान जी रहा हूँ।'

'परंतु वह है कौन? बताओ तो!' मैंने बीच में उसे रोकते हुए कहा, 'प्रत्येक समस्या का कोई-न-कोई समाधान होता है, इस प्रकार दुःखी होने से कोई परिणाम नहीं मिलता। मैं तेरे साथ हूँ। हर तरह से तेरी सहायता करूँगा।'

और इसी समय मुझे संबोधित किए गए शब्द मेरे कान में पड़े, 'अरे, स्वरूप भैया! तू यहाँ है? मैं तुझे कब से ढूँढ़ रही हूँ।' मैंने पीछे देखा, तो गाड़ी की स्टीयरिंग व्हील पकड़कर, खिड़की से मेरी ओर हँसकर देखती चंदा को मैंने देखा। इस प्रकार संवेदनपूर्ण समय अचानक चंदा को देख मैं असमंजस से स्तब्ध हो गया। चंदा के आगमन और आशीष के मुख से निकले शब्दों को जोड़कर मैंने ऐसा अर्थघटन किया कि चंदा ही आशीष की प्रियपात्र है।

मैं सोच रहा था, तभी चंदा ने आदेशपूर्ण शब्दों में पुनः कहा, 'अरे! खड़े क्यों हो? चलो जल्दी, गाड़ी में बैठ जाओ, हमें आज एक स्थान पर आवश्यक मुलाकात के लिए जाना है, जल्दी करो!' और उसने गाड़ी स्टार्ट की। मेरे पास अब सोचने का समय नहीं था, मैं तेजी से चंदा की बगल की सीट पर बैठ गया। चंदा ने टर्न लेकर गाड़ी आगे बढ़ा दी। मैं गाड़ी के पीछे के काँच से आशीष की ओर देखे बगैर नहीं रह सका। वह निराश होकर धीरे-धीरे जा रहा था।

तेज गति से गाड़ी चला रही चंदा को मैंने देखा। उसके सौम्य चेहरे पर मंदस्मित था, बात को प्रारंभ करते हुए मैंने कहा, चंदा! यह मेरा मित्र आशिष था।

'तो?' स्वर में लापरवाही दिखाते हुए चंदा बोली।

'करोड़पति का इकलौता पुत्र है।'

'हाँ! पता है।' बीच में ही चंदा ने कहा, 'अपने घर से थोड़ी ही दूर उनका वैभवशाली विशाल बँगला है।'

'चंदा! एक बात कहनी है।'' मैंने हिचकते हुए कहा, ''वह तुझे चाहता है, तुझे प्रेम करता है।'

'जानती हूँ।' निर्लिप्त भाव से चंदा ने कहा और ट्रैफिक में धीमी हो गई गाड़ी को तेज करके आगे बढ़ाया। सुनकर मैं विस्मय से उसको देखता रह गया। उत्सुकता से मैंने कहा, 'तो···तो···तू···' मैं आगे नहीं पूछ सका।

'मैं भी उसको चाहती हूँ।' चंदा के मुख से शब्द निकले।

सुनकर आश्चर्य और खुशी से मैं उछल पड़ा।

'वाह! तब तो काम आसान हो गया। कल ही आशीष से यह बात करता हूँ।' खुशी के मारे वह तो बेहोश हो जाएगा।

'हाँ!' प्रत्युत्तर देते हुए चंदा ने हँसकर कहा, 'उससे कहना, चंदा सारे विश्व को चाहती है। जड़, चेतन, सर्व पदार्थ, कीट-पतंग और जिंदा-मुर्दा कौवे, कुत्ते, बिल्ली सभी को जिस प्रकार चाहती है, वैसे ही तुझे भी चाहती है।'

उपेक्षा भाव से नहीं, सहजता से कहे गए उसके शब्दों को सुनकर मैं स्तब्ध रह गया। दया से प्रेरित होकर आशीष के उससे प्रेम में सहायक होने की मेरी उत्पन्न आशा पर पानी फेर दिया। फिर भी मैं बोला, 'परंतु चंदा, वह तुझे बहुत चाहता है।' फिर भारपूर्वक आगे कहा, 'वह कह रहा था कि तुम्हारे बगैर वह जी नहीं सकेगा।'

''जीना या मरना, यह उसे निश्चित करना है, मैं उसके ऐसे मूर्खतापूर्ण संकल्प या कैसी भी इच्छा के लिए, किसी भी प्रकार से उत्तरदायी नहीं हूँ।''

मैंने देखा कि चंदा का सौम्य चेहरा लाल हो रहा था। गाड़ी को मोड़कर गति बढ़ाते हुए पुनः बोली, 'वास्तव में वह जिसे प्रेम या चाहत कहता है, वह वासना का छल स्वरूप है। कई बार वह मुझे रू-ब-रू मिला है। मुझे उसकी आँखों में वासना के सँपोले खेलते दिखाई दिए हैं। वह वासना को छुपाने के प्रयत्न में मेरे सामने आँखें चुराता है। वह सच्चा प्रेमी नहीं 'कापुरुष' है। ऐसे कापुरुष को मैं धिक्कारती हूँ।' कहकर मौन होकर तेजी से गाड़ी चलाती रही। अब मेरे पास बोलने के लिए कुछ नहीं था।

पुनः सौम्य रूप धारण कर रहे उसके चेहरे को मैं देखता रहा। पवन के झोंकों से उसके काले सुंदर बालों की लटें कपाल और होंठों से खेल रही थीं। दृढ मनोबल के साथ गाड़ी चला रही चंदा महिषासुर का वध करने जा रही महामाया जैसी लग रही थी, परंतु उसके चेहरे पर युद्ध के लिए जाती योगमाया जैसा क्रोध नहीं था, इसके विपरीत उसका चेहरा शांत और सौम्य भाव से शोभित था। ऐसी दैवीस्वरूप चंदा मेरी बहन है, इस विचार से ही मनोमन गर्व अनुभव कर रहा था।

गाड़ी गंगा के किनारे से थोड़ी दूर पर समानांतर आगे बढ़ रही थी। हरियाली,

पहाड़ से गिरते छोटे-मोटे पानी के झरने मन को प्रफुल्लित कर रहे थे। सामने ही 'मनसादेवी' का मंदिर पहाड़ पर दृष्टिगोचर हो रहा था। सीढ़ियों पर चढ़ रहे यात्री ऊँचे वृक्षों की आड़ से भी दिखाई दे रहे थे।

अचानक मुझे याद आया कि, चंदा मुझे कहीं ले जा रही है? मैंने पूछा, 'बाकी सब ठीक है, परंतु तू मुझे कहाँ ले जा रही है, कहो तो!'

'बस, ये सामने दिख रही खाई में, मनसादेवी के पर्वत के नीचे की झाड़ी में।'

'परंतु क्यों, किसलिए?' मैंने उत्सुकता से पूछा।

'ओह! तुम्हें पता नहीं, वहाँ एक बड़ी गुफा है?' चंदा ने उत्तर देते हुए मुझे देखा।

'पता है मुझे, परंतु वहाँ हम अचानक क्यों जा रहे हैं, यह तो बताओ?' मैंने चिढ़कर पूछा।

'अरे, मेरे भाई! भूल गया? मैंने कल ही तुम्हें बताया था कि मेरे 'ॐ गुरु सरयूदासजी!' आनेवाले हैं!' फिर रास्ते पर स्थिर दृष्टि करके, गाड़ी की गति कम करते हुए बोली, "वे आ गए हैं और इस गुफा में 'आसन' किया है।" फिर मेरी ओर दृष्टि करके हँसते हुए कहा, 'तुम्हें वहाँ पढ़ना-लिखना छोड़कर, साधु वेश में घूमता हुआ तुम्हारा मित्र रेवानंद ब्रह्मचारी भी मिलेगा!'

'वाह! रेवानंद वहाँ तक पहुँच गया है?' मैंने आश्चर्य से पूछा।

'हाँ, रेवानंद सरयूदासजी का विशेष प्रिय शिष्य है! साधना द्वारा वह बहुत आगे कई सिद्धियाँ प्राप्त कर चुका है। निरभिमानी उसका मन अब संसार में नहीं रहा है, वह पूर्ण वैरागी और 'ब्रह्मनिष्ठ' तेजी से बन रहा है।'

फिर मेरी ओर देखते हुए हँसकर बोली, 'तू रेवानंद का विशेष मित्र है, फिर सरयूदासजी भी तुम पर प्रसन्न है, तुम्हें देखा नहीं है, फिर भी तुम्हें साथ ही लाने के लिए मुझे उन्होंने विशेष सूचना दी थी!'

'वाह! मेरे सद्भाग्य कि ऐसे सिद्ध महात्मा ने मुझे याद किया है!'

मैंने प्रसन्नता व्यक्त करते हुए आगे कहा, 'मेरा मन आजकल बेचैन रहता है। मानो मुझे अब किसी में रस ही नहीं रहा, ऐसा लगता है।'

'ठीक है।' धीरे-धीरे एक ओर गाड़ी रोकते हुए चंदा ने कहा, 'यह तुम्हारे भविष्य का संकेत है, सरयूदासजी महान् आत्मा हैं, वे अनेक जन्मों का और भविष्य का भी ज्ञान रखते हैं, इसलिए संबंधित योग्य व्यक्ति को वे योग द्वारा जानकर, शक्तिपात द्वारा प्रगति करवाते हैं!' फिर गाड़ी से नीचे उतरते हुए कहा, 'कदाचित्, ऐसे ही हेतु से तुम्हें बुलाया होगा।'

जो भी हो, परंतु मुझे बचपन से ही पिताश्री की अनर्गल संपत्ति तथा सुख-वैभव की ओर अनुराग था ही नहीं। मेरे मन में अनेक बार त्याग की वृत्ति जोर मार रही थी। जबरन वैभवी जीवन जीने में मुझे दुःख होता था। इस विषय में मैंने एक बार चंदा से कहा था। तो उसने धीरज से समझाते हुए कहा था, 'जन्मजात प्राप्त वैभव बंधकारी नहीं होता है, परंतु वैभव प्राप्त करने की तृष्णा नहीं होनी चाहिए। स्पृहारहित जीवन जीने में कुछ गलत नहीं है।'

'तुम्हारी बात, चंदा बहन मैं सत्य मानता हूँ, फिर भी मेरी उलझन का हल उसमें नजर नहीं आता है।' चंदा की ओर देखकर, मैंने आगे चलते-चलते कहा, 'जब किसी सुंदर शरीर को शव के रूप में अग्नि में जलते हुए देखता हूँ, तब उस समय का वातावरण और स्थिति देखकर, मुझे शारीरिक अर्थात् भौतिक पदार्थ पर अनादर हो जाता है और अंत में शरीर की ऐसी दशा हो जानी है? ऐसा मन में होने से मुझे मेरे अपने शरीर पर बहुत ग्लानि उत्पन्न होती है, कई बार मन में ऐसा निश्चय करने का मन होता है कि संसार के व्यवहार में पड़ना ही नहीं, घर छोड़कर चला जाऊँ!'

इसके साथ चंदा ने मेरा हाथ पकड़ लिया, स्नेहपूर्वक कहा, "मेरे पगले भाई! कभी-कभी ऐसे भाव प्रत्येक मनुष्य को आते हैं, परंतु प्रकृति ने मनुष्य को विशेष भूमिका निभाने के लिए ही जन्म दिया है। वह भूमिका निभाए बगैर गृह त्याग करना, वह ईश्वर की इच्छा के विरुद्ध कर्म है। प्रत्येक घटना का समय ईश्वर ने निश्चित किया हुआ है, उसकी इच्छा ही प्रत्येक परिस्थिति में निर्णय लेना सुगम बना देती है। इसलिए उसका, स्मरण करके, धैर्यपूर्वक सब सोच-विचारकर निर्णय करना चाहिए।" कहकर चंदा मौन होकर आगे बढ़ गई।

मैंने पुनः कहा, 'तुम्हारी बात सत्य है, परंतु बात वहीं रुकती नहीं है। मेरी ऐसी स्थिति अथवा मनोमंथन होता है, तब मुझे खाना-पीना भी अच्छा नहीं लगता है। मन में ऐसा लगता है कि कोई ब्रह्मनिष्ठ गुरु मिले, तो उनकी शरण में जाकर इस संसाररूपी जन्म-मरण से मुक्त हो जाऊँ।'

'गुरु को खोजने की आवश्यकता नहीं है। योग्यता प्राप्त होते ही सामने से आकर वे मिलते हैं।' चंदा ने मेरी पीठ पर हाथ से सहलाकर कहा, 'और देखो स्वरूप! तुम आध्यात्मिक दृष्टि से जन्म जन्मांतर से योग्य हो और इसीलिए सरयूदासजी ने तुम्हें सामने से मिलने की इच्छा प्रकट की है, इसीलिए तो मैं तुम्हें उनके दर्शन के लिए ले जा रही हूँ।'

कथित स्थान की ओर झाड़ी में चलते-चलते हमें आगे बढ़ रहे थे। थोड़ी ही

देर में झाड़ी के झुंड के बीच गुफा नजर आई। हाथ पकड़कर चंदा ने मुझे अंदर प्रवेश करवाया। सामने ही एक भव्य साधुमूर्ति के दर्शन हो गए! ऊँचे-पूरे, गोरे रंग के, विशाल कपाल और चमकती बड़ी-बड़ी आँखों में झरता स्नेह, मुख पर प्रेममय हास्य, ये भव्य साधुमूर्ति ही सरयूदासजी हैं, यह समझते मुझे देर नहीं लगी। उनके पीछे ही रेवानंद ब्रह्मचारी खड़े-खड़े मुझे देखकर मुसकरा रहा था।

चंदा ने सरयूदासजी को दोनों चरणों का स्पर्श करके प्रणाम करके, दोनों हाथों को अपनी आँखों पर स्पर्श करवाया। मैंने भी उसका अनुकरण करके भक्ति-भावपूर्वक सरयूदासजी को प्रणाम किया।

सरयूदासजी ने आशीर्वाद देते हुए मेरे मस्तक पर अपना दाहिना हाथ रखते हुए कहा, 'वाह स्वरूपानंद! तू जीवन्मुक्त आत्मा है, तेरा कल्याण होगा, तुझे धन्यवाद है। तू सत् पुरुष है और सत् पुरुष महत् की इच्छा करता है, तुच्छ की नहीं। तुझमें यह स्वाभाविक गुण है।' फिर हँसकर बोले, 'अंत:करण की योग्यता तथा शक्ति के अनुसार पुरुष प्रलोभन के पदार्थों के सामने टक्कर ले सकता है, परंतु निम्न सत्त्ववाला शीघ्र लोभ में आ जाता है, वह कनिष्ठ स्थितिवाला साधारण वैभव देखते ही उसे प्राप्त करने के प्रयत्नों में मुख्य उद्देश्य से पतित हो जाता है। प्रत्येक मनुष्य का मुख्य उद्देश्य ईश्वर-प्राप्ति ही होना चाहिए।' फिर थोड़ा हँसकर मेरे सामने स्नेहपूर्ण दृष्टि से देखकर बोले, 'तू जन्म से ही संपत्तिवान् है, फिर भी तुझमें त्यागवृत्ति होने से संपत्ति को तुच्छ समझता है। तू ललचाता नहीं है, क्योंकि तेरा मन उससे भरकर ऊब गया है, तुच्छ पदार्थों के लिए प्रवृत्त रहना तुझे पसंद नहीं है। तू कुलीन है, नाशवंत पदार्थ तुम्हें कैसे ललचा सकते हैं? भर्तृहरि और गोपीचंद जैसा तू त्यागी है।' कहकर वे रुक गए। अगोचर में देख रहे हों, ऐसे कुछ देर मौन हो गए।

फिर पुन: थोड़ी देर में मर्म में हँसकर बोले, 'परंतु बाद में तुम्हें, जीवन्मुक्त स्थिति प्राप्त करने के बाद, ऋण भार चुकाने के लिए पुन: संसार की ओर युक्तिपूर्वक दृष्टि करनी पड़ेगी। खैर, ये सब बातें तुम्हें बाद में समझ आएँगी।' फिर थोड़ा हँसकर बोले, ''तुम्हें कठिन परिस्थितियों का सामना करना पड़ेगा, परंतु जल्दबाजी करने से भविष्य में भारी विषम परिस्थिति में पड़ना पड़ेगा, यद्यपि सभी सहायता तुम्हें मिलती रहेगी, किनारे पर आया तुम्हारा डूबता हुआ जहाज बच जाएगा।' कहकर वे कुछ मौन रहकर चंदा की ओर दृष्टि करके बोले, 'तुम दोनों अब कानून का अभ्यास करोगे, ईश्वर की योजना के अनुसार सब होता रहेगा। संसार एक संग्राम है, उसमें घायल भी होना पड़ता है।' फिर रुककर बोले, 'तुम सब अब सिधारो!'

मर्यादा से खड़े रेवानंद की ओर संकेत करते हुए कहा, 'अभी मुझे गंगोत्तरी के शिखर पर स्थित आश्रम में जाना है। मेरे गुरुभाई अद्‌भुतानंदजी की थोड़ी व्यवस्था करनी है। सिद्ध होने के बाद भी उसे प्राप्त सिद्धि का मोह उत्पन्न हो गया है, जो उसके पतन का कारण बन रहा है, उसमें से उसे बचाने की लंबी पूर्वभूमिका बनानी पड़ेगी। फिलहाल तो उसमें से पीछे नहीं लौट सकता है। समय-समय पर सब होता रहेगा। रेवानंद अभी तुम्हारे साथ ही आएगा।' कहकर उन्होंने हमें जाने का संकेत किया।

तभी रेवानंद ने सरयूदासजी को प्रणाम करके नम्र स्वर में कहा, 'आपकी सेवा और सहायता के लिए मेरी भी आपके साथ आने की इच्छा है, आपकी आज्ञा हो तो!'

'नहीं'''। सरयूदासजी ने रेवानंद के मस्तक पर हाथ रखकर कहा, 'वहाँ मेरी सहायता-सेवा के लिए बहुत हैं और तुम्हारी यहाँ आवश्यकता होनेवाली है। मेरा अभी यहाँ आने का निश्चित नहीं है। कदाचित् एक-दो वर्ष भी निकल जाएँ!' फिर मेरी ओर देखकर प्रेमपूर्ण स्वर में कहा, ''तुमको अभी अभ्यास करना है। संसार को दूर से भी भोगे बिना उसकी निरर्थकता पूरी तरह समझ नहीं आती है। कच्चा वैराग्य काम का नहीं है। इसलिए संसार में जितने संभव हों, उतने कर्तव्य पूर्ण करो। शीघ्रता नहीं करना।' फिर मुझे आश्वासन दे रहे हों, उस स्वर में बोले, 'जीवन्मुक्त तुम अवश्य बनोगे, परंतु इसके बाद भी बहुत अवरोध तुम्हें पार करने पड़ेंगे, जो संसार छोड़ने की तुम्हारी शीघ्रता की उपज होंगे। खैर! भविष्य को कोई नहीं रोक सकता और इसीलिए मुझे पूर्वभूमिका बनानी पड़ेगी, जो तुम्हें सहायक होगी! अच्छा अब निकलो।'

रेवानंद के साथ हम बाहर निकले। गंगा किनारे के असीम सौंदर्य के बीच भी मेरा मन प्रस्तुत वर्तमान की बातों के संदर्भ में व्यस्त था। सरयूदासजी की बातों का मर्म मुझे उस समय समझ में नहीं आ रहा था। संसार के भोगे बगैर उसकी निरर्थकता समझ में नहीं आती है, संसार के कर्तव्य पूर्ण करो। उनके ये शब्द मुझे संसार बनाने और उसमें रहकर संसार भोगने के लिए सूचित कर रहे थे। यही तो मेरी इच्छा विरुद्ध की बात थी।

संसार का त्याग करने को मैं उत्सुक था, परंतु उनके ये शब्द मुझे उलझन में डाल रहे थे। मानो गर्भित स्वर में उनकी सूचना थी—शीघ्रता मत करना, कई अवरोध आएँगे, जिन्हें तुम्हें पार करना पड़ेगा और ये अवरोध तुम्हारी जल्दबाजी की उपज होंगे। साथ-साथ यह भी कहा था—भविष्य को रोकने में कोई समर्थ नहीं होता। उनका इस प्रकार का वक्तव्य मुझे उलझन में डाल रहा था।

मुझे विचारमग्न अवस्था में पीछे चल रहे देख चंदा ने हाथ पकड़कर खींचकर

साथ करते हुए कहा, 'चलो अब! मैं जानती हूँ कि तू क्या सोचकर मन-ही-मन में परेशान हो रहा है और सरयूदासजी ने यह भी कहा है कि ऐसे संयोगों में तुम्हें सहायता मिलती रहेगी। इसके लिए पूर्वभूमिका भी वे विचार कर रहे हैं, तो फिर चिंता का क्या कारण है? उनके शब्दों में विश्वास रखो, तुम्हारा कल्याण ही है। इसलिए चिंता छोड़कर वर्तमान में ध्यान रखकर प्रवृत्त हो जा।' कहकर चंदा ने प्यार से मेरे गाल खींचे।

उसके स्नेहिल स्पर्श से मैं प्रफुल्लित हो गया और बोला, 'ठीक है, जैसा तुम कहो, वही करूँगा।' मधुर स्मित के साथ मेरा हाथ पकड़ चलते हुए चंदा को मैंने हँसते हुए कहा, 'मुझे लगता है कि तू मेरी बहन नहीं, मानो माँ हो।'

सुनकर खिलखिलाकर हँसते हुए रेवानंद बोला, 'मुझे लगता है कि गत जन्मों में कदाचित् ये तुम्हारी माँ नहीं, परंतु तुम्हारे मित्र की माता होगी और इस जन्म में तेरी बहन बनके जन्मी है।'

सुनकर मुझे लगा कि मेरे अंदर कोई आनंद से नाच रहा है और वह आनंद की बौछार मुझे परिप्लावित कर रही है! उस आनंद की अवस्था में मैंने रेवानंद की ओर दृष्टि करके कहा, 'तुम्हें पूर्वजन्मों का ज्ञान अब होने लगा है क्या?'

'नहीं!' रेवानंद ने शांति से गंभीर स्वर में कहा, 'परंतु मेरे अंतर में ऐसे भाव अचानक उठ आए थे। वह मैंने कहा और ऐसा भी तो गलत क्या है? हें!' ऐसा कहकर उसने चंदा की ओर देखा।

सुनकर चंदा खिलखिलाकर हँस पड़ी, हमने भी उसमें साथ दिया। हँसते-हँसते ही चंदा बोली, 'मुझे लगता कि स्वरूप मेरा छोटा भाई होते हुए भी मुझे उस पर पुत्रवत् प्यार है।'

हम रास्ते के किनारे पार्क की गई गाड़ी के पास पहुँचे। चंदा ने रेवानंद के साथ गाड़ी में बैठने का संकेत किया, तो वह बोला, 'तुम दोनों जाओ, मुझे 'मंछा देवी' के महंत से मिलने जाना है, वे मेरे निकट के संबंधी हैं। आज उन्होंने मुझे भोजन के लिए निमंत्रण दिया है।'

'तो क्या हुआ?' चंदा ने कहा, 'टेढ़े रास्ते पर जाने के बदले मुख्य रास्ते पर होकर चले जाना, मैं वहाँ तुम्हें उतार दूँगी, मुझे भी वहाँ से ही मेरी एक मित्र आशा से मिलने जाना है। वह देहरादून में पढ़ती है, कल ही घर पर छुट्टी मनाने आई है।'

हम बैठ गए, तब चंदा ने गाड़ी चालू की। रास्ते में रेवानंदजी ने मौन तोड़ते हुए कहा, 'अब, विशेष बात, तुम्हारे दोनों के बी.ए. का वर्ष समाप्त हुआ। मैंने तुम्हारे

दोनों के लिए एल.एल.बी. में प्रवेश के लिए पता किया है। मई महीने में परीक्षाफल आने के बाद दिल्ली या देहरादून, कहीं भी सरलता से प्रवेश मिल जाएगा। सारी व्यवस्था मेरे एक संबंधी के द्वारा मैंने कर रखी है। किस स्थान पर प्रवेश लेना है, यह तुम्हें निश्चित करना है।' फिर आगे कहा, 'मुझे लगता है कि दिल्ली ही उचित रहेगा, क्योंकि वहाँ पर 'हंस-मानव सेवासमिति' के आश्रम की स्थापना हुई है। यहाँ के समान उनका स्वदेशी दवाई का उद्योग भी प्रारंभ हुआ है, इसलिए रहने की और भोजन की वहाँ अच्छी सुविधा मिलेगी। कालिंदी बहन नामक एक साध्वी बहन वहाँ रहती है, वह तुम्हें सब सहायता करेगी। फिर माधवानंदजी नाम के एक महात्मा जूनागढ़ से वहाँ यदा-कदा आते हैं और ठहरते हैं। मेरा उनके साथ अच्छा परिचय है। उनके साथ सत्संग करने का भी तुमको आनंद मिलेगा। माधवानंदजी के गुरु से ही दीक्षा लेकर मैं कुछ समय में ही जूनागढ़ जाने वाला हूँ।'

'कौन, माधवानंद?' चंदा ने अचानक चौंककर पूछा, 'बहुत सुना है यह नाम, परंतु कब और कहाँ, याद नहीं आ रहा है, परंतु यह नाम सुनकर अनजानी भावना आ रही है।'

'तुझे प्रत्येक साधु के लिए भाव आता है!' मैंने हँसकर कहा, 'मानो सभी की ही तू माँ न हो।' मेरी बात सुनकर रेवानंद खिलखिलाकर हँस पड़ा।

गाड़ी आगे बढ़ रही थी। अचानक मौन तोड़ते हुए रेवानंद मुझसे बोला, 'और स्वरूप! एक विशेष बात पर तुम्हारा ध्यान आकर्षित करना चाहता हूँ, आजकल तुम्हारा छोटा भाई मयूर इधर-उधर घूमता नजर आता है। दो दिन पहले मित्रों के साथ सिगरेट पी रहा था और उसके मित्र बीयर पी रहे थे, मैंने देखा था। यद्यपि किशोरावस्था में यह स्वाभाविक है, फिर भी ध्यान रखना चाहिए।'

भूतकाल को खँगालता मैं पूरणपुरी बापू के साथ हरिद्वार जाने के लिए गाड़ी में सफर कर रहा था। अचानक ब्रेक लगने से मेरी विचारधारा टूट गई। मैंने चौंककर पूरणपुरी बापू के सामने देखा, तो वह मेरे सामने देखकर हँस रहे थे। बोले, 'भूतकाल का सफर कैसा रहा?'

'सुखद और दुःखद!' मैंने हँसने का प्रयत्न करते हुए कहा, 'दूर के भूतकाल के अनुभव और उस समय किए गए गर्भित भविष्य कथन के अनुसार ही हुआ है। सरयूदासजी की सलाह को ध्यान में नहीं रखने से, संसार छोड़ने की मेरी जल्दबाजी हो गई, वह अब समझ में आती है, परंतु एक बात समझ में नहीं आती है कि यह मेरी बहन चंदा के प्रति मुझे और उसे भी परस्पर माता-पुत्र जैसा वात्सल्य हृदय में क्यों

उभरता था ? अभी भी उसकी स्मृति आने से वैसी ही भावना का अनुभव करता हूँ।'

"अभी तुम अपने जड़-सूक्ष्म शरीर में हो, इसलिए इस जन्म में सूक्ष्म शरीर से किए अनुभवों की स्मृति को याद कर सकते हो। तुम्हारे अंदर स्थित अनंतानंद की आत्मा तुम्हारी सूक्ष्म देह के साथ ओत-प्रोत हो गई है, इसलिए बहुत दूर के भूतकाल को तुम अभी नहीं जान सकते हो।" फिर आगे बोले, "मैं सब जानता हूँ, इसलिए तुम्हें कहता हूँ, चंदा माधवानंद और अनंतानंद की, भगवान् श्रीकृष्ण के युग में अर्थात् आज से 5000 वर्ष पहले सच में उनकी माता थी। उस समय के सभी मित्रों के प्रति वात्सल्य भाव जागता है। पूर्वजन्मों की मणिकांता, इस जन्म में चंदा नाम से तुम्हारी बहन के रूप में आई है।" फिर कुछ रुककर बोले, "तुम सिद्ध योगी होने से सब जान सके हो, परंतु इस समय तुम्हारे सूक्ष्म शरीर में तुम्हारी अपनी आत्मा नहीं है, तुम्हारे अंदर देहाध्यास विशेष परिमाण में है, क्योंकि तुम्हारे अंदर अभी विद्यमान अनंतानंद की आत्मा है, वह तुम्हारी देह में द्रष्टा-साक्षी के रूप में है। तुम्हारे जड़ और सूक्ष्म शरीर को वह निश्चित समय पर केवल सावधान करने का कार्य करेगी। तुम्हारे शरीर में वह शक्ति रूप में ही कार्य कर रही है।

"तुम्हारी आत्मा जब तुम्हारी इस देह में कार्यसिद्धि के बाद पुनः प्रवेश करेगी, तब तुम्हारे अंदर ब्रह्मांड का गोचर-अगोचर सारा ज्ञान पुनः आ जाएगा। यद्यपि यह सब तुम समझते ही हो।"

इसके बाद थोड़ी देर तक हमारी बातचीत बंद रही। इसी बीच गाड़ी का चालक नीचे उतरकर, जमा भीड़ के बीच जाकर पूछताछ करता नजर आया। कुछ देर में वह लौटकर बोला, "आगे डंपर और खुली रिक्शा की टक्कर की दुर्घटना में सात व्यक्ति मर गए हैं, इसके कारण ट्रैफिक जाम हो गया है। पुलिस के लोग आ गए है। अब जब तक निपटे नहीं, तब तक आगे बढ़ना कठिन है, कदाचित् एक-दो घंटे का समय लगेगा।"

इतनी देर में हमारे पीछे भी गाड़ियों की लाइन लग गई। उनके कोलाहल में सुनना कठिन हो गया। ड्राइवर सामने की दुकान से हमारे लिए पानी के दो गिलास ले आया, तो बापू ने कहा, "यह पानी रहने दो, डिक्की में रेवानंदजी ने पानी का बड़ा जग रखवाया, गिलास भी होंगे, वही भरकर ले आओ।" और फिरकर हँसकर बोले, "फिर तो स्वरूपानंद के गाँव का गंगाजल ही पीना है, क्यों ठीक है न ?"

मैंने सहमति में सिर हिलाया, काँच खोलकर खिड़की से बाहर देखा, तो सामने एक बोर्ड दिखाई दिया, 'बायपास-गोंडल' पूरणपुरी बापू का भी ध्यान उधर गया, वे

बोल उठे, "वाह! अच्छा अवसर है, कैसा अनुकूल संयोग सामने आया है! मैं कुछ समझूँ, इससे पहले उन्होंने ड्राइवर को गाड़ी गोंडल की ओर चलाने की आज्ञा दे दी। गाड़ी गोंडल की ओर तेजी से दौड़ने लगी। बापू का 'अनुकूल संयोग' और 'अच्छा अवसर' जैसे विधान को मैं समझ नहीं सका, तभी पूरणपुरीजी बोले, " 'अनंतानंद' की ससुराल है इस गाँव में और उनकी पत्नी अभी पति की अनुपस्थिति में पीहर में ही समय व्यतीत कर रही हैं। बहुत समय से दोनों मिले भी नहीं हैं और उनके कोई समाचार भी प्राप्त नहीं होने से वे बहुत व्यथित अवस्था में रहती हैं। उनको मिलकर सांत्वना देना आवश्यक है। उन्हें भी मुझसे मिलकर प्रसन्नता होगी और दिल हलका होगा। इसके लिए प्रकृति ने यह कितना सुंदर अवसर दे दिया है!"

फिर कुछ देर मौन रहकर रास्ते पर दृष्टि डालते हुए बोले, "अनंतानंद के परिवार के साथ मेरा वर्षों से प्रेमपूर्ण पुराना संबंध है। इस दृष्टि से मुझे उनसे मिलने की इच्छा जाग गई, जो आज इस प्रकार अचानक प्राप्त संयोगानुसार पूर्ण होगी। आजकल बहन अकेले ही पीहर में आई है। बहन पवित्र साध्वी और पतिव्रता होने से, मैंने गाड़ी खड़ी थी, उसी क्षण मानसिक संदेश उन्हें भेजा है, वह हमारी प्रतीक्षा में दरवाजे पर ही खड़ी होगी।"

हमारी गाड़ी मुख्य बाजार से होकर, पुल पार करके अस्पताल के पिछले भाग में पहुँच गई, तो सामने एक बड़े मकान के बरामदे में जाज्वल्यमान एक महिला खड़ी हुई नजर आई। ड्राइवर को वहीं गाड़ी खड़ी करने का संकेत करके वह बहन प्रसन्नता से हमारी ओर दौड़कर आईं। हमारे गाड़ी से उतरते ही हमको प्रणाम करके प्रसन्न वदन अंदर घर में ले गई। आसन पर बैठाकर स्वच्छ पात्र में जल लाकर हमारा स्वागत किया। घर के सभी सदस्यों ने एक बाद एक हमें नम्रतापूर्वक प्रणाम किया। बहन ने हमारे सामने बैठकर हँसते हुए बापू को संबोधित करके कहा, "बापू! बहुत वर्षों के बाद आपके दर्शन हुए। बहुत प्रसन्नता हो रही है।" फिर संकोच के साथ बोलीं, "आप जूनागढ़ की ओर से आ रहे हैं तो 'साहब' के कोई समाचार हों तो, कहिए।"

"साहब महत्त्वपूर्ण कार्य में व्यस्त हैं और कुशल हैं, चिंता मत करना, कार्य पूर्ण करके कुछ समय बाद तुम्हारे पास आ जाएँगे।" हँसकर पूरणपुरी बापू ने कहा।

"परंतु, आजकल वे हैं कहा?" बहन ने अधीरता से पूछा।

"हरिद्वार की ओर प्रवास है!" बापू ने अनिश्चित वाक्य में उत्तर दिया।

"हरिद्वार! हाँ! हमारी वहाँ जाने की योजना थी, परंतु माधवानंदजी का महत्त्वपूर्ण कार्य से संबंधित संदेश मिलते ही वे जूनागढ़ के स्थान पर चले गए थे।" फिर उलाहने

के स्वर में बोलीं, ''वहाँ से कोई समाचार भी नहीं भेजते हैं और देखो अकेले ही हरिद्वार चले गए!'' फिर शांत स्वर में बोली, ''ठीक है, अनिवार्य होगा, तभी तो उन्होंने ऐसा निर्णय लिया होगा। अब आप स्नान करने की इच्छा रखते हों तो इस कमरे में ही स्नानागार है। तरोताजा हो जाओ, फिर भोजन तैयार है, मैं उसके लिए तैयारी करती हूँ।'' इतना कहकर बहन कमरे से बाहर चली गईं।

स्वादिष्ट, सादा और सात्त्विक भोजन लेकर हम पुनः बैठक में आ गए। बहन भी हमारे सम्मुख आसन पर बैठ गईं। मुझे लगा कि बहन मुझे देखकर कुछ संकोच अनुभव कर रही हैं। मैंने सोचा, कदाचित् अपरिचित होने कारण होगा, परंतु बहन की आयु और साध्वी जैसा जीवन होने के कारण यह तर्क मुझे उचित नहीं लगा।

तभी पूरणपुरी बापू ने बातचीत के निमित्त मेरा परिचय देते हुए कहा, ''मेरे साथ से गृहस्थ 'स्वरूप जी' हरिद्वार के हैं और 'साहब' के मित्र हैं और साहब के साथ एक विशेष कार्य में भी संलग्न हैं। इसलिए उनसे संकोच करने का कोई कारण नहीं है।'' कहकर बापू ने मेरी ओर गर्भित दृष्टि डाली।

''आपकी बात सत्य है।'' उत्तर में बहन ने संकोच छोड़कर कहा, ''आप मेरा संकोच जान गए हैं, परंतु मुझे हो रहे संकोच का कारण मैं भी नहीं समझ पा रही हूँ। आज का दिन का प्रारंभ ही इस प्रकार हुआ है।'' कहकर बहन रुकी, तो पूरणपुरी बापू ने कहा, ''जानता हूँ, फिर भी स्पष्ट करने का आग्रह करता हूँ, जिससे तुम्हारा संकोच दूर हो जाए।''

उत्तर में संकोच के साथ बहन ने कहा, ''ये स्वरूपानंदजी साहब के मित्र हैं। इसलिए या जो भी हो, उन्हें देखकर अनजाना आकर्षण हो रहा है। मुझे लगता है कि उनके अंदर ऐसा कुछ है कि जो मेरी भावना को झकझोरकर मुझे उनकी ओर आकर्षित कर रहा है, परंतु उनकी भौतिक देह को देखकर उसमें कोई अपराध भाव जाग रहा है। एक ही व्यक्ति में ये दो विरोधी भाव कैसे जाग्रत् हो सकते हैं? यह बात मुझे समझ नहीं आ रही है।'' फिर कुछ रुककर वे बोलीं, ''इसी प्रकार के परंतु अलग ही परिस्थिति में इसके विरुद्ध भाव आज प्रभात के स्वप्न में मुझे दिखाई दिए।'' फिर थोड़ा हँसकर बोलीं, ''यहाँ, अर्थात् स्वरूपानंदजी के विषय में मुझे उनकी जड़-देह से अपराध भाव आ रहा है, परंतु स्वप्न में देह का आकर्षण सत्य लग रहा था, परंतु वह देह के अंदर स्थित तत्त्व ने मानो मुझमें अपराध भाव जगाया था। ये दो देहदर्शन के विरोधी भाव को मैं समझ नहीं सकती हूँ।''

''आपको आज प्रभात में कैसा स्वप्न आया था?'' मैंने बीच में ही प्रश्न किया

तो प्रत्युत्तर में बहन ने कहा, "बहुत विचित्र, कभी न अनुभव किया, नींद में सुंदर वन, कलकल बहती नदी और किनारे पर काले पत्थरों के पीछे झरने और झरने के पीछे गुफा जैसा मैंने देखा! गुफा की पूर्व दिशा में गिरनार पर्वत मैंने देखा, उसके पीछे से सूर्योदय जैसा प्रकाश आकाश में फैल रहा था। मैं सुंदर प्राकृतिक दृश्य को देख रही थी, तभी गुफा की ओर पुनः मेरी दृष्टि गई तो मुझे गुफा में प्रवेश करने की तीव्र इच्छा हुई और मैंने उसमें प्रवेश किया। मैं गुफा के धुँधले प्रकाश में धीरे-धीरे आगे बढ़ी। थोड़ी देर में आँखें अभ्यस्त होने से मेरी नजर पड़ते ही मेरे आश्चर्य का पार न रहा। दृश्य देखकर मैं हर्ष से लगभग उछल पड़ी, हृदय आनंद से हिलोरें लेने लगा। यह दृश्य सत्य है या भ्रम, उसका विश्वास करने के लिए मैंने आँखें मलकर देखा, तो वही दृश्य मेरे आश्चर्य के साथ-साथ मेरे जीवन के केंद्र के समान मैंने पुनः देखा। सामने विशाल सपाट शिला पर 'साहब' समाधि में निमग्न थे। बहुत समय के बाद अचानक साहब के दर्शन होने से मेरा हृदय आनंद से भर गया। साहब को इस प्रकार ध्यानावस्था में तो मैंने अहर्निश देखा है, परंतु आज विशेष रूप में वे किसी भी प्रकार के आधार के बगैर जमीन से ऊपर स्वस्तिकासन में बैठकर ध्यान कर रहे थे और वह भी जंगल की अँधेरी गुफा में। मुझे दौड़कर उनके पास जाने का मन हुआ। मैंने पैर भी उठाया, एकदम निकट पहुँची।" फिर मेरी तरफ देखकर बहन पुनः बोली, "परंतु न जाने क्यों वैसा करने में मुझे संकोच के साथ एक प्रकार का अपराध भाव या पाप कर रही हूँ, ऐसा भाव अंतर में जाग उठा। पास जाने के लिए पैर किसी भी तरह उठे ही नहीं, फिर भी पास जाने के लिए मन खिंचा जा रहा था। मैं प्रयत्नपूर्वक पैर बढ़ाकर निकट पहुँची, परंतु साहब ध्यानावस्था में होने से, मेरी ओर उनका ध्यान गया ही नहीं, इसलिए उन्हें ध्यानावस्था में से बाहर लाने के लिए मैं जोर से बोली, 'अरे'''ओ'''साहब! मैं आई हूँ, मेरी ओर देखो!' परंतु कोई प्रतिभाव या प्रतिक्रिया दिखाई नहीं दी, तो मैंने जोर से 'ॐ'''ॐ''' ' का उच्चारण करना प्रारंभ किया। कोई परिणाम नहीं दिखा। मुझे अब भय के साथ चिंता होने लगी, उस पर अँधेरी गुफा में मैं अकेली ही थी। मेरी साँसें तेज होने लगीं। उनको झकझोरकर जगाने का निश्चय करके उनके शरीर को स्पर्श करने को मैंने हाथ बढ़ाया, तो मेरे हाथ को एक झटका लगा। मुझे लगा कि मेरे हाथ को किसी ने पीछे से खींच लिया है। मैंने पुनः प्रयत्न किया, परंतु मैं उनका स्पर्श नहीं कर सकी। मेरी आँखों में आँसू आ गए, उसके साथ ही पाप या अपराध करने की भावना भी मुझमें प्रबल होने लगी। ऐसी दुविधा की भावना के कारण मैं काँपने लगी। तभी साहब की बैठक के पीछे से मैंने सिंह की

गर्जना सुनी। सुनकर भयभीत होकर मैं उलटे पाँव गुफा के बाहर जाने लगी। उसी के साथ मेरी नींद खुल गई, परंतु स्वप्नावस्था पूर्ण होते समय तंद्रा में दो शब्द मेरे कान में पड़े 'साहब, हरिद्वार।' और उसके स्वप्न को पूर्ण रूप से समाप्त होने पर मैंने बिस्तर का त्याग किया।

"प्रभात का स्वप्न सत्य होता है, ऐसा सोचकर मैं चिंता और भय से घिर गई, परंतु उसी समय आपके आगमन का मानसिक संदेश मिलने से मेरा सारा विषाद दूर हो गया, परंतु मेरा स्वप्न और ऐसे परस्पर विरोधी विचार क्यों जागे? वह मैं नहीं समझ सकी।" कहकर बहन मौन होकर शांति से बैठी रहीं।

थोड़ी देर बाद बात को मोड़ दे रहे हों, उस स्वर में पूरणपुरी बापू बहन की ओर दृष्टि करके बोले, "ऐसे स्वप्न आना स्वाभाविक है। साहब की लंबे समय से अनुपस्थिति में तुम रात-दिन उनके विचार करके मनोमन चिंता करती रहती हो, इस कारण ऐसे विचित्र स्वप्न आते-जाते हैं, इसमें चिंता करने जैसा कुछ नहीं है।" फिर कुछ रुककर गर्भित और अर्थपूर्ण शब्दों में बोले, "बहन! पृथ्वी पर और स्वर्ग में भी ऐसे अनेक तत्त्व हैं कि मानवबुद्धि में से जन्मे दर्शनशास्त्री स्वप्न में भी उसके रहस्यों को समझने की कल्पना भी नहीं कर सकते हैं, तो फिर हम असत्य जैसे स्वप्नों को समझने में समय क्यों व्यर्थ गँवाएँ? इसलिए शांति से ईश्वर स्मरण करती रहो और साहब की चिंता मत करो। कुछ समय में ही वे कुशलक्षेमपूर्वक तुम्हारे पास आ जाएँगे।" कहकर उठने की तैयारी कर रहे हों, इस प्रकार पुनः बोले, "चलो, अब 'ॐ नमो नारायण' का समय हो गया है और हमें बहुत दूर जाना है।"

कहकर मुझे भी उठने का संकेत करके खड़े हो रहे बापू को बहन ने कहा, "जरा खड़े रहो, आपको बहुत दूर जाना है। मुझे पता है आप बाहर का खाना नहीं खाते हैं, इसलिए मैंने टिफिन तैयार रखा है, वह साथ लेकर जाओ।" कहकर बहन अंदर जाकर दो बड़े स्टील के डिब्बे ले आईं और बोली, "इनके अंदर सूखा मेवा तथा मीठे खाजे हैं, तुम्हें दो दिन तक चलेंगे।" कहकर ड्राइवर को बुलाकर डिब्बे उसको सौंप दिए।

बहन की भावभीनी विदाई स्वीकार करके हम निकले। रास्ते में बहन का मेरे प्रति अभिगम और उनके स्वप्न के विषय में मैंने पूरणपुरी बापू से पूछा, तो वे हँसकर विनोदी स्वर में बोले, "अरे, तेरे मन में लक्कड़...रामजी...! पूरी रामायण हो गई और तो भी, तुम्हें बात समझ नहीं आई? देखो, समझ लो, तुम महान् योगी हो, यह बात सत्य है, परंतु अभी जड़ और सूक्ष्म शरीर तुम्हारा है, परंतु आत्मा तो अनंतानंद

की है, इसलिए बहन को अनंतानंद की आत्मा का आकर्षण हो, यह स्वाभाविक है न ? परंतु देह तुम्हारी है, जो दोनों पवित्र आत्मा के बीच दीवार का काम कर रही है ! बहन पतिव्रता-साध्वी होने से तुम्हारे प्रति अर्थात् तुम्हारे देह से दूर ही रही, क्योंकि मैंने कहा उसके अनुसार—आखिर वह भी साध्वी स्त्री है। पुरुष की देह के आकर्षण से वह ललचाती नहीं है। उसका सतीत्व उसे सावधान करने के लिए पाप भाव उत्पन्न करता है। इसीलिए बहन तुम्हारे प्रति भाव उत्पन्न होने के बाद भी, तुम्हें देखकर अर्थात् 'परपुरुष' की देह को देखकर संकोच अनुभव कर रही थीं, क्योंकि उन्हें पता नहीं था कि इस देह से जो आकर्षण हो रहा है, वह तुम्हारे अंदर स्थित उसके पति की ही आत्मा है, देह का नहीं।"

फिर कुछ रुककर बोले, "उनके देखे हुए स्वप्न से विपरीत हो गया, वहाँ देह उनके पति की थी, परंतु उसके अंदर आत्मा पराए पुरुष की थी, अर्थात् पति की देह का स्पर्श करने जा रही थी, तब अनंतानंद की देह में स्थित तुम्हारी आत्मा ने रोका। ऊर्ध्वरेतस् ब्रह्मचारी और पवित्र तुम्हारी आत्मा ने परस्त्री का स्पर्श स्वीकार नहीं किया। उधर अनंतानंद तो समाधि होने से उन्हें बाह्य भान था ही नहीं। उनकी मन सहित सभी इंद्रियाँ तुम्हारी आत्मा के साथ जुड़कर शांत थीं। इसी बीच अदृश्य रूप से सेवकराम ने सिंह जैसी गर्जना करके बहन को चेतावनी देकर स्पर्श करने से रोक दिया। बहन के विषय में सेवकराम योगबल द्वारा जानता था, अनंतानंद के विषय में जानकारी देने जा रहा था, तभी बहन का स्वप्न पूर्ण हो गया और तंद्रावस्था में उन्हें केवल दो ही शब्द समझ आए, साहब और हरिद्वार!" कहकर पूरणपुरी बापू मौन हो गए।

हम बाइपास पहुँचे तो रास्ता साफ हो गया था। केवल पुलिस के लोग पंचनामे की विधि कर रहे थे। हम तेजी मुख्य हाइवे पर आगे बढ़े और तेज गति के साथ मेरा भूतकाल का सफर भी।

❖

18

पूरणपुरी बापू के साथ हरिद्वार जाने के लिए मैं प्रवास कर रहा था, साथ-साथ बहुत दूर के भूतकाल के संस्मरणों को मैं याद कर रहा था। बीच-बीच में गोंडल के ताजा अनुभव का भी विचार कर रहा था। अनंतानंद और मेरी आत्मा के आदान-प्रदान और उससे उत्पन्न ऐसी क्रिया-प्रक्रिया चित्त को डगमगा जाती थी।

अंत में प्रयत्नपूर्वक उन विचारों को दूर धकेलकर मन को स्थिर करने का प्रयत्न किया, परंतु मैं उसमें सफल नहीं हो सका। स्मृतियों की एक जोरदार लहर मेरी ओर आ गई और हरिद्वार के मेरे नियमित जीवन में मुझे धकेल दिया।

लगभग 1959-60 का वह वर्ष, मुझे प्राप्त बी.ए. (ऑनर्स) की डिग्री के उपलक्ष्य में भव्य पार्टी का आयोजन किया गया। मित्रों और सगे-संबंधियों से दीवानखंड भर गया था। माता-पिता की उपस्थिति में पार्टी जम गई थी, क्योंकि पिताश्री एक समय शहर की नगरपालिका के प्रमुख पद पर रह चुके थे और अभी भी वे शहर में प्रतिष्ठित और सम्माननीय व्यक्ति थे। शहर में लब्धप्रतिष्ठित लोग और सभी के बीच रोशनी जैसी चंदा और रेवानंदजी की उपस्थिति में पार्टी के आनंद का वातावरण छा गया था, परंतु मेरे छोटे भाई मयूर की अनुपस्थिति कुटुंब के सभी सदस्यों को खटक रही थी।

पूछताछ करवाई, कहीं से कोई समाचार नहीं मिला। मन खट्टा हो गया, एक ओर शांति से बैठ गया। तभी रेवानंद के साथ हँसते हुए चंदा मेरे पास आई और बोली, 'इस तरह निराश होकर क्यों बैठ गया है? आज तो दुगुनी खुशी का समय है।' फिर मेरी बगल के सोफे पर बैठकर बोली, 'आज तो हम दोनों के लिए दुगुनी खुशी का दिन है। हमें दिल्ली लॉ कॉलेज में भी प्रवेश मिल गया है। इसी उपलक्ष्य में तो आज इस रेवानंद और मित्रों ने यह समारंभ आयोजित किया है।' कहकर मेरे कंधे पर प्रेम से हाथ रखा।

रेवानंद भी मेरी बाईं ओर बैठकर बोला, 'सामान्य घटनाओं में भी मन को विक्षिप्त करेगा, तो आगे जीवन में आनेवाले झंझावातों का कैसे सामना करेगा?' कहकर मेरे और निकट आकर बोला, 'किसी भी विषय में भविष्य में क्या होगा, उसका विचार कभी नहीं करना। जो होना होगा, वह होकर ही रहेगा, तो चिंता क्यों करें?'

'तुम्हारी बात सत्य है और मैं समझता भी हूँ, परंतु कदाचित् मैं कमजोर हूँ या भावनाशील हूँ और इस भावना के अतिरेक को समझता भी हूँ, दुःखी भी हो जाता हूँ और इसीलिए मुझे यह संसार निरर्थक लगता है, सभी पदार्थ मुझे नीरस लगते हैं, जिसे तुम साधु लोग वैराग्य कहते हो! मैं समझ नहीं सकता, परंतु मुझे लगता है कि मैं बार-बार उस वैराग्य की तरफ घसीटा जा रहा हूँ।'

सुनकर चंदा खिलखिलाकर हँस पड़ी और बोली, 'मेरे भाई! तेरा यह वैराग्य सत्य पर ही आधारित है। सच है, संसार निभाने जैसा नहीं है, परंतु विश्व का निर्माण संसार से हुआ है, उसी में रहकर सब करना है! वैराग्य भी तू किस आधार पर करेगा, संसार की निरर्थकता पर ही न? इसलिए संसार को अनदेखा करना भी संभव नहीं

है। संसार को आत्मा में समाना पड़ता है। संसार को, विश्व को आत्मा में समाकर आत्मसात् करना पड़ता है! तब ही सच्चा वैराग्य होना कहा जाता है।'

फिर हँसकर आगे बोली, 'ये सब बातें अभी तुम्हें अटपटी लग रही होंगी, परंतु एक समय आएगा कि यह सब ज्ञान तुम्हारे अंदर स्वयं प्रकट उठेगा और उसके बाद ही संसार की सच्ची निरर्थकता तुम समझ सकोगे। बात-बात में भावनाशील बनकर उसे वैराग्य का रूप देने की शीघ्रता मत करना, क्योंकि कच्चे वैराग्य का दूसरा नाम 'पलायन वृत्ति' है, इस भेद को समझने का प्रयत्न करते रहना!'

मैं चंदा की बात ध्यान से सुन रहा था, उसकी बातें मेरे हृदय को शांति दे रही थीं। तभी रेवानंद ने मेरे कंधे का स्पर्श करके कहा, 'देखो, सामने देखो! तुम्हारा परम मित्र आशीष या आशिक, क्या नाम आशीष! वह पार्टी छोड़कर जा रहा है, उसे वापस लाओ। अभी तो समूह भोजन के लिए 'कनखल' जाना है, वहाँ भोजन के बाद आध्यात्मिक चर्चा और प्रवचन भी होना है। चंदा भी उसमें भाग लेगी।' फिर चंदा की ओर दृष्टि करके कहा, 'इसलिए, अपने मित्र आशीष को जाने मत देना।'

तभी चंदा ने जोर से आवाज देकर आशीष का ध्यान आकर्षित करते हुए कहा, 'आशीष कहाँ जा रहे हो, आओ तो सही! यहाँ आओ, बैठो।'

चंदा की आवाज सुनकर उसने पीछे मुड़कर देखा, तो हँसकर चंदा उसे बुला रही थी, उसके हृदय में आनंद की एक लहर दौड़ गई हो, ऐसा मुझे उसके मुख और आँखों की चमक से लगा। वह हमारी ओर आने लगा, तो मुझे उसकी चाल में उत्साह और चेहरे पर आशा का उत्साह लगा। चंदा ने उसे प्रेम से बुलाया, इसलिए कदाचित् उसमें आशा का संचार हुआ होगा। चंदा को मैंने उसकी भावना पहुँचाई होगी और इसीलिए चंदा की ओर से यह सकारात्मक संदेश होगा, ऐसा भी उसने सोचा होगा। जो भी हो, वह उत्साह से आकर हमारे सामने बैठ गया, प्रसन्न वदन चंदा और हमारे सामने देख रहा था।

रेवानंद ने प्रस्तावक रूप से बात का प्रारंभ करते हुए पूछा, 'क्यों, पास हो गया न?' कहकर रेवानंद ने तिरछी नजर से चंदा की ओर देखा।

'हाँ, पास हो गया।' सहर्ष बताते हुए उसने आगे कहा, 'स्वरूप की मुझे बहुत सहायता मिली है।'

'वह कैसे? पेपर्स तो तुमने ही लिखे होंगे न?' हँसते हुए रेवानंद ने कहा।

'हाँ, परंतु बात यह है कि मैं और स्वरूप लगभग साथ ही पढ़ते थे, इसलिए उत्साह के साथ उसके ज्ञान का भी लाभ मिलता था।'

'वाह ! बहुत अच्छे।' कहकर सभी को संबोधित करके रेवानंद ने कहा, 'अब कुछ देर बाद हमें 'कनखल' भोजन के लिए जाना है। भोजन के बाद, वहीं प्रांगण में आध्यात्मिक चर्चा सभा जैसा आयोजन किया गया है, जिसमें युवा महात्मा विश्वंभर कुछ आध्यात्मिक मार्गदर्शन करेंगे। आज की युवा पीढ़ी के योग्य दिशासूचन करने का अभियान उन्होंने प्रारंभ किया है।' फिर चंदा की ओर दृष्टि करके कहा, 'उसमें चंदा भी थोड़ा वक्तव्य देगी, वह भी इस अभियान में संलग्न है।'

फिर कुछ रुककर बोला, 'दिल्ली में तुम्हें प्रवेश मिल गया है, तो कल ही निकलोगे। अब तुम 'कनखल' के लिए निकलो, मैं यहाँ की थोड़ी व्यवस्था करके वहाँ सबके साथ पहुँचता हूँ।'' और चप्पल पहनकर चला गया।

आशीष भी उसकी तरह जाने के लिए उठ खड़ा हुआ, उसने एक दृष्टि चंदा की ओर की, परंतु चंदा औरों के साथ बातचीत में व्यस्त थी। धीरे-धीरे वह आगे बढ़ रहा था, दूर जाते हुए उसे एक दीर्घ निःश्वास लेते मैंने देखा, उसका कारण कदाचित् चंदा ने उसकी ओर विशेष ध्यान नहीं दिया, यही होगा।

'कनखल' के लिए रवाना होते समय सभी ने मुझे और चंदा को शुभेच्छा और आशीर्वाद दिए और पिताश्री को सभी भोजन और चर्चा में भाग लेने की विनती करके एक के बाद एक रवाना हो गए।

'कनखल' मेरे बँगले के सामने रोड के उस पार ही होने से, वाहन आदि की व्यवस्था की आवश्यकता नहीं थी। गंगा किनारे एक विशाल मंडप की रचना करके, उसमें भोजन की व्यवस्था की गई थी। चर्चा सभा दक्ष प्रजापति के प्राचीन यज्ञस्थल के सामने के विशाल मैदान में रखी गई थी, वहाँ भी सुंदर मंडप के नीचे बड़ी संख्या में लोग बैठ सकें, ऐसी सुंदर बैठक व्यवस्था की गई थी।

गंगामाता के रमणीय किनारे आनंद से भोजन करके आमंत्रित मेहमान चर्चा सभा में यथास्थान बैठ गए। सामने सुशोभित मंच पर मेरे पिताश्री, काका तथा दो-चार विशेष गृहस्थ विराजित थे। बीच में आज के युवा साधु, जो प्रश्नों के उत्तर देनेवाले थे। उनका स्थान खाली था। चंदा उनसे विनती करके सभामंडप में लाने के लिए गई थी। मैं तथा रेवानंद, आशीष तथा अन्य मित्र सामने बैठ गए। आगे के भाग में अनेक साधु-संत तथा प्रतिष्ठित लोगों के आसन थे, जिज्ञासु यात्रियों के लिए भी बैठने की व्यवस्था थी।

कुछ ही देर में विश्वंभरजी को लेकर चंदा आ पहुँची, सभा की प्रतीक्षा का अंत हुआ। युवा साधु विश्वंभर वस्त्र में केवल लँगोट, पूरा शरीर भस्मार्चित, ऊँची-पूरी

देह, वर्ण श्याम, काली बड़ी-बड़ी जटाएँ, मानो शिव का स्वरूप, दृढ कदमों से आ रहे थे। उनके मंच पर आकर विराजते ही मानो समग्र वातावरण भक्ति और वैराग्य से परिपूर्ण हो गया।

औपचारिकता के बाद विश्वंभर ने खड़े होकर जयघोष करके प्रारंभ करते हुए कहा, 'आत्मस्वरूप प्रिय भक्तजनो! मैं यहाँ कोई उपदेश देकर आपको प्रभावित करने उपस्थित नहीं हुआ हूँ। मैं तो अपना ऋण चुकाने आया हूँ।' फिर चारों ओर दृष्टि घुमाकर धीर-गंभीर शब्दों में आगे कहा, ''प्रत्येक मनुष्य को जन्म धारण करके ऋण चुकाकर ईश्वर-प्राप्ति का प्रयत्न करना चाहिए, तो ही वह जीवन्मुक्त हो सकता है, अर्थात् उसके बाद ही मोक्ष प्राप्त होती है। प्रत्येक मनुष्य को जीवन काल में तीन ऋण चुकाना चाहिए—पितृऋण, देवऋण और ऋषिऋण। माता-पिता को यथाशक्ति सेवा द्वारा पितृऋण, यज्ञादि कर्म, व्रत, जप-तप द्वारा देवऋण और अध्ययन-अध्यापन और ऋषि-मुनियों द्वारा रचित और सेवित उपदेशों के प्रचार और प्रसार ही ऋषिऋण है, जो इस जीवन काल में चुकाने का प्रयत्न करना धर्म है। इसी दृष्टि से मैं आज आपके समक्ष उपस्थित हुआ हूँ।'

दाढ़ी पर हाथ फेरते हुए कुछ देर मौन रहकर, फिर बोले, 'आज प्रत्येक मनुष्य संसार में त्रस्त है, युवा निराश है, क्योंकि धर्म और अधर्म का भेद का उन्हें पता नहीं; ईश्वराभिमुख साधकों को भी अनेक प्रश्न दुविधा में डालते हैं, उन्हें मार्ग-दर्शन की आवश्यकता होती है और इसीलिए आज इस चर्चा सभा का आयोजन किया गया है। कोई भी जिज्ञासु आध्यात्मिक दृष्टि से प्रश्न पूछ सकता है, अपना अभिप्राय भी दे सकता है।'

विश्वंभर इतना कहकर बैठ गए, तब संचालन करने के लिए चंदा आगे आई। भगवा साड़ी, सौम्य चेहरा, खुले घुँघराले बाल, तेजस्वी बड़ी-बड़ी आँखोंवाली चंदा पृथ्वी पर अवतरित किसी योगिनी जैसी लग रही थी। अनायास मेरी दृष्टि आशीष की ओर गई, वह एकटक चंदा को देख रहा था, नहीं उसके सौंदर्य को पी रहा था। मुझे उस पर दया आई, जब वह जानेगा कि चंदा उसे नहीं चाहती, तब उसका हृदय टूट जाएगा। कदाचित् कोई अनहोनी कर बैठे, तो! मैं सोच रहा था, तभी चंदा के शब्दों की ध्वनि से मैं सुनने को तत्पर हुआ।

'प्रिय आत्मबंधुओ! हरिद्वारवासी आप सब विश्वंभरजी के त्याग, तप और ज्ञान से सुपरिचित हैं ही। आज वे जिज्ञासुओं के प्रश्नों पर चर्चा करके मार्ग-दर्शन देकर हमें उपकृत करेंगे, तो अब आपमें से कोई प्रश्न पूछकर चर्चा का प्रारंभ करें, ऐसी

विनती करती हूँ।' कहकर चंदा ने विश्वंभरजी को माइक सौंप दिया।

कुछ देर में एक युवक खड़ा हुआ और बोला, 'मुझे आध्यात्मिक विषयों में बहुत रुचि है, ईश्वर प्राप्ति की इच्छा होती है। यथाशक्ति नामस्मरण, जप करता हूँ, परंतु मुझे शांति नहीं है। कभी-कभी मुझे उदासीन वृत्ति घेर लेती है, मुझे किसी भी विषय में रस नहीं आता है। अनेक प्रलोभन मेरे सामने आते हैं, दुविधा में मैं कुछ निश्चय नहीं कर सकता हूँ, कृपया कारण के साथ मार्गदर्शन दीजिए।' कहकर वह मौन खड़ा रहा।

विश्वंभरजी ने सहास्य प्रश्न किया, 'क्यों, तुम्हें विवाह करने की इच्छा नहीं है क्या?'

युवक चुप रहा, तो विश्वंभरजी ने आगे कहा, 'तुम्हें संसार से वैराग्य हो जाता है, परंतु केवल वैराग्य काम का नहीं है, क्योंकि विशेष संयोगों की उपस्थिति से कई लोगों को वैराग्य जैसा हो जाता है!' फिर मधुर हास्य के साथ आगे कहा, 'श्मशान वैराग्य, प्रसृति वैराग्य, पुराण वैराग्य आदि अनेक प्रकार के वैराग्य हैं, परंतु वे सच्चे वैराग्य नहीं! विवेकयुक्त वैराग्य हो तो ही सदा टिका रहेगा। श्मशान वैराग्य केवल श्मशान तक ही मर्यादित रहता है, किसी पवित्र अंत:करणवाले को वह चार-छह महीने रहता है, जबकि पूर्ण संस्कारी को वह सदाकाल में रहता है। इसीलिए विवेक-बुद्धि मुख्य है। मनुष्य शरीर धारण करता है, तो विवेक-बुद्धि का उपयोग करके ज्ञान संपादन करे, मनुष्य का मुख्य कर्तव्य ही यह है। मृत्यु का स्मरण यह वैराग्य का हेतु है, इससे वैराग्य दृढ होता है। सिर पर खड़े काल को यदि मनुष्य देखे तो, उसे भोजन भी नहीं भाएगा! तब अन्य वैभवी पदार्थों की तो बात ही नहीं आती। इसलिए सच्चा वैराग्य प्राप्त करने के लिए मृत्यु का चिंतन आवश्यक होता है।'

विश्वंभरजी बोल रहे थे, तब पीछे से एक गृहस्थ की आवाज आई, 'महाराज! ज्ञान के लिए गृहस्थाश्रम योग्य है या संन्यासाश्रम?'

तुरंत विश्वंभरजी ने प्रत्युत्तर दिया, 'पूर्ण प्रकाश में भी तुम्हारी स्त्री, तुम्हारी आज्ञा से दीपक जलाकर उपस्थित हो जाए, तो गृहस्थाश्रम में भी सुखपूर्वक ज्ञान प्राप्त कर सकते हैं। गृहस्थाश्रम में यदि स्त्री अज्ञानी हो, तो इस प्रकार दिन के प्रकाश में भी दीया मँगवाने पर तुम्हें अंधा कहेगी। रात-दिन का भेद न समझानेवाला मूर्ख तुम्हें कहेगी। तुम्हारी आज्ञा को वेदवाक्य मानकर दीपक लेकर उपस्थित हो जाए, ऐसी पतिव्रता स्त्री हो, तो गृहस्थाश्रम में भी आनंदपूर्वक ज्ञान प्राप्त कर सकते हैं। यदि ऐसी अनुकूलता न हो तो उनके लिए संन्यासाश्रम ही ज्ञान प्राप्त करने के लिए योग्य हो सकता है।'

सुनकर कई लोग मंद-मंद हँसने लगे।

कुछ देर बाद ऋषिकेश से आए एक गृहस्थ उदास चेहरे से बोले, 'मेरा इकलौता युवा पुत्र बहुत ही विद्वान् था, उसकी मृत्यु हो गई है। इस कारण मुझे ऐसा आघात लगा है कि मैं चित्तभ्रम जैसा होकर, काम-धंधा छोड़कर, अशांत होकर जी रहा हूँ। यहाँ मन की शांति की आशा से आया हूँ।' कहकर वे आँसू बहाते, विश्वंभरजी की ओर देखकर दयार्द्र चेहरे से बोले, 'आप मुझ पर कृपा करो।'

विश्वंभरजी कुछ देर मौन रहकर, एक हाथ उठाकर बोले, 'यह तुम्हारा शरीर भी तुम्हारा नहीं है, तो उससे उत्पन्न दूसरा शरीर तो तुम्हारा कैसे कहा जाएगा?'

सुनकर साधुओं ने दोनों हाथ ऊँचे करके, विश्वंभरजी के वक्तव्य का स्वागत किया। विश्वंभरजी ने वक्तव्य चालू रखते हुए आगे कहा, 'इस शरीर के द्वारा पुत्र हुआ है, वह मेरा है। ऐसे भ्रम के कारण तुम ममता धारण करते हो। उसके लिए दुःख होता है, परंतु तुम्हारे इसी शरीर के प्रस्वेद द्वारा अनेक जंतु पैदा होते हैं और मर जाते हैं, तब तुम्हें कोई दुःख या संताप नहीं होता है। क्योंकि वे जंतु आदि मेरे हैं, ऐसी ममता तुम नहीं रखते हो। वस्तुतः वह पुत्र और वे जंतु दोनों तुम्हारे शरीर से ही उत्पन्न होते हैं, परंतु पुत्र के लिए तुम ममता रखते हो और उत्पन्न जंतुओं के संबंध में वैसा नहीं करते हो। 'ममत्व' यह दुःख का कारण है; इसे छोड़ दो, तो संताप से मुक्त हो जाओगे। घर में पाले गए तोते को बिल्ली मार दे तो दुःख होता है, क्योंकि उसके प्रति ममता है; परंतु चूहे को बिल्ली पकड़ ले, तो दुःख नहीं होता है। पुत्र की मृत्यु का शोक करना उचित नहीं है, क्योंकि वह मरा कहाँ है? वह तो 'वापस' गया है। तुम्हारे यहाँ था, उसकी तुलना में, अब और अच्छे घर में जन्म लिया होगा।'

फिर समग्र सभा की ओर दृष्टि करके विश्वंभरजी गंभीर स्वर में बोले, 'तुम्हारे 'संसार प्रवाह' में अनेक पुत्र हो गए और तुम्हारे जैसे अनेक पिता हो गए है।' सुनकर सभा में गंभीरता छा गई।

फिर विश्वंभरजी समापन कर रहे हों, इस भाव से कहा, 'अब बहुत समय हो गया है। संक्षिप्त में कहूँ तो, 'मैं और मेरा' यह बंधन है और 'मैं नहीं, मेरा नहीं' यह मुक्ति है। इस संसार में कोई किसी का पुत्र नहीं और कोई किसी का माता-पिता नहीं। जैसे प्रत्येक ऋतु में वृक्षों गें फल आते हैं और नष्ट हो जाते हैं, वैसे ही जन्म-मरण होते रहते हैं। यह जगत् भ्रांतिरूप है। यह जगत् है, उसमें जन्म-मरण होता रहता है। यह जगत् भ्रांतिरूप है, यह जगत् है, वह अपने ही संकल्प से उत्पन्न होता रहता है। पुत्र की भावना, पति या प्रियतम या प्रियतमा की भावना है, वहाँ-वहाँ वह दिखाई

देता है, जैसी जिसकी वासना होती है, वैसा उसका जन्म होता है!'

फिर थोड़ा हँसकर विश्वंभरजी आगे बोले, 'मेरे भी अनेक जन्म हुए हैं, यह मैं जानता हूँ। जो अज्ञानी है, वही देह, इंद्रियों के गुणों के विषय में एकाकार हो जाते हैं और सुख-दु:ख के भोक्ता बनते हैं। ज्ञानवान कर्म करने के बाद भी अकर्ता है, स्वयं के स्वरूप में ही वे निमग्न रहते हैं। इसलिए कहता हूँ कि मिथ्या जैसी देह की भावना त्याग करके नित्य शुद्ध परमात्मा के स्वरूप में मन को स्थिर करो।'

कहकर विश्वंभरजी मौन होकर ध्यानस्थ हो गए। सर्व समाज पर इसका प्रभाव होने से कुछ क्षणों में सब शांत हो गए।

मैंने आशीष की ओर देखा, वह एकटक चंदा को ही निहार रहा था। मुझे दया आई। सोचा—कहाँ परम पवित्र साध्वी चंदा बहन और कहाँ यह स्त्री के बाह्य रूप पर आसक्त 'कामी पुरुष'। इतना सब सुनने के बाद भी जिसकी आसक्ति दूर नहीं हुई, उसे कैसे समझाएँ?

मैं आशीष के बारे में सोच रहा था, तभी विश्वंभरजी पुन: बोले, 'अब मैं इच्छा करता हूँ कि दैवी तुल्य चंदा बहन यथायोग्य कुछ कहकर सभा विसर्जन करें।' सुनकर आशीष की आँखें हर्ष से अधिक खुल गईं। आसन पर से खड़ा होकर चंदा को ताकते हुए, उसे सुनने नहीं, बोलते हुए देखने को उत्सुक हो गया।

चंदा बहन ने खड़े होकर विनम्रता से प्रारंभ किया, ''आत्मस्वरूप बंधुओ! चर्चा का समापन शीघ्र पूर्ण करना पड़ रहा है, क्योंकि महात्मा विश्वंभरजी को उनके 'ॐ गुरु' का जूनागढ़ पहुँचने का आदेश हुआ है। इसलिए उनका तत्काल जाना अनिवार्य हो गया है। मेरे साथ विराजित युवा महात्मा विश्वस्वरूपानंदजी, वे भी उनके साथ ही विदा ले रहे हैं और इस कारण ही आज की सभा संक्षिप्त करनी पड़ी है, अत: क्षमा करें!

'श्री विश्वंभरजी युवाओं के लिए 'ज्ञान-वैराग्य अभियान' चला रहे हैं, जो आज के वर्तमान युग में नितांत आवश्यक है। पहले सभी ऋषियों ने गृहस्थाश्रम में रहकर ज्ञान-संपादन किया था, परंतु आदर्श गृहस्थ बनने के लिए प्रथम संयम आवश्यक है। कामिनी-कांचन के प्रति आसक्ति छोड़ना ज्ञान संपादन के लिए अनिवार्य है। जहाँ संयम नहीं, वहाँ शक्ति नहीं। आज के युवाओं में शक्ति नहीं है, उसका कारण व्यसन की आदत और संयम का अभाव है। 'अयोग्य चिंतन' उसकी वृत्तियों को भड़काकर इंद्रियों को बहकाता है। ऐसे दूषित चिंतन के कारण उनके अंदर उत्पन्न भावना प्रेम के नाटकीय जाल में फँसता चला जाता है। इसके परिणाम में वह अपने ध्येय से

विचलित होकर अधोगति होने से अपने व्यक्तित्व को खो बैठता है, वह हताश और शक्तिहीन युवक अंत में कापुरुष जैसे घूमता तिरस्कार का पात्र बन जाता है।'

फिर रुककर आगे बोली—'संक्षिप्त में कहूँ तो अनेक ऐसे युवा दिखाई देते हैं, जो सिनेमा के प्रभाव से अपने संस्कार भूलकर 'प्रेम' के वहम में वासनायुक्त होकर सतत स्त्री का चिंतन करते रहते हैं। वे जाग्रत् होकर ऐसा वीभत्स चिंतन करना बंद करें, यह आज के युवा धन के लिए आवश्यक है, जिससे वे इस अधम प्रलोभन से बचें, इस दृष्टि से कुछ कहना मुझे आवश्यक लगता है।'

चंदा बहन बोल रही थी, तब एक युवक खड़े होकर विनम्र स्वर में बोला, 'बहनजी, आपकी बात सत्य है। आज के युग के वातावरण के कारण युवा लोगों का वासनायुक्त चिंतन—वाणी और वर्तन—व्यवहार दूषित हो रहा है। मैं स्वयं भी, इच्छा होते हुए भी, उससे मुक्त नहीं रह सकता हूँ, तो उपाय बताने के लिए विनती है।'

'बहुत सुंदर प्रश्न है! चंदा बहन ने प्रसन्नता व्यक्त करते हुए कहा, 'तुमने निखालिसता से अपनी कमजोरी को स्वीकार किया, यह प्रशंसनीय है। कई तो यह जानते हुए भी उससे बाहर निकलने का प्रयत्न ही नहीं करते हैं। इसका उपाय सरल है, परंतु मनोबल बनाए रखना आवश्यक है। स्त्रियों के प्रलोभन से दूर रहना, उसके दूसरे पक्ष का विचार या चिंतन करना चाहिए।' फिर कुछ रुककर मौन हो गई।

मैंने आशीष की ओर देखा, तो उसके चेहरे पर मुझे फीकापन और निराशा के भाव नजर आए। चंदा बहन की ओर से ऐसे विचारों की अपेक्षा कदाचित् उसे नहीं होगी, चंदा के देह सौंदर्य के चिंतन में इससे विक्षेप पड़ा होगा। अपनी अपेक्षाओं के विपरीत सुनकर वह निराशा का अनुभव कर रहा होगा, ऐसा मुझे लगा।

बहन का वक्तव्य आगे चला, 'स्त्रियों के बाह्य सौंदर्य में भोगने जैसा आखिर है क्या? 'योगवासिष्ठ' के वैराग्य प्रकरण में इसकी चर्चा करते हुए वे प्रश्न करते हैं—नाड़ी, हड्डियाँ आदि ग्रंथिरूपी स्त्री के जो अंग हैं और उन अंगों से मनोहर लगती मांस की पुतली स्वरूप, स्त्री के यंत्र जैसे अस्थिर शरीररूपी पिंजर में कौन सी सुंदरता है?

'इसके अनुसार स्त्रियों के प्रत्येक अंग पर दोषदृष्टि करने का यदि कोई पुरुष अभ्यास करेगा, तो कुछ दिनों में स्त्रियों से वैराग्य उत्पन्न होने से उसमें ग्लानि उत्पन्न होगी और उसी दृष्टि बदलने से वह विषयसुख के प्रलोभन से मुक्त होकर ब्रह्मानंद को प्राप्त कर सकेगा।'

'इसके दृष्टांत रूप में एक सुंदर कथा जो प्रचलित है, संक्षिप्त में कहती हूँ—मृगया खेलने गए एक उद्धत और कामी राजपुत्र ने नदी के तट पर एक वणिक

पुत्री को परदा डालकर स्नान करते हुए देख लिया। राजपुत्र उसकी सुंदरता देखकर अत्यंत मोहित हो गया। नगरसेठ की उस सुंदर पुत्री पर वह राजकुमार इतना अधिक मोहित हो गया कि उसे देखने के बाद उसका अंत:करण उल्लास और आनंद छोड़कर शोक-सागर में डूब गया और फिर वह राजपुत्र इतना दु:खी और विह्वल हो गया कि खाने-पीने में रस नहीं रहा। राजा ने पुत्र की यह दशा देखी और कारण जानकर उस वणिक पर जोर-जुल्म से दबाव डालने लगा। पिता को चिंताग्रस्त देखकर वणिक पुत्री ने कारण पूछा। कन्या ऐसी विषम परिस्थिति को जानकर पिता के पास जाकर बोली—आप घबराओ नहीं, जाकर हाँ कह दो और राजा को बताओ कि विवाह से पूर्व आज से सात दिन बाद राजकुँवर मुझसे एकांत में आकर मिले, ऐसी मेरी इच्छा है। राजा ने बात को मान्य किया, तब उसी दिन वणिक पुत्री ने एक वैद्य के पास जाकर निवेदन किया कि—मुझे सात दिन तक प्रतिदिन ऐसी औषधि देते रहो कि उस उतने समय में मेरा शरीर रक्त, मांस, सत्त्व सब गलकर विष्ठा के रूप में निकल जाए और कृश होकर हड्डियाँ और चमड़ी ही रह जाए। उसी के अनुसार वैद्य ने कन्या को जुलाब देना प्रारंभ कर दिया। वणिक पुत्री को दवाई से जुलाब हुए, उन्हें अलग-अलग पात्र में एकत्र करके कमरे में रखती गई। सात दिन में उसकी इच्छानुसार उसका सुंदर-सप्रमाण शरीर अत्यंत दुर्बल और निस्तेज हो गया, केवल अस्थि-पिंजर नजर आने लगा।

'दूसरी ओर कामुक राजपुत्र वणिक पुत्री से मिलने के उत्साह में अहर्निश कन्या के सुंदर देह लालित्य का चिंतन करके समय बिताने लगा।

'सात दिन पूर्ण होने पर वणिक पुत्री पालकी में बैठकर, एकत्रित विष्ठा के भरे पात्र मखमल से ढँककर, मानो राजकुमार के लिए सुंदर और श्रेष्ठ भेंट ले जा रही हो, ऐसे सजाकर नौकरों के मस्तक पर उठवाकर पूर्व निश्चित स्थान पर पहुँच गई और राजकुमार की प्रतीक्षा में एक अज्ञात स्थान पर बैठ गई।

'कुछ देर बाद उत्साह से राजकुमार आया और द्वार में प्रवेश करते ही उस सुंदर मुग्धा का भयानक रूप देखकर चकरा गया। भूत-प्रेत जैसा कन्या का रूप देखकर डर के मारे भागने लगा। वणिक पुत्री ने उसे पुकारकर कहा—तुम क्यों डर के मारे भाग रहे हो, मेरी जिस बाह्य सुंदर देह को देखकर तुम मोहित हुए थे, यह वही शरीर है, मैं ही वह सुंदर स्त्री हूँ। प्रत्युत्तर में मोहांध राजपुत्र ने कहा—अहा हा! उसका तो सुंदर स्वरूप था, जबकि तुम्हारा कैसा भयंकर स्वरूप है, वह तू नहीं हो सकती!

'दुर्बलता के कारण भयानक खड़खड़ हास्य करके युवती ने कहा—मैं वही सुंदर स्त्री हूँ। तुम क्यों घबरा रहे हो? यहाँ जरा मेरे पास आओ तो। देखो, मैंने तो अपनी सुंदरता निकालकर बाहर रख दी है, इसीलिए तुमको मेरी वर्तमान स्थिति देखकर डर लग रहा है। सुनकर राजकुमार बोल उठा—झूठ! सुंदरता कोई ऐसी वस्तु है, जिसे निकालकर बाहर रख सकते हैं? वस्त्राभूषण, अलंकार आदि शरीर पर से उतारकर रख सकते हैं, परंतु शरीर की सुंदरता निकालकर रखी है, ऐसा मूर्खतापूर्ण विधान कैसे मान सकते हैं?

'वणिक पुत्री ने कहा—राजकुमार! ये मखमल से ढँके हुए पात्रों में मैंने अपनी सुंदरता रखी है, उसे खोलकर देख लो तो विश्वास हो जाएगा।

'राजकुमार ने खोलकर देखा तो भयंकर दुर्गंध आने लगी। नाक पर कपड़ा रखकर वह दूर खिसक गया। वणिक पुत्री खिलखिलाकर हँसकर बोली—नाक बंद करके क्यों भाग रहे हो? यही तो मेरी सुंदरता है!

'राजपुत्र ने उत्सकुता से पूछा—ऐसा कैसे हो सकता है?

''अन्न आदि अन्य पदार्थ खाने से इस शरीर में रक्त, मांस इत्यादि बनता है—युवती ने उत्तर में कहा—और उससे ही शरीर सुंदर दिखता है, वही अन्नादि पदार्थ मलरूप में बाहर निकलता है, तब दुर्गंध आती है। फिर उपेक्षा और तिरस्कार भरी दृष्टि करके कहा—जब यह सात दिनों पहले मेरे शरीर में भरा हुआ था, तब यह शरीर अति सुंदर, कांतिमान और मोहक लगता था, वही आज बाहर है, तो दुर्गंध मार रहा है। इसलिए अस्थि, मांस, कृमि तथा मल-मूत्र, कफ और मवाद से भरा यह शरीर, इस पर मोह करना सुज्ञ पुरुष के लिए उचित नहीं है।

'इस दृष्टांत से आज के युवाओं और साधना पथ पर चलने के इच्छुक साधकों को समझना है कि जब विषय सुख देनेवाली कामवासनाओं की ओर ग्लानि उत्पन्न होने से नीरस लगने लगे, तब ही सच्चा वैराग्य उत्पन्न हुआ है, ऐसा समझना।

चंदा बहन ने वक्तव्य पूर्ण करके हाथ जोड़े। मुझे लगा कि चंदा बहन का अंतिम विधान, मानो मुझे संबोधित करके कहा है और संपूर्ण वक्तव्य मानो उसने आशिक आशीष को लक्ष्य करके कहा है। मैंने अपने पास बैठे आशीष के मनोभाव जानने के लिए उसकी ओर देखा, तो उसका आसन खाली था। लंबे समय से मैं देख रहा था कि वह चंदा के प्रेम के लिए मनोमन तरस रहा था। मैं जानता था कि यह एकपक्षीय प्रेम उसके लिए भयानक परिणाम ला सकता है।

सभा विसर्जित हो गई थी। चंदा और रेवानंद विश्वंभर तथा विश्वस्वरूपानंद को अंदर ले जा रहे थे। मैंने बिखरती भीड़ में चारों ओर नजर दौड़ाई, आशीष कहीं नहीं दिखाई दिया, मैं तेजी से मुख्य दरवाजे की ओर गया, आशीष वहाँ भी नजर नहीं आया, तो गंगा की ओर खुलते दरवाजे की तरफ जाकर घाट पर दृष्टि दौड़ाई, आशीष वहाँ भी नहीं था। मैंने किनारे पर देखा, दोनों किनारों और आस-पास देखा, ध्यान से देखने पर पूर्व की ओर हर की पैड़ी की ओर जाते प्रवाह के किनारे-किनारे बहुत दूर मैंने आशीष जैसे युवक को देखा। कदाचित् वह आशीष होगा, परंतु बहुत दूर होने से मैं चंदा के पास जाने के लिए लौट आया। मैं उसे बुला नहीं सका।

अंदर जाते ही चंदा सामने ही मिल गई। बोली, 'क्यों, गंगा-स्नान करने गए थे क्या?' कहकर वह मुसकराई, उसकी मुसकान में व्यंग्य था।

"नहीं" मैंने प्रत्युत्तर देते हुए कहा, "आशीष।"

बीच में ही चंदा मुझे रोकते हुए फिल्मी अंदाज में बोली, 'आशीष का दिल टूटकर टुकड़े-टुकड़े हो गया है न! कोई नहीं।' फिर मेरे गाल पर चिकोटी काटकर बोली, 'ऐसी निरर्थक चिंता छोड़, तू अपनी सोच, स्वरूप! जिसके प्रारब्ध में जो लिखा होगा, उसी के अनुसार होता रहेगा, चलो!'

कहकर मुझे आगे बढ़ाया, तो सामने रेवानंद मिल गया। मुझे संबोधित करके बोला, 'क्यों, सभा कैसी रही?'

'बहुत प्रेरणादायक।' मैंने उत्तर दिया, 'मुझे तो लगा कि विश्वंभरजी के साथ ही गिरनार की ओर निकल पड़ूँ।'

चंदा ने बलपूर्वक मेरा हाथ खींचते हुए कहा, 'चलो घर, काका प्रतीक्षा कर रहे होंगे।'

फिर रेवानंद से बोली, 'तुम्हें भी आना है, आज तुम दोनों को मेरे हाथ की रसोई खानी है।'

परिवार में काका और चंदा दोनों ही थे। अच्छी जायदाद और आमदनी थी। चंदा के भविष्य के लिए काका को कोई चिंता नहीं थी। यूँ भी चंदा की चिंता करने में कौन समर्थ था। काका भी चंदा की योग्यता और तेजस्विता के विषय में जानते थे, इसलिए निरर्थक चिंता से मुक्त थे, स्थितप्रज्ञ जैसा उनका जीवन था।

चंदा के हाथ का सात्त्विक, पर स्वादिष्ट भोजन हम कर रहे थे। काका की प्रिय लाड़ली चंदा ने परोसते हुए काका से आग्रह किया, तो काका विनोद भरे स्वर में बोले, 'हाँ, दो तुम्हारे हाथ का जितना खा सकता हूँ, खा लूँ, कल का किसे पता?'

तुरंत ही चंदा कृत्रिम रोष दिखाकर बोली, 'मुझे पता है, कल तुम्हें मेरे ही हाथ के चूरमे के लड्डू, हमारे साथ बैठकर खाने हैं! अब कभी ऐसी बात करोगे तो मैं नाराज हो जाऊँगी!'

चंदा के प्रेमपूर्ण आग्रह से भोजन समाप्त करके हम दो-तीन खंड में बैठे। काम समेटकर चंदा के आने पर रेवानंद ने कहा, ''कल मध्याह्न के बाद तुम दोनों को दिल्ली जाना है, याद है न?''

'नहीं, कल नहीं, क्या जल्दी है? थोड़े दिन बाद जाना, अभी तो कॉलेज चालू भी नहीं हुए होंगे।' काका ने विरोध किया।

'ठीक है, वैसा ही होगा।' रेवानंद ने सहमत होकर मुझे साथ चलने का संकेत करते हुए कहा।

तभी काका ने कहा, 'सर्वज्ञ चंदा बहन के कहे अनुसार कल मैं चूरमे के लड्डू का भोजन करनेवाला हूँ; तुम दोनों को भी मेरा साथ देना है!' हम सब एक साथ हँस पड़े और सहास्य विदाई लेकर हम चल पड़े।

रात को माता-पिता को प्रणाम करके बिस्तर पर लेटा। नींद नहीं आ रही थी। आशीष की ग्लानि और काका के अंतिम शब्दों ने कब्जा जमा लिया था। न जाने क्यों 'कल का किसे पता' उनके इन शब्दों का रटन ही चल रहा था, परंतु साथ-साथ चंदा के शब्द, 'मुझे पता है, कल तुम मेरे हाथ के चूरमे के लड्डू हमारे साथ खानेवाले हो।'

मुझे लगा कि वृद्धाश्रम के प्रभाव से काका ऐसा विधान कर रहे हैं, परंतु चंदा के शब्द भी कभी असत्य नहीं हो सकते! जो हो, सो हो! मैंने विचार करना बंद किया, नींद आ गई।

इसके बाद की घटनाएँ तेजी से घट गईं। याद करके आज भी मन बेचैन हो जाता है। सबकुछ तीव्रता से हो गया। मध्याह्न के समय काका के घर हम सब प्रसन्नतापूर्वक लड्डू के साथ भोजन कर रहे थे। रेवानंद ने कल की बातचीत के प्रसंग को याद करते हुए कहा, 'क्यों काका! अब सच में चंदा सर्वज्ञ है न! आप लड्डू का भोजन कर रहे हो न?'

'चंदा के शब्दों को विधाता भी बदल नहीं सकता।' हँसकर काका ने कहा। फिर ठाकुरजी की छवि की ओर हाथ जोड़कर कहा, 'फिर भी अपने शब्दों पर टिका हुआ हूँ।'

सुनकर चंदा चुप रही, मानो अंतर में गहरे उतर गई। मानो अगोचर को जानने का प्रयत्न कर रही हो।

और हुआ भी ऐसा ही, जो होना था। काका पूजाघर में दर्शन करते हुए लुढ़क गए और सदा के लिए क्षणभंगुर संसार से विदा ले ली।

वह समय कैसे भूल सकते हैं! गंगा के किनारे काका की चिता जल रही थी। हम भाई-बहन दूर वृक्ष के नीचे बैठकर चौधार आँसू बहा रहे थे। चंदा की आँखों से सतत बह रहे आँसू को देखकर मैं अपने आवेग को रोक नहीं सका। बहन से लिपटकर जोर से रोने लगा। मेरी ऐसी हालत देखकर तुरंत चंदा स्वस्थ होकर आँखें पोंछती हुई बोली, 'बस, स्वरूप''' भाई स्वस्थ हो, अब रोना नहीं। हो होना था, वह हो ही गया।'

'परंतु तुम तो रो रही हो!' तुम्हें रोते हुए मैं नहीं देख सकता।

'अरे, पगले भाई, मैं कहाँ रो रही हूँ? मुझे मृत्यु का कोई विषाद नहीं होता!'

चंदा के इन शब्दों से मुझे आश्चर्य हुआ। पूछा, 'तो फिर यह कौन रो रहा है? बताओ तो?'

'मुझमें स्थित सर्वात्मा-सर्वव्यापी परमात्मा रो रहा है।' उत्तर देते हुए मेरे मस्तक पर हाथ फेरते हुए चंदा बोली, 'समझ में आ रहा है तुम्हें? यह सब ईश्वर की लीला है। पंचमहाभूत का चोला बनाकर, उसमें स्वयं ही प्रवेश करके, सुख-दुःख का अनुभव करते हुए कभी हँसता है, कभी रोता है।'

चंदा की आँखों में अभी अश्रु के बदले अबूझ गहराई मैं देखता ही रह गया। तत्क्षण मुझे लगा कि यह मेरी प्रिय बहन चंदा नहीं, अपितु अंतरिक्ष से उतर आई कोई जोगन है। उसकी शुभ्र आँखों की पुतली में चिता की अग्नि का प्रतिबिंब देख रहा था। चंदा के धैर्य की मैं मनोमन वंदना करने लगा, तभी अर्थी ढोनेवालों के बीच में से रेवानंद ब्रह्मचारी को अपनी ओर आते हुए मैंने देखा। निकट आकर शांति से हमारे पास मौन होकर बैठ गया।

अचानक रेवानंद सामने देखते हुए बोल उठा, 'ओह! उत्सुकता से मैंने भी उधर देखा तो, अनेक लोगों के द्वारा एक अर्थी लाई जा रही थी। श्मशान में ऐसा दृश्य तो स्वाभाविक था, परंतु अर्थी के साथ के चेहरे परिचित थे।'

हमारे पास से उठकर रेवानंद उनके पास गया। अर्थी को कंधा देकर वह वापस आया, तो इतना ही बोला, 'आशीष ने आत्महत्या कर ली है, यह अर्थी उसी की है।' हरिद्वार की ओर गाड़ी में पूरणपुरीजी के साथ सफर करते हुए मैं भूतकाल को याद कर रहा था। तभी गाड़ी के हलके झटके के अनुभव से मेरी विचारधारा अटक गई।

❧ ❖ ❧

19

पूरणपुरीजी के साथ प्रवास चालू था। गाड़ी के साथ-साथ संवेदनाओं से परिपूर्ण स्मृतियाँ भँवर के समान चित्त को घुमा रही थीं।

हाँ, वह भी एक झंझावात ही था मानो। चंदा के साथ संवनन की अपेक्षा में जीनेवाला आशीष, अपेक्षा पूर्ण न होने से आत्महत्या करके मृत्यु को प्राप्त हुआ। इसके प्रभाव से मैं कई दिन बाहर नहीं आ सका। यद्यपि यह प्रभाव भी समय के साथ मिटने लगा, भूलने लगा। जब मैं और चंदा दिल्ली जाकर कानून का अध्ययन करने लगे, तब से भूलने लगे। इसके उपरांत जीवन में एक नया पात्र आया—कालिंदी। चंदा की नई मित्र बहुत सुंदर, सीधी-सादी और आध्यात्मिक विचारधारावाली, हमारे साथ ही अभ्यास में संलग्न। 'हंस संप्रदाय' के संस्थापक, धनिक और देशी दवाई का हरिद्वार में उत्पादन करनेवाली कंपनी के मालिक की पुत्री। मैं, चंदाबेन और कालिंदी सुखपूर्वक सात्त्विक आनंद के साथ अध्ययन कर रहे थे।

परंतु, पता नहीं क्यों, कालिंदी चंदा से भी अधिक मेरा ध्यान रखती थी। मेरा चंदाबेन से अत्यंत पूज्यभाव और प्रगाढ़ प्रेम था। कालिंदी भी उच्च कक्षा की साधिका थी, परंतु मुझे लगता था कि दोनों के प्रेम में कहीं अंतर है, जो मैं नहीं समझ सका।

एक दिन की बात है। हम प्रवास में आगरा गए थे। चंदा साथ में नहीं थी। आगरा के किले में हम साथ-साथ घूमे। ऐतिहासिक किला मुझमें अनोखा भाव जगा रहा था। लग रहा था कि यह शहर, यह किला मेरा परिचित है, घूमते-घूमते मैं ऐसे स्थान पर आ पहुँचा जहाँ एकांत था। सामने ही ताजमहल दिखाई दे रहा था। दृश्य देखकर मैं भूतकाल के विषय में सोचने लगा। कितना क्षणभंगुर है मनुष्य का जीवन? अनेक शहंशाह हो गए इस पृथ्वी पर। विचार करते हुए मैं अन्यमनस्क होकर, गैलेरी की पाली पर मस्तक झुकाकर, दोनों हाथ टिकाकर देर तक खड़ा रहा। तभी कालिंदी के गरम हाथ का मेरे गाल पर स्पर्श हुआ, तो कंधे पर हाथ रखकर लगभग मुझे जकड़ते हुए एकदम पास आकर बोली, 'क्या देख रहे हो?'

'ताजमहल।' मैंने यूँ ही उत्तर दिया।

'वहाँ जाएँगे?'

'हाँ, जाएँगे।' और कालिंदी मेरा हाथ पकड़ आगे चल दी। रिक्शा करके हम ताजमहल पहुँच गए। पूरा देखने के बाद कालिंदी मुझे यमुना के किनारे ले गई। घाट की सीढ़ियों पर मेरे साथ सटकर बैठ गई। मैं नदी में पानी की तरंगों को देखते हुए

पवन का आनंद ले रहा था। कालिंदी मेरे कंधे का स्पर्श करके बोली, 'क्या देख रहे हो ऐसे?''

'कुछ भी नहीं···नदी की ये तरंगें!'

'परंतु तुम इतने गंभीर होकर क्यों बैठे हो?' फिर मेरे और पास आकर मुझे भींच लिया।

'मैं सोच रहा हूँ,' मैंने उत्तर देते हुए कहा, 'मन के ये विचार नदी की तरंगों जैसे हैं। मन में भी इसी प्रकार तरंगें उठती हैं। विलीन हो जाती हैं और पुनः उत्पन्न होती हैं।'

'अरे, मन का कार्य ही ऐसी विचार तरंगें उत्पन्न करना है, तुम ऐसी तरंगों पर किसलिए 'तरंगें' कर रहे हो?'

'मुझे अच्छा लगता है।' मैंने उत्तर देते हुए कहा, 'परंतु, मैं तटस्थ रहकर अपनी तरंगों को देखता हूँ।'

'स्वरूप एक बात पूछूँ?'

'पूछो।'

'मुझे देखकर तुम्हें कैसी तरंगें या विचार जागते हैं?'

'तुम्हें देखकर मुझे कोई तरंगें जागती ही नहीं!' मैंने निर्लिप्त भाव से कहा, 'परंतु तुम मुझे अच्छी लगती हो। तुम्हारा गौर वर्ण चेहरा और तुम्हारी आँखें देखकर मुझे लगता है कि तुम्हारा 'कालिंदी' नाम ठीक नहीं है।' फिर मैंने हँसते-हँसते कहा, 'क्योंकि तुम श्याम नहीं हो!'

'तो मेरा नाम तुम बताओ! मुझे तुम उसी नाम से बुलाना।'

'सच में तो तुम्हारा नाम मीनाक्षी होना चाहिए था।'

'मीनाक्षी, किसलिए?'

'क्योंकि तुम्हारी आँखें मछली जैसी हैं, तुम मीन अक्षी हो।'

थोड़ी देर वह मेरे सामने देखती रही, फिर बोली, ''स्वरूप, तुम कुछ समझते हो? देखो, मेरी आँखों में तुम्हें क्या दिखाई देता है?'

'तुम्हारी आँखों में मुझे चंदाबेन का प्रतिबिंब दिखाई देता है।'

सुनकर एक निःश्वास छोड़ा कालिंदी ने और नीचे देखती रही। कुछ देर बाद गर्दन ऊँची करके बोली, 'तुम्हें मेरी आँखों में चंदा का प्रतिबिंब क्यों दिखाई देता है?'

'क्योंकि चंदा मेरी प्रिय बहन है और तुम उसकी प्रिय सहेली हो।' मैंने सहजता से उत्तर दिया। सुनकर कालिंदी हँस पड़ी, परंतु मुझे लगा कि उसके हास्य में कृत्रिमता है। मेरे उत्तर से वह संतुष्ट नहीं हुई। वह गंभीर भाव में दूर-दूर देखती रही। पैर के

अँगूठे से धरती कुरेदते हुए मैं देखता रहा। उसमें आए परिवर्तन को मैं समझ नहीं सका। कुछ देर बाद मौन तोड़ते हुए मैंने पूछा, 'क्या सोच रही हो कालिंदी?'

'सोच रही हूँ कि तुम या तो बुद्ध हो या निर्लिप्त हो!'

'वह कैसे?' मैंने पूछा।

'यह मैं तुम्हें नहीं समझा सकती।'

फिर मेरा हाथ पकड़कर मुझे उठाते हुए बोली, 'चलो...अब उठो, अब हमें निकलना है। तुम्हारी बहन चंदा, तुम्हारी प्रतीक्षा कर रही होगी।'

चलते-चलते रास्ते में मैंने कालिंदी से पूछा, 'कालिंदी! तुम खिन्न क्यों हो? मेरी ओर से कुछ गलती हो गई है?'

'नहीं।'

'तो।'

'मैं यह कारण तुम्हें नहीं समझा सकती।'

'क्यों?'

'क्योंकि तुम बालक जैसे निर्दोष हो।'

'मानता हूँ, परंतु इसमें तुम इतनी खिन्न और निराश क्यों लग रही हो?'

'मैं खिन्न नहीं हूँ, परंतु पछता रही हूँ, क्योंकि एक बालक से बड़ी इच्छा रख बैठी।'

'मैं समझा नहीं।'

'तुम समझ भी नहीं सकते।'

फिर एक गहरी साँस लेकर बोली, 'जाने दो, अब ये बातें और चलते चलो।' फिर मेरा हाथ पकड़कर ले चली और बोली, 'चलो, मैं भी तुम्हारी बहन चंदा जैसी हूँ न?'

''तुम चंदा जैसी नहीं हो!'

सुनकर कालिंदी स्तब्ध होकर खड़ी हो गई, बोली, 'तो?'

'तुम मीनाक्षी हो।'

सुनकर खुशी की एक लहर दौड़ गई उसके चेहरे पर, बोली, 'तुम्हें अच्छी लगती हैं?'

'हाँ, किसी को भी अच्छी लगेंगी ऐसी आँखें, मुझे भी अच्छी लगती हैं।'

सुनकर भावशून्य सपाट चेहरे के साथ चलने लगी कालिंदी। फिर तो कई दिन तक कालिंदी नजर ही नहीं आई, कभी मिल भी जाती तो औपचारिक बातें करके तेजी से चली जाती, साथ में रहती भी तो भावशून्य चेहरे से बोलती-चलती थी। एक दिन तो मैंने उसकी आँखें सूजी हुई देखीं, जैसे बहुत रोई हो और रात को सोई न हो,

ऐसा उसका चेहरा था। मैंने कारण पूछा, तो बगैर उत्तर दिए चली गई। मेरी उलझन बढ़ने पर मैंने चंदा से इस विषय में पूछा, तो वह बोली, 'तुम्हें यह जानने की कोई आवश्यकता नहीं है!'

''क्यों?''

''तुम नहीं समझोगे! कदाचित् तुम्हारा मित्र जो आत्महत्या कर चुका है, वह तुम्हें समझा सकता था।'

'आशीष की मृत्यु से कालिंदी के ऐसे व्यवहार का क्या संबंध है?'

'तुम्हें नहीं समझ में आएगा स्वरूप! जो होता है, अच्छा ही होता है?'

और सच में मैं कालिंदी के ऐसे व्यवहार के विषय में नहीं समझ सका और अब समझ में आ रहा है तो लगता है, जो होता है अथवा जो हुआ, वह अच्छा ही हुआ है। चंदा के शब्द मुझे सत्य लगते हैं। यदि मैं कालिंदी के अपने प्रति मूक प्रेम को समझ गया होता और उसे मैंने स्वीकार कर लिया होता, तो आज परिस्थिति ही अलग होती। अनेक जन्मों के चक्कर में मैं फँस गया होता!

देखते-ही-देखते दिल्ली के अध्ययन के वर्ष पूर्ण हो गए और हम दिल्ली छोड़कर पुनः हरिद्वार आ गए।

इसके बाद तो बहुत कुछ घट गया। कालिंदी प्रज्ञापीठ-गायत्री में सन्निष्ठ कार्यकर्ता बनकर ऋषिकेश चली गई। मेरा छोटा भाई खून के आरोप में फँस गया, चंदा भी सरयूदासजी की देखरेख में गंगोत्तरी पर साधना करने यदा-कदा जाने लगी। मेरी प्रैक्टिस चल रही थी। माँ-बापूजी स्वस्थ थे, केवल जेल में रह रहे छोटे भाई की समस्या थी, केस मजबूत था, निर्दोष होते हुए भी उसका बचना मुश्किल था। कोई उपाय कारगर नहीं हो रहा था। निराशा, माता-पिता की मानसिक हालत आदि से मन कभी-कभी उदास हो जाता था। मन में संसार के प्रति कोई आसक्ति नहीं थी, उस पर यह सब विडंबना से मानसिक रूप से मन वैराग्य की ओर ढल रहा था। कभी-कभी चंदा बहन आकर मेरे साथ रह जाती थी, उसके वचनों और ऊष्मा से मैं जी रहा था। वह कहती, 'संसार से भागने से कोई लाभ नहीं है, परिस्थिति के सामने लड़ना होता है, भागना नहीं चाहिए।'

एक दिन चंदा आई। घर में मानो उजाला हो गया, मन आनंद में रहने लगा। मैं बोला, 'बहन चंदा! अब तुम मेरे पास ही रहो। मैं तुम्हें कहीं नहीं जाने दूँगा।'

'यह संभव नहीं है भाई! बहन हमेशा साथ नहीं रह सकती।'

'परंतु तुम तो विवाह करनेवाली नहीं हो, तो फिर?'

'मैं विवाह नहीं करूँगी, यह बात तुम्हारी भौतिक दृष्टि से सच है। वास्तव में

मैं आध्यात्मिक दृष्टि से 'विश्वात्मा' के साथ विवाह कर चुकी हूँ। इस भौतिक देह से मैं तुम्हारे साथ लंबे समय तक नहीं रह सकती।'

'तो मैं अकेले कैसे रहूँगा?'

'तुम अकेले नहीं हो, तुम्हारे साथ माता-पिता हैं। तुम्हें अभी उनके साथ रहकर ऋण चुकाना है और तुम अकेले नहीं हो, ईश्वर तुम्हारे साथ ही है।' फिर हँसकर मेरी पीठ पर हाथ फेरते हुए कहा, 'स्वरूप! मैं तुम्हें अकेले कहाँ रहने देनेवाली हूँ। मैंने तुम्हारे लिए एक सुयोग्य पात्र ढूँढ़ रखा है।'

बस, बात वहीं रुक गई। दूसरे कमरे में से बापूजी की तेज खाँसी उठने की आवाज आई, हम बापूजी के कमरे में गए, बापूजी कमजोर लग रहे थे। चंदा उनके पास जाकर बैठ गई।

स्वस्थ होने पर बापूजी बोले, 'बेटी! अब तुम्हें ही सब करना है, स्वरूप का कहीं संबंध कर दे, तो अब हमारी एक चिंता कम हो!'

'बापूजी, इसकी चिंता मत करो, ईश्वर की इच्छा अनुसार सब होता रहेगा।'

'परंतु, उस छोटे का क्या?'

'वह भी ईश्वर की इच्छा से होगा, सबकुछ उस पर छोड़ दो।'

'जानता हूँ।' बापूजी खाँसी दबाते हुए बोले, 'सब ईश्वराधीन है, परंतु स्वरूप की चिंता तो मैं तुम पर ही छोड़ता हूँ। इसका विवाह!'

'वह सब हो जाएगा।' बीच में ही चंदा ने कहा, 'आप उसकी चिंता मत करो। दो दिन के लिए मैं देहरादून इसी के लिए जानेवाली हूँ, आते ही सब व्यवस्थित हो जाएगा।'

और उस दिन बात वहीं अटक गई। मैं पुनः विडंबनाओं में उलझ गया। छोटे भाई की सुनवाई की तारीख पास आ रही थी। माँ और बापूजी का स्वास्थ्य इस चिंता में गिरता जा रहा था। अपनी अच्छी-भली चलती प्रैक्टिस में ध्यान नहीं दे पा रहा था, मन संसार से भाग रहा था। सबकुछ व्यर्थ और क्षणभंगुर लग रहा था। सभी काम मैं यंत्रवत् कर रहा था। देहरादून गई चंदा बहन की भी याद आती रहती थी।

एक दिन काम से ऊबकर मैं गंगा नदी के घाट पर ठंडे पानी मैं पैर डाले एकांत स्थान पर बैठा हुआ था। लंबे घाट पर कहीं-कहीं यात्री स्नान कर रहे थे। मैंने भी अपने शरीर और सिर पर पानी का छिड़काव किया, बहुत अच्छा लगा। गंगा के पवित्र जल का स्पर्श होते ही मन शांत होकर गहराई में चला गया, ध्यानावस्था में जाने के बाद, तभी अचानक किसी का स्पर्श हुआ और उसी के साथ एक जोरदार हवा का झोंका आया और मेरे मुख पर किसी साड़ी का पल्ला लिपट गया! मैं घबरा गया। अचानक

मुख पर लिपट गए साड़ी के पल्ले को दूर किया, तो कोई सुंदर तरुणी अपनी पल्ले को मेरे हाथ से खींचकर तेजी से दरवाजे की ओर भाग गई। शरमाकर भागती उस युवती की सुंदरता का क्या वर्णन करूँ। मानो धरती पर चंद्र उतरकर क्षण में अदृश्य हो गया। पृथ्वी पर मानो एक क्षण के लिए चाँदनी छा गई थी।

पता नहीं क्यों, जिंदगी में पहली बार मुझे लगा कि जगत् में कोई एक तत्त्व है, जो संसार को स्वर्ग जैसा बना सकता है। बस! वह एक क्षण का दृश्य हृदय में आनंद की झनझनाहट उत्पन्न कर गया। एक क्षण के लिए मानो कोई मुझ पर परमानंद के बिंदु बरसाकर चला गया।

कौन होगी यह ? सोचता हुआ मैं खड़ा होकर दरवाजे की ओर गया, अंदर प्रवेश किया। यात्रियों की भीड़ के बीच मैं इधर-उधर देखते हुए मंदिर के पास के मकानों से गुजर रहा था, तो पीछे से दो व्यक्तियों की ताली की आवाज और फिर हास्य के साथ चिरपरिचित चंदा की आवाज कान में पड़ी, 'स्वरूप! यहाँ आओ स्वरूप।'

चंदा को इस तरह अचानक देखकर मुझे सानंदाश्चर्य हुआ, परंतु विशेष आश्चर्य तब हुआ जब मैंने अभी-अभी देखी उस सुंदर, सुडौल युवती को चंदा के साथ सटकर खड़ी होकर मेरी ओर हँसते हुए देखा। लगा कि मानो मेरे सामने एक नहीं, दो-दो बिजलियाँ चमक रही हैं।

पास जाकर मैंने चंदा को देखकर पूछा, 'कब आई ?'

'रात को ही! कुछ दिन देहरादून में आशा के होस्टल में आतिथ्य का आनंद लेकर आज रात को ही आई हूँ। देर हो जाने से रात को वहीं रुककर, मध्याह्न भोजन लेकर घर आई, तो तुम नहीं थे, तो तुम्हें ढूँढ़ते-ढूँढ़ते यहाँ आ गए और तुम मिल गए।' फिर उस युवती की ओर देखकर बोली, ''यह मेरी सहेली 'आशा' है।'

'ऐसा ? इनसे तो मैं कुछ देर पहले मिल चुका हूँ या ये मुझे अचानक मिल गई थीं।' कहकर मैं हँस पड़ा। आशा शरमाकर नीचे देखकर पीछे छुप गई, मानो शुभ्र बादल के पीछे चाँद अदृश्य हो गया।

बस! जिंदगी में सांसारिक आकर्षण का यह पहला प्रसंग! फिर तो बहुत कुछ हो गया। आशा के साथ ही मेरी सगाई हो गई। विवाह का दिन भी निश्चित हो गया, एक नूतन जीवन का मानो प्रारंभ हो गया।

चंदा हमारे साथ ही रहने लगी। काका का घर 'विश्व हिंदू' संस्था को समर्पित कर दिया था। जहाँ आर.एस.एस. के सौजन्य से विशाल 'भारत मंदिर' बननेवाला था। सगाई के बाद आशा से बार-बार भेंट हो जाती थी। आशा अब निःसंकोच बातें करती थी। गंगा नदी के किनारे-किनारे हम दूर तक निकल जाते थे।

एक बार जहाँ हमारा पहला मिलन हुआ था, वहाँ के घाट पर गंगा नदी के शीतल जल में पैर भिगोते हुए बैठे थे। गंगा के स्वच्छ जल में वस्त्र समेटकर पैर लटकाए बैठी आशा मेरे सामने बार-बार हँसकर और क्वचित् स्पर्श करके बातें कर रही थी। मैं कभी उसके हँसते मुख में श्वेत चमकते दाँतों को देखता और कभी पानी में खेलती गुलाबी पिंडलियों को देखता। उसके स्पर्श के लिए मैं उसकी ओर सरका तो आशा ने मेरे कंधे पर सिर रख दिया। मैंने उसकी अर्धखुली पीठ पर हाथ रखकर उसका आलिंगन करना चाहा, तभी आशा ने चीखकर एकदम अपना पैर पानी से बाहर खींच लिया।

मैंने नीचे झुककर पानी में देखा तो, एक बड़ी मछली तेजी से भाग रही थी। मैं हँस पड़ा, 'अरे, डरपोक! कुछ नहीं है। पानी में खेलते हुए तेरा स्पर्श मछली से हो गया था।' मैं हँस रहा था, तभी पीछे से चंदा के शब्द मेरे कान में पड़े, 'और बड़ी मछली का स्पर्श छोटी मछली को होने की तैयारी में था, क्यों?'

बस, फिर किनारे बैठकर हमने बहुत बातें की और आशा को छोड़ने उसके घर आ गए। भावी सास-ससुर घर में नहीं थे, परंतु स्नेही भाई-भाभी ने मुझे देखकर खुश होकर सत्कार किया। आग्रह करके प्रेम से भोजन करवाकर ही विदा किया। चंदा के साथ जाते-जाते मैंने पीछे पलटकर देखा। आधी खुली खिड़की में से दो तेजस्वी आँखें मुझे देख रही थीं। वह आशा थी, मेरा मन रोमांच का अनुभव कर रहा था। आशा का कुटुंब कुछ दूर तक हमें छोड़ने साथ आ रहा था, इसलिए मैंने आनंद व्यक्त नहीं होने दिया, परंतु मेरे साथ चल रही चंदा ने धीरे से मेरा हाथ दबाया और दरशाया कि वह मेरी उमंग को जान गई है।

परंतु यह प्रसन्नता लंबे समय नहीं टिक सकी। विवाह के दिन ही छोटे भाई की सुनवाई की तारीख आ गई। विवाह की तारीख में भी परिवर्तन होना संभव नहीं था, क्योंकि विवाह के बाद आशा की चचेरी बहन का विदेश जाना निश्चित हो चुका था। आशा उसके कुटुंबियों के सहारे ही थी, फिर भी निःसहाय नहीं थी। लाखों की जायदाद आशा के नाम थी और भाई भी कोई कमी नहीं रखते थे। इस प्रकार वे सब प्रेम के बंधन से बँधे होने से उनके अनुकूल ही विवाह का दिन निश्चित हुआ था।

आनंद के साथ चिंता भी बढ़ रही थी, परंतु पराकाष्ठा आए, उसके पहले के कुछ संस्मरण याद आ गए, जिसने मेरे जीवन में परिवर्तन में भाग लिया था। माँ-बापूजी का स्वास्थ्य ठीक नहीं था, कोर्ट के काम-काज से ऊबा हुआ मैं उनके पास बैठा था। अचानक चंदा बाहर से आई। मेरी मानसिक स्थिति समझकर वह बोली,

'तरोताजा होकर थोड़ा आशा के साथ घूम आओ, मैं यहाँ बैठी हूँ, चिंता मत करो। मैं तुम्हें वहाँ मिल जाऊँगी।'

उस दिन मैं आशा के साथ गंगा किनारे बैठा हुआ था, संध्या के आसार दिख रहे थे। हलका उजाला और शीतल पवन, पवित्र गंगा किनारा आह्लादक लग रहा था। गंगा के जल में हम पैर डालकर बैठे थे। अचानक किनारे से कुछ दूर गहरे जल में आशा का ध्यान गया और वह चीख पड़ी, बोली, 'वह क्या तैर रहा है?'

मैंने देखा ऊपरी स्थान से किसी मृत व्यक्ति को स्वजनों ने पानी में बहाया होगा, जो फूलकर वह शव पानी में ऊपरी सतह पर आ गया था।

'कुछ नहीं।' मैंने आशा को धीरज बँधाते हुए कहा, 'मृत मानव की देह है। मृत्यु के बाद देह को गंगा के पवित्र जल में बहाने से मृतात्मा को मोक्ष मिलता है। ऐसी मान्यता के कारण कई लोग मृत स्वजन की पार्थिव देह को गंगा में बहा देने की धृष्टता करते हैं।'

'मुझे डर लग रहा है।'

'इसमें डरने जैसा कुछ नहीं है। पत्थर, मिट्टी और मुर्दे में कोई फर्क नहीं होता है। देह पंचमहाभूत का बना हुआ पुतला है, उसमें से आत्मा के निकल जाने के बाद देह का कोई मूल्य नहीं होता है। कितनी ही सुंदर और कांतिवान देह हो, उसकी अंतिम स्थिति ऐसी ही होती है।'

सुनकर आशा शून्यमनस्क हो गई। थोड़ी दूर मेरा हाथ पकड़कर उठकर चलने लगी। मुझे लगा कि वह कुछ सोच रही है। मैंने उसे पुनः बैठाया और उसका कोमल हाथ दबाकर पूछा, 'क्या सोच रही हो आशा?'

'जीवन में ऐसा भी होता है, मुझे पता नहीं था। मैंने ऐसा कभी नहीं देखा और कभी सोचा भी नहीं था। मुझे विचार आ रहा है कि जीवन में कैसे-कैसे दुःख सहन करने पड़ते होंगे?'

मैंने कहा, 'पंचमहाभूत के पिंजरे में बंद होने पर परमेश्वर को भी ऐसे ताप अर्थात् दुःखों को सहन करना पड़ता है। संसार अनेक प्रकार के दुःखों से भरा हुआ है। इसीलिए संत और शास्त्र कहते हैं कि समझदार मनुष्य को विशेष रूप से आध्यात्मिक मनुष्यों को, साधकों को आध्यात्मिक तीन तापों या आनेवाले दुःखों को जान लेना चाहिए।'

'मैं यह सब नहीं जानती और इसलिए मुझे आश्चर्य के साथ भय लगता है। यह सब मैंने पहले से जान लिया होता, तो कदाचित् मुझे कुछ नहीं होता। ऐसा मुझे

लगता है।' फिर मेरी ओर दृष्टि करके आशा ने पुनः कहा, 'यह सब जानने से कोई लाभ है?'

'निश्चित लाभ है। यह सब जानकर मनुष्य ईश्वराभिमुख हो जाता है और फिर ईश्वर-प्राप्ति के प्रयत्न करता है। सच्चा सुख प्राप्त करने के लिए ईश्वर की आराधना करना, उसे प्राप्त करने के लिए प्रयत्न करना ही मनुष्य जीवन का श्रेष्ठ लक्ष्य कहा गया है। ईश्वर को प्राप्त करने के लिए देह का मोह छोड़कर वैराग्य प्राप्त करना, वैराग्य के लिए राग-द्वेष और मोह छोड़ना आवश्यक है। ये तभी छूट सकते हैं, यदि इस संसार में रहकर भोगने पड़ते तापों का विचार किया जाए। तब ही संसार की असारता और क्षणभंगुर देह और उसमें से उत्पन्न सुखों की लालसा से उत्पन्न दुःखों का विचार आ सकता है।'

'परंतु, मुझे तो कहीं दुःख दिखाई नहीं देता है। संसार के दुःख कैसे होते हैं, इसका मुझे पता ही नहीं है?'

'उन दुःखों के विषय में तुम्हें जानना हो तो बताऊँ।''

मैंने आशा को एक घने वृक्ष के नीचे सपाट और बड़ी शिला पर बैठाया। गंगा का किनारा बहुत पास था, शीतल हवा और प्रफुल्लित करती हरियाली, घने वृक्षों से आच्छादित हरी-भरी पर्वतमाला की ओर दृष्टि करके आशा के निकट बैठकर मैंने कहा, 'आशा, यदि मैं तुम्हें मिलना बंद कर दूँ, तो तुम्हें क्या होगा?'

'ओह! ऐसा मत बोलो स्वरूप! मुझे कितना दुःख होगा।'

'तो यही संसारियों के लिए मोह से उत्पन्न होनेवाला दुःख है। इस प्रकार आध्यात्मिक आदि तीन दुःखों से मनुष्य निरंतर पीड़ा भोगता रहता है।'

'ये आध्यात्मिक भय आदि कैसे होते हैं?' आशा ने जिज्ञासा दिखाते हुए पूछा।

'ये आध्यात्मिक ताप दो प्रकार के होते हैं। एक 'शरीर' संबंधी और दूसरा 'मन' संबंधी।' मैंने आशा की ओर देखते हुए कहा, 'शरीर संबंधी दुःख, जो अनेक प्रकार के होते हैं, ये बार-बार जीवन-काल में आते रहते हैं, जैसे कि सिरदर्द, बुखार, शूल, भगंदर, पेट में वायु होना, श्वास, सूजन, उलटी होना आदि। उसी प्रकार आँखों के रोग, मोतिया आदि, उपरांत दस्त-संग्रहणी, कोढ़, अंग के रोग, वायु, जलोदर आदि अनेक प्रकार के रोग संबंधी ताप और दुःख होते हैं। जीवन-काल में ये सब शारीरिक दुःख ही होते रहते हैं।'

'मन संबंधी अथवा मानसिक दुःख भी जन्म धारण करनेवालों को भोगना ही पड़ता है। काम, क्रोध, भय, द्वेष, लोभ तथा खेद होने से मानसिक दुःख, शोक से 'असूया' अर्थात् दूसरे के गुणों पर दोषारोपण करना, वह असूया से उत्पन्न होनेवाला

दुःख, किसी की उन्नति को नहीं देख सकनेवाला 'मात्सर्य' नाम का दुःख, इस प्रकार मन द्वारा उत्पन्न मानसिक ताप, जो अनेक प्रकार के हैं।

'इन सबके उपरांत आध्यात्मिक ताप अर्थात् दुःख भी अनेक प्रकार के हैं। किसी भी पशु-पक्षी तथा मनुष्य से होनेवाला दुःख, पिशाच, दुष्ट लोगों से मिलता दुःख, सरीसृप प्राणियों से होनेवाला दुःख आधिभौतिक दुःख कहलाता है। उपरांत सर्दी, गरमी, वर्षा, भूकंप, अतिवृष्टि, अनावृष्टि, बिजली गिरने से होनेवाले दुःख आधिदैविक कहलाते हैं।

'इसके अतिरिक्त गर्भ, जन्म, वृद्धावस्था, व्याधि, मृत्यु तथा नरकों से होनेवाले दुःख हजारों प्रकार के हैं। ये तीनों दुःखों से भिन्न हैं। उसमें अनेक प्रकार के मल से लिपटी गर्भ में अति कोमल शरीरवाली 'जीवात्मा', टेढ़ी पीठ, गर्दन और हड्डियोंवाला, माता के खाए गए खट्टे, कड़वे, तीखे, गरम पदार्थों से शरीर में जलन, अत्यंत बढ़ती रहनेवाली वेदनाएँ, स्वयं के अंगों को फैलाने या सिकोड़ने में भी असमर्थ होकर, विष्ठा और मूत्र के कीचड़ में पड़ा रहता है और पीड़ा भोगता है। उस पर वह गर्भ में चैतन्ययुक्त हो जाने पर भी श्वासोच्छ्वास की क्रिया नहीं कर सकता है।''

मैं आशा को सुना रहा था, परंतु मेरे अंतिम शब्दों को सुनकर उसने अपने दोनों हाथ मुँह पर रखकर चेहरा ढँक लिया। मैंने उसके हाथ धीरे से मुँह पर से हटाकर पूछा, 'क्यों क्या हो गया, सुनना अच्छा नहीं लगा?'

'नहीं, मैं सुनकर थोड़ी नर्वस हो गई। तुम्हारे वक्तव्य को सुन मानो यह सब मैं प्रत्यक्ष अनुभव कर रही हूँ, ऐसा लगा।'

'तुमने पूछा, इसलिए मैंने कहा, तुम कहो तो कोई दूसरी बात करें?'

'नहीं, तुम सुनाओ, यह सब मुझे जानना है, तुम मेरी चिंता मत करो। न जाने क्यों, मुझे भी यह सब जानने की इच्छा हो रही है!' धीमे स्वर में उसने आग्रह किया।

मैंने आगे कहा, 'अपने कर्मों के कारण इस प्रकार बंद 'जीव' पीड़ा भोगता हुआ, अपने सैकड़ों पूर्वजन्मों को उस समय याद करता है और अत्यंत दुःखी होकर कष्ट उठाता है। फिर जब वह जन्म धारण करता है, तब भी उसका मुख विष्ठा, मूत्र तथा वीर्य से लिपटा होता है और उसकी हड्डियों के जोड़ भी ईश्वर प्रेरित गर्भ संकोच वायु के कारण पीड़ा भोगते हैं। जन्म के समय प्रसूति करवानेवाली अति बलवान वायुओं से बहुत कष्ट के साथ वह नीचे मुँह किए हुए, माता के पेट में से बाहर निकलता है। बाहर की वायु का उसे स्पर्श होने से उसे अतिशय लंबी मूर्च्छा आ जाती है। इसके कारण जैसे ही वह जन्म लेता है, तुरंत उसके पूर्वजन्मों का ज्ञान तथा आत्मा का भान जो होता है, वह भी चला जाता है। मानो चीरा जा रहा हो, ऐसा महादुःख अनुभव और

मानो कृमि निकल पड़ता है, वैसे अंदर की वायु के धक्के से दुर्गंधी घाव जैसी योनि से बाहर जमीन पर निकल पड़ता है। किसी भी प्रकार की क्रिया करने में वह समर्थ नहीं होता और दूसरों की इच्छानुसार ही वह स्नान और भोजन प्राप्त कर पाता है। इस प्रकार अनेक जन्म के दु:ख और जन्म के बाद भी अनेक दु:ख 'जीव' भोगता है।

'फिर युवावस्था में अज्ञानरूपी अंधकार छा जाने से उसका अंत:करण मूढ़ हो जाता है। संसार के प्रति अनेक आसक्तियों के लोभ और आकर्षण से जीवात्मा—'मैं कौन हूँ, कहाँ से आया हूँ, कहाँ रहा हूँ और कैसे स्वरूपवाला हूँ और अब कहाँ जाऊँगा? कुछ भी नहीं जानता है। कर्तव्य क्या, अकर्तव्य क्या, गुणयुक्त या दोषयुक्त कर्मों के विषय में कुछ भी नहीं जानता है! केवल इंद्रियों के सुख में तथा पेट भरने में तत्पर रहकर यह मूढ़ जीवात्मा अर्थात् लोग पशु के समान जीवन जीते हुए, अज्ञान से उत्पन्न दु:ख जाने-अनजाने भोगते रहते हैं।

'वृद्धावस्था में मनुष्य का शरीर अति जीर्ण हो जाता है, अवयव ढीले हो जाते हैं, दाँत गिर जाते हैं, शरीर पर झुर्रियाँ पड़ जाती हैं, आँखों से दिखाई देना बंद हो जाता है, कान से ठीक से सुनाई नहीं देता है। कमर झुक जाती है। नाक के बाल बाहर तक निकले नजर आते हैं। जठराग्नि भी अति मंद हो जाती है, ठीक से खा नहीं सकते हैं, मुँह से लार निकलती रहती है। भूतकाल में जो कर्म किए हों या अनुभव का स्मरण नहीं रहता, शांत निद्रा नहीं आती है। इसके अतिरिक्त दमे का रोग तथा खाँसी से कष्ट उठाता रहता है।''

बोलते हुए रुका, देखा तो आशा एकटक गंगा के प्रवाह की ओर देख रही है। उसके चेहरे से लगा कि मनोमंथन कर रही है। उसके अंतर की गहराई में मथनी चल रही है, ऐसा मुझे लगा। मैंने बातें बंद करने का सोचा, परंतु वैसा कर नहीं सका। कोई बलपूर्वक मुझसे बुलवा रहा है, मानो कोई मुझे कह रहा है—आशा को यह सुनाओ। उसमें भी वैराग्य उत्पन्न हो, यह आवश्यक है। मुझे भी लगा कि पूर्ण वैराग्य नहीं तो भी कम-से-कम वैराग्य हो जाए, जिससे संसार के प्रति उसे आसक्ति न हो तो अच्छा है।

दृष्टि घुमाकर आशा ने मेरे सामने प्रश्नार्थ दृष्टि से देखकर पूछा, 'फिर क्यों रुक गए? अब पूरा सुना दो।'

मैंने आगे बोलना शुरू किया,

'मृत्यु के समय मनुष्य बार-बार बेहोश होकर परवश हो जाता है। जब होश में आता है, तब भी वह सोना, धन-धान्य, पुत्र-पत्नी, घर आदि के प्रति ममता से व्याकुल हो जाता है—हाय! इन सबका क्या होगा? यही सोच-सोच उलझन में रहता

है। उस समय उग्र बढ़ा हुआ रोग उसके मर्म स्थानों को बेधता रहता है, उसकी आँखें फट जाती हैं। वह बार-बार हाथ-पैर पछाड़ता है। उसके तालु और होंठ सूखने से गले में घर्र-घर्र की आवाज चालू हो जाती है। उसके पूरे शरीर में जलन होती है, इस प्रकार बहुत मुश्किल से मृत्यु होती है। कठिनाई से प्राण छूटते हैं।

'मनुष्य के लिए असंख्य दुःख हैं। इन दुःखों की परंपरा नरक में है, वैसे ही स्वर्ग में भी है। वहाँ भी निश्चित आयुष्य पूर्ण होने पर वहाँ से गिरने का भय होता है, नाशवान देव को भी शांति नहीं होती है। संपूर्ण सुख स्वर्ग में भी नहीं है! नरक से या स्वर्ग से वापस आकर जीवात्मा पुनः गर्भ में ही उत्पन्न होती है। कभी-कभी गर्भ में ही या कभी-कभी जन्म लेते ही मृत्यु को प्राप्त होती है। युवा या प्रौढ़ या वृद्धावस्था में मनुष्य की अवश्य मृत्यु होती है, परंतु जब तक जीता है, तब तक भिन्न-भिन्न दुःखों से पीड़ित होता है। प्रिय व्यक्ति का वियोग भी दुःख देता है।'

'प्रिय का वियोग' शब्द सुनकर आशा ने मेरा हाथ पकड़ लिया। स्त्री-सुलभ उसके भाव और व्यवहार को समझकर मैं भी कुछ सहम गया। मैंने आशा को अपने निकट खींचकर, उसकी कोमल सुडौल कलाईवाले हाथ को सहलाते हुए कहा, 'आशा! इसमें कुछ भी अस्वाभाविक नहीं है। सबकुछ ईश्वर निर्मित और ईश्वराधीन है!'

'परंतु, तुम ऐसा क्यों कहते हो?'

मैंने दूर-दूर गंगा के पानी में तैरते शव को उँगली से दरशाते हुए कहा, 'मैं जब भी ऐसा सब देखता हूँ, तब मुझे वैराग्य हो जाता है। ऐसे सर्व दुःखों से भरे संसार से भाग जाने का मन होता है।'

'तो इसके लिए क्या करना चाहिए, इसका कोई उपाय नहीं है?' आशा ने जिज्ञासा से, पर व्यग्रचित्त से कहा।

'है न!' मैंने उसके सामने देखते हुए कहा, 'इन सब दुःखों की एक ही औषधि 'भगवद्प्राप्ति' ही मानी गई है। उसमें ही सर्वोत्कृष्ट सुख है। ईश्वर की प्राप्ति, जिसका कभी भी वियोग नहीं होता है। ईश्वर की भक्ति और उसकी साधना द्वारा उसकी प्राप्ति अचूक है, जो कभी निष्फल नहीं होती है, परंतु इसके लिए क्षणभंगुर संसार का मोह छोड़ना आवश्यक है।'

मैं बोल रहा था, तभी अचानक हमारी पीठ के पीछे की झाड़ी में से भयंकर हास्य ध्वनि सुनाई दी, हा···हा···हा···हा··· !

यह हास्य ध्वनि इतनी अधिक गंभीर और अचानक होने से हम काँप उठे। आशा मेरा हाथ पकड़कर खड़ी हो गई। मैंने पीछे देखा तो काले फटे और गंदे वस्त्रधारी उलझे और बिखरी जटाधारी, फैली और लाल-लाल आँखोंवाला डरावना साधु दिखाई

दिया। उसके एक हाथ में खप्पर और दूसरे हाथ में मानव की खोपड़ी थी, कंधे पर काली कमली थी। जोर-जोर से हा…हा…हा… हँसते हुए उसके पीले दाँतों में मांस के टुकड़ फँसे हों, ऐसा लग रहा था। उसे देखकर समस्त शरीर में कँपकँपी छूट गई। शरीर के रोएँ खड़े हो गए।

अचानक आशा ने मेरा हाथ पकड़कर जोर से खींचकर विपरीत दिशा में भागने को मजबूर किया। हम दोनों ने हाथ पकड़े हुए दौड़ना शुरू किया। पीछे से गंभीर हास्य के साथ शब्द सुनाई दिए—

'भागो…भागो…महाकाल तुम्हारा पीछा कर रहा है, जितना हो सके, जल्दी भागो। इसको छोड़कर भागो…भागो… ।

आशा के साथ दूर भागते हुए मुझे लगा कि ये शब्द मुझे ही संबोधित करके बोल रहा है। इसको छोड़कर भागो…भागो… !'

भागते-भागते और आशा के हाथों को खींचता हुआ मैं, मुझे शंका हुई कि क्या ये शब्द मुझे आशा को छोड़ने की सूचना दे रहे हैं? परंतु इन सबका विचार करने का समय नहीं था। काँपती हुई आशा भयभीत होकर मुझे खींच रही थी। झाड़ी-झाँखर, पत्थरों में हम अंधाधुंध दौड़ रहे थे। दौड़ते हुए परिश्रम से धौंकनी की तरह साँस ले रहे थे, बहुत दूर पहुँचकर झाड़ी में एक बड़े पत्थर पर बैठ गए।

हँसने की आवाज आना बंद हो गई थी। धीरे-धीरे डर कम होने पर अब आशा कुछ स्वस्थ होने लगी। उसका एक हाथ अपनी गोद में रखकर, दूसरा हाथ उसके कंधे पर रख अपनी ओर खींच उसे और स्वस्थ करने का प्रयत्न किया। थोड़ी देर पहले भय से फीका पड़ गया चेहरा पुनः खिल उठा। बोली, 'कौन था वह, तुमने पहले कभी देखा था?'

'नहीं, परंतु ऐसे कई साधु मैंने चंदा बहन के साथ में देखे हैं। वह तांत्रिक और अवधूत जैसा साधु कापालिक था। उनके वचनों या शब्दों में भविष्य कथन, सूचना या रहस्य होता है। वे कोई हानि नहीं पहुँचाते हैं। वे हमेशा कल्याण करने में प्रवृत्त होते हैं।'

सुनकर आशा स्तब्ध हो गई, परंतु उसके मुख पर उदासी स्पष्ट नजर आ रही थी। कदाचित् 'इसको छोड़कर भाग' उसके शब्दों से शंकित हो गई थी, उसे दहशत हो रही होगी कि ऐसा हुआ तो?

मैंने उसे मेरी सोची गई दहशत को दूर करने के लिए पुनः आलिंगनबद्ध किया। उसने मेरे सीने पर सिर रख दिया, मैंने उसका सुंदर मुख ऊपर किया। उसके प्रवाल जैसे होंठ मुझे आकर्षित कर रहे थे, मैंने चुंबन के लिए मुख नीचे किया, तभी आशा

कुछ देखकर झटके से अलग हो गई। मैंने सामने देखा तो एक भगवा वस्त्रधारी साधु हमारे सामने संकोच के साथ खड़ा था। उसे देखकर हम क्षुभित होकर खड़े हो गए।

साधु सौम्य और युवा था। हाथ ऊँचा करके हमें क्षोभ न करने का संकेत करके प्रेमपूर्ण स्वर में बोला, 'माताजी तुम दोनों को बुला रही हैं।'

'माताजी, कौन माताजी?' मैंने आश्चर्य और शंकित स्वर में पूछा।

'चंदा माताजी, चलो मेरे पीछे-पीछे आओ।'

बोलकर पीठ फेरकर चलने लगा। चंदा बहन का नाम सुनकर मुझे विश्वास हो गया। ऐसे जंगल में चंदाबेन का होना, यह मेरे लिए आश्चर्यजनक नहीं था, यूँ भी उन्होंने स्वयं मिल जाऊँगी, ऐसा कहा था ही। चंदाबेन एक तपस्विनी और उच्चकोटि की साधक हैं, ऐसे अनुभव मुझे कई बार हो चुके हैं। उनके गुरु सरयूदासजी और रेवानंद के साथ जंगल और गुफाओं में अनेक बार उन्हें ध्यान और समाधिवस्था में देखा है। मुझमें इस ज्ञान-विज्ञान का सिंचन चंदा बहन ने ही किया था।

आगे बढ़ने से हिचकिचाती आशा का हाथ पकड़कर धीरे-धीरे मैं उस साधु के पीछे चलने लगा। चंदा के नाम पर विश्वास तो मुझे था, फिर भी आशा के संकोच के कारण मुझे डर भी लग रहा था। एक झरना पार करके, साधु के पीछे-पीछे हम थोड़ी कम होती झाड़ियों के बीच में से होकर एक गुफा के द्वार के पास आ पहुँचे। हमें वहीं खड़े रहने का संकेत करके साधु गुफा के अंदर गया और फिर थोड़ी देर में आकर बोला, 'आप अंदर जाओ, वहाँ आपको दर्शन देंगी।'

हम अंदर जाने लगे। अब आशा ने मेरा हाथ छोड़ दिया था। अब वह निर्भय हो गई है, ऐसा मुझे लगा। स्थान का प्रभाव होगा, क्योंकि मेरे हृदय में भी भय और हिचक के स्थान पर निर्भयता और उमंग भर गई थी।

कुछ दूर जाकर दृश्य नजर आया, सामने एक स्वच्छ आसन पर चंदा बहन काले वस्त्रों में, निश्चल आँखें रखकर पद्मासन में बैठी हुई थीं। उनके सामने विविध पुष्पों का ढेर था, जिस पर अबीर-गुलाल छींटा हुआ था। पुष्प और गूगल के धूप की सुगंध आ रही थी। रेवानंद तथा दो-तीन साधु मंत्रोच्चार के साथ चंदाबहन को पुष्पांजलि अर्पण कर रहे थे। कुछ देर बाद सभी साधुओं ने खड़े होकर चंदा की आरती उतारी, प्रार्थना की। उनके शब्द गुफा में गूँज रहे थे।

संगमरमर की मूर्ति के समान चंदा बहन आँखें बंद करके निश्चल बैठी हुई थी। मानो साक्षात् जगदंबा स्वरूप हो, वैसी ही पवित्र और आकर्षक! मुझे लगा कि यह चंदा नहीं अपितु ब्रह्मांड स्वरूपिणी साक्षात् महामाया है। मैंने भी दोनों हाथ जोड़कर, घुटने टेककर मस्तक झुकाकर प्रणाम किया। फिर बहुत देर ध्यान धरकर आँखें बंद

करके बैठा रहा। मेरा समग्र अस्तित्व मात्र प्रकाश का हो गया, मानो मैं विश्वात्मा बन गया, मन का लोप हो गया। कुछ देर बाद मैं समाधि से बाहर आया। आँखें खोलीं तो रेवानंद के अलावा वहाँ कोई नहीं था। सभी साधु चले गए थे। केवल चंदा मेरे सामने देखकर हँस रही थी। आशा पूर्ण संतोष के साथ मेरे निकट बैठी थी। मैंने चंदा के सामने देखकर आश्चर्य से पूछा, 'यह सब क्या है, तुम सब यहाँ क्या कर रहे हो?'

'साधना' चंदाबेन ने उत्तर देते हुए कहा, 'साधुओं को साधना द्वारा लोक-कल्याण के लिए सिद्धियाँ भी इस प्रकार प्राप्त करनी चाहिए। ईश्वर की कृपा और उनकी शक्ति का परिचय सिद्धियों द्वारा ही मिलता है। इससे श्रद्धा में सतत वृद्धि होती है, परंतु सिद्धियों का उपयोग स्वसुख के लिए नहीं कर सकते और उनका उपयोग अन्य के अकल्याण या पीड़ा देने के लिए भी नहीं कर सकते हैं। इतना ध्यान रखनेवाले साधक का पतन नहीं होता है। सिद्धि का मोह न रखते हुए, उसे मनुष्य की विष्ठा से भी निकृष्ट मानना चाहिए।'

'परंतु, चंदाबेन' मैंने पूछा, 'तुमको कैसे पता चला कि हम दोनों यहीं पास में हैं? एक साधु ने हमारे पास आकर कहा कि चंदामाता तुमको बुला रही हैं।'

'उस समय मैं समाधि में लीन थी, इसलिए मैं विश्वात्मा और सर्वव्यापी हो गई थी। इस कारण भूत-भविष्य और वर्तमान सब मैं जान सकती थी और देख सकती थी, तो तुम मुश्किल में आ जाते। इसलिए तुम्हें मैंने पास बुलाना उचित समझा, तुरंत मैंने एक साधु को मानसिक प्रेरणा देकर तुम्हें यहाँ बुला लाने की आज्ञा दी थी।' फिर आगे बोली, 'तुम व्यर्थ डर गए थे। तुमको संबोधित करनेवाले वे साधु बहुत बड़े सिद्ध पुरुष हैं। युगों पहले कृष्णावतार के समय वे गोपाल नाम से ग्वालों की बस्ती के प्रमुख थे, तब भी तुम सब मित्रों को कंस के अश्वारोही सैनिकों से बचने के लिए शीघ्र भाग जाने को कहा था। खैर! यह सब जानने की अभी तुम्हें आवश्यकता नहीं है। बाद में तुम सब जान जाओगे। तुम्हें अभी बहुत जानना और प्राप्त करना है। तुम्हें पूर्वजन्म के सभी ऋण चुकाकर इसी जन्म में 'जीवन्मुक्त' हो जाना है।'

फिर कुछ रुककर गर्भित शब्दों में कहा, 'जीवन्मुक्त होने के बाद भी तुम्हें ऋण चुकाने के लिए वापस लौटना पड़ेगा, परंतु केवल तुम्हारे जड़ और सूक्ष्म शरीर और उसके साथ उसमें स्थित स्मृतियों के आधार पर। तुम्हारी देह में 'आत्मा' तो तुम्हारे मित्र की ही होगी। सूक्ष्म और जड़ देह द्वारा सब पूर्ण करोगे, तब ही तुम मोक्ष गति को प्राप्त कर सकोगे। योग्य समय-समय पर सब होता रहेगा। सबकुछ ईश्वर की इच्छा के अनुसार होता रहेगा।'

'परंतु, यह सब कब होगा?' मैंने उत्सुकता से पूछा।

'योग्य समय, साधना द्वारा जीवन्मुक्त होकर, पुनः ऋण चुकाने के बाद ऋणामुक्त होकर तुम्हें जन्म-मरण से मुक्ति मिलेगी, परंतु तुम्हारे पास समय कम है। तुम्हें यहाँ का सब और बाद का सारा कार्य भी तेजी से पूर्ण करना होगा।'

'परंतु, समय कम है, इसका अर्थ क्या है ?' मैंने बीच में पूछा।

'यह सब भी योग्य समय पर समझ आ जाएगा।' खड़े होते हुए चंदा ने कहा, ''अभी तो तुम आशा के साथ विवाह की तैयारी में लग जाओ, यह आवश्यक है। तुम्हारा आशा के साथ पूर्वजन्म का ऋणानुबंधन है, उसके अनुसार सब करना पड़ेगा। उसके बाद शेष सब।'

उसने बात अधूरी रखकर मुझे और आशा को गुफा द्वार की ओर बढ़ाया। आशा कुछ भी बोले बगैर, मूक बनकर सब सुन रही थी, उसके चेहरे पर किसी भी प्रकार के भाव नहीं देख सकते थे। मानो चंदा की प्रेरणा से वह निर्मोही और स्थितप्रज्ञ हो गई थी।

कुछ दूर चलकर रास्ते पर खड़ी चंदा की गाड़ी में हम बैठ गए, रेवानंद आज्ञा लेकर कहीं चला गया। आशा को उसके घर पहुँचाकर, मैं और चंदा घर आ गए।

विवाह का दिन निश्चित हो गया। इस समयावधि में आशा से मिलना बहुत कम हुआ, मिलते तब भी औपचारिक, निर्लिप्त भाव से। यह परिवर्तन हम समझ नहीं सके। समय के साथ जीवन खिंचा जा रहा था, लगता था कि कदाचित् यही जीवन है। कदाचित् जीवन ऐसा ही है, जिसे हमें खींचे जाना है, जीते जाना है, कदाचित् यह हमारी पूर्व तैयारी थी। अंत में जो होना था, वैसा ही हुआ। हमारा विवाह हो गया और उसी दिन छोटे भाई का फैसला आ गया 'फाँसी'।

उस समय की अपनी मनोदशा का मैं वर्णन नहीं कर सकता हूँ। बस, जीवन के प्रति, संसार के प्रति मुझमें वैराग्य या वीतराग उमड़ रहा था। उस कापालिक के शब्द सतत मेरे कर्णपटल पर सुनाई देते थे, टकरा रहे थे, 'इसको छोड़कर भाग··· भाग···महाकाल तेरे पीछे पड़ा है।'

और मैंने दृढ होकर निर्णय कर लिया। कदाचित् यही मेरा भविष्य होगा। नववधू के रूप में थककर और मेरी प्रतीक्षा करके अकेली सो रही आशा को अंतिम बार देख लेने की इच्छा को मैं रोक नहीं सका और मैंने अपने कमरे में प्रवेश किया। मैंने आशा को देखा, रेशमी रंगीन तकिए पर सिर टिकाकर सो रही आशा के काले कोरे बालवाला, सुंदर मुख काले बादलों के बीच झाँकते चंद्र जैसा चमक रहा था। घड़ी भर उस सुंदर मुख को अंतिम बार जी भर के देखने के लिए स्थिर होकर खड़ा रहा। मन अनेक भावों से भर गया। लग रहा था, यह आशा कितनी आशा और अरमानों के

साथ मेरे साथ विवाह बंधन में बँधी होगी। कितने अरमानों के साथ अपना मायका छोड़कर यहाँ ससुराल आई होगी। उसके वे सभी आशा-अरमानों के साथ मैं भयंकर अपराध कर रहा हूँ, मुझे उसके अरमानों को कुचलने का कोई अधिकार नहीं है।

मैं स्थिर होकर अनिमेष नयन से आशा का मुख देख रहा था। तभी आशा ने अपने दोनों पैर लंबे किए। लगा, कहीं आशा जाग तो नहीं गई! परंतु उसके श्वासोच्छ्वास से नींद में होने का विश्वास हो रहा था। अर्ध खुले उसके दोनों पैरों की गुलाबी एड़ियाँ स्थिर थीं! मुझे उसकी एड़ियों का स्पर्श करने का मन हुआ, परंतु मेरे अंतःकरण से आवाज आई, ना···ना··· तुझे इन सब प्रलोभनों से छूटना है, भागना है। तेरी यह दृष्टि क्या बताती है, छूट सकेगा इसमें से, भाग सकेगा, है तुझमें ताकत गम के साथ लड़ने की? सोच ले, अभी भी समय है! रुक जा या भाग जा···भाग जा···!

और मैंने पीठ फेर ली। दरवाजे की ओर पैर बढ़ाए। माता-पिता के कमरे के पास से गुजरा, पैर रुक गए। एक बार उनके दर्शन कर लेने की इच्छा जागी, परंतु दूसरे ही क्षण मन पक्का करके तेजी से भागा। सीढ़ियाँ उतरते हुए साँस फूल गई, पैर भारी हो गए। मानो मैं कोई अपराध कर रहा हूँ, ऐसा लगा।

तेजी से लगभग दौड़ते हुए मुख्य दरवाजे के पास पहुँचा, तो सामने हलके उजाले में दरवाजे के बीच ही चंदा खड़ी थी। सदा हँसता चेहरा इस समय गंभीर लग रहा था, मुझे देखकर बोली, 'जा रहे हो?'

'हाँ।'

'ठीक से पक्का निर्णय कर लिया?'

'हाँ।'

'ठीक है, तो मैं तुम्हें नहीं रोकूँगी, तुम्हें रोकना इष्ट भी नहीं।'

'आयुष्य के शेष वर्षों में तुम्हें 'जीवन्मुक्त' कक्षा प्राप्त करनी है। यदि तुम वैसा नहीं कर सके, तो पुनः अनेक जन्मों के चक्कर में फँसना पड़ेगा। तुम जीवन्मुक्त हो सकोगे और तुम्हें ऋण में से भी मुक्त होना शेष है। सब हो जाएगा। सभी उपाय सोच लिये गए हैं। भूतकाल को मन में ऐसे मिटाकर आगे बढ़ जाओ। विधि का यही निर्णय है।'

मैंने भी नीचे झुककर भक्तिभावपूर्वक प्रणाम किया और जाने की मूक आज्ञा लेते हुए उनके सामने देखा। दोनों हाथ जोड़े।

'कहाँ जाओगे?'

'जहाँ पैर ले जाएँ, वहाँ।'

और मैं चल पड़ा, पीछे देखे बगैर। बस मैं चलता ही रहा, चलता ही रहा, भागता ही रहा। आगम-निगम के पथ पर।

हरिद्वार की ओर यात्रा करते हुए मैं भूतकाल को याद करते हुए लंबे समय तक एक ही स्थिति में बैठा उकता गया था। विचार-तंतु अपने आप टूट जाने पर मैंने पैर लंबे करके आराम से बैठने का प्रयत्न किया। मेरी बगल में आराम से आँखें बंद करके बैठे पूरणपुरीजी की ओर मैंने देखा, मुझे लगा कि वे बैठे-बैठे नींद ले रहे थे। मेरी यह धारणा गलत हो गई।

तुरंत उन्होंने आँखें खोली, हँसते हुए बोले, ''भूतकाल में बहुत लंबी दूरी तक नजर दौड़ाई, अब वर्तमान में आ जाओ। अब भागने की आवश्यकता नहीं है! वहीं पहुँचने की आवश्यकता है। वड़ोदरा अब बहुत पास है और वहाँ से हमें रेलगाड़ी में बैठना है। अब कुछ ही देर में तुम्हारा रूट बदल जाएगा।'' कहकर वे मर्म में हँसे।

मैं उनके कहने का अर्थ समझकर बोला, ''सही बात है! विधि की भी कैसी विचित्रता है, जहाँ से भागा था, वहीं वापस जा रहा हूँ।''

''विधि की कोई विचित्रता नहीं है।'' पूरणपुरी जी ने हँसते-हँसते कहा, ''सबकुछ कर्मानुसार और पूर्वजन्म के ऋणानुबंधन के अनुसार ही हो रहा है!''

''अभी तो मैं कुछ भी नहीं जानता हूँ।'' मैंने व्यग्रता से कहा।

''अभी तुम उसे जान भी नहीं सकते। तुम्हारे लिए समझ में न आए, ऐसी कठिन परिस्थिति है। अभी तुम जड़ और सूक्ष्म शरीर धारण किए हो, इसलिए तुम केवल देहधारी, इस तुम्हारे सूक्ष्म शरीर के साथ जुड़ी हुई पास की अर्थात् इसी जन्म की स्मृतियों को याद कर सकते हो, परंतु पूर्वजन्म की स्मृतियों को जान या याद नहीं कर सकते हो। अनेक पूर्वजन्मों के ऋणानुबंधन को जान सकने में समर्थ आत्मा अभी तुम्हारी देह में नहीं है। तुम्हारी देह में स्थित अनंतानंद की आत्मा सब जानने में समर्थ है, परंतु वह तटस्थ रहकर ही तुम्हारी देह का संचालन कर रही है। अतः तुम इस जन्म में घटित अपने अनुभवों को ही याद कर सकते हो, परंतु पुनः कहूँ तो तुम्हारे जन्म-जन्मांतर के दूर-दूर के भूतकाल की स्मृतियों या ऋणानुबंधन को तुम नहीं जान सकते।''

पूरणपुरी जी चुप हो गए, परंतु मैं मौन नहीं रह सका। मन में घुमड़ रही शंका को दूर करने के लिए मैंने प्रश्न किया, ''पूरणपुरीजी एक प्रश्न पूछूँ?''

''हाँ, पूछो! इसमें आज्ञा लेने की औपचारिकता क्यों?''

''यह आवश्यक लगता है, क्योंकि वर्तमान स्थिति में मैं आपके सभी ऋणानुबंधन का ज्ञान नहीं रखता हूँ। मेरी मोक्षगति में अवरोधक परिबलों को दूर करने के लिए

आप तथा रेवानंद, अनंतानंद आदि सब प्रयत्नशील हैं, ये सब ऋणानुबंधन के कारण है, यह समझ सकता हूँ फिर भी।''

''फिर भी?''

''फिर भी, ऐसा लगता है कि मेरी देह के लिए अनंतानंद की ही आत्मा क्यों पसंद की गई? आप या रेवानंदजी भी ऐसा कर सकते थे!''

सुनकर पूरणपुरीजी खिलखिलाकर हँसे। मैं उनके निर्दोष हँसते चेहरे को देखता रहा। कुछ देर बाद वे हँसी रोककर बोले, ''तुम्हारा तथा अनंतानंद और चंदा के संबंध अलग प्रकार के थे, इसलिए तुम अलग प्रकार से ऋणानुबंधन से बँधे हुए हों। हमारी भूमिकाएँ पूर्वजन्म में केवल प्रगाढ़ मित्र के रूप में है, परंतु तुम्हारे कार्य के लिए अनंतानंद की भूमिका विशेष रूप से और कारण से प्रायोजित की जा रही है।''

''आपकी बात मैं स्पष्ट रूप से नहीं समझ सका?''

''न समझ में आए यह स्वाभाविक है, क्योंकि तुम अभी पूर्वजन्मों का ज्ञान नहीं रखते हो। इसलिए स्पष्ट करता हूँ कि वर्तमान में आशा और चंदा सहित तुम्हारा और अनंतानंद का संबंध कृष्णावतार समय का है। अत: अनंतानंद तुम्हारी देह में आत्मास्वरूप में हो, यही उचित और आवश्यक है।''

''चंदा कृष्णावतार के समय माधवानंद और अनंतानंद की माता थी, यह तो आपने पहले स्पष्ट किया ही है, परंतु हम तीनों का आशा के साथ क्या संबंध था?''

''उस समय अनंत अर्थात् अनंतानंद की सगाई आशा के साथ बचपन में ही, उस समय के रिवाज के अनुसार कर दी गई थी, परंतु विवाह के पहले ही माधो अर्थात् माधवानंद को कंस के अश्वारोही सैनिकों से बचाते हुए उसका वध हो गया था। समय बीतने पर आशा की सगाई तुम्हारे साथ कर दी गई, परंतु विवाह के दिन ही तुम्हारा भी वध कंस के सैनिकों द्वारा कर दिया गया।

''इस प्रकार दोनों की इच्छा अधूरी रह गई, अर्थात् आशा के साथ विवाह द्वारा मिलन नहीं हो सका। हजारों वर्ष बाद अब वह गर्भित इच्छा अर्थात् मिलन दोनों के साथ इस प्रकार हो जाए, यह आवश्यक था। कर्म के सिद्धांतों के अनुसार छोटे से छोटा और बालसुलभ कर्म या किसी भी प्रकार की क्रिया फल उत्पन्न करती है, जो फल भोगने के लिए अनेक जन्मों तक पीछा करते हैं और अंत में भोगने के बाद ही शांत होते हैं। अत: तुम दोनों का आशा के साथ इस प्रकार एक ही साथ मिलन हो जाए, यह आवश्यक था। आत्मा स्वरूप में अनंतानंद और देह स्वरूप में तुम आशा को संतुष्ट करके ऋण मुक्त हो सकोगे।''

''परंतु!'' मैंने शंका दिखाई, तभी मेरी बात काटते हुए पूरणपुरीजी ने कहा,

''इसमें परंतु-वरंतु जैसी कोई बात नहीं है, क्योंकि आशा को अब संसार का कोई मोह नहीं रहा है, इसलिए अब कोई समस्या खड़ी नहीं होगी। सामने के पक्ष में तुम दोनों 'देह-आत्मास्वरूप से पूर्ण योगी और वैरागी हो ही! अतः कोई समस्या उत्पन्न होने की संभावना ही नहीं है।'' फिर कुछ रुककर बोले, ''यदि तुम्हारी देह की इंद्रियों को प्रलोभन होगा तो अनंतानंद की जाग्रत् आत्मा, चंदा तथा हमारा योगबल उसे रोक देंगे।''

हमारी चर्चा वहीं रुक गई। गाड़ी रोककर ड्राइवर ने कहा, ''वड़ोदरा आ गया है, हम 'काला घोड़ा' के पास पहुँच गए हैं। अब यहाँ से रेलवे स्टेशन तक जाने का रास्ता किसी से पूछना पड़ेगा!''

''किसी से पूछने की आवश्यकता नहीं है। तुम रेलवे स्टेशन पहुँचने का संकल्प लेकर गाड़ी चलाओ, गाड़ी रेलवे स्टेशन पहुँच जाएगी।''

पूरणपुरीजी की सूचना के अनुसार ड्राइवर ने गाड़ी दौड़ाई और कुछ ही समय में हम रेलवे स्टेशन पहुँच गए। पूरणपुरीजी मानसिक आंदोलन द्वारा ड्राइवर को प्रेरणा देकर रास्ते का मार्गदर्शन करते रहे हैं, यह बात मैं समझ गया।

रेलगाड़ी आते ही ड्राइवर ने कुली की सहायता से समान व्यवस्थित रख दिया। अपनी सीट पर बैठकर निश्चिंतता की साँस ली! हँसते हुए पूरणपुरीजी बोले, ''थोड़ा रात्रि भोजन करके आराम करो। फिर जल्दी आएगा हरिद्वार!'' और हम हँस पड़े।

ड्राइवर को विदा किया, तभी ट्रेन ने व्हिसिल मारी और गाड़ी हरिद्वार की ओर धीरे-धीरे खिसकने के बाद दौड़ने लगी।

20

मैं अनंतानंद की आत्मा स्वरूपानंद तटस्थ होकर, ट्रेन द्वारा हरिद्वार की ओर प्रवास काल में विचार कर रहा था अर्थात् निरीक्षण कर रहा था।

बड़ोदरा आने पर पूरणपुरीजी ने स्वरूपानंद को कहा था, 'अब तुम्हारा रूट बदल रहा है, अर्थात् स्वरूपानंद की देह अब हरिद्वार में सभी क्रियाएँ करेगी, परंतु उसके निरीक्षण का कार्य उसकी देह में स्थित अनंतानंद की जाग्रत् आत्मा करेगी।' तदनुसार 'मैं अनंतानंद की आत्मा' स्वरूपानंद का मानसिक और शारीरिक व्यवहार और विचार का निरीक्षण कर रहा था।'

हरिद्वार की यात्रा काल में पूरणपुरी जी दिन-रात ध्यानावस्था में ही रहते थे, फिर भी वे स्वरूपानंद की जागते या सोते हुए प्रत्येक हलचल या विचारों को जानकर, उसे आवश्यक सूचनाएँ देते रहते थे।

ट्रेन कोटा से चलकर दिल्ली की ओर भाग रही थी। स्वरूप ने नींद में करवट ली। लगता था कि वह कदाचित् जाग रहा है। पूरणपुरीजी ने उसके मस्तक पर हाथ फेरकर कहा, "हरिद्वार अब पहुँच ही रहे हैं, दैहिक स्वप्न देखना अब बंद करो।" कहकर वे पुनः ध्यानस्थ होकर बैठे रहे। स्वरूप की भी बंद आँखें और मुखमुद्रा देखकर लग रहा था कि वह भी गहरी नींद में चला गया है।

सवेरे दिल्ली पहुँचने पर स्वरूप जाग्रत् हुआ। कुछ देर में नित्यकर्म से निपटकर ट्रेन से नीचे उतरा, तो एक साधु के पास से गुजरते हुए चौंक गया। उसे लगा कि इस साधु को उसने कदाचित् बहुत निकट से कहीं देखा है। कुछ देर वह सोचता रहा। अचानक उसे कुछ याद आया और तेजी से चलते हुए, कुछ देर में उस साधु के बराबर पहुँच गया। ट्रेन रवाना होने की व्हिसिल हो गई, फिर भी उसने सेकंड क्लास के कोच में बैठने जा रहे साधु का हाथ पकड़कर कहा, "विष्णु शर्माजी! आप साधु?"

स्वरूप वाक्य पूरा करे, उससे पहले ही साधु ने झटका मारकर हाथ छुड़ा लिया और तेजी से ट्रेन में चढ़ गया।

चलती ट्रेन में कठिनाई से स्वरूप अपने ए.सी. कोच में चढ़ गया। सीट पर बैठते ही उसने पूरणपुरीजी के सामने देखा, तो वे हँस रहे थे, बोले, "ऐसा तो अब बहुत-कुछ देखने को मिलेगा। यह संसार और उसमें जड़-चेतन पदार्थ, मनुष्य सबकुछ परिवर्तित होते रहते हैं।"

"परंतु इस विष्णु शर्मा में ऐसा परिवर्तन कैसे आ सकता है? जिसने जिंदगी भर कितनों को फाँसी की सजा दी है।" आगे खुलासा करते हुए स्वरूप ने कहा, "यह वही न्यायाधीश है, जिसने मेरे छोटे भाई मयूर को फाँसी की सजा दी थी।"

"इसका नाम ही परिवर्तन है! उसके इस जन्म के कर्मों का वह प्रायश्चित्त कर रहा है। ईश्वर की कृपा उस पर हुई होगी, जिससे उसे अपने पापों का या भूल का होश आने पर साधु होकर ईश्वर की आराधना करके पापों से मुक्ति प्राप्त करने का मार्ग सूझा है।"

"हाँ, मयूर के विषय में न्याय के बदले अन्याय किया है। कम-से-कम वह फाँसी के बदले हलकी सजा कर सकता था।" मैं थोड़े रोष और दुःख से बोल गया।

"अब जो होना था, वह हो गया। उसके बाद विचार करते रहना तुम्हारे लिए उचित नहीं है।" पूरणपुरीजी ने मुझे शांत करने के लिए पीठ पर हाथ फेरा। फिर

आगे बोले, ''सबकुछ पूर्वजन्म के कर्मानुसार ही होता है। प्रकृति न्याय करने के लिए ही मनुष्य से अन्याय करवाती है। अंत में फाँसी की सजा पानेवाला भी वही है। फाँसी देनेवाला भी वही है, फाँसी लगानेवाला भी वही है, और उसके पीछे रुदन करनेवाले स्वजन भी वही

नारायण हैं। जो हुआ, वह भी ठीक था, जो हो रहा है, वह भी ठीक है।''

पूरणपुरीजी की बात सुनकर मैं विचार में पड़ गया। यह कैसी विडंबना है? जीवन में कैसी-कैसी परिस्थितियों में से गुजर गया, कैसे परिवर्तन होते रहे, वकील बना, आशा देवी के साथ विवाह भी किया। संसार से निर्लिप्त रहकर, संसार से बँधा रहा। संसार से भागा भी और पुनः जड़ और सूक्ष्म शरीर के साथ लौटा हूँ। पता नहीं, आगे क्या होगा? उसने हाथ कपाल पर रखा। उसने विचारों में परिवर्तन होने से सभी सांसारिक पात्रों के विषय में विचार करना प्रारंभ किया। आशा क्या करती होगी, वह मुझे याद करती होगी! मेरे विरह में दुःखी होती होगी या मुझे धिक्कारती होगी। मैं उससे पुनः कैसे मिलूँगा। क्या कहकर उसे आश्वासन दूँगा। उसे आश्वासन की आवश्यकता होगी क्या? कदाचित् न भी हो, क्योंकि कोई कमी उसे संसार सुख भोगने में रुकावट के रूप में नहीं आई होगी, सिवाय मेरी अनुपस्थिति के। अब तो कदाचित् वह भी मुझे भूल भी गई होगी!

पुनः स्वरूप ने सिर झटकते हुए सोचा—परंतु मुझे यह सब क्यों सोचना चाहिए, मेरे प्रति उसकी कैसी भी भावना हो, मेरा उसकी भावनाओं के साथ क्या संबंध है? मुझे तो बस, मेरा कार्य पूरा करके वापस लौटना है। फिर सोचा—नहीं-नहीं! मेरा ही नहीं, अनंतानंद का भी है न! नहीं-नहीं, वह तो युगों पहले की बात हो गई। इस जन्म में तो आशा के साथ मेरा विवाह हुआ है, परंतु मैं आशा के प्रति अपना उत्तरदायित्व अब कैसे पूरा करूँगा? तभी अंदर से किसी ने हचमचा दिया हो, चौंककर वह विचार करने लगा, अरे मूर्ख! तुम्हें तो माता-पिता का क्रियाकर्म करके ऋणमुक्त होना है। इसी के लिए तो यह सब खेल रचा गया है और आशा देवी का वैराग्य अधिक प्रदीप्त करने के लिए, तुम्हें माता के समान उपदेश देकर मोक्ष गति में पहुँचाना है। तुम्हारे साथ ही! यह सब कार्य तुम्हें 'दीपशिखा' के समान अचल होकर करना है। तुम्हें यह नहीं भूलना है कि तुम एक जीवन्मुक्त आत्मा हो।

विचारों को रोककर स्वरूप कुछ देर ध्यानस्थ हो गया। ध्यान में से जाग्रत् हुआ तो उसके सभी विचार मस्तिष्क में से झटके के साथ खाली हो गए थे। मन में बोला भी, 'अब मुझे कालिंदी आदि के विषय को क्यों याद करना, जो होगा वह समय-समय पर देखा जाएगा।'

चंदाबेन के गृहत्याग करते समय कहे शब्द उसे याद आए। तुम्हें गृहत्याग के बाद जीवन्मुक्त होकर पुनः यहीं आना होगा, समय कम है! सभी व्यवस्था अभी से हो गई है, तुम्हें चिंता करने की आवश्यकता नहीं है। वह मन-ही-मन चंदा को वंदन कर रहा था। कितना पूर्व आयोजन, कितनी दूरदर्शिता, कम समय में जीवन्मुक्त बनना और ऋणमुक्त होने के लिए पुनः कैसे आना, सबकुछ योजनाबद्ध हो गया और अब भी उसके अनुसार ही होगा। मानसिक संतोष का अनुभव करते हुए कब नींद में चला गया, इसका उसे पता ही नहीं चला।

जब स्वरूप ने आँखें खोलीं, तब हरिद्वार आ गया था। वह अँगड़ाई लेकर मनोमन बोला, 'ओह! हरिद्वार आ गया, मुझे नींद में पता भी नहीं चला।' आँखें मसलकर उसने पूरणपुरीजी के सामने देखा, वे परदा हटाकर खिड़की से बाहर देख रहे थे। स्वरूप के जाग जाने का पता चलने पर दृष्टि घुमाकर, उसके सामने देख हँसकर कहा, "हम जिस व्यक्ति के विषय में सोचते हैं, कभी-कभी वह सामने आकर मिल जाता है।" और गर्भित रूप से हँसते हुए पूरणपुरीजी मौन हो गए। हरिद्वार का रेलवे स्टेशन आते ही ट्रेन प्लेट फार्म पर खड़ी हो गई। पूरणपुरीजी के पीछे-पीछे उतरकर स्वरूप ने चारों ओर नजर डाली, तो उसे अचरज हुआ। 'हरिद्वार' का बोर्ड नहीं पढ़ा होता तो उसे लगता कि हरिद्वार स्टेशन है ही नहीं। कितना बदल गया है! पूरणपुरजी की बात सत्य लगी उसे, संसार परिवर्तनशील है। सामान्य लगनेवाला यह स्टेशन उसने बहुत वर्षों के बाद देखा है, अब कितना भव्य लग रहा है। बाहर निकलनेवाले यात्रियों की भीड़ पहले से बहुत बढ़ गई है, परंतु उससे भी अधिक रिक्शा, मोटर, ट्रेवल्स बसें देखकर तो वह दंग रह गया। चारों ओर कोलाहल और धमाल देखकर उसे जंगल और गुफाओं की याद आ गई। कितनी शांति है वहाँ!

आगे बढ़ते हुए विचार में डूबा हुआ, चारों ओर देखते हुए चल रहा था। किसी के धक्के से सचेत हुआ, पूरणपुरीजी के पीछे-पीछे चल रहा था, तभी उसके कान में परिचित आवाज आई, उसका नाम लेकर कोई उसे पुकार रहा था, "स्वरूप, इधर आओ, इधर आओ!"

उसने आश्चर्य से उस दिशा में देखा तो अचरज से खड़ा हो गया। सामने एक प्रौढ़ स्वरूपवान् स्त्री, जो चमचमाती नई सेवरोल गाड़ी के पास खड़ी हुई, उसका नाम लेकर और हाथ से संकेत करके पास बुला रही थी। आश्चर्य से वह उस प्रौढ़ महिला को देखता रहा, तभी पूरणपुरीजी उसे उधर ले चले। दोनों गाड़ी के एकदम निकट पहुँचे, तब गाड़ी का दरवाजा खोलकर, दोनों के सामने देख हँसते हुए बोली, "कैसे हो स्वरूप, आ गए?"

आवाज सुनकर उसके मस्तिष्क में बिजली कौंधी, आश्चर्य से बोल पड़ा, "अरे, कालिंदी तू! यहाँ अचानक?"

"हाँ, स्वरूप! मैं तुम्हें लेने आई हूँ। तुम वड़ोदरा से रवाना हुए, उसके पहले ही पूरणपुरीजी का मानसिक संदेश चंदा बहन को मिल चुका था। चंदा ने मुझे, तुम्हें घर पहुँचाने और सारी व्यवस्था करने का काम सौंपा है।"

"परंतु, चंदा बहन कहाँ है? और···"

"और आशा न। वह उसके शिविर के कार्य को पूर्ण करने में व्यस्त है, अभी वह गंगोत्तरी में है। चंदा भी काम में अति व्यस्त है, इसलिए वे तुमको लेने नहीं आ सकीं, परंतु मैं हूँ न! तुम्हारी सारी व्यवस्था का उत्तरदायित्व मेरे सिर पर है, सब हो जाएगा। चलो, गाड़ी में बैठ जाओ, हम पहले पूरणपुरीजी को उनके निश्चित निवास स्थान पर छोड़कर आगे जाएँगे।"

हर की पैड़ी के पश्चिम घाट की ओर 'अलका होटल' के पास गाड़ी खड़ी हो गई। उसके एकदम निकट ही 'गुरुदत्त आश्रम' में रविपुरीजी का आसन अर्थात् अखाड़ा था। नागाबाबा का यह आश्रम उसे परिचित लगने से आनंद हुआ। रविपुरीजी, पूरणपुरीजी के गुरुभाई थे। सुविधापूर्ण एक अलग कमरे में पूरणपुरीजी को आसन दिया गया था। वे वहीं रुकनेवाले थे, इसका उसे पता था। रविपुरीजी तथा पूरणपुरीजी को प्रणाम करके, कालिंदी के साथ जाने को वह तैयार हो गया।

निकलते समय पूरणपुरीजी ने उनकी पीठ पर हाथ रखकर कहा,

"कार्य पूर्ण होगा, तब तक मैं यहीं हूँ, कभी-कभी हम मिलते रहेंगे। मैंने चंदा और आशा देवी को मानसिक संदेश दे दिए हैं। तुम्हें अभी अपने घर में एक-दो दिन ही रहना होगा, यद्यपि चंदा तुम्हें मिलेगी, कदाचित् मैं भी साथ में होऊँ। तुम दो दिन में आवश्यक व्यावहारिक कार्य तथा जायदाद के दस्तावेज, बैंक बैलेंस की व्यवस्था आदि कार्य देख लेना और मुक्त मन से चिंतारहित होकर घूमना। सभी प्रकार का आयोजन तथा उसके अनुसार सारी व्यवस्था चंदा ने कर रखी है। तुम विवेकपूर्वक सभी कार्य निपटाकर वापस लौट सकोगे। उसमें कोई शंका मत रखना। योग्य समय और आवश्यकता होगी, तो मैं उपस्थित हो जाऊँगा। अन्य विषय में कैसे व्यवहार करना, क्या कार्य करना है, उसका निर्णय तुम स्वयं कर सकोगे।"

निश्चिंत होकर स्वरूप कालिंदी के साथ अपने निवास स्थान के लिए रवाना हुआ। निवास स्थान आने पर नीचे उतरा तो स्तब्ध हो गया। प्रांगण में सुंदर ऊँचे वृक्षों से बँगला सुशोभित था। महकती मेहँदी की झाड़ियाँ तथा रंग-बिरंगे फूलों के पौधों से वातावरण प्राकृतिक सौंदर्य से मंडित, मीठी सुगंध से महक रहा था।

वह सोच रहा था, 'ओह''' इतना सुंदर वातावरण; किसने बनाया होगा, चंदा ने या आशा ने!' उसने चलते-चलते बगीचे में दृष्टि घुमाई। क्यारियाँ गीली थीं, लगता था कि अभी-अभी किसी ने वृक्षों को सींचा है। वह अपने ही प्रांगण में अजनबी आगंतुक के समान खड़ा था, तभी कालिंदी ने उसके कंधे पर हाथ रखकर कहा, ''यूँ हिचकिचाते हुए क्यों खड़े हो? देखो, दो दिन तुम्हें अकेले ही रहना पड़ेगा। तुम्हारे लिए भोजन का प्रबंध भी हो गया है, तुम अंदर जाकर आराम करो। मुझे अन्न क्षेत्र में थोड़ा काम है, वहाँ जा रही हूँ।''

''परंतु! तुम जा रही हो। यहाँ मैं वीरान घर में अकेला!''

''घर वीरान नहीं है, जैसा था वैसा ही व्यवस्थित है।''

फिर हँसते हुए कालिंदी ने कहा, ''इतने वर्ष वीरान अर्थात् शांत जंगल और गुफाओं में रहे हो, तुम नीरवता के अभ्यस्त हो, जंगल में एकांत में रहे हो, अब तुम घर में बैठकर सांसारिक एकांत को भी अनुभव कर लो।'' और वह स्वरूप को अकेला छोड़कर कार में निकल गई।

कालिंदी के जाने के बाद स्वरूप सोच रहा था, एक दिन था, जब कालिंदी मेरे बगैर रह नहीं सकती थी और आज कालिंदी मुझे अकेला छोड़कर चली गई। मेरे साथ बात भी नहीं की। कदाचित् पहले के मेरे निर्लेप व्यवहार का बदला ले रही है। मैं उसका प्रेम नहीं समझ सका। कदाचित उसी का प्रतिशोध होगा। जो हो, सो हो, मुझे तो मेरी निर्लिप्तता बनाए रखकर सारा कार्य पूर्ण करना है। अंत में मैं स्वरूपानंद 'जीवन्मुक्त' आत्मा हूँ। मुझे तो जीवन-मरण के चक्कर से मुक्त होना है। ऐसी क्षुद्र बातों के विषय में मुझे ध्यान नहीं देना है।

कदाचित् आशा का व्यवहार भी प्रतिकूल रहेगा, तो भी मुझे'''उसकी विचारधारा रुक गई या रोककर वह घर के मुख्य दरवाजे में से होकर दीवानखाने में पहुँचा। सबकुछ पहले के समान व्यवस्थित ही था। इसका अर्थ है कि दीवानखंड का उपयोग हो रहा है। प्रतिदिन के समान, नहीं तो कमरा इतना व्यवस्थित और स्वच्छ नहीं हो सकता है, परंतु चंदा या आशा में से कोई भी यहाँ रहता नहीं है, तो फिर जो भी हो! स्वरूप ने दूसरे कमरे में धीरे से प्रवेश किया। सामने उसके मूल स्थान पर ही सुंदर सजावट के साथ रिवॉल्विंग चेयर, उसका उपयोगी टेबल सामने पड़ा था। पहले के समान उसकी टेबल के पास की दीवार पर उसकी तसवीर लगी थी और उसके पास में जरा नीचे आशा का हँसता हुआ फोटो लगा था। धीर-गंभीर, फिर भी हँसता हुआ आशा का फोटो वह निर्विकार भाव से देखता रहा, तभी उसकी नजर पेपरवेट से दबे

हुए कागज पर पड़ी। कौतूहलवश उसने कागज को खोलकर पढ़ना प्रारंभ किया, आशा के अक्षर थे—

पू. स्वरूपजी!

कुशल होंगे, मैं भी कुशलपूर्वक हूँ। यद्यपि यह लिखने से आपको कोई फर्क नहीं पड़ता, क्योंकि मेरी कुशलता या अन्य कोई चिंता का विचार तुम्हें होता तो, कदाचित्‌··· खैर! कोई अर्थ नहीं ऐसी बातों का। गंगा किनारे तैरते हुए मृत मानव देह को देखकर आपके दिए हुए उपदेश या आपके अंदर घुमड़ रहे विचारों से मैं अभी भी प्रभावित हूँ। उसके अनुसार इस दुःखमय संसार में आते-जाते क्षणिक दुःख और सुख का भी कोई मूल्य नहीं है। युगोपर्यंत चलते आ रहे जन्म-मरण के कारण उत्पन्न अनेक प्रकार के भिन्न-भिन्न संबंधों का मूल्यांकन भी क्यों करें? भिन्न-भिन्न जन्मों के भिन्न-भिन्न संबंध, कभी भाई-बहन, कभी माता-पुत्र अथवा पति-पत्नी के रूप में बँधना, तो फिर इस जन्म में भी हमारे पति-पत्नी के संबंध का क्या मूल्य है! बस, मिले और अलग हो गए।

पुनः उसी स्वरूप में कब मिलना होगा, कोई नहीं जानता है। अतः अब मुझे कोई अफसोस या अभाव भी नहीं है, तुम्हारे चले जाने से। अंतर में तुम्हारे प्रति कोई रोष भी नहीं है, अपितु आपका आभार मानने की इच्छा होती है, आज मेरे जैसी हजारों त्यक्ताओं के आशीष मैं प्राप्त कर रही हूँ। अनेक त्यक्ताओं को अपने आश्रम में आसरा देकर, उन्हें पढ़ा-लिखाकर आत्मनिर्भर बना रही हूँ। यह सब मुझसे संभव नहीं था, यदि आपने मेरा त्याग करके, वैराग्य का आँचल ओढ़कर केवल अपने ही मोक्ष का विचार करके, मेरा और माता-पिता सहित समग्र परिवार का त्याग करके, रात्रि के अंधकार को ओढ़कर गृहत्याग न किया होता।

तो आज मैं माता के समान अनेक स्त्रियों में पूजी जा रही हूँ, आदर और प्रेम प्राप्त कर रही हूँ, वह नहीं मिल सकता था! यदि तुमने वैराग्य के नशे में, मैं उसे नशा ही मान रही हूँ, मोक्ष मार्ग की ओर प्रयाण न किया होता, तो मैं एक पतिव्रता नारी के समान केवल पति की सेवा कर रही दासी बनकर ही रह जाती। इसलिए मैं तुम्हारा आभार मान रही हूँ। विशेषकर तुम्हारा उपदेश न मिला होता, तो मैं संसार की क्षणभंगुरता को नहीं समझ सकती थी, साथ ही चंदा बहन की प्रेरणा और सहायता से आज मुझे लगता है कि मैं सांसारिक दृष्टि से बहुत ऊँची स्थिति प्राप्त कर सकी हूँ और फिर भी मुझे लगता है कि अभी भी कुछ कमी है! क्या कमी है? मुझे नहीं पता, परंतु मुझे लगता है कि यह अंतिम ध्येय नहीं है, अंतिम ध्येय तो कुछ अलग ही होना चाहिए। मनुष्य के अंतिम ध्येय के विषय में गंगा किनारे आपने विवेचन

किया, परंतु अभी मुझे वह याद नहीं है, भूल गई हूँ! जानती नहीं, इसीलिए अभी भी असंतोष अनुभव कर रही हूँ।

पुनः आपके उपदेश सुनने को उत्सुक हूँ। कब और कहाँ मिलेंगे, कह नहीं सकती! कदाचित् यह भी चंदा बहन निश्चित कर देंगी। हम मिलेंगे, परंतु भूतकाल को भूलकर। जब इतने वर्ष, चार फेरे के सिवाय अन्य दूसरा अर्थात् पति-पत्नी के रूप में कोई संबंध हुआ ही नहीं था, हमने दांपत्य जीवन जिया ही नहीं। इसी कारण अब भावना के तंतु से बँधे, ऐसे कोई भाव मुझमें जागते ही नहीं हैं। पहले और इतने वर्षों के बाद सांसारिक सुख प्राप्त करने की स्पृहा मुझमें सर्वथा लुप्त हो गई है, इसलिए अब हम मित्र के रूप में, भाई-बहन या आध्यात्मिक दृष्टि से माता-पुत्र के रूप में मिलें तो भी मुझे उसमें अक्षम्य अपराध नहीं लगता है।

तुम्हारे और मेरे मार्ग भिन्न दिशा में बदल गए हैं, तब ये मार्ग पुनः किसी स्थान पर मिलें, यह संभव नहीं लगता है। तुम्हारा कार्य पूर्ण होने पर तुम पुनः लौट जाओगे मोक्ष मार्ग पर, उसमें मीनमेख नहीं है। मैं चाहती हूँ कि मेरा भी वह मार्ग बने; परंतु उस मार्ग पर जाने में मैं अभी सक्षम नहीं हूँ। मानो दूर से मुझे वह मार्ग अस्पष्ट रूप से नजर आ रहा है, परंतु वहाँ तक पहुँचना कैसे है, उसका मुझे ज्ञान नहीं है।

मैं जानती हूँ अलख की आराधना द्वारा मोक्ष प्राप्त करने का तुम्हारा निर्णय योग्य था और वह मार्ग दुःसह अर्थात् कठिन होने से समय लगेगा, ऐसा था और तुम्हारे पास उस दृष्टि से समय कम था, इसलिए संसार छोड़कर भागना तुम्हारे लिए अनिवार्य था। यह सब मुझे चंदा बहन ने समझाया है, इसलिए अब तुम्हारी ओर मुझे किसी भी प्रकार की दोष-दृष्टि नहीं रही है। हम पति-पत्नी के रूप में रहकर सांसारिक सुख कभी भी अनुभव नहीं कर सकते। यह जानने के बाद मैंने अपनी सभी उर्मियों और भावनाओं को ऊर्ध्वगामी बना दिया है। यद्यपि चंदा बहन की प्रेरणा ने उसमें महत्त्वपूर्ण भाग लिया है। संक्षिप्त में, अब मुझे किसी प्रकार की स्पृहा रही नहीं है। इसलिए मुझे भी तुम्हारे समान मोक्ष मार्ग पर विचरण करने की तीव्र इच्छा जाग रही है।

खैर! अब आवश्यक बात, तुम अपनी टेबल का खाना खोलना, उसमें बहुत साहित्य देखने को मिलेगा, जो तुम्हें आवश्यक कार्य पूर्ण करने में सहायक होगा!

आशा···

पुनश्चः करके लिखा था, 'तुम्हारी आशा···' अब किस संबंध से लिखूँ, यह निर्णय नहीं कर सकी, तो क्षमा करना।

तारीख एक महीने पहले की थी। इससे स्वरूप को समझ में आ गया कि आशा पहले से ही सब जानती है। पत्र पढ़कर स्वरूप बहुत देर स्थिर खड़ा रहा। अंतर

की गहराई से उत्पन्न नि:श्वास को रोककर मन-ही-मन बोला, 'अब जो भी हो, तो इस संबंध में विचार करने का कोई अर्थ नहीं है, समय भी नहीं है। माता-पिता का क्रियाकर्म करके, उनके प्रति उत्तरदायित्व को पूर्ण करना आवश्यक है। उस पर आशा की मोक्ष की आकांक्षा को, कपिल मुनि के समान माता समझकर ज्ञान प्रदान करके, उसके प्रति उत्तरदायित्व को भी पूर्ण करना आवश्यक है।'

विचारों को शांत करके उसने मेज का खाना खोला। प्रथम जो फाइल हाथ में आई, उसमें जायदाद की लिस्ट और अंदाज से कीमत कंप्यूटर टाइप करके दिखाई थी, जो एक करोड़ और पैंसठ लाख थी। इतनी बड़ी कीमत देखकर उसे आश्चर्य हुआ। जायदाद की लिस्ट को एक ओर डालकर उसने दूसरी फाइल उठाई, तो उसमें चार विविध बैंकों की पासबुक थी। एक अलग कागज में प्रत्येक बैंक का बेलेंस लिखा गया था, जो पचास लाख था। इतनी बड़ी राशि और वह भी स्वयं के नाम देखकर चकित रह गया। आश्चर्य तो इस बात का था कि इतनी बड़ी राशि का लेन-देन स्वयं के हस्ताक्षर से ही हुआ था। वह समझ गया कि चंदा के सिवाय ऐसा व्यवस्थित कार्य उसकी अनुपस्थिति में कोई नहीं कर सकता है।

परंतु स्वरूप को यह सब निरर्थक लगा, उसे ये सब कागज फाड़कर जला देने का मन हुआ। उसने सभी कागज हाथ में भी लिये, परंतु उस विचार पर अमल नहीं कर सका। सोचा कि चंदा बहन ने किसी योजना को सोचकर ही यह सब सँभालकर रखा है। उससे पूछे बगैर ऐसा कदम नहीं उठा सकता। उसने सभी कागज जैसे रखे थे, वैसे ही रखकर खाना बंद कर दिया।

वह बा-बापूजी के कमरे की ओर बढ़ा, झाँककर देखा तो पहले के समान ही दो स्वच्छ बिस्तरवाले पलंग थे। केवल बा-बापूजी की अनुपस्थिति अनुभव हो रही थी। कमरे की प्रत्येक वस्तु पहले के समान व्यवस्थित रखी हुई थी। लगता था कि बा-बापूजी आज भी इस कमरे का नित्य नियम अनुसार उपयोग कर रहे हैं।

वह कमरे से बाहर आकर पास के पूजाघर की ओर बढ़ा। अचानक और अनायास उसकी दृष्टि पश्चिम की ओर कोने में स्थित रसोईघर की ओर गई। बेखबर उसके पैर उधर मुड़ गए, तो दृश्य देखकर आश्चर्यचकित हो गया। अधखुले रसोईघर से बर्तन के खड़कने की आवाज आ रही थी। वह समझ गया कि इस विशाल घर में स्वयं अकेला नहीं है। चंदा बहन और आशा के अलावा कोई तीसरा भी अंदर है। उसने धीरे से धकेलकर दरवाजा पूरा खोल दिया, तो एक युवती एकाग्रतापूर्वक रसोई बनाती नजर आई। स्वरूप ने खखारकर युवती का ध्यान अपनी ओर खींचा।

दृष्टि पड़ते ही युवती आनंद से हँस पड़ी। उत्साह से बोली,

"ओह, स्वरूप भैया! आप कब आए? मुझे तो पता ही नहीं चला।" स्वरूप उसका नाजुक निर्दोष चेहरा और शुभ्र दंतपंक्ति देखता रह गया। वह कुछ पूछे, उससे पहले उस बालिका जैसी लगती युवती ने हँसते हुए कहा,

"मुझे पहचाना स्वरूप भैया? मैं कजरी हूँ, मैं छोटी थी, तब अपनी माँ के साथ यहाँ घर का काम करने आती थी। आपने मुझे देखा है और मेरे साथ बातें भी की हैं, परंतु बहुत वर्ष हो गए हैं, इसलिए आप मुझे बिलकुल भूल गए हो, क्योंकि उस समय मैं बहुत छोटी थी, अब बड़ी हो गई हूँ। आपके जाने के बाद बा-बापूजी स्वर्गवासी हो गए, मयूर भाई को...।" वह आगे नहीं बोल पाई, उसकी आँखों से आँसू निकल पड़े, भारी हृदय से बोली, "चंदा बहन ने सब व्यवस्थित रूप से सँभाल रखा है। आशा भाभी ने भी कोई कमी नहीं आने दी। आशा भाभी भी सेवा के कार्य में लग गई। सब शांत हो गया। आशा भाभी भी आश्रम का काम निपटाकर कभी-कभी आ जाती हैं, चंदा बहन भी दस-पंद्रह दिन या महीने में एक बार आ जाती हैं।"

स्वरूप को बालिका वाचाल, परंतु मधुरभाषिणी लगी। उसने धीरे से पूछा, "तो यहाँ कोई नहीं रहता है? घर की चाबी किसके पास रहती है और इतनी सुंदर सफाई तुम ही आकर करती होगी!"

"नहीं, भाई नहीं। चंदा बहन या आशा भाभी आती हैं, तब मुझे पता चलते ही मैं मिलने आ जाती हूँ। वे एक साथ नहीं आती हैं, अपनी-अपनी अनुकूलता के अनुसार आती रहती हैं। एक-दो दिन रहकर फिर आश्रम में चली जाती हैं। आज सवेरे ही चंदा बहन का संदेश मिलने पर आपके लिए रसोई बनाने आ गई हूँ।"

चूल्हे पर दूध में उफान आने पर वह तेजी से दौड़ी और गैस बंद करके, पुनः पास आकर बोली, "कभी-कभी चंदा बहन हो, तब कालिंदी बहन भी आ जाती हैं। बा-बापूजी और आपकी तसवीर पर फूलों का हार चढ़ाती हैं। कालिंदी बहन बहुत भावुक हैं। आपका फोटो देखकर चुपचाप रो लेती हैं। आपके जाने से उनको बहुत दुःख हुआ है। बोलती नहीं हैं, परंतु मैं सब जानती हूँ, मनुष्य के मुख के हावभाव मैं सब समझ जाती हूँ।" वह आगे कुछ बोले, उससे पहले स्वरूप ने पूजाघर की ओर पैर बढ़ाए, देखा तो उसका मन भक्तिभाव से परिपूर्ण हो गया। ठाकुरजी को सुंदर पोशाक से शृंगार करके, रंग-बिरंगे पुष्प चढ़ाए हुए थे, जिनकी मधुर सुगंध से वातावरण महक रहा था। घी का दीया जल रहा था तथा अगरबत्ती की सुगंध सारे पूजाघर में फैली हुई थी। लग रहा था अभी-अभी कोई पूजा करके खड़ा हुआ है। पीछे आकर खड़ी कजरी से उसने पूछा, "आज ठाकुरजी की पूजा तुमने की है न?"

कजरी ने नकार में हाथ हिलाते हुए कहा, "पूजा! ना बाबा न! हमको पूजा

करना नहीं आता। यह तो चंदा बहन पंद्रह दिन पहले आई थी, उन्होंने पूजा की थी।''

''हो ही नहीं सकता!'' स्वरूप ने आश्चर्य से कहा, ''पंद्रह दिन पहले चढ़े हुए फूल मुरझा जाते हैं, दीपक में से घी पूरा हो गया होता और यह जलती अगरबत्ती राख हो गई होती! तुम झूठ बोल रही हो!''

यद्यपि वह केवल बोलने के लिए बोल गया, पर उसे समझ आ गया कि यह चंदा बहन की सिद्धि का प्रभाव है।

''चंदा बहन के साथ रही हूँ मैं, झूठ बोलना नहीं सीखा।''

स्वरूप को अपने शब्दों से अफसोस हुआ, जबकि वह जानता है कि चंदा सबकुछ कर सकती है। पूरे घर को चंदा ने 'मंत्राभिभूत' किया हुआ है, इसलिए पुष्प भी मुरझाए नहीं थे। संपूर्ण घर भी निरंतर स्वच्छ रहता है, मानो अभी-अभी किसी ने घर की सफाई की हो और पूजा की हो। उसने कजरी के मस्तक पर हाथ रखकर कहा, ''तुम सच कहती हो बेटा, मैंने तो यूँ ही कह दिया था।'' सुनकर कजरी का मुख खिल उठा।

''तो बस, चंदा बहन तो साक्षात् देवी स्वरूप हैं, वह सबकुछ कर सकती हैं, सब जान सकती हैं। देखो दीये में तेल कभी कम नहीं होता।'' परंतु कजरी का ध्यान दीपक की ओर गया तो बोली, ''देखो दीये में घी कम हो गया है। इसका अर्थ है कि अब चंदा बहन एक-दो दिन में आनेवाली है, तब तक दीया जलता रहेगा।''

''हाँ, ठीक है!'' स्वरूप ने सहमति जताते हुए कहा, ''बहन कल ही आ रही हैं।''

''तो बस। अब स्वरूप भैया भोजन तैयार है, जीम लो, फिर मुझे भी निकलना है। भोजन करके आराम करो, तब तक कदाचित् चंदा बहन आ भी जाए अथवा कोई संदेश भेजेगी, यह निश्चित बात है।''

कजरी भोजन की थाली तैयार कर लाई। उसी व्यवस्थित डाइनिंग टेबल पर स्वरूप ने भोजन किया। फिर अपने कमरे में आया। मुखवास की डिब्बी वहाँ पड़ी देखकर, उसने मुखवास लिया। चबाते-चबाते ही बिस्तर पर लेट गया।

रसोईघर का सब काम व्यवस्थित करके कजरी ने अंदर आकर कहा, ''स्वरूप भैया, मैं जा रही हूँ और कोई आवश्यकता हो तो कहो!''

''नहीं, ठीक है, तुम जाओ, पर तुमने भोजन किया?''

''नहीं...मैं जहाँ काम करने जाती हूँ, वहीं भोजन करती हूँ, मेरी चिंता मत करो।'' और वह तेजी से जाते-जाते पुनः बोली, ''तो स्वरूप भाई! घर यूँ ही बंद कर देना। इस घर में ताले नहीं लगते। आप गए, उसके बाद इस घर में ताले लगाए

ही नहीं जाते।'' कहकर वह तेजी से दरवाजे के बाहर निकल गई।

तंद्रावस्था आ जाने पर भी स्वरूप को लग रहा था कि घर में वह अकेला नहीं है। छाया रूप में घर में सब घूम रहे हैं और चंदा तो मानो उसके पास ही बैठी है। वह उसकी आवाज भी सुन रहा था। चंदा मानो उसे आश्वासन दे रही है—'स्वरूप, चिंता मत करो। सारी व्यवस्था हो गई है। बस, कुछ ही दिनों में श्राद्ध और पिंडदान का कार्य पूर्ण हो जाएगा।' उसे लगा कि क्या चंदा यह सब मुझे, कह रही है, यह सत्य है या मेरी उसके प्रति श्रद्धा का आभास है।

कुछ ही देर में उसकी आँखें बंद होने लगीं, वह गहरी नींद में सो गया। जब नींद पूरी होने पर आँखें खोलीं तो सामने कजरी खड़ी थी, हँसकर बोली, ''जाग गए स्वरूप भैया, मुँह धोकर चाय पी लो, चाय ठंडी हो रही है। गरमागरम है, आपको ठंडी चाय पीने की आदत है, मुझे अभी भी याद है।'' उसकी समझदारी के प्रति मान हुआ। कुछ भी बोले बगैर कजरी के आदेश का पालन किया!

कजरी के जाने के बाद उसने बाथरूम में स्नान किया। वस्त्र मैले हो गए थे, परंतु इतनी सुंदर सब व्यवस्था देखकर स्वरूप को विश्वास था कि कपड़ों के विषय में भी शंका नहीं रही। उसने अलमारी खोली तो खाने में नए वस्त्र देखे। उसमें से एक सूट निकालकर स्वरूप ने पहन लिया। बाहर निकला, दरवाजे बंद करने की कोई आवश्यकता नहीं लगी।

घूमते-घूमते वह वालवेट रोड के पास प्रेम नगर आश्रम के पास पहुँच गया, जहाँ कालिंदी का कार्यक्षेत्र था। आश्रम के नौ दरवाजे पार करके, अंदर कार्यालय तक पहुँचकर नजर दौड़ाई। कहीं भी कालिंदी नजर नहीं आई। पीछे बहती गंगा की केनाल की ओर पैर बढ़ाए। कुछ भी सोचे बगैर किनारे-किनारे चलता रहा, मकान भी समाप्त हो गए, केवल दो-चार मकान जंगल से घिरे हुए थे। वह एक सुंदर मकान के सामने से गुजर रहा था, उसे आश्चर्य हुआ।

अधिक निकट जाने पर चौंक पड़ा। उसके मुँह से शब्द निकल पड़े, ''अरे कौन, आप विष्णु शर्मा तो नहीं? आपको मैंने दिल्ली ट्रेन में चढ़ते देखा था।''

उत्तर में वह साधु खिलखिलाकर हँस पड़ा। बोला, ''हाँ, ठीक पहचाना, मैं ही तुम्हारे भाई मयूर का कातिल मजिस्ट्रेट हूँ।'' कहकर वह पुनः जोर से हँसा, ''हा··· हा···ही···ही···ही···! मैंने ही मयूर को फाँसी की सजा फरमाई थी, तुम उसका उत्तर माँगने इतने वर्षों के बाद आए हो न? तो सुन, मैंने ही उसे फाँसी पर लटकाने का फैसला दिया था। हैंग टिल द डेथ! वह निर्दोष होने पर भी। स्वरूप वकील! तुम जानते हो कि न्याय अंधा होता है। प्रस्तुत गवाह और मजबूत प्रमाण के आधार पर

न्याय करना पड़ता है।'' फिर कुछ रुककर पुनः बोले, ''और इसीलिए आज मैं अत्यधिक अफसोस करते हुए जीवन गुजार रहा हूँ। लोग अब मुझे पागल समझते हैं, क्योंकि अब मैं जज नहीं हूँ।'' उसने स्वरूप को बैठने का संकेत किया और कहा, ''बैठो, यदि तुम्हारे पास समय हो तो।''

''तुमने तो तुम्हारा भव सुधार लिया है, ऐसा सुना है। तुम चिंतारहित हो, बैठो··· बैठो···।''

स्वरूप विष्णु शर्मा के एकदम पास जाकर बैठ गया, बोला, ''ईश्वर की इच्छा के अनुसार ही सब होता है। इसमें मनुष्य मात्र निमित्त ही बनता है। कर्मानुसार ही सब होता रहता है। कोई किसी को मारता नहीं, कोई किसी को बचाता नहीं है। ईश्वर ही मारता है और ईश्वर ही स्वयं उसमें रहकर मरता है। वह सर्वव्यापी ही सभी में रहकर ऐसे खेल करता है।''

स्वरूप के शब्दों को सुनकर विष्णु शर्मा जज खिलखिलाकर हँस पड़ा, ''ईश्वर ही सब करता है, यही न! अंधे न्याय के साथ मजिस्ट्रेट भी अंधा हो जाता है।''

फिर अपनी छाती ठोंकते हुए बोले, ''अरे मूर्ख! यह सब तो मैंने ही किया था। मयूर को फाँसी से कम सजा नहीं देने के लिए मैंने बहुत पैसे लिये थे।'' पुनः जोर-जोर हँसकर मौन हो गया। मानो अफसोस कर रहा हो, वह अंतर की गहराई में उतर गया। थोड़ी देर बाद गहन गुफा में से आवाज आ रही हो, ऐसी गंभीर आवाज में बोले, ''तुम्हारी कही वह बात भी सच है, मैं भी जानता था, फिर भी मोह-माया के कारण लोभ में आ गया और अंधा होकर झूठा फैसला दे दिया।'' पुनः गहरी साँस लेकर गंभीर स्वर में बोला, ''तुम्हारी बात सच है। मैं भी कर्म के सिद्धांत को जानता था, परंतु उस सिद्धांत के काननू को मैंने भंग किया। प्रकृति ही सबसे बड़ा न्यायाधीश है, जो मेरे अंदर भी बैठा है, जिसे मैं देख नहीं सकता, परंतु उसने तुरंत ही मेरे न्याय के अनुसार फैसला दे दिया।''

फिर स्वरूप की ओर देखकर बोले, ''बाद में मुझे पता चला कि तुमने मयूर की सजा सुनकर गृह त्याग किया और तुम्हारे माता-पिता ने करुण आक्रंद करते-करते प्राण त्याग दिए। फिर जैसा मैंने कहा, प्रकृति ने भी तुरंत मेरा न्याय कर दिया। मयूर को फाँसी दी गई, उसी दिन लंदन में मेडिकल की पढ़ाई करता, मेरा परिणित बड़ा बेटा कार दुर्घटना में मारा गया। मुझे बहुत आघात लगा। तब मुझे समझ आया कि पुत्र की मृत्यु का आघात कैसा होता है। मैंने पुत्र की कुचली लाश पर बहुत आक्रंद किया, पुत्रवधू का दुःख नहीं देख सकने पर बहुत माथा पीटा। मेरे पाप का ही यह परिणाम है, यह मुझे समझ में आ गया। और मैंने सरकार को त्यागपत्र दे दिया। आज

मैं पश्चात्ताप से पीड़ित हूँ। अपने आपको खूनी समझ बावला सा यहाँ–वहाँ भटक रहा हूँ। लोग मुझे पागल समझते हैं, परंतु मैं पागल नहीं हूँ। पाप में से छूटने का इलाज ढूँढ़ रहा हूँ। भगवा वस्त्र पहनकर साधु के समान समय व्यतीत कर रहा हूँ। फिर भी कभी–कभी मुझ पर पागलपन सवार हो जाता है, लोग मुझे दंडवत् करते हैं। घर के लोग मुझे बाहर नहीं जाने देते, परंतु मैं⋯।''

विष्णु शर्मा वाक्य पूर्ण नहीं कर सके। घर के मुख्य दरवाजे से एक कुमारिका निकली और धमकाने के स्वर में कहने लगी, ''दादाजी! आपको कितनी बार कहा है कि सबके सामने एक ही बात की रटन मत किया करो, चलो अंदर और आराम करो।'' और वह हाथ पकड़कर विष्णु शर्मा को जबरन अंदर ले गई और दरवाजा बंद करती गई।

स्वरूप कुछ देर बंद दरवाजे को देखता रहा। जीवन की ऐसी संगता और विसंगता के विषय में सोचता हुआ सौंदर्यमंडित गंगा किनारे चलता रहा। तभी किसी के मधुर कंठ से निकले गीत के स्वर उसके कान में पड़े—

सुख मनाना सबके साथ, दुःख अकेले सह लेना।
अगर हो हिम्मत मन में, दिलासा सबको दे देना।
प्रभु का प्यारा बनकर, नाम उसका स्मरण कर लेना।
जीवन के झंझावातों में, झूमकर आगे बढ़ जाना।
कहें लोग तुझे दीवाना, तो उन पर हँस लेना।
होकर आत्ममस्ती में, जीवन–सागर तर जाना।
मत करना परनिंदा, सदा अपना समझ लेना।
जगत् की भलाई में, सदा आत्मा में मगन रहना।
बसते हैं ईश तुझमें, समझ सच्ची धर लेना।
लेकर आदेश आश्वासन, जीवन को दिव्य कर लेना।
हो गए पाप धोने को, सदा सत्कर्म तू करना।
गुरु का हाथ पकड़कर, प्रभुपंथ पर तू डग भरना।

मानो स्वयं के ही अंतर में से उत्पन्न हुआ हो, ऐसा गीत सुनकर स्वरूप भक्तिभाव से परिप्लावित हो गया। उसने आस–पास दृष्टि दौड़ाई। गानेवाला कोई दिखाई नहीं दिया, परंतु गंगा नदी के सामने के किनारे के पत्थर पर उसने काले वस्त्र पहने, खुले काले बालवाली स्त्री को देखा। स्वरूप उसे स्वाभाविक मानकर आगे बढ़ रहा था, तभी उस स्त्री ने हाथ ऊँचा करके उसे खड़े रहने का संकेत किया। स्वरूप खड़ा रहा, तो उस काले वस्त्रधारी स्त्री ने एक हाथ अपनी छाती पर रखकर, दूसरा हाथ

उसकी तरफ लंबा किया। स्वरूप कुछ समझा नहीं, वह स्त्री की ओर आश्चर्य से देखता रहा। तभी उस स्त्री ने दोनों हाथ समेटकर, बालक को गोद में लिया हो, ऐसा अभिनय किया। फिर एक हाथ से शांत रहने का संकेत करके चुटकी बजाई।

स्वरूप कुछ विचार करे या समझे, उससे पहले वह स्त्री देखते-ही-देखते गंगा किनारे के घने जंगल में अदृश्य हो गई।

स्वरूप को वह स्त्री विक्षिप्त और विचित्र लगी। उसने आस-पास दृष्टि घुमाई, निरीक्षण किया, तो वह चकित रह गया। यह तो वही स्थान था, जहाँ वर्षों पहले आशा के साथ पत्थर पर बैठा था। इसी स्थान पर दोनों ने गंगा के जल में मृत मानव देह देखी थी। उसे अच्छी तरह याद आ गया, इसी स्थान पर उसे वैराग्य भाव जाग्रत् हुआ था, आशा को मानव जीवन की क्षणभंगुरता के विषय में उपदेश दिया था। अचानक उसे वह भी याद आ गया कि इसी स्थान पर गोपाल नामक तांत्रिक ने भयंकर हास्य करके उसे भयभीत करते हुए कहा था, 'भाग...उसको छोड़कर भाग!' तब दोनों ने एक-दूसरे का हाथ पकड़कर भय के कारण अंधाधुंध जंगल में भागना शुरू किया था।

स्वरूप भूतकाल के इस अनुभव को याद कर रहा था, तभी अपने पीछे की घनी झाड़ी में खड़खड़ाहट सुनी। पीछे मुड़कर देखा तो आश्चर्य में पड़ गया। मुख से शब्द निकल पड़े, "ओह! आप तांत्रिक गोपालजी! मैं आपको ही याद कर रहा था। आपकी उस समय की सूचना मेरे लिए कल्याणकारी प्रमाणित हो गई।"

"जानता हूँ, सबकुछ जानता हूँ, बेटा स्वरूप! हजारों जन्मों का ऋणानुबंधन चुकाने हजारों बार मिलना पड़ता है। इसमें से छुटकारा पाने के लिए 'सर्वस्व' का त्याग करना, यही एकमात्र उपाय कहा गया है। तुम्हारे लिए यह अंतिम अवसर था। यदि संसार में बँध गया होता तो, न जाने कितने जन्म-मरण के चक्र में फँसता रहता!"

"चेतावनी द्वारा आपकी कृपा हो गई मुझ पर और उसके अनुसार मैंने आपकी कृपा से उसपर अमल भी किया था।"

स्वरूप ने दोनों हाथ जोड़कर प्रणाम करके नम्र स्वर में कहा, फिर हिचकते हुए कौतूहलवश पूछा, "कुछ देर पहले मैंने जिस स्त्री को अपनी ओर संकेत करते हुए देखा था, वह स्त्री कौन थी और मुझे क्या कह रही थी?"

उत्तर में तांत्रिक कापालिक ने खिलखिलाकर हँसते हुए, हाथ की मानव खोपड़ी ऊँची करके गहन स्वर में कहा, "वह तेरी मृत्यु थी!" फिर गंभीर स्वर में हँसकर पुनः कहा, "वह स्त्रीस्वरूपा मृत्यु ने भी तुम्हें चेतावनी देते हुए, चुटकी बजाकर कहा था कि अब मैं तेजी से तुम्हारी ओर आकर तुम्हें अपनी गोद में लेना चाहती हूँ। इसलिए तू मेरा कार्य तेजी से निपटाना शुरू कर, समय व्यर्थ नहीं गँवाना।"

फिर थोड़ी देर बाद स्वरूप को संबोधित करके कापालिक ने पुनः कहा, ''अब समझ में आया सब ?''

''जानता हूँ सब।'' स्वरूप ने स्थितप्रज्ञ भाव से कहा, ''मुझे अब थोड़े ही आयुष्य काल में मेरा ऋण चुकाने के बाद ही मृत्यु का स्वागत करना है। आपकी सूचना के अनुसार संसार से भागना भी आवश्यक था और शेष रह गए ऋण कार्य पूर्ण करके गंतव्य स्थान पर तेजी से जाना भी अनिवार्य है, क्योंकि मेरी देह की अवधि पूर्ण हो, उससे पूर्व मेरी आत्मा को मेरे जड़ और सूक्ष्म देह में पुनः स्थापित करके, अनंतानंद की आत्मा को उसकी देह में पुनः प्रवेश करवाना आवश्यक है।

''आज मैं जीवन्मुक्त हूँ, परंतु तेजी से यहाँ का कार्य पूर्ण करके मुझे अपनी आत्मा को, अपनी देह में पुनः स्थापित करके, उसके बाद देह छोड़कर विश्वात्मा में विलीन होना है।'' कहकर स्वरूप ने मनुष्यरूपा उस स्त्री की दिशा में प्रणाम करते हुए कहा, ''हे मृत्युस्वरूपा देवी, आपका आभार, आपने मेरा स्वागत करके मुझे मृत्यु के डर से दूर किया और मैं अपना सौभाग्य समझता हूँ। आपको मेरा कोटि-कोटि प्रणाम!''

स्वरूप के मस्तक पर हाथ रखकर तांत्रिक कापालिक प्रसन्नचित्त होकर बोला, ''प्रत्येक मनुष्य को मृत्यु चेतावनी देती है कि अब तुम्हारे जीवन के थोड़े दिन शेष हैं, इसलिए भवसागर पार करने के उपाय प्रारंभ कर, परंतु सभी मनुष्य यह नहीं समझ सकते हैं, क्योंकि उन पर अविद्या का प्राबल्य होता है, परंतु अपनी प्रखर साधना के कारण तू पवित्र मृत्यु के दर्शन कर सका है। तू महाभाग्यशाली है, तेरा कल्याण हो।''

कहकर कापालिक पुनः घनी झाड़ियों में अदृश्य हो गया। अपने भाग्य पर ईश्वर की कृपा समझकर स्वरूप वापस लौटा।

घर आकर स्वयं को बंद किए दरवाजे को खुला देखकर समझा कि कदाचित् कजरी आई होगी, अंदर प्रवेश किया तो देखा सच ही कजरी रसोईघर में कार्यरत थी। सूर्यास्त हो चुका था, हलके प्रकाश में वह अपने कमरे में आकर सोफे पर बैठ गया।

कजरी ने आकर स्विच ऑन किया, कमरे में प्रकाश फैल गया।

''यूँ अँधेरे में क्यों बैठे हैं स्वरूप भाई!'' कजरी ने रसोईघर में जाते-जाते कहा। वह कजरी को जाते हुए देखता रहा, मनोमन बोला, 'मैं अँधेरे में था ही नहीं, धीरे-धीरे प्रखर प्रकाश की ओर जाते हुए स्वयं प्रकाशस्वरूप बन रहा हूँ, ऐसा लगता है।' वह आँखें बंद करके ध्यानस्थ हो गया, तो मानो प्रकाश के सागर में तैर रहा हो, ऐसा उसे लगा। कब तक वह प्रकाश के सागर में आनंद से तैरता रहा, इसका उसे भान नहीं था। अचानक कजरी ने आकर कहा, ''चलो स्वरूप भैया, भोजन कर लो। मैंने आपकी मनपसंद खीर बनाई है। मुझे याद है, प्रत्येक रविवार को ''बा'' से खीर

बनवाने का आग्रह करते थे।''

''हाँ बेटा, तुमने ठीक याद रखा। मुझे सचमुच खीर बहुत अच्छी लगती थी।'' फिर भोजन पूर्ण करके वह पलंग पर लेट गया। कजरी 'जय गंगा मैया' कहकर चली गई। वह धीरे-धीरे तंद्रावस्था में जा रहा था, तभी उसके समक्ष चंदा का चेहरा उभर आया। चंदा कह रही थी, 'स्वरूप! सब बराबर व्यवस्थित हो गया है। कल से विधि का प्रारंभ हो जाएगा। मैं प्रात:काल वहाँ पहुँच जाऊँगी। तुम नित्य कर्म करके तैयार रहना। पूरणपुरी भी आ जाएँगे और आशा देवी भी।' इन शब्दों के साथ चंदा का चेहरा अदृश्य हो गया।

धीरे-धीरे स्वरूप ध्यानावस्था में ही गहरी निद्रा में चला गया।

21

निद्रा भंग होने पर स्वरूप ने आँखें खोलीं, तो अभी बाहर गहरा अँधेरा था। लोगों के आवागमन की आवाज सुनाई नहीं दे रही थी, उसने घड़ी देखी तो अभी रात के 3 बजे थे। ब्रह्ममुहूर्त में अभी एक घंटे की देर थी। फिर भी वह बिस्तर छोड़कर खड़ा हो गया। चंदा बहन ने उसे सवेरे शीघ्र तैयार होने की सूचना दी थी रात को। उसके अनुसार उसने सब प्रात:कर्म किए, केवल स्नान करना शेष था। वह बाल ठीक करके सोफे पर बैठा था, तभी रसोईघर से कजरी की आवाज सुनकर आश्चर्य हुआ।

इतनी जल्दी सवेरे-सवेरे कजरी उपस्थित हो गई! उसकी सेवा करने की तन्मयता और निष्ठा देखकर वह प्रसन्न हो गया। धन्यवाद देकर उसे प्रसन्न करने के लिए रसोईघर की ओर जाने को तत्पर हुआ, तभी कजरी चाय का कप लेकर उपस्थित हो गई, बोली, ''स्वरूप भैया! आज आपको जल्दी उठकर नित्यकर्म से निपटना है, इसलिए मुझे जल्दी आकर आपका ध्यान रखना है, ऐसी चंदा बहन की सूचना से मैं जल्दी आ गई हूँ। लो, अब चाय-पानी पीकर स्नान कर लो, गरम पानी टब में तैयार रखा है।'' कहकर वह पुन: रसोईघर में चली गई।

स्नान तथा उपासना करके स्वरूप ध्यान में बैठा। स्वरूप को लगा कि आज ध्यान की स्थिति कुछ भिन्न लग रही है। प्रारंभ में वह श्वेत-नील प्रकाश से नहा रहा था, हृदय आनंद से परिपूर्ण हो गया। नन्हा बालक जैसे माता को देखकर आनंदित हो

उठता है, वैसे ही उसका समग्र अस्तित्व आनंदविभोर हो गया। बाद में उसे प्रकाश के बदले सौंदर्यमंडित दृश्य दिखाई देने लगे। विशाल मंदिर, भव्य महालय, फल और सुगंधित पुष्पों से भरे वृक्ष, नगर तथा उपवनों को देखता हुआ वह हवा में तैर रहा था। उसने अनेक देवी-देवता तथा गंधर्वों का विशाल राजमार्ग तथा महलों में रहते और विचरण करते देखा, उन सबको विहार करते देखकर स्वरूप को याद आया कि प्रथम साधना काल में उसने ऐसे दृश्य अनेक बार देखे हैं।

तभी सामने से आ रहे सूँड़वाले असंख्य हस्तियों को देखकर वह समझ गया कि स्वयं इंद्रलोक में विहार कर रहा है। थोड़ी देर में स्वरूप ने ध्यानावस्था में एक महादिव्य तेज से प्रकाशित गोला देखा, उसका तेज अपरंपार था। ऐसे दिव्य तेज के दर्शन से उसकी ध्यानावस्था उत्तरोत्तर वृद्धि प्राप्त करने लगी। इसके साथ उसे अनेक प्रकार की दिव्य सुगंध का अनुभव होने लगा। उसे लगा कि उसके आनंद की कोई अवधि नहीं थी। उसे समझ में आया कि यह आनंद ही 'नित्यानंद' है। आनंद के साथ उसमें समस्त ब्रह्मांड के प्रति प्रेम जाग उठा। उसे लगा कि प्रेम हृदय में सतत वृद्धि प्राप्त कर रहा है। इस प्रेम की कभी परिसमाप्ति नहीं हो सकती है।

इसके बाद स्वरूप ने अपने समक्ष एक नील नक्षत्र स्थिर होते देखा। उसे समझ आया कि यह नील नक्षत्र ही उसके ध्यान में आवागमन करवा रहा है। उसके सहारे स्वरूप ध्यानावस्था में उसके अंतर में 'सहस्रार ऊर्ध्वाकाश' में देखते-देखते कई लोकों में घूम आया।

वहाँ उसने नील नक्षत्र को स्वयं के अंदर प्रवेश करते हुए देखा, वह नक्षत्र उसके सहस्रार में पहुँचकर फट गया और सहस्रार के विशाल प्रदेश में फैल गया। अब स्वरूप के समक्ष केवल एक श्वेत आह्लादक ज्योति थी, फिर वह तंद्रालोक में चला गया। तंद्रालोक में से वह वेगपूर्वक उड़ते हुए नील-नक्षत्र की प्रेरणा से सिद्धलोक में प्रवेश कर गया, जहाँ जीवन्मुक्त महापुरुष ही वास करते हैं। देहात्मा से स्वरूप ने देखा कि यहाँ भूख नहीं, निद्रा नहीं होती, जागृति नहीं होती है। यहाँ तो आनंद ही भोजन, आनंद ही पान और आनंद ही जीवन होता है। यहाँ सिद्धकृपा के बगैर नहीं आ सकते हैं। सिद्ध मार्ग जिसकी साधना हो, जो सिद्ध परंपरा के हों और जिसे पूर्ण सिद्धत्व प्राप्त होनेवाला हो, उनका ही यहाँ प्रवेश संभव होता है।

स्वरूप को याद था कि नील-नक्षत्र ही वाहन बनकर उसे यहाँ लाया है। आज सब स्थान पर आने-जाने का वाहन बन गया है! जब तक यह नक्षत्र फटे नहीं, तब तक आवागमन नहीं टलेगा, कर्मबंधन नहीं टूटेंगे, पाप-पुण्य की झिल्ली चिरेगी नहीं। स्वरूप को समझ आ गया कि इसके फटने पर उसमें भेददृष्टि नष्ट हो गई है।

तंद्रालोक में स्वरूप को ऐसा ज्ञान हुआ कि उसके जन्म-जन्मांतर के कर्म चुका दिए गए हैं। ये सभी अनुभूतियाँ उसे नहीं, परंतु उसकी अंत:शक्ति के अधीन थी, जो शक्ति संपूर्ण रूप से स्वायत्त है।

स्वरूप ध्यानावस्था में विहार कर रहा था। तत्क्षण उसे अनुभव हुआ कि लोक बदल रहा है। उसे अब पितृलोक के दर्शन होने लगे। यह पितृलोक स्वर्ग और सिद्धलोक के मध्य में है। उस लोक के पितरों को उसने प्रत्यक्ष देखा। सभी लोक के अनुभव से वह देख सका कि सभी लोक में जिस प्रकार सबके लिए समान भोग होते हैं, ऐसा यहाँ नहीं है। प्रत्येक के लिए एक समान समानता पितृलोक में नहीं है। जिस प्रकार 'पृथ्वीलोक' में धनवान, साधारण धनवान और दरिद्र अथवा पुण्यवान्, कम पुण्यवान और पापी आदि कक्षाएँ देखने को मिलती हैं, ऐसा ही भेद पितृलोक में भी देखने को मिलता है, तो भी पृथ्वी पर एक अनोखा सुख है, जो कहीं नहीं है!

स्वरूप की अंतरात्मा में हुआ कि वह कभी अथवा कुछ समय पहले पितृलोक में आ गया है, परंतु अभी उसे केवल झाँकी मिल रही है। वह पितृलोक में विहार करने लगा। उसने बचपन के समय कई परिचित वृद्धों को देखा, विशेषकर काका को दूर-दूर से देखा, उन्होंने सुंदर वस्त्र पहने हुए थे। स्वरूप को लगा कि यह पितृलोक सब लोक से सचमुच न्यारा है। उसे अब याद आया कि पृथ्वी पर मनुष्य जो तर्पणादि पिंडदान करते हैं, उसका सूक्ष्मभाव यहाँ तक पहुँचता है, इसमें कोई संदेह नहीं है।

मनुष्य लोक में मनुष्य जो उनके पितरों को अर्पण करते हैं, वही वे खाते हैं। यह भी सत्य है कि वे उनके पीछे किए गए दान-पुण्य को भी ग्रहण करते हैं और अपने वंशजों को आशीष देते हैं। इसलिए पितृलोकवासियों को तर्पण आदि करके प्रसन्न रखना आवश्यक है। स्वरूप को विश्वास हो गया कि इस बात में जरा भी संदेह उसे नहीं करना चाहिए। मंत्र द्वारा तर्पण का सूक्ष्मभाव पितृलोक में अवश्य पहुँचता है। मंत्रवाहक चित्तिशक्ति मंत्र द्वारा उसे यहाँ से वहाँ तक ले जाती है, स्वरूप को संपूर्ण विश्वास हो गया कि सूक्ष्म पिंडदान पितृओं को पहुँचता है, इसमें संदेह नहीं है।

स्वरूप ध्यानावस्था में पितृलोक के दर्शन करते हुए और आनंद से विचार करते हुए घूम रहा था। वह एक झोंपड़ी जैसे मकान के अंदर गया, तो एक जीर्ण पटे पर उसके माता-पिता अति दरिद्र अवस्था मैं बैठे थे। स्वरूप ने माता-पिता को प्रणाम किया, दोनों आनंदविभोर होकर स्वरूप को देखते रहे। पिता स्वरूप का आलिंगन करने बढ़े, पर कर नहीं सके। पितृलोक के वासी पृथ्वीलोक के वासी का स्पर्श नहीं कर सकते हैं।

स्वरूप को देखकर कुछ देर में दोनों एक साथ बोल उठे, ''स्वरूप! बेटा तू

यहाँ तक आ सका ? कुछ समय पहले तेरा कोई मित्र, जो जोगी जैसा था, उसने हमें आश्वासन दिया था और हमारी इस दरिद्र अवस्था को थोड़े समय में ही दूर करने का वचन दिया था। स्वरूप बेटा हम यहाँ भूखे-प्यासे दिन गुजार रहे हैं। पितृलोक के अधिपति देव ने हमसे कहा है, 'जब तक पृथ्वीलोक से तुम्हारा श्राद्ध-पिंड नहीं होगा, तब तक तुम्हें यह दुःख भोगना ही पड़ेगा। तुम्हारी कोई अन्य गति नहीं है, परंतु अब अधिक समय तुम्हें ये दुःख नहीं भोगने पड़ेंगे।

'तू हमारी ऐसी दुर्दशा देखकर हमारे उद्धार या निर्वाह के लिए पृथ्वी पर जाकर कुछ करेगा, ऐसी आशा के साथ तुमसे प्रार्थना करते हैं। हमारे लिए कुछ कर, हमारे आशीर्वाद तुझे मिलेंगे बेटा!'

माता-पिता की ऐसी करुण दशा और उनकी विनती से द्रवित होकर लगभग रुदन स्वर में वह बोला, 'पिताजी, माताजी! आप क्यों चिंता कर रहे हो। इसके लिए ही आपका ऋण चुकाने के लिए; गृहत्याग करने के बाद भी मैं पुनः हरिद्वार आया हूँ। केवल दो दिन में ही आपके सब दुःख दूर हो जाएँगे।

'आपके यहाँ रहने के लिए बड़ा मकान, प्रत्येक प्रकार के खाद्य पदार्थ तथा अन्न-वस्त्र, जमीन, सोना आदि दान करके और मंत्रोच्चार के साथ श्राद्ध-पिंड करके यह सब आपको अर्पण करके पितृलोक में पहुँचाकर आपको समृद्ध करूँगा। आपके प्रति ऋण चुकाकर ही मैं मोक्ष की ओर प्रयाण करूँगा। आप शांत हो जाओ।' इतना कहकर वह रुका।

उसने माता-पिता के मुख पर प्रसन्नता के भावों को देखा। उसने झुककर पुनः माता-पिता को प्रणाम किया। उसी के साथ दृश्य बदल गया, वह ध्यानावस्था से नीचे उतर रहा था, तभी उसने एक भयानक चेहरा देखा, लाल तथा दुःख और क्रोध से विकृत भयानक चेहरे के सामने वह घड़ी भर देखता रहा। उसके दोनों हाथ रक्तरंजित थे, चेहरा मानो भय से लाल हो गया था, ऐसा लग रहा था, फिर भी उसकी लाल आँखें उसे क्रोध तथा बदले की भावना दरशाती आक्रामक लग रही थीं। उसका चेहरा स्वरूप को कुछ कह रहा था, परंतु उसके मुख से निकलते शब्द स्वरूप को समझ नहीं आ रहे थे। ध्यानावस्था में उसे प्रेरणा हुई, उसने पंचपात्र में से जल से मंत्रोच्चार के साथ अंजलि दी। तत्काल वह भयानक चेहरा बोल उठा,

'स्वरूप भैया! मैं मयूर हूँ, तुम्हारा छोटा भाई मयूर। फाँसी के द्वारा मृत्यु के बाद मुझे यह प्रेत योनि प्राप्त हुई है। मैं अब एक प्रेत हूँ...प्रेत...भैया मेरा उद्धार करो, मैं भयंकर अशांति से पीड़ित हूँ, मुझे शांति मिले, ऐसा कुछ करो, स्वरूप भैया!'

प्रेतस्वरूप मयूर आर्त स्वर में बोल रहा था। वह उसका आक्रंद स्थितप्रज्ञ भाव

से सुन रहा था, वह शांत और मधुर स्वर में मयूर को संबोधित करके बोला, 'सबकुछ कर्म के अनुसार भोगना पड़ता है भाई! परंतु तुम्हें ऐसी प्रेत योनि कैसे प्राप्त हुई, यह बता। मैं उसका उपचार ढूँढ़कर तुझे अवश्य शांति पहुँचाऊँगा।'

'शराब, जुआ और ऐसे अनेक दुर्व्यसन के कारण मुझे पहले भयंकर नरक प्राप्त हुआ, उसके बाद मुझमें स्थित प्रबल बैर भावना और बदला लेने की प्रबल इच्छा से मेरे लिए अन्य लोक के दरवाजे बंद हो गए और मुझे प्रेत योनि प्राप्त हो गई।'

'परंतु, तेरे दुश्मन तो प्रकृति की ओर से मिली सजा भोग रहे हैं। विष्णु शर्मा का पुत्र कार दुर्घटना में मर गया और तेरा मित्र, जिसने तुझ पर खून का आरोप लगाया था, वह भी पत्थर गिरने से मर चुका है।'

'हाँ... ! मुझे पता है।' मयूर विकृत चेहरा हिलाते हुए बोला, 'वह कार्य मैंने ही किया है। जज के पुत्र की कार को मैंने ही अदृश्य करके, सामने से आ रही कार से टकराई थी, जिसमें उसका पुत्र मर गया और मेरा दुष्ट मित्र, जो उड़नखटोला-रोपवे के निर्माण के समय सुपरविजन करता हुआ खाई में खड़ा था, तब मैंने ही उस पर विशाल पत्थर लुढ़काकर फेंका था, इस प्रकार मैंने मेरा बदला लिया था। बदले की आग मुझे जला रही है। मैं उनके परिवार को दुःख पहुँचाने की तीव्र इच्छा रखता हूँ, परंतु इससे अधिक मैं आगे कुछ नहीं कर सकता हूँ।'

स्वरूप मयूर की बातों को सुनकर बोला, 'भाई! प्रेत योनि उनको ऐसे नहीं मिलती है, तू तेरे कर्म मेरे समक्ष व्यक्त कर, इससे कदाचित् तुम्हें शांति मिलेगी।'

मयूर गद्गद कंठ से बोला, 'स्वरूप भैया! मैंने आपसे और पिताजी से छुपाकर बहुत पाप किए हैं। सभी दोषों से मैंने अपने ब्राह्मण तत्त्व का नाश किया है। महान् अज्ञान के चक्र में फँस किए गए मेरे कुकर्मों का कोई हिसाब नहीं है। मैंने मनुष्य वध के सिवाय अन्य बहुत हिंसा की है। एक स्त्री को छेड़ने में साथ देने के कारण मेरे मित्र का खून करके, मेरे दूसरे मित्र ने खून का आरोप मुझ पर ठोंक दिया। इस प्रकार फाँसी की सजा द्वारा मेरी मृत्यु हुई अर्थात् मेरी मृत्यु प्राकृतिक नहीं थी, उपरांत शराब, जुआ और अन्य कुकर्मों के कारण मैं प्रेत योनि में हूँ और दुर्दशा भोग रहा हूँ। कर्मफल का उदय दैवाधीन होने से मैं वायु के आहार से जी रहा हूँ। स्वरूप भैया! तुम मुझ पर दया करो, तुम महान् पवित्र आत्मा हो। मुझे इस भयंकर प्रेत योनि में से मुक्त करवाओ।'

स्वरूप उसके वचन सुनकर विचारपूर्वक बोला, 'भाई मयूर! तेरी इस स्थिति के लिए मैं भी उत्तरदायी हूँ, क्योंकि मैंने तेरे लिए विधिपूर्वक पिंडदान नहीं किया, कर नहीं सका। मैं तुझे भी पिंडदान करके मुक्ति दिलाने का प्रयत्न करूँगा, क्योंकि

तुम्हें प्रेत योनि में से मुक्त करवाने का दूसरा कोई उपाय नहीं है।'

'भाई! सैकड़ों श्राद्ध से भी तेरी मुक्ति न हो, तो फिर तेरी मुक्ति असाध्य है, तो भी हे भाई! तुम निर्भय होकर अभी अपने स्थान पर चले जाओ, मैं विचार करके और पवित्र योगियों की सलाह लेकर तेरी मुक्ति के लिए कोई अन्य उपाय अवश्य करूँगा।'

स्वरूप की बात सुनकर तुरंत प्रेत योनि मयूर अपने स्थान पर जाने के लिए अदृश्य हो गया।

प्रेतात्मा के अदृश्य होते ही स्वरूप ध्यानावस्था में से एकदम नीचे उतर आया। उसने आस-पास दृष्टि की तो कोई नहीं था। स्वरूप दृश्यमान हुई सभी घटनाओं के विषय में विचार करने लगा। तभी उसके कान में शब्द पड़े, 'स्वरूप भैया! साढ़े छह बज गए हैं। ब्रह्ममुहूर्त पूर्ण हो गया है। आप चाय-पानी लेकर तैयार हो जाओ। अब कुछ ही देर में चंदा बहन के दर्शन होना चाहिए।' कहकर कजरी रसोईघर में चली गई।

कजरी के जाने के बाद पुनः विचारमग्न हो गया। 'श्राद्ध-पिंडदान' कर्म तो माता-पिता और मयूर का करूँगा ही, उससे पितृलोक में माता-पिता तो संतुष्ट होंगे ही, परंतु पिशाच योनिधारक मयूर को उस योनि से छुटकारा संभव नहीं है, क्योंकि मंत्रों द्वारा विधिवत् तर्पण किया गया ही पितृलोक में पितरों को पहुँचता है, परंतु भटकती प्रेतात्मा अन्न ग्रहण करने में समर्थ नहीं होती है, वह तो केवल हवा पर ही जीते हैं। उनका रहने का कोई स्थान नहीं होता, वे तो यहाँ-वहाँ भटकते ही रहते हैं। इसलिए श्राद्ध-पिंड उन्हें शांति या निर्वाह के लिए कारण नहीं बन सकते, तो मयूर की प्रेत योनि में से मुक्ति के लिए क्या करें? उसे कोई उपाय नहीं सूझ रहा था। चंदा, पूरणपुरीजी, सरयूदासजी आदि ही इसका उपाय कर सकते हैं।

स्वरूप विचार करते हुए सोफे पर बैठा था, तभी कजरी चाय का कप लेकर उपस्थित हो गई। बोली, 'बस चंदा बहन आ रही होनी चाहिए, क्योंकि घी का दीया अब पूरा होने की तैयारी में है।'

स्वरूप चाय पीकर पुनः विचारों में खो गया, तभी उसके निकट आवाज आई, "स्वरूप भैया, अब बहुत विचार करना छोड़ दो, हम आ गए हैं। सब हम पर छोड़ दो।"

चंदा की आवाज से विचारों से जाग्रत् हो गया। स्वरूप चंदा को निकट देखकर आनंदित हो गया। हर्ष से भाव-विभोर हो गया, उसने चंदा का हाथ पकड़कर मस्तक पर लगाया और फिर भाव से चूम लिया। बोला, "ओह...चंदा बहन! तू आ गई। अब मुझे संतोष हो गया। स्थितप्रज्ञ होने पर भी 'पंचमहाभूत' के पिंजरे में बंद हूँ।

इसलिए हर्ष, शोक अनुभव किए बगैर नहीं रह सकता। इसलिए अपने आनंद को आज मैं तुम्हें देखकर रोक नहीं सका!''

''ठीक है, स्वरूप! पंचमहाभूत के पिंजरे में बंद होकर तो ईश्वर भी रोता है। भगवान् श्री रामचंदजी भी सीता माता के वियोग में कितना रोए थे। इसलिए अब भी अपने आनंद को मत रोकना, तुम्हें आज आनंद-सागर में स्नान करना है। सामने के दरवाजे की ओर देखो तो!''

स्वरूप ने दरवाजे की ओर देखा, तो सचमुच आनंद से सराबोर हो गया, सामने पूरणपुरीजी, रेवानंद ब्रह्मचारी, सरयूदासजी तथा सबके पीछे खड़ी पवित्र चेहरेवाली आशा को भी देखकर सच में स्वरूप आनंद-सागर में स्नान कर रहा था।

सबके अंदर आने पर उसने सर्वप्रथम रेवानंद को गले लगाया। सरयूदासजी और पूरणपुरीजी को दोनों हाथ जोड़कर, झुककर 'ॐ नमो नारायण' के उच्चारण के साथ प्रणाम किया। नतमस्तक खड़ी आशा के सामने नजर की, तब तक हर्षित कजरी आशा का हाथ पकड़कर रसोईघर में ले गई। सभी अंदर आकर आसन पर बैठे। चंदा ने स्वरूप के निकट बैठकर, हाथ पकड़कर कहा, ''बस···स्वरूप भैया! हमने सब व्यवस्थित रूप से कर दिया है, उसके बाद ही हम एक साथ आए हैं। अब तुम्हारे भाग में कोई उत्तरदायित्व या उनके विषय में उलझन नहीं रहती है।''

''एक उलझन है चंदा बहन!'' गंभीर चेहरे से स्वरूप ने कहा।

''जानती हूँ! तुम जो सोच रहे हो, उसके विषय में भी विचार कर लिया है।''

''हें! विचार भी कर लिया है।'' स्वरूप आश्चर्य से चौंक पड़ा।

''हाँ, कल ही श्राद्ध-पिंड के साथ-साथ 'श्रीमद्भागवत्' का पाठ प.पू. सरयूदासजी करेंगे। 'श्रीमद्भागवत' की कथा सुनने से प्रेत की मुक्ति होगी! यह कथा उसके मूल अठारह हजार मंत्रों के पठन के साथ सायंकाल तक पूर्ण की जाएगी। श्रीमद्भागवत के सभी श्लोक मंत्र ही हैं और मंत्रों का प्रभाव इतना दिव्य होगा कि पाठ पूर्ण होतें ही जो प्रेत योनि में होंगे, वे मुक्त हो जाएँगे।''

व्यासपीठ के पास थोड़ा अड़ाकर एक पोला बाँस रखा जाएगा, जिसमें सात गाँठें होंगी! प्रेत वायुरूप होने से बैठने में असमर्थ होते हैं, इसलिए जिसकी भी सद्गति नहीं हुई हो, वैसी आमंत्रित जीवात्मा इन गाँठों में स्थान ग्रहण करेगी। जब सायंकाल में कथा पूर्ण होगी, तब ये गाँठें टूट जाएँगी और उसमें स्थित प्रेतात्माओं का प्रेतपना छूट जाएगा। यद्यपि यह भागवत पाठ सात दिनों में होता है, परंतु समय के अभाव के कारण सभी मंत्रों का पठन शुद्ध उच्चारण के साथ मात्र आधे दिन में ही पूर्ण किया जाएगा। इसके लिए महाविद्वान् ज्ञानयोगी को ही नियुक्त करना चाहिए। प.पू.

सरयूदासजी ने मेरी विनती को स्वीकार करके, यह कार्य करना स्वीकार किया है।

स्वरूप ने दोनों हाथ जोड़कर सरयूदासजी को अभिवादन किया और नम्र स्वर में कहा, ''आपने स्वयं जब मेरे भाई मयूर की प्रेत योनि से मुक्ति का उपाय बताया है, तो उसकी मुक्ति अवश्य होगी ही, इसमें अब मुझे कोई संशय नहीं रहा। आपने मुझ पर बहुत बड़ी कृपा की है।''

''अरे भाई! इसमें कृपा नहीं है। हम सब युगों से एक ही जहाज में हमसफर रहे हैं। इसलिए तुम्हारा और अनंतानंद दोनों का ध्यान रखना हमारा कर्तव्य है! इस विषय में अब बहुत स्पष्ट करना आवश्यक नहीं है, अर्थात् युगों पहले के हमारे संबंध रहे हैं, उसे स्पष्ट करना मैं इस क्षण आवश्यक नहीं समझता हूँ।''

सरयूदासजी के मौन होने पर चंदा ने बात प्रारंभ करते हुए कहा, ''भाई स्वरूप! टेबल के खाने के सब कागज तुमने ठीक से देख लिये हैं। तुम्हारी, मेरी और आशा की जायदाद जो भी है, एक करोड़ की है। उसको घटाकर अपनी जायदाद दो करोड़ की है।''

''दो करोड़ नहीं, तीन करोड़ की है।'' आशा ने दरवाजे से प्रवेश करते हुए कहा।

''मैं भी स्वरूप द्विवेदी परिवार की सदस्य हूँ अर्थात् 'अपनी' जायदाद तीन करोड़ मानी जाए।'' आशा ने 'अपनी' पर भार दिया, तो सब हँस पड़े।

''शाबाश! तो हमें तीन करोड़ की राशि पर विचार करना है। अब हमें इस भौतिक समृद्धि का उपयोग करना है, उपभोग नहीं करना है। अतः तुम्हारी सहमति है ही, ऐसा सोचकर मैंने जो निर्णय किया है, वह बताती हूँ—इस राशि में से पाँच लाख 'शांतिकुंज' उपासकों के भोजन के खर्च के लिए देना। पाँच लाख रुपए 'भारत माता मंदिर' में व्यवस्था खर्च और पाँच लाख रुपए 'वैष्णो देवी' में नित्य प्रसाद चढ़ाने के लिए। एक लाख रुपए 'अमरनाथ की गुफा' के पुजारी की भोजन-व्यवस्था के लिए अर्पण। एक लाख रुपए चंडीमाता मंदिर में रोपवे की ट्रॉली के लिए, यात्रियों की सुविधा के लिए अर्पण। पाँच लाख रुपए कनखल में दक्ष प्रजापति के मंदिर यज्ञ की नित्य-पूजा तथा रुद्राभिषेक करने के लिए भेंट। पाँच लाख रुपए चंडीदेवी के मंदिर में यात्रियों की सुविधा बढ़ाने के लिए अतिरिक्त भेंट, उपरांत अर्धनारीश्वर मंदिर में दस लाख रुपए निर्माण कार्य के लिए। पाँच लाख रुपए हर की पैड़ी के घाट के जीर्णोद्धार पर खर्च के लिए। पाँच लाख रुपए ब्रह्म भोजन तथा यात्रियों के भोजन करवाने, श्राद्ध-पिंडदान के दिन खर्च करना। इसके लिए पाँच हजार ब्राह्मण-साधुओं को निमंत्रित किया है, उन्हें भोजन के बाद अन्न-वस्त्र देने के लिए अन्य दस लाख रुपए का खर्च। इसके लिए रसोई आदि की सभी व्यवस्था हो चुकी है। उपरांत पाँच

लाख हरिद्वार तथा ऋषिकेश में यात्रा के लिए आए सभी लोगों को तथा आमंत्रित नागरिकों को भोजन करवाना। ब्राह्मणों को वस्त्र के साथ दक्षिणा देना। उसके लिए ऋषिकेश में अलग व्यवस्था हो चुकी है।

"स्वरूप के इस मकान को 'संस्कृत पाठशाला' के लिए ट्रस्ट बनाकर उसे अर्पण करना है, उसके लिए रजिस्ट्रेशन आदि की विधि हो गई है। रामदेवजी योगी को हिमालय की जड़ी-बूटी से देसी दवाइयाँ बनाने के लिए और उनको गरीबों में मुफ्त वितरण करने के लिए वहाँ का मकान और फार्म हाउस भेंट में देना है।

"शेष राशि जो है, वह आशा के आश्रमों के खर्च के लिए व्यवस्था करनी है। आशा के निवास के लिए और अन्य आवश्यकताओं के लिए मकान की सुविधा तथा भोजन आदि सुविधा के लिए रखी गई है। शेष जो रुपए पैंसठ लाख हैं, वह अभी जमा रखने हैं, जो आवश्यकता होने पर आशा की सुविधा के लिए उपयोग आएँ, इसकी व्यवस्था भी हो चुकी है।"

फिर स्वरूप की ओर दृष्टि करके चंदा ने कहा, "यह सभी दान-पुण्य और माता-पिता के निमित्त दान का संकल्प तुम्हारे हाथ से किया जाएगा। सारी व्यवस्था हो चुकी है। इसलिए तुम्हें इस विषय में चिंता नहीं करनी है।"

"जब सबकुछ त्याग करके मैं वर्षों पहले निकल गया था, फिर इस विषय में मुझे कोई प्रश्न या विचार करना नहीं है। ये सभी विषय मेरे लिए मूल्यहीन समझना है, अर्थात् समझता हूँ। मेरा कार्य जो है, उसके लिए मैं जीवन्मुक्त होने पर भी ऋण चुकाने के लिए वापस आया हूँ। यह बात ही मेरे लिए अति मूल्यवान है और यह सब कार्य तुम्हारी सहायता और मेरे प्रति स्नेह के कारण पूर्णता की ओर आ गया है और मुझे पूर्ण श्रद्धा है कि यह सब चंदा बहन के प्रताप तथा परिश्रम से पूर्ण हो जाएगा, इसमें अब मुझे कोई चिंता नहीं है, चिंता थी भी नहीं, क्योंकि अनंतानंद सहित आप सबका सहयोग और प्रेम मिल रहा है। मैं आप सबका कैसे···।" इतना कहते हुए स्वरूप का गला रुँध गया, वह आगे नहीं बोल पाया।

चंदा ने उसकी पीठ पर हाथ रखकर प्रेमपूर्वक कहा, "भाई स्वरूप! अब तो हमें ऐसी भावनाओं से भी मुक्त होना है। सुख-दुःख, आनंद-शोक, अपना-पराया, मान-अपमान, अच्छा-बुरा, अविद्या और विद्या से भी मुक्त होकर विश्वात्मा में लीन होना है। पंचमहाभूत के बने देहधारी के लिए, ज्ञानी होने के बाद भी ऐसी भावुकता स्वाभाविक है, परंतु मनसा, वाचा और कर्मणा उससे अलिप्त बनने के लिए पुरुषार्थ तो करना ही पड़ता है। यद्यपि तुम उसमें सफल हो ही, फिर भी कभी भावना में बँध मत जाना।"

"हे बहन! तुम्हारी कृपा और सहायता से मैं सभी आपदा दूर करके आत्मा का अनुभव कर चुका हूँ। अब मेरी वृत्ति ॐकार के ध्यान के साथ, ॐकाररूपी ब्रह्म में जुड़ गई है।"

"हाँ, स्वरूप! मैं जानती हूँ। तप-साधना द्वारा अब तुम परमात्मा जैसे परिमाणवाले और उसके जैसे स्वरूपवाले हो गए हो। तुम अब ब्रह्म का ठीक साक्षात्कार करोगे। तुम्हारे द्वारा जो स्वयं देहत्याग होगा, उसके बाद तत्त्ववेत्ता पुरुष तुम्हारे विषय में अर्थात् परब्रह्म विषय में तुम अभेद्य रूप बन जाओगे।" इतना कहकर कुछ देर मौन रहकर चंदा पुनः बोली, "कल हर की पैड़ी पर श्राद्ध-पिंड-तर्पण तथा श्रीमद्भागवत का पाठ होगा। ब्रह्म भोजन आदि भोजन भी प्रारंभ हो जाएगा। इसी के साथ तुम संपूर्ण रूप से ऋण से मुक्त होकर यथेष्ट रूप से विहार करने में समर्थ हो जाओगे। अपने गंतव्य स्थान तक तुम देहाध्यास में रहोगे और अनंतानंद की आत्मा, जो वर्तमान में तुम्हारी देह में स्थित है, वह तब तक द्रष्टा के समान सब निरीक्षण करती रहेगी।

"आज अब बाद में पूरा दिन तुम मुक्त रूप से हरिद्वार में घूमना-फिरना, फिर आशा के साथ गंगाजल की अंजलि ग्रहण करना। आज आशा तुम्हारे साथ ही रहेगी।"

बातचीत में बहुत समय बीत गया। कुछ देर में कजरी ने प्रवेश करके बोला, "भोजन का समय हो गया है, थालियाँ परोस दी हैं, सभी आएँ। स्वरूप भाई को बहुत जल्दी उठने से जागरण हो गया है, इसलिए भोजन के बाद उन्हें आराम करना आवश्यक है।" कहकर जैसे आई थी, वैसे ही चली गई।

शांति से भोजन संपन्न हुआ। स्वरूप को दोपहर तक आराम करने का आग्रह करते हुए चंदा ने कहा, "स्वरूप! तुम अब आराम करो, मैं और आशा यहाँ रुक रहे हैं। सरयूदासजी और पूरणपुरीजी रविपुरीजी के 'गुरुदत्त' आश्रम में जाएँगे। सभी व्यवस्था देखने के लिए, सभी स्थान पर जाकर निरीक्षण भी करने जाएँगे। उष:काल में 4 बजे से सभी कार्यों को एक साथ प्रारंभ भी करने जाएँगे। इसलिए हम सबको सवेरे जल्दी हर की पैड़ी पर पहुँच जाना है।"

सभी के जाने के बाद स्वरूप अपने कमरे में चला गया। अभी तक आशा से नहीं मिल सका था। मिलने की इच्छा भी नहीं हुई। कदाचित् इसलिए चंदा ने आशा को रोककर स्वयं भी रुकने का निर्णय किया होगा। जो भी हो, वह बिस्तर पर लेट गया और कुछ ही देर में गहरी नींद में चला गया।

जब लंबी नींद लेकर स्वरूप ने आँखें खोलीं तो चंदा हँसते हुए सामने खड़ी थी। बोली, "स्वरूप भैया! दोपहर ढल चुकी है, तो तुम तरोताजा हो जाओ, फिर चाय-पानी पीकर, तुम और आशा गंगा-किनारे या किसी अन्य स्थान पर घूम आओ।"

सूर्य पश्चिम की ओर प्रयाण कर रहा था। स्वरूप और आशा बाहर जाने को निकले। दोनों मौन चल रहे थे। कभी-कभी एक-दूसरे को निर्दोष भाव से देख लेते थे। बस, इतना ही मानो दोनों की वाचा चली गई हो। दोनों के मुख पर लेशमात्र भी दुःख नहीं था और इसीलिए आंतरिक और बाह्य रूप से प्रसन्नचित्त थे। दोनों के मुख पर आध्यात्मिक तेज झलक रहा था।

गंगा किनारे पैदल चलते-चलते दोनों के पैर एक स्थान पर रुक गए। स्वरूप ने चारों ओर निरीक्षण करके कहा, ''बस, यहीं बैठते हैं। यह वही स्थान है, जहाँ हम अंतिम बार मिले थे।'' स्थान निर्जन और शांत था, वृक्ष डोल रहे थे, पवित्र गंगा नदी निर्बाध बह रही थी।

स्वरूप ने आशा को अपने सामने की बड़ी सपाट शिला पर बैठने का संकेत किया। आशा के उस स्थान पर बैठ जाने पर स्वरूप ने गंगा की ओर अँगुली दिखाकर कहा, ''जीवन में गंगा के प्रवाह के समान सदा बहते रहना होता है। गंगोत्तरी से निकलकर गंगा अंत में सागर में मिल जाती है, वैसे ही जीवन जन्म से शुरू होकर अंत में मृत्यु द्वार में विलीन हो जाता है। जीवन एक महासागर जो है। ज्ञानी इस भवसागर से तर जाते हैं। अज्ञानी जन्म-मृत्यु के चक्र में घूमते रहते हैं।''

आशा ने पहली बार स्वरूप के सामने ध्यान से देखा और बोली, ''स्वरूप आगे बोलो, रुक क्यों गए?'' फिर गंभीरता से प्रश्न किया, ''पहले यह बताओ कि अब तुम मुझे किस दृष्टि से देखते हो, समझते हो?''

''तुम आशा देवी, मुझसे कैसी दृष्टि की अपेक्षा करती हो?''

''यह मेरे प्रश्न का उत्तर नहीं है, स्वरूप!''

''बताऊँ? अब मुझे प्रत्येक स्त्री में माता जगदंबा के ही दर्शन होते हैं।''

''मैं भी स्त्री ही हूँ!''

''तुमको देखकर मुझे तुम्हारी ओर पूज्य भाव होता है।''

''तो तुम्हें मैं पुत्र के रूप में स्वीकार करूँ, तो तुम्हें अच्छा लगेगा?''

''मेरा अहोभाग्य!''

''पुत्र का माता के प्रति उत्तरदायित्व बढ़ जाता है। स्त्री के रूप में अकेले संसार में रहने में मैं समर्थ नहीं हूँ।''

''मैं तुम्हें समर्थ बनाऊँगा।''

''कैसे?''

''ज्ञान प्रदान करके! ऐसा ज्ञान, जिसे प्राप्त करने के बाद कोई समस्या ही नहीं रहती है। उस ज्ञान से तुम निर्भय बन जाओगी। सभी अभाव टल जाएँगे। केवल

तुम्हारी आत्मा में ही भाव रहेगा, कर्मों का क्षय करके, आत्म-समर्पण से मृत्यु तर जाती है और फिर ज्ञान द्वारा मोक्ष मिलता है।''

कुछ देर रुककर स्वरूप ने पुनः कहा, ''तुम अब सर्व कर्मों से रहित हो गई हो और मैं केवल माता-पिता का मोक्ष मार्ग उपाय करने ही नहीं, परंतु तुमको भी तत्त्व मार्ग से भवसागर पार करने में समर्थ बनाने आया हूँ।''

''मैं भी अब झूठे विषयाभिलाष से थक गई हूँ। अब मैंने सभी अभिलाषाओं का त्याग कर दिया है। फिर भी तुम्हारे समान देहाभिमान नहीं छोड़ सकती और अनेक जन्मों का अंत प्राप्त करने के लिए कठिन ज्ञानमार्ग में मैं शोध नहीं कर सकी। यद्यपि थोड़े-बहुत अंश में, घोर अंधकार को पार करने के उत्तम चक्षु मैंने तुम्हारे पास से इसी स्थान पर प्राप्त किए हैं।

''अब तुम ही मेरे इस अज्ञानरूपी मोह को दूर करने में समर्थ हो। इसलिए मैं प्रकृति और पुरुष के स्वरूपज्ञान प्रदान करने की तुमसे विनती करती हूँ कि तुम मुझे यह सब सुनाकर मेरे मोह को संपूर्ण रूप से दूर कर दो। तुमने जब मुझे माता के रूप में स्वीकार किया है, तब पुत्र के समान तुम्हारी भी ऐसी निष्ठा होनी चाहिए कि जिससे माता को इस जन्म और बाद के जन्मों से मुक्ति मिल जाए, मुझमें ऐसा सामर्थ्य आ जाए कि जिससे मैं भी मोक्ष मार्ग पर गति कर सकूँ।''

आशा देवी के ऐसे वचन सुनकर स्वरूप अत्यंत प्रभावित हो गया। उसने संपूर्ण स्वस्थता से प्रत्युत्तर देते हुए आशा देवी से कहा, ''हे माता, मैं दृढ़तापूर्वक श्रद्धा रखता हूँ कि अध्यात्म योग ही मनुष्यों के आत्यंतिक कल्याण का मुख्य साधन है। इसके बाद सुख या दुःख टिक नहीं सकते हैं। तुम अब संपूर्ण रूप से निर्दोष और पवित्र हो गई हो। जो अनेक शास्त्रों में वर्णन किया गया है, वही शमदमादि सर्व पूर्णतावाला योग मैं तुम्हारे ज्ञान की वृद्धि करने की इच्छा से कहता हूँ।'' थोड़ी विश्रांति लेकर स्वरूप ने पुनः कहा, ''इस जीवन के बंधन और मोक्ष का कारण चंचल मन ही माना गया है। यह मन यदि विषयों में आसक्त हो जाए, तो बंधनकारक है और यदि परमेश्वर में आसक्त हो जाए, तो मोक्षकारक है। जब पुरुष का मन 'मैं-मेरा' आदि अभिमान से उत्पन्न होनेवाले काम, क्रोध, लोभ आदि मैल से रहित होकर शुद्ध हो जाता है और सुख-दुःख से भी रहित होकर समदृष्टि वाला हो जाता है, तब पुरुष ज्ञान, वैराग्य और भक्ति से युक्त होकर स्वयं ही आत्मा की केवल शुद्ध प्रकृति पर, सभी प्रकार के भेद से रहित, स्वयंज्योति, सूक्ष्म, अखंड, असीम तथा दुःखों का परस्वरूप में साक्षात्कार करते हैं और प्रकृति को नष्ट बलवाली देखते हैं अर्थात् उनमें से प्रकृति का माया का बल नष्ट हो जाता है।

"इसलिए हे माता! तुम्हें ब्रह्मत्व पाने के लिए तुम्हारी समग्र आत्मा को भगवान् से जोड़ देना है। ईश्वर की भक्ति जैसा अन्य कोई कल्याणकारी मार्ग नहीं है। विषयों के प्रति आसक्ति छोड़ देना, क्योंकि विषयों में आसक्त होने से वह आत्मा के लिए कभी न टूटनेवाला, भवबंधन में डालनेवाला हो जाता है, परंतु ऐसी ही आसक्ति यदि सत्पुरुष या ईश्वर में की जाए, तो उसके लिए मोक्ष का द्वार खुल जाता है। परब्रह्म को प्राप्त करने के लिए कई योग्यताएँ आवश्यक हैं। साधक सत्पुरुष सदा सहनशील, दयालु, प्राणिमात्र के मित्र, शत्रुभाव से रहित, सत्गुणवान्, शास्त्रों का अनुसरण करनेवाले और उत्तम चारित्र्य से शोभायमान होते हैं। जो सत्पुरुष ईश्वर विषय में अत्यंत भाव से दृढ भक्ति करते हैं। ईश्वर के लिए सर्वस्व का त्याग करते हैं, ईश्वर का ही आश्रय लेते हैं, उन्हें आध्यात्मिक आदि अनेक प्रकार के ताप दुःखी नहीं कर सकते हैं।

"ईश्वर की कथाओं का श्रवण करने से तुरंत अविद्या का नाश होने से ईश्वर की प्राप्ति का मार्ग सरल हो जाता है और ईश्वर के प्रति भक्ति प्रकट होती है। भक्त को इहलोक तथा परलोक के सभी विषयों से वैराग्य उत्पन्न होता है। वैराग्य में बुद्धि उत्पन्न होने से भक्ति से साधक स्वयं के इसी शरीर में सर्व के आत्मास्वरूप ईश्वर का साक्षात्कार करता है।"

एकाग्रता से स्वरूप के वचनों को सुन रही आशा देवी ने कुछ संकोच से प्रश्न किया, "हे पुत्र स्वरूप! तुम्हारे जैसी उच्च आत्मा को किस प्रकार की भक्ति योग्य माना जाएगा? मेरे जैसी स्त्री जाति कैसी भक्ति के योग्य है, जिससे ईश्वर का मोक्षरूपी पद मैं सरलता से, अनायास प्राप्त कर सकूँ? ईश्वर को प्राप्त करवानेवाला योग किस प्रकार का है, उसके कितने अंग है, जिससे तत्त्वज्ञान की प्राप्ति हो सकती है? मैं माता हूँ, फिर भी मैं स्त्री हूँ, इसलिए मंदबुद्धिवाली स्त्रीजाति हूँ। हे पुत्र स्वरूप! मैं तुम्हारी कृपा चाहती हूँ, जिससे यह कठिन विषय मैं सरलता से समझ सकूँ, इसलिए यह मुझे समझ में आए, इस प्रकार कहो!"

आशा देवी का ऐसा प्रतिभाव जानकर स्वरूप को आशा देवी पर अधिक पूज यभाव जाग्रत् हुआ। उसने प्रसन्नता से, जिसमें प्रकृति आदि तत्त्वों का निरूपण किया गया है, वह सांख्यशास्त्र का ज्ञान और भक्ति का जिसमें विस्तार और योन विषय में कहा गया है, उसका उपदेश देने का निश्चय किया और कहना प्रारंभ किया, "साधक का मन विकार- रहित शुद्ध होना चाहिए। विषयों से वैरागी उसकी इंद्रियाँ मात्र वेदोक्त कर्म में ही तत्पर रहनी चाहिए। उसकी सभी इंद्रियाँ श्रीहरि के विषय में ही स्वाभाविक रूप से, जैसी हैं वैसे ही स्वरूप में ईश्वर में जुड़ी रहें, उसे निष्काम

कहते हैं। जो मुक्ति से भी श्रेष्ठ होकर जठराग्नि के समान खाया हुआ अन्न पचा देती है। वैसे लिंग शरीर का तत्काल नाश कर देती है। ईश्वर-भक्त ईश्वर में ही लीन रहते हैं। सर्व प्राणियों की आत्मा ईश्वर ही है। ईश्वर के सिवाय अन्य किसी का आश्रय लेने से मोहरूपी संसार का भय कभी दूर नहीं होता है।

फिर स्वरूप ने आशा की ओर लक्ष्य देते हुए कहा, ''हे माता! इस संसार में मनुष्यों का सबसे बड़ा भाग्योदय यही है कि उनका चित्त तीव्र भक्तियोग द्वारा ईश्वर में ही लगकर स्थिर बने।

फिर कुछ देर विश्रांति लेकर स्वरूप ने कहा, ''अब मैं तुम्हें प्रकृति आदि तत्त्वों का ज्ञान कहता हूँ, उसे जानकर जीव प्रकृति के गुणों से छूट जाता है और साधक का अहंकार नष्ट होता है।

''अनादि आत्मा 'पुरुष' कहलाता है, जो निर्गुण, प्रकृति से परे, सर्व के अंतःकरण में स्थित, ज्ञानस्वरूप और स्वयंप्रकाश है। इस सर्वव्यापक पुरुष ने अस्पष्ट स्वरूपवाली प्रकृति को स्वीकार किया। प्रकृति दो प्रकार की है। एक आवरण स्वरूप और दूसरी विक्षेप शक्ति, 'तमोगुण' यह आवरण शक्ति और 'तमोगुण' तथा 'रजोगुण' से दबा हुआ नहीं है, वह 'रजोगुण' विक्षेप शक्ति है। उसमें से 'आवरण शक्ति', यही जीव के लिए उपाधि रूप अविद्या या माया है; और 'विक्षेप शक्ति' जो है, वह परमेश्वर की 'माया' कहलाती है।

''पुरुष के भी दो भेद हैं। एक जीव और दूसरा ईश्वर। उसमें मायारूप प्रकृति के वश में होकर जो संसार में जन्म लेता रहता है, वह जीव कहलाता है और जो प्रकृतिरूपी माया को वश में रखकर जगत् की रचना अर्थात् सृष्टि करता है, वह ईश्वर कहलाता है। प्रकृतिरूपी माया में उलझे जीवन को बार-बार संसार में फँसना पड़ता है।

''ऐसी प्रकृति को देखकर पुरुष तत्काल मोहित हो गया, क्योंकि प्रकृति ज्ञान को ढाँकनेवाली ही है, इससे पुरुष स्वयं का स्वरूप ज्ञान भूल गया। सभी कर्म प्रकृति के गुणों के कारण ही होते हैं, फिर भी पुरुष उस प्रकृति के संसर्ग में आने से प्रकृति जो कुछ करती है, वह स्वयं ही कर रहा है ऐसा मान लेता है अर्थात् स्वयं ही कर्ता है, यह मान लेता है। वास्तव में पुरुष तो अकर्ता है, ईश्वर है, जो सर्वदा स्वतंत्र है, साक्षी है और मात्र सुख स्वरूप ही है। फिर भी उसे कर्तापन के अभिमान के कारण ही संसार रूप जन्म-मरण के चक्र में फँसना पड़ता है। प्रकृति के कारण 'मैं ही देह हूँ, कर्ता हूँ' ऐसा मानने के कारण ही पुरुष को कर्मों का बंधन प्राप्त होता है। इस प्रकार पुरुष ही स्वयं को प्रकृति मानने के कारण, स्वयं प्रकृति से परे होने पर भी सुख-दुःख आदि का पुरुष ही माना जाता है। वास्तव में सब पुरुष के कारण ही है,

क्योंकि अहंकार आदि जड़ होने से उसमें देह का कर्तापन भी जड़ है, उसमें दिखाई देता कर्तापन अंत में पुरुष के कारण ही है।''

गंगाकिनारे वृक्षाच्छादित, प्राकृतिक वातावरण में स्वरूप आशा देवी को माँ स्वरूप मानकर उपदेश दे रहा था। मंद-मंद शीतल पवन बह रहा था। शांत मुख मुद्रावाली आशा देवी शांति से सब ग्रहण कर रही थी। स्वरूप के कुछ रुकने पर आशा देवी ने प्रश्न किया, ''प्रकृति का स्वरूप समझ में आ गया। पुरुष और प्रकृति संयुक्त रूप से इस विश्व का कारण हैं। यह सूक्ष्म तथा स्थूल जो कुछ इस जगत् में दिखता है, वह सब प्रकृति और पुरुष ही है। मुझे अब प्रकृति तथा पुरुष के लक्षण जानने हैं, वह मुझे बताओ।''

स्वरूप ने हँसकर कहा, ''पंचमहाभूत, उसकी पाँच तन्मात्राएँ, मन, बुद्धि और अहंकार और चित्त, ये चार अंत:करण और दस इंद्रियाँ मिलकर यह चौबीस तत्त्वों का समूह इस प्रकृति का कार्यक्षेत्र है।

''उसमें पंचमहाभूत—(1) पृथ्वी, (2) जल, (3) तेज, अग्नि, (4) वायु, (5) आकाश ये पाँच महाभूत कहलाते हैं और पाँच तत्त्व—(1) गंध, (2) रस, (3) रूप, (4) शब्द, (5) स्पर्श ये तन्मात्राएँ हैं। अब ये जो दस तत्त्व हैं, वे दस इंद्रियाँ—(1) कान, (2) त्वचा, (3) चक्षु, (4) जीभ, (5) नासिका, (6) वाणी, (7) हाथ, (8) पैर, (9) लिंग, (10) गुदा। ऐसे ही मन, बुद्धि, अहंकार और चित्त, ये चार प्रकार के अंत:करण हैं। इसमें काल नाम का पचीसवाँ तत्त्व है, ऐसा भी माना जाता है, जो प्रकृति की ही एक अवस्था है। यद्यपि काल परमेश्वर का ही प्रभाव है। इस काल से अहंकार के कारण, प्रकृति के कारण 'स्वयं ही देह है' ऐसा माननेवाले जीव को भय लगता है। प्रकृति के भिन्न-भिन्न विकार वे ही भगवान् 'काल' हैं। यही 'काल स्वरूप भगवान्' अपनी माया से सभी प्राणियों के अंदर 'जीव स्वरूप' में और बाहर 'काल रूप' में स्थित है।

''काल के कारण प्रकृति में विकार उत्पन्न हुआ, स्वयं ही प्रकृति को उत्पन्न किया गया, ऐसी प्रकृति में पुरुष ने वीर्य प्रवेश किया अर्थात् पुरुष ने उसमें अपनी चैतन्य शक्ति स्थापित की, उससे प्रकृति में बहुत प्रकाशवाला 'महत्तत्त्व' उत्पन्न हुआ। उसने स्वयं अंदर स्थित 'जगत्' को उत्पन्न किया। प्रथम तो उसने आत्मा ढक देनेवाले तमोगुण के विभाग का नाश किया, जो सत्त्व गुणवाला, स्वच्छ, शांत, रागादिरहित होकर, भगवान् की प्राप्ति का स्थान है। उसे 'वासुदेव' कहते हैं।

''फिर भगवान् की चैतन्य शक्ति से उत्पन्न 'महत्तत्त्व' विकार आया अर्थात् उसमें से 'मन' और 'तामस' ऐसे तीन प्रकार के अहंकार उत्पन्न हुए या जिस 'अहंकार' से

मन, इंद्रियाँ तथा पंचमहाभूतों की उत्पत्ति हुई है। इसके अलावा 'पंचमहाभूतों', उन्हें देवताओं के साथ की 'इंदियाँ' तथा 'मन' इस सब तत्त्वमय अहंकार को 'संकर्षण' पुरुष भी कहते हैं।

"मन में जो संकल्प-विकल्प की कामनाएँ होती हैं, उसका कारण सात्त्विक विकार है। इसे 'अनिरुद्ध' भी कहते हैं। राजस अहंकार में से बुद्धि तत्त्व, संशय, मिथ्या ज्ञान, निर्णय, स्मृति तथा निद्रा, इन भिन्न-भिन्न वृत्तियों से बुद्धि का तत्त्व दिखता है। इसके बाद ईश्वर की प्रेरणा से 'तामस अहंकार' विकार बना अर्थात् उससे 'शब्द तन्मात्रावाला 'आकाश तत्त्व' उत्पन्न हुआ।

"कान शब्द ग्रहण करनेवाला है; शब्द अर्थ का वाचक है। आकाश तन्मात्रा है अर्थात् आकाश के समान सूक्ष्म है, फिर 'शब्द' उसकी तन्मात्रा है, ऐसा आकाश काल की गति से विकार बना अर्थात् 'स्पर्श तन्मात्रा' उत्पन्न हुई और उस 'स्पर्श' से 'वायु' उत्पन्न हुई। 'त्वचा इंद्रिय' स्पर्श करनेवाली है, कोमलता, कठिनता, शीतलता और उष्णता, ये 'स्पर्श' के लक्षण हैं, स्पर्श वायु की तन्मात्रा है, वृक्ष की शाखा को हिलाना, घास को उड़ाकर एकत्र करना, गंधवाले पदार्थों को 'घ्राणेंद्रिय-नाक' के साथ संयोग करवाना, इंद्रियों को बल प्रदान करना, यह सब वायु का काम है। इसके बाद 'स्पर्श तन्मात्रा' ऐसा वायु विकार बना अर्थात् उसकी रूप तन्मात्रा उत्पन्न हुई, रूप से तेज उत्पन्न हुआ तथा उसे ग्रहण करनेवाली 'चक्षु इंद्रिय' उत्पन्न हुई।"

"प्रकाशित करना, पचाना, क्षुधा, तृषा के कारण खाना-पीना, हिम को नष्ट करना, सुखाना यह 'तेज-अग्नि' का कर्म है। 'तेज' विकार बना अर्थात् उसकी 'रसतन्मात्रा' उत्पन्न हुई, रस से 'जल' बना, 'जीभ' रस ग्रहण करनेवाली हो गई। द्रव्यों के विकार के कारण तूरा, मीठा, कड़वा, तीखा, खारा, खट्टा ऐसे अनेक प्रकार से रसों में भिन्नता हुई। भिगोना, मिट्टी आदि को पिंड रूप में करना तृप्ति देना, सबको जीवित रखना, तृषा की व्याकुलता दूर करना, वस्तु को कोमल करना, खींच निकालने पर भी पुनः उत्पन्न होना, ये सब जल के लक्षण हैं। फिर जल के विकार से 'गंध' तन्मात्रा उत्पन्न हुई और गंध में पृथ्वी उत्पन्न हुई। पृथ्वी के पदार्थों के विकार के कारण मिश्र गंध, दुर्गंध, सुगंध, मृदुगंध, उग्रगंध और खट्टी गंध, ऐसे भिन्न-भिन्न भेद गंध के हुए।

"बल का आश्रय लिये बिना ही स्थिर रहना, जल का स्वयं में संग्रह करना, आकाशीय पदार्थ प्राप्त करना और सभी प्राणियों को और प्राणी में यह 'पुरुषत्व', 'स्त्रीत्व' आदि गुण प्रकट करना, ये पृथ्वी के कार्य हैं, तेज उसका लक्षण है।

"ये महत्तत्त्वादि सात तत्त्व पहले तो अलग-अलग थे, इसलिए सृष्टि उत्पन्न करने में समर्थ नहीं हो सके थे। आदिपुरुष की प्रेरणाशक्ति से ये तत्त्व एक-दूसरे

से जुड़े अर्थात् उसमें से 'ब्रह्मांड' की उत्पत्ति हुई, उससे 'समष्टि रूप' विराट् पुरुष उत्पन्न हुआ, इस ब्रह्मांड में देव, मनुष्य आदि समग्र लोक का विस्तार है, जो स्वयं श्रीहरि का स्वरूप ही है।

''जल में स्थित उस सुवर्णमय ब्रह्मांड में से खड़े होकर 'महादेव श्री हरि' ने तटस्थता त्याग करके इंद्रिय रूप ब्रह्मांड के अधिष्ठाता होकर उसमें अनेक प्रकार के छिद्र किए।

''सबसे पहले उस विराट् पुरुष का अर्थात् उनके विराट् शरीर का मुख हुआ, फिर उस मुख से 'वाणी' इंद्रिय के साथ उसका अधिष्ठाता देव अग्नि उत्पन्न हुआ, फिर उसकी 'नासिका' में दो छिद्र उत्पन्न हुए, फिर उसमें से 'घ्राणेंद्रिय' उत्पन्न हुई, उसका अधिष्ठाता देव 'वायु' उत्पन्न हुआ। फिर 'नेत्र' उत्पन्न हुए, उसमें उसके देव 'सूर्य' ने प्रवेश किया। फिर उस विराट् पुरुष के 'कान' छिद्र हुए, उसमें 'श्रवणेंद्रिय' तथा उसके देव दिशाओं ने प्रवेश किया।

''फिर 'त्वचा' और उसमें 'दाढ़ी-मूँछ' आदि उत्पन्न हुए और 'औषधियाँ' देव हो गईं। फिर विराट् पुरुष का 'लिंग' प्रकट हुआ, उसमें से 'वीर्य' और फिर लिंग का अभिमानी देवता 'आपोदेव-जल देवता' उत्पन्न हुए, फिर गुदा स्थान बना, उसमें से 'अपान वायु' और उसका अभिमानी देवता भयंकर अभिमानी 'मृत्युदेव' उत्पन्न हुआ। उसके बाद उस विराट् के दो हाथ उत्पन्न हुए, बल इंद्रिय और उसके देवता 'इंद्र' उत्पन्न हुआ, फिर 'हृदय स्थान', उसमें 'मन' इंद्रिय हुआ, उसका देव चंद्रमा उत्पन्न हुआ। फिर 'हृदय स्थान' की बुद्धि उत्पन्न हुई, इसलिए ये इंद्रिय के देव 'ब्रह्मा' हुए, फिर 'अहंकार' और देवता 'रुद्र' उत्पन्न हुए। चित्त और उसका देवता 'क्षेत्रस' प्रकट हुआ।

''इस प्रकार उसे 'इंद्रियाँ' और उसके देव 'अहंकार' से उत्पन्न होकर वह विराट् पुरुष को उठाने को तत्पर हुआ, परंतु उसमें निष्फल होने से, सभी इंद्रियों ने अपने-अपने देवों के साथ बारी-बारी से क्रमशः उस विराट् पुरुष में प्रवेश किया। फिर भी विराट् नहीं उठा, तो अंत में 'क्षेत्रस' 'चित्त' के साथ हृदय में प्रवेश किया, उसी समय विराट् पुरुष 'जल' में से खड़ा हो गया।

''जैसे निद्रावश सोए हुए मनुष्य को 'जीव' बिना प्राण, मन, इंद्रियाँ या बुद्धि उठाने में समर्थ नहीं होते हैं, उसी प्रकार इन विराट् पुरुष 'क्षेत्रस' को इन परमात्मा के बिना कोई अन्य भी अपने बल से उठा नहीं सका।

''इसलिए प्रथम परमेश्वर की भक्ति करनी चाहिए, फिर अन्य सभी पदार्थों से वैराग्य होता है, बुद्धि योग में प्रवृत्त होती है और 'चित्त' एकाग्र होने के बाद जो

ज्ञान उत्पन्न होता है, उस ज्ञान के द्वारा 'क्षेत्रस' को शरीर से भिन्न केवल परमात्मा जानकर उस 'क्षेत्रस' का ही चिंतन करना चाहिए।''

इतना वर्णन करके स्वरूप ने आशा देवी को वृक्ष पल्लव का दोना बनाकर थोड़ा जल पिलाया और स्नानार्थ उसके मस्तक पर गंगा का पवित्र जल छींटा और स्वयं भी अपने पर जल छींटा किया। फिर पुनः दोनों आसन पर बैठ गए, फिर स्वरूप ने आगे कहा, ''हे माता, जैसे जल में सूर्य का प्रतिबिंब पड़ता है, परंतु उससे सूर्य जल से भीना (गीला) नहीं होता, उसी प्रकार 'जीवात्मा' प्रकृतिरूपी मनुष्य के शरीर में स्थित है, फिर भी स्वयं निर्गुण, अकर्ता और राग-द्वेषादि विकारों से रहित होने से 'प्रकृति' के 'सत्त्वादि' गुणों के कारण उत्पन्न होनेवाले सुख-दुःख या पुण्य-पाप में लिप्त नहीं होता है।

''परंतु, जब वह पुरुष अर्थात् आत्मा प्रकृति के गुणों में अर्थात् माया में आसक्त होता है, तब ही देह के 'मैं' और 'मेरा' जैसे अभिमान से मूढ़ बनकर अपने 'स्वरूप-आत्मा' को भूल जाता है, 'आत्मा' को भूल जाता है और इसीलिए 'मैं कर्ता हूँ' ऐसा मिथ्याभिमान करता है, उसके कारण वह पराधीन होकर मोक्ष सुख से भ्रष्ट हो जाता है और पशु-पक्षी तथा मनुष्य जातियों में जन्म लेकर संसार में भटकता रहता है। संसार स्वप्न के समान क्षणिक और असत्य है, संसार में प्राप्त होनेवाले जन्म, मरण, सुख-दुःख आदि सत्य रूप में मिथ्या ही है। फिर भी विषयों का चिंतन करते रहने के कारण इस जीवात्मा को संसार के प्रति अभाव नहीं होता है। इसलिए दुष्ट इंद्रियों के विषय मार्ग में अत्यंत आसक्त चित्त को दृढ भक्तियोग से और तीव्र वैराग्य से धीरे-धीरे वश करना चाहिए। श्रद्धा रखकर ईश्वर में निष्कपट प्रेमभाव रखना चाहिए।

''इंद्रियाँ विषय के प्रति ललचाती हैं, तब 'अविद्या' उत्पन्न होती है; परंतु उस समय भी यदि अहंकाररहित होकर स्वयं के स्वरूप में ही तटस्थ रहती है और स्थिर रहती है वही 'आत्मा' है। जाग्रत् तथा स्वप्नावस्था में भी 'आत्मा' तटस्थ रहती है और स्थिर रहती है। आत्मा दोनों अवस्था में द्रष्टा रहती है। स्वप्नावस्था में माया के कारण आत्मा स्वयं को नाशवान् समझती है, परंतु जाग्रत् आत्मा तो नष्ट नहीं होती है। इस प्रकार विवेकी मनुष्य आत्मा का साक्षात्कार करते हैं।

''पुरुष प्रकृति के संसर्ग में रहता है, इसलिए पुरुष स्वयं अकर्ता होने पर भी प्रकृतिरूप माया के संग के कारण कर्तापन का आभास अथवा भाव धारण करता है, तो फिर प्रकृति के गुण पुरुष धारण करता हो, तो मोक्ष कहाँ से होगा?

''प्रकृति और पुरुष एक-दूसरे के पूरक हैं, इसलिए प्रकृति के बिना पुरुष और पुरुष के बिना प्रकृति होगी ही नहीं। इसीलिए पुरुष अकर्ता होने के बाद भी प्रकृति

के संग के कारण ही उसे कर्तापन का भास होता है।

"फिर भी निष्काम स्वधर्म के आचरण से, निर्मल मन से, प्रगाढ़ भक्ति, ज्ञान वैराग्य, व्रत नियम, योगाभ्यास, तीव्र आत्मध्यान से पुरुष की प्रकृति दिन-रात जलती जाती है। प्रकृति धीरे-धीरे अदृश्य हो जाती है; प्रकृति पुरुष का अशुभ नहीं कर सकती है।

" 'आत्मभाव' के कारण सर्व मिथ्या ज्ञान रूप संशय नष्ट हो जाता है और फिर 'वासनामय शरीर' न रहने से वह धीर पुरुष एकमात्र ईश्वर का ही आश्रित होकर संसार में पुनः नहीं आता है। सिद्धपुरुष का मन किसी प्रकार की 'माया' देखकर आसक्त नहीं होता है, तब उस पुरुष को मोक्ष गति प्राप्त होती है।"

कुछ देर मौन रहकर स्वरूप ने पुनः कहा, "अब...मैं सालंबन योग का स्वरूप कहता हूँ, जिसका आचरण करने से चित्त प्रसन्न होकर सन्मार्ग पर जाता है। शक्ति के अनुसार स्वधर्म का आचरण करना, 'विरुद्ध धर्म' और 'परधर्म' से दूर रहना, दैवयोग से मिल जाए, उससे संतोष रखना, विषयाशक्ति बढ़ाए, ऐसे कामिनी-कांचन तथा अन्य लालच पैदा करे, ऐसे पदार्थों से दूर रहना, केवल मोक्ष मार्ग में ही आसक्ति रखना, माप के अनुसार पवित्र वस्तु ही लेना, निर्बोध प्रदेश में निरंतर एकांत में रहना, अहिंसा पालन, सत्य बोलना, चोरी न करना, अपरिग्रही होना, ब्रह्मचर्य का पालन करना, तप करना, बाह्यांतर पवित्रता रखना, स्वाध्याय करना, भगवान् की पूजा करना, प्राणयाम करके प्राणवायु को जीतना, मन द्वारा इंद्रियों को नियंत्रित करके ईश्वर में लगाना। 'मूलाधार' में मन के साथ प्राण वायु धारण करना, दुष्ट मन को बुद्धि द्वारा भगवान् में जोड़ना, आलस्य छोड़ना, प्राणायाम से वात, पित्त और कफ तीनों दोषों को जलाना, वायु के साथ मन को स्थिर करके पापों को जलाना। इस प्रकार मन स्थिर हो जाने पर ईश्वर का ध्यान करना।

"मन जब विषयरहित बन जाता है, तब जैसे दीपक की ज्योति तेल और बत्ती का नाश होने पर बुझ जाती है, वैसे ही मन को निर्वाण प्राप्त होता है अर्थात् मन का लय होता है। मन के लय होने से पुरुष अखंड आत्मा का साक्षात्कार करता है।

"फिर संसार नहीं रहता। तत्त्व का साक्षात्कार अर्थात् आत्मज्ञान हो जाए, फिर अविद्यारहित अंतिम अवस्था प्राप्त कर अर्थात् जीवन्मुक्त अवस्था प्राप्त करके, वह सिद्ध भक्त-योगी स्वयं के शरीर को भी नहीं जानता, इसी प्रकार वह सुख-दुःख को भी नहीं जानता है। उसकी देह, जो कि पूर्व के संस्कार रूप देव के वश में होकर, जब तक स्वयं के उत्पन्नकर्ता कर्म शेष होते हैं, तब तक इंद्रियों की इच्छानुसार जीती है। जीवन्मुक्त योगी पुत्र, धन, स्त्री सहित पुनः अहंता, ममता नहीं करता है, जैसे

मनुष्य धन, पुत्र आदि से अलग दिखता है, वैसे जीव भी स्वयं के माने गए शरीर-इंद्रियों से अलग है।

"आत्मा स्वयं एक ही है, फिर भी शरीर विशेष में रहकर शरीर के भिन्न-भिन्न गुणों के कारण अनेक स्वरूप में दिखाई देता है। भगवान् की शक्ति रूप प्रकृति ही सर्व का कारण रूप और कार्य रूप है, जो जीव की भी प्रकृति है। साधक भक्त को दुर्दोय और दुर्जय प्रकृति पर नियंत्रण करके उस पर विजय प्राप्त की अर्थात् प्रकृति से परे होकर 'आत्मस्वरूप' में स्थिर होना चाहिए।

"मनुष्यों में प्रकृति भेद होता है, इसलिए भक्ति में भी असमानता होती है। जो हिंसा, दंभ या मत्सर भाव का मन में संकल्प करके क्रोध और भेद के साथ ईश्वर की भक्ति करता है, वह 'तामस भक्त' है।

"जो मन में विषय, यश अथवा ऐश्वर्य का संकल्प करके, भेद दृष्टिपूर्वक ईश्वर को प्रतिमा के रूप में पूजता है, वह राजस भक्त है।

"जो पाप के नाश और ईश्वर की प्राप्ति के लिए यज्ञ आदि कर्तव्य समझकर करता है, वैसी भक्ति को निर्गुण भक्ति कहा जाता है। ऐसी भक्ति से ईश्वर का सायुज्य प्राप्त होता है।

"भक्त या साधक को अपने निवास स्थान में प्रतिभा के दर्शन, स्पर्श, सत्कार, स्तुति तथा वंदन करना, प्राणिमात्र में ईश्वर की भावना करना, धैर्य और वैराग्य रखना, सरलता रखना, अहंकार का त्याग करना चाहिए। इस प्रकार शुद्ध चित्त मात्र ईश्वर के गुणों को सुनकर अनायास ही ईश्वर को प्राप्त करता है, जो जीवन अन्य के शरीर को अपने से भिन्न समझता है, उसे ईश्वर मृत्यु और पुनर्जन्म देते ही रहते हैं। अपने स्वकर्म, उसके फल तथा अपने शरीर तक को भी ईश्वर को अर्पण करनेवाला भक्त श्रेष्ठ है।

"ईश्वर की प्रेरणा से और कर्म से अनेक प्रकार की सृष्टियाँ उत्पन्न होती हैं। यह सब 'ब्रह्म' का ही स्वरूप है, जिससे कर्म की चेष्टा रूप अनेक प्रकार का संसार चलता है। ईश्वर सर्व प्राणियों में प्रवेश करके प्राणियों द्वारा ही प्राणियों को खाता है। कालस्वरूप ईश्वर का कोई प्रिय शत्रु या बांधव नहीं है। वह तो सदा सावधान रहकर सर्व का संहार करते हुए 'प्रमादी मनुष्य' में प्रवेश करता है और उसका नाश करता है। उसके भय से अग्नि, वायु, समुद्र, नदियाँ आदि सात आवरणोंवाला स्वयं को ब्रह्मांड रूप में विस्तार करता है। यह सब जिसके वश में है, ऐसा ब्रह्मादि देवता प्रत्येक युग में जगत् की उत्पत्ति, स्थिति और संहार करता रहता है। इस प्रकार पर ब्रह्म 'मृत्यु रूप शक्ति' द्वारा सर्व का अंत करनेवाले यमराज को भी मरवाकर अंत कर देता है।

''मनुष्य काल का भोग करने के बाद भी उसके कारण रूप महा बलवान् ऐसे 'काल की गति' को नहीं जानता है।

'' 'जीव' अपने सर्वसुख के लिए सुखदायक पदार्थों को महादुःख से प्राप्त करता है। उन सभी पदार्थों का भगवान् काल नाश कर देते हैं और जीव उनके लिए शोक करता है। स्त्री-पुरुष सहित शरीर भी अवश्य नाशवंत है, फिर भी दुर्मति पुरुष उससे संबंधित खेत, धन आदि सुखदायक पदार्थों को मोह से अविनाशी मानता है। प्रत्येक योनि में जीव सुख अनुभव करता है, परंतु वह सुख क्षणिक और नाशवंत है, उसे वैराग्य नहीं होता, इसलिए जीवन नरक में रहकर भी वहाँ 'परमेश्वर' की 'माया' से मोहित होकर व्यर्थ के सुख को भी सुख मानकर अपने नाशवंत शरीर को छोड़ने की इच्छा नहीं करता है! स्त्री-पुरुषों में आसक्त पुरुष अपने को कृतार्थ समझता है। कपट करके जहाँ-तहाँ से धन प्राप्त करके परिवार का पोषण करता है, परंतु स्वयं तो नरक में ही जाता है। वृद्धावस्था में, वृद्ध बैल जैसी स्थिति होने पर, कोई उसका आदर-सत्कार भी नहीं करता है, फिर भी उसे वैराग्य नहीं होता है।

''ऐसा वह अजितेंद्रिय पुरुष मरण के समय अत्यधिक वेदना से नाश प्राप्त बुद्धिवाला हो जाता है। मरण के समय दो भयंकर यमदूत वहाँ आते हैं, उन्हें देखकर पुरुष का मल-मूत्र छूट जाता है। यमदूत उसे बलात् गले में पाश डालकर, बाँधकर यमलोक के लंबे मार्ग पर जे जाते हैं। यमदूतों के तिरस्कारयुक्त वचनों से उसका हृदय चिर जाता है, रास्ते में कुत्ते उसे फाड़ खाते हैं। तब अत्यंत दुःखी होकर वह अपने पापों को याद करता है।

''अंत में पापी ऐसा फल भोगते हैं, क्योंकि उसने कुटुंब का पोषण अधर्म से ही किया होता है, इसलिए वह 'अंधतामिस्त्र' नामक नरक में जाता है। वहाँ से वह अंतिम स्थान में जाता है। वहाँ वह सभी जितनी तीव्र वेदनाएँ हैं, जितनी योनियाँ हैं, उन सबको अनुक्रम से प्राप्त करके, उनको भोगकर फिर पवित्र होकर, वह सर्व पापों का नाश करके पुनः इस मृत्युलोक में आता है, अर्थात् पुनः मनुष्यत्व पाता है।

''मनुष्य जब पुनः गर्भ में प्रवेश करता है, तब वह ईश्वर से प्रार्थना करता है—हे भगवान्! माता की पेटरूपी गुफा में आए, ये रक्त, विष्ठा तथा मूत्र के कुएँ में पड़ा और वहाँ जठराग्नि से तपे शरीरवाला मैं दीनबुद्धि जीव इस गुफा में से बाहर निकलना चाहता हूँ, तो मुझे यहाँ से बाहर निकालो! हे विभो! यद्यपि मैं यहाँ अनेक दुःखों के बीच गर्भ में रहा हूँ, फिर भी यहाँ से बाहर निकलना नहीं चाहता, क्योंकि बाहर अंधे कुएँ जैसे संसार में प्राणियों को आप भगवान् की माया लिपट जाती है, उससे देह तथा मिथ्या अहंबुद्धि हो जाती है, स्त्री-पुत्रादि के संबंध के कारण पुनः

यह संसार चक्र प्राप्त होता है। इसलिए मैं यहीं रहकर उस व्यापक देव के चरणों में शरण लूँगा और उसके द्वारा अव्याकुल होकर मेरी बुद्धि को ही सारथी बनाकर अंधकाररूपी इस संसार से मेरी आत्मा का मैं ही शीघ्र उद्धार करूँगा! इसके बाद जीव योनि से बाहर निकलकर भूमि पर रक्त और मूत्र में गिरता है, तब वह बहुत रोता है, फिर बड़ा होने पर वह पुनः कर्म से बँधकर फिर संसार को प्राप्त करता है और स्त्री-रूप माया के कारण वह मोहित होता है। इसलिए स्वयं का पार पाने के इच्छुक पुरुष को स्त्री का संग नहीं करना चाहिए, क्योंकि आत्मलाभ प्राप्त करनेवाले योगी और मुमुक्षु के लिए स्त्री को तो नरक का द्वार कहा ही है। परमात्मा से सर्जित स्त्री रूप माया धीरे-धीरे सेवा आदि बहाने से समीप आती है, परंतु उस समय पुरुष को स्त्री को घास से ढके कुएँ के समान अपनी मृत्यु के रूप में देखना चाहिए। स्त्री यह जैसे शिकारी का गायन मृग का मृत्युरूप है, उसी के अनुसार दैवयोग से प्राप्त अपनी मृत्युरूप ही स्त्री को मानना चाहिए।

"इस प्रकार 'माया' से घिरकर पुरुष-जीव अनेक लिंग शरीर प्राप्त करता हुआ अनेक देहों में भ्रमण करता रहता है और दुःखों को भोगता रहता है, फिर वह लिंग और जड़ शरीर का त्याग करता है। उसी का नाम मृत्यु है। सत्य है कि जीव का जन्म-मरण नहीं है। इसलिए धीर पुरुष को यह समझकर मृत्यु से त्रस्त नहीं होना चाहिए और जीने के लिए दीन नहीं होना, क्योंकि जीव तो नित्य ज्ञान रूप है। इसलिए जीव की अकलगति जानकर संसार में निसर्ग भाव से विचरण करना चाहिए। इस प्रकार संसार में शरीर की आसक्ति छोड़कर निर्लेप भाव से विचरण करना चाहिए।"

गंगाकिनारे शांत स्थान पर स्वरूप आशा देवी को माता समान मानकर उपदेश दे रहा था। संध्या होनेवाली थी, शांत और शीतल पवन चल रहा था। स्वरूप ने थोड़ी विश्रांति लेकर पुनः आशा देवी से कहा, "हे माता! मेरे पास जो मोक्ष के प्रति उन्मुख करवानेवाला ज्ञान था, वह मैंने आपसे कहा, तो अब हम अपने गंतव्य स्थान पर जाएँ!"

"हे स्वरूपदेव! तुमने मुझे माता के रूप में स्वीकार करके मेरा उद्धार करने के लिए जो ज्ञान मुझे दिया, उससे मैं संतुष्ट हूँ, क्योंकि अब मेरा रहा-सहा मोह का आवरण दूर हो गया है।"

"हे माता आशा देवी! मैंने जो ज्ञानरूप मोक्ष के लिए मार्ग कहा है, वह सुख से सेवित है, उसका आश्रय करने से तुम थोड़े समय में ही 'जीवन्मुक्ति' पा सकती हो। मेरे कहे सिद्धांतों पर श्रद्धा रखना, क्योंकि इस मार्ग पर तुम अजन्मे विश्व को प्राप्त करोगी। जो इस मार्ग पर नहीं जाते, वे मृत्युरूप इस संसार को बार-बार प्राप्त करते हैं।" कहकर स्वरूप के मौन धारण करने पर आशा ने कहा, "आत्मगति देनेवाले

उपदेश से मैं ब्रह्म तत्त्व को जान सकती हूँ। अब मैं उसी के अनुसार तुम्हारे जाने के बाद भी जीवन गुजारकर, इस देह को आत्मतत्त्व के लिए मुक्त करूँगी। अब मेरा भय दूर हो गया है, इसलिए मेरी चिंता करने की कोई आवश्यकता नहीं है, क्योंकि अब मैं भयमुक्त होने से सभी चिंताओं से भी मुक्त हूँ।''

गंगामाता को प्रणाम करके स्वरूप और आशा देवी पुनः घर की ओर उसी रास्ते पर लौट चले, थोड़ा आगे बढ़े ही थे, वहाँ दोनों ने गंगा किनारे जलती हुई चिता देखी। वहीं चिता के पास और मार्ग के दोनों ओर अंतिम संस्कार में आए लोगों की भीड़ देखी, उनके बीच से गुजरते हुए स्वरूप को आश्चर्य हुआ, उसने विष्णु शर्मा के छोटे पुत्र को चिता की आग को लोहे के सरिये से प्रज्वलित करते देखा।

'ओह! तो विष्णु शर्मा भी काल की गति का शिकार हो गया!' वह मन-ही-मन बोला। उसके साथ ही लोगों की बातचीत के शब्द कान में पड़े, ''विष्णु शर्मा बहुत बड़े जज थे, परंतु उनकी मृत्यु बहुत बुरी हुई। पागल हो गए थे, दिमाग पर काबू नहीं रहा था।''

''कहते हैं कि दीवार पर सिर पछाड़-पछाड़कर मरे!''

सुनकर स्वरूप के पैर कुछ देर के लिए रुक गए! पुनः सुनाई दिया, ''सुना है, किसी प्रेतात्मा का साया पड़ गया था, उस प्रेत ने ही इन्हें पछाड़-पछाड़कर मारा और फिर दीवार पर सिर पटक-पटककर मार दिया! जो भी हो, कर्म के फल भोगने ही पड़ते हैं; जिसके जैसे कर्म!''

स्वरूप ने बोलनेवाले के मुख के सामने देखा, उसके मुख तथा समग्र चेहरे पर धूर्तता टपक रही थी। आशा देवी को साथ लेकर स्वरूप आगे बढ़ गया।

दोनों जब निवास पर पहुँचे तो अँधेरा हो चुका था। अंदर प्रकाश था। उसने सोचा कि कजरी आई होगी, चंदा बहन भी उपस्थित होगी।

तेजी से दोनों अंदर गए, तो हँसती हुई चंदा और उसके पीछे खड़ी कजरी ने दोनों का स्वागत किया। कजरी बोली, ''दोनों हाथ-पैर धोकर भोजन करने बैठ जाओ। आज जल्दी सो जाना है, क्योंकि कल जल्दी उठकर सवेरे विधि के लिए तैयार होकर हर की पैड़ी पर पहुँचाना है।''

''ऐसा! यह तुम्हारी आज्ञा है।'' स्वरूप ने हँसकर कहा।

''नहीं, चंदा बहन का निर्णय है, उन्होंने मुझे कहा कि उनकी ओर से बात बता दूँ आप दोनों को!''

''ठीक है, आज से तुम्हें ही चंदा बहन की सहायक के रूप में रहना है।''

''और…आशा भाभी की नहीं?''

"हाँ उसकी भी!" स्वरूप ने वाक्य आधा ही छोड़ दिया। स्वगत ही बोला, 'आशा देवी को अब किसी सहायक की आवश्यकता नहीं है, किसी की भी! अब उसने ईश्वर को सब समर्पण कर दिया है, अपनी देह भी!'

भोजन के बाद स्वरूप अपने कमरे में चला गया। आशा देवी और चंदा बा-बापूजी के कमरे में गए।

और रात्रि प्रगाढ़ अंधकार के साथ नीरव हो गई।

❖

22

आह्लादक वातावरण में निश्चित सभी कार्यों का प्रारंभ हो गया था। हर की पैड़ी के पवित्र घाट पर वातावरण मानो ऋषियुग में प्रवेश कर गया था। पास में गंगा किनारे के विशाल मैदान में प.पू. सरयूदासजी श्रीमद्भागवत के विशाल और सुशोभित व्यासपीठ पर बैठकर पाठ करने के लिए विराजमान थे। स्वरूप और चंदा व्यासपीठ के पास श्रीभागवत का पूजन करने के लिए बैठ गए थे।

पूजन पूर्ण होने पर चंदा ने एक बड़े पोले बाँस का पुरोहित द्वारा मंत्रोच्चार के साथ पूजन करवाया, उस बाँस में सात गाँठें थीं। पुरोहित ने स्वरूप के माता-पिता, काका-काकी तथा मयूर का विधिवत् स्थापन, आह्वान करके उनका पूजन करवाया, फिर इस बाँस को व्यासपीठ के स्तंभ के साथ व्यवस्थित रूप से रोप दिया गया।

अचानक स्वरूप पूजन के बाद थम गया। बाँस की गाँठों में स्थापित की गई आत्माओं के विषय में वह सोचने लगा। उसे लगा कि इसमें अभी भी कुछ कमी है। तुरंत उसे उसके पूर्वाश्रम के मित्र आशीष का स्मरण हुआ। जिसका मोक्ष हुआ ही न हो! उसके हृदय में दया के साथ अनुकंपा जागी। उसे विचार आया कि उसको भी इस बाँस में आह्वाहन करके स्थान देकर बैठाएँ तो?

तभी पीछे से उसके कंधे पर स्पर्श किया चंदा ने, गंभीर स्वर में बोली, "तुम्हारी भावना समझ गई हूँ। कैसे भी अपराधी के प्रति योगी की ऐसी ही भावना होनी चाहिए। मैं भी समझती हूँ और इच्छा भी करती हूँ, क्योंकि मेरा उसके प्रति कोई द्वेषभाव या रोष नहीं है, परंतु आशीष की मुक्ति का यह उपाय भी कारगर होगा नहीं। आशीष ने आत्महत्या की है, जो महाभयंकर पाप है! आत्महत्या करने से मरनेवाले की सात जन्म तक कोई गति नहीं होती है। उसे सात जन्म लेकर, सात-सात बार आत्महत्या

करनी पड़ती है और प्रत्येक जन्म में उसे प्रथम नरक की यातना भोगनी ही पड़ती है। इसके अलावा प्रत्येक जन्म में भी उसके नए-नए कर्म बँधते जाते हैं और पुनः-पुनः जन्म लेकर असंख्य जन्मों तक संसार में फँसकर दुःख भोगने पड़ते हैं। विधि के इस नियम को कोई शक्ति बदल नहीं सकती है, सिवाय ईश्वर की कृपा से! जीवन को कर्मानुसार ईश्वर की कृपा प्राप्त होती है, तो वह तुरंत मुक्त हो सकता है। सारा आधार ईश्वर निर्मित उसके भाग्य पर है। अभी आशीष नरक भोग रहा है। वहाँ से यहाँ आना उसके लिए संभव नहीं है और इसलिए मैंने इन सभी आत्माओं के साथ उसे बैठने के लिए आसन नहीं दिया।''

स्वरूप ने बाँस में आसनस्थ आत्माओं का विधिवत् पूजन किया। फिर व्यासपीठ की प्रदक्षिणा करके दंडवत् प्रणाम किया। फिर सभी 'हर की पैड़ी' के गंगा घाट पर आए। स्वरूप ने स्नान करके श्राद्ध के लिए पंडित के सामने आसन लिया। पंडित ने तीन पिंड दर्भ की सली पर रखवाए, पितरों का तर्पण दर्भ की सली से ही विधिवत् किया। फिर तीनों पिंडों को एक-दूसरे में मिला दिया, सभी दान की गई वस्तुओं को अर्पण भावना करके पिंड स्वरूप पितृ आत्माओं को अर्पण करके वे पिंड गंगा के पवित्र जल में विसर्जित कर दिए। विधि पूर्ण होने पर स्वरूप ने 'अवभृथ स्नान' किया, साथ-साथ सभी ने गंगाजल में स्नान किया। स्वरूप ने सभी गुरुजनों को प्रणाम करके पितृकार्य पूर्ण करने का संतोष प्राप्त किया।

मध्याह्न का समय हो गया था, श्राद्ध कार्य पूर्ण हो गया था! ब्रह्म भोजन का समय होने पर चंदा बहन ने कहा, ''रेवानंद कुछ ही देर में आ जाएगा। रेवानंद-आशा आदि को ब्रह्म भोजन करवाने का उत्तरदायित्व दिया है, उसी के अनुसार हो रहा है।''

तभी रेवानंद आ पहुँचे और बोले, ''ऋषिकेश में लक्ष्मण झूले के पास सभी मंदिरों में ब्रह्म भोजन की पक्की व्यवस्था हो गई है! ब्रह्म भोजन के बाद प्रत्येक ब्राह्मण को दक्षिणा के साथ वस्त्र और उपवस्त्र का दान किया जाएगा। इसके लिए सारा उत्तरदायित्व वहाँ के वरिष्ठ नागरिकों ने स्वेच्छा से स्वीकार कर लिया है। यात्रियों के भोजन के लिए 'चोटीवाला' भोजनालय में आज सायंकाल तक भोजन करवाया जाएगा। उपरांत हर की पैड़ी से प्रेम नगर आश्रम तक गंगा किनारे टेंट में यात्रियों की व्यवस्था कर दी गई है।''

निर्धारित समय पर भोजन तथा दान आदि का कार्य पूर्ण होते-होते साँझ होने आई। स्वरूप का हृदय आनंद से छलक रहा था, उसने चारों ओर देखा। सभी स्थान पर उपस्थित थे, परंतु कालिंदी कहीं नजर नहीं आ रही थी। स्वरूप सोच रहा था, अभी भी कालिंदी को उसके प्रति रोष होगा, क्योंकि रेलवे स्टेशन पर लेने आई थी

और शीघ्रता से चली गई थी। उसके बाद उसे कालिंदी दिखी ही नहीं! कदाचित् काम में व्यस्त होगी। वह सोच रहा था।

तभी चंदा उसके मनोभाव और विचारों को जानकर बोली, "कालिंदी पिछले दो दिनों से ऋषिकेश में सब कार्य सँभालने में व्यस्त है। अंत तक वहाँ रुककर कार्य समाप्त करके ही आएगी। अंत में वह आज ही रेलवे स्टेशन पर मिल जाएगी। तुम्हें आज ही रात को 9 बजे की ट्रेन द्वारा वापस जाना है, पूरणपुरीजी उसी प्रकार तुम्हारे साथ जाएँगे। रेवानंद तुम्हारे पहले रेलवे स्टेशन पहुँच जाएगा!" फिर कुछ रुककर बोली, " श्रीमद्‍भागवत का कार्य भी पूर्ण होते ही अंतिम पूजन विधि के लिए उस स्थान पर हमें जाना है।" कहकर वह सभी को संकेत से आगे बढ़ाकर चल दी।

सरयूदासजी पूर्णाहूति की विधि के लिए सबकी प्रतीक्षा कर रहे थे। सभी भागवत का पूजन करके तथा परिक्रमा करके नतमस्तक व्यासपीठ के सामने खड़े रहे। सरयूदासजी ने अंतिम मंत्र का गान किया और उसी के साथ बाँस में एक बाद एक धड़ाके हुए और बाँस का खड़ा चीरा गया।

सभी को इसके रहस्य का पता था, इसलिए संतोष के साथ सभी आनंदित हुए। अब कुछ भी शेष न रहने पर स्वरूप पूर्ण संतोष के साथ सरयूदासजी के पास आया, उन्हें प्रणाम करके नम्रता से बोला, "आपने मेरा कार्य पूर्ण कर दिया, अब मैं आपकी कृपा से संपूर्ण रूप से पितरों के ऋण से मुक्त हो गया हूँ। विशेषकर मयूर की प्रेत योनि से मुक्ति से मैं सत्य अर्थ में ऋणमुक्त हुआ हूँ, जिसका मुझे पता भी नहीं था, वह कार्य आपकी कृपा से सिद्ध हो सकता है! आपको मेरा शतकोटि प्रणाम, प्रणाम!"

सुनकर सरयूदासजी हँसकर बोले, "भाई तुम ज्ञानी हो। ज्ञानी को ज्ञान का उपदेश नहीं दिया जाता है। हम सब पर केवल ईश्वर की कृपा है। इसलिए हम पूर्ण होकर ईश्वर को प्राप्त करने में समर्थ हो सके हैं। अब तुम और अनंतानंद दोनों पूर्ण हो चुके हो। यहाँ से जाकर तुम दोनों अपनी-अपनी आत्मा के साथ अपनी-अपनी देह को प्राप्त करोगे! तुम ब्रह्मलीन होकर तुम्हारी देह को योगाग्नि द्वारा नष्ट करोगे और अनंतानंद पूर्ण सिद्ध होने के बाद भी ऋणानुबंध पूर्ण करने के लिए गृहस्थाश्रम में ही स्थायी होकर, समय आएगा, तब तुम्हारे समान योगाग्नि द्वारा देह का त्याग करके ब्रह्म में ही विलीन हो जाएगा। तब तक उसकी साधना और प्राप्त सिद्धियाँ गुप्त अर्थात् अप्रकट रहेंगी, जिससे वह अच्छी प्रकार से समाज में निरभिमान रहकर निष्काम भाव से स्वयं के कार्य कर सकेगा, तो वह सामान्य गृहस्थ बनकर रहेगा और प्रसिद्धि से दूर रह सकेगा।" फिर चारों ओर दृष्टि डालकर बोले, "बहन, माता तुम भी जानती हो, उसके अनुसार अब समय बहुत कम है, इसलिए स्वरूप को विदा

करने के लिए रेलवे स्टेशन तक जाओ। हमेशा की प्रथा की तरह पूरणपुरीजी साथ ही रहेंगे और मैं अब गंगोत्तरी जाकर तुम्हारी और आशा देवी की प्रतीक्षा करूँगा। तुम्हारा कल्याण हो···अस्तु···" और वे चल दिए।

सभी चंदा की गाड़ी में रेलवे स्टेशन पहुँचे। ट्रेन समय पर आई, पर रवाना होने में कुछ देर थी। स्वरूप ने चंदा तथा आशा देवी को प्रणाम किया। चंदा ने स्वरूप के गले लगकर हँसते हुए भावभीनी विदाई दी। स्वरूप ने आशा देवी की ओर दृष्टि की, तो आशा देवी का चेहरा निर्मल और पवित्र था। उसका निर्विकार और हँसता चेहरा देखकर स्वरूप को उसके उपदेश की सार्थकता अनुभव हुई। उसने पुनः हाथ जोड़कर प्रणाम किया। आशा देवी ने हँसकर आशीष देते हुए मस्तक पर हाथ रखकर ट्रेन के कोच में जाने का निर्देश किया।

स्वरूप धीरे से ट्रेन के डिब्बे में चढ़ा तो आश्चर्यचकित हुआ। उसकी सीट पर कालिंदी भावहीन चेहरे से बैठी हुई थी। उसके सामने की सीट पर बैठकर स्वरूप ने कालिंदी के भारी चेहरे के सामने देख हँसकर कहा, "कालिंदी! तू अब दिखाई दी?"

उत्तर में कालिंदी ने मात्र होंठ फड़फड़ाए।

"कालिंदी! मैं तुमसे क्षमा माँगता हूँ। मैंने तुम्हें बहुत दुःख दिए हैं।"

"नहीं–नहीं अब सब भूल गई हूँ। अब मेरे हृदय में प्रज्वलित प्रेम का दावानल शांत हो गया है। अब उस दावानल के रहे–सहे अंगारे शेष हैं, वे भी समय बीतने पर शांत होकर राख बन जाएँगे। तुम्हारा कोई अपराध नहीं है। मैंने ही भौतिक सुख को प्राधान्य दिया था।" फिर बोली, "खैर, जो भी हुआ हो, कर्मों से भाग्य निर्माण होता है। मैं भाग्य के निर्णय को स्वीकार कर चुकी हूँ।"

कालिंदी बोल रही थी, तभी ट्रेन ने रवाना होने की व्हिसिल दी। कालिंदी घबराकर उठी और दरवाजे की ओर दौड़ी। स्वरूप ने देखा तो उसे लगा कि वह उसके हृदय में भर आए भावों को बलात् दबाकर ओझल हो रही है।

पूरणपुरीजी डिब्बे में चढ़े, स्वरूप ने सरकती ट्रेन में से बाहर नजर डाली, चंदा औरआशा के अंतिम दर्शन किए।

ट्रेन की गति बढ़ी, अधखुली आँखों से सो रहा स्वरूप ताजा घटी घटनाओं के विषय में सोचता रहा। सभी कार्य चंदा बहन की पूर्वग्रही बुद्धि शक्ति से पार पड़ गया था, परंतु कालिंदी, वह अभी तक मुझे भूल नहीं सकी है, इसके साथ स्वरूप स्वयं को अंदर से झकझोरकर स्वगत बोला, 'अब सभी विचार बंद कर दे।' उसने सिर झटककर अधखुली आँखें खोलीं, सामने पूरणपुरीजी की ओर देखा तो उसे देख

हँस रहे थे, वह कुछ संकोच से बोला, "अभी भी संपूर्ण रूप से देहाभिमान जाता नहीं, क्या करूँ?"

"जानता हूँ।" पूरणपुरी ने सहास्य प्रत्युत्तर देते हुए कहा, "इसमें चिंता करने जैसा कुछ नहीं है। यह सब स्वाभाविक और सकारण है। अभी तुम जड़ और लिंग शरीर के हवाले हो। इसलिए मन, बुद्धि और अहंकार कार्यरत हैं। तुम्हारी आत्मा का तुम्हारे विचारों से संबंध नहीं है, क्योंकि तुम्हारे अंदर स्थित आत्मा अनंतानंद की है। जो मंत्रद्रष्टा के रूप में तुम्हारे विचारों, भावों और व्यवहार का निरीक्षण कर रही है। अतः तुम्हारे जड़ और लिंग शरीर के साथ जुड़ी हुई स्मृतियाँ तुम्हें परेशान कर रही है और यह स्वाभाविक है। जब तुम पुनः अपनी आत्मा को अपनी देह में स्थापित करोगे, तब तुम कैवल्य ज्ञान की स्थिति अपने आप प्राप्त हुई अनुभव करोगे। तब तक थोड़े-बहुत अंश में स्मृतियों के साथ जुड़े रहना पड़ेगा। इसलिए किसी भी प्रकार की चिंता किए बगैर, अपनी स्मृति को यथेष्ट भ्रमण करने दो।"

पूरणपुरीजी के कथन को सुनकर स्वरूप निश्चिंत होकर अपने आसन पर लेट गया। थोड़ी ही देर में वह तंद्रावस्था में आ गया और उसकी स्मृति के साथ आशा देवी के भविष्य की कल्पना में डूब गया।

तंद्रावस्था में स्वरूप को अनुभव हुआ कि वह गंगोत्तरी तीर्थस्थान में आशा देवी के साधना स्थल पर जा रहा है, जहाँ उससे अलग होने के बाद, उपदेश के अनुसार आशा देवी स्थितप्रज्ञ भाव से ब्रह्म की आराधना कर रही है। स्वरूप की पत्नी के बाद मातास्वरूप में स्वरूप द्वारा स्थापित आशा देवी उस क्षण स्वरूप को देखकर बोलीं, 'जल, में सोए हुए महाभूत, इंद्रिय और तन्मात्रा अंतःकरण के सततत्त्व रूप, सर्व जगत् के बीज रूप आपके स्वरूप का ब्रह्माजी में ध्यान धरा तो भी वे आँख से देख नहीं सके, वहीं हे स्वरूप! मुझे लगता है कि मेरी ही कोख से मानो तुमने जनम लिया है।' फिर आशा देवी ने आँखें बंद करके स्वरूप को प्रत्यक्ष ईश्वर समझकर प्रार्थना करना प्रारंभ किया, 'भिन्न-भिन्न गुण प्रदान करके ब्रह्मा, विष्णु और रुद्र को आप ही उत्पन्न करते हो, ऐसा मुझे लगता है। आप 'सत्य संकल्प' हो। इसलिए जैसी इच्छा करते हो, वैसा करने में आपको कोई भी चेष्टा करने की आवश्यकता नहीं है। मैं आपके प्रत्यक्ष दर्शन से पवित्र हो गई हूँ। आपके उपदेश से मेरी जीभ पर अब निरंतर भगवान् का नाम रमण करता है और वह भी किसी प्रकार के फल की इच्छा बगैर! अंतर्मुख प्राप्त चित्त से आत्मा में चिंतन करने योग्य आप परब्रह्म पुरुष ही मुझे लग रहे हो! अपने तेज और सत्यस्वरूप उपदेश से मुझे देहाभ्यास छुड़वानेवाले आप हो। आपको साक्षात् विष्णुस्वरूप समझकर, हे स्वरूप! मैं तुम्हें प्रणाम करती हूँ।'

आशा देवी की स्वयं के प्रति ऐसी भक्ति और श्रद्धा देखकर स्वरूप भी स्वयं को ब्रह्मस्वरूप समझकर बोला, 'हे माता! मेरे कहे अनुसार, अच्छी प्रकार से सेवन कर सकें, उसी मार्ग से यदि माता तुम ईश्वर आराधना कर सकीं, तो शीघ्र परम-कष्ट रूप असंप्रज्ञात समाधि अथवा भावात्मा पूज्य को अवश्य प्राप्त कर सकोगी।' मैंने जो मत दरशाए हैं, उसमें अच्छी तरह से श्रद्धा रखना! जो इसमें श्रद्धा रखते हैं, वे अभयरूप परमात्मा को प्राप्त करते हैं। मैंने तुम्हें जो ज्ञान कहा था, उसे न समझनेवाले जन्म-मृत्यु के चक्र में फँस जाते हैं।'

इतना कहकर ब्रह्मभाव धारण करनेवाली, अपनी माता समान आशा देवी को स्वरूप अहोभाव से देखता रहा।

आशा देवी भी अपने पुत्र समान स्वरूप के कथनानुसार योगरूप उपदेश से गंगोत्तरी किनारे स्थित अपने आश्रम में योग समाधि में प्रवृत्त होने लगी। स्वरूप को लगा कि वर्षों से वह माता समान आशा देवी को, अपने उपदेश से ब्रह्म में लीन होने की प्रवृत्ति करते देख रहा है।

बार-बार स्नान करने से, बाल में कंघी न करने से आशा देवी के सुंदर घुँघराले बाल जटा-जूट में बदल गए थे तथा आशा देवी की जर्जर देह तेजी से दुबली हो रही थी। आशा देवी ने गृहस्थाश्रम नहीं भोगा था, लेकिन वे स्वर्ग जैसी सुख-सुविधा में बड़ी हुई थीं। फिर भी मन को सुख देनेवाले घर से अपनी ममता छोड़कर वैरागी बनकर तप कर रही थीं।

स्वरूप को समझ में आया कि यह सब आशा देवी ने स्वेच्छा से किया था। उनके सुख के सब साधन होने पर भी त्याग किया था अर्थात् अभाव से त्याग नहीं किया था। इसलिए उसे परलोक का अधिकार प्राप्त हो चुका था। बलपूर्वक त्याग न करके स्वेच्छा से, सहजता से किए गए त्याग से उसकी वासना पुनः नहीं बढ़ती है। यह स्वरूप को समझ आ गया। सुंदर घर जैसे आश्रम में आशा देवी शीघ्र निस्पृह हो गई थी और ईश्वर के एक-एक अवयव में चित्त लगाकर वे ध्यान करने लगी थीं।

स्वरूप सोच रहा था, आशा देवी ने भक्ति प्रवाह को योग से, दृढ वैराग्य से, अनुष्ठान से, ब्रह्म ज्ञान से, आत्मा से ही आत्मा की विशुद्धि की ओर इससे माया के गुणों को दूर करके ध्यान द्वारा समाधि में ब्रह्म को देखकर उसमें अपनी बुद्धि को अब अच्छी प्रकार स्थिर कर लिया है।

वृक्षों से सुशोभित आश्रम में आशा देवी देह का भान भूलकर विचरण कर रही हैं। स्वरूप माता का निरीक्षण कर रहा है। उसे लगा कि माता को नित्य समाधि में जब भगवान् नित्य दर्शन देने लगे हैं, तब 'गुणों के किए भ्रम विषय सत्य है', ऐसे

विचार गलत हैं, ऐसा अब माता को समझ आ गया होगा। अब माता स्थान के समान अपनी देह को भी भूल गई है। स्वरूप ने तंद्रावस्था में देखा कि आशा देवी का चंदा, कालिंदी आदि अन्य स्त्रियाँ पोषण करती थीं, परंतु मन आदि चले जाने से स्वयं की देह दुबली हो गई, लगता नहीं है; अब दुबली अग्नि के समान उनकी देह मलमुक्त हो गई है। फिर भी वे सुंदर दिखाई दे रही हैं। बुद्धि का प्रवेश भगवान् में होने से उनको कपड़े का भान नहीं रहता है, केश खुले लटक रहे हैं। तप और योगवाला उनका शरीर अक्ष देवरक्षित होने से आशा देवी इसे भी नहीं जानती हैं।

'अहो, कितना आश्चर्य! ईश्वर की कैसी कृपा!' स्वरूप सोच रहा था। 'अपने कहे गए मार्ग पर चलकर आशा देवी शीघ्र परमात्मा ब्रह्मानंद भगवान् को प्राप्त हो गई हैं।' स्वरूप तंद्रावस्था में आशा देवी के मोक्ष मार्ग को निहार रहा था। तभी अचानक उसकी यह अवस्था दूर होने पर उसने आँखें खोली, तो ट्रेन धीमी हो रही थी।

सामने की सीट पर पूरणपुरीजी उसे देखकर हँस रहे थे। हँसते-हँसते बोले, "चलो अब उठकर खड़े हो जाओ। गंतव्य स्थान आ गया है।"

स्वरूप को आश्चर्य हुआ, बोल उठा, "जूनागढ़ आ गया, इतनी सी देर में? इतनी सी देर नहीं योगिराज! तुमने तीन दिन और दो रात लगातार नींद ली है, करवट भी नहीं बदली।" कहकर पूरणपुरजी खिलखिलाकर हँस पड़े।

"ओह! कितने वर्षों से मैं आशा देवी की साधना देख रहा था, यह सब क्या स्वप्न था?"

"नहीं, यह ईश्वर की योगमाया थी जो भविष्य की घटनाओं का भी निर्देशन कर सकती है। ईश्वर ने योगमाया द्वारा तुमको तुम्हारे उपदेश की सार्थकता होगी, यही दिखा दिया है।"

दोनों ट्रेन से नीचे उतरे तो स्वरूप को आश्चर्य हुआ। रेवानंद स्वामी उनके सामने देखकर हँस रहे थे। स्वरूप समझ गया, चंदा बहन ने कहा था कि रेवानंद तुम्हारे पहले पहुँच जाएगा और हुआ भी वही। स्वरूप को समझ में आ गया कि रेवानंद जैसे योगी के लिए यह असंभव नहीं है। "चलो, अब हमें तेजी से स्वरूपानंद के साधना-स्थल पर पहुँच जाना है। अनंतानंद की देह स्वरूपानंद की देह में प्रवेशित आत्मा की प्रतीक्षा कर रही है।" फिर कुछ रुककर रेवानंद पुनः बोला, "आत्माओं के अपनी-अपनी देह में पुनः स्थापना करने के लिए शीघ्रता आवश्यक है। स्वरूपानंद की देह की अवधि पूर्ण होने के किनारे पर है। उसके ब्रह्मलीन होने का समय सायंकाल तक ही रहा है।"

कहकर वे स्वरूप और पूरणपुरीजी को लेकर स्टेशन के बाहर आ गए। गाड़ी

तैयार ही थी। तलहटी में होकर वे स्वरूपानंद के साधना-स्थल पर थोड़ी ही देर में पहुँच गए। झरने के पास नदी में स्नान करवाकर पूरणपुरीजी ने स्वरूप को गुफा के अंदर प्रवेश करवाया।

मैं अनंतानंद की आत्मा, जिसने स्वरूपानंद की देह में उसकी 'ऋणमुक्ति' के कार्य के लिए प्रवेश किया और उसका एक द्रष्टा के समान निरीक्षण करता रहा। अब कार्य पूर्ण होने पर पुनः मेरी आत्मा को यहाँ गुफा में रह रही मेरी देह में प्रवेश करवाने को उत्सुक हो रहा था।

तभी पूरणपुरीजी बोले, "तुम दोनों को ईश्वर के वरदान द्वारा 'संकल्प शक्ति' की सिद्धि प्राप्त है, तो अब तुम दोनों मानसिक संकल्प करके अपनी-अपनी देह में अपनी आत्मा की पुनः स्थापना करो।"

उनकी सूचना के अनुसार मैंने अपने आत्मदेव अर्थात् आत्मस्वरूप को संबोधित करके संकल्प किया, "हे आत्मस्वरूप! अब स्वरूपानंद की ऋणमुक्ति में सहायक होने का मेरा कार्य पूर्ण हुआ है, तो हे मेरे आत्मदेव! तुम पुनः अपनी ही देह में प्रवेश करो।"

और इसी के साथ मेरी आत्मा स्वरूपानंद की देह में से चमकते नील रंग के तेज कण के स्वरूप में बाहर निकली और उसी के साथ मेरे देह में से भी उसी क्रम से स्वरूपानंद की आत्मा बाहर आई। ये दोनों क्रिया एक साथ अत्यंत शीघ्रता से हो गईं और मैं पुनः अपनी देह में प्रवेश करके, अपने आपको अनंतानंद के रूप में अनुभव कर रहा था। आसन से खड़े होकर मैंने स्वरूपानंद की ओर देखा, तो वह पुलकित हृदय से मेरे सामने क्षणिक देर देखकर पुनः स्थिर अचल नेत्र से मानो अगोचर में डूब गया।

मैं स्वरूपानंद के पास गया, मुझे लगा कि यह सब जो हो गया है, वह मानो एक स्वप्न था अथवा प्रकृति का मायास्वरूपी इंद्रजाल था, जिसने मुझे हरिद्वार का अनुभव करवाया।

मैं सोच रहा था, तभी स्वरूपानंदजी ने मेरे कंधे पर हाथ रखा और बोले, "धन्यवाद! अंत में तुम्हारा महान् कार्य भिन्न के रूप में सहयोग देने का योगदान पूर्ण हुआ। तुम्हें इस कार्य को करने में सक्षम बनाने के लिए, तुम्हारी गहन साधना सार्थक हुई है। अब तुम पुनः गृहस्थाश्रम में अपने कर्तव्य करने के लिए स्वतंत्र हो। बस इतना कहने के लिए ही देहाभिमान मेरे पास बचा हुआ था।" और उन्होंने जड़वत् मौन धारण कर लिया।

मैंने स्वरूपानंद में आए इस परिवर्तन से रेवानंदजी की ओर देखा तो वे बोले,

"अब वह अवधूत अवस्था में आ गया है। उसका शरीर अब केवल यंत्रवत् हो गया है। उसकी आत्मा का अब उसकी देह के साथ संबंध नहीं रहा है। आयुष्य की अवधि तक उसकी देह कार्यरत रहेगी। सूर्यास्त के समय वह स्वयं योगाग्नि द्वारा देह त्याग करके परम आत्मा में विलीन हो जाएगा।" कुछ देर रुककर स्वरूपानंद की ओर दृष्टि करके रेवानंदजी ने पुनः कहा, "अभी स्वरूपानंदजी जड़वत् खड़े हैं, वे ऐसे ही रहेंगे। अब उसने संसार का कारण रूप अहंकार छोड़ दिया है। तृष्णा, मन, बुद्धि और अहंकार का त्याग करनेवाले तपस्वी की यही स्थिति होती है। अब वे सच्चे अर्थ में विदेह हैं। अब सूर्यास्त के समय वे अपने क्षीण शरीर का 'योगाग्नि' द्वारा त्याग कर देंगे।"

मैंने स्वरूपानंद पर दृष्टि स्थिर की, वह अब वस्त्र भी त्याग करके दिगंबर हो गए हों, ऐसे और उसके बिखरे बाल से पागल जैसा दिखने लगा! अब वह जड़, अंधे, बहरे, पिशाच और पागल जैसी चेष्टा कर रहा था। मैंने उससे बोलने के लिए प्रयत्न किया तो वह नहीं बोला और मौन चुप बना रहा। उसके पसीने से सुगंधित पवन निकलता मैंने अनुभव किया। मुझे लगा कि स्वरूपानंद की देह, जैसे कुम्हार का चाक घुमाकर छोड़ देने के बाद भी गति के कारण कुछ देर घूमता रहता है, वैसे ही सही अर्थ में अब 'जीवन्मुक्त' हुए स्वरूपानंद की देह 'देहाभिमान' से मुक्त होकर प्रारब्ध के संस्कार के कारण, उसकी स्थूल देह कुछ देर के लिए टिकी हुई है।

सूर्यास्त हो गया, स्वरूपानंद ने समाधि में ही प्राण-अपान एक करके उसे सहस्रार में ले जाकर संकल्प शक्ति से मस्तक पर 'योगाग्नि' प्रकट की और उस अग्नि से स्वरूपानंद की नश्वर देह धू-धू करके जलकर भस्म हो गई।

सेवकराम ने वह भस्म एक पात्र में भर ली। उसे आगे करके हमने झरने को पार करके नदी के पानी में खड़े होकर भस्म को आदरपूर्वक जल में प्रवाहित कर दिया। कुछ देर बाद, यह कार्य पूर्ण होने पर पूरणपुरीजी अचानक विदा लेते हुए बोले, "चलो, फिर ॐ नमो नारायण।" और जंगल की ओर चल पड़े। जैसे कुछ हुआ ही न हो, ऐसे निर्लिप्त भाव और चेहरे से विदा लेकर पूरणपुरीजी को मैं दूर-दूर जाते हुए देखता रहा।

"चलो फिर अब यहाँ ठहरने का कोई अर्थ नहीं है।" रेवानंदजी ने मेरे कंधे पर हाथ रखकर कहा। फिर सेवकराम को संबोधित करके कहा, "सेवकराम! अब तुम भी यथास्थान जा सकते हो। तुम्हारा कार्य पूर्ण हुआ। तुमने अपने कर्तव्य पूरे करके सेवा की है।"

स्थान पर आते ही वातावरण खुशहाल लगा। हमको देखते ही दान बापू, शास्त्रीजी

छात्र अशोक और अन्य सेवकों ने हमें घेर लिया, प्रत्येक ने प्रणाम किया।

विशेष खुश खबर तो यह मिली कि माधवानंदजी आ गए थे और अपने कमरे में आराम कर रहे थे। हम उनके कमरे में गए, तो मुझे देखकर माधवानंदजी खड़े हो गए और मुझे गले लगा लिया। मुझे अपने पास आसन पर बैठाकर स्वयं आसन लेते हुए बोले, ''अंत में निश्चित योजना अनुसार और तुम्हारे माध्यम द्वारा कार्य सुंदरता से संपन्न हो गया, साथ-साथ तुम भी सिद्धगति पा गए हो। अब तुम भी जीवन्मुक्त हो और सभी सिद्धियों से परिपूर्ण हो गए हो, परंतु सभी सिद्धियों को अप्रकट अवस्था में रखकर सामान्य गृहस्थ के समान तुम्हें तब तक रहना है, जब तक गृहस्थाश्रम का तुम्हारा संपूर्ण उत्तरदायित्व पूर्ण न हो जाए।''

फिर रेवानंदजी की ओर दृष्टि करके बोले, ''अनंतानंदजी की साधना पूर्ण करवाने का तुम्हारा कर्तव्य भी पूर्ण हो गया। तुमने मेरी आज्ञा का बराबर पालन किया है। तुम्हारे लिए अब कोई काम शेष रहता नहीं है, तो अब तुम शीघ्र निजस्थान पर जा सकते हो। भावनाओं के तंतु में उलझकर निरर्थक समय बिगाड़ना योगियों के लिए ठीक नहीं है, क्योंकि कई बार वे घातक सिद्ध होते हैं।''

सुनकर रेवानंदजी ने नम्र स्वर में कहा, ''आपकी आज्ञा और इच्छानुसार मैं सब करने में समर्थ हो सका, वह आपकी ही कृपा के परिणाम से। मैं यहाँ वापस जाने के लिए आपकी आज्ञा लेने ही अभी उपस्थित हुआ हूँ। आप अब मुझे निज स्थान पर जाने की आज्ञा देने की कृपा करें।''

उत्तर में माधवानंदजी ने दाहिना हाथ ऊँचा करके रेवानंदजी की इच्छा का समर्थन किया और उसके साथ रेवानंदजी ने खड़े होकर प्रणाम किया और चल दिए।

फिर मेरी ओर सहास्य दृष्टि करके माधवानंदजी बोले, ''तुम भी अब सिधारो, बाहर तुम्हें छोड़ने के लिए गाड़ी तैयार खड़ी है और वहाँ तुम्हारी प्रतीक्षा हो रही है।'' कहकर माधवानंदजी ने आँखें बंद कर लीं। विदा लेने का उनका संकेत मैं समझकर अकेला ही दरवाजे से बाहर निकल आया। गाड़ी दरवाजे के पास ही खड़ी थी।

सभी विदा लेकर चले गए थे, मैं अकेला रह गया था।

दरवाजे की ओर दृष्टि करके 'ॐ नमो नारायण' बोलकर स्थान को दंडवत् मुद्रा में प्रणाम करके मैंने गाड़ी का दरवाजा खोला तो मैं चकित होकर बोल उठा, ''अरे, तुम? गोंडल से कब आ गई?''

''आज सवेरे ही! पूरणपुरीजी का संदेश मिलते ही वहाँ से निकल गई थी। माधवानंदजी के साथ भोजन करके उनकी आज्ञा के अनुसार तुम्हारी प्रतीक्षा में गाड़ी में ही बैठी रही।''

मैं गाड़ी में बैठा, दृष्टि से दृष्टि मिली और आँखें हँस पड़ी, प्रश्न हुआ—

"हरिद्वार की यात्रा अकेले ही कर ली न?"

"नहीं पूरणपुरीजी साथ थे न!"

"कैसे, ट्रेन द्वारा?"

"हाँ जाते और आते ट्रेन द्वारा ही!"

"ट्रेन द्वारा कि किसी की देह द्वारा!" प्रश्न और तिरछी नजर!

"यह भी सच है, परंतु तुमको कैसे पता चला?"

"बहुत ही सीधी सी बात है। गोंडल में स्वरूपानंद की देह का आकर्षण होने के बाद भी उनके प्रति भावना और स्वप्न में तुम्हारे देह का आकर्षण, फिर भी अंदर से किसी प्रकार का भय! यह सब क्या है, यह बार-बार सोचने पर भी समझ नहीं सकती थी, पूरणपुरीजी की मनोमन प्रार्थना की और सब समझ में आ गया। अब ये सब पूछे बगैर फिर कभी!"

"बस! सामान्य गृहिणी ही बनकर रहोगी?"

"बस, अब चुप रहिए योगिराज!"

और नाक पर अंगुली! मुख से चुप्पी।

उसी के साथ गाड़ी स्टार्ट हो गई, मोतीबाग के पास होकर वेरावल हाईवे पर पूरी गति से दौड़ रही थी।

शीघ्र प्रकाश्य

गिरनार के सिद्ध योगी

अनंतराय जी. रावल